古典文學經典名著

水滸傳

上冊（全三冊）

施耐庵（著）
徐凡（注釋）

前言

徐凡

《水滸傳》是我國著名的白話長篇章回小說，也是首部把一群聚嘯山林的俠盜及帶有各種瑕疵的小人物作為英雄好漢贊美的古典文學作品，它與《紅樓夢》、《三國演義》、《西游記》，並列為我國古典文學的四大名著。它是由作家施耐庵、羅貫中，在坊間長期流傳水滸故事的基礎之上，以神來之筆創作而成。故事在民間流傳有二三百年之久，成書在元末明初之間。人物的精心塑造，情節的巧妙編織，語言的匠心獨運，使它成為一部具有高度藝術價值的、可以流傳千古的文學巨制，深受國內外讀者的喜愛。

《水滸傳》又是一部值得用現代視角重新審視的作品，鮮活的藝術形象與血腥、暴力融於一體，為朋友兩肋插刀的仗義與排除異己的凶殘集於一身，反抗壓迫、對公平的高尚追求與貪婪的物質欲望，同時成為「替天行道」的動因，使這部作品呈現出多維的價值取向，使生動的人物更具復雜性。

小說寫的是北宋宣和年間，以宋江為首的好漢們，不堪忍受殘酷壓榨及身心屈辱，聚眾起義，被逼上梁山的故事。起義隊伍囊括了飽受凌辱的市民、游民、農民、漁民、工匠、商人，裹挾了部分武將及中下層官吏，收編了某些落草強人、市井無賴等成分複雜的人員。他們在「替天行道」的杏黃旗下，攻城拔寨，殺富濟貧，懲治奸佞，成為一支震撼大宋王朝的造反力量。作品再現了好漢們舉事起義，從發生、發展到失敗的全過程。

作者的著眼點和著力點，是放在刻畫他心目中的英雄好漢身上，把封建邪惡勢力作為好漢們被逼上梁山的背景、環境，不動聲色地做了勾勒和描繪，讓讀者從中一窺宋代封建專制社會的面貌。北宋曾一度呈現出如《清明上河圖》所描繪的表面上的祥和繁榮，背後卻潛藏著嚴重的社會危機。封建專制社會政治腐敗、奸佞當道、民怨沸騰，不公、不平、不滿滲透到每一個角落。

小說揭露了封建帝王及統治集團的專權。皇帝一言九鼎，王公大臣言出法隨。徽宗皇帝所主宰的最高統治集團是由他的親信蔡京、童貫和楊戩等貪贓枉法的奸佞之臣所構成；奸臣的親屬、門客如梁世傑、蔡九知府、慕容知府、高廉、賀太守等則是緊隨其後的黨羽心腹；地方上一些貪官污吏、土豪惡霸充當了打手和鷹犬。他們從上到下，狼狽為奸，殘害忠良，形成了一個龐大密集的統治網絡。民眾被噤聲，言路被堵塞，社會生態嚴重失衡和斷裂。

朝廷專權，奸臣小人弄權。他們布局設套，陷害忠良，搶男霸女，強占他人財物為己有。惡勢力弄權花樣翻新，手段殘忍。高俅為了置林沖於死地，設下陷阱，將他騙至白虎堂，以莫須有的罪名打入大牢，刺配滄州。鄭屠戶明目張膽霸占金翠蓮，西門慶為同潘金蓮通姦毒死了武大，毛太公勾結官府構陷獵戶解珍、解寶等等，專制權力使黎民百姓心靈遭到戕害，人格受到扭曲，安全感、自尊心喪失殆盡。

作者描述了專權、弄權，導致濫權的情節。權力是貪官污吏為所欲為的護身符，是懸在平民百姓頭上的殺威棒。從朝廷的重臣到鄉村保正，從地方父母官到監獄牢頭小吏，不論品級大小，全都憑借手中的權力胡作非為，無法無天。濫權危害最烈的是，結黨營私，扼殺才俊，拔擢宵小。高俅由一個市井地痞無賴，一路擢升至朝廷掌管武裝的太尉，然後編織出一張又一張結黨營私的關係網。濫權使官商勾結，貪贓枉法，侵吞國家財產成為常態。宋徽宗為蓋萬歲山，長途搬運「花石綱」，消耗了大量人力、物力和財力。蔡太師一年一度都要做壽，僅他姑爺梁中書一次就要派人押送十萬貫的壽禮；張都監作為一個州府的軍頭，竟能獨占一座花園式龐大宅院，丫鬟奴僕就有數十號人，腐敗的程度可見一斑。

由於封建專制集團的專權、弄權、濫權，使社會中充滿怨氣、怒氣和殺氣。白日鼠白勝在智取生辰綱時擔著酒桶唱道：「烈日炎炎似火燒，野田禾苗半枯焦，農夫心裡如湯煮，公孫王子把扇搖」，活畫出社會的對立和斷裂。小說開頭就寫高俅攀高結貴、無惡不作的發跡史，揭示了「亂自上作」的內涵，突現了好漢們奮起造反的正義性，使「大逆不道」的梁山聚義成為合乎情理，順乎民意的英雄壯舉。

《水滸傳》的突出成就在於，以精妙的藝術表現力，塑造了一批有血有肉、獨具個性的反抗暴政、充滿陽剛之氣的男子漢形象。全書出場的人物在八百以上，作者著力描寫了梁山聚義的一百單八將，其中至少有二十多位是可以呼之欲出的。如林沖、武松、李逵、魯智深、宋江、楊志、張順、吳用等栩栩如生的人物，都是家喻戶曉，婦孺皆知的，他們成為文學史上光彩奪目的典型人物形象。他們磊落坦蕩的胸懷，恩怨分明的性情，四海之內皆兄弟的俠義肝膽，為歷代讀者所稱道。

作者把梁山好漢們放到現實生活的社會關係之中去描寫，使人物性格受到各自不同生活環境的影響和制約，按照各自的生活軌跡走向了反抗之路。有的是有仇必報，義無反顧；有的是一忍再忍，猶豫徘徊，直到無路可走時，才痛下決心；有的是經過幾多彎路，最後由人賺上梁山，無不符合各自的身份、教養和經歷。

作者在塑造人物時，善於編織生動曲折、引人入勝的故事情節，抓住人物的主要特徵，展現人物的性格面貌，使「人有其性情，人有其氣質，人有其形狀，人有其聲口」。好漢們的共性是，行俠仗義，快意恩仇，該出手時就出手，橫掃一切惡勢力，具有天不怕、地不怕的英雄氣概。作者卻能在共性中，看到差異，寫出不同。書中寫了一組性格暴烈的人物，同為粗魯，魯達是性急導致毛躁，史進是少年任性圖痛快，李逵是思慮簡單透出蠻橫，武松是豪爽不拘細節，阮小七是悲憤難平的發洩。正是由於這種同中有異，才突出了個性，使人物有了鮮活的生命力。

《水滸傳》的人物性格，不是僵死定型的，而是隨著境遇的變化而發展變化。作者用許多筆墨敘述林沖的遭遇和他被逼上梁山的過程，細致地描寫了他所經歷的脫胎換骨的變化。他原來是八十萬禁軍教頭，突出的性格是逆來順受，忍辱負重，不敢反抗。當看到自己的妻子被高俅的養子高衙內調戲時，他不敢出手，忍了；當他得知高衙內勾結自己的朋友陸謙再一次侮辱妻子時，他還是沒敢找高衙內算賬，只是拿了一把尖刀去找陸謙，並把陸家砸得粉碎發洩憤懣之氣，最終還是忍了。直到最後火燒草料場，把他推向絕路，他才忍無可忍，一腔怒火終於爆發出來，毅然決然地殺人造反上梁山。上梁山之後，林沖的性格有了質的變化，火拼王倫時果敢決斷，與過去的林沖判若兩人。作者把這種變化寫得層次分明，合情合理，合乎其特殊身份和坎坷經歷，具有了典型性。

作者寫梁山好漢時，不僅植根於現實的土壤，而且融入了濃重的理想化色彩，熔鑄了作者強烈的愛憎、理想和情感。他通過渲染、對比、襯托，乃至誇張等各種表現手段，把人物的英武神勇，「撞破天羅歸水滸，掀開地網上梁山」的強烈反抗精神，展示得淋漓盡致。

武松是作者用濃墨重彩描寫的傳奇式人物，作者繪聲繪色地描繪了景陽崗打虎、鬥殺西門慶、醉打蔣門神、大鬧飛雲浦、血濺鴛鴦樓等情節，把武松的神勇無比，敢作敢為的身手和膽識活脫脫地表現出來。同樣，寫魯智深、李逵、楊志等人物時，也都既從細微處著筆，又從傳神處放大。施耐庵為了讓他筆下的人物，寫一個是一個，不可重複，不可替代，在突出他們行俠仗義那種豪氣的同時，把他們殘忍的一面也放大了。李逵的板斧、武松的朴刀，由著性子殺了下去，有時人物已經殺瘋了，作者仍不忍令他們住手，不加一點節制，甚至少有道德判斷。正是由於這種寫作手法，在留下傳神的好漢形象時，也渲染了血腥和暴力。作者之用意已不便考究，也許他就是要寫出這樣原生態的人物，他們就是「這個德行」：他們是天使下凡，卻又有魔鬼附體。這樣就給後輩們留下了爭論不休、眾說紛紜的話題。是要一個原生態的活武松、活李逵，還是要一個安分一點、懂規矩的武松、李逵？這已經沒有選擇的餘地，我們只能在欣賞這些立體、多面的藝術形象時，理性規避血腥、暴力色彩的感染。

《水滸傳》的整體結構完整又富有變化。上山前，基本是單線發展的人物與情節，相對地獨立，且又互相勾連，環環相扣地組成完整的架構；上山後，以忠義堂為中心，多頭緒地展開情節，勾劃出梁山造反的廣闊畫面。這種結構手法，符合凸顯主要人物和事件的需要，又不影響整體架構的完整。小說由高俅的發跡，引出王進夜奔，接著引出史進，而後魯達、林沖、楊志，晁蓋等人頂針續麻，遞次登場，再由晁蓋等人引出宋江，又及武松，把梁山主要人物及他們的身世、境遇、故事一一描繪出來。從這裡，不難看出《史記》傳記體傳統的影響，不過施耐庵又把這種傳統手法發展豐富了。

《水滸傳》是施耐庵用白話語言寫的小說，具有開創性，很值得稱道。作者明顯地吸取了「話本」和說書的語言藝術，從口語、方言、俗語中提煉出「情狀逼真，笑語欲活」的文學語言。特點在於明快、洗煉，寥寥數語，便使人物形神畢現。在楊志賣刀一節，寫牛二時：「只見遠遠地黑凜凜的一條大漢，吃得半醉，一步一顛撞將來」，只這三言兩語便將牛二醉態中的凶漢形象勾畫出來。寫魯智深怒打店小二：「魯達大怒，揸開五指，去那店小二臉上只一掌……」除了「大怒」「一掌」，又用了一個「揸」字，把魯達的憤怒神采活現出來。

人物語言的個性化，成就了人物形象的塑造。武松打虎後，兩個獵戶遇見了他，他們大吃一驚，說道：「你那人吃了忽律心，豹子肝，獅子腿，膽倒包著身軀，如何敢獨自一個，昏黑將夜，又沒器械，走過岡子來！不知你是人？是鬼？」獵戶們形容武松的膽大，都是用吃猛獸的心、肝、腿來比喻，既符合獵人的身份，又準確再現了他們驚恐的心情。施耐庵高超的語言藝術，對後世產生的影響數百年來沒有淡化過。

梁山好漢們的造反以接受招安而告終，這種結局常使人們扼腕嘆息，唏噓不已。寫梁山造反不外乎三種結局：一是打進東京，推翻朝廷，取而代之，這與史實不符，也為梁山主要領導層的「忠君」思想所不容；二是被剿滅，以徹底潰敗告終，這有違作者歌頌好漢的初衷，也難為讀者首肯；第三種結局就是接受招安了，看來比較符合歷史真實，也符合藝術真實。像宋江這樣胸懷忠義小吏出身的俠盜，只是一時衝動犯罪，不得已走上梁山，後來回歸統治階級是合乎邏輯的；沒有先進理念引導、沒有正確目標追尋的梁山好漢們，走上歸降之路，也不顯得突兀。長期籠罩在專制陰雲中屈辱生活著的芸芸眾生，從梁山好漢造反又接受招安的悲劇中，感悟到了人生的困頓和無奈，引發出尋求自由的向往，萌生出找回人生尊嚴的追求，意義也許更為深遠。

《水滸傳》流傳極廣，版本比較復雜，較流行的有七十回本、一百回本、一百二十回本三種；另有一百一十五回本、一百一十回本、一百二十四回本、七十一回等各類罕見文本。我們這裡選印的是一百二十回本，它是由明萬曆末的文人楊定見（李贄的弟子），在一百回本基礎上，又插入了征討田虎、王慶等情節合成的，文字與百回本幾乎無區別。為了方便廣大讀者閱讀，我們對難懂的詞語作了注釋，以幫助廣大讀者，特別是青少年讀者無障礙閱讀古典文學原著。盡管《水滸傳》是白話小說，然而六七百年前白話裡的一些詞語，與今天的語義相比已經發生諸多變化，這就有了詮釋的必要。我們還繪製了「《水滸傳》一百單八將上山路線圖譜」及「《水滸傳》一百單八將最終歸宿圖譜」，以便讀者快捷了解梁山好漢上山途徑和最後結局。

西方有人說，有一千個讀者，就有一千個哈姆雷特，也許我們每個讀者心裡，也都會有各自的武松、李逵和宋江。這正是古典名著的深邃之處，它留給我們廣闊的想象空間。我們讀《水滸傳》時，不妨發揮各自的想象力，盡情地享受它帶給我們的愉悅，收獲它帶給我們的啟迪，同時也需要用現代的批判眼光做一些品評，讓是非曲直、善惡美醜了然於心，這會是非常有益的。

目錄

詞曰

試看書林隱處，幾多俊逸儒流。虛名薄利不關愁，裁冰及剪雪，談笑看吳鉤（戰國時吳國製造的寶劍，這裡喻歷代戰事）。評議前王並後帝，分真偽，占據中州，七雄擾擾亂春秋。興亡如脆柳，身世類虛舟（任其漂流的船隻，喻人事飄忽不定）。見成名無數，圖名無數，更有那逃名無數。霎時新月下長川，江湖變桑田古路。訝求魚緣木（爬樹捉魚，勞而無獲），擬窮猿擇木（比喻人處困境，急於尋找安身之處），恐傷弓遠之曲木。不如且復掌中杯，再聽取新聲曲度。

紛紛五代亂離間，一旦雲開復見天。
草木百年新雨露，車書萬里舊江山。
尋常巷陌陳羅綺，幾處樓台奏管弦。
人樂太平無事日，鶯花無限日高眠。

話說這八句詩，乃是故宋神宗天子朝中一個名儒，姓邵諱堯夫，道號康節先生所作。為嘆五代殘唐天下干戈不息，那時朝屬梁，暮屬晉，正謂是：「朱李石劉郭，梁唐晉漢周，都來（總共）十五帝，播亂五十秋。」後來感的天道循環，向甲馬營中生下太祖武德皇帝來。這朝聖人出世，紅光滿天，異香經宿不散，乃是上界霹靂大仙下降。英雄勇猛，智量寬洪。自古帝王，都不及這朝天子。一條桿棒等身齊，打四百座軍州都姓趙。那天子掃清寰宇，蕩靜中原，國號大宋，建都汴梁，九朝八帝班頭，四百年開基帝主。因此上，邵堯夫先生贊道：「一旦雲開復見天。」正如教百姓再見天日之面一般。

那時西嶽華山有個陳摶（五代宗初道士，隱居華山）處士，是個道高有德之人，能辨風雲氣色。一日騎驢下山，向那華陰道中正行之間，聽得路上客人傳說：「如今東京柴世宗讓位與趙檢點登基。」那陳摶先生聽得，心中歡喜，以手加額，在驢背上大笑，顛下驢來。人問其故，那先生道：「天下從此定矣。正乃上合天心，下合地理，中合人和。」自庚申年間受禪，開基即位，在位一十七年，天下太平，傳位與御弟太宗。太宗皇帝在位二十二年，傳位與真宗皇帝。真宗又傳位與仁宗。

這仁宗皇帝，乃是上界赤腳大仙，降生之時，晝夜啼哭不止，朝廷出給黃榜，召人醫治。感動天庭，差遣太白金星下界，化作一老叟，前來揭了黃榜，自言能止太子啼哭。看榜官員引至殿下，朝見真宗。天子聖旨，教進內苑看視太子。那老叟直至宮中，抱著太子，耳邊低低說了八個字，太子便不啼哭。那老叟不言姓名，只見化一陣清風而去。耳邊道八個甚字？道是：「文有文曲，武有武曲。」端的（果然）是玉帝差遣紫微宮中兩座星辰下來，輔佐這朝天子：文曲星乃是南衙開封府主龍圖閣大學士包拯，武曲星乃是征西夏國大元帥狄青。

這兩個賢臣，出來輔佐這朝皇帝，在位四十二年，改了九個年號。自天聖元年癸亥登基，至天聖九年，那時天下太平，五谷豐登，萬民樂業，路不拾遺，戶不夜閉，這九年謂之「一登」。自明道元年至皇祐三年，這九年亦是豐富，謂之「二登」。自皇祐四年至嘉祐二年，這九年田禾大熟，謂之「三登」。一連三九二十七年，號為「三登之世」。

那時百姓受了些快樂，誰道樂極悲生。嘉祐三年春間，天下瘟疫盛行，自江南直至兩京，無一處人民不染此症，天下各州各府，雪片也似申奏將來。

且說東京城裡城外軍民死亡大半，開封府主包待制親將惠民和濟局方，自出俸資合藥，救治萬民；那裡醫治得，瘟疫越盛。文武百官商議，都向待漏院中聚會，伺候早朝奏聞天子。專要祈禱，禳謝（除邪消災的祭祀）瘟疫。不因此事，如何教三十六員天罡下臨凡世，七十二座地煞降在人間，哄動宋國乾坤，鬧遍趙家社稷。有詩為證：

萬姓熙熙化育中，三登之世樂無窮。
豈知禮樂笙鏞治，變作兵戈劍戟叢。
水滸寨中屯節俠，梁山泊內聚英雄。
細推治亂興亡數，盡屬陰陽造化功。

詞曰

第一回
張天師祈禳瘟疫　洪太尉誤走妖魔

第一回
張天師祈禳瘟疫　洪太尉誤走妖魔

話說大宋仁宗天子在位，嘉祐三年三月三日五更三點，天子駕坐紫宸殿，受百官朝賀。但見：

祥雲迷鳳閣，瑞氣罩龍樓。含煙御柳拂旌旗，帶露宮花迎劍戟。天香影裡，玉簪朱履聚丹墀；仙樂聲中，繡襖錦衣扶御駕。珍珠簾捲，黃金殿上現金輿；鳳羽扇開，白玉階前停玉輦。隱隱淨鞭（即靜鞭，朝會時內侍擊鞭百官肅靜）三下響，層層文武兩班齊。

當有殿頭官喝道：「有事出班早奏，無事捲簾退朝。」只見班部叢中，宰相趙哲、參政文彥博出班奏曰：「目今京師瘟疫盛行，傷損軍民甚多。伏望陛下釋罪寬恩，省刑薄稅，祈禳天災，救濟萬民。」天子聽奏，急敕翰林院，隨即草詔，一面降赦天下罪囚，應有民間稅賦，悉皆赦免；一面命在京宮觀寺院，修設好事禳災。不料其年瘟疫轉盛，仁宗天子聞知，龍體不安，復會百官計議。向那班部中，有一大臣，越班啟奏。天子看時，乃是參知政事范仲淹，拜罷起居，奏曰：「目今天災盛行，軍民塗炭，日夕不能聊生。人遭縲絏（牢獄）之厄。以臣愚意，要禳此災，可宣嗣漢天師星夜臨朝，就京師禁院修設三千六百分羅天大醮，奏聞上帝，可以禳保民間瘟疫。」仁宗天子准奏，急令翰林學士草詔一道，天子御筆親書，並降御香一炷，欽差內外提點殿前太尉洪信為天使，前往江西信州龍虎山，宣請嗣漢天師張真人星夜來朝，祈禳瘟疫，就金殿上焚起御香，親將丹詔付與洪太尉，即便登程前去。

洪信領了聖敕，辭別天子，背了詔書，金盒子盛了御香，帶了數十人，上了鋪馬（驛站），一行部從，離了東京，取路徑投信州貴溪縣來。但見：

遙山疊翠，遠水澄清。奇花綻錦繡鋪林，嫩柳舞金絲拂地。風和日暖，時過野店山村；路直沙平，夜宿郵亭驛館。羅衣蕩漾紅塵內，駿馬馳驅紫陌（京城郊野的道路）中。

且說太尉洪信齎擎（捧持）御詔，一行人從上了路途，不止一日，來到江西信州。大小官員出郭（外圍城牆）迎接；隨即差人報知龍虎山上清宮住持道眾，準備接詔。次日，眾位官同送太尉到於龍虎山下，只見上清宮許多道眾，鳴鐘擊鼓，香花燈燭，幢幡寶蓋，一派仙樂，都下山來迎接丹詔，直至上清宮前下馬。太尉看那宮殿時，端的是好座上清宮！但見：

青松屈曲，翠柏陰森。門懸敕額金書，戶列靈符玉篆。虛皇壇畔，依稀垂柳名花；煉藥爐邊，掩映蒼松老檜。左壁廂天丁力士，參隨著太乙真君；右勢下玉女金童，簇捧定紫微大帝。披髮仗劍，北方真武踏龜蛇；趿履頂冠，南極老人伏龍虎。前排二十八宿星君，後列三十二帝天子（道教稱東西南北各有八天，合稱三十二天）。階砌下流水潺湲，牆院後好山環繞。鶴生丹頂，龜長綠毛。樹梢頭獻果蒼猿，莎草內銜芝白鹿。三清殿上，鳴金鐘道士步虛（誦經）；四聖堂前，敲玉磬真人禮斗（禮拜北斗星）。獻香台砌，彩霞光射碧琉璃；召將瑤壇，赤日影搖紅瑪瑙。早來門外祥雲現，疑是天師送老君。

當下上自住持真人，下及道童侍從，前迎後引，接至三清殿上，請將詔書，居中供養著。洪太尉便問監宮真人道：「天師今在何處？」住持真人向前稟道：「好教太尉得知：這代祖師號曰虛靖天師，性好清高，倦於迎送，自向龍虎山頂，結一茅庵，修真養性，因此不住本宮。」太尉道：「目今天子宣詔，如何得見？」真人答道：「容稟：詔敕權供在殿上，貧道等亦不敢開讀；且請太尉到方丈獻茶，再煩計議。」當時將丹詔供養在三清殿上，與眾官都到方丈。太尉居中坐下，執事人等獻茶，就進齋供，水陸俱備。

齋罷，太尉再問真人道：「既然天師在山頂庵中，何不著人請將下來相見，開宣丹詔。」真人稟道：「太尉，這代祖師雖在山頂，其實道行非常，能駕霧興雲，蹤跡不定。貧道等如常亦難得見，怎生教人請得下來？」太尉道：「似此如何得見！目今京師瘟疫盛行，今上天子特遣下官，齎捧御書丹詔，親奉龍香，來請天師，要做三千六百分羅天大醮（道士設的道場），以禳天災，救濟萬民。似此怎生奈何？」真人稟道：「天子要救萬民，只除是太尉辦一點志誠心，齋戒沐浴，更換布衣，休帶從人，自背詔書，焚燒御香，步行上山禮拜，叩請天師，方許得見。如若心不志誠，空走一遭，亦難得見。」太尉聽說，便道：「俺從京師食素到此，如何心不志誠。既然恁地（這樣），依著你說，明日絕早上山。」當晚各自權歇。

次日五更（天將亮時）時分，眾道士起來，備下香湯，請太尉起來沐浴，換了一身新鮮布衣，腳下穿上麻鞋草履，吃了素齋，取過丹詔，用黃羅包袱背在脊梁上，手裡提著銀手爐，降降（慢慢地）地燒著御香。許多道眾人等，送到後山，指與路徑。真人又稟道：「太尉要救萬民，休生退悔之心，只顧志誠上去。」太尉別了眾人，口誦天尊寶號，縱步上山來。

將至半山，望見大頂直侵霄漢，果然好座大山！正是：

根盤地角，頂接天心。遠觀磨斷亂雲痕，近看平吞明月魄。高低不等謂之山，側石通道謂之岫，孤嶺崎嶇謂之路，上面平極謂之頂，頭圓下壯謂之巒，藏虎藏豹謂之穴，隱風隱雲謂之岩，高人隱居謂之洞，有境有界謂之府，樵人出沒謂之徑，能通車馬謂之道，流水有聲謂之澗，古渡源頭謂之溪，岩崖滴水謂之泉。左壁為掩，右壁為映。出的是雲，納的是霧。錐尖象小，崎峻似峭，懸空似險，削磁如平。千峰競秀，萬壑爭流。瀑布斜飛，藤蘿倒掛。虎嘯時風生谷口，猿啼時月墜山腰。恰似青黛染成千塊玉，碧紗籠罩萬堆煙。

這洪太尉獨自一個，行了一回，盤坡轉徑，攬葛攀藤。約莫走過了數個山頭，三二里多路，看看腳酸腿軟，正走不動，口裡不說，肚裡躊躇，心中想道：「我是朝廷貴官，在京師時重裀（厚褥子）而臥，列鼎而食，尚兀自倦怠，何曾穿草鞋，走這般山路！知他天師在那裡，卻教下官受這般苦！」又行不到三五十步，掇著肩氣喘，只見山凹裡起一陣風。風過處，向那松樹背後奔雷也似吼一聲，撲地跳出一個吊睛白額錦毛大蟲（老虎）來。洪太尉吃了一驚，叫聲：「阿呀！」撲地望後便倒。偷眼看那大蟲時，但見：

毛披一帶黃金色，爪露銀鉤十八隻。
睛如閃電尾如鞭，口似血盆牙似戟。
伸腰展臂勢猙獰，擺尾搖頭聲霹靂。
山中狐兔盡潛藏，澗下獐狍皆斂跡。

那大蟲望著洪太尉，左盤右旋，咆哮了一回，托地望後山坡下跳了去。洪太尉倒在樹根底下，唬的三十六個牙齒捉對兒廝打，那心頭一似十五個吊桶，七上八落的響，渾身卻如中風麻木，兩腿一似鬥敗公雞，口裡連聲叫苦。大蟲去了一盞茶時，方才爬將起來，再收拾地上香爐，還把龍香燒著，再上山來，務要尋見天師。又行過三五十步，口裡嘆了數口氣，怨道：「皇帝御限，差俺來這裡，教我受這場驚恐。」說猶未了，只覺得那裡又一陣風，吹得毒氣直衝將來。太尉定睛看時，山邊竹藤裡簌簌地響，搶出一條吊桶大小、雪花也似蛇來。太尉見了，又吃一驚，撇了手爐，叫一聲：「我今番死也。」往後便倒在盤砣石邊。微閃開眼來看那蛇時，但見：

昂首驚飆起，掣目電光生。動蕩則折峽倒岡，呼吸則吹雲吐霧。鱗甲亂分千片玉，尾梢斜捲一堆銀。

那條大蛇徑搶到盤砣石邊，朝著洪太尉盤做一堆，兩隻眼迸出金光，張開巨口，吐出舌頭，噴那毒氣在洪太尉臉上，驚得太尉三魂蕩蕩，七魄悠悠。那蛇看了洪太尉一回，望山下一溜，卻早不見了。太尉方才爬得起來，說道：「慚愧！驚殺下官！」看身上時，寒栗子比餶飿（小麵果）兒大小，口裡罵那道士：「叵耐（可恨）無禮，戲弄下官，教俺受這般驚恐！若山上尋不見天師，下去和他別有話說。」再拿了銀提爐，整頓身上詔敕並衣服巾幘，卻待再要上山去。正欲移步，只聽得松樹背後隱隱地笛聲吹響，漸漸近來。太尉定睛看時，只見那一個道童，倒騎著一頭黃牛，橫吹著一管鐵笛，轉出山凹來。太尉看那道童時，但見：

頭綰兩枚丫髻，身穿一領青衣，腰間絛結草來編，腳下芒鞋麻間隔。明眸皓齒，飄飄並不染塵埃；綠鬢朱顏，耿耿全然無俗態。

昔日呂洞賓有首牧童詩道得好：

草鋪橫野六七里，笛弄晚風三四聲。
歸來飽飯黃昏後，不脫蓑衣臥月明。

只見那個道童，笑吟吟地騎著黃牛，橫吹著那管鐵笛，正過山來。洪太尉見了，便喚那個道童：「你從那裡來？認得我麼？」道童不睬，只顧吹笛。太尉連問數聲，道童呵呵大笑，拿著鐵笛，指著洪太尉說道：「你來此間，莫非要見天師麼？」太尉大驚，便道：「你是牧童，如何得知？」道童笑道：「我早間在草庵中伏侍天師，聽得天師說道：『今上皇帝差個洪太尉齎擎丹詔御香，到來山中，宣我往東京做三千六百分羅天大醮，祈禳天下瘟疫，我如今乘鶴駕雲去也。』這早晚想是去了，不在庵中。你休上去，山內毒蟲猛獸極多，恐傷害了你性命。」太尉再問道：「你不要說謊！」道童笑了一聲，也不回應；又吹著鐵笛轉過山坡去了。太尉尋思道：「這小的如何盡知此事？想是天師吩咐他，已定是了。」欲待再上山去，方才驚唬的苦，爭些兒（差一點兒）送了性命，不如下山去罷。

太尉拿著提爐，再尋舊路，奔下山來。眾道士接著，請至方丈坐下。真人便問太尉道：「曾見天師麼？」太尉說道：「我是朝中貴官，如何教俺走得山路，吃了這般辛苦，爭些兒送了性命。為頭（起先）上至半山裡，跳出一隻吊睛白額大蟲，驚得下官魂魄都沒了；又行不過一個山嘴，竹藤裡搶出一條雪花大蛇來，盤做一堆，攔住去路。若不是俺福分大，如何得性命回京？盡是你這道眾戲弄下官。」真人復道：「貧道等怎敢輕慢大臣？這是祖師試探太尉之心。本山雖有蛇虎，並不傷人。」太尉又道：「我正走不動，方欲再上山坡，只見松樹旁邊轉出一個道童，騎著一頭黃牛，吹著管鐵笛，正過山來，我便問他：『那裡來？識得俺麼？』他道：『已都知了。』說天師吩咐，早晨乘鶴駕雲，望東京去了，下官因此回來。」真人道：「太尉可惜錯過，這個牧童正是天師。」太尉道：「他既是天師，如何這等猥獕？」真人答道：「這代天師非同小可。雖然年幼，其實道行非常。他是額外（世俗以外）之人，四方顯化，極是靈驗，世人皆稱為道通祖師。」洪太尉道：「我直（竟然）如此有眼不識真師，當面錯過！」真人道：「太尉且請放心。既然祖師法旨道是去了，比及太尉回京之日，這場醮事祖師已都完了。」太尉見說，方才放心。真人一面教安排筵宴，管待太尉；請將丹詔收藏於御書匣內，留在上清宮中，龍香就三清殿上燒了。當日方丈內大排齋供，設宴飲酌，至晚席罷，止宿到曉。

次日早膳以後，真人、道眾並提點（掌管司法、刑獄及河渠的官吏）執事人等請太尉遊山。太尉大喜，許多人從跟隨著，步行出方丈，前面兩個道童引路，行至宮前宮後，看玩許多景致。三清殿上，富貴不可盡言；左廊下，九天殿、紫微殿、北極殿；右廊下，太乙殿、三官殿、驅邪殿。

諸宮看遍，行到右廊後一所去處，洪太尉看時，另外一所殿宇：一遭都是搗椒紅泥牆；正面兩扇朱紅槅子，門上使著胳膊大鎖鎖著，交叉上面貼著十數道封皮，封皮上又是重重疊疊使著朱印；簷前一面朱紅漆金字牌額，上書四個金字，寫道：「伏魔之殿」。太尉指著門道：「此殿是甚麼去處？」真人答道：「此乃是前代老祖天師，鎖鎮魔王之殿。」太尉又問道：「如何上面重重疊疊貼著許多封皮？」真人答道：「此是老祖大唐洞玄國師封鎖魔王在此。但是經傳一代天師，親手便添一道封皮，使其子子孫孫不敢妄開。走了魔君，非常利害。今經八九代祖師，誓不敢開。鎖用銅汁灌鑄，誰知裡面的事。小道自來住持本宮三十餘年，也只聽聞。」洪太尉聽了，心中驚怪，想道：「我且試看魔王一看。」便對真人說道：「你且開門來，我看魔王甚麼模樣。」真人告道：「太尉，此殿決不敢開！先祖天師叮嚀告戒：今後諸人，不許擅開。」太尉笑道：「胡說！你等要妄生怪事，煽惑百姓良民，故意安排這等去處，假稱鎖鎮魔王，顯耀你們道術。我讀一鑑之書（最高學府國子監全部藏書），何曾見鎖魔之法？神鬼之道，處隔幽冥，我不信有魔王在內。快與我打開，我看魔王如何！」真人三回五次稟說：「此殿開不得，恐惹利害，有傷於人。」太尉大怒，指著道眾說道：「你等不開與我看，回到朝廷，先奏你們眾道士阻當宣詔，違別聖旨，不令我見天師的罪犯；後奏你等私設此殿，假稱鎖鎮魔王，煽惑軍民百姓。把你都追了度牒（僧道的執照），刺配（流放，充軍）遠惡軍州受苦。」真人等懼怕太尉權勢，只得喚幾個火工（幹雜活的人）道人來，先把封皮揭了，將鐵錘打開大鎖。眾人把門推開，看裡面時，黑洞洞地，但見：

昏昏默默，杳杳冥冥。數百年不見太陽光，億萬載難瞻明月影。不分南北，怎辨東西。黑煙靄靄撲人寒，冷氣陰陰侵體顫。人跡不到之處，妖精往來之鄉。閃開雙目有如盲，伸出兩手不見掌。常如三十夜，卻似五更時。

眾人一齊都到殿內，黑暗暗不見一物。太尉教從人取十數個火把點著，將來打一照時，四邊並無別物，只中央一個石碑，約高五六尺，下面石龜趺坐，大半陷在泥裡。照那碑碣上時，前面都是龍章鳳篆，天書符籙，人皆不識。照那碑後時，卻有四個真字大書，鑿著「遇洪而開」。卻不是一來天罡星合當出世，二來宋朝必顯忠良，三來湊巧遇著洪信，豈不是天數！洪太尉看了這四個字，大喜，便對真人說道：「你等阻當我，卻怎地數百年前已注我姓字在此？『遇洪而開』，分明是教我開看，卻何妨！我想這個魔王，都只在石碑底下。汝等從人與我多喚幾個火工人等，將鋤頭鐵鍬來掘開。」真人慌忙諫道：「太尉，不可掘動！恐有利害，傷犯於人，不當穩便。」太尉大怒，喝道：「你等道眾，省得甚麼？碑上分明鑿著遇我教開，你如何阻當？快與我喚人來開。」真人又三回五次稟道：「恐有不好。」太尉那裡肯聽？只得聚集眾人，先把石碑放倒，一齊並力掘那石龜，半日方才掘得起。又掘下去，約有三四尺深，見一片大青石板，可方丈圍。洪太尉叫：「再掘起來！」真人又苦稟道：「不可掘動！」太尉那裡肯聽，眾人只得把石板一齊扛起，看時，石板底下卻是一個萬丈深淺地穴。只見穴內刮刺刺一聲響亮。那響非同小可，恰似：

天摧地塌，嶽撼山崩。錢塘江上，潮頭浪擁出海門來；泰華山頭，巨靈神一劈山峰碎。共工（傳說遠古炎帝的後代，撞裂不周山）奮怒，去盔撞倒了不周山；力士施威，飛錘擊碎了始皇輦。一風撼折千竿竹，十萬軍中半夜雷。

那一聲響亮過處，只見一道黑氣，從穴裡滾將起來，掀塌了半個殿角。那道黑氣直衝上半天裡，空中散作百十道金光，望四面八方去了。眾人吃了一驚，發聲喊，都走了，撇下鋤頭鐵鍬，盡從殿內奔將出來，推倒翻無數。驚得洪太尉目睜口呆，罔知所措，面色如土，奔到廊下，只見真人向前叫苦不迭。太尉問道：「走了的卻是甚麼妖魔？」那真人言不過數句，話不過一席，說出這個緣由。有分教：一朝皇帝，夜眠不穩，晝食忘餐。直使宛子城中藏猛虎，蓼兒窪內聚神蛟。畢竟龍虎山真人說出甚麼言語來，且聽下回分解。

第二回

王教頭私走延安府　九紋龍大鬧史家村

話說當時住持真人對洪太尉說道：「太尉不知，此殿中當初是祖老天師洞玄真人傳下法符，囑咐道：『此殿內鎮鎖著三十六員天罡星，七十二座地煞星，共是一百單八個魔君在裡面。上立石碑，鑿著龍章鳳篆天符，鎮住在此。若還放他出世，必惱下方生靈。』如今太尉放他走了，怎生是好？」有詩為證：

千古幽扃一旦開，天罡地煞出泉台。
自來無事多生事，本為禳災卻惹災。
社稷從今雲擾擾，兵戈到處鬧垓垓。
高俅奸佞雖堪恨，洪信從今釀禍胎。

當時洪太尉聽罷，渾身冷汗，捉顫不住。急急收拾行李引了從人，下山回京。真人並道眾送官已罷，自回宮內修整殿宇，起豎石碑，不在話下。

再說洪太尉在途中吩咐從人，教把走妖魔一節，休說與外人知道，恐天子知而見責。於路無話，星夜回至京師，進得汴梁城，聞人所說：「天師在東京禁院做了七晝夜好事，普施符籙，禳救災病，瘟疫盡消，軍民安泰。天師辭朝，乘鶴駕雲，且回龍虎山去了。」洪太尉次日早朝，見了天子，奏說：「天師乘鶴駕雲，先到京師，臣等驛站而來，才得到此。」仁宗准奏，賞賜洪信，復還舊職，亦不在話下。

後來仁宗天子在位共四十二年晏駕（帝王死），無有太子，傳位濮安懿王允讓之子，太宗皇帝的孫，立帝號曰英宗。在位四年，傳位與太子神宗。神宗在位一十八年，傳位與太子哲宗。那時天下盡皆太平，四方無事。

且說東京開封府汴梁宣武軍，一個浮浪破落戶子弟，姓高，排行第二，自小不成家業，只好刺槍使棒，最是踢得好腳氣毬（古代足球），京師人口順，不叫高二，卻都叫他做高毬。後來發跡，便將氣毬那字去了毛傍，添作立人，便改作姓高，名俅。這人吹彈歌舞，刺槍使棒，相撲頑耍，亦胡亂學詩、書、詞、賦。若論仁、義、禮、智、信、行、忠、良，卻是不會。只在東京城裡城外幫閒。因幫了一個生鐵王員外兒子使錢，每日三瓦兩舍（娛樂，色情場所），風花雪月，被他父親開封府裡告了一紙文狀，府尹把高俅斷了二十脊杖，迭配出界發放，東京城裡人民，不許容他在家宿食。

高俅無計奈何，只得來淮西臨淮州，投奔一個開賭坊的閒漢柳大郎，名喚柳世權。他平生專好惜客養閒人，招納四方干隔澇（不乾不淨）漢子。高俅投托得柳大郎家，一住三年。後來哲宗天子因拜南郊，感得風調雨順，放寬恩大赦天下。那高俅在臨淮州，因得了赦宥（寬恕）罪犯，思量要回東京。這柳世權卻和東京城裡金梁橋下開生藥鋪的董將士是親戚，寫了一封書札，收拾些人事盤纏，齎發（送給）高俅回東京，投奔董將士（沒官職的富豪）家過活。

第二回

王教頭私走延安府　九紋龍大鬧史家村

當時高俅辭了柳大郎，背上包裹，離了臨淮州，迤邐（繞行）回到東京，徑來金梁橋下董生藥家，下了這封信。董將士一見高俅，看了柳世權來書，自肚裡尋思道：「這高俅，我家如何安著得他！若是個志誠老實的人，可以容他在家出入，也教孩兒們學些好。他卻是個幫閒的破落戶，沒信行的人；亦且當初有過犯來，被斷配的人，舊性必不肯改。若留住在家中，倒惹得孩兒們不學好了，待不收留他，又撇不過柳大郎面皮。」當時只得權且歡天喜地，相留在家宿歇，每日酒食管待，住了十數日，董將士思量出一個緣由，將出一套衣服，寫了一封書簡，對高俅說道：「小人家下螢火之光，照人不亮，恐後誤了足下。我轉薦足下與小蘇學士處，久後也得個出身（出路），足下意內如何？」高俅大喜，謝了董將士。董將士使個人將著書簡，引領高俅，徑到學士府內，門吏轉報小蘇學士，出來見了高俅，看了來書，知道高俅原是幫閒浮浪的人，心下想道：「我這裡如何安著得他！不如做個人情，薦他去駙馬王晉卿府裡，做個親隨。人都喚他做『小王都太尉』，他便喜歡這樣的人。」當時回了董將士書札，留高俅在府裡住了一夜。次日，寫了一封書呈，使個干人（官府中辦事的人），送高俅去那小王都太尉處。

這太尉乃是哲宗皇帝妹夫，神宗皇帝的駙馬。他喜愛風流人物，正用這樣的人。一見小蘇學士差人持書送這高俅來，拜見了，便喜。隨即寫回書，收留高俅在府內做個親隨。自此高俅遭際在王都尉府中，出入如同家人一般。自古道：「日遠日疏，日親日近。」忽一日，小王都太尉慶誕生辰，吩咐府中安排筵宴，專請小舅端王。這端王乃是神宗天子第十一子，哲宗皇帝御弟，見掌東駕（東宮太子的儀仗車架），排號九大王，是個聰明俊俏人物。這浮浪子弟門風，幫閒之事，無一般不曉，無一般不會，更無一般不愛。即如琴、棋、書、畫，儒、釋、道教無所不通，踢毬打彈，品竹調絲，吹彈歌舞，自不必說。當日王都尉府中準備筵宴，水陸俱備。但見：

香焚寶鼎，花插金瓶。仙音院競奏新聲，教坊司（訓練蓄養歌舞藝人的機構）頻逞妙藝。水晶壺內，盡都是紫府瓊漿；琥珀杯中，滿泛著瑤池玉液。玳瑁盤堆仙桃異果，玻璃碗供熊掌駝蹄。鱗鱗膾切銀絲，細細茶烹玉蕊。紅裙舞女，盡隨著象板鸞簫；翠袖歌姬，簇捧定龍笙鳳管。兩行珠翠立階前，一派笙歌臨座上。

且說這端王來王都尉府中赴宴，都尉設席，請端王居中坐定，都尉對席相陪。酒進數杯，食供兩套，那端王起身淨手，偶來書院裡少歇，猛見書案上一對兒羊脂玉碾成的鎮紙獅子，極是做得好，細巧玲瓏。端王拿起獅子，不落手看了一回道：「好！」王都尉見端王心愛，便說道：「再有一個玉龍筆架，也是這個匠人一手做的，卻不在手頭，明日取來，一並相送。」端王大喜道：「深謝厚意，想那筆架必是更妙？」王都尉道：「明日取出來，送至宮中便見。」端王又謝了。兩個依舊入席，飲宴至暮，盡醉方散。端王相別回宮去了。

次日，小王都太尉取出玉龍筆架和兩個鎮紙玉獅子，著一個小金盒子盛了，用黃羅包袱包了，寫了一封書呈，卻使高俅送去。高俅領了王都尉鈞旨，將著兩般玉玩器，懷中揣著書呈，徑投端王宮中來。把門官吏轉報與院公（僕人）。沒多時，院公出來問：「你是那個府裡來的人？」高俅施禮罷，答道：「小人是王駙馬府中，特送玉玩器來進大王。」院公道：「殿下在庭心裡和小黃門踢氣毬，你自過去。」高俅道：「相煩引進。」院公引到庭前，高俅看時，見端王頭戴軟紗唐巾，身穿紫繡龍袍，腰繫文武雙穗條，把繡龍袍前襟拽扎起，揣在條兒邊，足穿一雙嵌金線飛鳳靴，三五個小黃門（宦官），相伴著蹴氣毬。高俅不敢過去衝撞，立在從人背後伺候。也是高俅合當發跡，時運到來，那個氣毬騰地起來，端王接個不著，向人叢裡直滾到高俅身邊。那高俅見氣毬來，也是一時的膽量，使個鴛鴦拐，踢還端王。端王見了大喜，便問道：「你是甚人？」高俅向前跪下道：「小的是王都尉親隨，受東人使令，齎送兩般玉玩器來，進獻大王，有書呈在此拜上。」端王聽罷，笑道：「姐夫直如此掛心。」高俅取出書呈進上。端王開盒子看了玩器，都遞與堂候官收了去。

那端王且不理玉玩器下落，卻先問高俅道：「你原來會踢氣毬！你喚做甚麼？」高俅叉手跪覆道：「小的叫做高俅，胡亂踢得幾腳。」端王道：「好！你便下場來踢一回耍。」高俅拜道：「小的是何等樣人，敢與恩王下腳？」端王道：「這是『齊雲社（踢球的組織）』，名為『天下圓』，但踢何傷？」高俅再拜道：「怎敢？」三回五次告辭，端王定要他踢，高俅只得叩頭謝罪，解膝下場。才踢幾腳，端王喝采。高俅只得把平生本事都使出來，奉承端王。那身分模樣，這氣毬一似鰾膠黏在身上的。端王大喜，那裡肯放高俅回府去，就留在宮中過了一夜。次日，排個筵會，專請王都尉宮中赴宴。

卻說王都尉當日晚不見高俅回來，正疑思間，只見次日門子報道：「九大王差人來傳令旨，請太尉到宮中赴宴。」王都尉出來，見了那干人，看了令旨，隨即上馬，來到九大王府前，下馬入宮，來見了端王。端王大喜，稱謝兩般玉玩器。入席飲宴間，端王說道：「這高俅踢得兩腳好氣毬，孤欲索此人做親隨如何？」王都尉答道：「殿下既用此人，就留在宮中伏侍殿下。」端王歡喜，執杯相謝。二人又閒話一回，至晚席散，王都尉自回駙馬府去，不在話下。

且說端王自從索得高俅做伴之後，就留在宮中宿食。高俅自此遭際端王，每日跟隨，寸步不離。未及兩個月，哲宗皇帝晏駕，無有太子，文武百官商議，冊立端王為天子，立帝號曰徽宗，便是玉清教主微妙道君皇帝（道士們送給宋徽宗的尊號）。登基之後，一向無事。忽一日，與高俅道：「朕欲要抬舉你，但有邊功，方可升遷，先教樞密院（中央官署）與你入名，只是做隨駕遷轉的人。」後來沒半年之間，直抬舉高俅做到殿帥府太尉職事。正是：

不拘貴賤齊雲社，一味模棱天下圓。
抬舉高俅毬氣力，會憑手腳會當權。

且說高俅得做了殿帥府太尉，選揀吉日良辰，去殿帥府裡到任。所有一應合屬公吏衙將，都軍監軍，馬步人等，盡來參拜，各呈手本，開報花名。高殿帥一一點過，於內只欠一名八十萬禁軍教頭王進，半月之前，已有病狀在官，患病未痊，不曾入衙門管事。高殿帥大怒，喝道：「胡說！既有手本呈來，卻不是那廝抗拒官府，搪塞下官？此人即係推病在家，快與我拿來。」隨即差人到王進家來，捉拿王進。

且說這王進卻無妻子，只有一個老母，年已六旬之上。牌頭（軍士）與教頭王進說道：「如今高殿帥新來上任，點你不著，軍正司稟說染患在家，見有病患狀在官。高殿帥焦躁，那裡肯信？定要拿你，只道是教頭詐病在家。教頭只得去走一遭，若還不去，定連累小人了。」

王進聽罷，只得捱著病來。進得殿帥府前，參見太尉，拜了四拜，躬身唱個喏，起來立在一邊。高俅道：「你那廝便是都軍教頭王升的兒子？」王進稟道：「小人便是。」高俅喝道：「這廝，你爺是街市上使花棒賣藥的，你省的甚麼武藝？前官沒眼，參你做個教頭，如何敢小覷我，不伏俺點視！你托誰的勢，要推病在家，安閒快樂！」王進告道：「小人怎敢，其實患病未痊。」高太尉罵道：「賊配軍，你既害病，如何來得？」王進又告道：「太尉呼喚，安敢不來！」高殿帥大怒，喝令左右拿下王進，「加力與我打這廝！」眾多牙將都是和王進好的，只得與軍正司同告道：「今日太尉上任好日頭，權免此人這一次。」高太尉喝道：「你這賊配軍，且看眾將之面，饒恕你今日，明日卻和你理會（算賬）。」

王進謝罪罷，起來抬頭看了，認得是高俅。出得衙門，嘆口氣道：「俺的性命，今番難保了。俺道是甚麼高殿帥，卻原來正是東京幫閒的『圓社』（球社專職陪客踢球的人）高二。比先時曾學使棒，被我父親一棒打翻，三四個月將息不起，有此之仇。他今日發跡，得做殿帥府太尉，正待要報仇，我不想正屬他管。自古道：『不怕官，只怕管。』俺如何與他爭得？怎生奈何是好？」回到家中，悶悶不已。對娘說知此事，母子二人，抱頭而哭。娘道：「我兒，三十六著，走為上著。只恐沒處走。」王進道：「母親說得是。兒子尋思，也是這般計較。只有延安府老種經略（安撫經略司長官種諤）相公鎮守邊庭，他手下軍官，多有曾到京師的，愛兒子使槍棒，何不逃去投奔他們？那裡是用人去處，足可安身立命。」正是：

用人之人，人始為用。恃己自用，人為人送。
彼處得賢，此間失重。若驅若引，可惜可痛。

當下娘兒兩個商議定了。其母又道：「我兒，和你要私走，只恐門前兩個牌軍，是殿帥府撥來伏侍你的；他若得知，須走不脫。」王進道：「不妨，母親放心，兒子自有道理措置他。」

當下日晚未昏，王進先叫張牌入來，吩咐道：「你先吃了些晚飯，我使你一處去幹事。」張牌道：「教頭使小人那裡去？」王進道：「我因前日病患，許下酸棗門外岳廟裡香願，明日早要去燒炷頭香。你可今晚先去，吩咐廟祝，教他來日早些開廟門，等我來燒炷頭香，就要三牲，獻劉李王。你就廟裡歇了等我。」張牌答應，先吃了晚飯，叫了安置，望廟中去了。

當夜子母二人，收拾了行李、衣服、細軟、銀兩，做一擔兒打挾了。又裝兩個料袋袱駝，拴在馬上。等到五更，天色未明，王進叫起李牌，吩咐道：「你與我將這些銀兩，去岳廟裡，和張牌買個三牲煮熟，在那裡等候。我買些紙燭，隨後便來。」李牌將銀子望廟中去了。

王進自去備了馬，牽出後槽，將料袋袱駝搭上，把索子拴縛牢了，牽在後門外，扶娘上了馬。家中粗重都棄了，鎖上前後門，挑了擔兒，跟在馬後。趁五更天色未明，乘勢出了西華門，取路望延安府來。

且說兩個牌軍，買了福物（祭品）煮熟，在廟等到巳牌，也不見來。李牌心焦，走回到家中尋時，見鎖了門，兩頭無路。尋了半日，並無有人。看看待晚，岳廟裡張牌疑忌，一直奔回家來。又和李牌尋了一黃昏，看看黑了。兩個見他當夜不歸，又不見他老娘。次日，兩個牌軍又去他親戚之家訪問，亦無尋處。兩個恐怕連累，只得去殿帥府首告：「王教頭棄家在逃，子母不知去向。」高太尉見告，大怒道：「賊配軍在逃，看那廝待走那裡去！」隨即押下文書，行開諸州各府，捉拿逃軍王進。二人首告（出面告發），免其罪責，不在話下。

且說王教頭母子二人，自離了東京，在路免不得飢餐渴飲，夜住曉行，在路上一月有餘。忽一日，天色將晚，王進挑著擔兒，跟在娘的馬後，口裡與母親說道：「天可憐見，慚愧了我子母兩個，脫了這天羅地網之厄。此去延安府不遠了。高太尉便要差人拿我，也拿不著了。」子母兩個歡喜，在路上不覺錯過了宿頭。走了這一晚，遇不著一處村坊，那裡去投宿是好？正沒理會處，只見遠遠地林子裡閃出一道燈光來。王進看了道：「好了，遮莫（盡管）去那裡陪個小心，借宿一宵，明日早行。」當時轉入林子裡來看時，卻是一所大莊院，一周遭都是土牆，牆外卻有二三百株大柳樹。看那莊院，但見：

前通官道，後靠溪岡。一周遭青縷如煙，四下裡綠陰似染。草堂高起，盡按五運山莊；亭館低軒，直造倚山臨水。轉屋角牛羊滿地，打麥場鵝鴨成群。田園廣野，負傭莊客有千人；家眷軒昂，女使兒童難計數。正是家有餘糧雞犬飽，戶多書籍子孫賢。

當時王教頭來到莊前，敲門多時，只見一個莊客出來。王進放下擔兒，與他施禮。莊客道：「來俺莊上有甚事？」王進答道：「實不相瞞：小人母子二人，貪行了些路程，錯過了宿店，來到這裡，前不巴村，後不巴店，欲投貴莊，借宿一宵，明日早行。依例拜納房金，萬望周全方便。」莊客道：「既是如此，且等一等，待我去問莊主太公，肯時，但歇不妨。」王進又道：「大哥方便。」莊客入去多時，出來說道：「莊主太公教你兩個入來。」王進請娘下了馬。王進挑著擔兒，就牽了馬，隨莊客到裡面打麥場上，歇下擔兒，把馬拴在柳樹上。母子二人，直到草堂上來見太公。

那太公年近六旬之上，鬚髮皆白，頭戴遮塵暖帽，身穿直縫寬衫，腰繫皂絲條，足穿熟皮靴。王進見了便拜，太公連忙道：「客人休拜，你們是行路的人，辛苦風霜，且坐一坐。」王進母子兩個敘禮罷，都坐定。太公問道：「你們是那裡來的？如何昏晚到此？」王進答道：「小人姓張，原是京師人。今來消折了本錢，無可營用，要去延安府投奔親眷。不想今日路上貪行了些程途，錯過了宿店，欲投貴莊，借宿一宵，來日早行。房金依例拜納。」太公道：「不妨，如今世上人，那個頂著房屋走哩？你母子二位，敢未打火（吃飯）？」叫莊客安排飯來。沒多時，就廳上放開條桌子，莊客托出一桶盤，四樣菜蔬，一盤牛肉，鋪放桌上，先盪酒來篩下。太公道：「村落中無甚相待，休得見怪。」王進起身謝道：「小人母子無故相擾，此恩難報。」太公道：「休這般說，且請吃酒。」一面勸了五七杯酒，搬出飯來。二人吃了，收拾碗碟。太公起身，引王進子母到客房裡安歇。王進告道：「小人母親騎的頭口，相煩寄養，草料望乞應付，一並拜酬。」太公道：「這個不妨，我家也有頭口騾馬，教莊客牽出後槽，一發餵養。」王進謝了，挑那擔兒，到客房裡來。莊客點上燈火，一面提湯來洗了腳。太公自回裡面去了。王進子母二人謝了莊客，掩上房門，收拾歇息。次日，睡到天曉，不見起來。莊主太公來到客房前過，聽得王進子母在房裡聲喚。太公問道：「客官，天曉，好起了。」王進聽得，慌忙出房來見太公施禮，說道：「小人起多時了。夜來多多攪擾，甚是不當。」太公問道：「誰人如此聲喚？」王進道：「實不相瞞太公說：老母鞍馬勞倦，昨夜心疼病發。」太公道：「既然如此，客人休要煩惱，教你老母且在老夫莊上住幾日。我有個醫心疼的方，叫莊客去縣裡撮藥來，與你老母親吃。教他放心，慢慢地將息。」王進謝了。

話休絮繁（囉嗦），自此王進子母二人在太公莊上服藥。住了五七日，覺得母親病患痊了，王進收拾要行。當日因來後槽看馬，只見空地上一個後生，脫膊著，刺著一身青龍，銀盤也似一個面皮，約有十八九歲，拿條棒在那裡使。王進看了半晌，不覺失口道：「這棒也使得好了。只是有破綻，贏不得真好漢。」那後生聽得大怒，喝道：「你是甚麼人？敢來笑話我的本事？俺經了七八個有名的師父，我不信倒不如你？你敢和我扠一扠麼？」

說猶未了，太公到來，喝那後生：「不得無禮！」那後生道：「叵耐這廝笑話我的棒法。」太公道：「客人莫不會使槍棒？」王進道：「頗曉得些。敢問長上，這後生是宅上何人？」太公道：「是老漢的兒子。」王進道：「既然是宅內小官人，若愛學時，小人點撥他端正如何？」太公道：「恁地時，十分好。」便教那後生來拜師父。那後生那裡肯拜？心中越怒道：「阿爹，休聽這廝胡說。若吃他贏得我這條棒時，我便拜他為師。」王進道：「小官人若是不當村（不服氣）時，較量一棒耍子。」那後生就空地當中，把一條棒使得風車兒似轉，向王進道：「你來，你來，怕的不算好漢。」王進只是笑，不肯動手。太公道：「客官既是肯教小頑時，使一棒何妨。」王進笑道：「恐衝撞了令郎時，須不好看。」太公道：「這個不妨，若是打折了手腳，也是他自作自受。」

王進道：「恕無禮。」去槍架上拿了一條棒在手裡，來到空地上，使個旗鼓。那後生看了一看，拿條棒滾將入來，徑奔王進。王進托地拖了棒便走，那後生輪著棒又趕入來。王進回身，把棒望空地裡劈將下來。那後生見棒劈來，用棒來隔。王進卻不打下來，將棒一掣，卻望後生懷裡直搠將來，只一繳，那後生的棒丟在一邊，撲地望後倒了。王進連忙撇了棒，向前扶住道：「休怪，休怪。」

那後生爬將起來，便去旁邊掇條凳子，納王進坐，便拜道：「我枉自經了許多師家，原來不值半分。師父，沒奈何，只得請教。」王進道：「我母子二人，連日在此攪擾宅上，無恩可報，當以效力。」太公大喜，教那後生穿了衣裳，一同來後堂坐下。叫莊客殺一個羊，安排了酒食果品之類，就請王進的母親一同赴席。四個人坐定，一面把盞，太公起身勸了一杯酒，說道：「師父如此高強，必是個教頭，小兒有眼不識泰山。」王進笑道：「奸不廝欺，俏不廝瞞（實不相瞞），小人不姓張。俺是東京八十萬禁軍教頭王進的便是，這槍棒終日搏弄。為因新任一個高太尉，原被先父打翻，今做殿帥府太尉，懷挾舊仇，要奈何王進。小人不合屬他所管，和他爭不得，只得子母二人逃上延安府，去投托老種經略相公處勾當。不想來到這裡，得遇長上父子二位如此看待；又蒙救了老母病患，連日管顧，甚是不當。既然令郎肯學時，小人一力奉教。只是令郎學的，都是花棒，只好看，上陣無用，小人從新點撥他。」太公見說了，便道：「我兒，可知輸了？快來再拜師父。」那後生又拜了王進。正是：

好為師患負虛名，心服應難以力爭。
只有胸中真本事，能令頑劣拜先生。

太公道：「教頭在上，老漢祖居在這華陰縣界，前面便是少華山。這村便喚做史家村，村中總有三四百家，都姓史。老漢的兒子從小不務農業，只愛刺槍使棒，母親說他不得，嘔氣死了，老漢只得隨他性子。不知使了多少錢財，投師父教他。又請高手匠人與他刺了這身花繡，肩臂胸膛總有九條龍，滿縣人口順，都叫他做九紋龍史進。教頭今日既到這裡，一發成全了他亦好。老漢自當重重酬謝。」王進大喜道：「太公放心。既然如此說時，小人一發教了令郎方去。」自當日為始，吃了酒食，留住王教頭母子二人在莊上。史進每日求王教頭點撥十八般武藝，一一從頭指教。那十八般武藝？

矛錘弓弩銃，鞭簡劍鏈撾。
斧鉞並戈戟，牌棒與槍杈。

話說這史進每日在莊上管待王教頭母子二人，指教武藝。史太公自去華陰縣中承當里正（鄉官），不在話下。不覺荏苒光陰，早過半年之上，正是：

窗外日光彈指過，席間花影坐前移。
一杯未進笙歌送，階下辰牌又報時。

第二回

王教頭私走延安府　九紋龍大鬧史家村

前後得半年之上，史進打這十八般武藝，從新學得十分精熟。多得王進盡心指教，點撥得件件都有奧妙。王進見他學得精熟了，自思：「在此雖好，只是不了。」一日想起來，相辭要上延安府去。史進那裡肯放，說道：「師父只在此間過了，小弟奉養你母子二人，以終天年，多少是好！」王進道：「賢弟，多蒙你好心，在此十分之好；只恐高太尉追捕到來，負累了你，不當穩便，以此兩難。我一心要去延安府，投著在老種經略處勾當，那裡是鎮守邊庭，用人之際，足可安身立命。」

史進並太公苦留不住，只得安排一個筵席送行。托出一盤兩個緞子、一百兩花銀謝師。次日，王進收拾了擔兒，備了馬，子母二人，相辭史太公。王進請娘乘了馬，望延安府路途進發。史進叫莊客挑了擔兒，親送十里之程，心中難捨。史進當時拜別了師父，灑淚分手，和莊客自回。王教頭依舊自挑了擔兒，跟著馬，和娘兩個自取關西路裡去了。

話中不說王進去投軍役，只說史進回到莊上，每日只是打熬氣力，亦且壯年，又沒老小（老婆），半夜三更起來演習武藝，白日裡只在莊後射弓走馬。不到半載之間，史進父親太公，染病患症，數日不起。史進使人遠近請醫士看治，不能痊可，嗚呼哀哉，太公歿了。史進一面備棺槨盛殮，請僧修設好事，追齋理七，薦拔太公。又請道士建立齋醮，超度升天，整做了十數壇好事功果道場；選了吉日良時，出喪安葬。滿村中三四百史家莊戶，都來送喪掛孝，埋殯（埋葬）在村西山上祖墳內了。史進家自此無人管業。史進又不肯務農，只要尋人使家生（家伙），較量槍棒。

自史太公死後，又早過了三四個月日。時當六月中旬，炎天正熱。那一日，史進無可消遣，捉個交床（可折疊的靠背椅），坐在打麥場邊柳陰樹下乘涼。對面松林透過風來，史進喝采道：「好涼風！」正乘涼哩，只見一個人，探頭探腦在那裡張望。史進喝道：「作怪！誰在那裡張（張望）俺莊上？」史進跳起身來，轉過樹背後，打一看時，認得是獵戶摽（打）兔李吉。史進喝道：「李吉，張我莊內做甚麼？莫不來相腳頭（探路徑）？」李吉向前聲喏道：「大郎，小人要尋莊上矮丘乙郎吃碗酒，因見大郎在此乘涼，不敢過來衝撞。」

史進道：「我且問你：往常時，你只是擔些野味，來我莊上賣，我又不曾虧了你，如何一向不將來賣與我？敢是欺負我沒錢？」李吉答道：「小人怎敢。一向沒有野味，以此不敢來。」史進道：「胡說！偌大一個少華山，恁地廣闊，不信沒有個獐兒兔兒！」李吉道：「大郎原來不知：如今近日上面添了一伙強人，紮下個山寨，在上面聚集著五七百個小嘍羅，有百十匹好馬。為頭那個大王，喚作神機軍師朱武，第二個喚做跳澗虎陳達，第三個喚做白花蛇楊春。這三個為頭，打家劫舍，華陰縣裡禁他不得，出三千貫賞錢召人拿他，誰敢上去惹他？因此上小人們不敢上山打捕野味，那討來賣？」史進道：「我也聽得說有強人，不想那廝們如此大弄（幹大了），必然要惱人。李吉，你今後有野味時，尋些來。」李吉唱個喏，自去了。

史進歸到廳前，尋思：「這廝們大弄，必要來薅惱（攪擾）村坊。——既然如此……」便叫莊客揀兩頭肥水牛來殺了，莊內自有造下的好酒，先燒了一陌順溜紙（一刀紙錢），便叫莊客去請這當村裡三四百史家莊戶，都到家中草堂上，序齒坐下。教莊客一面把盞勸酒，史進對眾人說道：「我聽得少華山上有三個強人，聚集著五七百小嘍羅，打家劫舍，這廝們既然大弄，必然早晚要來俺村中囉唣。我今特請你眾人來商議，倘若那廝們來時，各家準備。我莊上打起梆子，你眾人可各執槍棒，前來救應。你各家有事，亦是如此。遞相救護，共保村坊。如若強人自來，都是我來理會。」眾人道：「我等村農，只靠大郎做主，梆子響時，誰敢不來？」當晚眾人謝酒，各自分散，回家準備器械。自此史進修整門戶牆垣，安排莊院，設立幾處梆子，拴束衣甲，整頓刀馬，提防賊寇，不在話下。

且說少華山寨中三個頭領，坐定商議，為頭的神機軍師朱武，那人原是定遠人氏，能使兩口雙刀，雖無十分本事，卻精通陣法，廣有謀略，有八句詩單道朱武好處：

道服裁棕葉，雲冠剪鹿皮。
臉紅雙眼俊，面白細髯垂。
陣法方諸葛，陰謀勝范蠡。
華山誰第一？朱武號神機。

第二個好漢姓陳，名達，原是鄴城人氏，使一條出白點鋼槍，亦有詩贊道：

力健聲雄性粗鹵，丈二長槍撒如雨。
鄴中豪傑霸華陰，陳達人稱跳澗虎。

第三個好漢姓楊，名春，蒲州解良縣人氏，使一口大桿刀。亦有詩贊道：

腰長臂瘦力堪誇，到處刀鋒亂撒花。
鼎立華山真好漢，江湖名播白花蛇。

朱武當與陳達、楊春說道：「如今我聽知華陰縣裡出三千貫賞錢，召人捉我們。誠恐來時，要與他廝殺。只是山寨錢糧欠少，如何不去劫擄些來，以供山寨之用，聚積些糧食在寨裡，防備官軍來時，好和他打熬（糾纏撕殺）。」跳澗虎陳達道：「說得是。如今便去華陰縣裡，先問他借糧，看他如何。」白花蛇楊春道：「不要華陰縣去，只去蒲城縣，萬無一失。」陳達道：「蒲城縣人戶稀少，錢糧不多，不如只打華陰縣，那裡人民豐富，錢糧廣有。」楊春道：「哥哥不知，若去打華陰縣時，須從史家村過。那個九紋龍史進是個大蟲，不可去撩撥他。他如何肯放我們過去？」陳達道：「兄弟好懦弱！一個村坊過去不得，怎地敢抵敵官軍？」楊春道：「哥哥不可小覷了他，那人端的了得。」朱武道：「我也曾聞他十分英雄，說這人真有本事，兄弟休去罷。」陳達叫將起來，說道：「你兩個閉了鳥嘴！長別人志氣，滅自己威風。他只是一個人，須不三頭六臂？我不信。」喝叫小嘍羅：「快備我的馬來。如今便去先打史家莊，後取華陰縣。」朱武、楊春再三諫勸，陳達那裡肯聽。隨即披掛上馬，點了一百四五十小嘍羅，鳴鑼擂鼓下山，望史家村去了。

且說史進正在莊前整制刀馬，只見莊客報知此事。史進聽得，就莊上敲起梆子來。那莊前莊後，莊東莊西，三四百史家莊戶，聽得梆子響，都拖槍拽棒，聚起三四百人，一齊都到史家莊上。看了史進頭戴一字巾，身披朱紅甲，上穿青錦襖，下著抹綠靴，腰繫皮搭膊，前後鐵掩心，一張弓，一壺箭，手裡拿一把三尖兩刃四竅八環刀。莊客牽過那匹火炭赤馬，史進上了馬，綽了刀，前面擺著三四十壯健的莊客，後面列著八九十村蠢的鄉夫，各史家莊戶，都跟在後頭，一齊吶喊，直到村北路口。

那少華山陳達引了人馬，飛奔到山坡下，便將小嘍羅擺開。史進看時，見陳達頭戴干紅凹面巾，身披裹金生鐵甲，上穿一領紅衲襖，腳穿一對吊墩靴，腰繫七尺攢線搭膊，坐騎一匹高頭白馬，手中橫著丈八點鋼矛。小嘍羅兩勢下吶喊，二員將就馬上相見。陳達在馬上看著史進，欠身施禮。史進喝道：「汝等殺人放火，打家劫舍，犯著迷天大罪，都是該死的人。你也須有耳朵，好大膽，直來太歲頭上動土！」陳達在馬上答道：「俺山寨裡欠少些糧食，欲往華陰縣借糧，經由貴莊，借一條路，並不敢動一根草，可放我們過去，回來自當拜謝。」史進道：「胡說！俺家現當里正，正要來拿你這伙賊，今日倒來經由我村中過，卻不拿你，倒放你過去！本縣知道，須連累於我。」陳達道：「『四海之內，皆兄弟也。』相煩借一條路。」史進道：「甚麼閒話！我便肯時，有一個不肯，你問得他肯便去。」陳達道：「好漢，教我問誰？」史進道：「你問得我手裡這口刀肯，便放你去。」陳達大怒道：「趕人不要趕上（不要逼人太甚），休得要逞精神！」

史進也怒，掄手中刀，驟坐下馬，來戰陳達。陳達也拍馬挺槍，來迎史進。兩個交馬，但見：

一來一往，一上一下。一來一往，有如深水戲珠龍；一上一下，卻似半岩爭食虎。九紋龍忿怒，三尖刀只望頂門飛；跳澗虎生嗔，丈八矛不離心坎刺。好手中間逞好手，紅心裡面奪紅心。

史進、陳達兩個鬥了多時，史進賣個破綻，讓陳達把槍望心窩裡搠來，史進卻把腰一閃，陳達和槍攧入懷裡來，史進輕舒猿臂，款扭狼腰，只一挾，把陳達輕輕摘離了嵌花鞍，款款揪住了線搭膊，只一丟，丟落地，那匹戰馬撥風也似去了。史進叫莊客將陳達綁縛了，眾人把小嘍羅一趕，都走了。史進回到莊上，將陳達綁在庭心內柱上，等待一發拿了那兩個賊首，一並解官請賞。且把酒來賞了眾人，教權且散。眾人喝采：「不枉了史大郎如此豪傑。」

休說眾人歡喜飲酒，卻說朱武、楊春兩個，正在寨裡猜疑，捉摸不定，且教小嘍羅再去打聽消息，只見同去的人牽著空馬，奔到山前，只叫道：「苦也！陳家哥哥不聽二位哥哥所說，送了性命。」朱武問其緣故，小嘍羅備說交鋒一節，怎當史進英雄。朱武道：「我的言語不聽，果有此禍。」楊春道：「我們盡數都去，與他死拚如何？」朱武道：「亦是不可。他尚自輸了，你如何拚得他過？我有一條苦計，若救他不得，我和你都休。」楊春問道：「如何苦計？」朱武附耳低言說道：「只除恁地……」楊春道：「好計！我和你便去，事不宜遲。」

再說史進正在莊上忿怒未消，只見莊客飛報道：「山寨裡朱武、楊春自來了。」史進道：「這廝合休，我教他兩個一發解官。快牽馬過來。」一面打起梆子，眾人早都到來。史進上了馬，正待出莊門，只見朱武、楊春步行，已到莊前，兩個雙雙跪下，擎著兩眼淚。史進下馬來喝道：「你兩個跪下如何說？」朱武哭道：「小人等三個，累被官司逼迫，不得已上山落草，當初發願道：『不求同日生，只願同日死。』雖不及關、張、劉備的義氣，其心則同。今日小弟陳達不聽好言，誤犯虎威，已被英雄擒捉在貴莊，無計懇求，今來一徑就死，望英雄將我三人，一發解官請賞，誓不皺眉。我等就英雄手內請死，並無怨心。」史進聽了，尋思道：「他們直恁義氣！我若拿他去解官請賞時，反教天下好漢們恥笑我不英雄。自古道：『大蟲不吃伏肉（老虎不吃死屍）。』」史進便道：「你兩個且跟我進來。」朱武、楊春並無懼怯，隨了史進，直到後廳前跪下，又教史進綁縛。史進三回五次叫起來，他兩個那裡肯起來。惺惺惜惺惺，好漢識好漢。史進道：「你們既然如此義氣深重，我若送了你們，不是好漢，我放陳達還你如何？」朱武道：「休得連累了英雄，不當穩便，寧可把我們去解官請賞。」史進道：「如何使得？——你肯吃我酒食麼？」朱武道：「一死尚然不懼，何況酒肉乎？」有詩為證：

姓名各異死生同，慷慨偏多計較空。
只為衣冠無義俠，遂令草澤見奇雄。

當時史進大喜，解放陳達，就後廳上座，置酒設席，管待三人。朱武、楊春、陳達拜謝大恩。酒至數杯，少添春色。酒罷，三人謝了史進，回山去了。史進送出莊門，自回莊上。

卻說朱武等三人歸到寨中坐下，朱武道：「我們不是這條苦計，怎得性命在此？雖然救了一人，卻也難得史進，為義氣上，放了我們。過幾日備些禮物送去，謝他救命之恩。」話休絮繁。過了十數日，朱武等三人收拾得三十兩蒜條金，使兩個小嘍羅，乘月黑夜送去史家莊上。當夜初更時分，小嘍羅敲門，莊客報知史進，史進火急披衣，來到莊前，問小嘍羅：「有甚話說？」小嘍羅道：「三個頭領再三拜復：特地使小校（小頭目）進些薄禮，酬謝大郎不殺之恩，不要推卻，望乞笑留。」取出金子，遞與史進。初時推卻，次後尋思道：「既然好意送來，受之為當。」叫莊客置酒，管待小校吃了半夜酒，把些零碎銀兩，賞了小校，回山去了。又過半月有餘，朱武等三人在寨中商議擄掠得一串好大珠子，又使小嘍羅連夜送來史家莊上，史進受了，不在話下。

又過了半月，史進尋思道：「也難得這三個敬重我，我也備些禮物回奉他。」次日，叫莊客尋個裁縫，自去縣裡買了三匹紅錦，裁成三領錦襖子；又揀肥羊，煮了三個，將大盒子盛了，委兩個莊客去送。史進莊上，有個為頭的莊客王四，此人頗能答應（應對）官府，口舌利便，滿莊人都叫他做賽伯當。史進教他同一個得力莊客，挑了盒擔，直送到山下。小嘍羅問了備細，引到山寨裡，見了朱武等三個頭領，大喜，受了錦襖子，並肥羊酒禮，把十兩銀子，賞了莊客。每人吃了十數碗酒，下山回歸莊內，見了史進，說道：「山上頭領，多多上復。」史進自此常常與朱武等三人往來，不時間，只是王四去山寨裡送物事，不則一日。寨裡頭領也頻頻地使人送金銀來與史進。

荏苒光陰，時遇八月中秋到來。史進要和三人說話，約至十五夜，來莊上賞月取酒。先使莊客王四，齎一封請書，直去少華山上，請朱武、陳達、楊春來莊上赴席。王四馳書徑到山寨裡，見了三位頭領，下了來書。朱武看了大喜，三個應允，隨即寫封回書，賞了王四五兩銀子，吃了十來碗酒。王四下得山來，正撞著時常送物事來的小嘍羅，一把抱住，那裡肯放。又拖去山路邊村酒店裡，吃了十數碗酒。王四相別了回莊，一面走著，被山風一吹，酒卻湧上來，踉踉蹌蹌，一步一攧。走不到十里之路，見座林子，奔到裡面，望著那綠茸茸莎草地上撲地倒了。原來摽兔李吉，正在那山坡下張兔兒，認得是史家莊上王四，趕入林子裡來扶他，那裡扶得動。只見王四搭膊裡突出銀子來，李吉尋思道：「這廝醉了，那裡討得許多！何不拿他些？」也是天罡星合當聚會，自然生出機會來。李吉解那搭膊，望地下只一抖，那封回書和銀子都抖出來。李吉拿起，頗識幾字，將書拆開看時，見上面寫著少華山朱武、陳達、楊春，中間多有兼文帶武的言語，卻不識得，只認得三個名字。李吉道：「我做獵戶，幾時能勾發跡，算命道我今年有大財，卻在這裡。華陰縣裡見出三千貫賞錢，捕捉他三個賊人。叵耐史進那廝，前日我去他莊上尋矮丘乙郎，他道我來相腳頭躧盤（竊賊探路），你原來倒和賊人來往！」銀子並書都拿去了，望華陰縣裡來出首。

卻說莊客王四，一覺直睡到二更，方醒覺來，看見月光微微照在身上，吃了一驚，跳將起來，卻見四邊都是松樹；便去腰裡摸時，搭膊和回書都不見了。四下裡尋時，只見空搭膊在莎草地上，王四只管叫苦，尋思道：「銀子不打緊，這封回書，卻怎生好？正不知被甚人拿去了？」眉頭一縱，計上心來，自道：「若回去莊上說脫了回書，大郎必然焦躁，定是趕我出去，不如只說不曾有回書，那裡查照？」計較定了，飛也似取路歸來莊上，卻好五更天氣。史進見王四回來，問道：「你緣何方才歸來？」王四道：「托主人福蔭，寨中三個頭領，都不肯放，留住王四吃了半夜酒，因此回來遲了。」史進又問：「曾有回書否？」王四道：「三個頭領要寫回書，卻是小人道：『三位頭領既然準來赴席，何必回書？小人又有杯酒，路上恐有些失支脫節（閃失），不是耍處。』」史進聽了大喜，說道：

「不枉了諸人叫做賽伯當，真個了得。」王四應道：「小人怎敢差遲，路上不曾住腳，一直奔回莊上。」史進道：「既然如此，教人去縣裡買些果品、案酒（下酒菜）伺候。」

不覺中秋節至，是日晴明得好。史進當日吩咐家中莊客，宰了一腔（隻）大羊，殺了百十個雞鵝，準備下酒食筵宴。看看天色晚來，怎見得好個中秋？但見：

午夜初長，黃昏已半，一輪月掛如銀。冰盤如畫，賞玩正宜人。清影十分圓滿，桂花玉兔交馨。簾櫳高捲，金杯頻勸酒，歡笑賀升平。年年當此節，酩酊醉醺醺。莫辭終夕飲，銀漢露華新。

且說少華山上朱武、陳達、楊春三個頭領，吩咐小嘍羅看守寨柵，只帶三五個做伴，將了朴刀，各跨口腰刀，不騎鞍馬，步行下山，徑來到史家莊上。史進接著，各敘禮罷，請入後園，莊內已安排下筵宴。史進請三位頭領上坐，史進對席相陪。便叫莊客把前後莊門拴了。一面飲酒，莊內莊客，輪流把盞，一邊割羊勸酒。酒至數杯，卻早東邊推起那輪明月，但見：

桂花離海嶠（海上仙山），雲葉散天衢。彩霞照萬里如銀，素魄（月亮）映千山似水。影橫曠野，驚獨宿之烏鴉；光射平湖，照雙棲之鴻雁。冰輪（月亮）展出三千里，玉兔（月亮）平吞四百州。

史進正和三個頭領在後園飲酒，賞玩中秋，敘說舊話新言，只聽得牆外一聲喊起，火把亂明，史進大驚，跳起身來吩咐：「三位賢友且坐，待我去看。」喝叫莊客：「不要開門！」掇條梯子，上牆打一看時，只見是華陰縣縣尉在馬上，引著兩個都頭，帶著三四百士兵，圍住莊院。史進和三個頭領只管叫苦，外面火把光中，照見鋼叉、朴刀、五股叉、留客住（有倒鉤的兵器），擺得似麻林一般。兩個都頭口裡叫道：「不要走了強賊。」不是這伙人來捉史進並三個頭領，有分教：史進先殺了一兩個人，結識了十數個好漢。直使天罡地煞，一齊相會。直教蘆花深處屯兵士，荷葉陰中治戰船。畢竟史進與三個頭領怎地脫身，且聽下回分解。

第三回
史大郎夜走華陰縣　魯提轄拳打鎮關西

話說當時史進道：「卻怎生是好？」朱武等三個頭領跪下答道：「哥哥，你是乾淨的人，休為我等連累了。大郎可把索來綁縛我三個，出去請賞，免得負累了你不好看。」史進道：「如何使得！恁地時，是我賺你們來，捉你請賞，枉惹天下人笑。我若是死時，與你們同死，活時同活。你等起來，放心，別作圓便（打算）。且等我問個來歷緣故情由。」

史進上梯子問道：「你兩個都頭，何故半夜三更來劫我莊上？」那兩個都頭答道：「大郎，你兀自賴哩！見有原告人李吉在這裡。」史進喝道：「李吉，你如何誣告平人（守法平民）？」李吉應道：「我本不知，林子裡拾得王四的回書，一時間把在縣前看，因此事發。」史進叫王四問道：「你說無回書，如何卻又有書？」王四道：「便是小人一時醉了，忘記了回書。」史進大喝道：「畜生，卻怎生好？」外面都頭人等，懼怕史進了得，不敢奔入莊裡來捉人。三個頭領把手指道：「且答應外面。」史進會意，在梯子上叫道：「你兩個都頭都不要鬧動，權退一步，我自綁縛出來，解官請賞。」那兩個都頭卻怕史進，只得應道：「我們都是沒事的，等你綁出來，同去請賞。」史進下梯子，來到廳前，先叫王四，帶進後園，把來一刀殺了。喝教許多莊客，把莊裡有的沒的細軟等物，即便收拾，盡教打疊（收拾）起了，一壁（一面）點起三四十個火把。莊裡史進和三個頭領，全身披掛，槍架上各人跨了腰刀，拿了朴刀，拽扎（收拾）起；把莊後草屋點著，莊客各自打拴（綁好）了包裹。外面見裡面火起，都奔來後面看。且說史進就中堂又放起火來，大開了莊門，吶聲喊，殺將出來。

史進當頭，朱武、楊春在中，陳達在後，和小嘍羅，並莊客，一衝一撞，指東殺西。史進卻是個大蟲，那裡攔當得住！後面火光亂起，殺開條路，衝將出來，正迎著兩個都頭並李吉。史進見了大怒，「仇人相見，分外眼明」，兩個都頭見頭勢不好，轉身便走。李吉也卻待回身，史進早到，手起一朴刀，把李吉斬做兩段。兩個都頭正待走時，陳達、楊春趕上，一家一朴刀，結果了兩個性命。縣尉驚得跑馬走回去了，眾土兵那裡敢向前，各自逃命散了，不知去向。史進引著一行人，且殺且走，眾官兵不敢趕來，各自散了。史進和朱武、陳達、楊春，並莊客人等，都到少華山上寨內坐下，喘息方定。朱武等到寨中，忙叫小嘍羅，一面殺牛宰馬，賀喜飲宴，不在話下。

一連過了幾日，史進尋思：「一時間要救三人，放火燒了莊院，雖是有些細軟家財，粗重什物，盡皆沒了。」心內躊躇，在此不了，開言對朱武等說道：「我的師父王教頭，在關西經略府勾當。我先要去尋他，只因父親死了，不曾去得。今來家私莊院廢盡，我如今要去尋他。」朱武三人道：「哥哥休去，只在我寨中且過幾時，又作商議。若哥哥不願落草時，待平靜了，小弟們與哥哥重整莊院，再作良民。」史進道：「雖是你們的好情分，只是我心去意難留。我若尋得師父，也要那裡討個出身，求半世快樂。」朱武道：「哥哥便在此間做個寨主，卻不快活，只恐寨小，不堪歇馬。」史進道：「我是個清白好漢，如何肯把父母遺體來點污了？你勸我落草，再也休題。」史進住了幾日，定要去，朱武等苦留不住。史進帶去的莊客，都留在山寨；只自收拾了些少碎銀兩，打拴一個包裹，餘者多的盡數寄留在山寨。史進頭戴白范陽氈大帽，上撒一撮紅纓，帽兒下裹一頂渾青抓角軟頭巾，項上明黃縷帶，身穿一領白紵絲兩上領戰袍，腰繫一條揸五指梅紅攢線搭膊，青白間道行纏絞腳，襯著踏山透土多耳麻鞋，跨一口銅鈸磐口雁翎刀，背上包裹，提了朴刀，辭別朱武等三人。眾多小嘍羅都送下山來，朱武等灑淚而別，自回山寨去了。

只說史進提了朴刀，離了少華山，取路投關西五路，望延安府路上來。但見：

崎嶇山嶺，寂寞孤村。披雲霧夜宿荒林，帶曉月朝登險道。落日趲行聞犬吠，嚴霜早促聽雞鳴。

史進在路，免不得飢食渴飲，夜住曉行，獨自一個行了半月之上，來到渭州。這裡也有一個經略府。「莫非師父王教頭在這裡？」史進便入城來看時，依然有六街三市。只見一個小小茶坊，正在路口。史進便入茶坊裡來，揀一副座位坐了。茶博士（沏茶伙計）問道：「客官，吃甚茶？」史進道：「吃個泡茶（飲料）。」茶博士點個泡茶，放在史進面前。史進問道：「這裡經略府在何處？」茶博士道：「只在前面便是。」史進道：「借問經略府內有個東京來的教頭王進麼？」茶博士道：「這府裡教頭極多，有三四個姓王的，不知那個是王進？」道猶未了，只見一個大漢，大踏步竟入走進茶坊裡來。史進看他時，是個軍官模樣，怎生結束，但見：

頭裹芝麻羅萬字頂頭巾，腦後兩個太原府紐絲金環，上穿一領鸚哥綠絲戰袍，腰繫一條文武雙股鴉青絛，足穿一雙鷹爪皮四縫干黃靴。生得面圓耳大，鼻直口方，腮邊一部絡腮鬍鬚，身長八尺，腰闊十圍。

那人入到茶坊裡面坐下。茶博士便道：「客官要尋王教頭，只問這個提轄（官名），便都認得。」史進忙起身施禮道：「官人請坐拜茶。」那人見了史進長大魁偉，像條好漢，便來與他施禮。兩個坐下。史進道：「小人大膽，敢問官人高姓大名？」那人道：「洒家是經略府提轄，姓魯，諱個達字。敢問阿哥，你姓甚麼？」史進道：「小人是華州華陰縣人氏，姓史，名進。請問官人，小人有個師父，是東京八十萬禁軍教頭，姓王名進，不知在此經略府中有也無？」魯提轄道：「阿哥，你莫不是史家村甚麼九紋龍史大郎？」史進拜道：「小人便是。」魯提轄連忙還禮，說道：「聞名不如見面，見面勝似聞名。你要尋王教頭，莫不是在東京惡（得罪）了高太尉的王進？」史進道：「正是那人。」魯達道：「俺也聞他名字。那個阿哥不在這裡。洒家聽得說，他在延安府老種經略相公處勾當。俺這渭州，卻是小種經略（種諤之子種師道）相公鎮守，那人不在這裡。你既是史大郎時，多聞你的好名字，你且和我上街去吃杯酒。」魯提轄挽了史進的手，便出茶坊來。魯達回頭道：「茶錢洒家自還你。」茶博士應道：「提轄但吃不妨，只顧去。」

兩個挽了胳膊，出得茶坊來，上街行得三五十步，只見一簇眾人圍住白地（空地）上。史進道：「兄長，我們看一看。」分開人眾看時，中間裡一個人，仗著十來條棍棒；地上攤著十數個膏藥，一盤子盛著，插把紙標兒在上面，卻原來是江湖上使槍棒賣藥的。史進看了，卻認得他，原來是教史進開手的師父，叫做打虎將李忠。史進就人叢中叫道：「師父，多時不見。」李忠道：「賢弟，如何到這裡？」魯提轄道：「既是史大郎的師父，同和俺去吃三杯。」李忠道：「待小子賣了膏藥，討了回錢，一同和提轄去。」魯達道：「誰耐煩等你？去便同去。」李忠道：「小人的衣飯，無計奈何。提轄先行，小人便尋將來。賢弟，你和提轄先行一步。」魯達焦躁，把那看的人，一推一跤，便罵道：「這廝們夾著屁眼撒開，不去的，洒家便打。」眾人見是魯提轄，一哄都走了。李忠見魯達凶猛，敢怒而不敢言，只得陪笑道：「好急性的人。」當下收拾了行頭藥囊，寄頓了槍棒，三個人轉彎抹角，來到州橋之下，一個潘家有名的酒店。門前挑出望竿，掛著酒旆，漾在空中飄蕩。怎見得好座酒肆？有詩為證：

風拂煙籠錦旆揚，太平時節日初長。
能添壯士英雄膽，善解佳人愁悶腸。
三尺曉垂楊柳外，一竿斜插杏花旁。
男兒未遂平生志，且樂高歌入醉鄉。

三人上到潘家酒樓上，揀個濟楚閣兒裡坐下。魯提轄坐了主位，李忠對席，史進下首坐了。酒保唱了喏，認得是魯提轄，便道：「提轄官人，打多少酒？」魯達道：「先打四角酒來。」一面鋪下菜蔬、果品、案酒，又問道：「官人，吃甚下飯？」魯達道：「問甚麼？但有，只顧賣來，一發算錢還你。這廝只顧來聒噪。」酒保下去，隨即燙酒上來；但是下口肉食，只顧將來，擺一桌子。三個酒至數杯，正說些閒話，較量些槍法，說得入港（投合），只聽得隔壁閣子裡有人哽哽咽咽啼哭。魯達焦躁，便把碟兒、盞兒，都丟在樓板上。酒保聽得，慌忙上來看時，見魯提轄氣憤憤地。酒保抄手道：「官人要甚東西，吩咐買來。」魯達道：「酒家要甚麼？你也須認得酒家，卻恁地教甚麼人在間壁吱吱的哭，攪俺弟兄們吃酒。酒家須不曾少了你酒錢！」酒保道：「官人息怒，小人怎敢教人啼哭，打攪官人吃酒？這個哭的，是綽酒座兒唱（酒館裡巡回賣唱的歌妓）的父女兩人。不知官人們在此吃酒，一時間自苦了啼哭。」魯提轄道：「可是作怪！你與我喚的他來。」

酒保去叫，不多時，只見兩個到來：前面一個十八九歲的婦人，背後一個五六十歲的老兒，手裡拿串拍板，都來到面前。看那婦人，雖無十分的容貌，也有些動人的顏色（姿色）。但見：

鬅鬆（頭髮蓬鬆）雲髻，插一枝青玉簪兒；裊娜纖腰，繫六幅紅羅裙子。素白舊衫籠雪體，淡黃軟襪襯弓鞋。蛾眉緊蹙，汪汪淚眼落珍珠；粉面低垂，細細香肌消玉雪。若非雨病雲愁，定是懷憂積恨。

那婦人拭著眼淚，向前來深深的道了三個萬福。那老兒也都相見了。魯達問道：「你兩個是那裡人家？為甚啼哭？」那婦人便道：「官人不知，容奴告稟：奴家是東京人氏。因同父母來這渭州，投奔親眷，不想搬移南京（宋代應天府，即今河南商丘縣南）去了。母親在客店裡染病身故，父女二人，流落在此生受（受苦）。此間有個財主，叫做鎮關西鄭大官人，因見奴家，便使強媒硬保，要奴作妾。誰想寫了三千貫文書（字據），虛錢實契，要了奴家身體。未及三個月，他家大娘子好生利害，將奴趕打出來，不容完聚。著落店主人家追要原典身錢三千貫。父親懦弱，和他爭執不得，他又有錢有勢。當初不曾得他一文，如今那討錢來還他？沒計奈何，父親自小教得奴家些小曲兒，來這裡酒樓上趕座子（賣唱）。每日但得些錢來，將大半還他，留些少父女們盤纏。這兩日酒客稀少，違了他錢限，怕他來討時，受他羞辱。父女們想起這苦楚來，無處告訴（訴說），因此啼哭。不想誤觸犯了官人，望乞恕罪，高抬貴手。」

魯提轄又問道：「你姓甚麼？在那個客店裡歇？那個鎮關西鄭大官人在那裡住？」老兒答道：「老漢姓金，排行第二；孩兒小字翠蓮；鄭大官人便是此間狀元橋下賣肉的鄭屠，綽號鎮關西。老漢父女兩個，只在前面東門裡魯家客店安下。」魯達聽了道：「呸！俺只道那個鄭大官人，卻原來是殺豬的鄭屠。這個腌臢潑才，投托著俺小種經略相公門下做個肉鋪戶，卻原來這等欺負人！」回頭看著李忠、史進道：「你兩個且在這裡，等洒家去打死了那廝便來。」史進、李忠抱住勸道：「哥哥息怒，明日卻理會（料理）。」兩個三回五次勸得他住。

魯達又道：「老兒，你來，洒家與你些盤纏，明日便回東京去如何？」父女兩個告道：「若是能勾回鄉去時，便是重生父母，再長爺娘。只是店主人家如何肯放？鄭大官人須著落（尋找）他要錢。」魯提轄道：「這個不妨事，俺自有道理。」便去身邊摸出五兩來銀子，放在桌上，看著史進道：「洒家今日不曾多帶得些出來，你有銀子，借些與俺，洒家明日便送還你。」史進道：「直甚麼，要哥哥還。」去包裹裡取出一錠十兩銀子，放在桌上。魯達看著李忠道：「你也借些出來與洒家。」李忠去身邊摸出二兩來銀子。魯提轄看了見少，便道：「也是個不爽利的人。」魯達只把十五兩銀子與了金老，吩咐道：「你父女兩個將去做盤纏，一面收拾行李，俺明日清早來，發付你兩個起身，看那個店主人敢留你！」金老並女兒拜謝去了。

魯達把這二兩銀子丟還了李忠。三人再吃了兩角酒，下樓來叫道：「主人家，酒錢洒家明日送來還你。」主人家連聲應道：「提轄只顧自去，但吃不妨，只怕提轄不來賒。」三個人出了潘家酒肆，到街上分手，史進、李忠各自投客店去了。只說魯提轄回到經略府前下處（住處），到房裡，晚飯也不吃，氣憤憤的睡了。主人家又不敢問他。

再說金老得了這一十五兩銀子，回到店中，安頓了女兒。先去城外遠處覓下一輛車兒，回來收拾了行李，還了房宿錢，算清了柴米錢，只等來日天明。當夜無事。次早五更起來，父女兩個先打火做飯，吃罷，收拾了，天色微明，只見魯提轄大踏步走入店裡來，高聲叫道：「店小二（伙計），那裡是金老歇處？」小二哥道：「金公，提轄在此尋你。」金老開了房門，便道：「提轄官人，裡面請坐。」魯達道：「坐甚麼？你去便去，等甚麼？」金老引了女兒，挑了擔兒，作謝提轄，便待出門，店小二攔住道：「金公，那裡去？」魯達問道：「他少你房錢？」小二道：「小人房錢，昨夜都算還了。須欠鄭大官人典身錢，著落在小人身上看管他哩！」魯提轄道：「鄭屠的錢，洒家自還他。你放這老兒還鄉去。」那店小二那裡肯放。魯達大怒，揸開五指，去那小二臉上只一掌，打的那店小二口中吐血；再復一拳，打下當門兩個牙齒。小二爬將起來，一道煙走向店裡去躲了。店主人那裡敢出來攔他。金老父女兩個，忙忙離了店中，出城自去尋昨日覓下的車兒去了。且說魯達尋思：恐怕店小二趕去攔截他，且向店裡掇條凳子，坐了兩個時辰。約莫金公去的遠了，方才起身，逕到狀元橋來。

且說鄭屠開著兩間門面，兩副肉案，懸掛著三五片豬肉。鄭屠正在門前櫃身內坐定，看那十來個刀手賣肉。魯達走到面前，叫聲：「鄭屠！」鄭屠看時，見是魯提轄，慌忙出櫃身來唱喏道：「提轄恕罪。」便叫副手掇條凳子來，「提轄請坐。」魯達坐下道：「奉著經略相公鈞旨，要十斤精肉，切做臊子（碎肉），不要見半點肥的在上頭。」鄭屠道：「使得，你們快選好的，切十斤去。」魯提轄道：「不要那等醃臢廝們動手，你自與我切。」鄭屠道：「說得是。小人自切便了。」自去肉案上，揀下十斤精肉，細細切做臊子。那店小二把手帕包了頭，正來鄭屠家報說金老之事，卻見魯提轄坐在肉案門邊，不敢攏來，只得遠遠的立住，在房簷下望。這鄭屠整整的自切了半個時辰，用荷葉包了道：「提轄，教人送去？」魯達道：「送甚麼？且住！再要十斤，都是肥的，不要見些精的在上面，也要切做臊子。」鄭屠道：「卻才精的，怕府裡要裹餛飩，肥的臊子何用？」魯達睜著眼道：「相公鈞旨，吩咐洒家，誰敢問他？」鄭屠道：「是合用的東西，小人切便了。」又選了十斤實膘的肥肉，也細細的切做臊子，把荷葉來包了。整弄了一早晨，卻得飯罷時候。那店小二那裡敢過來，連那正要買肉的主顧，也不敢攏來。鄭屠道：「著人與提轄拿了，送將府裡去。」魯達道：「再要十斤寸金軟骨，也要細細地剁做臊子，不要見些肉在上面。」鄭屠笑道：「卻不是特地來消遣我！」魯達聽罷，跳起身來，拿著那兩包臊子在手裡，睜眼看著鄭屠道：「洒家特地要消遣你！」把兩包臊子，劈面打將去，卻似下了一陣的肉雨。鄭屠大怒，兩條忿氣從腳底下直衝到頂門心頭。那一把無明業火，焰騰騰的按納不住，從肉案上搶了一把剔骨尖刀，托地跳將下來。魯提轄早拔步在當街上。眾鄰舍並十來個火家，那個敢向前來勸。兩邊過路的人都立住了腳，和那店小二也驚的呆了。

鄭屠右手拿刀，左手便來要揪魯達，被這魯提轄就勢按住左手，趕將入去，望小腹上只一腳，騰地踢倒在當街上，魯達再入一步，踏住胸脯，提著那醋缽兒大小拳頭，看著這鄭屠道：「洒家始投老種經略相公，做到關西五路廉訪使，也不枉了叫做鎮關西。你是個賣肉的操刀屠戶，狗一般的人，也叫做鎮關西！你如何強騙了金翠蓮？」撲的只一拳，正打在鼻子上，打得鮮血迸流，鼻子歪在半邊，卻便似開了個油醬鋪，鹹的，酸的，辣的，一發都滾出來。鄭屠掙不起來，那把尖刀，也丟在一邊，口裡只叫：「打得好！」魯達罵道：「直娘賊，還敢應口！」提起拳頭來，就眼眶際眉稍只一拳，打得眼睖縫裂，烏珠迸出，也似開了個彩帛鋪的，紅的，黑的，絳的，都綻將出來。兩邊看的人，懼怕魯提轄，誰敢向前來勸。鄭屠當不過討饒。魯達喝道：「咄！你是個破落戶，若是和俺硬到底，洒家到饒了你；你如何對俺討饒，洒家偏不饒你。」又只一拳，太陽上正著，卻似做了一個全堂水陸的道場，磬兒、鈸兒、鐃兒，一齊響。魯達看時，只見鄭屠挺在地下，口裡只有出的氣，沒了入的氣，動彈不得。魯提轄假意道：「你這廝詐死，洒家再打。」只見面皮漸漸的變了。魯達尋思道：「俺只指望痛打這廝一頓，不想三拳真個打死了他。洒家須吃官司，又沒人送飯，不如及早撒開。」拔步便走，回頭指著鄭屠屍道：「你詐死，洒家和你慢慢理會。」一頭罵，一頭大踏步去了，街坊鄰舍，並鄭屠的火家，誰敢向前來攔他。魯提轄回到下處，急急捲了些衣服、盤纏、細軟、銀兩；但是舊衣粗重，都棄了。提了一條齊眉短棒，奔出南門，一道煙走了。

且說鄭屠家中眾人，救了半日不活，嗚呼死了。老小鄰人徑來州衙告狀，正直府尹升廳，接了狀子，看罷道：「魯達係是經略府提轄，不敢擅自徑來捕捉凶身。」府尹隨即上轎，來到經略府前，下了轎子，把門軍士，入去報知。經略聽得，教請到廳上，與府尹施禮罷，經略問道：「何來？」府尹稟道：「好教相公得知，府中提轄魯達，無故用拳，打死市上鄭屠。不曾稟過相公，不敢擅自捉拿凶身。」經略聽說，吃了一驚，尋思道：「這魯達雖好武藝，只是性格粗鹵，今番做出人命事，俺如何護得短？須教他推問使得。」經略回府尹道：「魯達這人，原是我父親老經略處軍官，為因俺這裡無人幫護，撥他來做個提轄。既然犯了人命罪過，你可拿他依法度取問。如若供招明白，擬罪已定，也須教我父親知道，方可斷決，怕日後父親處邊上要這個人時，卻不好看。」府尹稟道：「下官問了情由，合行申稟老經略相公知道，方敢斷遣。」

府尹辭了經略相公，出到府前，上了轎，回到州衙裡，升廳坐下，便喚當日緝捕使臣押下文書，捉拿犯人魯達。當時王觀察（衙役）領了公文，將帶二十來個做公的人，徑到魯提轄下處。只見房主人道：「卻才拕了些包裹，提了短棒出去了。小人只道奉著差使，又不敢問他。」王觀察聽了，教打開他房門看時，只有些舊衣舊裳，和些被臥在裡面。王觀察就帶了房主人，東西四下裡去跟尋，州南走到州北，捉拿不見。王觀察又捉了兩家鄰舍，並房主人，同到州衙廳上回話道：「魯提轄懼罪在逃，不知去向，只拿得房主人並鄰舍在此。」府尹見說，且教監下；一面教拘集鄭屠家鄰佑人等，點了仵作行人，著仰本地坊官人並坊廂里正，再三檢驗已了。鄭屠家自備棺木盛殮，寄在寺院。一面迭成文案，一壁（一面）差人仗限（官府令下屬限期抓拿人犯，逾期杖罰）緝捕凶身；原告人保領回家；鄰佑仗斷（用打板子作為對罪犯的判處），有失救應；房主人並下處鄰舍，止得個不應。魯達在逃，行開個海捕急遞的文書，各路追捉；出賞錢一千貫，寫了魯達的年甲（年齡）、貫址（籍貫）、形貌，到處張緝；一干人等疏放（下令釋放）聽候。鄭屠家親人，自去做孝，不在話下。

且說魯達自離了渭州，東逃西奔，急急忙忙，卻似：

失群的孤雁，趁月明獨自貼天飛；漏網的活魚，乘水勢翻身衝浪躍。不分遠近，豈顧高低。心忙撞倒路行人，腳快有如臨陣馬。

這魯提轄急急忙忙行過了幾處州府，正是：「逃生不避路，到處便為家。」自古有幾般：飢不擇食，寒不擇衣，慌不擇路，貧不擇妻。魯達心慌搶路，正不知投那裡去的是，一迷地行了半月之上，在路卻走到代州雁門縣。入得城來，見這市井鬧熱，人煙輳集，車馬駢馳，一百二十行經商買賣，諸物行貨都有，端的整齊，雖然是個縣治，勝如州府。魯提轄正行之間，不覺見一簇人眾圍住了十字街口看榜。但見：

扶肩搭背，交頭並頭；紛紛不辨賢愚，擾擾難分貴賤。張三蠢胖，不識字只把頭搖；李四矮矬，看別人也將腳踏。白頭老叟，盡將拐棒拄髭鬚，綠鬢書生，卻把文房抄款目。行行總是蕭何法（漢代蕭何定的法令）**，句句俱依律令行。**

魯達看見眾人看榜，挨滿在十字路口，也鑽在人叢裡聽時，魯達卻不識字，只聽得眾人讀道：

「代州雁門縣依奉太原府指揮使司，該准渭州文字，捕捉打死鄭屠犯人魯達，即係經略府提轄。如有人停藏在家宿食，與犯人同罪；若有人捕獲前來，或首告到官，支給賞錢一千貫文。」魯提轄正聽到那裡，只聽得背後一個人大叫道：「張大哥，你如何在這裡？」攔腰抱住，扯離了十字路口。不是這個人看見了，橫拖倒拽將去，有分教：魯提轄剃除頭髮，削去髭鬚，倒換過殺人姓名，薅惱殺諸佛羅漢。直教禪杖打開危險路，戒刀殺盡不平人。畢竟扯住魯提轄的是甚人？且聽下回分解。

第四回
趙員外重修文殊院　魯智深大鬧五台山

第四回
趙員外重修文殊院　魯智深大鬧五台山

話說當下魯提轄扭過身來看時，拖扯的不是別人，卻是渭州酒樓上救了的金老。那老兒直拖魯達到僻靜處，說道：「恩人，你好大膽！見今明明地張掛榜文，出一千貫賞錢捉你，你緣何卻去看榜？若不是老漢遇見時，卻不被做公的拿了。榜上見寫著你年甲、貌相、貫址。」魯達道：「洒家不瞞你說，因為你上，就那日回到狀元橋下，正迎著鄭屠那廝，被洒家三拳打死了，因此上在逃。一到處撞了四五十日，不想來到這裡。你緣何不回東京去，也來到這裡？」金老道：「恩人在上：自從得恩人救了，老漢尋得一輛車子，本欲要回東京去，又怕這廝趕來，亦無恩人在彼搭救；因此，不上東京去。隨路望北來，撞見一個京師古鄰，來這裡做買賣，就帶老漢父女兩口兒到這裡。虧殺（難為）了他，就與老漢女兒做媒，結交此間一個大財主趙員外，養做外宅，衣食豐足，皆出於恩人。我女兒常常對他孤老（女人對與她姘居男人的稱呼）說提轄大恩。那個員外也愛刺槍使棒，常說道：『怎地得恩人相會一面也好。』想念如何能勾得見。且請恩人到家過幾日，卻再商議。」

魯提轄便和金老行不得半里，到門首，只見老兒揭起簾子，叫道：「我兒，大恩人在此。」那女孩兒濃妝豔飾，從裡面出來，請魯達居中坐了，插燭也似拜了六拜，說道：「若非恩人垂救，怎能勾有今日。」魯達看那女子時，另是一般豐韻，比前不同。但見：

金釵斜插，掩映烏雲；翠袖巧裁，輕籠瑞雪。櫻桃口淺暈微紅，春筍手半舒嫩玉。纖腰裊娜，綠羅裙微露金蓮；素體輕盈，紅繡襖偏宜玉體。臉堆三月嬌花，眉掃初春嫩柳。香肌撲簌瑤台月，翠鬢籠松楚岫雲。

那女子拜罷，便請魯提轄道：「恩人上樓去請坐。」魯達道：「不須生受（麻煩），酒家便要去。」金老便道：「恩人既到這裡，如何肯放教你便去？」老兒接了桿棒包裹，請到樓上坐定。老兒吩咐道：「我兒陪侍恩人坐坐，我去安排飯來。」魯達道：「不消多事，隨分便好。」老兒道：「提轄恩念，殺身難報，量些粗食薄味，何足掛齒。」女子留住魯達在樓上坐地，金老下來，叫了家中新討的小廝，吩咐那個丫鬟，一面燒著火。老兒和這小廝上街來，買了些鮮魚、嫩雞、釀鵝、肥鮓、時新果子之類歸來。一面開酒，收拾菜蔬，都早擺了，搬上樓來。春台（飯桌）上放下三個盞子，三雙箸，鋪下菜蔬、果子、下飯等物，丫鬟將銀酒壺燙上酒來。女父二人，輪番把盞。金老倒地便拜。魯提轄道：「老人家如何恁地下禮，折殺俺也。」金老說道：「恩人聽稟：前日老漢初到這裡，寫個紅紙牌兒，旦夕一炷香，父女兩個兀自拜哩。今日恩人親身到此，如何不拜？」魯達道：「卻也難得你這片心。」

三人慢慢地飲酒。將及天晚，只聽得樓下打將起來。魯提轄開窗看時，只見樓下三二十人，各執白木棍棒，口裡都叫拿將下來。人叢裡一個人，騎在馬上，口裡大喝道：「休教走了這賊！」魯達見不是頭（不對勁），拿起凳子，從樓上打將下來。金老連忙搖手叫道：「都不要動手。」那老兒搶下樓去，直至那騎馬的官人身邊，說了幾句言語，那官人笑將起來，便喝散了那二三十人，各自去了。那官人下馬，入到裡面，老兒請下魯提轄來，那官人撲翻身便拜道：「聞名不如見面，見面勝似聞名，義士提轄受禮。」魯達便問那金老道：「這官人是誰？素不相識，緣何便拜洒家？」老兒道：「這個便是我兒的官人趙員外。卻才只道老漢引甚麼郎君子弟在樓上吃酒，因此引莊客來廝打。老漢說知，方才喝散了。」魯達道：「原來如此。怪員外不得。」趙員外再請魯提轄上樓坐定。金老重整杯盤，再備酒食相待。趙員外讓魯達上首坐地，魯達道：「洒家怎敢！」員外道：「聊表相敬之禮，小子多聞提轄如此豪傑，今日天賜相見，實為萬幸。」魯達道：「洒家是個粗鹵漢子，又犯了該死的罪過。若蒙員外不棄貧賤，結為相識，但有用洒家處，便與你去。」趙員外大喜，動問打死鄭屠一事，說些閒話，較量些槍法。吃了半夜酒，各自歇了。

次日天明，趙員外道：「此處恐不穩便，可請提轄到敝莊住幾時。」魯達問道：「貴莊在何處？」員外道：「離此間十里多路，地名七寶村便是。」魯達道：「最好。」員外先使人去莊上叫牽兩匹馬來。未及晌午，馬已到來，員外便請魯提轄上馬，叫莊客擔了行李，魯達相辭了金老父女二人和趙員外上了馬，兩個並馬行程，於路說些閒話，投七寶村來。不多時，早到莊前下馬，趙員外攜住魯達的手，直至草堂上，分賓而坐；一面叫殺羊置酒相待。晚間收拾客房安歇，次日又備酒食管待。魯達道：「員外錯愛，洒家如何報答。」趙員外便道：「『四海之內，皆兄弟也。』如何言報答之事。」

話休絮繁。魯達自此之後，在這趙員外莊上住了五七日。忽一日，兩個正在書院裡閒坐說話，只見金老急急奔來莊上，徑到書院裡，見了趙員外並魯提轄。見沒人，便對魯達道：「恩人，不是老漢心多，為是恩人前日老漢請在樓上吃酒，員外誤聽人報，引領莊客來鬧了街坊，後卻散了，人都有些疑心，說開去。昨日有三四個做公的來，鄰舍街坊打聽得緊，只怕要來村裡緝捕恩人。倘或有些疏失，如之奈何？」魯達道：「恁地時，洒家自去便了。」趙員外道：「若是留提轄在此，誠恐有些山高水低，教提轄怨悵；若不留提轄來，許多面皮都不好看。趙某卻有個道理，教提轄萬無一失，足可安身避難，只怕提轄不肯。」魯達道：「洒家是個該死的人，但得一處安身便了，做甚麼不肯？」趙員外道：「若如此，最好。離此間三十餘里有座山，喚做五台山，山上有一個文殊院，原是文殊菩薩道場。寺裡有五七百僧人，為頭智真長老，是我弟兄。我祖上曾捨錢在寺裡，是本寺的施主檀越。我曾許下剃度一僧在寺裡，已買下一道五花度牒在此，只不曾有個心腹之人，了這條願心。如是提轄肯時，一應費用，都是趙某備辦，委實肯落髮做和尚麼？」魯達尋思：「如今便要去時，那裡投奔人？不如就了這條路罷。」便道：「既蒙員外做主，洒家情願做了和尚，專靠員外照管。」當時說定了，連夜收拾衣服、盤纏、緞匹、禮物排擔了。次日早起來，叫莊客挑了，兩個取路望五台山來。辰牌已後，早到那山下。魯提轄看那五台山時，果然好座大山！但見：

雲遮峰頂，日轉山腰；嵯峨彷彿接天關，崒嵂參差侵漢表。岩前花木舞春風，暗吐清香；洞口藤蘿披宿雨，倒懸嫩線。飛雲瀑布，銀河影浸月光寒；峭壁蒼松，鐵角鈴搖龍尾動。山根雄峙三千界，巒勢高擎幾萬年。

趙員外與魯提轄兩乘轎子，抬上山來；一面使莊客前去通報。到得寺前，早有寺中都寺、監寺，出來迎接。兩個下了轎子，去山門外亭子上坐定。寺內智真長老得知，引著首座、侍者，出山門外來迎接。趙員外和魯達向前施禮，真長老打了問訊，說道：「施主遠出不易。」趙員外答道：「有些小事，特來上剎相浼（相求）。」真長老便道：「且請員外方丈吃茶。」趙員外前行，魯達跟在背後，看那文殊寺，果然是好座大剎！但見：

山門侵翠嶺，佛殿接青雲。鐘樓與月窟相連，經閣共峰巒對立。香積廚通一泓泉水，眾僧寮納四面煙霞。老僧方丈斗牛邊，禪客經堂雲霧裡。白面猿時時獻果，將怪石敲響木魚；黃斑鹿日日銜花，向寶殿供養金佛。七層寶塔接丹霄，千古聖僧來大剎。

當時真長老請趙員外並魯達到方丈。長老邀員外向客席而坐，魯達便去下首，坐在禪椅上。員外叫魯達附耳低言：「你來這裡出家，如何便對長老坐地？」魯達道：「洒家不省得。」起身立在員外肩下（下首）。面前首座、維那（管理僧眾事務的僧職）、侍者、監寺、都寺、知客、書記，依次排立東西兩班。莊客把轎子安頓了，一齊搬將盒子入方丈來，擺在面前。長老道：「何故又將禮物來？寺中多有相瀆（失敬）檀越處。」趙員外道：「些小薄禮，何足稱謝！」道人、行童（小和尚）收拾去了。趙員外起身道：「一事啟堂頭大和尚：趙某舊有一條願心，許剃一僧在上剎，度牒詞簿都已有了，到今不曾剃得。今有這個表弟姓魯，是關西軍漢出身，因見塵世艱辛，情願棄俗出家。萬望長老收錄，慈悲慈悲，看趙某薄面，披剃為僧。一應所用，弟子自當準備，煩望長老玉成，幸甚。」長老見說，答道：「這個事緣是光輝老僧山門，容易容易，且請拜茶。」只見行童托出茶來，茶罷，收了盞托。

真長老便喚首座、維那，商議剃度這人；吩咐監寺、都寺，安排齋食。只見首座與眾僧自去商議道：「這個人不似出家的模樣，一雙眼卻恁凶險。」眾僧道：「知客，你去邀請客人坐地，我們與長老計較。」知客出來，請趙員外、魯達到客館裡坐地。首座眾僧稟長老說道：「卻才這個要出家的人，形容醜惡，貌相凶頑，不可剃度他，恐久後累及山門。」長老道：「他是趙員外檀越的兄弟，如何撇得他的面皮？你等眾人且休疑心，待我看一看。」焚起一炷信香，長老上禪椅，盤膝而坐，口誦咒語，入定去了。一炷香過，卻好回來，對眾僧說道：「只顧剃度他。此人上應天星，心地剛直。雖然時下凶頑，命中駁雜（坎坷），久後卻得清淨，正果非凡，汝等皆不及他。可記吾言，勿得推阻。」首座道：「長老只是護短，我等只得從他。不諫不是，諫他不從，便了。」

長老叫備齋食，請趙員外等方丈會齋，齋罷，監寺打了單帳。趙員外取出銀兩，教人買辦物料；一面在寺裡做僧鞋、僧衣、僧帽、袈裟、拜具。一兩日都已完備。長老選了吉日良時，教鳴鐘擊鼓，就法堂內會集大眾，整整齊齊，五六百僧人，盡披袈裟，都到法座下合掌作禮，分作兩班。趙員外取出銀錠、表禮、信香，向法座前禮拜了。表白宣疏已罷，行童引魯達到法座下。維那教魯達除了巾幘，把頭髮分做九路綰了，揭揲起來。淨髮人先把一周遭都剃了，卻待剃髭鬚，魯達道：「留了這些兒還洒家也好。」眾僧忍笑不住。真長老在法座上道：「大眾聽偈。」念道：

寸草不留，六根清淨，與汝剃除，免得爭競。

長老念罷偈言，喝一聲：「咄，盡皆剃去！」淨髮人只一刀，盡皆剃了。首座呈將度牒上法座前，請長老賜法名。長老拿著空頭度牒，而說偈曰：

靈光一點，價值千金，佛法廣大，賜名智深。

第四回

趙員外重修文殊院　魯智深大鬧五台山

長老賜名已罷，把度牒轉將下來，書記僧填寫了度牒，付與魯智深收受。長老又賜法衣袈裟，教智深穿了。監寺引上法座前，長老用手與他摩頂受記道：「一要皈依佛性，二要歸奉正法，三要歸敬師友，此是三歸。五戒者：一不要殺生，二不要偷盜，三不要邪淫，四不要貪酒，五不要妄語。」智深不曉得禪宗答應能否兩字，卻便道：「洒家記得。」眾僧都笑。受記已罷，趙員外請眾僧到雲堂裡坐下，焚香設齋供獻。大小職事僧人，各有上賀禮物。都寺引魯智深參拜了眾師兄師弟，又引去僧堂背後叢林裡選佛場坐地。

當夜無事。次日趙員外要回，告辭長老，留連不住，早齋已罷，並眾僧都送出山門。趙員外合掌道：「長老在上，眾師父在此，凡事慈悲。小弟智深，乃是愚鹵直人，早晚禮數不到，言語冒瀆，誤犯清規，萬望覷趙某薄面，恕免恕免。」長老道：「員外放心，老僧自慢慢地教他念經，誦咒，辦道，參禪。」員外道：「日後自得報答。」人叢裡喚智深到松樹下，低低吩咐道：「賢弟，你從今日難比往常，凡事自宜省戒，切不可托大。倘有不然，難以相見，保重保重。早晚衣服，我自使人送來。」智深道：「不索哥哥說，洒家都依了。」當時趙員外相辭長老，再別了眾人上轎，引了莊客，挓了一乘空轎，取了盒子，下山回家去了。當下長老自引了眾僧回寺。

話說魯智深回到叢林選佛場中禪床上，撲倒頭便睡，上下肩兩個禪和子推他起來，說道：「使不得。既要出家，如何不學坐禪？」智深道：「洒家自睡，干你甚事？」禪和子道：「善哉！」智深裸袖道：「團魚洒家也吃，甚麼『鱔哉』？」禪和子道：「卻是苦也！」智深便道：「團魚大腹，又肥甜了，好吃，那得『苦也』？」上下肩禪和子都不睬他，由他自睡了。次日要去對長老說知智深如此無禮，首座勸道：「長老說道，他後來正果非凡，我等皆不及他，只是護短，你們且沒奈何，休與他一般見識。」禪和子自去了。智深見沒人說他，每到晚便放翻身體，橫羅十字，倒在禪床上睡，夜間鼻如雷響；要起來淨手，大驚小怪，只在佛殿後撒尿屙屎，遍地都是。侍者稟長老說：「智深好生無禮，全沒些個出家人體面，叢林（寺院）中如何安著得此等之人？」長老喝道：「胡說！且看檀越之面，後來必改。」自此無人敢說。

魯智深在五台山寺中，不覺攪了四五個月。時遇初冬天氣，智深久靜思動，當日晴明得好。智深穿了皂布直裰（僧道袍），繫了鴉青絛，換了僧鞋，大踏步走出山門來。信步行到半山亭子上，坐在鵝項懶凳上，尋思道：「干鳥麼！俺往常好酒好肉，每日不離口，如今教洒家做了和尚，餓得乾癟了。趙員外這幾日又不使人送些東西來與洒家吃，口中淡出鳥來。這早晚怎地得些酒來吃也好。」正想酒哩！只見遠遠地一個漢子，挑著一副擔桶，唱上山來，上面蓋著桶蓋。那漢子手裡拿著一個旋子（開桶工具），唱著上來，唱道：

九里山前作戰場，牧童拾得舊刀槍。
順風吹動烏江水，好似虞姬別霸王。

魯智深觀見那漢子挑擔桶上來，坐在亭子上，看這漢子，也來亭子上，歇下擔桶。智深道：「兀那（那）漢子，你那桶裡，甚麼東西？」那漢子道：「好酒！」智深道：「多少錢一桶？」那漢子道：「和尚，你真個也要作耍？」智深道：「洒家和你耍甚麼？」那漢子道：「我這酒挑上去，只賣與寺內火工道人、直廳、轎夫、老郎們、做生活的吃。本寺長老已有法旨：但賣與和尚們吃了，我們都被長老責罰，追了本錢，趕出屋去。我們見關著本寺的本錢，見住著本寺的屋宇，如何敢賣與你吃？」智深道：「真個不賣？」那漢子道：「殺了我也不賣！」智深道：「洒家也不殺你，只要問你買酒吃。」那漢子見不是頭，挑了擔桶便走。智深趕下亭子來，雙手拿住匾擔，只一腳，交襠踢著，那漢子雙手掩著，做一堆蹲在地下，半日起不得。智深把那兩桶酒都提在亭子上，地下拾起旋子，開了桶蓋，只顧舀冷酒吃。無移時，兩大桶酒吃了一桶。智深道：「漢子，明日來寺裡討錢。」那漢子方才疼止。又怕寺裡長老得知，壞了衣飯，忍氣吞聲，那裡敢討錢。把酒分做兩半桶挑了，拿了旋子，飛也似下山去了。

只說魯智深在亭子上坐了半日，酒卻上來；下得亭子，松樹根邊又坐了半歇，酒越湧上來。智深把皂直裰褪膊下來，把兩隻袖子纏在腰裡，露出脊背上花繡來，扇著兩個膀子上山來。但見：

頭重腳輕，眼紅面赤，前合後仰，東倒西歪。踉踉蹌蹌上山來，似當風之鶴；擺擺搖搖回寺去，如出水之蛇。指定天宮，叫罵天蓬元帥；踏開地府，要拿催命判官。裸形赤體醉魔君，放火殺人花和尚。

魯達看看來到山門下，兩個門子遠遠地望見，拿著竹篦來到山門下，攔住魯智深，便喝道：「你是佛家弟子，如何噇得爛醉了上山來？你須不瞎，也見庫局裡貼的曉示：但凡和尚破戒吃酒，決打四十竹篦，趕出寺去，如門子縱容醉的僧人入寺，也吃十下。你快下山去，饒你幾下竹篦。」魯智深一者初做和尚，二來舊性未改，睜起雙眼罵道：「直娘賊！你兩個要打洒家，俺便和你廝打。」門子見勢頭不好，一個飛也似入來報監寺，一個虛拖竹篦攔他。智深用手隔過，揸開五指，去那門子臉上只一掌，打得踉踉蹌蹌，卻待掙扎，智深再復一拳，打倒在山門下，只是叫苦。智深道：「洒家饒你這廝。」踉踉蹌蹌，攧入寺裡來。監寺聽得門子報說，叫起老郎、火工、直廳、轎夫，三二十人，各執白木棍棒，從西廊下搶出來，卻好迎著智深。智深望見，大吼了一聲，卻似嘴邊起個霹靂，大踏步搶入來。眾人初時不知他是軍官出身，次後見他行得凶了，慌忙都退入藏殿裡去，便把亮槅關上。智深搶入階來，一拳一腳，打開亮槅，三二十人都趕得沒路，奪條棒，從藏殿裡打將出來。

監寺慌忙報知長老，長老聽得，急引了三五個侍者直來廊下，喝道：「智深不得無禮！」智深雖然酒醉，卻認得是長老，撇了棒，向前來打個問訊，指著廊下對長老道：「智深吃了兩碗酒，又不曾撩撥他們，他眾人又引人來打洒家。」長老道：「你看我面，快去睡了，明日卻說。」魯智深道：「俺不看長老面，洒家直打死你那幾個禿驢！」長老叫侍者扶智深到禪床上，撲地便倒了，齁齁地睡了。眾多職事僧人圍定長老告訴道：「向日徒弟們曾諫長老來，今日如何？本寺那裡容得這個野貓，亂了清規！」長老道：「雖是如今眼下有些囉唣，後來卻成得正果，無奈何，且看趙員外檀越之面，容恕他這一番；我自明日叫去埋怨他便了。」眾僧冷笑道：「好個沒分曉的長老！」各自散去歇息。

次日早齋罷，長老使侍者到僧堂裡坐禪處喚智深時，尚兀自未起。待他起來，穿了直裰，赤著腳，一道煙走出僧堂來。侍者吃了一驚，趕出外來尋時，卻走在佛殿後屙屎。侍者忍笑不住，等他淨了手，說道：「長老請你說話。」智深跟著侍者到方丈，長老道：「智深雖是個武夫出身，今來趙員外檀越剃度了你，我與你摩頂受記，教你『一不可殺生，二不可偷盜，三不可邪淫，四不可貪酒，五不可妄語。』此五戒乃僧家常理。出家人第一不可貪酒，你如何夜來吃得大醉？打了門子，傷壞了藏殿上朱紅槅子，又把火工道人都打走了，口出喊聲，如何這般所為？」智深跪下道：「今番不敢了。」長老道：「既然出家，如何先破了酒戒，又亂了清規？我不看你施主趙員外面，定趕你出寺！再後休犯！」智深起來合掌道：「不敢，不敢。」長老留在方丈裡，安排早飯與他吃；又用好言語勸他；取一領細布直裰，一雙僧鞋，與了智深，教回僧堂去了。昔有一名賢，走筆作一篇口號，單說那酒。端的做得好！道是：

從來過惡皆歸酒，我有一言為世剖。
地水火風合成人，面曲米水和醇酎。
酒在瓶中寂不波，人未酣時若無口。
誰說孩提即醉翁，未聞食糯顛如狗。
如何三杯放手傾，遂令四大不自有！
幾人涓滴不能嘗，幾人一飲三百斗。
亦有醒眼是狂徒，亦有酕醄神不謬。
酒中賢聖得人傳，人負邦家因酒覆。
解嘲破惑有常言，「酒不醉人人醉酒。」

但凡飲酒，不可盡歡，常言：「酒能成事，酒能敗事。」便是膽小的吃了，也胡亂做了大膽，何況性高（天不怕，地不怕）的人？

再說這魯智深自從吃酒醉鬧了這一場，一連三四個月，不敢出寺門去。忽一日，天氣暴暖，是二月間天氣，離了僧房，信步踱出山門外立地，看著五台山，喝采一回。猛聽得山下叮叮噹噹的響聲，順風吹上山來。智深再回僧堂裡取了些銀兩，揣在懷裡，一步步走下山來。出得那「五台福地」的牌樓來，看時，原來卻是一個市井，約有五七百人家。智深看那市鎮上時，也有賣肉的，也有賣菜的，也有酒店、麵店。智深尋思道：「干呆麼！俺早知有這個去處，不奪他那桶酒吃，也自下來買些吃。

這幾日熬得清水流，且過去看，有甚東西買些吃？」聽得那響處，卻是打鐵的在那裡打鐵，間壁一家門上，寫著「父子客店」。智深走到鐵匠鋪門前看時，見三個人打鐵。智深便道：「兀那待詔（手工匠人），有好鋼鐵麼？」那打鐵的看見魯智深腮邊新剃，暴長短鬚，戧戧（倒豎）地好慘瀨（醜陋可怕）人，先有五分怕他。那待詔住了手道：「師父請坐，要打甚麼生活？」智深道：「洒家要打條禪杖，一口戒刀，不知有上等好鐵麼？」待詔道：「小人這里正有些好鐵，不知師父要打多少重的禪杖、戒刀，但憑吩咐。」智深道：「洒家只要打一條一百斤重的。」待詔笑道：「重了。師父，小人打怕不打了，只恐師父如何使得動？便是關王刀，也只有八十一斤。」智深焦躁道：「俺便不及關王？他也只是個人。」那待詔道：「小人據常說，只可打條四五十斤的，也十分重了。」智深道：「便依你說，比關王刀，也打八十一斤的。」待詔道：「師父，肥了不好看，又不中使。依著小人，好生打一條六十二斤的水磨禪杖與師父，使不動時，休怪小人。戒刀已說了，不用吩咐，小人自用十分好鐵打造在此。」智深道：「兩件家生，要幾兩銀子？」待詔道：「不討價，實要五兩銀子。」智深道：「俺便依你五兩銀子；你若打得好時，再有賞你。」那待詔接了銀兩道：「小人便打在此。」智深道：「俺有些碎銀子在這裡，和你買碗酒吃。」待詔道：「師父穩便，小人趕趁些生活，不及相陪。」

智深離了鐵匠人家，行不到三二十步，見一個酒望子，挑出在房簷上。智深掀起簾子，入到裡面坐下，敲著桌子叫道：「將酒來！」賣酒的主人家說道：「師父少罪，小人住的房屋，也是寺裡的，本錢也是寺裡的。長老已有法旨：但是小人們賣酒與寺裡僧人吃了，便要追了小人們本錢，又趕出屋，因此，只得休怪。」智深道：「胡亂賣些與洒家吃，俺須不說是你家便了。」店主人道：「胡亂不得，師父別處去吃，休怪，休怪。」智深只得起身，便道：「洒家別處吃得，卻來和你說話。」出得店門，行了幾步，又望見一家酒旗兒，直挑出在門前。智深一直走進去，坐下叫道：「主人家，快把酒來賣與俺吃。」店主人道：「師父，你好不曉事，長老已有法旨，你須也知，卻來壞我們衣飯。」智深不肯動身，三回五次，那裡肯賣。智深情知不肯，起身又走。連走了三五家，都不肯賣。智深尋思一計，若不生個道理（招法），如何能勾（通「鉤」，索取）酒吃？遠遠地杏花深處，市梢（末尾）盡頭，一家挑出個草帚兒（酒幌）來。智深走到那裡看時，卻是個傍村小酒店。但見：

傍村酒肆已多年，斜插桑麻古道邊。
白板凳鋪賓客坐，矮籬笆用棘荊編。
破甕榨成黃米酒，柴門挑出布青簾。
更有一般堪笑處，牛屎泥牆盡酒仙。

智深走入店裡來，靠窗坐下，便叫道：「主人家，過往僧人買碗酒吃。」莊家看了一看道：「和尚，你那裡來？」智深道：「俺是行腳僧人，遊方到此經過，要買碗酒吃。」莊家道：「和尚，若是五台山寺裡的師父，我卻不敢賣與你吃。」智深道：「洒家不是，你快將酒賣來。」莊家看見魯智深這般模樣，聲音各別，便道：「你要打多少酒？」智深道：「休問多少，大碗只顧篩來。」約莫也吃了十來碗，智深問道：「有甚肉，把一盤來吃。」莊家道：「早來有些牛肉，都賣沒了。」智深猛聞得一陣肉香，走出空地上看時，只見牆邊沙鍋裡煮著一隻狗在那裡。智深道：「你家見有狗肉，如何不賣與俺吃？」莊家道：「我怕你是出家人，不吃狗肉，因此不來問你。」智深道：「洒家的銀子有在這裡。」便將銀子遞與莊家道：「你且賣半隻與俺。」那莊家連忙取半隻熟狗肉，搗些蒜泥，將來放在智深面前。智深大喜，用手扯那狗肉，蘸著蒜泥吃，一連又吃了十來碗酒。吃得口滑，只顧要吃，那裡肯住。莊家到都呆了，叫道：「和尚只恁地罷！」智深睜起眼道：「洒家又不白吃你的，管俺怎地？」莊家道：「再要多少？」智深道：「再打一桶來。」莊家只得又舀一桶來。智深無移時，又吃了這桶酒，剩下一腳狗腿，把來揣在懷裡，臨出門又道：「多的銀子，明日又來吃。」嚇得莊家目瞪口呆，罔知所措。看見他早望五台山上去了。

智深走到半山亭子上，坐了一回，酒卻湧上來，跳起身，口裡道：「俺好些時不曾拽拳使腳，覺道身體都困倦了，洒家且使幾路看。」下得亭子，把兩隻袖子　在手裡，上下左右，使了一回。使得力發，只一膀子，扇在亭子柱上，只聽得刮剌剌一聲響亮，把亭子柱打折了，坍了亭子半邊。門子聽得半山裡響，高處看時，只見魯智深一步一攧，搶上山來。兩個門子叫道：「苦也！這畜生今番又醉得不小，可便把山門關上，把栓拴了。」只在門縫裡張時，見智深搶到山門下，見關了門，把拳頭擂鼓也似敲門，兩個門子那裡敢開。智深敲了一回，扭過身來，看了左邊的金剛，喝一聲道：「你這個鳥大漢，不替俺敲門，卻拿著拳頭嚇洒家，俺須不怕你。」跳上台基，把柵剌子只一拔，卻似撧蔥般拔開了；拿起一根折木頭，去那金剛腿上便打，簌簌地泥和顏色都脫下來。門子張見道：「苦也！」只得報知長老。智深等了一會，調轉身來，看著右邊金剛，喝一聲道：「你這廝張開大口，也來笑洒家。」便跳過右邊台基上，把那金剛腳上打了兩下，只聽得一聲震天價響，那尊金剛從台基上倒撞下來，智深提著折木頭大笑。兩個門子去報長老，長老道：「休要惹他，你們自去。」只見這首座、監寺、都寺，並一應職事僧人，都到方丈稟說：「這野貓今日醉得不好，把半山亭子，山門下金剛，都打壞了，如何是好？」長老道：「自古天子尚且避醉漢，何況老僧乎？若是打壞了金剛，請他的施主趙員外自來塑新的；倒了亭子，也要他修蓋，這個且由他。」眾僧道：「金剛乃是山門之主，如何把來換過？」長老道：「休說壞了金剛，便是打壞了殿上三世佛，也沒奈何，只可回避他。你們見前日的行凶麼？」眾僧出得方丈，都道：「好個囫圇粥（不分是非）的長老！門子，你且休開，只在裡面聽。」智深在外面大叫道：「直娘的禿驢們，不放洒家入寺時，山門外討把火來，燒了這個鳥寺。」眾僧聽得叫，只得叫門子拽了大栓，由那畜生入來；若不開時，真個做出來。門子只得捻腳捻手，把栓拽了，飛也似閃入房裡躲了，眾僧也各自回避。

只說那魯智深雙手把山門盡力一推，撲地攧將入來，吃了一跤。爬將起來，把頭摸一摸，直奔僧堂來。到得選佛場中，禪和子（出家人）正打坐間，看見智深揭起簾子，鑽將入來，都吃一驚，盡低了頭。智深到得禪床邊，喉嚨裡咯咯地響，看著地下便吐。眾僧都聞不得那臭，個個道：「善哉！」齊掩了口鼻。智深吐了一回，扒上禪床，解下條，把直裰帶子都咇咇剝剝扯斷了，脫下那腳狗腿來。智深道：「好好，正肚飢哩！」扯來便吃。眾僧看見，便把袖子遮了臉，上下肩兩個禪和子遠遠地躲開。智深見他躲開，便扯一塊狗肉，看著上首的道：「你也到口。」上首的那和尚，把兩隻袖子死掩了臉。智深道：「你不吃。」把肉望（往）下首的禪和子嘴邊塞將去，那和尚躲不迭（躲不開），卻待下禪床，智深把他劈耳朵揪住，將肉便塞。對床四五個禪和子跳過來勸時，智深撇了狗肉，提起拳頭，去那光腦袋上咇咇剝剝只顧鑿。滿堂僧眾大喊起來，都去櫃中取了衣缽要走。此亂喚做「卷堂大散」。首座那裡禁約得住？

智深一味地打將出來，大半禪客都躲出廊下來。監寺、都寺，不與長老說知，叫起一班職事僧人，點起（指派）老郎、火工道人、直廳、轎夫，約有一二百人，都執杖叉棍棒，盡使手巾盤頭，一齊打入僧堂來。智深見了，大吼一聲，別無器械，搶入僧堂裡，佛面前推翻供桌，撧兩條桌腳，從堂裡打將出來。但見：

心頭火起，口角雷鳴。奮八九尺猛獸身軀，吐三千丈凌雲志氣。按不住殺人怪膽，圓睜起卷海雙睛。直截橫衝，似中箭投崖虎豹；前奔後湧，如著槍跳澗豺狼。直饒揭帝也難當，便是金剛須拱手。

當時魯智深掄兩條桌腳，打將出來，眾多僧行見他來得凶了，都拖了棒，退到廊下。智深兩條桌腳，著地卷將來，眾僧早兩下合攏來。智深大怒，指東打西，指南打北，只饒了兩頭的。當時智深直打到法堂下，只見長老喝道：「智深不得無禮，眾僧也休動手。」兩邊眾人，被打傷了數十個，見長老來，各自退去。智深見眾人退散，撇了桌腳，叫道：「長老，與洒家做主。」此時酒已七八分醒了。長老道：「智深，你連累殺老僧。前番醉了一次，攪擾了一場，我教你兄趙員外得知，他寫書來，與眾僧陪話（道歉）。今番你又如此大醉無禮，亂了清規，打坍了亭子，又打壞了金剛。這個且由他。你攪得眾僧卷堂而走，這個罪業非小，我這裡五台山文殊菩薩道場，千百年清淨香火去處，如何容得你這等穢污？你且隨我來方丈裡過幾日，我安排你一個去處。」智深隨長老到方丈去，長老一面叫職事僧人留住眾禪客，再回僧堂，自去坐禪；打傷了的和尚，自去將息。長老領智深到方丈，歇了一夜。

次日，真長老與首座商議：「收拾了些銀兩齎發他，教他別處去，可先說與趙員外知道。」長老隨即修書一封，使兩個直廳道人，徑到趙員外莊上，說知就裡，立等回報。趙員外看了來書，好生不然。回書來拜覆長老說道：「壞了的金剛、亭子，趙某隨即備價來修；智深任從長老發遣。」長老得了回書，便叫侍者取領皂布直裰，一雙僧鞋，十兩白銀，房中喚過智深。長老道：「智深，你前番一次大醉，鬧了僧堂，便是誤犯。今次又大醉，打壞了金剛，坍了亭子，卷堂鬧了選佛場，你這罪業非

第四回
趙員外重修文殊院　魯智深大鬧五台山

輕；又把眾禪客打傷了。我這裡出家是個清淨去處，你這等做，甚是不好。看你趙檀越面皮，與你這封書，投一個去處安身。我這裡決然安你不得了。我夜來看了，贈汝四句偈言，終身受用。」智深道：「師父教弟子那裡去安身立命？願聽俺師四句偈言。」真長老指著魯智深，說出這幾句言語，去這個去處。有分教，這人笑揮禪杖，戰天下英雄好漢；怒掣戒刀，砍世上逆子讒臣。直教名馳塞北三千里，果證江南第一州。畢竟真長老與智深說出甚言語來？且聽下回分解。

第五回

小霸王醉入銷金帳　花和尚大鬧桃花村

話說當日智真長老道：「智深，你此間決不可住了。我有一個師弟，見在東京大相國寺住持，喚做智清禪師。我與你這封書，去投他那裡，討個職事僧做。我夜來看了，贈汝四句偈言，你可終身受用，記取今日之言。」智深跪下道：「洒家願聽偈言。」長老道：「遇林而起，遇山而富，遇水而興，遇江而止。」魯智深聽了四句偈言，拜了長老九拜。背了包裹、腰包、肚包，藏了書信，辭了長老並眾僧人，離了五台山，徑到鐵匠間壁客店裡歇了，等候打了禪杖、戒刀完備就行。寺內眾僧得魯智深去了，無一個不歡喜。長老教火工道人自來收拾打壞了的金剛、亭子。過不得數日，趙員外自將若干錢物來五台山，再塑起金剛，重修起半山亭子，不在話下。有詩為證：

禪林辭去入禪林，知己相逢義斷金。
且把威風驚賊膽，漫將妙理悅禪心。
綽名久喚花和尚，道號親名魯智深。
俗願了時終證果，眼前爭奈沒知音。

第五回

小霸王醉入銷金帳　花和尚大鬧桃花村

再說這魯智深就客店裡住了幾日，等得兩件家生都已完備，做了刀鞘，把戒刀插放鞘內，禪杖卻把漆來裹了。將些碎銀子賞了鐵匠，背了包裹，拷了戒刀，提了禪杖，作別了客店主人並鐵匠。行程上路，過往人看了，果然是個莽和尚。但見：

皂直裰背穿雙袖，青圓絛斜綰雙頭。鞘內戒刀，藏春冰三尺；肩頭禪杖，橫鐵蟒一條。鷺鷥腿緊繫腿絣，蜘蛛肚牢拴衣鉢。嘴縫邊攢千條斷頭鐵線，胸脯上露一帶蓋膽寒毛。生成食肉餐魚臉，不是看經念佛人。

且說魯智深自離了五台山文殊院，取路投東京來。行了半月之上，於路不投寺院去歇，只是客店內打火安身；白日間酒肆裡買吃。

一日正行之間，貪看山明水秀，不覺天色已晚，但見：

山影深沉，槐陰漸沒。綠楊郊外，時聞鳥雀歸林；紅杏村中，每見牛羊入圈。落日帶煙生碧霧，斷霞映水散紅光。溪邊釣叟移舟去，野外村童跨犢歸。

魯智深因見山水秀麗，貪行了半日，趕不上宿頭，路中又沒人作伴，那裡投宿是好？又趕了三二十里田地，過了一條板橋，遠遠地望見一簇紅霞，樹木叢中，閃著一所莊院，莊後重重疊疊，都是亂山。魯智深道：「只得投莊上去借宿。」一徑奔到莊前看時，見數十個莊家，忙忙急急，搬東搬西。魯智深到莊前，倚了禪杖，與莊客打個問訊。莊客道：「和尚，日晚來我莊上做甚的？」智深道：「洒家趕不上宿頭，欲借貴莊投宿一宵，明早便行。」莊客道：「我莊上今夜有事，歇不得。」智深道：「胡亂借洒家歇一夜，明日便行。」莊客道：「和尚快走，休在這裡討死！」智深道：「也是怪哉！歇一夜，打甚麼不緊？怎地便是討死？」莊家道：「去便去，不去時，便捉來縛在這裡。」魯智深大怒道：「你這廝村人，好沒道理！俺又不曾說甚的，便要綁縛洒家。」莊家們也有罵的，也有勸的。

魯智深提起禪杖，卻待要發作，只見莊裡走出一個老人來。魯智深看那老人時，似年近六旬之上。拄一條過頭拄杖，走將出來，喝問莊客：「你們鬧甚麼？」莊客道：「可奈這個和尚要打我們。」智深便道：「小僧是五台山來的和尚，要上東京去幹事，今晚趕不上宿頭，借貴莊投宿一宵，莊家那廝無禮，要綁縛洒家。」那老人道：「既是五台山來的僧人，隨我進來。」智深跟那老人直到正堂上，分賓主坐下。那老人道：「師父，休要怪。莊家們不省得師父是活佛去處來的，他作尋常一例相看。老漢從來敬信佛天三寶（佛、佛法經典、僧人），雖是我莊上今夜有事，權且留師父歇一宵了去。」智深將禪杖倚了，起身打個問訊，謝道：「感承施主，小僧不敢動問貴莊高姓？」老人道：「老漢姓劉，此間喚做桃花村，鄉人都叫老漢做桃花莊劉太公。敢問師父俗姓，喚做甚麼諱字？」智深道：「俺的師父是智真長老，與俺取了個諱字；因洒家姓魯，喚做魯智深。」太公道：「師父請吃些晚飯，不知肯吃葷腥也不？」魯智深道：「洒家不忌葷酒，遮莫甚麼渾清白酒，都不揀選；牛肉狗肉，但有便吃。」太公道：「既然師父不忌葷酒，先叫莊客取酒肉來。」沒多時，莊客掇張桌子，放下一盤牛肉，三四樣菜蔬，一雙箸，放在魯智深面前。智深解下腰包、肚包，坐定。那莊客旋了一壺酒，拿一隻盞子，篩下酒與智深吃。這魯智深也不謙讓，也不推辭，無一時，一壺酒，一盤肉，都吃了。太公對席看見，呆了半晌。莊客搬飯來，又吃了，抬過桌子。

太公吩咐道：「胡亂教師父在外面耳房中歇一宵，夜間如若外面熱鬧，不可出來窺望。」智深道：「敢問貴莊今夜有甚事？」太公道：「非是你出家人閒管的事。」智深道：「太公緣何模樣不甚喜歡？莫不怪小僧來攪擾你麼？明日洒家算還你房錢便了。」太公道：「師父聽說，我家時常齋僧布施，那爭（差）師父一個；只是我家今夜小女招夫，以此煩惱。」魯智深呵呵大笑道：「『男大須婚，女大必嫁。』這是人倫大事，五常之禮，何故煩惱？」太公道：「師父不知，這頭親事，不是情願與的。」智深大笑道：「太公，你也是個痴漢，既然不兩相情願，如何招贅做個女婿？」太公道：「老漢止有這個小女，如今方得一十九歲，被此間有座山，喚做桃花山，近來山上有兩個大王，紮了寨柵，聚集著五七百人，打家劫舍。此間青州官軍捕盜，禁他不得，因來老漢莊上討（強征）進奉，見了老漢女兒，撇下二十兩金子、一匹紅錦為定禮，選著今夜好日，晚間來入贅老漢莊上。又和他爭執不得，只得與他，因此煩惱，非是爭師父一個人。」智深聽了道：「原來如此。小僧有個道理，教他回心轉意，不要娶你女兒如何？」太公道：「他是個殺人不眨眼魔君，你如何能勾得他回心轉意？」智深道：「洒家在五台山智真長老處，學得說因緣，便是鐵石人，也勸得他轉。今晚可教你女兒別處藏了，俺就你女兒房內說因緣，勸他便回心轉意。」太公道：「好卻甚好，只是不要捋虎鬚。」智深道：「洒家的不是性命！你只依著俺行。」太公道：「卻是好也！我家有福，得遇這個活佛下降。」莊客聽得，都吃一驚。

太公問智深：「再要飯吃麼？」智深道：「飯便不要吃，有酒再將些來吃。」太公道：「有，有！」隨即叫莊客取一隻熟鵝，大碗斟將酒來，叫智深盡意吃了三二十碗，那隻熟鵝也吃了。叫莊客將了包裹，先安放房裡，提了禪杖，帶了戒刀，問道：「太公，你的女兒躲過了不曾？」太公道：「老漢已把女兒寄送在鄰舍莊裡去了。」智深道：「引洒家新婦房內去。」太公引至房邊，指道：「這裡面便是。」智深道：「你們自去躲了。」太公與眾莊客自出外面安排筵席。智深把房中桌椅等物，都掇過了；將戒刀放在床頭，禪杖把來倚在床邊，把銷金帳子下了，脫得赤條條地，跳上床去坐了。

太公見天色看看黑了，叫莊客前後點起燈燭熒煌；就打麥場上放下一條桌子，上面擺著香花燈燭；一面叫莊客大盤盛著肉，大壺溫著酒。約莫初更時分，只聽得山邊鑼鳴鼓響。這劉太公懷著鬼胎，莊家們都捏著兩把汗，盡出莊門外看時，只見遠遠地四五十火把，照曜如同白日，一簇人馬，飛奔莊上來。但見：

霧鎖青山影裡，滾出一伙沒頭神；煙迷綠樹林邊，擺著幾行爭食鬼。人人凶惡，個個猙獰。頭巾都戴茜根紅，衲襖盡披楓葉赤。纓槍對對，圍遮定吃人心肝的小魔王；梢棒雙雙，簇捧著不養爹娘的真太歲。夜間羅剎去迎親，山上大蟲來下馬。

劉太公看見，便叫莊客大開莊門，前來迎接。只見前遮後擁，明晃晃的都是器械旗槍，盡把紅綠絹帛縛著。小嘍羅頭巾邊亂插著野花。前面擺著四五對紅紗燈籠，照著馬上那個大王。怎生打扮，但見：

頭戴撮尖干紅凹面巾，鬢傍插一枝羅帛象生花，上穿一領圍虎體挽絨金繡綠羅袍，腰繫一條稱狼身銷金包肚紅搭膊，著一雙對掩雲跟牛皮靴，騎一匹高頭卷毛大白馬。

那大王來到莊前下了馬，只見眾小嘍羅齊聲賀道：「帽兒光光，今夜做個新郎；衣衫窄窄，今夜

第五回

小霸王醉入銷金帳　花和尚大鬧桃花村

做個嬌客（女婿）。」劉太公慌忙親捧台盞，斟下一杯好酒，跪在地下，眾莊客都跪著。那大王把手來扶道：「你是我的丈人，如何倒跪我？」太公道：「休說這話，老漢只是大王治下管的人戶。」那大王已有七八分醉了，呵呵大笑道：「我與你家做個女婿，也不虧負了你；你的女兒匹配我也好。」劉太公把了下馬杯，來到打麥場上，見了香花燈燭，便道：「泰山，何須如此迎接？」那裡又飲了三杯，來到廳上，喚小嘍羅教把馬去繫在綠楊樹上。小嘍羅把鼓樂就廳前擂將起來，大王上廳坐下，叫道：「丈人，我的夫人在那裡？」太公道：「便是怕羞，不敢出來。」大王笑道：「且將酒來，我與丈人回敬。」那大王把了一杯，便道：「我且和夫人廝見了，卻來吃酒未遲。」那劉太公一心只要那和尚勸他，便道：「老漢自引大王去。」拿了燭台，引著大王，轉入屏風背後，直到新人房前。太公指與道：「此間便是，請大王自入去。」太公拿了燭台，一直去了。未知凶吉如何，先辦一條走路。

那大王推開房門，見裡面黑洞洞地。大王道：「你看我那丈人，是個做家（勤儉持家）的人，房裡也不點碗燈，由我那夫人黑地裡坐地。明日叫小嘍羅山寨裡扛一桶好油來與他點。」魯智深坐在帳子裡都聽得，忍住笑，不做一聲。那大王摸進房中，叫道：「娘子，你如何不出來接我？你休要怕羞，我明日要你做壓寨夫人。」一頭叫娘子，一頭摸來摸去；一摸摸著銷金帳子，便揭起來，探一隻手入去摸時，摸著魯智深的肚皮，被魯智深就勢劈頭巾帶角兒揪住，一按按將下床來。那大王卻待掙扎，魯智深把右手捏起拳頭，罵一聲「直娘賊！」連耳根帶脖子只一拳，那大王叫一聲：「做甚麼便打老公？」魯智深喝道：「教你認的老婆！」拖倒在床邊，拳頭腳尖一齊上，打得大王叫救人。劉太公驚得呆了，只道這早晚正說因緣勸那大王，卻聽得裡面叫救人。太公慌忙把著燈燭，引了小嘍羅，一齊搶將入來。眾人燈下打一看時，只見一個胖大和尚，赤條條不著一絲，騎翻大王在床面前打。為頭的小嘍羅叫道：「你眾人都來救大王。」眾小嘍羅一齊拖槍拽棒，打將入來救時，魯智深見了，撇下大王，床邊綽了禪杖，著地打將出來。小嘍羅見來得凶猛，發聲喊都走了。劉太公只管叫苦。打鬧裡，那大王爬出房門，奔到門前，摸著空馬，樹上折枝柳條，托地跳在馬背上，把柳條便打那馬，卻跑不去。大王道：「苦也！這馬也來欺負我。」再看時，原來心慌，不曾解得韁繩，連忙扯斷了，騎著㩳馬（沒有鞍轡的光背馬）飛走。出得莊門，大罵：「劉太公老驢休慌，不怕你飛了。」把馬打上兩柳條，撥喇喇地馱了大王上山去。

劉太公扯住魯智深道：「和尚，你苦了老漢一家兒了。」魯智深說道：「休怪無禮！且取衣服和直裰來，洒家穿了說話。」莊家去房裡取來，智深穿了。太公道：「我當初只指望你說因緣，勸他回心轉意，誰想你便下拳打他這一頓，定是去報山寨裡大隊強人（強盜）來殺我家。」智深道：「太公休慌。俺說與你：洒家不是別人，俺是延安府老種經略相公帳前提轄官，為因打死了人，出家做和尚，休道這兩個鳥人，便是一二千軍馬來，洒家也不怕他。你們眾人不信時，提俺禪杖看。」莊客們那裡提得動。智深接過來手裡，一似拈燈草一般使起來。太公道：「師父休要走了去，卻要救護我們一家兒使得。」智深道：「甚麼閒話，俺死也不走。」太公道：「且將些酒來師父吃，休得要抵死醉了。」魯智深道：「洒家一分酒，只有一分本事，十分酒，便有十分的氣力。」太公道：「恁地時最好。我這裡有的是酒肉，只顧教師父吃。」

且說這桃花山大頭領坐在寨裡，正欲差人下山來探聽做女婿的二頭領如何，只見數個小嘍羅氣急敗壞，走到山寨裡叫道：「苦也！苦也！」大頭領連忙問道：「有甚麼事，慌做一團？」小嘍羅道：「二哥哥吃打壞了。」大頭領大驚，正問備細，只見報道：「二哥哥來了。」大頭領看時，只見二頭領紅巾也沒了，身上綠袍扯得粉碎，下得馬倒在廳前，口裡說道：「哥哥救我一救。」大頭領問道：「怎麼來？」二頭領道：「兄弟下得山，到他莊上，入進房裡去。叵耐（可惱）那老驢把女兒藏過了，卻教一個胖和尚躲在女兒床上。我卻不提防，揭起帳子摸一摸，吃那廝揪住，一頓拳頭腳尖，打得一身傷損。那廝見眾人入來救應，放了手，提起禪杖打將出去；因此我得脫了身，拾得性命。哥哥與我做主報仇。」大頭領道：「原來恁地。你去房中將息，我與你去拿那賊禿來。」喝叫左右：「快備我的馬來！」眾小嘍羅都去。大頭領上了馬，綽槍在手，盡數引了小嘍羅，一齊吶喊下山去了。

再說魯智深正吃酒哩，莊客報道：「山上大頭領盡數都來了。」智深道：「你等休慌。洒家但打翻的，你們只顧縛了，解去官司請賞。取俺的戒刀來。」魯智深把直裰脫了，拽扎起下面衣服，跨了戒刀，大踏步提了禪杖，出到打麥場上。只見大頭領在火把叢中，一騎馬搶到莊前；馬上挺著長槍，高聲喝道：「那禿驢在那裡？早早出來決個勝負。」智深大怒，罵道：「醃臢打脊潑才，叫你認得洒家！」輪起禪杖，著地卷將來。那大頭領逼住槍，大叫道：「和尚且休要動手，你的聲音好廝熟，你且通個姓名。」魯智深道：「洒家不是別人，老種經略相公帳前提轄魯達的便是，如今出了家，做和尚，喚做魯智深。」那大頭領呵呵大笑，滾鞍下馬，撇了槍，撲翻身便拜道：「哥哥別來無恙，可知二哥著了你手。」魯智深只道賺他，托地跳退數步，把禪杖收住，定睛看時，火把下認得，不是別人，卻是江湖上使槍棒賣藥的教頭打虎將李忠。原來強人下拜，不說此二字，為軍中不利，只喚做「剪拂（下拜）」，此乃吉利的字樣。李忠當下剪拂了起來，扶住魯智深道：「哥哥緣何做了和尚？」智深道：「且和你到裡面說話。」劉太公見了，又只叫苦：「這和尚原來也是一路！」

魯智深到裡面，再把直裰穿了，和李忠都到廳上敘舊。魯智深坐在正面，喚劉太公出來，那老兒不敢向前。智深道：「太公休怕，他也是俺的兄弟。」那老兒見說是兄弟，心裡越慌，又不敢不出來。李忠坐了第二位，太公坐了第三位。魯智深道：「你二位在此，俺自從渭州三拳打死了鎮關西，逃走到代州雁門縣，因見了洒家齎發他的金老。那老兒不曾回東京去，卻隨個相識，也在雁門縣住。

他那個女兒，就與了本處一個財主趙員外。和俺廝見了，好生相敬。不想官司追捉得洒家要緊，那員外陪錢去送俺五台山智真長老處落髮為僧。洒家因兩番酒後，鬧了僧堂，本師長老與俺一封書，教洒家去東京大相國寺，投了智清禪師，討個職事僧做。因為天晚，到這莊上投宿，不想與兄弟相見。卻才俺打的那漢是誰？你如何又在這裡？」李忠道：「小弟自從那日與哥哥在渭州酒樓上同史進三人分散，次日聽得說哥哥打死了鄭屠。我去尋史進商議，他又不知投那裡去了。小弟聽得差人緝捕，慌忙也走了。卻從這山下經過，卻才被哥哥打的那漢，先在這裡桃花山紮寨，喚做小霸王周通。那時引人下山來和小弟廝殺，被我贏了，他留小弟在山上為寨主，讓第一把交椅，教小弟坐了，以此在這裡落草。」

智深道：「既然兄弟在此，劉太公這頭親事，再也休題。他止有這個女兒，要養終身；不爭被你把了去，教他老人家失所。」太公見說了，大喜，安排酒食出來，管待二位。小嘍羅們每人兩個饅頭，兩塊肉，一大碗酒，都教吃飽了。太公將出原定的金子緞匹。魯智深道：「李家兄弟，你與他收了去，這件事都在你身上。」李忠道：「這個不妨事；且請哥哥去小寨住幾時，劉太公也走一遭。」太公叫莊客安排轎子，抬了魯智深，帶了禪杖、戒刀、行李。李忠也上了馬，太公也乘了一乘小轎，卻早天色大明。眾人上山來，智深、太公到得寨前，下了轎子，李忠也下了馬，邀請智深入到寨中，向這聚義廳上，三人坐定，李忠叫請周通出來。周通見了和尚，心中怒道：「哥哥卻不與我報仇，倒請他來寨裡，讓他上面坐！」李忠道：「兄弟，你認得這和尚麼？」周通道：「我若認得他時，須不吃他打了。」李忠笑道：「這和尚便是我日常和你說的三拳打死鎮關西的，便是他。」周通把頭摸一摸，叫聲阿呀，撲翻身便剪拂。魯智深答禮道：「休怪衝撞。」

三個坐定，劉太公立在面前，魯智深便道：「周家兄弟，你來聽俺說，劉太公這頭親事，你卻不知他只有這個女兒，養老送終，承祀香火，都在他身上。你若娶了，教他老人家失所，他心裡怕不情願。你依著洒家，把來棄了，另選一個好的。原定的金子緞匹，將在這裡。你心下如何？」周通道：「並聽大哥言語，兄弟再不敢登門。」智深道：「大丈夫作事，卻休要翻悔！」周通折箭為誓。劉太公拜謝了，納還金子緞匹，自下山回莊去了。

李忠、周通椎（宰）牛宰馬，安排筵席，管待了數日。引魯智深山前山後觀看景致，果是好座桃花山，生得凶怪，四圍險峻，單單只一條路上去，四下裡漫漫都是亂草。智深看了道：「果然好險隘去處。」住了幾日，魯智深見李忠、周通不是個慷慨之人，作事慳吝，只要下山。兩個苦留，那裡肯住，只推道：「俺如今既出了家，如何肯落草？」李忠、周通道：「哥哥既然不肯落草，要去時，我等明日下山，但得多少，盡送與哥哥作路費。」次日，山寨裡一面殺羊宰豬，且做送路筵席，安排整頓，卻將金銀酒器，設放在桌上。正待入席飲酒，只見小嘍羅報來說：「山下有兩輛車，十數個人來也。」李忠、周通見報了，點起眾多小嘍羅，只留一兩個伏侍魯智深飲酒。兩個好漢道：「哥哥只顧請自在吃幾杯，我兩個下山去取得財來，就與哥哥送行。」吩咐已罷，引領眾人下山去了。

且說這魯智深尋思道：「這兩個人好生慳吝，見放著有許多金銀，卻不送與俺，直等要去打劫得別人的，送與洒家。這個不是把官路當人情，只苦別人！洒家且教這廝吃俺一驚。」便喚這幾個小嘍羅近前來篩酒吃。方才吃得兩盞，跳起身來，兩拳打翻兩個小嘍羅，便解搭膊做一塊兒捆了，口裡都塞了些麻核桃（用粗麻繩打的結）。便取出包裹打開，沒要緊的都撇了，只拿了桌上金銀酒器，都踏扁了，拴在包裹；胸前度牒袋內藏了真長老的書信；挎了戒刀，提了禪杖，頂了衣包，便出寨來，到山後打一望時，都是險峻之處。卻尋思：「洒家從前山去時，以定吃那廝們撞見，不如就此間亂草處滾將下去。」先把戒刀和包裹拴了，望下丟落去，又把禪杖也攛落去。卻把身望下只一滾，骨碌碌直滾到山腳邊，並無傷損。詩曰：

絕險曾無鳥道開，欲行且止自疑猜。
光頭包裹從高下，瓜熟紛紛落蒂來。

當時魯智深從險峻處滾下，跳將起來，尋了包裹，跨了戒刀，拿了禪杖，拽開腳手，取路便走。

再說李忠、周通下到山邊，正迎著那數十個人，各有器械。李忠、周通挺著槍，小嘍羅吶著喊，搶向前來喝道：「兀那客人，會事的留下買路錢。」那客人內有一個便拈著朴刀來鬥李忠，一來一往，一去一回，鬥了十餘合，不分勝負。周通大怒，趕向前來喝一聲，眾小嘍羅一齊都上，那伙客人抵當不住，轉身便走。有那走得遲的，盡被搠（刺）死七八個。劫了車子財物，和著凱歌，慢慢地上山來。到得寨裡，打一看時，只見兩個小嘍羅捆做一塊在亭柱邊，桌子上金銀酒器，都不見了。周通解了小嘍羅，問其備細，魯智深那裡去了。小嘍羅說道：「把我兩個打翻捆縛了，捲了若干器皿，都拿了去。」周通道：「這賊禿不是好人，倒著了那廝手腳，卻從那裡去了？」團團尋蹤跡，到後山，見一帶荒草平平地都滾倒了。周通看了道：「這禿驢倒是個老賊！這般險峻山岡，從這裡滾了下去。」李忠道：「我們趕上去問他討，也羞那廝一場。」周通道：「罷，罷！賊去了關門，那裡去趕？便趕得著時，也問他取不成。倘有些不然起來，我和你又敵他不過，後來倒難廝見了；不如罷手，後來倒好相見。我們且自把車子上包裹打開，將金銀緞匹分作三分，我和你各捉一分，一分賞了眾小嘍羅。」李忠道：「是我不合引他上山，折了你許多東西，我的這一分都與了你。」周通道：「哥哥，我同你同死同生，休恁地計較。」看官牢記話頭，這李忠、周通自在桃花山打劫。

第五回

小霸王醉入銷金帳　花和尚大鬧桃花村

再說魯智深離了桃花山，放開腳步，從早晨直走到午後，約莫走下五六十里多路，肚裡又飢，路上又沒個打火處，尋思：「早起只顧貪走，不曾吃得些東西，卻投那裡去好？」東觀西望，猛然聽得遠遠地鈴鐸之聲，魯智深聽得道：「好了！不是寺院，便是宮觀，風吹得簷前鈴鐸之聲，洒家且尋去那裡投奔。」不是魯智深投那個去處，有分教，到那裡斷送了十餘條性命生靈，一把火燒了有名的靈山古跡，直教黃金殿上生紅焰，碧玉堂前起黑煙。畢竟魯智深投甚麼寺觀來，且聽下回分解。

第六回

九紋龍剪徑赤松林　魯智深火燒瓦罐寺

話說魯智深走過數個山坡，見一座大松林，一條山路。隨著那山路行去，走不得半里，抬頭看時，卻見一所敗落寺院，被風吹得鈴鐸響。看那山門時，上有一面舊朱紅牌額，內有四個金字，都昏了，寫著「瓦罐之寺」。又行不得四五十步，過座石橋，再看時，一座古寺，已有年代。入得山門裡，仔細看來，雖是大剎，好生崩損。但見：

鐘樓倒塌，殿宇崩摧。山門盡長蒼苔，經閣都生碧蘚。釋迦佛蘆芽穿膝，渾如在雪嶺之時；觀世音荊棘纏身，卻似守香山之日。諸天壞損，懷中鳥雀營巢；帝釋欹斜，口內蜘蛛結網。方丈淒涼，廊房寂寞。沒頭羅漢，這法身也受災殃；折臂金剛，有神通如何施展。香積廚中藏兔穴，龍華台上印狐蹤。

魯智深入得寺來，便投知客寮去。只見知客寮門前大門也沒了，四圍壁落全無。智深尋思道：「這個大寺，如何敗落的恁地？」直入方丈前看時，只見滿地都是燕子糞，門上一把鎖鎖著，鎖上盡是蜘蛛網。智深把禪杖就地下搠著，叫道：「過往僧人來投齋。」叫了半日，沒一個答應。回到香積廚下看時，鍋也沒了，灶頭都塌損。智深把包裹解下，放在監齋使者（廚房供的神）面前，提了禪杖，到處尋去。尋到廚房後面一間小屋，見幾個老和尚坐地，一個個面黃肌瘦。智深喝一聲道：「你們這和尚，好沒道理！由洒家叫喚，沒一個應。」那和尚搖手道：「不要高聲。」智深道：「俺是過往僧人，討頓飯吃，有甚利害。」老和尚道：「我們三日不曾有飯落肚，那裡討飯與你吃？」智深道：「俺是五台山來的僧人，粥也胡亂請洒家吃半碗。」老和尚道：「你是活佛去處來的僧，我們合當齋你，爭奈我寺中僧眾走散，並無一粒齋糧。老僧等端的餓了三日。」智深道：「胡說，這等一個大去處，不信沒齋糧。」老和尚道：「我這裡是個非細去處。只因是十方常住（接待四面八方來朝拜的寺院），被一個雲遊和尚，引著一個道人，來此住持，把常住有的沒的都毀壞了。他兩個無所不為，把眾僧趕出去了。我幾個老的走不動，只得在這裡過，因此沒飯吃。」智深道：「胡說，量他一個和尚，一個道人，做得甚事，卻不去官府告他？」老和尚道：「師父，你不知這裡衙門又遠，便是官軍，也禁不得他。這和尚、道人好生了得，都是殺人放火的人，如今向方丈後面一個去處安身。」智深道：「這兩個喚做甚麼？」老和尚道：「那和尚姓崔，法號道成，綽號生鐵佛；道人姓丘，排行小乙（末位），綽號飛天夜叉。這兩個那裡似個出家人，只是綠林中強賊一般，把這出家影占身體。」智深正問間，猛聞得一陣香來。智深提了禪杖，踅過後面打一看時，見一個土灶，蓋著一個草蓋，氣騰騰透將起來。智深揭起看時，煮著一鍋粟米粥。智深罵道：「你這幾個老和尚沒道理！只說三日沒吃飯，如今見煮一鍋粥，出家人何故說謊？」那幾個老和尚被智深尋出粥來，只叫得苦，把碗碟、鉢頭、杓子、水桶，都搶過了。智深肚飢，沒奈何，見了粥要吃，沒做道理處（想不出辦法時），只見灶邊破漆春台（飯桌），只有些灰塵在上面。智深見了，人急智生，便把禪杖倚了，就灶邊拾把草，把春台揩抹了灰塵；雙手把鍋掇起來，把粥望春台只一傾。那幾個老和尚都來搶粥吃，被智深一推一跤，倒的倒了，走的走了。智深卻把手來捧那粥吃。才吃幾口，那老和尚道：「我等端的三日沒飯吃，卻才去那裡抄化（募化）得這些粟米，胡亂熬些粥吃，你又吃我們的。」智深吃五七口，聽得了這話，便撇了不吃。只聽得外面有人嘲歌（唱小調）。智深洗了手，提了禪杖，出來看時，破壁子裡望見一個道人，頭帶皂巾，身穿布衫，腰繫雜色條，腳穿麻鞋，挑著一擔兒，一頭是個竹籃兒，裡面露些魚尾，並荷葉托著些肉；一頭擔著一瓶酒，也是荷葉蓋著。口裡嘲歌著唱道：

你在東時我在西，你無男子我無妻。
我無妻時猶閒可，你無夫時好孤恓。

那幾個老和尚趕出來，搖著手，悄悄地指與智深道：「這個道人便是飛天夜叉丘小乙。」智深見指說了，便提著禪杖，隨後跟去。那道人不知智深在後面跟來，只顧走入方丈後牆裡去。智深隨即跟到裡面，看時，見綠槐樹下放著一條桌子，鋪著些盤饌，三個盞子，三雙箸子，當中坐著一個胖和尚，生的眉如漆刷，臉似墨裝，肐膪的一身橫肉，胸脯下露出黑肚皮來。邊廂坐著一個年幼婦人。那道人把竹籃放下，也來坐地。智深走到面前，那和尚吃了一驚，跳起身來，便道：「請師兄坐，同吃一盞。」智深提著禪杖道：「你這兩個如何把寺來廢了？」那和尚便道：「師兄請坐，聽小僧說。」智深睜著眼道：「你說！你說！」那和尚道：「在先敝寺十分好個去處，田莊又廣，僧眾極多，只被廊下那幾個老和尚吃酒撒潑，將錢養女，長老禁約他們不得，又把長老排告了出去。因此把寺來都廢了，僧眾盡皆走散，田土已都賣了。小僧卻和這個道人，新來住持此間，正欲要整理山門，修蓋殿字。」智深道：「這婦人是誰，卻在這裡吃酒？」那和尚道：「師兄容稟：這個娘子，他是前村王有金的女兒。在先他的父親是本寺檀越，如今消乏了家私（財產），近日好生狼狽，家間人口都沒了，丈夫又患病，因來敝寺借米。小僧看施主檀越面，取酒相待，別無他意，師兄休聽那幾個老畜生說。」智深聽了他這篇話，又見他如此小心，便道：「叵耐幾個老僧戲弄洒家。」提了禪杖，再回香積廚來。這幾個老僧方才吃些粥，正在那裡。看見智深嗔忿的出來，指著老和尚道：「原來是你這幾個壞了常住，猶自在俺面前說謊。」老和尚們一齊都道：「師兄休聽他說，見今養著一個婦女在那裡。他恰才見你有戒刀、禪杖，他無器械，不敢與你相爭。你若不信時，再去走遭，看他和你怎地。師兄，你自尋思：他們吃酒吃肉，我們粥也沒的吃，恰才還只怕師兄吃了。」智深道：「也說得是。」倒提了禪杖，再往方丈後來，見那角門卻早關了。智深大怒，只一腳踢開了，搶入裡面，看時，只見那生鐵佛崔道成仗著一條朴刀，從裡面趕到槐樹下來搶智深。智深見了，大吼一聲，輪起手中禪杖，來鬥崔道成。兩個鬥了十四五合，那崔道成鬥智深不過，只有架隔遮攔，掣仗躲閃，抵當不住，卻待要走。這丘道人見他當不住，卻從背後拿了條朴刀，大踏步搠將來。智深正鬥間，忽聽得背後腳步響，卻又不敢回頭看他。不時見一個人影來，知道有暗算的人，叫一聲「著！」那崔道成心慌，只道著他禪杖，托地跳出圈子外去。智深恰才回身，正好三個摘腳兒廝見，崔道成和丘道人兩個又並了十合之上。智深一來肚裡無食，二來走了許多路途，三者當不的他兩個生力（有氣力的人），只得賣個破綻，拖了禪杖便走。兩個拈著朴刀，直殺出山門外來。智深又鬥了十合，掣了禪杖便走。兩個趕到石橋下，坐在欄桿上，再不來趕。

智深走得遠了，喘息方定，尋思道：「洒家的包裹放在監齋使者面前，只顧走來，不曾拿得；路上又沒一分盤纏，又是飢餓，如何是好？待要回去，又敵他不過；他兩個並我一個，枉送了性命。」

信步望前面去，行一步，懶一步。走了幾里，見前面一個大林，都是赤松樹。但見：

虯枝錯落，盤數千條赤腳老龍；怪影參差，立幾萬道紅鱗巨蟒。遠觀卻似判官鬚，近看宛如魔鬼髮。誰將鮮血灑林梢，疑是朱砂鋪樹頂。

魯智深看了道：「好座猛惡林子。」觀看之間，只見樹影裡一個人探頭探腦，望了一望，吐了一口唾，閃入去了。智深道：「俺猜這個撮鳥是個剪徑的強人，正在此間等買賣。見洒家是個和尚，他道不利市，吐一口唾，走入去了。那廝卻不是鳥晦氣，撞了洒家！洒家又一肚皮鳥氣，正沒處發落，且剝小廝衣裳當酒吃。」提了禪杖，徑搶到松林邊，喝一聲：「兀那林子裡的撮鳥快出來！」那漢子在林子聽的，大笑道：「我晦氣，他倒來惹我！」就從林子裡拿著朴刀，背翻身跳出來，喝一聲：「禿驢，你是當死，不是我來尋你。」智深道：「教你認的洒家。」輪起禪杖搶那漢。那漢拈著朴刀來斗和尚，恰待向前，肚裡尋思道：「這和尚聲音好熟。」便道：「兀那和尚，你的聲音好熟，你姓甚？」智深道：「俺且和你鬥三百合，卻說姓名。」那漢大怒，仗手中朴刀來迎禪杖。兩個鬥到十數合，那漢暗暗的喝采道：「好個莽和尚。」又鬥了四五合，那漢叫道：「少歇，我有話說。」兩個都跳出圈子外來，那漢便問道：「你端的姓甚名誰？聲音好熟。」智深說姓名畢，那漢撇了朴刀，翻身便剪拂，說道：「認得史進麼？」智深笑道：「原來是史大郎。」兩個再剪拂了，同到林子裡坐定。智深問道：「史大郎，自渭州別後，你一向在何處？」史進答道：「自那日酒樓前與哥哥分手，次日聽得哥哥打死了鄭屠，逃走去了。有緝捕的訪知史進和哥哥齎發那唱的金老，因此小弟亦便離了渭州，尋師父王進，直到延州，又尋不著。回到北京（大名府，今河北大名縣），住了幾時，盤纏使盡，以此來的這裡尋些盤纏，不想得遇哥哥。緣何做了和尚？」智深把前面過的話，從頭說了一遍。史進道：「哥哥既是肚飢，小弟有乾肉燒餅在此。」便取出來教智深吃。史進又道：「哥哥既有包裹在寺內，我和你討去。若還不肯時，一發結果了那廝。」智深道：「是。」當下和史進吃得飽了，各拿了器械，再回瓦罐寺來。

到寺前，看見那崔道成、丘小乙兩個兀自在橋上坐地。智深大喝一聲道：「你這廝們，來，來！今番和你鬥個你死我活。」那和尚笑道：「你是我手裡敗將，如何再來敢廝併？」智深大怒，輪起鐵禪杖，奔過橋來。那生鐵佛生嗔，仗著朴刀，殺下橋去。智深一者得了史進，肚裡膽壯；二乃吃得飽了，那精神氣力，越使得出來。兩個鬥到八九合，崔道成漸漸力怯，只辦得走路；那飛天夜叉丘道人見和尚輸了，便仗著朴刀來協助。這邊史進見了，便從樹林子裡跳將出來，大喝一聲：「都不要走。」掀起笠兒，挺著朴刀，來戰丘小乙。四個人兩對廝殺。智深與崔道成正鬥到間深裡，智深得便處，喝一聲「著！」只一禪杖，把生鐵佛打下橋去。那道人見倒了和尚，無心戀戰，賣個破綻便走。史進喝道：「那裡去？」趕上望後心一朴刀，撲地一聲響，道人倒在一邊。史進踏入去，掉轉朴刀，望下面只顧胳肢胳察的搠。智深趕下橋去，把崔道成背後一禪杖，可憐兩個強徒，化作南柯一夢。正是：「從前作過事，無幸一齊來。」智深、史進把這丘小乙、崔道成兩個屍首都縛了，攛在澗裡。兩個再打入寺裡來，香積廚下那幾個老和尚，因見智深輸了去，怕崔道成、丘小乙來殺他，已自都吊死了。智深、史進直走入方丈後角門內看時，那個擄來的婦人投井而死。直尋到裡面八九間小屋，打將入去，並無一人；只見包裹已拿在彼，未曾打開。魯智深見有了包裹，依原背了。再尋到裡面，只見床上三四包衣服，史進打開，都是衣裳，包了些金銀，揀好的包了一包袱，背在身上。尋到廚房，見有酒有肉，兩個都吃飽了。灶前縛了兩個火把，撥開火爐，火上點著，焰騰騰的先燒著後面小屋，燒到門前；再縛幾個火把，直來佛殿下後簷，點著燒起來。湊巧風緊，刮刮雜雜地火起，竟天價燒起來。智深與史進看著，等了一回，四下火都著了。二人道：「梁園雖好，不是久戀之家，俺二人只好撒開。」

二人廝趕著，行了一夜。天色微明，兩個遠遠地望見一簇人家，看來是個村鎮。兩個投那村鎮上來，獨木橋邊，一個小小酒店。但見：

柴門半掩，布幕低垂。酸醨（薄酒）酒甕土林邊，墨畫神仙塵壁上。村童量酒，想非滌器之相如（司馬相如）；醜婦當壚，不是當時之卓氏。牆間大字，村中學究醉時題；架上蓑衣，野外漁郎乘興當。

智深、史進來到村中酒店內，一面吃酒，一面叫酒保買些肉來，借些米來，打火做飯。兩個吃酒，訴說路上許多事務。吃了酒飯，智深便問史進道：「你今投那裡去？」史進道：「我如今只得再回少華山去，投奔朱武等三人，入了伙，且過幾時，卻再理會。」智深見說了道：「兄弟也是。」便打開包裹，取些金銀，與了史進。二人拴了包裹，拿了器械，還了酒錢。二人出得店門，離了村鎮，又行不過五七里，到一個三岔路口。智深道：「兄弟須要分手，洒家投東京去，你休相送。你打華州，須從這條路去，他日卻得相會。若有個便人，可通個信息來往。」史進拜辭了智深，各自分了路，史進去了。

只說智深自往東京，在路又行了八九日，早望見東京。入得城來，但見：

千門萬戶，紛紛朱翠交輝；三市六街，濟濟衣冠聚集。鳳閣列九重金玉，龍樓顯一派玻璃。花街柳陌，眾多嬌豔名姬；楚館秦樓，無限風流歌妓。豪門富戶呼盧（賭博）會，公子王孫買笑來。

智深看見東京熱鬧，市井喧嘩，來到城中，陪個小心問人道：「大相國寺在何處？」街坊人答道：「前面州橋便是。」智深提了禪杖便走，早來到寺前。入得山門看時，端的好一座大剎！但見：

山門高聳，梵宇（佛寺）清幽。當頭敕額字分明，兩下金剛形猛烈。五間大殿，龍鱗瓦砌碧成行；四壁僧房，龜背磨磚花嵌縫。鐘樓森立，經閣巍峨。幡竿高峻接青雲，寶塔依稀侵碧漢（銀河，青天）。木魚橫掛，雲板高懸。佛前燈燭熒煌，爐內香煙繚繞。幢幡不斷，觀音殿接祖師堂；寶蓋相連，水陸會通羅漢院。時時護法諸天降，歲歲降魔尊者來。

智深進得寺來，東西廊下看時，徑投知客寮內去，道人撞見，報與知客。無移時，知客僧出來，見了智深生得凶猛，提著鐵禪杖，挎著戒刀，背著個大包裹，先有五分懼他。知客問道：「師兄何方來？」智深放下包裹禪杖，打個問訊，知客回了問訊。智深說道：「小徒五台山來，本師真長老有書在此，著小僧來投上剎清大師長老處，討個職事僧做。」知客道：「既是真大師長老有書札，合當同到方丈裡去。」知客引了智深直到方丈，解開包裹，取出書來，拿在手裡。知客道：「師兄，你如何不知體面，即目（眼前）長老出來，你可解了戒刀，取出那七條（僧人穿的一種袈裟）坐具信香來禮拜長老使得。」智深道：「你卻何不早說！」隨即解了戒刀，包裹內取出片香一炷，坐具七條，半晌沒做道理處。知客又與他披了袈裟，教他先鋪坐具。少刻，只見智清禪師出來，知客向前稟道：「這僧人從五台山來，有真禪師書在此。」清長老道：「師兄多時不曾有法帖（僧道的書信）來。」知客叫智深道：「師兄，快來禮拜長老。」只見智深先把那炷香插在爐內，拜了三拜，將書呈上。清長老接書拆開看時，中間備細說著：「魯智深出家緣由，並今下山投托上剎之故；萬望慈悲收錄，做個職事人員，切不可推故。此僧久後必當證果。」清長老讀罷來書，便道：「遠來僧人且去僧堂中暫歇，吃些齋飯。」智深謝了，收拾起坐具七條，提了包裹，拿了禪杖、戒刀，跟著行童（小和尚）去了。

清長老喚集兩班許多職事僧人，盡到方丈，乃言：「汝等眾僧在此，你看我師兄智真禪師好沒分曉。這個來的僧人，原來是經略府軍官，為因打死了人，落髮為僧。二次在彼鬧了僧堂，因此難著他。你那裡安他不的，卻推來與我。——待要不收留他，師兄如此千萬囑咐『不可推故（推托）』；待要著他在這裡，倘或亂了清規，如何使得？」知客道：「便是弟子們看那僧人，全不似出家人模樣，本寺如何安著得他？」都寺便道：「弟子尋思起來，只有酸棗門外退居（方丈的居所）廨宇後那片菜園，時常被營內軍健們並門外那二十來個破落戶（痞子，無賴）侵害，縱放羊馬，好生羅唣（騷擾）。一個老和尚在那裡住持，那裡敢管他？何不教智深去那裡住持，倒敢管得下。」清長老道：「都寺說的是。」教侍者去僧堂內客房裡等他吃罷飯，便喚將他來。

侍者去不多時，引著智深到方丈裡。清長老道：「你既是我師兄真大師薦將來我這寺中掛搭（游方僧人投宿寺院），做個職事人員，我這敝寺有個大菜園，在酸棗門外岳廟間壁，你可去那裡住持管領。每日教種地人納十擔菜蔬，餘者都屬你用度（費用）。」智深便道：「本師真長老著小僧投大剎，討個職事僧做，卻不教俺做個都寺、監寺，如何教洒家去管菜園？」首座便道：「師兄，你不省得，你新來掛搭，又不曾有功勞，如何便做得都寺？這管菜園也是個大職事人員了。」智深道：「洒家不管菜園，俺只要做都寺、監寺。」知客又道：「你聽我說與你：僧門中職事人員，各有頭項（職務）；且如小僧做個知客，只理會管待往來客官僧眾。至如維那、侍者、書記、首座，這都是清職，不容易得做。都寺、監寺、提點、院主，這個都是掌管常住財物。你才到的方丈，怎便得上等職事。還有那管藏的，喚做藏主；管殿的，喚做殿主；管閣的，喚做閣主；管化緣的，喚做化主；管浴堂的，喚做浴主。這個都是主事人員，中等職事。還有那管塔的塔頭，管飯的飯頭，管茶的茶頭，管東廁的淨頭，與這管菜園的菜頭。這個都是頭事人員，末等職事。假如師兄你管了一年菜園，好，便升你做個塔頭；又管了一年，好，升你做個浴主；又一年，好，才做監寺。」智深道：「既然如此，也有出身時，洒家明日便去。」清長老見智深肯去，就留在方丈裡歇了。當日議定了職事，隨即寫了榜文，先使人去菜園裡退居廨宇內，掛起庫司榜文，明日交割。當夜各自散了。次早，清長老升法座，押了法帖，委智深管菜園。智深到座前，領了法帖，辭了長老，背上包裹，挎了戒刀，提了禪杖，和兩個送入院的和尚，直來酸棗門外廨宇裡來住持。詩曰：

萍蹤浪跡入東京，行盡山林數十程。
古刹今番經劫火，中原從此動刀兵。
相國寺中重掛搭，種蔬園內且經營。
自古白雲無去住，幾多變化任縱橫。

且說菜園左近有二三十個賭博不成才破落戶潑皮，泛常（平時）在園內偷盜菜蔬，靠著養身，因來偷菜，看見廨宇門上新掛一道庫司榜文，上說：「大相國寺仰委管菜園僧人魯智深前來住持，自明日為始掌管，並不許閒雜人等入園攪擾。」那幾個潑皮看了，便去與眾破落戶商議道：「大相國寺裡差一個和尚，甚麼魯智深，來管菜園。我們趁他新來，尋一場鬧，一頓打下頭來，教那廝伏我們。」數中一個道：「我有一個道理。他又不曾認得我，我們如何便去尋的鬧？等他來時，誘他去糞窖邊，只做參賀他，雙手搶住腳，翻筋斗攧那廝下糞窖去，只是小耍他。」眾潑皮道：「好，好！」商量已定，且看他來。

卻說魯智深來到解宇退居內房中，安頓了包裹行李，倚了禪杖，掛了戒刀。那數個種地道人，都來參拜了，但有一應鎖鑰，盡行交割。那兩個和尚，同舊住持老和尚相別了，盡回寺去。且說智深出到菜園地上，東觀西望，看那園圃。只見這二三十個潑皮，拿著些果盒、酒禮，都嘻嘻的笑道：「聞知和尚新來住持，我們鄰舍街坊都來作慶」智深不知是計，直走到糞窖邊來。那伙潑皮一齊向前，一個來搶左腳，一個便搶右腳，指望來攧智深。只教智深腳尖起處，山前猛虎心驚；拳頭落時，海內蛟龍喪膽。正是方圓一片閒園圃，目下排成小戰場。那伙潑皮怎的來攧智深，且聽下回分解。

第七回

花和尚倒拔垂楊柳　豹子頭誤入白虎堂

話說那酸棗門外三二十個潑皮破落戶中間，有兩個為頭的，一個叫做過街老鼠張三，一個叫做青草蛇李四。這兩個為頭接將來，智深也卻好去糞窖邊，看見這伙人都不走動，只立在窖邊，齊道：「俺特來與和尚作慶。」智深道：「你們既是鄰舍街坊，都來廨宇裡坐地。」張三、李四便拜在地上，不肯起來，只指望和尚來扶他，便要動手。智深見了，心裡早疑忌道：「這伙人不三不四，又不肯近前來，莫不要攧洒家？那廝卻是倒來捋虎鬚！俺且走向前去，教那廝看洒家手腳。」智深大踏步近眾人面前來，那張三、李四便道：「小人兄弟們特來參拜師父。」口裡說，便向前去，一個來搶左腳，一個來搶右腳。智深不等他占身（得手），右腳早起，騰的把李四先踢下糞窖裡去；張三恰待走，智深左腳早起，兩個潑皮都踢在糞窖裡掙扎。後頭那二三十個破落戶驚的目瞪口呆，都待要走。智深喝道：「一個走的，一個下去；兩個走的，兩個下去。」眾潑皮都不敢動彈。只見那張三、李四在糞窖裡探起頭來，原來那座糞窖沒底似深，兩個一身臭屎，頭髮上蛆蟲盤滿，立在糞窖裡叫道：「師父饒恕我們。」智深喝道：「你那眾潑皮，快扶那鳥上來，我便饒你眾人。」眾人打一救，攙到葫蘆架邊，臭穢不可近前。智深呵呵大笑道：「兀那蠢物，你且去菜園池子裡洗了來，和你眾人說話。」

兩個潑皮洗了一回，眾人脫件衣服，與他兩個穿了。智深叫道：「都來廨宇裡坐地說話。」智深先居中坐了，指著眾人道：「你那伙鳥人，休要瞞洒家：你等都是甚麼鳥人？來這裡戲弄洒家！」那張三、李四並眾伙伴一齊跪下，說道：「小人祖居在這裡，都只靠賭博討錢為生。這片菜園是俺們衣飯碗（生計來源），大相國寺裡幾番使錢，要奈何我們不得。師父卻是那裡來的長老，恁的了得！相國寺裡不曾見有師父，今日我等願情伏侍。」智深道：「洒家是關西延安府老種經略相公帳前提轄官，只為殺的人多，因此情願出家，五台山來到這裡。洒家俗姓魯，法名智深。休說你這三二十個人直甚麼，便是千軍萬馬隊中，俺敢直殺的入去出來。」眾潑皮喏喏連聲，拜謝了去。智深自來廨宇裡房內，收拾整頓歇臥。

次日，眾潑皮商量，湊些錢物，買了十瓶酒，牽了一個豬來請智深，都在廨宇安排了，請魯智深居中坐了，兩邊一帶，坐定那二三十潑皮飲酒。智深道：「甚麼道理叫你眾人們壞鈔（花錢）？」眾人道：「我們有福，今日得師父在這裡與我等眾人做主。」智深大喜，吃到半酣裡，也有唱的，也有說的，也有拍手的，也有笑的。正在那裡喧哄，只聽得門外老鴉哇哇的叫。眾人有叩齒（祈禱）的，齊道：「赤口上天，白舌入地（消災的咒語）。」智深道：「你們做甚麼鳥亂？」眾人道：「老鴉叫，怕有口舌。」智深道：「那裡取這話？」那種地道人笑道：「牆角邊綠楊上新添了一個老鴉巢，每日只聒到晚。」眾人道：「把梯子去上面拆了那巢便了。」有幾個道：「我們便去。」智深也乘著酒興，都到外面看時，果然綠楊樹上一個老鴉巢。眾人道：「把梯子上去拆了，也得耳根清淨。」李四便道：「我與你盤上去，不要梯子。」智深相了一相，走到樹前，把直裰脫了，用右手向下，把身倒繳著，卻把左手拔住上截，把腰只一趁，將那株綠楊樹帶根拔起。眾潑皮見了，一齊拜倒在地，只叫：「師父非是凡人，正是真羅漢身體，無千萬斤氣力，如何拔得起？」智深道：「打甚鳥緊？明日都看

第七回

花和尚倒拔垂楊柳　豹子頭誤入白虎堂

洒家演武，使器械。」眾潑皮當晚各自散了。

從明日為始，這二三十個破落戶見智深匾匾的伏（五體投地地佩服），每日將酒肉來請智深，看他演武使拳。過了數日，智深尋思道：「每日吃他們酒食多矣，洒家今日也安排些還席。」叫道人去城中買了幾般果子，沽了兩三擔酒，殺翻一口豬，一腔羊。那時正是三月盡，天氣正熱。智深道：「天色熱。」叫道人綠槐樹下鋪了蘆席，請那許多潑皮團團坐定。大碗斟酒，大塊切肉，叫眾人吃得飽了，再取果子吃，酒又吃得正濃。眾潑皮道：「這幾日見師父演力，不曾見師父使器械，怎得師父教我們看一看也好。」智深道：「說的是。」便去房內取出渾鐵禪杖，頭尾長五尺，重六十二斤。眾人看了，盡皆吃驚，都道：「兩臂膊沒水牛大小氣力，怎使得動？」智深接過來，颼颼的使動，渾身上下沒半點兒參差（破綻）。眾人看了，一齊喝采。

智深正使得活泛，只見牆外一個官人看見，喝采道：「端的使得好！」智深聽得，收住了手，看時，只見牆缺邊立著一個官人，怎生打扮，但見：

頭戴一頂青紗抓角兒頭巾，腦後兩個白玉圈連珠鬢環。身穿一領單綠羅團花戰袍，腰繫一條雙搭尾龜背銀帶，穿一對磕瓜頭朝樣皂靴。手中執一把折疊紙西川扇子。

那官人生的豹頭環眼，燕頷虎須，八尺長短身材，三十四五年紀，口裡道：「這個師父，端的非凡，使的好器械！」眾潑皮道：「這位教師喝采，必然是好。」智深問道：「那軍官是誰？」眾人道：「這官人是八十萬禁軍槍棒教頭林武師，名喚林沖。」智深道：「何不就請來廝教。」那林教頭便跳入牆來，兩個就槐樹下相見了，一同坐地。林教頭便問道：「師兄何處人氏？法諱喚做甚麼？」

智深道：「洒家是關西魯達的便是。只為殺的人多，情願為僧，年幼時也曾到東京，認得令尊林提轄。」林沖大喜，就當結義智深為兄。智深道：「教頭今日緣何到此？」林沖答道：「恰才與拙荊一同來間壁岳廟裡還香願。林沖聽得使棒，看得入眼，著女使錦兒自和荊婦去廟裡燒香，林沖就只此間相等，不想得遇師兄。」智深道：「洒家初到這裡，正沒相識，得這幾個大哥每日相伴；如今又得教頭不棄，結為弟兄，十分好了。」便叫道人再添酒來相待。恰才飲得三杯，只見使女錦兒慌慌急急，紅了臉，在牆缺邊叫道：「官人休要坐地！娘子在廟中和人合口（吵架）。」林沖連忙問道：「在那裡？」錦兒道：「正在五岳樓下來，撞見個奸詐不及的（沒人能比的），把娘子攔住了不肯放。」林沖慌忙道：「卻再來望師兄，休怪，休怪。」

林沖別了智深，急跳過牆缺，和錦兒徑奔岳廟裡來，搶到五岳樓看時，見了數個人，拿著彈弓、吹筒、黏竿，都立在欄桿邊；胡梯上一個年小的後生，獨自背立著，把林沖的娘子攔著道：「你且上樓去，和你說話。」林沖娘子紅了臉道：「清平世界，是何道理把良人調戲？」林沖趕到跟前，把那後生肩胛只一扳過來，喝道：「調戲良人妻子，當得何罪？」恰待下拳打時，認的是本管高太尉螟蛉之子高衙內。原來高俅新發跡，不曾有親兒，無人幫助，因此，過房這阿叔高三郎兒子在房內為子。本是叔伯弟兄，卻與他做乾兒子。因此，高太尉愛惜他。那廝在東京倚勢豪強，專一愛淫垢人家妻女。京師人懼怕他權勢，誰敢與他爭口，叫他做「花花太歲」。有詩為證：

臉前花現醜難親，心裡花開愛婦人。
撞著年庚不順利，方知太歲是凶神。

第七回

花和尚倒拔垂楊柳　豹子頭誤入白虎堂

當時林沖扳將過來，卻認得是本管高衙內，先自手軟了。高衙內說道：「林沖，干你甚事！你來多管！」原來高衙內不曉得他是林沖的娘子；若還曉得時，也沒這場事。見林沖不動手，他發這話。眾多閒漢見鬧，一齊攏來勸道：「教頭休怪，衙內不認得，多有衝撞。」林沖怒氣未消，一雙眼睜著瞅那高衙內。眾閒漢勸了林沖，和哄高衙內出廟上馬去了。

林沖將引妻小並使女錦兒，也轉出廊下來，只見智深提著鐵禪杖，引著那二三十個破落戶，大踏步搶入廟來。林沖見了，叫道：「師兄那裡去？」智深道：「我來幫你廝打。」林沖道：「原來是本官高太尉的衙內，不認得荊婦，時間（間或）無禮。林沖本待要痛打那廝一頓，太尉面上須不好看。自古道：『不怕官，只怕管。』林沖不合吃著他的請受（薪俸），權且讓他這一次。」智深道：「你卻怕他本官太尉，洒家怕他甚鳥？俺若撞見那撮鳥時，且教他吃洒家三百禪杖了去。」林沖見智深醉了，便道：「師兄說得是。林沖一時被眾人勸了，權且饒他。」智深道：「但有事時，便來喚洒家與你去。」眾潑皮見智深醉了，扶著道：「師父，俺們且去，明日再得相會。」智深提著禪杖道：「阿嫂休怪，莫要笑話。阿哥，明日再會。」智深相別，自和潑皮去了，林沖領了娘子並錦兒，取路回家，心中只是鬱鬱不樂。

且說這高衙內引了一班兒閒漢，自見了林沖娘子，又被他衝散了，心中好生著迷，快快不樂，回到府中納悶。過了三兩日，眾多閒漢都來伺候，見衙內心焦，沒撩沒亂（心神不寧），眾人散了。數內有一個幫閒的，喚作乾鳥頭富安，理會得高衙內意思，獨自一個到府中伺候。見衙內在書房中閒坐，那富安走近前去道：「衙內近日面色清減，心中少樂，必然有件不悅之事。」高衙內道：「你如何省得？」富安道：「小子一猜便著。」衙內道：「你猜我心中甚事不樂。」富安道：「衙內是思想那雙木的，這猜如何？」衙內笑道：「你猜得是，只沒個道理得他。」富安道：「有何難哉！衙內怕林沖是個好漢，不敢欺他，這個無傷。他見在帳下聽使喚，大請大受（吃厚祿），怎敢惡了太尉？輕則便刺配了他，重則害了他性命。小閒尋思有一計，使衙內能勾得他。」高衙內聽得，便道：「自見了許多好女娘，不知怎的只愛他，心中著迷，鬱鬱不樂。你有甚見識能勾他時，我自重重的賞你。」富安道：「門下知心腹的陸虞候陸謙，他和林沖最好，明日衙內躲在陸虞候樓上深閣，擺下些酒食，卻叫陸謙去請林沖出來吃酒，教他直去樊樓上深閣裡吃酒。小閒便去他家，對林沖娘子說道：『你丈夫教頭和陸謙吃酒，一時重氣（閉氣），悶倒在樓上，叫娘子快去看哩！』賺得他來到樓上，婦人家水性，見了衙內這般風流人物，再著些甜話兒調和（挑逗）他，不由他不肯。小閒這一計如何？」高衙內喝采道：「好計！就今晚著人去喚陸虞候來吩咐了。」原來陸虞候家只在高太尉家隔壁巷內。次日，商量了計策，陸虞候一時聽允，也沒奈何；只要小衙內歡喜，卻顧不得朋友交情。

且說林沖連日悶悶不已，懶上街去。巳牌（上午九時至十一時）時，聽得門首有人叫道：「教頭在家麼？」林沖出來看時，卻是陸虞候。慌忙道：「陸兄何來？」陸謙道：「特來探望，兄何故連日街前不見？」林沖道：「心裡悶，不曾出去。」陸謙道：「我同兄長去吃三杯解悶。」林沖道：「少坐拜茶。」兩個吃了茶起身，陸虞候道：「阿嫂，我同兄長到家去吃三杯。」林沖娘子趕到布簾下叫道：「大哥，少飲早歸。」林沖與陸謙出得門來，街上閒走了一回。陸虞候道：「兄長，我們休家去，只就樊樓內吃兩杯。」當時兩個上到樊樓內，占個閣兒，喚酒保吩咐，叫取兩瓶上色好酒，希奇果子案酒。兩個敘說閒話，林沖嘆了一口氣，陸虞候道：「兄長何故嘆氣？」林沖道：「賢弟不知，男子漢空有一身本事，不遇明主，屈沉在小人之下，受這般醃臢的氣！」陸虞候道：「如今禁軍中雖有幾個教頭，誰人及得兄長的本事？太尉又看承得好，卻受誰的氣？」林沖把前日高衙內的事告訴陸虞候一遍。陸虞候道：「衙內必不認得嫂子，兄長休氣，只顧飲酒。」林沖吃了八九杯酒，因要小遺，起身道：「我去淨手了來。」

林沖下得樓來，出酒店門，投東小巷內去淨了手，回身轉出巷口，只見女使錦兒叫道：「官人尋得我苦，卻在這裡！」林沖慌忙問道：「做甚麼？」錦兒道：「官人和陸虞候出來，沒半個時辰，只見一個漢子慌慌急奔來家裡，對娘子說道：『我是陸虞候家鄰舍。你家教頭和陸謙吃酒，只見教頭一口氣不來，便重倒了，叫娘子且快來看視。』娘子聽得，連忙央間壁王婆看了家，和我跟那漢子去，直到太尉府前小巷內一家人家。上至樓上，只見桌子上擺著些酒食，不見官人。恰待下樓，只見前日在岳廟裡羅　娘子的那後生出來道：『娘子少坐，你丈夫來也。』錦兒慌慌下得樓時，只聽得娘子在樓上叫殺人。因此我一地裡尋官人不見，正撞著賣藥的張先生道：『我在樊樓前過，見教頭和一個人入去吃酒。』因此特奔到這裡。官人快去。」

林沖見說，吃了一驚，也不顧女使錦兒，三步做一步跑到陸虞候家，搶到胡梯上，卻關著樓門，只聽得娘子叫道：「清平世界，如何把我良人妻子關在這裡？」又聽得高衙內道：「娘子，可憐見救俺。便是鐵石人，也告得回轉。」林沖立在胡梯上叫道：「大嫂開門。」那婦人聽的是丈夫聲音，只顧來開門，高衙內吃了一驚，斡開了樓窗，跳牆走了。林沖上的樓上，尋不見高衙內，問娘子道：「不曾被這廝點污了？」娘子道：「不曾。」林沖把陸虞候家打得粉碎。將娘子下樓，出得門外看時，鄰舍兩邊都閉了門。女使錦兒接著，三個人一處歸家去了。

林沖拿了一把解腕尖刀，徑奔到樊樓前，去尋陸虞候，也不見了。卻回來他門前等了一晚，不見回家，林沖自歸。娘子勸道：「我又不曾被他騙了，你休得胡做。」林沖道：「叵耐這陸謙畜生！我和你如兄若弟，你也來騙我！只怕不撞見高衙內，也照管著他頭面。」娘子苦勸，那裡肯放他出門。陸虞候只躲在太尉府內，亦不敢回家。林沖一連等了三日，並不見面。府前人見林沖面色不好，誰敢問他。

第四日飯時候，魯智深徑尋到林沖家相探，問道：「教頭如何連日不見面？」林沖答道：「小弟少冗，不曾探得師兄。既蒙到我寒家，本當草酌三杯，爭奈一時不能周備。且和師兄一同上街間玩一遭，市沽（上街喝酒）兩盞如何？」智深道：「最好。」兩個同上街來，吃了一日酒，又約明日相會。自此每日與智深上街吃酒，把這件事都放慢了。正是：

丈夫心事有親朋，談笑酣歌散郁蒸。
只有女人愁悶處，深閨無語病難興。

且說高衙內自從那日在陸虞候家樓上吃了那驚，跳牆脫走，不敢對太尉說知，因此在府中臥病。陸虞候和富安兩個來府裡望衙內，見他容顏不好，精神憔悴，陸謙道：「衙內何故如此精神少樂？」衙內道：「實不瞞你們說：我為林沖老婆，兩次不能勾得他，又吃他那一驚，這病越添得重了。眼見得半年三個月性命難保。」二人道：「衙內且寬心，只在小人兩個身上，好歹要共那婦人完聚，只除他自縊死了便罷。」正說間，府裡老都管也來看衙內病證。只見：

不癢不痛，渾身上或寒或熱；沒撩沒亂，滿腹中又飽又飢。白晝忘餐，黃昏廢寢。對爺娘怎訴心中恨，見相識難遮臉上羞。

那陸虞候和富安見老都管來問病，兩個商量道：「只除恁的。」等候老都管看病已了出來，兩個邀老都管僻靜處說道：「若要衙內病好，只除教太尉得知，害了林沖性命，方能勾得他老婆和衙內在一處，這病便得好。若不如此，已定送了衙內性命。」老都管道：「這個容易。老漢今晚便稟太尉得知。」兩個道：「我們已有了計，只等你回話。」老都管至晚來見太尉說道：「衙內不害別的症，卻害林沖的老婆。」高俅道：「幾時見了他的渾家？」都管稟道：「便是前月二十八日在岳廟裡見來，今經一月有餘。」又把陸虞候設的計，備細說了。高俅道：「如此因為他渾家（老婆），怎地害他？——我尋思起來，若為惜林沖一個人時，須送了我孩兒性命，卻怎生是好？」都管道：「陸虞候和富安有計較（主意）。」高俅道：「既是如此，教喚二個來商議。」老都管隨即喚陸謙、富安入到堂裡，唱了喏。高俅問道：「我這小衙內的事，你兩個有甚計較？救得我孩兒好了時，我自抬舉你二人。」陸虞候向前稟道：「恩相在上，只除如此如此使得。」高俅見說了，喝采道：「好計！你兩個明日便與我行。」不在話下。

再說林沖每日和智深吃酒，把這件事不記心了。那一日，兩個同行到閱武坊巷口，見一條大漢，頭戴一頂抓角兒頭巾，穿一領舊戰袍，手裡拿著一口寶刀，插著個草標兒（售物標記），立在街上，口裡自言自語說道：「不遇識者，屈沉了我這口寶刀。」林沖也不理會，只顧和智深說著話走。那漢又跟在背後道：「好口寶刀，可惜不遇識者！」林沖只顧和智深走著，說得入港，那漢又在背後說道：「偌大一個東京，沒一個識得軍器的。」林沖聽的說，回過頭來，那漢颼的把那口刀掣將出來，明晃晃的奪人眼目。林沖合當有事，猛可地道：「將來看。」那漢遞將過來，林沖接在手內，同智深看了，但見：

清光奪目，冷氣侵人。遠看如玉沼春冰，近看似瓊台瑞雪。花紋密布，如豐城獄內飛來；紫氣橫空，似楚昭夢中收得。太阿巨闕應難比，莫邪干將（古代傳說中的著名寶劍名）亦等閒。

當時林沖看了，吃了一驚，失口道：「好刀！你要賣幾錢？」那漢道：「索價三千貫，實價二千貫。」林沖道：「值是值二千貫，只沒個識主。你若一千貫肯時，我買你的。」那漢道：「我急要些錢使，你若端的要時，饒你五百貫，實要一千五百貫。」林沖道：「只是一千貫，我便買了。」那漢嘆口氣道：「金子做生鐵賣了！罷，罷，一文也不要少了我的。」林沖道：「跟我來家中取錢還你。」回身卻與智深道：「師兄，且在茶房裡少待，小弟便來。」智深道：「洒家且回去，明日再相見。」

林沖別了智深，自引了賣刀的那漢，到家去取錢與他，就問那漢道：「你這口刀那裡得來？」那漢道：「小人祖上留下。因為家道消乏，沒奈何，將出來賣了。」林沖道：「你祖上是誰？」那漢道：「若說時，辱沒殺人！」林沖再也不問。那漢得了銀兩，自去了。林沖把這口刀翻來復去看了一回，喝采道：「端的好把刀！高太尉府中有一口寶刀，胡亂不肯教人看；我幾番借看，也不肯將出來。今日我也買了這口好刀，慢慢和他比試。」林沖當晚不落手看了一晚，夜間掛在壁上。未等天明，又去看那刀。

次日巳牌時分，只聽得門首有兩個承局叫道：「林教頭，太尉鈞旨，道你買一口好刀，就叫你將去比看，太尉在府裡專等。」林沖聽得說道：「又是甚麼多口的報知了。」兩個承局催得林沖穿了衣服，拿了那口刀，隨這兩個承局來。林沖道：「我在府中不認得你。」兩個人說道：「小人新近參隨。」卻早來到府前，進得到廳前。林沖立住了腳，兩個又道：「太尉在裡面後堂內坐地。」轉入屏

第七回

花和尚倒拔垂楊柳　豹子頭誤入白虎堂

風至後堂，又不見太尉。林沖又住了腳，兩個又道：「太尉直在裡面等你，叫引教頭進來。」又過了兩三重門，到一個去處，一周遭都是綠欄杆。兩個又引林沖到堂前，說道：「教頭，你只在此少待，等我入去稟太尉。」林沖拿著刀，立在簷前，兩個人自入去了，一盞茶時，不見出來。林沖心疑，探頭入簾看時，只見簷前額上有四個青字，寫道：「白虎節堂。」林沖猛省道：「這節堂是商議軍機大事處，如何敢無故輒入？」急待回身，只聽得靴履響，腳步鳴，一個人從外面入來。林沖看時，不是別人，卻是本管高太尉。林沖見了，執刀向前聲喏。太尉喝道：「林沖，你又無呼喚，安敢輒入白虎節堂？你知法度否？你手裡拿著刀，莫非來刺殺下官？有人對我說：你兩三日前，拿刀在府前伺候，必有歹心。」林沖躬身稟道：「恩相，恰才蒙兩個承局呼喚林沖，將刀來比看。」太尉喝道：「承局在那裡？」林沖道：「他兩個已投堂裡去了。」太尉道：「胡說！甚麼承局，敢進我府堂裡去！左右與我拿下這廝！」說猶未了，傍邊耳房裡走出二十餘人，把林沖橫推倒拽，恰似皂雕追紫燕，渾如猛虎啖羊羔。高太尉大怒道：「你既是禁軍教頭，法度也還不知道。因何手執利刃，故入節堂，欲殺本官？」叫左右把林沖推下，不知性命如何。不因此等，有分教，大鬧中原，縱橫海內。直教農夫背上添心號（軍士胸背的符號），漁父舟中插認旗（繡有主將名號的軍旗）。

畢竟看林沖性命如何，且聽下回分解。

第八回

林教頭刺配滄州道　魯智深大鬧野豬林

話說當時太尉喝叫左右排列軍校，拿下林沖要斬，林沖大叫冤屈。太尉道：「你來節堂有何事務？見今手裡拿著利刃，如何不是來殺下官？」

林沖告道：「太尉不喚，如何敢，見有兩個承局望堂裡去了。故賺林沖到此。」太尉喝道：「胡說！我府中那有承局？這廝不服斷遣（判處）。」喝叫左右解去開封府，吩咐滕府尹好生推問（審問）勘理，明白處決，就把寶刀封了去。左右領了鈞旨，監押林沖投開封府來，恰好府尹坐衙未退，但見：

緋羅繳壁，紫綬卓圍。當頭額掛朱紅，四下簾垂斑竹。官僚守正，戒石上刻御制四行；令史謹嚴，漆牌中書低聲二字。提轄官能掌機密，客帳司專管牌單。吏兵沉重，節級嚴威，執藤條衹（恭敬）候立階前，持大杖離班分左右。戶婚詞訟，斷時有似玉衡（北斗星）明；鬥毆是非，判處恰如金鏡照。雖然一郡宰臣官，果是四方民父母。直使囚從冰上立，盡教人向鏡中行。說不盡許多威儀，似塑就一堂神道。

高太尉干人把林沖押到府前，跪在階下，將太尉言語對滕府尹說了，將上太尉封的那把刀，放在林沖面前。府尹道：「林沖，你是個禁軍教頭，如何不知法度，手執利刃，故入節堂？這是該死的罪犯（罪名）。」林沖告道：「恩相明鏡，念林沖負屈銜冤。小人雖是粗鹵的軍漢，頗識些法度，如何敢擅入節堂？為是前月二十八日，林沖與妻到岳廟還香願，正迎見高太尉的小衙內，把妻子調戲，被小人喝散了。次後又使陸虞候賺小人吃酒，卻使富安來騙林沖妻子到陸虞候家樓上調戲，亦被小人趕去，是把陸虞候家打了一場。兩次雖不成姦，皆有人證。次日，林沖自買這口刀，今日太尉差兩個承局來家呼喚林沖，叫將刀來府裡比看。因此，林沖同二人到節堂下。兩個承局進堂裡去了，不想太尉從外面進來，設計陷害林沖。望恩相做主。」

府尹聽了林沖口詞，且叫與了回文，一面取刑具枷杻來枷了，推入牢裡監下。林沖家裡自來送飯，一面使錢（行賄）。林沖的丈人張教頭亦來買上告下（疏通關係），使用財帛。正值有個當案孔目（小吏），姓孫，名定，為人最鯁直，十分好善，只要周全人，因此人都喚做「孫佛兒」。他明知道這件事，轉轉宛宛在府上說知就裡，稟道：「此事果是屈了林沖，只可周全他。」府尹道：「他做下這般罪！高太尉批『仰定罪』，定要問他手執利刃，故入節堂，殺害本官，怎周全得他？」孫定道：「這南衙開封府，不是朝廷的，是高太尉家的？」府尹道：「胡說！」孫定道：「誰不知高太尉當權，倚勢豪強，更兼他府裡無般不做。但有人小小觸犯，便發來開封府，要殺便殺，要剮便剮，卻不是他家官府！」府尹道：「據你說時，林沖事怎的方便他，施行斷遣（判處）？」孫定道：「看林沖口詞是個無罪的人，只是沒拿那兩個承局處。如今著他招認做不合腰懸利刃，誤入節堂，脊杖二十，刺配遠惡軍州。」

滕府尹也知這件事了，自去高太尉面前再三稟說林沖口詞。高俅情知理短，又礙府尹，只得准了。就此日府尹回來升廳，叫林沖除了長枷，斷了二十脊杖，喚個文筆匠刺了面頰，量地方遠近，該配滄州牢城。當廳打一面七斤半團頭鐵葉護身枷釘了，貼上封皮，押了一道牒文，差兩個防送公人監押前去。

兩個人是董超、薛霸。二人領了公文，押送林沖出開封府來，只見眾鄰舍並林沖的丈人張教頭都在府前接著，同林沖兩個公人到州橋下酒店裡坐定。林沖道：「多得孫孔目維持，這棒不毒，因此走動得。」張教頭叫酒保安排案酒果子，管待兩個公人。酒至數杯，只見張教頭將出銀兩，齎發他兩個防送公人已了。

林沖執手對丈人說道：「泰山在上，年災月厄，撞了高衙內，吃了一場屈官司。今日有句話說，上稟泰山：自蒙泰山錯愛，將令愛嫁事小人，已至三載，不曾有半些兒差池。雖不曾生半個兒女，未曾面紅面赤，半點相爭。今小人遭這場橫事，配去滄州，生死存亡未保。娘子在家，小人心去不穩，誠恐高衙內威逼這頭親事；況兼青春年少，休為林沖誤了前程。卻是林沖自行主張，非他人逼迫。小人今日就高鄰在此，明白立紙休書，任從改嫁，並無爭執。如此林沖去的心穩，免得高衙內陷害。」張教頭道：「賢婿，甚麼言語！你是天年不齊，遭了橫事，又不是你作將出來的。今日權且去滄州躲災避難，早晚天可憐見，放你回來時，依舊夫妻完聚。老漢家中也頗有些過活，便取了我女家去，並錦兒，不揀怎的，三年五載，養贍得他。又不叫他出入，高衙內便要見，也不能勾。休要憂心，都在老漢身上。你在滄州牢城，我自頻頻寄書並衣服與你。休得要胡思亂想，只顧放心去。」林沖道：「感謝泰山厚意。只是林沖放心不下，枉自兩相耽誤。泰山可憐見林沖，依允小人，便死也瞑目。」張教頭那裡肯應承。眾鄰舍亦說行不得。林沖道：「若不依允小人之時，林沖便掙扎得回來，誓不與娘子相聚。」張教頭道：「既然恁地時，權且由你寫下，我只不把女兒嫁人便了。」當時叫酒保尋個寫文書的人來，買了一張紙來。

那人寫，林沖說道是：

東京八十萬禁軍教頭林沖，為因身犯重罪，斷配滄州，去後存亡不保。有妻張氏年少，情願立此休書，任從改嫁，永無爭執。委是自行情願，即非相逼。恐後無憑，立此文約為照。年月日。

林沖當下看人寫了，借過筆來，去年月下押個花字，打個手模。正在閣裡寫了，欲付與泰山收時，只見林沖的娘子，號天哭地叫將來，女使錦兒抱著一包衣服一路尋到酒店裡。林沖見了，起身接著道：「娘子，小人有句話說，已稟過泰山了。為是林沖年災月厄，遭這場屈事，今去滄州，生死不保，誠恐誤了娘子青春。今已寫下幾字在此，萬望娘子休等小人，有好頭腦（體面人物），自行招嫁，莫為林沖誤了賢妻。」那娘子聽罷，哭將起來，說道：「丈夫，我不曾有半些兒點污，如何把我休了！」林沖道：「娘子，我是好意，恐怕日後兩下相誤賺了你。」張教頭便道：「我兒放心，雖是女婿恁的主張，我終不成下得將你來再嫁人！這事且由他放心去。他便不來時，我也安排你一世的終身盤費，只教你守志便了。」那婦人聽得說，心中哽咽，又見了這封書，一時哭倒聲絕在地，未知五臟如何，先見四肢不動，但見：

荊山玉損，可惜數十年結髮成親；寶鑑花殘，枉費九十日東君匹配。花容倒臥，有如西苑芍藥倚朱欄；檀口無言，一似南海觀音來入定。小園昨夜東風惡，吹折江梅就地橫。

林沖與泰山張教頭救得起來，半晌方才蘇醒，兀自哭不住。林沖把休書與教頭收了；眾鄰舍亦有婦人來勸林沖娘子，攙扶回去。張教頭囑咐林沖道：「你顧前程去掙扎，回來廝見。你的老小，我明日便取回去，養在家裡，待你回來完聚。你但放心去，不要掛念，如有便人，千萬頻頻寄些書信來。」林沖起身謝了，拜辭泰山並眾鄰舍，背了包裹，隨著公人去了。張教頭同鄰舍取路回家，不在話下。

且說兩個防送公人把林沖帶來使臣房裡，寄了監，董超、薛霸各自回家收拾行李。只說董超正在家裡拴束包裹，只見巷口酒店裡酒保來說道：「董端公，一位官人在小人店中請說話。」董超道：「是誰？」酒保道：「小人不認得，只叫請端公便來。」

原來宋時的公人，都稱呼「端公」。當時董超便和酒保徑到店中閣兒內看時，見坐著一個人，頭戴頂萬字頭巾，身穿領皂紗背子，下面皂靴淨襪。見了董超，慌忙作揖道：「端公請坐。」董超道：「小人自來不曾拜識尊顏，不知呼喚有何使令？」那人道：「請坐，少間便知。」董超坐在對席，酒保一面鋪下酒盞，菜蔬、果品、案酒都搬來擺了一桌。那人問道：「薛端公在何處住？」董超道：「只在前邊巷內。」那人喚酒保問了底腳（住址），「與我去請將來。」酒保去了一盞茶時，只見請得薛霸到閣兒裡。董超道：「這位官人請俺說話。」薛霸道：「不敢動問大人高姓？」那人又道：「少刻便知，且請飲酒。」

三人坐定，一面酒保篩酒。酒至數杯，那人去袖子裡取出十兩金子，放在桌上，說道：「二位端公各收五兩，有些小事煩及。」二人道：「小人素不認得尊官，何故與我金子？」那人道：「二位莫不投滄州去？」董超道：「小人兩個奉本府差遣，監押林沖直到那裡。」那人道：「既是如此，相煩二位，我是高太尉府心腹人陸虞候便是。」

第八回
林教頭刺配滄州道　魯智深大鬧野豬林

董超、薛霸喏喏連聲，說道：「小人何等樣人，敢共對席。」陸謙道：「你二位也知林沖和太尉是對頭。今奉著太尉鈞旨：教將這十兩金子送與二位，望你兩個領諾，不必遠去，只就前面僻靜去處，把林沖結果了，就彼處討紙回狀，回來便了。若開封府但有話說，太尉自行吩咐，並不妨事。」董超道：「卻怕使不得，開封府公文，只叫解活的去，卻不曾教結果了他；亦且本人年紀又不高大，如何作的這緣故，倘有些兜搭（麻煩），恐不方便。」薛霸道：「老董，你聽我說：高太尉便叫你我死，也只得依他，莫說使這官人又送金子與俺。你不要多說，和你分了罷，落得做人情，日後也有照顧俺處。前頭有的是大松林猛惡去處，不揀怎的，與他結果了罷。」

當下薛霸收了金子，說道：「官人放心，多是五站路，少便兩程，便有分曉。」陸謙大喜道：「還是薛端公真是爽利！明日到地了時，是必揭取林沖臉上金印（割頭）回來做表證，陸謙再包辦二位十兩金子相謝。專等好音，切不可相誤。」

原來宋時但是犯人徒流遷徙的，都臉上刺字；怕人恨怪，只喚做「打金印」。三個人又吃了一會酒，陸虞候算了酒錢，三人出酒肆來，各自分手。

只說董超、薛霸將金子分受入己，送回家中，取了行李包裹，拿了水火棍（役使使用的短棍），便來使臣房裡取了林沖，監押上路。當日出得城來，離城三十里多路歇了。宋時途路上客店人家，但是公人監押囚人來歇，不要房錢。當下董、薛二人帶林沖到客店裡，歇了一夜。

第二日天明，起來打火，吃了飲食，投滄州路上來。時遇六月天氣，炎暑正熱，林沖初吃棒時，倒也無事。次後三兩日間，天道盛熱，棒瘡卻發，又是個新吃棒的人，路上一步挨一步走不動。薛霸道：「好不曉事（懂事），此去滄州二千里有餘的路，你這般樣走，幾時得到？」林沖道：「小人在太尉府裡折了些便宜（吃了些虧），前日方才吃棒，棒瘡舉發，這般炎熱，上下（對差役的尊稱）只得擔待一步。」董超道：「你自慢慢的走，休聽咭咶。」

薛霸一路上喃喃咄咄的口裡埋冤叫苦，說道：「卻是老爺們晦氣，撞著你這個魔頭。」看看天色又晚，但見：

火輪低墜，玉鏡將懸。遙觀野炊俱生，近睹柴門半掩。僧投古寺，雲林時見鴉歸；漁傍陰涯，風樹猶聞蟬噪。急急牛羊來熱阪，勞勞驢馬息蒸途。

當晚三個人投村中客店裡來，到得房內，兩個公人放了棍棒，解下包裹。林沖也把包來解了，不等公人開口，去包裡取些碎銀兩，央店小二買些酒肉，糴些米來，安排盤饌，請兩個防送公人坐了吃。董超、薛霸又添酒來，把林沖灌的醉了，和枷倒在一邊。薛霸去燒一鍋百沸滾湯，提將來，傾在腳盆內，叫道：「林教頭，你也洗了腳好睡。」林沖掙得起來，被枷礙了，曲身不得。薛霸便道：「我替你洗。」林沖忙道：「使不得。」薛霸道：「出路人那裡計較的許多。」林沖不知是計，只顧伸下腳來，被薛霸只一按，按在滾湯裡。林沖叫一聲「哎也！」急縮得起時，泡得腳面紅腫了。林沖道：「不消生受。」薛霸道：「只見罪人伏侍公人，那曾有公人伏侍罪人。好意叫他洗腳，顛倒嫌冷嫌熱，卻不是好心不得好報！」口裡喃喃的罵了半夜，林沖那裡敢回話，自去倒在一邊。他兩個潑了這水，自換些水，去外邊洗了腳收拾。

睡到四更，同店人都未起，薛霸起來燒了面湯（洗臉的水），安排打火做飯吃。林沖起來暈了，吃不得，又走不動。薛霸拿了水火棍，催促動身。董超去腰裡解下一雙新草鞋，耳朵並索兒卻是麻編的，叫林沖穿。林沖看時，腳上滿面都是燎漿泡，只得尋覓舊草鞋穿，那裡去討。沒奈何，只得把新草鞋穿上。叫店小二算過酒錢，兩個公人帶了林沖出店，卻是五更天氣。林沖走不到三二里，腳上泡被新草鞋打破了，鮮血淋漓，正走不動，聲喚不止。薛霸罵道：「走便快走，不走便大棍搠將起來。」林沖道：「上下方便，小人豈敢怠慢，俄延程途，其實是腳疼走不動。」董超道：「我扶著你走便了。」攙著林沖，只得又挨了四五里路。看看正走不動了，早望見前面煙籠霧鎖，一座猛惡林子，但見：

枯蔓層層如雨腳，喬枝鬱鬱似雲頭。
不知天日何年照，惟有冤魂不斷愁。

這座林子有名喚做「野豬林」，此是東京去滄州路上第一個險峻去處。宋時這座林子內，但有些冤仇的，使用些錢與公人，帶到這裡，不知結果了多少好漢。今日這兩個公人帶林沖奔入這林子裡來。董超道：「走了一五更，走不得十里路程，似此，滄州怎的得到？」薛霸道：「我也走不得了，且就林子裡歇一歇。」

三個人奔到裡面，解下行李包裹，都搬在樹根頭。林沖叫聲「阿也！」靠著一株大樹便倒了。只見董超、薛霸道：「行一步，等一步，倒走得我困倦起來，且睡一睡卻行。」放下水火棍，便倒在樹邊，略略閉得眼，從地下叫將起來。林沖道：「上下做甚麼？」董超、薛霸道：「俺兩個正要睡一睡，這裡又無關鎖，只怕你走了，我們放心不下，以此睡不穩。」林沖答道：「小人是個好漢，官司既已吃了，一世也不走。」薛霸道：「那裡信得你說？要我們心穩，須得縛一縛。」林沖道：「上下要縛便縛，小人敢道怎的。」

薛霸腰裡解下索子來，把林沖連手帶腳和枷緊緊的綁在樹上。同董超兩個跳將起來，轉過身來，拿起水火棍，看著林沖說道：「不是俺要結果你，自是前日來時，有那陸虞候傳著高太尉鈞旨，教我兩個到這裡結果你，立等金印回去回話。便多走的幾日，也是死數，只今日就這裡，倒作成我兩個回去快些。休得要怨我弟兄兩個，只是上司差遣，不由自己。你須精細著：明年今日是你周年。我等已限定日期，亦要早回話。」

林沖見說，淚如雨下，便道：「上下，我與你二位往日無仇，近日無冤，你二位如何救得小人，生死不忘。」董超道：「說甚麼閒話？救你不得。」薛霸便提起水火棍來，望著林沖腦袋上劈將來，可憐豪傑，束手就死。

正是：「萬里黃泉無旅店，三魂今夜落誰家。」畢竟林沖性命如何，且聽下回分解。

第九回

柴進門招天下客　林沖棒打洪教頭

話說當時薛霸雙手舉起棍來，望林沖腦袋上便劈下來。說時遲，那時快，薛霸的棍恰舉起來，只見松樹背後雷鳴也似一聲，那條鐵禪杖飛將來，把這水火棍一隔，丟去九霄雲外，跳出一個胖大和尚來，喝道：「洒家在林子裡聽你多時！」

兩個公人看那和尚時，穿一領皂布直裰，挎一口戒刀，提起禪杖，輪起來打兩個公人。林沖方才閃開眼看時，認得是魯智深。林沖連忙叫道：「師兄不可下手，我有話說。」智深聽得，收住禪杖。兩個公人呆了半晌，動彈不得。林沖道：「非干他兩個事，盡是高太尉使陸虞候吩咐他兩個公人，要害我性命，他兩個怎不依他？你若打殺他兩個，也是冤屈。」

魯智深扯出戒刀，把索子都割斷了，便扶起林沖，叫：「兄弟，俺自從和你買刀那日相別之後，洒家憂得你苦。自從你受官司，俺又無處去救你。打聽的你斷配滄州，洒家在開封府前又尋不見。卻聽得人說，監在使臣房內，又見酒保來請兩個公人說道：『店裡一位官人尋說話。』以此洒家疑心，放你不下。恐這廝們路上害你，俺特地跟將來。見這兩個撮鳥帶你入店裡去，洒家也在那裡歇。夜間聽得那廝兩個做神做鬼，把滾湯賺了你腳。那時俺便要殺這兩個撮鳥，卻被客店裡人多，恐防救了。洒家見這廝們不懷好心，越放你不下。你五更裡出門時，洒家先投奔這林子裡來，等殺這廝兩個撮鳥，他到來這裡害你，正好殺這廝兩個。」林沖勸道：「既然師兄救了我，你休害他兩個性命。」魯智深喝道：「你這兩個撮鳥！洒家不看兄弟面時，把你這兩個都剁做肉醬；且看兄弟面皮，饒你兩個性命。」就那裡插了戒刀，喝道：「你這兩個撮鳥，快攙兄弟，都跟洒家來。」提了禪杖先走。兩個公人那裡敢回話，只叫：「林教頭救俺兩個。」依前背上包裹，提了水火棍，扶著林沖。又替他拕了包裹，一同跟出林子來。行得三四里路程，見一座小小酒店在村口，四個人入來坐下，看那店時，但見：

前臨驛路，後接溪村。數株桃柳綠陰濃，幾處葵榴紅影亂。門外森森麻麥，窗前猗猗荷花。輕輕酒旆舞薰風，短短蘆簾遮酷日。壁邊瓦甕，白泠泠滿貯村醪；架上瓷瓶，香噴噴新開社醞（社日的祭酒）。**白髮田翁親滌器，紅顏村女笑當壚**（酒店）。

當下深、沖、超、霸四人在村酒店中坐下，喚酒保買五七斤肉，打兩角酒來吃，回些麵來打餅。酒保一面整治，把酒來篩。兩個公人道：「不敢拜問師父，在那個寺裡住持？」智深笑道：「你兩個撮鳥問俺住處做甚麼？莫不去教高俅做甚麼奈何洒家？別人怕他，俺不怕他。洒家若撞著那廝，教他吃三百禪杖。」兩個公人那裡敢再開口？吃了些酒肉，收拾了行李，還了酒錢，出離了村店。林沖問道：「師兄，今投那裡去？」魯智深道：「『殺人須見血，救人須救徹。』洒家放你不下，直送兄弟到滄州。」兩個公人聽了，暗暗地道：「苦也！卻是壞了我們的勾當，轉去時怎回話？且只得隨順他，一處行路。」有詩為證：

最恨奸謀欺白日，獨持義氣薄黃金。
迢遙不畏千程路，辛苦惟存一片心。

自此途中被魯智深要行便行，要歇便歇，那裡敢扭他？好便罵，不好便打。兩個公人不敢高聲，只怕和尚發作。行了兩程，討了一輛車子，林沖上車將息，三個跟著車子行著。兩個公人懷著鬼胎，各自要保性命，只得小心隨順著行。魯智深一路買酒買肉，將息林沖，那兩個公人也吃。遇著客店，早歇晚行，都是那兩個公人打火做飯，誰敢不依他？二人暗商量：「我們被這和尚監押定了，明日回去，高太尉必然奈何俺。」薛霸道：「我聽得大相國寺菜園廨宇裡新來了個僧人，喚做魯智深，想來必是他。回去實說：俺要在野豬林結果他，被這和尚救了，一路護送到滄州；因此下手不得。捨著還了他十兩金子，著陸謙自去尋這和尚便了。我和你只要躲得身上乾淨。」董超道：「也說得是。」兩個暗商量了不題。

話休絮繁，被智深監押不離，行了十七八日，近滄州只有七十來里路程。一路去都有人家，再無僻靜處了。魯智深打聽得實了，就松林裡少歇。智深對林沖道：「兄弟，此去滄州不遠了。前路都有人家，別無僻靜去處，洒家已打聽實了。俺如今和你分手，異日再得相見。」林沖道：「師兄回去，泰山（丈人）處可說知，防護之恩，不死當以厚報。」魯智深又取出一二十兩銀子與林沖，把三二兩與兩個公人道：「你兩個撮鳥，本是路上砍了你兩個頭，兄弟面上，饒你兩個鳥命。如今沒多路了，休生歹心。」兩個道：「再怎敢？皆是太尉差遣。」接了銀子，卻待分手，魯智深看著兩個公人道：

「你兩個撮鳥的頭，硬似這松樹麼？」二人答道：「小人頭是父母皮肉，包著些骨頭。」智深輪起禪杖，把松樹只一下，打得樹有二寸深痕，齊齊折了，喝一聲道：「你兩個撮鳥，但有歹心，教你頭也與這樹一般。」擺著手，拖了禪杖，叫聲：「兄弟保重。」自回去了。董超、薛霸都吐出舌頭來，半晌縮不入去。林沖道：「上下，俺們自去罷。」兩個公人道：「好個莽和尚，一下打折了一株樹。」林沖道：「這個直得甚麼？相國寺一株柳樹，連根也拔將出來。」二人只把頭來搖，方才得知是實。

二人當下離了松林，行到晌午，早望見官道上一座酒店。但見：

古道孤村，路傍酒店。楊柳岸，曉垂錦旆；蓮花蕩，風拂青簾。劉伶仰臥畫床前，李白醉眠描壁上。社醞壯農夫之膽，村醪助野叟之容。神仙玉佩曾留下，卿相金貂也當來。

三個人入酒店裡來，林沖讓兩個公人上首坐了。董、薛二人，半日方才得自在。只見那店裡有幾處座頭，三五個篩酒的酒保，都手忙腳亂，搬東搬西。林沖與兩個公人坐了半個時辰，酒保並不來問。林沖等得不耐煩，把桌子敲著說道：「你這店主人好欺客，見我是個犯人，便不來睬著，我須不白吃你的，是甚道理？」主人說道：「你這是原來不知我的好意。」林沖道：「不賣酒肉與我，有甚好意？」店主人道：「你不知俺這村中有個大財主，姓柴名進，此間稱為柴大官人，江湖上都喚做『小旋風』，他是大周柴世宗子孫。自陳橋讓位，太祖武德皇帝敕賜與他誓書鐵券（天子頒賜享有特權的文書）在家中，誰敢欺負他？專一招接天下往來的好漢，三五十個養在家中，常常囑咐我們酒店裡：『如有流配來的犯人，可叫他投我莊上來，我自資助他。』我如今賣酒肉與你，吃得面皮紅了，他道你自有盤纏，便不助你。我是好意。」林沖聽了，對兩個公人道：「我在東京教軍時，常常聽得軍中人傳說柴大官人名字，卻原來在這裡。我們何不同去投奔他。」董超、薛霸尋思道：「既然如此，有甚虧了我們處？」就便收拾包裹，和林沖問道：「酒店主人，柴大官人莊在何處，我等正要尋他。」店主人道：「只在前面，約過三二里路，大石橋邊轉彎抹角，那個大莊院便是。」

林沖等謝了店主人，三個出門，果然三二里，見座大石橋。過得橋來，一條平坦大路，早望見綠柳陰中顯出那座莊院。四下一周遭一條澗河，兩岸邊都是垂楊大樹，樹陰中一遭（排）粉牆。轉彎來到莊前，看時，好個大莊院！但見：

門迎黃道，山接青龍，萬枝桃綻武陵溪，千樹花開金谷苑。聚賢堂上，四時有不謝奇花；百卉廳前，八節賽長春佳景。堂懸敕額金牌，家有誓書鐵券。朱甍碧瓦，掩映著九級高堂；畫棟雕梁，真乃是三微精舍。不是當朝勳戚第，也應前代帝王家。

三個人來到莊上，見那條闊板橋上，坐著四五個莊客，都在那裡乘涼。三個人來到橋邊，與莊客施禮罷，林沖說道：「相煩大哥報與大官人知道：京師有個犯人，迭配牢城，姓林的求見。」莊客齊道：「你沒福，若是大官人在家時，有酒食錢財與你，今早出獵去了。」林沖道：「不知幾時回來？」莊客道：「說不定，敢怕投東莊去歇，也不見得，——許你不得。」林沖道：「如此是我沒福，不得相遇，我們去罷。」別了眾莊客，和兩個公人再回舊路，肚裡好生愁悶。行了半里多路，只見遠遠的從林子深處，一簇人馬飛奔莊上來，但見：

人人俊麗，個個英雄。數十匹駿馬嘶風，兩三面繡旗弄日。粉青氈笠，似倒翻荷葉高擎；絳色紅纓，如爛熳蓮花亂插。飛魚袋內，高插著裝金雀畫細輕弓；獅子壺中，整攢著點翠雕翎端正箭。牽幾只趕獐細犬，擎數對拿兔蒼鷹。穿雲俊鶻頓絨絛（帶子），脫帽錦雕尋護指。摽槍風利，就鞍邊微露寒光；畫鼓團⿴囗奕，向馬上時聞響震。鞍邊拴繫，無非天外飛禽；馬上擎抬，盡是山中走獸。好似晉王臨紫塞，渾如漢武到長楊。

那簇人馬飛奔莊上來，中間捧著一位官人，騎一匹雪白捲毛馬。馬上那人，生得龍眉鳳目，皓齒朱唇，三牙掩口髭鬚，三十四五年紀。頭戴一頂皂紗轉角簇花巾，身穿一領紫繡團胸繡花袍，腰繫一條玲瓏嵌寶玉環絛，足穿一雙金線抹綠皂朝靴。帶一張弓，插一壺箭，引領從人，都到莊上來。林沖看了，尋思道：「敢是柴大官人麼？」又不敢問他，只自肚裡躊躇。只見那馬上年少的官人縱馬前來問道：「這位帶枷的是甚人？」林沖慌忙躬身答道：「小人是東京禁軍教頭，姓林，名沖，為因惡了高太尉，尋事發下開封府，問罪斷遣，刺配此滄州。聞得前面酒店裡說，這裡有個招賢納士好漢柴大官人，因此特來相投。不期緣淺，不得相遇。」那官人滾鞍下馬，飛近前來，說道：「柴進有失迎迓。」就草地上便拜。林沖連忙答禮。那官人攜住林沖的手，同行到莊上來。那莊客們看見，大開了莊門，柴進直請到廳前。兩個敘禮罷，柴進說道：「小可久聞教頭大名，不期今日來踏賤地，足稱平生渴仰之願。」林沖答道：「微賤林沖，聞大人貴名，傳播海宇，誰人不敬？不想今日因得罪犯，流配來此，得識尊顏，宿生（前生）萬幸。」柴進再三謙讓，林沖坐了客席；董超、薛霸也一帶坐了。跟柴進的伴當（僕人），各自牽了馬，去院後歇息，不在話下。

柴進便喚莊客，叫將酒來。不移時（不一會），只見數個莊客托出一盤肉，一盤餅，溫一壺酒；又一個盤子，托出一斗白米，米上放著十貫錢，都一發將出來。柴進見了道：「村夫不知高下，教頭到此，如何恁地輕意？快將進去。先把果盒酒來，隨即殺羊相待，快去整治。」林沖起身謝道：「大官人，不必多賜，只此十分勾了。」柴進道：「休如此說，難得教頭到此，豈可輕慢。」莊客不敢違命，先捧出果盒酒來。柴進起身，一面手執三杯。林沖謝了柴進，飲酒罷，兩個公人一同飲了。柴進說：「教頭請裡面少坐。」柴進隨即解了弓袋箭壺，就請兩個公人一同飲酒。

柴進當下坐了主席，林沖坐了客席，兩個公人在林沖肩下。敘說些閒話，江湖上的勾當，不覺紅日西沉。安排得酒食、果品、海味，擺在桌上，抬在各人面前。柴進親自舉杯，把了三巡，坐下叫道：「且將湯來吃。」吃得一道湯，五七杯酒，只見莊客來報道：「教師來也。」柴進道：「就請來一處坐地相會亦好，快抬一張桌來。」林沖起身看時，只見那個教師入來，歪戴著一頂頭巾，挺著脯子，來到後堂。林沖尋思道：「莊客稱他做教師，必是大官人的師父。」急急躬身唱喏道：「林沖謹參。」那人全不睬著，也不還禮。林沖不敢抬頭。柴進指著林沖對洪教頭道：「這位便是東京八十萬禁軍槍棒教頭林武師林沖的便是，就請相見。」林沖聽了，看著洪教頭便拜。那洪教頭說道：「休拜，起來。」卻不躬身答禮。柴進看了，心中好不快意。林沖拜了兩拜，起身讓洪教頭坐。洪教頭亦不相讓，便去上首便坐。柴進看了，又不喜歡。林沖只得肩下坐了，兩個公人亦就坐了。

洪教頭便問道：「大官人今日何故厚禮管待配軍？」柴進道：「這位非比其他的，乃是八十萬禁軍教頭，師父如何輕慢？」洪教頭道：「大官人只因好習槍棒，往往流配軍人都來倚草附木，皆道我是槍棒教師，來投莊上，誘些酒食錢米。大官人如何忒認真？」林沖聽了，並不做聲。柴進說道：「凡人不可易相（從相貌判斷人），休小覷他。」洪教頭怪這柴進說「休小覷他」，便跳起身來道：「我不信他，他敢和我使一棒看，我便道他是真教頭。」柴進大笑道：「也好！也好！林武師，你心下如何？」林沖道：「小人卻是不敢。」洪教頭心中忖量道：「那人必是不會，心中先怯了。」因此越來惹林沖使棒。柴進一來要看林沖本事；二者要林沖贏他，滅那廝嘴。柴進道：「且把酒來吃著，待月上來也罷。」

當下又吃過了五七杯酒，卻早月上來了，照見廳堂裡面，如同白日。柴進起身道：「二位教頭較量一棒。」林沖自肚裡尋思道：「這洪教頭必是柴大官人師父，不然我一棒打翻了他，須不好看。」柴進見林沖躊躇，便道：「此位洪教頭也到此不多時，此間又無對手。林武師休得要推辭，小可也正要看二位教頭的本事。」柴進說這話，原來只怕林沖礙柴進的面皮，不肯使出本事來。林沖見柴進說開就裡，方才放心。只見洪教頭先起身道：「來，來，來！和你使一棒看。」一齊都哄出堂後空地上。莊客拿一束棍棒來，放在地下。洪教頭先脫了衣裳，拽扎起裙子，掣條棒，使個旗鼓，喝道：「來，來，來！」柴進道：「林武師，請較量一棒。」林沖道：「大官人，休要笑話。」就地也拿了一條棒起來道：「師父請教。」洪教頭看了，恨不得一口水吞了他。林沖拿著棒，使出山東大擂，打將入來。洪教頭把棒就地下鞭了一棒，來搶林沖。兩個教頭就明月地下交手，真個好看，怎見是山東大擂，但見：

山東大擂，河北夾槍。大擂棒是鰍魚穴內噴來，夾槍棒是巨蟒窠中竄出。大擂棒似連根拔怪樹，夾槍棒如遍地捲枯藤。兩條海內搶珠龍，一對岩前爭食虎。

兩個教頭在明月地上交手，使了四五合棒，只見林沖托地跳出圈子外來，叫一聲：「少歇。」柴進道：「教頭如何不使本事？」林沖道：「小人輸了。」柴進道：「未見二位較量，怎便是輸了？」林沖道：「小人只多這具枷，因此，權當輸了。」柴進道：「是小可一時失了計較。」大笑著道：

第九回

柴進門招天下客　林沖棒打洪教頭

「這個容易。」便叫莊客取十兩銀子，當時將至。柴進對押解兩個公人道：「小可大膽，相煩二位下顧，權把林教頭枷開了，明日牢城營內但有事務，都在小可身上，白銀十兩相送。」董超、薛霸見了柴進人物軒昂，不敢違他，落得做人情，又得了十兩銀子，亦不怕他走了。薛霸隨即把林沖護身枷開了。柴進大喜道：「今番兩位教師再試一棒。」

洪教頭見他卻才棒法怯了，肚裡平欺（故意欺侮）他做，提起棒卻待要使。柴進叫道：「且住！」叫莊客取出一錠銀來，重二十五兩。無一時，至面前。柴進乃言：「二位教頭比試，非比其他，這錠銀子，權為利物；若是贏的，便將此銀子去。」柴進心中只要林沖把出本事來，故意將銀子丟在地下。洪教頭深怪林沖來，又要爭這個大銀子，又怕輸了銳氣，把棒來盡心使個旗鼓，吐個門戶，喚做「把火燒天勢」。林沖想道：「柴大官人心裡只要我贏他。」也橫著棒，使個門戶，吐個勢，喚做「撥草尋蛇勢」。

洪教頭喝一聲：「來，來，來！」便使棒蓋將入來。林沖望後一退，洪教頭趕入一步，提起棒，又復一棒下來。林沖看他腳步已亂了，便把棒從地下一跳，洪教頭措手不及，就那一跳裡，和身一轉，那棒直掃著洪教頭臁兒骨上（小腿脛骨），撇了棒，撲地倒了。柴進大喜，叫快將酒來把盞。眾人一齊大笑。洪教頭那裡掙扎起來。眾莊客一頭笑著，扶了洪教頭，羞顏滿面，自投莊外去了。

柴進攜住林沖的手，再入後堂飲酒，叫將利物來，送還教師。林沖那裡肯受，推托不過，只得收了。正是：

欺人意氣總難堪，冷眼旁觀也不甘。
請看受傷並折利，方知驕傲是羞慚。

柴進留林沖在莊上，一連住了幾日，每日好酒好食相待。又住了五七日，兩個公人催促要行。柴進又置席面相待送行；又寫兩封書，吩咐林沖道：「滄州大尹也與柴進好，牢城管營、差撥，亦與柴進交厚。可將這兩封書去下，必然看覷教頭。」即捧出二十五兩一錠大銀，送與林沖；又將銀五兩齎發兩個公人，吃了一夜酒。次日天明，吃了早飯，叫莊客挑了三個的行李，林沖依舊帶上枷，辭了柴進便行。柴進送出莊門作別，吩咐道：「待幾日小可自使人送冬衣來與教頭。」林沖謝道：「如何報謝大官人！」兩個公人相謝了。

三人取路投滄州來，將及午牌時候，已到滄州城裡，雖是個小去處，亦有六街三市。徑到州衙裡下了公文，當廳引林沖參見了州官大尹，當下收了林沖，押了回文，一面帖下，判送牢城營內來。兩個公人自領了回文，相辭了，回東京去，不在話下。

只說林沖送到牢城營內來，看那牢城營時，但見：

門高牆壯，地闊池深。天王堂畔，兩行垂柳綠如煙；點視廳前，一簇喬松青潑黛。來往的，盡是咬釘嚼鐵漢；出入的，無非瀝血剖肝人。

滄州牢城營內收管林沖，發在單身房裡，聽候點視。卻有那一般的罪人，都來看覷他，對林沖說道：「此間管營、差撥，十分害人，只是要詐人錢物，若有人情錢物送與他時，便覷的你好；若是無錢，將你撇在土牢裡，求生不生，求死不死。若得了人情，入門便不打你一百殺威棒，只說有病，把來寄下；若不得人情時，這一百棒打得七死八活。」林沖道：「眾兄長如此指教；且如要使錢，把多少與他？」眾人道：「若要使得好時，管營把五兩銀子與他，差撥也得五兩銀子送他，十分好了。」

第九回

柴進門招天下客　林沖棒打洪教頭

正說之間，只見差撥過來問道：「那個是新來配軍？」林沖見問，向前答應道：「小人便是。」那差撥不見他把錢出來，變了面皮，指著林沖罵道：「你這個賊配軍，見我如何不下拜？卻來唱喏！你這廝可知在東京做出事來，見我還是大剌剌的。我看這賊配軍，滿臉都是餓文（臉上的皺紋延伸到嘴裡，按迷信說法稱為餓紋），一世也不發跡！打不死，拷不殺的頑囚！你這把賊骨頭，好歹落在我手裡，教你粉骨碎身。少間叫你便見功效。」把林沖罵得一佛出世（死去活來），那裡敢抬頭應答。眾人見罵，各自散了。

林沖等他發作過了，去取五兩銀子，陪著笑臉告道：「差撥哥哥，些小薄禮，休言輕微。」差撥看了道：「你教我送與管營和俺的，都在裡面？」林沖道：「只是送與差撥哥哥的；另有十兩銀子，就煩差撥哥哥送與管營。」差撥見了，看著林沖笑道：「林教頭，我也聞你的好名字，端的是個好男子！想是高太尉陷害你了。雖然目下暫時受苦，久後必然發跡。據你的大名，這表人物，必不是等閒之人，久後必做大官。」林沖笑道：「皆賴差撥照顧。」差撥道：「你只管放心。」又取出柴大官人的書禮，說道：「相煩老哥將這兩封書下一下。」差撥道：「既有柴大官人的書，煩惱做甚？這一封書直一錠金子。我一面與你下書，少間管營來點你，要打一百殺威棒時，你便只說你『一路患病，未曾痊可。』我自來與你支吾，要瞞生人的眼目。」林沖道：「多謝指教。」差撥拿了銀子並書，離了單身房，自去了。林沖嘆口氣道：「『有錢可以通神』，此語不差。端的有這般的苦處。」

原來差撥落（私吞）了五兩銀子，只將五兩銀子並書來見管營，備說林沖是個好漢，柴大官人有書相薦，在此呈上。已是高太尉陷害，配他到此，又無十分大事。管營道：「況是柴大官人有書，必須要看顧他。」便教喚林沖來見。

且說林沖正在單身房裡悶坐，只見牌頭叫道：「管營在廳上叫喚新到罪人林沖來點名。」林沖聽得叫喚，來到廳前。管營道：「你是新到犯人，太祖武德皇帝留下舊制：新入配軍，須吃一百殺威棒。左右與我馱起來。」林沖告道：「小人於路感冒風寒，未曾痊可，告寄打。」牌頭道：「這人見今有病，乞賜憐恕。」管營道：「果是這人症候在身，權且寄下，待病痊可卻打。」差撥道：「見今天王堂看守的，多時滿了，可教林沖去替換他。」就廳上押了帖文，差撥領了林沖，單身房裡取了行李，來天王堂交替。差撥道：「林教頭，我十分周全你。教看天王堂時，這是營中第一樣省氣力的勾當，早晚只燒香掃地便了。你看別的囚徒，從早起直做到晚，尚不饒他；還有一等無人情的，撥他在土牢裡，求生不生，求死不死。」林沖道：「謝得照顧。」又取三二兩銀子與差撥道：「煩望哥哥一發周全，開了項上枷更好。」差撥接了銀子，便道：「都在我身上。」連忙去稟了管營，就將枷也開了。林沖自此在天王堂內，安排宿食處，每日只是燒香掃地，不覺光陰早過了四五十日。那管營、差撥得了賄賂，日久情熟，由他自在，亦不來拘管他。柴大官人又使人來送冬衣並人事與他。那滿營內囚徒，亦得林沖救濟。

話不絮繁。時遇冬深將近，忽一日，林沖巳牌時分，偶出營前閒走，正行之間，只聽得背後有人叫道：「林教頭，如何卻在這裡？」林沖回頭過來看時，見了那人。有分教，林沖火煙堆裡，爭些斷送餘生，風雪途中，幾被傷殘性命。畢竟林沖見了的是甚人，且聽下回分解。

第十回

林教頭風雪山神廟　陸虞候火燒草料場

話說當日林沖正閒走間，忽然背後人叫，回頭看時，卻認得是酒生兒（酒店伙計）李小二。當初在東京時，多得林沖看顧。這李小二先前在東京時，不合偷了店主人家財，被捉住了，要送官司問罪，卻得林沖主張陪話（道歉），救了他，免送官司；又與他陪了些錢財，方得脫免。京中安不得身，又虧林沖齎發他盤纏，於路投奔人，不意今日卻在這裡撞見。林沖道：「小二哥，你如何地在這裡？」李小二便拜道：「自從得恩人救濟，齎發小人，一地裡（到處）投奔人不著，迤邐（不順利、曲折）不想來到滄州，投托一個酒店裡姓王，留小人在店中做過賣（堂倌）。因見小人勤謹，安排的好菜蔬，調和的好汁水（羹湯），來吃的人都喝采，以此買賣順當。主人家有個女兒，就招了小人做女婿。如今丈人、丈母都死了，只剩得小人夫妻兩個。權在營前開了個茶酒店，因討錢過來，遇見恩人。恩人不知為何事在這裡？」林沖指著臉上道：「我因惡了高太尉，生事（捏造罪名）陷害，受了一場官司，刺配到這裡；如今叫我管天王堂，未知久後如何。不想今日到此遇見。」

李小二就請林沖到家裡面坐定，叫妻子出來拜了恩人。兩口兒歡喜道：「我夫妻二人正沒個親眷，今日得恩人到來，便是從天降下。」林沖道：「我是罪囚，恐怕玷辱你夫妻兩口。」李小二道：

「誰不知恩人大名？休恁地說。但有衣服，便拿來家裡漿洗縫補。」當時管待林沖酒食，至夜送回天王堂。次日又來相請，因此林沖得店小二家來往，不時間送湯送水來營裡，與林沖吃。林沖因見他兩口兒恭敬孝順，常把些銀兩與他做本銀。

且把閒話休題，只說正話。迅速光陰，卻早冬來。林沖的綿衣裙襖，都是李小二渾家（妻子）整治縫補。忽一日，李小二正在門前安排菜蔬下飯，只見一個人閃將進來，酒店裡坐下，隨後又一人閃入來。看時，前面那個人是軍官打扮，後面這個走卒模樣，跟著也來坐下。李小二入來問道：「可要吃酒？」只見那個人將出一兩銀子與小二道：「且收放櫃上，取三四瓶好酒來；客到時，果品酒饌只顧將來，不必要問。」李小二道：「官人請甚客？」那人道：「煩你與我去營裡請管營、差撥兩個來說話；問時，你只說有個官人請說話，商議些事務，專等專等。」

李小二應承了，來到牢城裡，先請了差撥；同到管營家中請了管營，都到酒店裡。只見那個官人和管營、差撥兩個講了禮。管營道：「素不相識，動問官人高姓大名？」那人道：「有書在此，少刻便知。且取酒來。」

李小二連忙開了酒，一面鋪下菜蔬果品酒饌，那人叫討副勸盤來，把了盞，相讓坐了。小二獨自一個攛梭也似伏侍不暇。那跟來的人討了湯桶，自行燙酒，約計吃過十數杯，再討了案酒，鋪放桌上。只見那人說道：「我自有伴當燙酒；不叫你，休來；我等自要說話。」

李小二應了，自來門首叫老婆道：「大姐，這兩個人來得不尷尬。」老婆道：「怎麼的不尷尬？」小二道：「這兩個人語言聲音是東京人。初時又不認得管營，向後我將案酒入去，只聽得差撥口裡訥出一句『高太尉』三個字來，這人莫不與林教頭身上有些干礙（關係）？我自在門前理會。你且去閣子背後聽說甚麼。」老婆道：「你去營中尋林教頭來認他一認。」李小二道：「你不省得。林教頭是個性急的人，摸不著便要殺人放火。倘或叫得他來看了，正是前日說的甚麼陸虞候，他肯便罷？做出事來，須連累了我和你。你只去聽一聽再理會。」老婆道：「說得是。」便入去聽了一個時辰，出來說道：「他那三四個交頭接耳說話，正不聽得說甚麼。只見那一個軍官模樣的人，去伴當懷裡取出一帕子物事（東西），遞與管營和差撥，帕子裡面的，莫不是金銀。只見差撥口裡說道：『都在我身上，好歹要結果他性命。』」正說之時，閣子裡叫將湯來。李小二急去裡面換湯時，看見管營手裡拿著一封書。小二換了湯，添些下飯，又吃了半個時辰，算還了酒錢，管營、差撥先去了。次後那兩個低著頭也去了。

轉背不多時，只見林沖走將入店裡來，說道：「小二哥，連日好買賣。」李小二慌忙道：「恩人請坐，小二卻待正要尋恩人，有些要緊說話。」有詩為證：

謀人動念震天門，悄語低言號六軍。
豈獨隔牆原有耳，滿前神鬼盡知聞。

當下林沖問道：「甚麼要緊的事？」李小二請林沖到裡面坐下，說道：「卻才有個東京來的尷尬人，在我這裡請管營、差撥吃了半日酒。差撥口裡訥出高太尉三個字來，小人心下疑惑。又著渾家聽了一個時辰，他卻交頭接耳，說話都不聽得，臨了只見差撥口裡應道：『都在我兩個身上，好歹要結果了他。』那兩個把一包金銀遞與管營、差撥；又吃一回酒，各自散了。不知甚麼樣人，小人心下疑，只怕恩人身上有些妨礙。」林沖道：「那人生得什麼模樣？」李小二道：「五短身材，白淨面皮，沒甚髭鬚，約有三十餘歲；那跟的也不長大，紫棠色面皮。」林沖聽了大驚道：「這三十歲的正是陸虞候。那潑賤賊，敢來這裡害我！休要撞著我，只教骨肉為泥！」李小二道：「只要提防他便了。豈不聞古人言『吃飯防噎，走路防跌！』」

林沖大怒，離了李小二家。先去街上買把解腕尖刀，帶在身上。前街後巷，一地裡去尋。李小二夫妻兩個捏著兩把汗。當晚無事。次日天明起來，洗漱罷，帶了刀，又去滄州城裡城外，小街夾巷，團團尋了一日。牢城營裡，都沒動靜。林沖又來對李小二道：「今日又無事。」小二道：「恩人，只願如此；只是自放仔細便了。」林沖自回天王堂，過了一夜，街上尋了三五日，不見消耗，林沖也自心下慢了。

到第六日，只見管營叫喚林沖到點視廳上，說道：「你來這裡許多時，柴大官人面皮，不曾抬舉得你。此間東門外十五里有座大軍草場，每月但是納草納料的，有些常例錢（外快）取覓。原尋一個老軍看管，如今我抬舉你去替那老軍來守天王堂，你在那裡尋幾貫盤纏。你可和差撥便去那裡交割。」林沖應道：「小人便去。」當時離了營中，徑到李小二家，對他夫妻兩個說道：「今日管營撥我去大軍草料場管事，卻如何？」李小二道：「這個差使，又好似天王堂。那裡收草料時，有些常例錢鈔。往常不使錢時，不能彀這差使。」林沖道：「卻不害我，倒與我好差使，正不知何意？」李小二道：「恩人休要疑心，只要沒事更好了；只是小人家離得遠了，過幾時那工夫來望恩人。」就在家裡安排幾杯酒，請林沖吃了。

話不絮繁，兩個相別了。林沖自到天王堂取了包裹，帶了尖刀，拿了條花槍，與差撥一同辭管營，兩個取路投草料場來。正是嚴冬天氣，彤雲密布，朔風漸起，卻早紛紛揚揚卷下一天大雪來。那雪早下得密了，但見：

凜凜嚴凝霧氣昏，空中祥瑞降紛紛。須臾四野難分路，頃刻千山不見痕。
銀世界，玉乾坤，望中隱隱接昆崙。若還下到三更後，彷彿填平玉帝門。

林沖和差撥兩個在路上，又沒買酒吃處，早來到草料場外。看時，一周遭有些黃土牆，兩扇大門；推開看裡面時，七八間草屋做著倉廒，四下裡都是馬草堆，中間兩座草廳。到那廳裡，只見那老軍在裡面向火。差撥說道：「管營差這個林沖來替你回天王堂看守，你可即便交割。」老軍拿了鑰匙，引著林沖吩咐道：「倉廒內自有官司封記；這幾堆草，一堆堆都有數目。」老軍都點見了堆數，又引林沖到草廳上，老軍收拾行李，臨了說道：「火盆、鍋子、碗碟都借與你。」林沖道：「天王堂內我也有在那裡；你要，便拿了去。」老軍指壁上掛一個大葫蘆，說道：「你若買酒吃時，只出草場，投東大路去三二里，便有市井。」老軍自和差撥回營裡來。

只說林沖就床上放了包裹被臥，就坐上生些焰火起來。屋邊有一堆柴炭，拿幾塊來生在地爐裡。仰面看那草屋時，四下裡崩壞了，又被朔風吹撼，搖振得動。林沖道：「這屋如何過得一冬？待雪晴了，去城中喚個泥水匠來修理。」向了一回火，覺得身上寒冷，尋思：「卻才老軍所說二里路外有那市井，何不去沽些酒來吃？」便去包裹裡取些碎銀子，把花槍挑了酒葫蘆，將火炭蓋了，取氈笠子戴上，拿了鑰匙出來，把草廳門拽上，出到大門首，把兩扇草場門反拽上鎖了；帶了鑰匙，信步投東。雪地裡踏著碎瓊亂玉，迤邐背著北風而行。

那雪正下得緊，行不上半里多路，看見一所古廟，林沖頂禮道：「神明庇佑，改日來燒紙錢。」又行了一回，望見一簇人家，林沖住腳看時，見籬笆中挑著一個草帚兒在露天裡。林沖徑到店裡，主人問道：「客人那裡來？」林沖道：「你認得這個葫蘆麼？」主人看了道：「這葫蘆是草料場老軍的。」林沖道：「原來如此。」店主道：「既是草料場看守大哥，且請少坐；天氣寒冷，且酌三杯，權當接風。」店家切一盤熟牛肉，盪一壺熱酒，請林沖吃。又自買了些牛肉，又吃了數杯。就又買了一葫蘆酒，包了那兩塊牛肉，留下些碎銀子。把花槍挑著酒葫蘆，懷內揣了牛肉，叫聲相擾，便出籬笆門，仍舊迎著朔風回來。看那雪，到晚越下得緊了。古時有個書生，做了一個詞。單題那貧苦的恨雪：

廣莫嚴風刮地，這雪兒下的正好。拈絮撏綿，裁幾片大如栲栳。見林間竹屋茅茨，爭些兒被他壓倒。富室豪家，卻言道壓瘴猶嫌少。向的是獸炭紅爐，穿的是綿衣絮襖。手捻梅花，唱道國家祥瑞，不念貧民些小。高臥有幽人，吟詠多詩草。

再說林沖踏著那瑞雪，迎著北風，飛也似奔到草場門口，開了鎖，入內看時，只叫得苦。原來天理昭然，佑護善人義士，因這場大雪，救了林沖的性命。那兩間草廳，已被雪壓倒了。林沖尋思怎地好。放下花槍葫蘆在雪裡。恐怕火盆內有火炭延燒起來，搬開破壁子，探半身入去摸時，火盆內火種都被雪水浸滅了。林沖把手床上摸時，只拽得一條絮被。林沖鑽將出來，見天色黑了，尋思：「又沒把火處，怎生安排？」想起：「離了這半里路上，有一古廟，可以安身。我且去那裡宿一夜，等到天明，卻作理會。」把被捲了，花槍挑著酒葫蘆，依舊把門拽上，鎖了，望那廟裡來。入得廟門，再把門掩上，傍邊止有一塊大石頭，掇將過來，靠了門，入得裡面，看時，殿上塑著一尊金甲山神，兩邊一個判官，一個小鬼；側邊堆著一堆紙。團團看來，又沒鄰舍，又無廟主。

林沖把槍和酒葫蘆放在紙堆上，將那條絮被放開；先取下氈笠子，把身上雪都抖了；把上蓋白布衫脫將下來，早有五分濕了，和氈笠放在供桌上；把被扯來蓋了半截下身。卻把葫蘆冷酒提來慢慢地吃，就將懷中牛肉下酒。

正吃時，只聽得外面必必剝剝地爆響，林沖跳起身來，就壁縫裡看時，只見草堆場裡火起，刮刮雜雜的燒著。但見：

雪欺火勢，草助火威，偏愁草上有風，更訝雪中送炭。赤龍斗躍，如何玉甲紛紛；粉蝶爭飛，遮莫火蓮焰焰。初疑炎帝縱神駒，此方芻牧（放牧）；又猜南方逐朱雀，遍處營巢。誰知是白地裡起災殃，也須信暗室中開電目。看這火，能教烈士無明發，對這雪，應使奸邪心膽寒。

當時林沖便拿了花槍，卻待開門來救火，只聽得外面有人說將話來。林沖就伏門邊聽時，是三個人腳步響，直奔廟裡來，用手推門，卻被石頭靠住了，推也推不開。三人在廟簷下立地看火，數內一個道：「這條計好麼？」一個應道：「端的虧管營、差撥兩位用心！回到京師，稟過太尉，都保你二位做大官。這番張教頭沒的推故。」那人道：「林沖今番直吃我們對付了，高衙內這病必然好了。」又一個道：「張教頭那廝，三回五次托人情去說，『你的女婿沒了。』張教頭越不肯應承，因此衙內病患看看重了。太尉特使俺兩個央浼二位幹這件事，不想而今完備了。」又一個道：「小人直爬入牆裡去，四下草堆上，點了十來個火把，待走那裡去？」那一個道：「這早晚燒個八分過了。」又聽得一個道：「便逃得性命時，燒了大軍草料場，也得個死罪。」又一個道：「我們回城裡去罷。」一個道：「再看一看，拾得他一兩塊骨頭回京，府裡見太尉和衙內時，也道我們也能會幹事。」

林沖聽得三個人時，一個是差撥，一個是陸虞候，一個是富安。自思道：「天可憐見林沖！若不是倒了草廳，我準定被這廝們燒死了。」輕輕把石頭掇開，挺著花槍，左手拽開廟門，大喝一聲：

「潑賊那裡去？」三個人都急要走時，驚得呆了，正走不動。林沖舉手，嚓的一槍，先撥倒差撥。陸虞候叫聲「饒命！」嚇的慌了手腳，走不動。那富安走不到十來步，被林沖趕上，後心只一槍，又搠倒了。翻身回來，陸虞候卻才行得三四步，林沖喝聲道：「好賊，你待那裡去！」批胸只一提，丟翻在雪地上，把槍搠在地裡，用腳踏住胸脯，身邊取出那口刀來，便去陸謙臉上擱著，喝道：「潑賊，我自來又和你無甚麼冤仇，你如何這等害我？正是殺人可恕，情理難容。」陸虞候告道：「不干小人事，太尉差遣，不敢不來。」林沖罵道：「奸賊，我與你自幼相交，今日倒來害我，怎不干你事？且吃我一刀！」把陸謙上身衣服扯開，把尖刀向心窩裡只一剜，七竅迸出血來，將心肝提在手裡。回頭看時，差撥正爬將起來要走。林沖按住喝道：「你這廝原來也恁的歹！且吃我一刀。」又早把頭割下來，挑在槍上。回來，把富安、陸謙頭都割下來。把尖刀插了，將三個人頭髮結做一處，提入廟裡來，都擺在山神面前供桌上，再穿了白布衫，繫了搭膊（口袋），把氈笠子帶上，將葫蘆裡冷酒都吃盡了。被與葫蘆都丟了不要，提了槍，便出廟門投東去。

走不到三五里，早見近村人家都拿著水桶鉤子來救火。林沖道：「你們快去救應，我去報官了來。」提著槍只顧走，有詩為證：

天理昭昭不可誣，莫將奸惡作良圖。
若非風雪沽村酒，定被焚燒化朽枯。
自謂冥中施計毒，誰知暗裡有神扶。
最憐萬死逃生地，真是魁奇偉丈夫。

第十回

林教頭風雪山神廟　陸虞候火燒草料場

那雪越下的猛，林沖投東走了兩個更次，身上單寒，當不過那冷，在雪地裡看時，離得草料場遠了；只見前面疏林深處，樹木交雜，遠遠地數間草屋，被雪壓著，破壁縫裡透出火光來。林沖徑投那草屋來，推開門，只見那中間坐著一個老莊客，周圍坐著四五個小莊家向火；地爐裡面焰焰地燒著柴火。林沖走到面前叫道：「眾位拜揖，小人是牢城營差使人，被雪打濕了衣裳，借此火烘一烘，望乞方便。」莊客道：「你自烘便了，何妨得！」

林沖烘著身上濕衣服，略有些乾，只見火炭邊煨著一個甕兒，裡面透出酒香。林沖便道：「小人身邊有些碎銀子，望煩回些酒吃。」老莊客道：「我們每夜輪流看米囤，如今四更天氣正冷，我們這幾個吃，尚且不夠，那得回與你！休要指望！」林沖又道：「胡亂只回三兩碗與小人擋寒。」老莊客道：「你那人休纏休纏。」林沖聞得酒香，越要吃，說道：「沒奈何，回些罷！」眾莊客道：「好意著你烘衣裳向火，便來要酒吃！去便去，不去時，將來吊在這裡。」林沖怒道：「這廝們好無道理！」把手中槍看著塊焰焰著的火柴頭，望老莊家臉上只一挑將起來，又把槍去火爐裡只一攪，那老莊家的髭鬚焰焰的燒著，眾莊客都跳將起來。林沖把槍桿亂打，老莊家先走了；莊家們都動彈不動，被林沖趕打一頓，都走了。林沖道：「都去了，老爺快活吃酒。」土坑上卻有兩個椰瓢，取一個下來，傾那甕酒來，吃了一會，剩了一半；提了槍，出門便走。一步高，一步低，踉踉蹌蹌，捉腳不住。走不過一里路，被朔風一掉，隨著那山澗邊倒了，那裡掙得起來。大凡醉人一倒，便起不得。當時林沖醉倒在雪地上。

卻說眾莊客引了二十餘人，拖槍拽棒，都奔草屋下看時，不見了林沖。卻尋著蹤跡趕將來，只見倒在雪地裡，花槍丟在一邊。莊客一齊上，就地拿起林沖來，將一條索縛了。趁五更時分，把林沖解投一個去處來。不是別處，有分教，蓼兒窪內，前後擺數千隻戰艦艨艟；水滸寨中，左右列百十個英雄好漢。正是說時殺氣侵人冷，講處悲風透骨寒。畢竟看林沖被莊客解投甚處來，且聽下回分解。

第十一回 朱貴水亭施號箭　林沖雪夜上梁山

話說豹子頭林沖當夜醉倒在雪裡地上，掙扎不起，被眾莊客向前綁縛了，解送來一個莊院。只見一個莊客從院裡出來，說道：「大官人（有身份的男人）未起，眾人且把這廝高吊起在門樓底下。」看天色曉來，林沖酒醒，打一看時，果然好個大莊院。林沖大叫道：「甚麼人敢吊我在這裡？」那莊客聽得叫，手拿著白木棍，從門裡走出來，喝道：「你這廝還自好口（嘴硬）！」那個被燒了髭鬚的老莊客道：「休要問他，只顧打；等大官人起來，問明送官。」莊客一齊上，林沖被打，掙扎不得，只叫道：「不要打我，我自有說處。」只見一個莊客來叫道：「大官人來了。」林沖看時，只見個官人，背叉著手，行將出來，至廊下問道：「你們在此打甚麼人？」眾莊客答道：「昨夜捉得個偷米賊人。」那官人向前來看時，認得是林沖，慌忙喝退莊客，親自解下，問道：「教頭緣何被吊在這裡？」眾莊客看見，一齊走了。

林沖看時，不是別人，卻是小旋風柴進，連忙叫道：「大官人救我！」柴進道：「教頭為何到此，被村夫恥辱？」林沖道：「一言難盡！」兩個且到裡面坐下，把這火燒草料場一事，備細告訴。柴進聽罷道：「兄長如此命蹇（時運不順）！今日天假其便，但請放心，這裡是小弟的東莊，且住

第十一回

朱貴水亭施號箭　林沖雪夜上梁山

幾時，卻再商量。」叫莊客取一籠衣裳出來，叫林沖徹裡至外都換了，請去暖閣裡坐地，安排酒食杯盤管待。自此林沖只在柴進東莊上住了五七日，不在話下。

卻說滄州牢城營裡管營首告：林沖殺死差撥、陸虞候、富安等三人，放火沿燒大軍草料。州尹大驚，隨即押了公文帖，仰緝捕人員將帶做公的，沿鄉，歷邑（古時縣的別稱），道店，村坊，四處張掛，出三千貫信賞錢，捉拿正犯林沖。看看挨捕甚緊，各處村坊講動了。

且說林沖在柴大官人東莊上，聽得個信息緊急，俟候柴進回莊，林沖便說道：「非是大官人不留小人，只因官司追捕甚緊，排家搜捉，倘或尋到大官人莊上，猶恐負累大官人不好。既蒙大官人仗義疏財，求借林沖些小盤纏，投奔他處棲身，異日不死，當效犬馬之報。」柴進道：「既是兄長要行，小人有個去處，作書一封與兄長前去。」正是：

豪傑蹉跎運未通，行藏隨處被牢籠。
不因柴進修書薦，焉得馳名水滸中。

林沖道：「若得大官人如此周濟，教小人安身立命，——只不知投何處去？」柴進道：「是山東濟州管下一個水鄉，地名梁山泊，方圓八百餘里，中間是宛子城、蓼兒窪。如今有三個好漢，在那裡紮寨。為頭的喚做白衣秀士王倫，第二個喚做摸著天杜遷，第三個喚做雲裡金剛宋萬。那三個好漢，聚集著七八百小嘍羅，打家劫舍；多有做下迷天大罪的人，都投奔那裡躲災避難，他都收留在彼。三位好漢，亦與我交厚，常寄書緘來。我今修一封書與兄長，去投那裡入伙如何？」林沖道：「若得如此顧盼最好！」柴進道：「只是滄州道口見今官司張掛榜文；又差兩個軍官在那裡搜檢，把住道口。

兄長必用從那裡經過。」柴進低頭一想道：「再有個計策，送兄長過去。」林沖道：「若蒙周全，死而不忘。」

柴進當日先叫莊客背了包裹出關去等。柴進卻備了三二十匹馬，帶了弓箭旗槍，駕了鷹雕，牽著獵狗，一行人馬都打扮了，卻把林沖雜在裡面；一齊上馬，都投關外。卻說把關軍官坐在關上，看見是柴大官人，卻都認得。原來這軍官未襲職時，曾到柴進莊上，因此識熟。軍官起身道：「大官人又去快活！」柴進下馬問道：「二位官人緣何在此？」軍官道：「滄州太尹行移文書，畫影圖形，捉拿犯人林沖，特差某等在此守把。但有過往客商，一一盤問，才放出關。」柴進笑道：「我這一伙人內中間夾帶著林沖，你緣何不認得？」軍官也笑道：「大官人是識法度的，不到得肯夾帶了出去？請尊便上馬。」柴進又笑道：「只恁地相托得過，拿得野味回來相送。」作別了，一齊上馬出關去了。行得十四五里，卻見先去的莊客在那裡等候。柴進叫林沖下了馬，脫去打獵的衣服，卻穿上莊客帶來的自己衣裳，繫了腰刀，戴上紅纓氈笠，背上包裹，提了袞刀，相辭柴進，拜別了便行。

只說那柴進一行人上馬，自去打獵，到晚方回，依舊過關送些野味與軍官，回莊上去了，不在話下。

且說林沖與柴大官人別後，上路行了十數日，時遇暮冬天氣，彤雲密布，朔風緊起，又見紛紛揚揚，下著滿天大雪。行不到二十餘里，只見滿地如銀。昔金完顏亮有篇詞，名百字令，單題著大雪，壯那胸中殺氣：

天丁震怒，掀翻銀海，散亂珠箔。六出奇花飛滾滾，平填了山中丘壑。皓虎顛狂，素麟猖獗，掣斷珍珠索。玉龍酣戰，鱗甲滿天飄落。誰念萬里關山，征夫僵立，縞帶沾旗腳。色映戈矛，光搖劍戟，殺氣橫戎幕。貔虎豪雄，偏裨英勇，共與談兵略。須拚一醉，看取碧空寥廓。

話說林沖踏著雪只顧走，看看天色冷得緊切，漸漸晚了。遠遠望見枕溪靠湖一個酒店，被雪漫漫地壓著。但見：

銀迷草舍，玉映茅簷。數十株老樹杈椏，三五處小窗關閉。疏荊籬落，渾如膩粉輕鋪；黃土繞牆，卻似鉛華布就。千團柳絮飄簾幕，萬片鵝毛舞酒旗。

林沖看見，奔入那酒店裡來，揭開蘆簾，拂身入去。倒側身看時，都是座頭（座位）。揀一處坐下，倚了袞刀，解放包裹，抬了氈笠，把腰刀也掛了。只見一個酒保來問道：「客官打多少酒？」林沖道：「先取兩角酒來。」酒保將個桶兒打兩角酒，將來放在桌上。林又問道：「有甚麼下酒？」酒保道：「有生熟牛肉、肥鵝、嫩雞。」林沖道：「先切二斤熟牛肉來。」酒保去不多時，將來鋪下一大盤牛肉，數盤菜蔬，放個大碗，一面篩酒。

林沖吃了三四碗酒，只見店裡一個人背叉著手，走出來門前看雪。那人問酒保道：「甚麼人吃酒？」林沖看那人時，頭戴深簷暖帽，身穿貂鼠皮襖，腳著一雙獐皮窄靿靴；身材長大，貌相魁宏；雙拳骨臉，三叉黃髯（胡子），只把頭來摸著看雪。

林沖叫酒保只顧篩酒。林沖說道：「酒保，你也來吃碗酒。」酒保吃了一碗。林沖問道：「此間去梁山泊還有多少路？」酒保答道：「此間要去梁山泊，雖只數里，卻是水路，全無旱路。若要去時，須用船去，方才渡得到那裡。」林沖道：「你可與我覓隻船兒。」酒保道：「這般大雪，天色又晚了，那裡去尋船隻？」林沖道：「我多與你些錢，央你覓隻船來，渡我過去。」酒保道：「卻是沒討處。」林沖尋思道：「這般卻怎的好？」又吃了幾碗酒，悶上心來，驀然想起：「我先在京師做教頭，每日六街三市游玩吃酒，誰想今日被高俅這賊坑陷了我這一場，文了面，直斷送到這裡，閃得我有家難奔，有國難投，受此寂寞！」因感傷懷抱，問酒保借筆硯來，乘著一時酒興，向那白粉壁上寫下八句道：

仗義是林沖，為人最樸忠，江湖馳譽望，京國顯英雄。
身世悲浮梗，功名類轉蓬。他年若得志，威鎮泰山東。

撇下筆，再取酒來。

正飲之間，只見那個穿皮襖的漢子走向前來，把林沖劈腰揪住，說道：「你好大膽！你在滄州做下迷天大罪，卻在這裡！見今官司出三千貫信賞錢捉你，卻是要怎地？」林沖道：「你道我是誰？」那漢道：「你不是豹子頭林沖？」林沖道：「我自姓張。」那漢笑道：「你莫胡說，見今壁上寫下名字，你臉上文著金印，如何要賴得過？」林沖道：「你真個要拿我！」那漢笑道：「我卻拿你做甚麼？你跟我進來，到裡面和你說話。」那漢放了手，林沖跟著，到後面一個水亭上，叫酒保點起燈來，和林沖施禮，對面坐下。那漢問道：「卻才見兄長只顧問梁山泊路頭，要尋船去，那裡是強人山寨，你待要去做甚麼？」林沖道：「實不相瞞：如今官司追捕小人緊急，無安身處，特投這山寨裡好漢入伙，因此要去。」那漢道：「雖然如此，必有個人薦兄長來入伙。」林沖道：「滄州橫海郡故友舉薦將來。」那漢道：「莫非小旋風柴進麼？」林沖道：「足下何以知之？」那漢道：「柴大官人與山寨中大王頭領交厚，常有書信往來。」

原來王倫當初不得第之時，與杜遷投奔柴進，多得柴進留在莊子上，住了幾時。臨起身，又齎發盤纏銀兩，因此有恩。林沖聽了，便拜道：「有眼不識泰山，願求大名。」那漢慌忙答禮，說道：「小人是王頭領手下耳目，姓朱，名貴，原是沂州沂水縣人氏，江湖上但叫小弟做旱地忽律。山寨裡教小弟在此間開酒店為名，專一探聽往來客商經過；但有財帛者，便去山寨裡報知。但是孤單客人到此，無財帛的，放他過去；有財帛的，來到這裡，輕則蒙汗藥麻翻，重則登時結果，將精肉片為羓子，肥肉煎油點燈。卻才見兄長只顧問梁山泊路頭，因此不敢下手。次後見寫出大名來，曾有東京來的人，傳說兄長的豪傑，不期今日得會。既有柴大官人書緘相薦，亦是兄長名震寰海，王頭領必當重用。」隨即安排魚肉、盤饌、酒肴，到來相待。兩個在水亭上，吃了半夜酒。林沖道：「如何能勾船來渡過去？」朱貴道：「這裡自有船隻，兄長放心；且暫宿一宵，五更卻請起來同往。」當時兩個各自去歇息。

睡到五更時分，朱貴自來叫林沖起來，洗漱罷，再取三五杯酒相待，吃了些肉食之類。此時天尚未明，朱貴把水亭上窗子開了，取出一張鵲畫弓，搭上那一枝響箭，覷著對港敗蘆折葦裡面射將去。林沖道：「此是何意？」朱貴道：「此是山寨裡的號箭，少頃便有船來。」沒多時，只見對過蘆葦泊裡三五個小嘍羅，搖著一隻快船過來，徑到水亭下。朱貴當時引了林沖，取了刀杖行李下船。小嘍羅把船搖開，望泊子裡去奔金沙灘來。林沖看時，見那八百里梁山水泊，果然是個陷人去處！但見：

山排巨浪，水接遙天。亂蘆攢萬隊刀槍，怪樹列千層劍戟。濠邊鹿角，俱將骸骨攢成；

寨內碗瓢，盡使骷髏做就。剝下人皮蒙戰鼓，截來頭髮做韁繩。阻當官軍，有無限斷頭港陌；遮攔盜賊，是許多絕徑林巒。鵝卵石疊疊如山，苦竹槍森森似雨。斷金亭上愁雲起，聚義廳前殺氣生。

當時小嘍羅把船搖到金沙灘岸邊，朱貴同林沖上了岸，小嘍羅背了包裹，拿了刀杖，兩個好漢上山寨來。那幾個小嘍羅，自把船搖到小港裡去了。林沖看岸上時，兩邊都是合抱的大樹，半山裡一座斷金亭子。再轉將過來，見座大關，關前擺著槍、刀、劍、戟、弓、弩、戈、矛，四邊都是擂木炮石。小嘍羅先去報知。二人進得關來，兩邊夾道遍擺著隊伍旗號。又過了兩座關隘，方才到寨門口。林沖看見四面高山；三關雄壯，團團圍定；中間裡鏡面也似一片平地，可方三五百丈；靠著山口，才是正門，兩邊都是耳房（小屋）。

朱貴引著林沖來到聚義廳上，中間交椅上坐著一個好漢，正是白衣秀士王倫，左邊交椅上坐著摸著天杜遷，右邊交椅坐著雲裡金剛宋萬。朱貴、林沖向前聲喏了。林沖立在朱貴側邊，朱貴便道：「這位是東京八十萬禁軍教頭，姓林，名沖，綽號豹子頭。因被高太尉陷害，刺配滄州，那裡又被火燒了大軍草料場，爭奈殺死三人，逃走在柴大官人家，好生相敬。因此，特寫書來舉薦入伙。」

林沖懷中取書遞上，王倫接來拆開看了，便請林沖來坐第四位交椅，朱貴坐了第五位。一面叫小嘍羅取酒來，把了三巡，動問柴大官人近日無恙。林沖答道：「每日只在郊外獵較（爭奪獵物）樂情。」王倫動問了一回，驀然尋思道：「我卻是個不及第的秀才。因鳥氣，合著杜遷來這裡落草；續後宋萬來，聚集這許多人馬伴當。我又沒十分本事，杜遷、宋萬武藝也只平常。如今不爭添了這個人，他是京師禁軍教頭，必然好武藝。倘若被他識破我們手段，他須占強，我們如何迎敵？不若只是一怪，推卻事故，發付他下山去便了，免致後患。只是柴進面上卻不好看，忘了日前之恩；如今也顧他不得。」正是：

　　未同豪氣豈相求，縱遇英雄不肯留。
　　秀士自來多嫉妒，豹頭空嘆覓封侯。

當下王倫叫小嘍羅一面安排酒食，整理筵宴，請林沖赴席，眾好漢一同吃酒。將次席終，王倫叫小嘍羅把一個盤子，托出五十兩白銀，兩匹紵絲來。王倫起身說道：「柴大官人舉薦將教頭來敝寨入伙，爭奈小寨糧食缺少，屋宇不整，人力寡薄，恐日後誤了足下，亦不好看。略有些薄禮，望乞笑留；尋個大寨安身歇馬，切勿見怪。」林沖道：「三位頭領容覆：小人『千里投名，萬里投主』。憑托柴大官人面皮，逕投大寨入伙。林沖雖然不才，望賜收錄。當以一死向前，並無諂佞，實為平生之幸。不為銀兩齎發而來。乞頭領照察。」王倫道：「我這裡是個小去處，如何安著得你？休怪，休怪。」朱貴見了，便諫道：「哥哥在上，莫怪小弟多言。山寨中糧食雖少，近村遠鎮，可以去借；山場水泊木植廣有，便要蓋千間房屋，卻也無妨。這位是柴大官人力舉薦來的人，如何教他別處去？抑且柴大官人自來與山上有恩，日後得知不納此人，須不好看。這位又是有本事的人，他必然來出氣力。」杜遷道：「山寨中那爭他一個！哥哥若不收留，柴大官人知道時見怪，顯得我們忘恩背義。日前多曾虧了他，今日薦個人來，便恁推卻，發付他去！」宋萬也勸道：「柴大官人面上，可容他在這裡做個頭領也好；不然，見得我們無義氣，使江湖上好漢見笑。」王倫道：「兄弟們不知，他在滄州雖是犯了迷天大罪，今日上山，卻不知心腹。倘或來看虛實，如之奈何？」林沖道：「小人一身犯了死罪，因此來投入伙，何故相疑？」

王倫道：「既然如此，你若真心入伙，把一個『投名狀』來。」林沖便道：「小人頗識幾字，乞紙筆來便寫。」朱貴笑道：「教頭你錯了；但凡好漢們入伙，須要納『投名狀』，是教你下山去殺得一個人，將頭獻納，他便無疑心。這個便謂之『投名狀』。」林沖道：「這事也不難，林沖便下山去等，只怕沒人過。」王倫道：「與你三日限。若三日內有投名狀來，便容你入伙；若三日內沒時，只得休怪。」林沖應承了，自回房中宿歇，悶悶不已。正是：

愁懷鬱鬱若難開，可恨王倫忒弄乖。
明日早尋山路去，不知那個送頭來。

當夜席散，朱貴相別下山，自去守店。

林沖到晚，取了刀杖行李，小嘍羅引去客房內歇了一夜。次日早起來，吃些茶飯，帶了腰刀，提了朴刀，叫一個小嘍羅領路下山，把船渡過去，僻靜小路上等候客人過往。從朝至暮，等了一日，並無一個孤單客人經過。林沖悶悶不已，和小嘍羅再過渡來，回到山寨中。王倫問道：「投名狀何在？」林沖答道：「今日並無一個過往，以此不曾取得。」王倫道：「你明日若無投名狀時，也難在這裡了。」林沖再不敢答應，心內自己不樂，來到房中，討些飯吃了，又歇了一夜。

次日清早起來，和小嘍羅吃了早飯，拿了朴刀，又下山來。小嘍羅道：「俺們今日投南山路去等。」兩個來到林子裡潛伏等候，並不見一個客人過往。伏到午牌時候，一伙客人約有三百餘人，結蹤而過，林沖又不敢動手，看他過去。又等了一歇，看看天色晚來，又不見一個客人過。林沖對小嘍羅道：「我恁地晦氣，等了兩日，不見一個孤單客人過往，如何是好？」小嘍羅道：「哥哥且寬心，明日還有一日限，我和哥哥去東山路上等候。」當晚依舊上山。王倫說道：「今日投名狀如何？」林沖不敢答應，只嘆了一口氣。王倫笑道：「想是今日又沒了。我說與你三日限，今已兩日了。若明日再無，不必相見了，便請挪步下山，投別處去。」

林沖回到房中，端的是心內好悶，有臨江仙詞一篇云：

悶似蛟龍離海島，愁如猛虎困荒田，悲秋宋玉（屈原弟子）淚漣漣。江淹（南朝詩人）初去筆，項羽恨無船。高祖（劉邦）滎陽遭困厄，昭關（在今安徽）伍（伍子胥）相憂煎，曹公赤壁火連天，李陵（漢名將）台上望，蘇武（漢使者）陷居延（在今甘肅）。

當晚林沖仰天長嘆道：「不想我今日被高俅那賊陷害，流落到此，天地也不容我，直如此命蹇時乖！」過了一夜，次日天明起來，討些飯食吃了，打拴那包裹，撇在房中，挎了腰刀，提了朴刀，又和小嘍羅下山過渡，投東山路上來。林沖道：「我今日若還取不得投名狀時，只得去別處安身立命。」兩個來到山下東路林子裡潛伏等候，看看日頭中了，又沒一個人來。

時遇殘雪初晴，日色明朗，林沖提著朴刀對小嘍羅道：「眼見得又不濟事了。不如趁早，天色未晚，取了行李，只得往別處去尋個所在。」小校用手指道：「好了！兀的不是一個人來？」林沖看時，叫聲慚愧！只見那個人遠遠在山坡下望見行來。待他來得較近，林沖把朴刀桿剪了一下，驀地跳將出來。那漢子見了林沖，叫聲「阿也！」撇了擔子，轉身便走。林沖趕將去，那裡趕得上，那漢子閃過山坡去了。林沖道：「你看，我命苦麼！來了三日，甫能等得一個人來，又吃他走了。」小校道：「雖然不殺得人，這一擔財帛，可以抵當。」林沖道：「你先挑了上山去，我再等一等。」小嘍羅先把擔兒挑出林去。只見山坡下轉出一個大漢來，林沖見了，說道：「天賜其便。」只見那人挺著朴刀，大叫如雷，喝道：「潑賊，殺不盡的強徒，將俺行李那裡去！洒家正要捉你這廝們，倒來拔虎須。」飛也似踴躍而來。林沖見他來得勢猛，也使步迎他。不是這個人來鬥林沖，有分教，梁山泊內，添幾個弄風白額大蟲（老虎）；水滸寨中，輳幾隻跳澗金睛猛獸。畢竟來與林沖鬥的，正是甚人，且聽下回分解。

第十二回
梁山泊林沖落草　汴京城楊志賣刀

話說林沖打一看時，只見那漢子頭戴一頂范陽氈笠，上撒著一托紅纓；穿一領白緞子征衫，繫一條縱線絛；下面青白間道行纏，抓著褲子口，獐皮襪，帶毛牛膀靴；挎口腰刀，提條朴刀；生得七尺五六身材；面皮上老大一搭青記，腮邊微露些少赤鬚；把氈笠子掀在脊梁上，袒開胸脯，帶著抓角兒軟頭巾，挺手中朴刀，高聲喝道：「你那潑賊，將俺行李財帛那裡去了？」林沖正沒好氣，那裡答應，睜圓怪眼，倒豎虎鬚，挺著朴刀，搶將來鬥那個大漢，此時殘雪初晴，薄雲方散，溪邊踏一片寒冰，岸畔湧兩條殺氣，一往一來，鬥到三十來合，不分勝敗。

兩個又鬥了十數合，正鬥到分際，只見山高處叫道：「兩位好漢不要鬥了！」林沖聽得，驀地跳出圈子外來。兩個收住手中朴刀，看那山頂上時，卻是白衣秀士王倫和杜遷、宋萬，並許多小嘍羅，走下山來，將船渡過了河，說道：「兩位好漢，端的好兩口朴刀，神出鬼沒！這個是俺的兄弟豹子頭林沖。青面漢，你卻是誰？願通姓名。」那漢道：「洒家是三代將門之後，五侯楊令公之孫，姓楊，名志，流落在此關西。年紀小時，曾應過武舉，做到殿司制使官，道君因蓋萬歲山（人造假山），差一般十個制使去太湖邊搬運花石綱，赴京交納。不想洒家時乖運蹇，押著那花石綱，來到黃河裡，遭風打翻了船，失陷了花石綱，不能回京赴任，逃去他處避難。如今赦了俺們罪犯，洒家今來收的一擔兒錢物，待回東京去樞密院使用，再理會本身的勾當，打從這裡經過，顧倩（雇請）莊家挑那擔兒，不想被你們奪了。可把來還洒家如何？」王倫道：「你莫是綽號喚做青面獸的？」楊志道：「洒家便是。」王倫道：「既然是楊制使，就請到山寨吃三杯水酒，納還行李如何？」楊志道：「好漢既然認得洒家，便還了俺行李，更強似請吃酒。」王倫道：「制使，小可數年前到東京應舉時，便聞制使大名。今日幸得相見，如何教你空去！且請到山寨少敘片時，並無他意。」

楊志聽說了，只得跟了王倫一行人等過了河，上山寨來。就叫朱貴同上山寨相會，都來到寨中聚義廳上。左邊一帶四把交椅，卻是王倫、杜遷、宋萬、朱貴；右邊一帶兩把交椅，上首楊志，下首林沖，都坐定了。王倫叫殺羊置酒，安排筵宴，管待楊志，不在話下。

話休絮繁，酒至數杯，王倫心裡想道：「若留林沖，實形容得我們不濟，不如我做個人情，並留了楊志，與他作敵。」因指著林沖對楊志道：「這個兄弟，他是東京八十萬禁軍教頭，喚做豹子頭林沖，因這高太尉那廝安不得好人，把他尋事刺配滄州，那裡又犯了事，如今也新到這裡。卻才制使要上東京勾當，不是王倫糾合制使，小可兀自棄文就武，來此落草，制使又是有罪的人，雖經赦宥，難復前職。亦且高俅那廝見掌軍權，他如何肯容你？不如只就小寨歇馬，大秤分金銀，大碗吃酒肉，同做好漢，不知制使心下主意若何？」楊志答道：「重蒙眾頭領如此帶攜，只是洒家有個親眷，見在東京居住。前者官事（官司）連累了他，不曾酬謝得。今日欲要投那裡走一遭，望眾頭領還了洒家行李；如不肯還，楊志空手也去了。」王倫笑道：「既是制使不肯在此，如何敢勒逼入伙？且請寬心住一宵，明日早行。」楊志大喜，當日飲酒到一更方歇，各自去歇息了。

次日早起來，又置酒與楊志送行。吃了早飯，眾頭領叫一個小嘍羅，把昨夜擔兒挑了，一齊都送下山來，到路口與楊志作別。叫小嘍羅渡河，送出大路。眾人相別了，自回山寨。王倫自此方才肯教林沖坐第四位，朱貴坐第五位。從此五個好漢在梁山泊打家劫舍，不在話下。

只說楊志出了大路，尋個莊家挑了擔子，發付小嘍羅自回山寨。楊志取路，不數日，來到東京。入得城來，尋個客店安歇下；莊客交還擔兒，與了些銀兩，自回去了。楊志到店中放下行李，解了腰刀、朴刀，叫店小二將些碎銀子買些酒肉吃了。過數日，央人來樞密院打點，理會本等的勾當，將出那擔兒內金銀財物，買上告下，再要補殿司府制使職役。把許多東西都使盡了，方才得申文書，引去見殿帥高太尉。來到廳前，那高俅把從前歷事文書都看了，大怒道：「既是你等十個制使去運花石綱，九個回到京師交納了，偏你這廝把花石綱失陷了；又不來首告，倒又在逃，許多時捉拿不著，今日再要勾當，雖經赦宥所犯罪名，難以委用。」把文書一筆都批倒了，將楊志趕出殿帥府來。

楊志悶悶不已，回到客店中，思量：「王倫勸俺，也見得是；只為洒家清白姓字，不肯將父母遺體來玷污了。指望把一身本事，邊庭上一槍一刀，博個封妻蔭子，也與祖宗爭口氣；不想又吃這一閃。高太尉，你忒毒害，恁地刻薄！」心中煩惱了一回。在客店裡又住幾日，盤纏都使盡了。正是：

花石綱原沒紀綱，奸邪到底困忠良。
早知廊廟當權重，不若山林聚義長。

楊志尋思道：「卻是怎地好？只有祖上留下這口寶刀，從來跟著洒家，如今事急無措，只得拿去街上貨賣得千百貫錢鈔，好做盤纏，投往他處安身。」當日將了寶刀，插了草標兒，上市去賣。走到馬行街內，立了兩個時辰，並無一個人問。將立到晌午時分，轉來到天漢州橋熱鬧處去賣。楊志立未久，只見兩邊的人都跑入河下巷內去躲。楊志看時，只見都亂攛，口裡說道：「快躲了！大蟲（老虎）來也！」楊志道：「好作怪！這等一片錦城池，卻那得大蟲來！」當下立住腳看時，只見遠遠地黑凜凜一大漢，吃得半醉，一步一攧撞將來。楊志看那人時，形貌生得粗陋。但見：

面目依稀似鬼，身持仿佛如人。杈枒怪樹，變為胳膊形骸；臭穢枯樁，化作醃臢魍魎。渾身遍體，都生滲滲瀨瀨沙魚皮；夾腦連頭，盡長拳拳彎彎卷螺發。胸前一片緊頑皮，額上三條強拗皺。

原來這人，是京師有名的破落戶潑皮，叫做沒毛大蟲牛二，專在街上撒潑行凶撞鬧，連為幾頭官司，開封府也治他不下，以此滿城人見那廝來都躲了。

卻說牛二搶到楊志面前，就手裡把那口寶刀扯將出來，問道：「漢子，你這刀要賣幾錢？」楊志道：「祖上留下寶刀，要賣三千貫。」牛二喝道：「甚麼鳥刀，要賣許多錢！我三百文買一把，也切得肉，切得豆腐。你的鳥刀有甚好處，叫做寶刀！」楊志道：「洒家的須不是店上賣的白鐵刀，這是寶刀。」牛二道：「怎的喚做寶刀？」楊志道：「第一件，砍銅剁鐵，刀口不卷；第二件，吹毛得過；第三件，殺人刀上沒血。」牛二道：「你敢剁銅錢麼？」楊志道：「你便將來剁與你看。」

牛二便去州橋下香椒鋪裡討了二十文當三錢，一垛兒將來放在州橋欄桿上，叫楊志道：「漢子，你若剁得開時，我還你三千貫。」那時看的人，雖然不敢近前，向遠遠地圍住了望。楊志道：「這個直得甚麼？」把衣袖捲起，拿刀在手，看的較準，只一刀，把銅錢剁做兩半，眾人都喝采。牛二道：「喝甚麼鳥采！你且說第二件是甚麼？」楊志道：「吹毛得過；若把幾根頭髮，望刀口上只一吹，齊齊都斷。」牛二道：「我不信。」自把頭上拔下一把頭髮，遞與楊志，「你且吹我看。」楊志左手接過頭髮，照著刀口上盡氣力一吹，那頭髮都做兩段，紛紛飄下地來，眾人喝采，看的人越多了。牛二又問：「第三件是甚麼？」楊志道：「殺人刀上沒血。」牛二道：「怎麼殺人刀上沒血？」楊志道：「把人一刀砍了，並無血痕，只是個快。」牛二道：「我不信，你把刀來剁一個人我看。」楊志道：「禁城之中，如何敢殺人？你不信時，取一狗來殺與你看。」牛二道：「你說殺人，不曾說殺狗！」楊志道：「你不買便罷，只管纏人做甚麼？」牛二道：「你將來我看。」楊志道：「你只顧沒了當，洒家又不是你撩撥的！」牛二道：「你敢殺我？」楊志道：「和你往日無冤，昔日無仇，一物不成，兩物見在（交易不成，錢物仍在）。沒來由殺你做甚麼？」牛二緊揪住楊志說道：「我偏要買你這口刀。」楊志道：「你要買，將錢來。」牛二道：「我沒錢。」楊志道：「你沒錢，揪住洒家怎地？」牛二道：「我要你這口刀。」楊志道：「我不與你。」牛二道：「你好男子，剁我一刀。」楊志大怒，把牛二推了一跤。牛二爬將起來，鑽入楊志懷裡。楊志叫道：「街坊鄰舍，都是證見：楊志無盤纏，自賣這口刀，這個潑皮強奪洒家的刀，又把俺打。」街坊人都怕這牛二，誰敢向前來勸。牛二喝道：「你說我打你，便打殺直甚麼？」口裡說，一面揮起右手一拳打來，楊志霍地躲過，拿著刀搶入來，一時性起，望牛二顙根上搠個著，撲地倒了。楊志趕入去，把牛二胸脯上又連搠了兩刀，血流滿地，死在地上。

楊志叫道：「洒家殺死這個潑皮，怎肯連累你們！潑皮既已死了，你們都來同洒家去官府裡出首。」坊隅眾人慌忙攏來，隨同楊志徑投開封府出首，正值府尹坐衙，楊志拿著刀和地方鄰舍眾人都上廳來，一齊跪下，把刀放在面前。楊志告道：「小人原是殿司制使，為因失陷花石綱，削去本身職役，無有盤纏，將這口刀在街貨賣。不期被個潑皮破落戶牛二強奪小人的刀，又用拳打小人；因此一時性起，將那人殺死，眾鄰舍都是證見。」眾人亦替楊志告說，分訴了一回。府尹道：「既是自行前來出首，免了這廝入門的款打（拷打），且叫取一面長枷枷了。」差兩員相官帶了仵作行人，監押楊志並眾鄰舍一干人犯，都來天漢州橋邊登場（當場）檢驗了，迭成文案，眾鄰舍都出了供狀，保放隨衙聽候，當廳發落，將楊志於死囚牢裡監守。但見：

推臨獄內，擁入牢門。黃鬚節級，麻繩準備吊綳揪（刑法）；黑面押牢，木匣安排牢鎖鐐。殺威棒，獄卒斷時腰痛；撒子角，囚人見了心驚。休言死去見閻王，只此便如真地獄。

且說楊志押到死囚牢裡，眾多押牢禁子、節級，見說楊志殺死沒毛大蟲牛二，都可憐他是個好男子，不來問他取錢，又好生看覷他。天漢州橋下眾人，為是楊志除了街上害人之物，都斂些盤纏，湊些銀兩，來與他送飯，上下又替他使用。推司也覷他是個身首的好漢，又與東京街上除了一害；牛二家又沒苦主，把款狀都改得輕了；三推六問，卻招做一時鬥毆殺傷，誤傷人命。待了六十日限滿，當廳推司稟過府尹，將楊志帶出廳前，除了長枷，斷了二十脊杖，喚個文墨匠人刺了兩行金印，迭配北京大名府留守司充軍。那口寶刀沒官入庫。當廳押了文牒，差兩個防送公人，免不得是張龍、趙虎；把七斤半鐵葉子盤頭護身枷釘了。吩咐兩個公人，便教監押上路。天漢州橋那幾個大戶，科斂（攤派）些銀兩錢物，等候楊志到來，請他兩個公人一同到酒店裡吃了些酒食，把出銀兩齎發兩位防送公人，說道：「念楊志是個好漢，與民除害，今去北京，路途中望乞二位上下照覷，好生看他一看。」張龍、趙虎道：「我兩個也知他是好漢，亦不必你眾位吩咐，但請放心。」楊志謝了眾人，其餘多的銀兩，盡送與楊志做盤纏，眾人各自散了。

第十二回

梁山泊林沖落草　汴京城楊志賣刀

話裡只說楊志同兩個公人來到原下的客店裡，算還了房錢，取了原寄的衣服行李；安排些酒食，請了兩位公人；尋醫士贖了幾個棒瘡的膏藥，貼了棒瘡；便同兩個公人上路。三個望北京進發，五里單牌，十里雙牌，逢州過縣，買些酒肉，不時間請張龍、趙虎同吃。三個在路，夜宿旅館，曉行驛道，不數日來到北京，入得城中，尋個客店安下。

原來北京大名府留守司，上馬管軍，下馬管民，最有權勢。那留守喚作梁中書，諱世傑，他是東京當朝太師蔡京的女婿。當日是二月初九日，留守升廳，兩個公人解楊志到留守司廳前，呈上開封府公文，梁中書看了。原在東京時，也曾認得楊志，當下一見了，備問情由。楊志便把高太尉不容復職，使盡錢財，將寶刀貨賣，因而殺死牛二的實情通前一一告稟了。梁中書聽得大喜，當廳就開了枷，留在廳前聽用；押了批回與兩個公人，自回東京了，不在話下。

只說楊志自在梁中書府中，早晚殷勤聽候使喚，梁中書見他勤謹，有心要抬舉他，欲要遷他做個軍中副牌，月支一分請受（薪俸，即工資），只恐眾人不伏；因此傳下號令，教軍政司告示大小諸將人員，來日都要出東郭門教場中去演武試藝。當晚梁中書喚楊志到廳前，梁中書道：「我有心要抬舉你做個軍中副牌，月支一分請受，只不知你武藝如何？」楊志稟道：「小人應過武舉出身，曾做殿司府制使職役。這十八般武藝，自小習學。今日蒙恩相抬舉，如撥雲見日一般，楊志若得寸進，當效銜環背鞍之報。」梁中書大喜，賜與一副衣甲。

當夜無事。次日天曉，時當二月中旬，正值風和日暖。梁中書早飯已罷，帶領楊志上馬，前遮後擁，往東郭門來，上得教場中，大小軍卒，並許多官員接見。就演武廳前下馬，到廳上，正面撒著一把渾銀交椅，坐下；左右兩邊，齊臻臻地排著兩行官員，指揮使、團練使、正制使、統領使、牙將、校尉、正牌軍、副牌軍，前後周圍，惡狠狠地列著百員將校。正將台上立著兩個都監：一個喚做李天王李成，一個喚做聞大刀聞達，二人皆有萬夫不當之勇，統領著許多軍馬，一齊都來朝著梁中書呼三聲喏。卻早將台上豎起一面黃旗來，將台兩邊左右列著三五十對金鼓手，一齊發起擂來，品了三通畫角，發了三通擂鼓，教場裡面誰敢高聲。又見將台上豎起一面淨平旗來，前後五軍，一齊整肅。將台上把一面引軍紅旗麾動，只見鼓聲響處，五百軍列成兩陣，軍士各執器械在手；將台上又把白旗招動，兩陣馬軍齊齊地都立在面前，各把馬勒住。

梁中書傳下令來，叫喚副牌軍周謹向前聽令。右陣裡周謹聽得呼喚，躍馬到廳前，跳下馬，插了槍，暴雷也似聲個大喏。梁中書道：「著副牌軍施逞本身武藝。」周謹得了將令，綽槍上馬，在演武廳前，左盤右旋，右盤左旋，將手中槍使了幾路，眾人喝采。梁中書道：「叫東京對撥來的軍健楊志。」楊志轉過廳前，唱個大喏。梁中書道：「楊志，我知你原是東京殿司府制使軍官，犯罪配來此間，即目盜賊猖狂，國家用人之標，你敢與周謹比試武藝高低？如若贏得，便遷你充其職役。」楊志道：「若蒙恩相差遣，安敢有違鈞旨。」梁中書叫取一匹戰馬來，教甲仗庫隨行官吏應付軍器，教楊志披掛上馬，與周謹比試。楊志去廳後把夜來衣甲穿了，拴束罷，帶了頭盔、弓、箭、腰刀，手拿長槍上馬，從廳後跑將出來。梁中書看了道：「著楊志與周謹先比槍。」周謹怒道：「這個賊配軍敢來與我交槍！」誰知惱犯了這個好漢，來與周謹鬥武。

不因這番比試，有分教，楊志在萬馬叢中聞姓字，千軍隊裡奪頭功。畢竟楊志與周謹比試，引出甚麼人來，且聽下回分解。

第十三回

急先鋒東郭爭功　青面獸北京鬥武

話說當時周謹、楊志兩個勒馬在於旗下，正欲出戰交鋒，只見兵馬都監聞達喝道：「且住！」自上廳來稟覆梁中書寫道：「復恩相：論這兩個比試武藝，雖然未見本事高低，槍刀本是無情之物，只宜殺賊剿寇，今日軍中自家比試，恐有傷損；輕則殘疾，重則致命，此乃於軍不利。可將兩根槍去了槍頭，各用氈片包裹，地下蘸了石灰，再各上馬，都與皂衫穿著。但是槍桿廝搠，如白點多者，當輸。」梁中書道：「言之極當。」隨即傳令下去。

兩個領了言語，向這演武廳後去了槍尖，都用氈片包了，縛成骨朵（兵器），身上各換了皂衫，各用槍去石灰桶裡蘸了石灰，再各上馬，出到陣前。那周謹躍馬挺槍，直取楊志；這楊志也拍戰馬，拈手中槍，來戰周謹。兩個在陣前，來來往往，反反復復，攪做一團，扭做一塊，鞍上人鬥人，坐下馬鬥馬，兩個鬥了四五十合。看周謹時，恰似打翻了豆腐的，斑斑點點，約有三五十處；看楊志時，只有左肩牌下一點白。梁中書大喜，叫喚周謹上廳，看了跡道：「前官參你做個軍中副牌，量你這般武藝，如何南征北討？怎生做得正請受的副牌？」教楊志替此人職役。管軍兵馬都監李成上廳稟復梁中書道：「周謹槍法生疏，弓馬熟閒（通「嫻」，熟練），不爭把他來逐了職事，恐怕慢了軍心。再教周謹與楊志比箭如何？」梁中書道：「言之極當。」再傳下將令來，叫楊志與周謹比箭。

兩個得了將令，都扎了槍，各關了弓箭。楊志就弓袋內取出那張弓來，扣得端正；擎了弓，跳上馬，跑到廳前，立在馬上，欠身稟復道：「恩相，弓箭發處，事不容情，恐有傷損，乞請鈞旨。」梁中書道：「武夫比試，何慮傷殘？但有本事，射死勿論。」楊志得令，回到陣前。李成傳下言語，叫兩個比箭好漢，各關與一面遮箭牌，防護身體。兩個各領遮箭防牌，綰在臂上。楊志說道：「你先射我三箭，後卻還你三箭。」周謹聽了，恨不得把楊志一箭射個透明。楊志終是個軍官出身，識破了他手段，全不把他為事。怎見得兩個比箭：

這個曾向山中射虎，那個慣從風裡穿楊。彀滿處，兔狐喪命；箭發時，雕鶚魂傷。較藝術，當場比並；施手段，對眾揄揚。一個磨鞦解，實難抵當；一個閃身解，不可提防。頃刻內要觀勝負，霎時間便見存亡。

當時將台上早把青旗磨動，楊志拍馬望南邊去，周謹縱馬趕來，將韁繩搭在馬鞍鞽上，左手拿著弓，右手搭上箭，拽得滿滿地望楊志後心颼地一箭。楊志聽得背後弓弦響，霍地一閃，去鐙裡藏身，那枝箭早射個空。周謹見一箭射不著，卻早慌了，再去壺中急取第二枝箭來，搭上弓弦，覷的楊志較親，望後心再射一箭。楊志聽得第二枝箭來，卻不去鐙裡藏身，那枝箭風也似來，楊志那時也取弓在手，用弓梢只一撥，那枝箭滴溜溜撥下草地裡去了。周謹見第二枝箭又射不著，心裡越慌。楊志的馬早跑到教場盡頭，霍地把馬一兜，那馬便轉身望正廳上走回來；周謹也把馬只一勒，那馬也跑回，就勢裡趕將來去。那綠茸茸芳草地上，八個馬蹄翻盞撒鈸相似，勃喇喇地風團兒也似般走。周謹再取第三枝箭，搭在弓弦上，扣得滿滿地，盡平生氣力，眼睜睜地看著楊志後心窩上只一箭射將來。楊志聽弓弦響，扭回身，就鞍上把那枝箭只一綽，綽在手裡，便縱馬入演武廳前，撇下周謹的箭。

梁中書見了大喜，傳下號令，卻叫楊志也射周謹三箭。將台上又把青旗磨動，周謹撇了弓箭，拿了防牌在手，拍馬望南而走。楊志在馬上把腰只一縱，略將腳一拍，那馬潑喇喇的便趕。楊志先把弓虛扯一扯，周謹在馬上聽得腦後弓弦響，扭轉身來，便把防牌來迎，卻早接個空。周謹尋思道：「那廝只會使槍，不會射箭；等他第二枝箭再虛詐時，我便喝住了他，便算我贏了。」周謹的馬早到教場南盡頭，那馬便轉望演武廳來。楊志的馬見周謹馬距轉來，那馬也便回身。楊志早去壺中掣出一枝箭來，搭弓在弦上，心裡想道：「射中他後心窩，必至傷了他性命。他和我又沒冤仇，洒家只射他不致命處便了。」左手如托太山，右手如抱嬰孩，弓開如滿月，箭去似流星，說時遲，那時快，一箭正中周謹左肩；周謹措手不及，翻身落馬；那匹空馬直跑過演武廳背後去了。眾軍卒自去救那周謹去了。梁中書見了大喜，叫軍政司便呈文案來，教楊志截替了周謹職役。

楊志喜氣洋洋，下了馬，便向廳前來拜謝恩相，充其職役。正是：

得罪幽燕作配兵，當場比試死相爭；能將一箭穿楊手，奪得牌軍半職榮。

不想階下左邊轉上一個人來叫道：「休要謝職，我和你兩個比試！」楊志看那人時，身材七尺以上長短，面圓耳大，唇闊口方，腮邊一部落腮鬍鬚，威風凜凜，相貌堂堂，直到梁中書面前聲了喏，稟道：「周謹患病未痊，精神不在，因此誤輸與楊志。小將不才，願與楊志比試武藝，若如小將折半點便宜與楊志，休教截替周謹，便教楊志替了小將職役，雖死而不怨。」梁中書看時，不是別人，卻是大名府留守司正牌軍索超。為是他性急，撮鹽入火（一觸即爆），為國家面上，只要爭氣，當先廝殺，以此人都叫他做急先鋒。李成聽得，便下將台來，直到廳前稟復道：「相公，這楊志既是殿司制使，必然好武藝，須和周謹不是對手；正好與索正牌比試武藝，便見優劣。」梁中書聽了，心中想道：「我指望一力要抬舉楊志，眾將不伏；一發等他贏了索超，他們也死而無怨，卻無話說。」

梁中書隨即喚楊志上廳問道：「你與索超比試武藝如何？」楊志稟道：「恩相將令，安敢有違。」梁中書道：「既然如此，你去廳後換了裝束，好生披掛，教甲仗庫隨行官吏取應用軍器給與；就叫牽我的戰馬借與楊志騎，小心在意，休覷得等閒。」楊志謝了，自去結束。

卻說李成吩咐索超道：「你卻難比別人，周謹是你徒弟，先自輸了。你若有些疏失，吃他把大名府軍官都看得輕了。我有一匹慣曾上陣的戰馬並一副披掛，都借與你，小心在意，休教折了銳氣。」索超謝了，也自去結束（裝束）。

梁中書起身，走出階前來，從人移轉銀交椅，直到月台欄桿邊放下，梁中書坐定。左右祇候兩行。喚打傘的撐開那把銀葫蘆頂茶褐羅三簷涼傘來，蓋定在梁中書背後。將台上傳下將令，早把紅旗招動，兩邊金鼓齊鳴，發一通擂。去那教場中兩陣內各放了個炮。炮響處，索超跑馬入陣內藏在門旗下；楊志也從陣裡跑馬入軍中，直到門旗背後。將台上又把黃旗招動，又發了一通擂，兩軍齊吶一聲喊；教場中誰敢做聲，靜蕩蕩的。再一聲鑼響，扯起淨平白旗。兩下眾官沒一個敢走動胡言說話，靜靜地立著。

將台上又把青旗招動，只見第三通戰鼓響處去，那左邊陣內門旗下看看分開，鸞鈴響處，正牌軍索超出馬直到陣前，兜住馬，拿軍器在手，果是英雄豪傑。但見：

頭戴一頂熟鋼獅子盔，腦後斗大來一顆紅纓；身披一副鐵葉攢成鎧甲，腰繫一條鍍金獸面束帶，前後兩面青銅護心鏡；上籠著一領緋紅團花袍，上面垂兩條綠絨縷頷帶；下穿一雙斜皮氣跨靴；左帶一張弓，右懸一壺箭；手裡橫著一柄金蘸斧；坐下李都監那匹慣戰能征雪白馬。

看那馬時，又是一匹好馬。但見：

色按庚辛（白色），彷彿南山白額虎；毛堆膩粉，如同北海玉麒麟。衝得陣，跳得溪，喜戰鼓，性如君子。負得重，走得遠，慣嘶風，必是龍媒。勝如伍相梨花馬，賽過秦王白玉駒。

左陣上急先鋒索超兜住馬，掗（揮舞）著金蘸斧，立馬在陣前。右邊陣內門旗下看看分開，鸞鈴響處，楊志提手中槍出馬，直至陣前，勒住馬，橫著槍在手，果是勇猛。但見：

頭戴一頂鋪霜耀日鑌鐵盔，上撒著一把青纓；身穿一副鉤嵌梅花榆藥甲，繫一條紅絨打就勒甲條，前後獸面掩心；上籠著一領白羅生色花袍，垂著條紫絨飛帶；腳登一雙黃皮襯底靴；一張皮靶弓，數根鑿子箭；手中挺著渾鐵點鋼槍；騎的是梁中書那匹火塊赤千里嘶風馬。

看那馬時，又是匹無敵的好馬。但見：

鬃分火焰，尾擺朝霞，渾身亂掃胭脂，兩耳對攢紅葉。侵晨臨紫塞，馬蹄迸四點寒星；日暮轉沙堤，就地滾一團火塊。休言南極神駒，真乃壽亭赤兔。

右陣上青面獸楊志拈手中槍，勒坐下馬，立於陣前，兩邊軍將暗暗地喝采，雖不知武藝如何，先見威風出眾。

正南上旗牌官拿著銷金令字旗，驟馬而來，喝道：「奉相公鈞旨，教你兩個俱各用心，如有虧誤處，定行責罰；若是贏時，多有重賞。」二人得令，縱馬出陣，都到教場中心，兩馬相交，二般兵器並舉。索超忿怒，掄手中大斧，拍馬來戰楊志；楊志逞威，拈手中神槍，來迎索超。

兩個在教場中間，將台前面，二將相交，各賭平生本事。一來一往，一去一回，四條臂膊縱橫，八隻馬蹄撩亂，但見：

征旗蔽日，殺氣遮天。一個金蘸斧直奔頂門（頭頂），一個渾鐵槍不離心坎。這個是扶持社稷，毗沙門托塔李天王；那個是整頓江山，掌金闕天蓬大元帥。一個槍尖上吐一條火焰，一個斧刃中迸幾道寒光。那個是七國中袁達重生，這個是三分內張飛出世。一個是巨靈神忿怒，揮大斧劈碎山根；一個如華光藏生嗔，仗金槍搠開地府。這個圓彪彪睜開雙眼，胳查查斜砍頭來；那個必剝剝咬碎牙關，火焰焰搖得槍桿斷。各人窺破綻，那放半些閒。

第十三回

急先鋒東郭爭功　青面獸北京鬥武

兩個鬥到五十餘合，不分勝敗。月台上梁中書看得呆了；兩邊眾軍官看了，喝采不迭；陣面上軍士們遞相廝覷道：「我們做了許多年軍，也曾出了幾遭征，何曾見這等一對好漢廝殺！」李成、聞達在將台上，不住聲叫道：「好鬥！」聞達心上只恐兩個內傷了一個，慌忙招呼旗牌官，拿著令字旗，與他分了。將台上忽的一聲鑼響，楊志和索超鬥到是處（起勁），各自要爭功，那裡肯回馬。旗牌官飛來叫道：「兩個好漢歇了，相公有令。」楊志、索超方才收了手中軍器，勒坐下馬，各跑回本陣來，立馬在旗下，看那梁中書，只等將令。

李成、聞達下將台來，直到月台下，稟復梁中書道：「相公，據這兩個武藝，一般皆可重用。」梁中書大喜，傳下將令，喚楊志、索超。牌旗中傳令，喚兩個到廳前，都下了馬，小校接了二人的軍器，兩個都上廳來，躬身聽令。梁中書叫取兩錠白銀，兩副表裡（衣料），來賞賜二人，就叫軍政司將兩個都升做管軍提轄使，便叫貼了文案，從今日便參（推薦）了他兩個。索超、楊志都拜謝了梁中書，將著賞賜下廳來，解了槍刀弓箭，卸了頭盔衣甲，換了衣裳。索超也自去了披掛，換了錦襖，都上廳來，再拜謝了眾軍官。梁中書叫索超、楊志兩個也見了禮，入班做了提轄。眾軍卒便打著得勝鼓，把著那金鼓旗先散。

梁中書和大小軍官，都在演武廳上筵宴。看看紅日沉西，筵席已罷，梁中書上了馬，眾官員都送歸府。馬頭前擺著這兩個新參的提轄，上下肩都騎著馬，頭上亦都帶著紅花，迎入東郭門來。兩邊街道扶老攜幼，都看了歡喜。梁中書在馬上問道：「你那百姓，歡喜為何？」眾老人都跪下稟道：「老漢等生在北京，長在大名府，不曾見今日這等兩個好漢將軍比試。今日教場中看了這般敵手，如何不歡喜？」梁中書在馬上聽了大喜，回到府中，眾官各自散了。索超自有一班弟兄請去作慶飲酒；楊志新來，未有相識，自去梁府宿歇，早晚殷勤聽候使喚，都不在話下。

且把這閒話丟過，只說正話。自東郭演武之後，梁中書十分愛惜楊志，早晚與他並不相離，月中又有一分請受，自漸漸地有人來結識他。那索超見了楊志手段高強，心中也自欽伏。不覺光陰迅速，又早春盡夏來，時逢端午，蕤賓節（端午節）至，梁中書與蔡夫人在後堂家宴，慶賀端陽。但見：

盆栽綠艾，瓶插紅榴。水晶簾捲蝦鬚，錦繡屏開孔雀。菖蒲切玉，佳人笑捧紫霞杯；角黍堆銀，美女高擎青玉案。食烹異品，果獻時新。葵扇風中，奏一派聲清韻美；荷衣香裡，出百般舞態嬌姿。

當日梁中書正在後堂與蔡夫人家宴，慶賞端陽，酒至數杯，食供兩套，只見蔡夫人道：「相公自從出身，今日為一統帥，掌握國家重任，這功名富貴從何而來？」梁中書道：「世傑自幼讀書，頗知經史，人非草木，豈不知泰山之恩，提攜之力，感激不盡！」蔡夫人道：「丈夫既知我父親恩德，如何忘了他生辰？」梁中書道：「下官如何不記得，泰山是六月十五日生辰，已使人將十萬貫收買金珠寶貝，送上京師慶壽；一月之前，干人都關領去了。見今九分齊備，數日之間，也待打點停當，差人起程。只是一件，在此躊躇。上年收買了許多玩器並金珠寶貝，使人送去，不到半路，盡被賊人劫了，枉費了這一遭財物，至今嚴捕賊人不獲。今年叫誰人去好？」蔡夫人道：「帳前見有許多軍校，你還擇知心腹的人去便了。」梁中書道：「尚有四五十日，早晚催並禮物完足，那時選擇去人未遲。夫人不必掛心，世傑自有理會。」當日家宴，午牌至二更方散，自此不在話下。

不說梁中書收買禮物玩器，選人上京去慶賀蔡太師生辰，且說山東濟州鄆城縣新到任一個知縣，姓時，名文彬，此人為官清正，作事廉明，每懷惻隱之心，常有仁慈之念。爭田奪地，辨曲直而後施行；鬧毆相爭，分輕重方才決斷。閒暇時撫琴會客，忙迫裡飛筆判詞。名為縣之宰官，實乃民之父母。

當日知縣時文彬升廳公座，左右兩邊排著公吏人等。知縣隨即叫喚尉司捕盜官員並兩個巡捕都頭。本縣尉司管下有兩個都頭，一個喚做步兵都頭，一個喚做馬兵都頭。這兵馬都頭，管著二十匹坐馬弓手，二十個土兵；那步兵都頭管著二十個使槍的頭目，二十個土兵。這馬兵都頭姓朱名仝，身長八尺四五；有一部虎鬚髯，長一尺五寸；面如重棗，目若朗星，似關雲長模樣，滿縣人都稱他做美髯公。原是本處富戶，只因他仗義疏財，結識江湖上好漢，學得一身好武藝。怎見的朱仝氣象，但見：

義膽忠肝豪傑，胸中武藝精通，超群出眾果英雄。彎弓能射虎，提劍可誅龍。一表堂堂神鬼怕，形容凜凜威風。面如重棗色通紅，雲長重出世，人號美髯公。

那步兵都頭姓雷名橫，身長七尺五寸，紫棠色面皮，有一部扇圈鬍鬚；為他膂力過人，跳二三丈闊澗，滿縣人都稱他做插翅虎。原是本縣打鐵匠人出身，後來開張碓房，殺牛放賭，雖然仗義，只有些心地匾窄；也學得一身好武藝。怎見得雷橫的氣象，但見：

天上罡星臨世上，就中一個偏能。都頭好漢是雷橫。拽拳神臂健，飛腳電光生。江海英雄推武勇，跳牆過澗身輕，豪雄誰敢與相爭！山東插翅虎，寰海盡聞名。

那朱仝、雷橫兩個，專管擒拿賊盜。當日知縣呼喚兩個上廳來，聲了喏，取台旨。知縣道：「我自到任以來，聞知本府濟州管下所屬水鄉梁山泊賊盜聚眾打劫，拒敵官軍；亦恐各處鄉村盜賊猖狂，小人甚多，今喚你等兩個，休辭辛苦，與我將帶本管土兵人等，一個出西門，一個出東門，分投巡捕。若有賊人，隨即剿獲申解，不可擾動鄉民。體知東溪村山上有株大紅葉樹，別處皆無，你們眾人採幾片來縣裡呈納，方表你們曾巡到那裡。若無紅葉，便是汝等虛妄，定行責罰不恕。」兩個都頭領了台旨（官吏指示），各自回歸，點了本管土兵，分投自去巡察。

不說朱仝引人出西門自去巡捕，只說雷橫當晚引了二十個土兵出東門，繞村巡察，遍地裡走了一遭，回來到東溪村山上，眾人採了那紅葉，就下村來。行不到三二里，早到靈官廟前，見殿門不關，雷橫道：「這殿裡又沒有廟祝，殿門不關，莫不有歹人在裡面麼？我們直入去看一看。」眾人拿著火，一齊照將入來，只見供桌上赤條條地睡著一個大漢。天道又熱，那漢子把些破衣裳團做一塊作枕頭，枕在項下，齁齁的齁沉睡著了在供桌上。雷橫看了道：「好怪，好怪！知縣相公忒神明，原來這東溪村真個有賊！」大喝一聲，那漢卻待要掙扎，被二十個土兵一齊向前，把那漢子一條索綁了，押出廟門，投一個保正莊上來。不是投那個去處，有分教，東溪村裡，聚三四籌好漢英雄；鄆城縣中，尋十萬貫金珠寶貝。正是天上罡星來聚會，人間地煞得相逢。畢竟雷橫拿住那漢，投解甚處來，且聽下回分解。

第十四回

赤髮鬼醉臥靈官殿　晁天王認義東溪村

話說當時雷橫來到靈官殿上，見了這條大漢，睡在供桌上，眾土兵向前，把條索子綁了，捉離靈官殿來，天色卻早，是五更時分。雷橫道：「我們且押這廝去晁保正莊上討些點心吃了，卻解去縣裡取問。」一行眾人卻都奔這保正莊上來。

原來那東溪村保正，姓晁名蓋，祖是本縣本鄉富戶，平生仗義疏財，專愛結識天下好漢，但有人來投奔他的，不論好歹，便留在莊上住；若要去時，又將銀兩齎助他起身。最愛刺槍使棒；亦自身強力壯，不娶妻室，終日只是打熬筋骨。鄆城縣管下東門外有兩個村坊，一個東溪村，一個西溪村，只隔著一條大溪。當初這西溪村常常有鬼，白日迷人下水在溪裡，無可奈何。忽一日，有個僧人經過，村中人備細說知此事，僧人指個去處，教用青石鑿個寶塔，放於所在，鎮住溪邊。其時西溪村的鬼，都趕過東溪村來。那時晁蓋得知了，大怒，從這裡走將過去，把青石寶塔獨自奪了過來東溪村放下，因此人皆稱他做托塔天王。晁蓋獨霸在那村坊，江湖都聞他名字。

卻早雷橫並土兵押著那漢來到莊前敲門，莊裡莊客聞知，報與保正。此時晁蓋未起，聽得報是雷都頭到來，慌忙叫開門。莊客開得莊門，眾土兵先把那漢子吊在門房裡；雷橫自引了十數個為頭的人到草堂上坐下。晁蓋起來接待，動問道：「都頭有甚公幹到這裡？」雷橫答道：「奉知縣相公鈞旨：著我與朱仝兩個引了部下士兵，分投下鄉村各處巡捕賊盜。因走得力乏，欲得少歇，徑投貴莊暫息，有驚保正安寢。」晁蓋道：「這個何妨！」一面叫莊客安排酒食管待，先把湯來吃。晁蓋動問道：「敝村曾拿得個把小賊麼？」雷橫道：「卻才前面靈官殿上有個大漢睡著在那裡，我看那廝不是良善君子，以定是醉了，就便睡著。我們把索子縛綁了，本待便解去縣裡見官，一者忒早些；二者也要教保正知道，恐日後父母官問時，保正也好答應，見今吊在貴莊門房裡。」晁蓋聽了，記在心，稱謝道：「多虧都頭見報。」少刻莊客捧出盤饌酒食，晁蓋喝道：「此間不好說話，不如去後廳軒下少坐。」便叫莊客裡面點起燈燭，請都頭到裡面酌杯。晁蓋坐了主位，雷橫坐了客席。兩個坐定，莊客鋪下果品、案酒、菜蔬、盤饌。莊客一面篩酒，晁蓋又叫買酒與士兵眾人吃，莊客請眾人都引去廊下客位裡管待，大盤酒肉只管叫眾人吃。晁蓋一頭相待雷橫吃酒，一面自肚裡尋思：「村中有甚小賊吃他拿了？我且自去看是誰。」相陪吃了五七杯酒，便叫家裡一個主管（管家）出來：「陪奉都頭坐一坐，我去淨了手便來。」

那主管陪著雷橫吃酒，晁蓋卻去裡面拿了個燈籠，徑來門樓下看時，士兵都去吃酒，沒一個在外面。晁蓋便問看門的莊客：「都頭拿的賊吊在那裡？」莊客道：「在門房裡關著。」晁蓋去推開門，打一看時，只見高高吊起那漢子在裡面，露出一身黑肉，下面抓扎起兩條黑魆魆毛腿，赤著一雙腳。晁蓋把燈照那人臉時，紫黑闊臉，鬢邊一搭朱砂記，上面生一片黑黃毛。晁蓋便問道：「漢子，你是那裡人？我村中不曾見有你。」那漢道：「小人是遠鄉客人，來這裡投奔一個人，卻把我來拿做賊，我須有分辨處。」晁蓋道：「你來我這村中投奔誰？」那漢道：「我來這村中投奔一個好漢。」晁蓋道：「這好漢叫做甚麼？」那漢道：「他喚做晁保正。」晁蓋道：「你卻尋他有甚勾當？」那漢道：

「他是天下聞名的義士好漢；如今我有一套富貴（財富）要與他說知，因此而來。」晁蓋道：「你且住；只（這）我便是晁保正，卻要我救你，你只認我做娘舅之親。少刻，我送雷都頭那人出來時，你便叫我做阿舅，我便認你做外甥，只說四五歲離了這裡，今番來尋阿舅，因此不認得。」那漢道：「若是如此救護，深感厚恩，義士提攜則個！」正是：

黑甜一枕古祠中，被獲高懸草舍東。
百萬贓私天不佑，解圍晁蓋有奇功。

當時晁蓋提了燈籠，自出房來，仍舊把門拽上，急入後廳來見雷橫，說道：「甚是慢客。」雷橫道：「多多相擾，理甚不當。」兩個又吃了數杯酒，只見窗子外射入天光來，雷橫道：「東方動了（亮了），小人告退，好去縣中畫卯（簽到）。」晁蓋道：「都頭官身，不敢久留；若再到敝村公幹，千萬來走一遭。」雷橫道：「卻得再來拜望，不須保正吩咐。請保正免送。」晁蓋道：「卻罷，也送到莊門口。」

兩個同走出來，那伙士兵眾人都得了酒食，吃得飽了，各自拿了槍棒，便去門房裡解了那漢，背剪縛著帶出門外。晁蓋見了，說道：「好條大漢！」雷橫道：「這廝便是靈官廟裡捉的賊……」說猶未了，只見那漢叫一聲：「阿舅，救我則個！」晁蓋假意看他一看，喝問道：「兀的這廝不是王小三麼？」那漢道：「我便是，阿舅救我。」眾人吃了一驚。雷橫便問晁蓋道：「這人是誰？如何卻認得保正？」晁蓋道：「原來是我外甥王小三。這廝如何在廟裡歇？乃是家姐的孩兒，從小在這裡過活，四五歲時隨家姐夫和家姐上南京去住，一去了十數年。這廝十四五歲又來走了一遭，跟個本京客人來這裡販賣，向後再不曾見面。多聽得人說這廝不成器，如何卻在這裡？小可本也認他不得，為他鬢邊有這一搭朱砂記，因此影影（隱隱）認得。」晁蓋喝道：「小三，你如何不徑來見我？卻去村中做賊！」那漢叫道：「阿舅，我不曾做賊。」晁蓋喝道：「你既不做賊，如何拿你在這裡？」奪過士兵手裡棍棒，劈頭劈臉便打。雷橫並眾人勸道：「且不要打，聽他說。」那漢道：「阿舅息怒，且聽我說：自從十四五歲時來走了這遭，如今不是十年了？昨夜路上多吃了一杯酒，不敢來見阿舅，權去廟裡睡得醒了，卻來尋阿舅；不想被他們不問事由將我拿了，卻不曾做賊。」晁蓋拿起棍來又要打，口裡罵道：「畜生！你卻不徑來見我，且在路上貪吃這口黃湯，我家中沒有與你吃，辱沒殺人！」雷橫勸道：「保正息怒，你令甥本不曾做賊；我們見他偌大一條大漢在廟裡睡得蹺蹊，亦且面生，又不認得，因此設疑，捉了他在這裡。若早知是保正的令甥，定不拿他。」喚士兵快解了綁縛的索子，放還保正，眾士兵登時放了那漢。雷橫道：「保正休怪，早知是令甥，不致如此，甚是得罪，小人們回去。」晁蓋道：「都頭且住，請入小莊，再有話說。」

雷橫放了那漢，一齊再入草堂裡來。晁蓋取出十兩花銀送與雷橫，說道：「都頭休嫌輕微，望賜笑留。」雷橫道：「不當如此。」晁蓋道：「若是不肯收受時，便是怪小人。」雷橫道：「既是保正厚意，權且收受，改日卻得報答。」晁蓋叫那漢拜謝了雷橫，晁蓋又取些銀兩賞了眾士兵。再送出莊門外，雷橫相別了，引著士兵自去。

晁蓋卻同那漢到後軒下取幾件衣裳，與他換了，取頂頭巾與他戴了，便問那漢姓甚名誰，何處人氏。那漢道：「小人姓劉，名唐，祖貫東潞州人氏，因這鬢邊有這搭朱砂記，人都喚小人做赤髮鬼，特地送一套富貴來與保正哥哥。昨夜晚了，因醉倒廟裡，不想被這廝們捉住，綁縛了來，正是『有緣千里來相會，無緣對面不相逢』。今日幸得在此，哥哥坐定，受劉唐四拜。」拜罷，晁蓋道：「你且說送一套富貴與我，見在何處？」

劉唐道：「小人自幼飄蕩江湖，多走途路，專好結識好漢，往往多聞哥哥大名，不期有緣得遇，曾見山東河北做私商的，多曾來投奔哥哥，因此劉唐敢說這話。這裡別無外人，方可傾心吐膽，對哥哥說。」晁蓋道：「這裡都是我心腹人，但說不妨。」劉唐道：「小弟打聽得北京大名府梁中書收買十萬貫金珠、寶貝、玩器等物，送上東京與他丈人蔡太師慶生辰。去年也曾送十萬貫金珠寶貝，來到半路裡，不知被誰人打劫了，至今也無捉處；今年又收買十萬貫金珠寶貝，早晚安排起程，要趕這六月十五日生辰。小弟想此一套是不義之財，取之何礙！便可商議個道理去半路上取了，天理知之，也不為罪。聞知哥哥大名，是個真男子，武藝過人。小弟不才，頗也學得本事，休道三五個漢子，便是一二千軍馬隊中，拿條槍，也不懼他。倘蒙哥哥不棄時，獻此一套富貴，不知哥哥心內如何？」晁蓋道：「壯哉！且再計較。你既來這裡，想你吃了些艱辛，且去客房裡將息少歇，待我從長商議，來日說話。」晁蓋叫莊客引劉唐廊下客房裡歇息，莊客引到房中，也自去幹事了。

且說劉唐在房裡尋思道：「我著甚來由，苦惱這遭！多虧晁蓋完成，解脫了這件事。只叵耐雷橫那廝平白騙了晁保正十兩銀子，又吊我一夜。想那廝去未遠，我不如拿了條棒趕上去，齊打翻了那廝們，卻奪回那銀子，送還晁蓋，也出一口惡氣。此計太妙。」劉唐便出房門，去槍架上拿了一條朴刀，便出莊門，大踏步投南趕來。此時天色已明，但見：

北斗初橫，東方欲白。天涯曙色才分，海角殘星漸落。金雞三唱，喚佳人傅粉施朱；寶馬頻嘶，催行客爭名競利。幾縷丹霞橫碧漢，一輪紅日上扶桑（神木）。

這赤髮鬼劉唐挺著朴刀，趕了五六里路，卻早望見雷橫引著土兵，慢慢地行將去。劉唐趕上來，大喝一聲：「兀那都頭不要走！」

雷橫吃了一驚，回過頭來，見是劉唐拈著朴刀趕來，雷橫慌忙去土兵手裡奪條朴刀拿著，喝道：「你那廝趕將來做甚麼？」劉唐道：「你曉事的，留下那十兩銀子還了我，我便饒了你！」雷橫道：「是你阿舅送我的，干你甚事？我若不看你阿舅面上，直結果了你這廝性命，剗地（平白無故）問我取銀子？」劉唐道：「我須不是賊，你卻把我吊了一夜，又騙我阿舅十兩銀子，是會的（懂事的）將來還我，佛眼相看；你若不還我，叫你目前流血！」雷橫大怒，指著劉唐大罵道：「辱門敗戶的謊賊，怎敢無禮！」劉唐道：「你那作害百姓的醃臢潑才，怎敢罵我！」雷橫又罵道：「賊頭賊臉賊骨頭，必然要連累晁蓋！你這等賊心賊肝，我行（我面前）須使不得！」劉唐大怒道：「我來和你見個輸贏。」拈著朴刀，直奔雷橫。雷橫見劉唐趕上來，呵呵大笑，挺手中朴刀來迎。兩個就大路上廝並，但見：

一來一往，似鳳翻身；一撞一衝，如鷹展翅。一個照搠盡依良法；一個遮攔自有悟頭。這個丁字腳，搶將入來；那個四換頭，奔將進去。兩句道：「雖然不上凌煙閣（陳列功臣畫像地方），只此堪描入畫圖。」

當時雷橫和劉唐就路上鬥了五十餘合，不分勝敗。眾土兵見雷橫贏劉唐不得，卻待都要一齊上併他。只見側首籬門開處，一個人掣兩條銅鏈，叫道：「你們兩個好漢且不要鬥，我看了多時，權且歇一歇，我有話說。」便把銅鏈就中一隔；兩個都收住了朴刀，跳出圈子外來，立住了腳。看那人時，似秀才打扮，戴一頂桶子樣抹眉梁頭巾，穿一領皂沿邊麻布寬衫，腰繫一條茶褐鑾帶，下面絲鞋淨襪，生得眉清目秀，面白鬚長。這人乃是智多星吳用，表字學究，道號加亮先生。祖貫本鄉人氏。曾有一首臨江仙贊吳用的好處：

萬卷經書曾讀過，平生機巧心靈，六韜三略究來精。胸中藏戰將，腹內隱雄兵。謀略敢欺諸葛亮，陳平（劉邦謀臣）豈敵才能。略施小計鬼神驚，字稱吳學究，人號「智多星」。

當時吳用手提銅鏈，指著劉唐叫道：「那漢且住，你因甚和都頭爭執？」劉唐光著眼（睜大眼睛）看吳用道：「不干你秀才事！」雷橫便道：「教授不知，這廝夜來赤條條地睡在靈官廟裡，被我們拿了這廝，帶到晁保正莊上，原來卻是保正的外甥，看他母舅面上放了他。晁天王請我們吃了酒，送些禮物與我，這廝瞞了他阿舅，直趕到這裡問我取，你道這廝大膽麼？」吳用尋思道：「晁蓋我都是自幼結交，但有些事，便和我相議計較；他的親眷相識，我都知道，不曾見有這個外甥。亦且年甲也不相登，必有些蹺蹊。我且勸開了這場鬧，卻再問他。」吳用便道：「大漢休執迷，你的母舅與我至交，又和這都頭亦過得好（有交情），他便送些人情與這都頭，你卻來討了，也須壞了你母舅面皮。且看小生面，我自與你母舅說。」劉唐道：「秀才，你不省得。這個不是我阿舅甘心與他，他詐取了我阿舅的銀兩；若是不還我，誓不回去。」雷橫道：「只除是保正自來取，便還他，卻不還你。」劉唐道：「你屈冤人做賊，詐了銀子，怎地不還？」雷橫道：「不是你的銀子，不還，不還，不還！」劉唐道：「你不還，只除問得我手裡朴刀肯便罷。」吳用又勸：「你兩個鬥了半日，又沒輸贏，只管鬥到幾時是了？」劉唐道：「他不還我銀子，直和他拚個你死我活便罷。」雷橫大怒道：「我若怕你，添個土兵來並你也不算好漢，我自好歹搠翻你便罷！」劉唐大怒，拍著胸前叫道：「不怕！不怕！」便趕上來。這邊雷橫便指手劃腳也趕攏來。兩個又要廝並，這吳用橫身在裡面勸，那裡勸得住。劉唐拈著朴刀，只待鑽將過來；雷橫口裡千賊萬賊罵，挺起朴刀，正待要鬥，只見眾士兵指道：「保正來了。」劉唐回身看時，只見晁蓋披著衣裳，前襟攤開，從大路上趕來，大喝道：「畜生不得無禮！」那吳用大笑道：「須是保正自來，方才勸得這場鬧。」晁蓋趕得氣喘，問道：「你怎的趕來這裡鬥朴刀？」雷橫道：「你的令甥拿著朴刀趕來問我取銀子，小人道：『不還你，我自送還保正，非干你事。』他和小人鬥了五十合，教授解勸在此。」晁蓋道：「這畜生，小人並不知道，都頭看小人之面請回，自當改日登門陪話。」雷橫道：「小人也知那廝胡為，不與他一般見識，又勞保正遠出。」作別自去，不在話下。

且說吳用對晁蓋說道：「不是保正自來，幾乎做出一場大事。這個令甥端的非凡，是好武藝。小生在籬笆裡看了。這個有名慣使朴刀的雷都頭，也敵不過，只辦得架隔遮攔。若再鬥幾合，雷橫必然有失性命，因此小人慌忙出來間隔了。這個令甥從何而來？往常時莊上不曾見有。」晁蓋道：「卻待正要求請先生到敝莊商議句話，正欲使人來，只見不見了他，槍架上朴刀又沒尋處，只見牧童報說，一個大漢拿條朴刀望南一直趕去，我慌忙隨後追得來，早是得教授諫勸住了。請尊步同到敝莊，有句話計較計較。」那吳用還至書齋，掛了銅鏈在書房裡，吩咐主人家道：「學生來時，說道先生今日有幹，權放一日假。」有詩為證：

文才不下武才高，銅鏈猶能勸朴刀。
只愛雄談偕義士，豈甘枯坐伴兒曹。

放他眾鳥籠中出，許爾群蛙野外跳。
自是先生多好動，學生歡喜主人焦。

吳用拽上書齋門，將鎖鎖了，同晁蓋、劉唐到晁家莊上，晁蓋徑邀入後堂深處，分賓而坐。吳用問道：「保正，此人是誰？」晁蓋道：「江湖上好漢，此人姓劉，名唐，是東潞州人氏。因此有一套富貴，特來投奔我；夜來他醉臥在靈官廟裡，卻被雷橫捉了，拿到我莊上，我因認他做外甥，方得脫身。他說：『有北京大名府梁中書收買十萬貫金珠寶貝，送上東京，與他丈人蔡太師慶生辰，早晚從這裡經過，此等不義之財，取之何礙！』他來的意，正應我一夢。我昨夜夢見北斗七星，直墜在我屋脊上；斗柄上另有一顆小星，化道白光去了。我想星照本家，安得不利？今早正要求請教授商議，此一件事若何？」吳用笑道：「小生見劉兄趕得來蹺蹊，也猜個七八分了。此一事卻好，只是一件，人多做不得，人少又做不得。宅上空有許多莊客，一個也用不得。如今只有保正、劉兄、小生三人，這件事如何團弄（辦好）？便是保正與劉兄十分了得，也擔負不下。這段事須得七八個好漢方可，多也無用。」晁蓋道：「莫非要應夢之星數？」吳用便道：「兄長這一夢也非同小可，莫非北地上再有扶助的人來？」吳用尋思了半晌，眉頭一縱，計上心來，說道：「有了！有了！」晁蓋道：「先生既有心腹好漢，可以便去請來，成就這件事。」吳用不慌不忙，疊兩個指頭，說出這句話來，有分教，東溪莊上，聚義漢翻作強人；石碣村中，打魚船權為戰艦。正是：指麾說地談天口，來誘翻江攪海人。畢竟智多星吳用說出甚麼人來，且聽下回分解。

第十五回

吳學究說三阮撞籌　公孫勝應七星聚義

（撞籌，即入伙）

話說當時吳學究道：「我尋思起來，有三個人，義膽包身，武藝出眾，敢赴湯蹈火，同死同生，義氣最重。只除非得這三個人，方才完得這件事。」晁蓋道：「這三個卻是甚麼樣人？姓甚名誰？何處居住？」吳用道：「這三個人是弟兄三個，在濟州梁山泊邊石碣村住，日常只打魚為生，亦曾在泊子裡做私商勾當（搶劫財物）。本身姓阮，弟兄三人，一個喚做立地太歲阮小二，一個喚做短命二郎阮小五，一個喚做活閻羅阮小七。這三個是親弟兄。小生舊日在那裡住了數年，與他相交時，他雖是個不通文墨的人，為見他與人結交真有義氣，是個好男子，因此和他來往，今已好兩年不曾相見。若得此三人，大事必成。」晁蓋道：「我也曾聞這阮家三弟兄的名字，只不曾相會。石碣村離這裡只有百十里以下路程，何不使人請他們來商議？」吳用道：「著人去請，他們如何肯來？小生必須自去那裡，憑三寸不爛之舌，說他們入伙。」晁蓋大喜道：「先生高見，幾時可行？」吳用答道：「事不宜遲，只今夜三更便去，明日晌午可到那裡。」晁蓋道：「最好。」

當時叫莊客且安排酒食來吃。吳用道：「北京到東京也曾行到，只不知生辰綱從那條路來，再煩劉兄休辭生受（辛苦），連夜去北京路上探聽起程的日期，端的從那條路上來。」劉唐道：「小弟只今夜也便去。」吳用道：「且住，他生辰是六月十五日，如今卻是五月初頭，尚有四五十日，等小生先去說了三阮弟兄回來，那時卻教劉兄去。」晁蓋道：「也是，劉兄弟只在我莊上等候。」

話休絮繁，當日吃了半晌酒食，至三更時分，吳用起來洗漱罷，吃了些早飯，討了些銀兩，藏在身邊，穿上草鞋，晁蓋、劉唐送出莊門，吳用連夜投石碣村來。行到晌午時分，早來到那村中。但見：

青鬱鬱山峰疊翠，綠依依桑柘堆雲。四邊流水繞孤村，幾處疏篁（竹林）沿小徑。茅簷傍澗，古木成林。籬外高懸沽酒旆，柳陰閒纜釣魚船。

吳學究自來認得，不用問人，來到石碣村中，徑投阮小二家來。到得門前看時，只見枯樁上纜著數隻小漁船，疏籬外曬著一張破魚網，倚山傍水，約有十數間草房。吳用叫一聲道：「二哥在家麼？」只見一個人從裡面走出來，生得如何，但見：

瞘（眼珠子深陷在眼眶裡）兜臉兩眉豎起，略綽口四面連拳。胸前一帶蓋膽黃毛，背上兩枝橫生板肋。臂膊有千百斤氣力，眼睛射幾萬道寒光。休言村裡一漁人，便是人間真太歲。

那阮小二走將出來，頭戴一頂破頭巾，身穿一領舊衣服，赤著雙腳，出來見了是吳用，慌忙聲喏道：「教授何來？甚風吹得到此？」吳用答道：「有些小事，特來相浼二郎。」阮小二道：「有何事，但說不妨。」吳用道：「小生自離了此間，又早二年。如今在一個大財主家做門館（教書先生），他要辦筵席，用著十數尾重十四五斤的金色鯉魚，因此特地來相投足下。」阮小二笑了一聲，說道：「小人且和教授吃三杯，卻說。」吳用道：「小生的來意，也欲正要和二哥吃三杯。」阮小二道：「隔湖有幾處酒店，我們就在船裡蕩將過去。」吳用道：「最好；也要就與五郎說句話，不知在家也不在？」阮小二道：「我們去尋他便了。」兩個來到泊岸邊，枯樁上纜的小船解了一隻，便扶著吳用下船去了；樹根頭拿了一把划揪（槳），只顧蕩；早蕩將開去，望湖泊裡來。正蕩之間，只見阮小二把手一招，叫道：「七哥，曾見五郎麼？」吳用看時，只見蘆葦叢中搖出一隻船來。那漢生的如何，但見：

疙疸臉橫生怪肉，玲瓏眼突出雙睛。腮邊長短淡黃鬚，身上交加烏黑點。渾如生鐵打成，疑是頑銅鑄就。世上降生真五道（主凶盜的神），村中喚作活閻羅。

那阮小七頭戴一頂遮日黑箬笠，身上穿個棋子布背心，腰繫著一條生布裙，把那隻船蕩著，問道：「二哥，你尋五哥做甚麼？」吳用叫一聲：「七郎，小生特來相央你們說話。」阮小七道：「教授恕罪，好幾時不曾相見。」吳用道：「一同和二哥去吃杯酒。」阮小七道：「小人也欲和教授吃杯酒，只是一向不曾見面。」兩隻船廝跟著在湖泊裡，不多時，划到個去處，一團團都是水，高埠上有七八間草房，阮小二叫道：「老娘，五哥在麼？」那婆婆道：「說不得，魚又不得打，連日去賭錢，輸得沒了分文，卻才討了我頭上釵兒，出鎮上賭去了。」阮小二笑了一聲，便把船划開。阮小七便在背後船上說道：「哥哥，正不知怎地，賭錢只是輸，卻不晦氣！莫說哥哥不贏，我也輸得赤條條地。」吳用暗想道：「中了我的計了。」兩隻船廝並著，投石碣村鎮上來。划了半個時辰，只見獨木橋邊一個漢子，把著兩串銅錢，下來解船。阮小二道：「五郎來了。」吳用看時，但見：

一雙手渾如鐵棒，兩隻眼有似銅鈴。面上雖有些笑容，眉間卻帶著殺氣。能生橫禍，善降非災。拳打來獅子心寒；腳踢處蚖蛇喪膽。何處覓行瘟使者，只此是短命二郎。

那阮小五斜戴著一頂破頭巾，鬢邊插朵石榴花，披著一領舊布衫，露出胸前刺著的青鬱鬱一個豹子來，裡面匾紮起褲子，上面圍著一條間道棋子布手巾。吳用叫一聲道：「五郎得采麼？」阮小五道：「原來卻是教授，好兩年不曾見面；我在橋上望你們半日了。」阮小二道：「我和教授直到你家尋你，老娘說道出鎮上賭錢去了，因此同來這裡尋你。且來和教授去水閣上吃三杯。」阮小五慌忙去橋邊解了小船，跳在艙裡，捉了樺楫，只一划，三隻船廝並著划了一歇，早到那個水閣酒店前。看時，但見：

前臨湖泊，後映波心。數十株槐柳綠如煙，一兩蕩荷花紅照水。涼亭上四面明窗，水閣中風動朱簾。休言三醉岳陽樓，只此便是蓬島客（蓬萊仙人）。

當下三隻船撐到水亭下荷花蕩中，三隻船都纜了。扶吳學究上了岸，入酒店裡來，都到水閣內揀一副紅油桌凳。阮小二便道：「先生休怪我三個弟兄粗俗，請教授上坐。」吳用道：「卻使不得。」阮小七道：「哥哥只顧坐主位，請教授坐客席；我兄弟兩個便先坐了。」吳用道：「七郎只是性快。」四個人坐定了，叫酒保打一桶酒來。店小二把四隻大盞子擺開，鋪下四雙箸，放了四盤菜蔬，打一桶酒，放在桌子上。阮小二道：「有甚麼下口？」小二哥道：「新宰得一頭黃牛，花糕也似好肥肉。」阮小二道：「大塊切十斤來。」阮小五道：「教授休笑話，沒甚孝順。」吳用道：「倒來相擾，多激惱（麻煩）你們。」阮小二道：「休恁地說！」催促小二哥隻顧篩酒，早把牛肉切做兩盤，將來放在桌上。阮家三兄弟讓吳用吃了幾塊，便吃不得了；那三個狼餐虎食，吃了一回。

阮小五動問道：「教授到此貴幹？」阮小二道：「教授如今在一個大財主家做門館教學，今來要對付十數尾金色鯉魚，要重十四五斤的，特來尋我們。」阮小七道：「若是每常要三五十尾也有；莫說十數個，再要多些，我弟兄們也包辦得。如今便要重十斤的也難得。」阮小五道：「教授遠來，我們也對付十來個重五六斤的相送。」吳用道：「小生多有銀兩在此，隨算價錢，只是不用小的，須得十四五斤重的便好。」阮小七道：「教授，卻沒討處，便是五哥許五六斤的，也不能夠，須是等得幾日才得。我的船裡有一桶小活魚，就把來吃酒。」阮小七便去船內取將一桶小魚上來，約有五七斤，自去灶上安排，盛做三盤，把來放在桌上。阮小七道：「教授胡亂吃些個。」四個又吃了一回，看看天色漸晚，吳用尋思道：「這酒店裡須難說話，今夜必是他家權宿，到那裡卻又理會。」阮小二道：「今夜天色晚了，請教授權在我家宿一宵，明日卻再計較。」吳用道：「小生來這裡走一遭，千難萬難，幸得你們弟兄今日做一處，眼見得這席酒不肯要小生還錢，今晚借二郎家歇一夜，小生有些須銀子在此，相煩就此店中沽一甕酒，買些肉，村中尋一對雞，夜間同一醉如何？」阮小二道：「那裡要教授壞錢，我們弟兄自去整理，不煩惱沒對付處。」吳用道：「徑來要請你們三位；若還不依小生時，只此告退。」阮小七道：「既是教授這般說時，且順情吃了，卻再理會。」吳用道：「還是七郎性直爽快！」吳用取出一兩銀子，付與阮小七，就問主人家沽了一甕酒，借個大甕盛了；買了二十斤生熟牛肉，一對大雞。阮小二道：「我的酒錢，一發還你。」店主人道：「最好！最好！」

第十五回

吳學究說三阮撞籌　公孫勝應七星聚義

四人離了酒店，再下了船，把酒肉都放在船艙裡，解了纜索，徑划將開去，一直投阮小二家來。到得門前，上了岸，把船仍舊纜在樁上，取了酒肉，四人一齊都到後面坐地，便叫點起燈來。原來阮家弟兄三個，只有阮小二有老小，阮小五、阮小七都不曾婚娶，四個人都在阮小二家後面水亭上坐定。阮小七宰了雞叫阿嫂同討的小猴子（小男孩）在廚下安排。約有一更相次酒肉都搬來擺在桌上。

吳用勸他弟兄們吃了幾杯，又提起買魚事來，說道：「你這裡偌大一個去處，卻怎地沒了這等大魚？」阮小二道：「實不瞞教授說，這般大魚，只除梁山泊裡便有，我這石碣湖中狹小，存不得這等大魚。」吳用道：「這裡和梁山泊一望不遠，相通一派之水，如何不去打些？」阮小二嘆了一口氣道：「休說！」吳用又問道：「二哥如何嘆氣？」阮小五接了說道：「教授不知，在先這梁山泊是我弟兄們的衣飯碗，如今絕不敢去。」吳用道：「偌大去處，終不成官司禁打魚鮮。」阮小五道：「甚麼官司，敢來禁打魚鮮！便是活閻王，也禁治不得！」吳用道：「既沒官司禁治，如何絕不敢去？」阮小五道：「原來教授不知來歷，且和教授說知。」吳用道：「小生卻不理會得。」阮小七接著便道：「這個梁山泊去處，難說難言。如今泊子裡新有一伙強人占了，不容打魚。」吳用道：「小生卻不知，原來如今有強人，我這裡並不曾聞得說。」

阮小二道：「那伙強人，為頭的是個落第舉子，喚做白衣秀士王倫，第二個叫做摸著天杜遷，第三個叫做雲裡金剛宋萬。以下有個旱地忽律（鱷魚）朱貴，見在李家道口開酒店，專一探聽事情，也不打緊。如今新來一個好漢，是東京禁軍教頭，甚麼豹子頭林沖，十分好武藝。這幾個賊男女聚集了五七百人，打家劫舍，搶擄來往客人。我們有一年多不去那裡打魚，如今泊子裡把住了，絕了我們的衣飯，因此一言難盡。」吳用道：「小生實是不知有這段事，如何官司不來捉他們？」阮小五道：「如今那官司一處處動彈，便害百姓；但一聲下鄉村來，倒先把好百姓家養的豬、羊、雞、鵝，盡都吃了；又要盤纏打發他！如今也好教這伙人奈何！那捕盜官司的人，那裡敢下鄉村來！若是那上司官員差他們緝捕人來，都嚇得尿屎齊流，怎敢正眼兒看他！」阮小二道：「我雖然不打得大魚，也省了若干科差（捐稅和差役）。」吳用道：「恁地時，那廝們倒快活！」阮小五道：「他們不怕天，不怕地，不怕官司；論秤分金銀，異樣穿綢錦，成甕吃酒，大塊吃肉，如何不快活？我們弟兄三個空有一身本事，怎地學得他們！」吳用聽了，暗暗地歡喜道：「正好用計了。」阮小七說道：「人生一世，草生一秋，我們只管打魚營生，學得他們過一日也好！」

吳用道：「這等人學他做甚麼？他做的勾當，不是笞杖五七十的罪犯，空自把一身虎威都撇下；倘或被官司拿住了，也是自做的罪。」阮小二道：「如今該管官司沒甚分曉，一片糊塗，千萬犯了迷天大罪的，倒都沒事！我弟兄們不能快活，若是但有肯帶挈（帶領）我們的，也去了罷。」阮小五道：「我也常常這般思量，我弟兄三個的本事，又不是不如別人！誰是識我們的？」吳用道：「假如便有識你們的，你們便如何肯去！」阮小七道：「若是有識我們的，水裡水裡去，火裡火裡去。若能勾受用得一日，便死了開眉展眼。」吳用暗暗喜道：「這三個都有意了，我且慢慢地誘他。」吳用又勸他三個吃了兩巡酒，正是：

只為奸邪屈有才，天教惡曜下凡來。
試看阮氏三兄弟，劫取生辰不義財。

吳用又說道：「你們三個敢上梁山泊捉這伙賊麼？」阮小七道：「便捉的他們，那裡去請賞？也吃江湖上好漢們笑話！」吳用道：「小生短見：假如你們怨恨打魚不得，也去那裡撞籌（入伙）卻不是好？」阮小二道：「先生，你不知，我弟兄們幾遍商量要去入伙，聽得那白衣秀士王倫的手下人都說道他心地窄狹，安不得人。前番那個東京林沖上山，嘔盡他的氣。王倫那廝，不肯胡亂著人（容人），因此我弟兄們看了這般樣，一齊都心懶了。」阮小七道：「他們若似老兄這等慷慨，愛我弟兄們便好！」阮小五道：「那王倫若得似教授這般情分時，我們也去了多時，不到今日！我弟兄三個，便替他死也甘心！」吳用道：「量小生何足道哉！如今山東、河北多少英雄豪傑的好漢！」阮小二道：「好漢們盡有，我弟兄自不曾遇著。」

吳用道：「只此間鄆城縣東溪村晁保正，你們曾認得他麼？」阮小五道：「莫不是叫做托塔天王的晁蓋麼？」吳用道：「正是此人。」阮小七道：「雖然與我們只隔得百十里路程，緣分淺薄，聞名不曾相會。」吳用道：「這等一個仗義疏財的好男子，如何不與他相見！」阮小二道：「我弟兄們無事也不曾到那裡，因此不能夠與他相見。」吳用道：「小生這幾年也只在晁保正莊上左近教些村學；如今打聽得他有一套富貴待取，特地來和你們商議，我等就那半路裡攔住取了，如何？」阮小五道：「這個卻使不得；他既是仗義疏財的好男子，我們卻去壞他的道路（生意），須吃江湖上好漢們知時笑話。」吳用道：「我只道你們弟兄心志不堅，原來真個惜客好義。我對你們實說，果有協助之心，我教你們知此一事。我如今見在晁保正莊上住，保正聞知你三個大名，特地教我來請你們說話。」阮小二道：「我弟兄三個，真真實實地並沒半點兒假！晁保正敢有件奢遮（了不起）的私商買賣，有心要帶挈我們，一定是煩老兄來。若還端的有這事，我三個若捨不得性命相幫他時，殘酒為誓：教我們都遭橫事，惡病臨身，死於非命！」阮小五和阮小七把手拍著脖項道：「這腔熱血，只要賣與識貨的！」

吳用道：「你們三位弟兄在這裡，不是我壞心術來誘你們。這件事非同小可的勾當！自今朝內蔡太師是六月十五日生辰，他的女婿是北京大名府梁中書，即目起解十萬貫金珠寶貝與他丈人慶生辰。

今有一個好漢姓劉名唐，特來報知。如今欲要請你們去商議，聚幾個好漢，向山凹僻靜去處，取此一套富貴不義之財，大家圖個一世快活。因此特教小生只做買魚，來請你們三個計較，成此一事，不知你們心意如何？」阮小五聽了道：「罷！罷！」叫道：「七哥，我和你說甚麼來！」阮小七跳起來道：「一世的指望，今日還了願心！正是搔著我癢處！我們幾時去？」吳用道：「請三位即便去來，明日起個五更，一齊都到晁天王莊上去。」阮家三弟兄大喜。有詩為證：

學究知書豈愛財，阮郎漁樂亦悠哉！只因不義金珠去，致使群雄聚義來。

當夜過了一宿，次早起來，吃了早飯，阮家三弟兄吩咐了家中，跟著吳學究，四個人離了石碣村，拽開腳步，取路投東溪村來。行了一日，早望見晁家莊，只見遠遠地綠槐樹下晁蓋和劉唐在那裡等，望見吳用引著阮家三兄弟直到槐樹前，兩下都廝見了。晁蓋大喜道：「阮氏三雄名不虛傳，且請到莊裡說話。」六人俱從莊外入來，到得後堂，分賓主坐定。吳用把前話說了，晁蓋大喜，便叫莊客宰殺豬羊，安排燒紙。阮家三弟兄見晁蓋人物軒昂，語言灑落，三個說道：「我們最愛結識好漢，原來只在此間。今日不得吳教授相引，如何得會？」三個弟兄好生歡喜。當晚且吃了些飯，說了半夜話。

次日天曉，去後堂前面列了金錢、紙馬、香花、燈燭，擺了夜來煮的豬羊、燒紙。眾人見晁蓋如此志誠，盡皆歡喜，個個說誓道：「梁中書在北京害民，詐得錢物，卻把去東京與蔡太師慶生辰，此一等正是不義之財。我等六人中但有私意者，天地誅滅，神明鑑察。」六人都說誓了，燒化紙錢。六籌好漢，正在後堂散福（分享散祭後的供品）飲酒，只見一個莊客報說：「門前有個先生（道士）要見保正化齋糧。」晁蓋道：「你好不曉事！見我管待客人在此吃酒，你便與他三五升米便了，何須直來問我！」莊客道：「小人把米與他，他又不要，只要面見保正。」晁蓋道：「一定是嫌少！你便再與他三二斗米去。你說與他，保正今日在莊上請人吃酒，沒工夫相見。」莊客去了多時，只見又來說道：「那先生，與了他三斗米，又不肯去；自稱是一清道人，不為錢米而來，只要求見保正一面。」晁蓋道：「你這廝不會答應，便說今日委實沒工夫，教他改日卻來相見拜茶。」莊客道：「小人也是這般說，那個先生說道：『我不為錢米齋糧，聞知保正是個義士，特求一見。』」晁蓋道：「你也這般纏，全不替我分憂！他若再嫌少時，可與他三四斗去，何必又來說！我若不和客人們飲時，便去廝見一面，打甚麼緊！你去發付他罷，再休要來說！」

莊客去了沒半個時，只聽得莊門外熱鬧，又見一個莊客飛也似來報道：「那先生發怒，把十來個莊客都打倒了。」晁蓋聽得，吃了一驚，慌忙起身道：「眾位弟兄少坐，晁蓋自去看一看。」便從後堂出來，到莊門前看時，只見那個先生身長八尺，道貌堂堂，生得古怪，正在莊門外綠槐樹下打那眾莊客。晁蓋看那先生，但見：

頭綰兩枚蓬松雙丫髻，身穿一領巴山短褐袍，腰繫雜色彩絲絛，背上松紋古銅劍。白肉腳襯著多耳麻鞋，綿囊手拿著鱉殼扇子。八字眉，一雙杏子眼；四方口，一部落腮胡。

那先生一頭打，一頭口裡說道：「不識好人。」晁蓋見了，叫道：「先生息怒，你來尋晁保正，無非是投齋化緣，他已與了你米，何故嗔怪如此？」那先生哈哈大笑道：「貧道不為酒食錢米而來。我覷得十萬貫如同等閒，特地來尋保正，有句話說。叵耐村夫無理，毀罵貧道，因此性發。」晁蓋道：「你可曾認得晁保正麼？」那先生道：「只聞其名，不曾會面。」晁蓋道：「小子便是，先生有甚話說？」那先生看了道：「保正休怪，貧道稽首。」晁蓋道：「先生少請，到莊裡拜茶如何？」那先生道：「多感。」

兩人入莊裡來，吳用見那先生入來，自和劉唐、三阮一處躲過。且說晁蓋請那先生到後堂吃茶已罷，那先生道：「這裡不是說話處。別有甚麼去處可坐？」晁蓋見說，便邀那先生又到一處小小閣兒內，分賓坐定。晁蓋道：「不敢拜問先生高姓？貴鄉何處？」那先生答道：「貧道復姓公孫，單諱一個勝字，道號一清先生。小道是薊州人氏，自幼鄉中好習槍棒，學成武藝多般，人但呼為公孫勝大郎。為因學得一家道術，亦能呼風喚雨，駕霧騰雲，江湖上都稱貧道做入雲龍。貧道久聞鄆城縣東溪村晁保正大名，無緣不曾拜識，今有十萬貫金珠寶貝，專送與保正，作進見之禮，未知義士肯納受否！」晁蓋大笑道：「先生所言，莫非北地生辰綱麼？」那先生大驚道：「保正何以知之？」晁蓋道：「小子胡猜，未知合先生意否？」公孫勝道：「此一套富貴，不可錯過，古人有云：『當取不取，過後莫悔。』晁保正心下如何？」

正說之間，只見一個人從閣子外搶將入來，劈胸揪住公孫勝說道：「好呀！明有王法，暗有神靈，你如何商量這等的勾當！我聽得多時也！」嚇得公孫勝面如土色。正是機謀未就，爭奈窗外人聽；計策才施，又早蕭牆禍起。畢竟搶來揪住公孫勝的，卻是何人，且聽下回分解。

第十六回
楊志押送金銀擔　吳用智取生辰綱

話說當時公孫勝正在閣兒裡對晁蓋說這北京生辰綱是不義之財，取之何礙。只見一個人從外面搶將入來，揪住公孫勝道：「你好大膽！卻才商議的事，我都知了也。」那人卻是智多星吳學究。晁蓋笑道：「教授休慌，且請相見。」兩個敘禮罷，吳用道：「江湖上久聞人說入雲龍公孫勝一清大名，不期今日此處得會！」晁蓋道：「這位秀才先生，便是智多星吳學究。」公孫勝道：「吾聞江湖上多人曾說加亮先生大名，豈知緣法卻在保正莊上得會；只是保正疏財仗義，以此天下豪傑，都投門下。」晁蓋道：「再有幾個相識在裡面，一發請進後堂深處相見。」

三個人入到裡面，就與劉唐、三阮都相見了。正是：

> 金帛多藏禍有基，英雄聚會本無期。
> 一時豪俠欺黃屋，七宿光芒動紫薇。

眾人道：「今日此一會，應非偶然，須請保正哥哥正面而坐。」晁蓋道：「量小子是個窮主人，怎敢占上！」吳用道：「保正哥哥年長，依著小生，且請坐了。」晁蓋只得坐了第一位，吳用坐了第二位，公孫勝坐了第三位，劉唐坐了第四位，阮小二坐了第五位，阮小五坐第六位，阮小七坐第七位。卻才聚義飲酒，重整杯盤，再備酒肴，眾人飲酌。吳用道：「保正夢見北斗七星墜在屋脊上，今日我等七人聚義舉事，豈不應天垂象（異常天象）！此一套富貴，唾手而取。前日所說央劉兄去探聽路程從那裡來，今日天晚，來早便請登程。」公孫勝道：「這一事不須去了。貧道已打聽，知他來的路數了，只是黃泥岡大路上來。」晁蓋道：「黃泥岡東十里路，地名安樂村，有一個閒漢，叫做白日鼠白勝，也曾來投奔我，我曾齎助他盤纏。」吳用道：「北斗上白光，莫不是應在這人？自有用他處。」劉唐道：「此處黃泥岡較遠，何處可以容身？」吳用道：「只這個白勝家便是我們安身處，亦還要用了白勝。」晁蓋道：「吳先生，我等還是軟取，卻是硬取？」吳用笑道：「我已安排定了圈套，只看他來的光景，力則力取，智則智取。我有一條計策，不知中你們意否？如此，如此。」晁蓋聽了大喜，攧著腳道：「好妙計！不枉了稱你做智多星！果然賽過諸葛亮！好計策！」吳用道：「休得再提，常言道：『隔牆須有耳，窗外豈無人。』只可你知我知。」晁蓋便道：「阮家三兄且請回歸，至期來小莊聚會；吳先生依舊自去教學；公孫先生並劉唐，只在敝莊權住。」當日飲酒至晚，各自去客房裡歇息。

次日五更起來，安排早飯吃了，晁蓋取出三十兩花銀，送與阮家三兄弟道：「權表薄意，切勿推卻。」三阮那裡肯受。吳用道：「朋友之意，不可相阻。」三阮方才受了銀兩。一齊送出莊外來，吳用附耳低言道：「這般這般，至期不可有誤。」三阮相別了，自回石碣村去。晁蓋留住公孫勝、劉唐在莊上，吳學究常來議事。正是：

第十六回

楊志押送金銀擔　吳用智取生辰綱

取非其有官皆盜，損彼盈餘盜是公。
計就只須安穩待，笑他寶擔去匆匆。

話休絮繁，卻說北京大名府梁中書收買了十萬貫慶賀生辰禮物完備，選日差人起程，當下一日在後堂坐下，只見蔡夫人問道：「相公，生辰綱幾時起程？」梁中書道：「禮物都已完備，明後日便用起身；只是一件事，在此躊躇未決。」蔡夫人道：「有甚事躊躇未決？」梁中書道：「上年費了十萬貫收買金珠寶貝，送上東京去；只因用人不著（不合適），半路被賊人劫將去了，至今無獲。今年帳前眼見得又沒個了事（會辦事）的人送去，在此躊躇未決。」蔡夫人指著階下道：「你常說這個人十分了得，何不著他，委紙領狀，送去走一遭，不致失誤。」

梁中書看階下那人時，卻是青面獸楊志。梁中書大喜，隨即喚楊志上廳說道：「我正忘了你，你若與我送得生辰綱去，我自有抬舉你處。」楊志叉手向前稟道：「恩相差遣，不敢不依！只不知怎地打點？幾時起身？」梁中書道：「著落大名府差十輛太平車子（大車），帳前撥十個廂禁軍監押著車，每輛上各插一把黃旗，上寫著『獻賀太師生辰綱』。每輛車子再使個軍健跟著，三日內便要起身去。」楊志道：「非是小人推托，其實去不得；乞鈞旨別差英雄精細的人去。」梁中書道：「我有心要抬舉你，這獻生辰綱的札子（禮單）內，另修一封書在中間，太師跟前重重保你受道敕命回來，如何倒生支調（推脫），推辭不去？」楊志道：「恩相在上，小人也曾聽得上年已被賊人劫去了，至今未獲。今歲途中盜賊又多，此去東京，又無水路，都是旱路。經過的是紫金山、二龍山、桃花山、傘蓋山、黃泥岡、白沙塢、野雲渡、赤松林。這幾處都是強人出沒的去處。更兼單身客人亦不敢獨自經過，他知道是金銀寶物，如何不來搶劫？枉結果了性命，以此去不得。」梁中書道：「恁地時，多著軍校防護送去便了。」楊志道：「恩相便差五百人去，也不濟事；這廝們一聲聽得強人來時，都是先走了的。」梁中書道：「你這般地說時，生辰綱不要送去了？」楊志又稟道：「若依小人一件事，便敢送去。」梁中書道：「我既委在你身上，如何不依你說。」楊志道：「若依小人說時，並不要車子，把禮物都裝做十餘條擔子，只做客人的打扮行貨；也點十個壯健的廂禁軍，卻裝做腳夫挑著；只消一個人和小人去，卻打扮做客人，悄悄連夜上東京交付。恁地時方好。」梁中書道：「你甚說得是。我寫書呈重重保你受道誥命回來。」楊志道：「深謝恩相抬舉。」當日便叫楊志一面打拴擔腳，一面選揀軍人。

次日，叫楊志來廳前伺候，梁中書出廳來問道：「楊志，你幾時起身？」楊志稟道：「告覆恩相，只在明早准行，就委領狀。」梁中書道：「夫人也有一擔禮物，另送與府中寶眷，也要你領。怕你不知頭路，特地再教奶公謝都管，並兩個虞候，和你一同去。」楊志告道：「恩相，楊志去不得了。」梁中書說道：「禮物都已拴縛完備，如何又去不得？」楊志稟道：「此十擔禮物都在小人身上，和他眾人，都由楊志，要早行便早行；要晚行便晚行；要住便住；要歇便歇；亦依楊志提調。如今又叫老都管並虞候和小人去，他是夫人行的人，又是太師府門下奶公，倘或路上與小人別拗起來，楊志如何敢和他爭執得？若誤了大事時，楊志那其間如何分說？」梁中書道：「這個也容易，我叫他三個都聽你提調便了。」楊志答道：「若是如此稟過，小人情願便委領狀；倘有疏失，甘當重罪。」梁中書大喜道：「我也不枉了抬舉你，真個有見識！」隨即喚老謝都管並兩個虞候出來，當廳吩咐道：「楊志提轄情願委了一紙領狀，監押生辰綱，十一擔金珠寶貝，赴京太師府交割，這干係（責任）都在他身上。你三人和他做伴去，一路上早起晚行住歇，都要聽他言語，不可和他別拗。夫人處吩咐的勾當，你三人自理會，小心在意，早去早回，休教有失。」老都管一一都應了，當日楊志領了。

第十六回

楊志押送金銀擔　吳用智取生辰綱

次日早起五更，在府裡把擔仗（貨擔）都擺在廳前，老都管和兩個虞候又將一小擔財帛，共十一擔，揀了十一個壯健的廂禁軍，都做腳夫打扮。楊志戴上涼笠兒，穿著青紗衫子，繫了纏帶行履麻鞋，跨口腰刀，提條朴刀；老都管也打扮做個客人模樣；兩個虞候假裝做跟的伴當（僕人）。各人都拿了條朴刀，又帶幾根藤條。梁中書付與了札付書呈，一行人都吃得飽了，在廳上拜辭了梁中書。看那軍人擔仗起程。楊志和謝都管，兩個虞候監押著，一行共是十五人，離了梁府，出得北京城門，取大路投東京進發。此時正是五月半天氣，雖是晴明得好，只是酷熱難行。昔日吳七郡王有八句詩道：

玉屏四下朱闌繞，簇簇游魚戲萍藻。
簟鋪八尺白蝦鬚，頭枕一枚紅瑪瑙。
六龍懼熱不敢行，海水煎沸蓬萊島。
公子猶嫌扇力微，行人正在紅塵道。

這八句詩單題著炎天暑月，那公子王孫在涼亭上水閣中，浸著浮瓜沈李，調冰雪藕避暑，尚兀自嫌熱。怎知客人為些微名薄利，又無枷鎖拘縛，三伏內，只得在那途路中行。今日楊志這一行人要取六月十五日生辰，只得在路途上行。自離了這北京五七日，端的只是起五更，趁早涼便行，日中熱時便歇。

五七日後，人家漸少，行路又稀，一站站都是山路。楊志卻要辰牌起身，申時便歇。那十一個廂禁軍，擔子又重，無有一個稍輕，天氣熱了行不得，見著林子，便要去歇息，楊志趕著催促要行。如若停住，輕則痛罵，重則藤條便打，逼趕要行。兩個虞候雖只背些包裹行李，也氣喘了行不上。楊志也嗔道：「你兩個好不曉事！這干係須是俺的，你們不替洒家打這夫子，卻在背後也慢慢地挨，這路上不是耍處！」那虞候道：「不是我兩個要慢走，其實熱了行不動，因此落後。前日只是趁早涼走，如今怎地正熱裡要行，正是好歹不均勻。」楊志道：「你這般說話，卻似放屁！前日行的須是好地面，如今正是尷尬去處（不安全地方），若不日裡趕過去，誰敢五更半夜走？」兩個虞候口裡不道，肚中尋思：「這廝不直得便罵人。」楊志提了朴刀，拿著藤條，自去趕那擔子。

兩個虞候坐在柳陰樹下，等得老都管來，兩個虞候告訴道：「楊家那廝，強殺（最多不過）只是我相公門下一個提轄，直這般會做大老！」都管道：「須是相公當面吩咐道休要和他別拗，因此我不做聲，這兩日也看他不得，權且耐他。」兩個虞候道：「相公也只是人情話兒，都管自做個主便了。」老都管又道：「且耐他一耐。」

當日行到申牌時分，尋得一個客店裡歇了。那十個廂禁軍雨汗通流，都嘆氣吹噓（氣喘），對老都管說道：「我們不幸，做了軍健，情知道被差出來，這般火似熱的天氣，又挑著重擔，這兩日又不揀早涼行，動不動老大藤條打來，都是一般父母皮肉，我們直恁地苦！」老都管道：「你們不要怨恨，巴到東京時，我自賞你。」眾軍漢道：「若是似都管看待我們時，並不敢怨悵。」

又過了一夜，次日天色未明，眾人起來，都要趁涼起身去。楊志跳起來喝道：「那裡去！且睡了，卻理會。」眾軍漢道：「趁早不走，日裡熱時走不得，卻打我們。」楊志大罵道：「你們省得甚麼？」拿了藤條要打，眾軍忍氣吞聲，只得睡了。當日直到辰牌時分，慢慢地打火，吃了飯走，一路上趕打著，不許投涼處歇。那十一個廂禁軍口裡喃喃訥訥地怨悵，兩個虞候在老都管面前絮絮聒聒地搬口；老都管聽了，也不著意，心內自惱他。

話休絮繁，似此行了十四五日，那十四個人沒一個不怨悵楊志。當日客店裡辰牌時分慢慢地打火，吃了早飯行，正是六月初四日時節，天氣未及晌午，一輪紅日當天，沒半點雲彩，其日十分大熱。古人有八句詩道：

祝融南來鞭火龍，火旗焰焰燒天紅。
日輪當午凝不去，萬國如在紅爐中。
五嶽翠干雲彩滅，陽侯海底愁波竭。
何當一夕金風起，為我掃除天下熱。

當日行的路，都是山僻崎嶇小徑，南山北嶺，卻監著那十一個軍漢，約行了二十餘里路程。那軍人們思量要去柳陰樹下歇涼，被楊志拿著藤條打將來，喝道：「快走！教你早歇！」眾軍人看那天時，四下裡無半點雲彩，其時那熱不可當，但見：

熱氣蒸人，囂塵撲面。萬里乾坤如甑（瓦罐），一輪火傘當天。四野無雲，風寂寂樹焚溪坼（裂開）；千山灼焰，咇剝剝石裂灰飛。空中鳥雀命將休，倒攧入樹林深處；水底魚龍鱗角脫，直鑽入泥土窖中。直教石虎喘無休，便是鐵人須汗落。

當時楊志催促一行人在山中僻路裡行，看看日色當午，那石頭上熱了，腳疼走不得。眾軍漢道：「這般天氣熱，兀的不曬殺人！」楊志喝著軍漢道：「快走，趕過前面岡子去，卻再理會。」正行之間，前面迎著那土岡子。眾人看這岡子時，但見：

頂上萬株綠樹，根頭一派黃沙。嵯峨渾似老龍形，險峻但聞風雨響。山邊茅草，亂絲絲攢遍地刀槍；滿地石頭，磣可可睡兩行虎豹。休道西川蜀道險，須知此是太行山。

當時一行十五人奔上岡子來，歇下擔仗，那十四人都去松陰樹下睡倒了。楊志說道：「苦也！這裡是甚麼去處，你們卻在這裡歇涼？起來快走！」眾軍漢道：「你便剁做我七八段，其實去不得了！」楊志拿起藤條，劈頭劈腦打去，打得這個起來，那個睡倒，楊志無可奈何。

只見兩個虞候和老都管氣喘籲籲，也巴到岡子上松樹下坐了喘氣。看這楊志打那軍健，老都管見了說道：「提轄，端的熱了走不得，休見他罪過。」楊志道：「都管，你不知這裡正是強人出沒的去處，地名叫做黃泥岡。閒常太平時節，白日裡兀自出來劫人，休道是這般光景，誰敢在這裡停腳！」兩個虞候聽楊志說了，便道：「我見你說好幾遍了，只管把這話來驚嚇人！」老都管道：「權且教他們眾人歇一歇，略過日中行如何？」楊志道：「你也沒分曉了！如何使得？這裡下岡子去，兀自有七八里沒人家，甚麼去處，敢在此歇涼！」老都管道：「我自坐一坐了走，你自去趕他眾人先走。」

楊志拿著藤條喝道：「一個不走的，吃俺二十棍。」眾軍漢一齊叫將起來，數內一個分說道：「提轄，我們挑著百十斤擔子，須不比你空手走的，你端的不把人當人！便是留守相公自來監押時，也容我們說一句，你好不知疼癢，只顧逞辦！」楊志罵道：「這畜生不嘔死俺！只是打便了。」拿起藤條，劈臉便打去。老都管喝道：「楊提轄，且住！你聽我說：我在東京太師府裡做奶公時，門下官軍，見了無千無萬，都向著我喏喏連聲。不是我口淺（說話輕薄），量你是個遭死的軍人，相公可憐抬舉你做個提轄，比得芥菜子大小的官職，直得恁地逞能！休說我是相公家都管；便是村莊一個老的，也合依我勸一勸；只顧把他們打，是何看待？」楊志道：「都管，你須是城市裡人，生長在相府裡，那裡知道途路上千難萬難。」老都管道：「四川、兩廣也曾去來，不曾見你這般賣弄。」楊志道：「如今須不比太平時節。」都管道：「你說這話，該剜口割舌，今日天下恁地不太平？」

楊志卻待再要回言，只見對面松林裡影著一個人，在那裡舒頭探腦價望，楊志道：「俺說甚麼？兀的不是歹人來了！」撇下藤條，拿了朴刀，趕入松林裡來喝一聲道：「你這廝好大膽，怎敢看俺的行貨！」正是：

說鬼便招鬼，說賊便招賊，卻是一家人，對面不能識。

楊志趕來看時，只見松林裡一字兒擺著七輛江州車兒（獨輪小車），七個人脫得赤條條的在那裡乘涼，一個鬢邊老大一搭朱砂記，拿著一條朴刀，望楊志跟前來，七個人齊叫一聲「呵也！」都跳起來。楊志喝道：「你等是甚麼人？」那七人道：「你是甚麼人？」楊志又問道：「你等莫不是歹人？」那七人道：「你顛倒問，我等是小本經紀，那裡有錢與你？」楊志道：「你等小本經紀人，偏俺有大本錢！」那七人問道：「你端的是甚麼人？」楊志道：「你等且說那裡來的人？」那七人道：「我等弟兄七人是濠州人，販棗子上東京去，路途打從這裡經過，聽得多人說這裡黃泥岡上時常有賊打劫客商。我等一面走，一頭自說道：『我七個只有些棗子，別無甚財賦。』只顧過岡子來。上得岡子，當不過這熱，權且在這林子裡歇一歇，待晚涼了行。只聽得有人上岡子來，我們只怕是歹人，因此使這個兄弟出來看一看。」楊志道：「原來如此，也是一般的客人。卻才見你們窺望，惟恐是歹人，因此趕來看一看。」那七個人道：「客官請幾個棗子了去。」楊志道：「不必。」提了朴刀，再回擔邊來。老都管道：「既是有賊，我們去休。」楊志說道：「俺只道是歹人，原來是幾個販棗子的客人。」老都管道：「似你方才說時，他們都是沒命的！」楊志道：「不必相鬧，只要沒事便好；你們且歇了，等涼些走。」眾軍漢都笑了。楊志也把朴刀插在地上，自去一邊樹下坐了歇涼。

沒半碗飯時，只見遠遠地一個漢子挑著一副擔桶，唱上岡子來，唱道：

赤日炎炎似火燒，野田禾稻半枯焦。農夫心內如湯煮，公子王孫把扇搖。

那漢子口裡唱著，走上岡子來，松林裡頭歇下擔桶，坐地乘涼。眾軍看見了，便問那漢子道：「你桶裡是甚麼東西？」那漢子應道：「是白酒。」眾軍道：「挑往那裡去？」那漢子道：「挑出村裡賣。」眾軍道：「多少錢一桶？」那漢子道：「五貫足錢。」眾軍商量道：「我們又熱又渴，何不買些吃，也解暑氣。」正在那裡湊錢，楊志見了，喝道：「你們又做甚麼？」眾軍道：「買碗酒吃。」楊志調過朴刀桿便打，罵道：「你們不得洒家言語，胡亂便要買酒吃，好大膽！」眾軍道：「沒事又來鳥亂！我們自湊錢買酒吃，干你甚事！也來打人！」楊志道：「你這村（愚蠢）鳥，理會得甚麼！到來只顧吃嘴！全不曉得路途上的勾當艱難，多少好漢，被蒙汗藥麻翻了！」那挑酒的漢子看著楊志冷笑道：「你這客官好不曉事！早是（幸好）我不賣與你吃，卻說出這般沒氣力的話來！」

正在松樹邊鬧動爭說，只見對面松林裡那伙販棗子的客人都提著朴刀，走出來問道：「你們做甚麼鬧？」那挑酒的漢子道：「我自挑這酒過岡子村裡賣，熱了，在此歇涼，他眾人要問我買些吃，我又不曾賣與他；這個客官道我酒裡有甚麼蒙汗藥，你道好笑麼？說出這般話來！」那七個客人說道：「我只道有歹人出來，原來是如此，說一聲也不打緊。我們正想酒來解渴，既是他們疑心，且賣一桶與我們吃。」那挑酒的道：「不賣！不賣！」這七個客人道：「你這鳥漢子也不曉事，我們須不曾說你。你左右將到村裡去賣，一般還你錢，便賣些與我們，打甚麼不緊？看你不道得（豈不是）捨施了茶湯，便又救了我們熱渴。」那挑酒的漢子便道：「賣一桶與你不爭，只是被他們說的不好；又沒碗瓢舀吃。」那七人道：「你這漢子忒認真！便說了一聲打甚麼不緊？我們自有椰瓢在這裡。」只見兩個客人去車子前取出兩個椰瓢來，一個捧出一大捧棗子來，七個人立在桶邊，開了桶蓋，輪替換著舀那酒吃，把棗子過口（下酒）。無一時，一桶酒都吃盡了。七個客人道：「正不曾問得你多少價錢？」那漢道：「我一了（向來）不說價，五貫足錢一桶，十貫一擔。」七個客人道：「五貫便依你五貫，只饒我們一瓢吃。」那漢道：「饒不的，做定的價錢。」一個客人把錢還他，一個客人便去揭開桶蓋，兜了一瓢，拿上便吃，那漢去奪時，這客人手拿半瓢酒，望松林裡便走，那漢趕將去。只見這邊一個客人從松林裡走將出來，手裡拿一個瓢，便來桶裡舀了一瓢酒，那漢看見，搶來劈手奪住，望桶裡一傾，便蓋了桶蓋，將瓢望地下一丟，口裡說道：「你這客人好不君子相！戴頭識臉（有面子）的，也這般囉唣！」

那對過眾軍漢見了，心內癢起來，都待要吃，數中一個看著老都管道：「老爺爺與我們說一聲，那賣棗子的客人買他一桶吃了，我們胡亂也買他這桶吃，潤一潤喉也好。其實熱渴了，沒奈何。這裡岡子上又沒討水吃處，老爺方便。」老都管見眾軍所說，自心裡也要吃得些，竟來對楊志說：「那販棗子客人已買了他一桶酒吃，只有這一桶，胡亂教他們買吃些避暑氣，岡子上端的沒處討水吃。」楊志尋思道：「俺在遠遠處望這廝們都買他的酒吃了，那桶裡當面也見吃了半瓢，想是好的。打了他們半日，胡亂容他買碗吃罷。」楊志道：「既然老都管說了，教這廝們買吃了，便起身。」

眾軍健聽了這話，湊了五貫足錢，來買酒吃。那賣酒的漢子道：「不賣了！不賣了！這酒裡有蒙汗藥在裡頭！」眾軍陪著笑說道：「大哥直得便還言語！」那漢道：「不賣了！體纏！」這販棗子的客人勸道：「你這個鳥漢子，他也說得差了，你也忒認真！連累我們也吃你說了幾聲。須不關他眾人之事，胡亂賣與他眾人吃些。」那漢道：「沒事討別人疑心做甚麼？」這販棗子客人把那賣酒的漢子推開一邊，只顧將這桶酒提與眾軍去吃。那軍漢開了桶蓋，無甚舀吃，陪個小心，問客人借這椰瓢用一用。眾客人道：「就送這幾個棗子與你們過酒。」眾軍謝道：「甚麼道理。」客人道：「休要相謝，都是一般客人，何爭在這百十個棗子上。」眾軍謝了，先兜兩瓢，叫老都管吃一瓢，楊提轄吃一瓢，楊志那裡肯吃。老都管自先吃了一瓢，兩個虞候各吃一瓢。眾軍漢一發上，那桶酒登時吃盡了。楊志見眾人吃了無事，自本不吃，一者天氣甚熱，二乃口渴難熬，拿起來只吃了一半，棗子分幾個吃了。那賣酒的漢子說道：「這桶酒被那客人饒一瓢吃了，少了你些酒，我今饒了你眾人半貫錢罷。」眾軍漢湊出錢來還他。那漢子收了錢，挑了空桶，依然唱著山歌，自下岡子去了。

那七個販棗子的客人，立在松樹傍邊，指著這一十五人說道：「倒也！倒也！」只見這十五個人頭重腳輕，一個個面面廝覷，都軟倒了。那七個客人從松樹林裡推出這七輛江州車兒，把車子上棗子丟在地上，將這十一擔金珠寶貝都裝在車子內，遮蓋好了，叫聲「聒噪」，一直望黃泥岡下推了去。正是：

誅求膏血慶生辰，不顧民生與死鄰。
始信從來招劫盜，虧心必定有緣因。

楊志口裡只是叫苦，軟了身體，掙扎不起。十五人眼睜睜地看著那七個人都把這金寶裝了去，只是起不來，掙不動，說不的。

第十六回

楊志押送金銀擔　吳用智取生辰綱

我且問你，這七人端的是誰？不是別人，原來正是晁蓋、吳用、公孫勝、劉唐、三阮這七個。卻才那個挑酒的漢子，便是白日鼠白勝。卻怎地用藥？原來挑上岡子時，兩桶都是好酒。七個人先吃了一桶，劉唐揭起桶蓋，又兜了半瓢吃，故意要他們看著，只是叫人死心塌地。次後吳用去松林裡取出藥來，抖在瓢裡，只做走來饒他酒吃，把瓢去兜時，藥已攪在酒裡，假意兜半瓢吃，那白勝劈手奪來，傾在桶裡，這個便是計策。那計較都是吳用主張，這個喚做「智取生辰綱」。

原來楊志吃的酒少，便醒得快，爬將起來，兀自捉腳不住。看那十四個人時，口角流涎，都動不得，正應俗語道：「饒你奸似鬼，吃了洗腳水。」楊志憤悶道：「不爭你把了生辰綱去，教俺如何回去見得梁中書？這紙領狀須繳不得，就扯破了。如今閃得俺有家難奔，有國難投，待走那裡去？不如就這岡子上尋個死處。」撩衣破步，望著黃泥岡下便跳。正是：斷送落花三月雨，摧殘楊柳九秋霜。畢竟楊志在黃泥岡上尋死，性命如何，且聽下回分解。

第十七回

花和尚單打二龍山　青面獸雙奪寶珠寺

話說楊志當時在黃泥岡上，被取了生辰綱去，如何回轉去見得梁中書，欲要就岡子上自尋死路；卻待望黃泥岡下躍身一跳，猛可醒悟，拽住了腳，尋思道：「爹娘生下洒家，堂堂一表，凜凜一軀，自小學成十八般武藝在身，終不成只這般休了。比及今日尋個死處，不如日後等他拿得著時，卻再理會。」回身再看那十四個人時，只是眼睜睜地看著楊志，沒個掙扎得起。楊志指著罵道：「都是你這廝們不聽我言語，因此做將出來，連累了洒家。」樹根頭拿了朴刀，掛了腰刀，周圍看時，別無物件，楊志嘆了口氣，一直下岡子去了。

那十四個人，直到二更，方才得醒，一個個爬將起來，口裡只叫得連珠箭的苦。老都管道：「你們眾人不聽楊提轄的好言語，今日送了我也！」眾人道：「老爺，今日事已做出來了。且通個商量。」老都管道：「你們有甚見識？」眾人道：「是我們不是了，古人有言：『火燒到身，各自去掃；蜂蠆入懷，隨即解衣。』若還楊提轄在這裡，我們都說不過；如今他自去的不知去向，我們回去見梁中書相公，何不都推在他身上？只說道：『他一路上，凌辱打罵眾人，逼迫得我們都動不得。他和強人做一路，把蒙汗藥將俺們麻翻了，縛了手腳，將金寶都擄去了。』」老都管道：「這話也說的

第十七回

花和尚單打二龍山　青面獸雙奪寶珠寺

是。我們等天明，先去本處官司首告；留下兩個虞候，隨衙聽候，捉拿賊人。我等眾人，連夜趕回北京，報與本官知道，教動文書，申覆太師得知，著落濟州府，追獲這伙強人便了。」次日天曉，老都管自和一行人來濟州府該管官吏首告，不在話下。

且說楊志提著朴刀，悶悶不已，離黃泥岡，望南行了半日，看看又走了半夜，去林子裡歇了，尋思道：「盤纏又沒了，舉眼無個相識，卻是怎地好？」漸漸天色明亮，只得趁早涼了行。又走了二十餘里，正是：

面皮青毒逞雄豪，白送金珠十一挑。
今日為何行急急，不知若個打藤條。

當時楊志走得辛苦，到一酒店門前。楊志道：「若不得些酒吃，怎地打熬得過？」便入那酒店去，向這桑木桌凳座頭上坐了，身邊倚了朴刀。只見那邊一個婦人問道：「客官莫不要打火？」楊志道：「先取兩角酒來吃，借些米來做飯，有肉安排些個，少停一發算錢還你。」只見那婦人先叫一個後生來面前篩酒，一面做飯，一邊炒肉，都把來楊志吃了。楊志起身，綽了朴刀，便出店門。那婦人道：「你的酒肉飯錢都不曾有！」楊志道：「待俺回來還你，權賒咱一賒。」說了便走。

那篩酒的後生趕將出來，揪住楊志，被楊志一拳打翻了。那婦人叫起屈來。楊志只顧走，只聽得背後一個人趕來，叫道：「你那廝走那裡去！」楊志回頭看時，那人大脫著膊（赤膊），拖著桿棒，搶奔將來。楊志道：「你廝卻不是晦氣，倒來尋洒家！」立腳住了不走。看後面時，那篩酒後生也拿條欖叉，隨後趕來，又引著三兩個莊客，各拿桿棒，飛也似都奔將來。楊志道：「結果了這廝一個，那廝們都不敢追來。」便挺了手中朴刀來鬥這漢。這漢也輪轉手中桿棒，搶來相迎。兩個鬥了三二十合，這漢怎地敵的楊志，只辦得架隔遮攔，上下躲閃。那後來的後生並莊客，卻待一發上，只見這漢托地跳出圈子外來叫道：「且都不要動手！兀那使朴刀的大漢，你可通個姓名。」那楊志拍著胸道：「洒家行不更名，坐不改姓，青面獸楊志的便是！」這漢道：「莫不是東京殿司楊制使麼？」楊志道：「你怎地知道洒家是楊制使？」這漢撇了槍棒，便拜道：「小人有眼不識泰山。」楊志便扶這人起來，問道：「足下是誰？」這漢道：「小人原是開封府人氏，乃是八十萬禁軍都教頭林沖的徒弟，姓曹，名正，祖代屠戶出身。小人殺的好牲口，挑筋剮骨，開剝推尋，只此被人喚做操刀鬼。為因本處一個財主，將五千貫錢，教小人來此山東做客，不想折了本，回鄉不得，在此入贅在這個莊農人家。卻才那邊婦人，便是小人的渾家。這個拿欓叉的，便是小人的妻舅。卻才小人和制使交手，見制使手段和小人師父林教師一般，因此抵敵不住。」楊志道：「原來你卻是林教師的徒弟。你的師父，被高太尉陷害，落草去了。如今見在梁山泊。」曹正道：「小人也聽得人這般說將來，未知真實。且請制使到家少歇。」

楊志便同曹正再回到酒店裡來。曹正請楊志裡面坐下，叫老婆和妻舅都來拜了楊志，一面再置酒食相待。飲酒中間，曹正動問道：「制使緣何到此？」楊志把做制使失陷花石綱，並如今又失陷了梁中書的生辰綱一事，從頭備細告訴了。曹正道：「既然如此，制使且在小人家裡住幾時，再有商議。」楊志道：「如此卻是深感你的厚意。只恐官司追捕將來，不敢久住。」曹正道：「制使這般說時，要投那裡去？」楊志道：「洒家欲投梁山泊，去尋你師父林教頭。俺先前在那裡經過時，正撞著他下山來，與洒家交手。王倫見了俺兩個本事一般，因此都留在山寨裡相會，以此認得你師父林沖。王倫當初苦苦相留，俺卻不曾落草，如今臉上又添了金印，卻去投奔他時，好沒志氣；因此躊躇未

第十七回

花和尚單打二龍山　青面獸雙奪寶珠寺

決，進退兩難。」曹正道：「制使見的是。小人也聽的人傳說：王倫那廝，心地褊窄，安不得人；說我師父林教頭上山時，受盡他的氣。不若小人此間離不遠，卻是青州地面，有座山，喚做二龍山；山上有座寺，喚做寶珠寺。那座山生來卻好，裹著這座寺，只有一條路上的去。如今寺裡住持還了俗，養了頭髮，餘者和尚都隨順了。說道他聚集的四五百人，打家劫舍。為頭那人，喚做金眼虎鄧龍。制使若有心落草時，到去那裡入伙，足可安身。」楊志道：「既有這個去處，何不去奪來安身立命？」

當下就曹正家裡住了一宿，借了些盤纏，拿了朴刀，相別曹正，拽開腳步，投二龍山來。行了一日，看看漸晚，卻早望見一座高山。楊志道：「俺去林子裡且歇一夜，明日卻上山去。」轉入林子裡來，吃了一驚。只見一個胖大和尚，脫的赤條條的，背上刺著花繡，坐在松樹根頭乘涼。那和尚見了楊志，就樹根頭綽了禪杖，跳將起來，大喝道：「兀那撮鳥，你是那裡來的？」正是：

平將珠寶擔落空，卻問寶珠寺討帳。
要投入寺裡強人，先引出寺外和尚。

楊志聽了道：「原來也是關西和尚。俺和他是鄉中（同鄉），問他一聲。」楊志叫道：「你是那裡來的僧人？」那和尚也不回說，輪起手中禪杖，只顧打來。楊志道：「怎奈這禿廝無禮，且把他來出口氣！」挺起手中朴刀，來奔那和尚。兩個就林子裡，一來一往，一上一下，兩個放對（對打）。但見：

兩條龍競寶，一對虎爭餐。禪仗起如虎尾龍筋，朴刀飛似龍鬚虎爪。崒嵂嵂，忽喇喇，天崩地塌，陣雲中黑氣盤旋；惡狠狠，雄赳赳，雷吼風呼，殺氣內金光閃爍。兩條龍競寶，嚇得那身長力壯仗霜鋒周處眼無光；一對虎爭餐，驚的這膽大心粗施雪刃卞莊（春秋時魯國大夫）魂魄喪。兩條龍競寶，眼珠放彩，尾擺得水母殿台搖；一對虎爭鄃，野獸奔馳，聲震的山神毛髮豎。

當時楊志和那和尚鬥到四五十合，不分勝敗。那和尚賣個破綻，托地跳出圈子外來，喝一聲：「且歇！」兩個都住了手。楊志暗暗地喝采道：「那裡來的這個和尚！真個好本事，手段高！俺卻剛剛地只敵得他住！」那僧人叫道：「兀那青面漢子，你是甚麼人？」楊志道：「洒家是東京制使楊志的便是。」那和尚道：「你不是在東京賣刀殺了破落戶牛二的？」楊志道：「你不見俺臉上金印？」那和尚笑道：「卻原來在這裡相見。」楊志道：「不敢問師兄卻是誰？緣何知道洒家賣刀？」那和尚道：「洒家不是別人，俺是延安府老種經略相公帳前軍官魯提轄的便是。為因三拳打死了鎮關西，卻去五台山淨髮為僧。人見洒家背上有花繡，都叫俺做花和尚魯智深。」楊志笑道：「原來是自家鄉裡。俺在江湖上多聞師兄大名。聽得說道，師兄在大相國寺裡掛搭，如今何故來在這裡？」

魯智深道：「一言難盡。洒家在大相國寺管菜園，遇著那豹子頭林沖，被高太尉要陷害他性命；俺卻路見不平，直送他到滄州，救了他一命。不想那兩個防送公人回來，對高俅那廝說道：『正要在野豬林裡結果林沖，卻被大相國寺魯智深救了。那和尚直送到滄州，因此害他不得。』這直娘賊恨殺洒家，吩咐寺裡長老不許俺掛搭；又差人來捉洒家，卻得一伙潑皮通報，不是著了那廝的手。吃俺一把火燒了那菜園裡廨宇，逃走在江湖上，東又不著，西又不著。來到孟州十字坡過，險些兒被個酒店婦人害了性命，把洒家著蒙汗藥麻翻了。得他的丈夫歸來得早，見了洒家這般模樣，又看了俺的禪杖、戒刀吃驚，連忙把解藥救俺醒來。因問起洒家名字，留住俺過了幾日，結義洒家做了弟兄。那人夫妻兩個，亦是江湖上好漢有名的，都叫他做菜園子張青，其妻母夜叉孫二娘，甚是好義氣。住了四五日，打聽的這裡二龍山寶珠寺可以安身，洒家特地來奔那鄧龍入伙，叵耐那廝不肯安著洒家在這山上。和俺廝並，又敵洒家不過，只把這山下三座關，牢牢地拴住。又沒別路上去，那撮鳥由你叫罵，只是不下來廝殺，氣得洒家正苦在這裡沒個委結（了斷），不想卻是大哥來。」

楊志大喜。兩個就林子裡剪拂了，就地坐了一夜。楊志訴說了賣刀殺死牛二的事，並解生辰綱失陷一節，都備細說了。又說曹正指點來此一事，便道：「既是閉了關隘，俺們休在這裡，如何得他下來？不若且去曹正家商議。」

兩個廝趕著行離了那林子，來到曹正酒店裡。楊志引魯智深與他相見了，曹正慌忙置酒相待，商量要打二龍山一事。曹正道：「若是端的閉了關隘，休說道你二位，便有一萬軍馬，也上去不得。似此只可智取，不可力求。」魯智深道：「叵耐那撮鳥，初投他時，只在關外相見。因不留俺，廝並起來，那廝小肚上，被俺一腳點翻了。卻待要結果了他性命，被他那裡人多，救了上山去，閉了這鳥關，由你自在下面罵，只是不肯下來廝殺。」楊志道：「既然好去處，俺和你如何不用心去打！」魯智深道：「便是沒做個道理上去，奈何不得他！」

曹正道：「小人有條計策，不知中二位意也不中？」楊志道：「願聞良策則個。」曹正道：「制使也休這般打扮，只照依小人這裡近村莊家穿著。小人把這位師父禪杖、戒刀，都拿了，卻叫小人的妻弟，帶六個火家，直送到那山下，把一條索子，綁了師父，小人自會做活結頭。卻去山下叫道：『我們近村開酒店莊家，這和尚來我店中吃酒，吃得大醉了，不肯還錢，口裡說道，去報人來打你山寨，因此我們聽得；乘他醉了，把他綁縛在這裡，獻與大王。』那廝必然放我們上山去。到得他山寨裡面，見鄧龍時，把索子拽脫了活結頭，小人便遞過禪杖與師父；你兩個好漢一發上，那廝走往那裡去！若結果了他時，以下的人，不敢不伏。此計若何？」魯智深、楊志齊道：「妙哉！妙哉！」有詩為證：

乳虎稱龍亦枉然，二龍山許二龍蟠。
人逢忠義情偏洽，事到顛危策愈全。

當晚眾人吃了酒食，又安排了些路上乾糧。次日五更起來，眾人都吃得飽了。魯智深的行李包裹，都寄放在曹正家。當日楊志、魯智深、曹正，帶了小舅並五七個莊家，取路投二龍山來。晌午後，直到林子裡，脫了衣裳，把魯智深用活結頭使索子綁了，教兩個莊家，牢牢地牽著索頭；楊志戴了遮日頭涼笠兒，身穿破布衫，手裡倒提著朴刀；曹正拿著他的禪杖；眾人都提著棍棒，在前後簇擁著。到得山下，看那關時，都擺著強弩硬弓，灰瓶炮石。小嘍羅在關上，看見綁得這個和尚來，飛也似報上山去。

多樣時，只見兩個小頭目上關來問道：「你等何處人？來我這裡做甚麼？那裡捉得這個和尚來？」曹正答道：「小人等是這山下近村莊家，開著一個小酒店。這個胖和尚，不時來我店中吃酒。吃得大醉，不肯還錢，口裡說道：『要去梁山泊叫千百個人來，打此二龍山，和你這近村坊，都洗蕩了！』因此小人只得又將好酒請他，灌得醉了，一條索子綁縛這廝，來獻與大王，表我等村鄰孝順之心，免的村中後患。」

兩個小頭目聽了這話，歡天喜地，說道：「好了！眾人在此少待一時。」兩個小頭目就上山來報知鄧龍，說拿得那胖和尚來。鄧龍聽了大喜，叫：「解上山來，且取這廝的心肝，來做下酒，消我這點冤仇之恨！」小嘍羅得令，來把關隘門開了，便叫送上來。

楊志、曹正，緊押魯智深解上山來，看那三座關時，端的險峻：兩下裡山環繞將來，包住這座寺；山峰生得雄壯，中間只一條路上關來；三重關上，擺著擂木炮石，硬弩強弓，苦竹槍密密地攢著。過得三處關閘，來到寶珠寺前看時，三座殿門，一段鏡面也似平地，周遭都是木柵為城。寺前山門下立著七八個小嘍羅，看見縛的魯智深來，都指手罵道：「你這禿驢，傷了大王，今日也吃拿了！慢慢的碎割了這廝！」魯智深只不做聲。押到佛殿看時，殿上都把佛來抬去了；中間放著一把虎皮交椅；眾多小嘍羅，拿著槍棒，立在兩邊。

少刻，只見兩個小嘍羅扶出鄧龍來，坐在交椅上。曹正、楊志緊緊地幫著魯智深到階下。鄧龍道：「你那廝禿驢，前日點翻了我，傷了小腹，至今青腫未消，今日也有見我的時節。」魯智深睜圓怪眼，大喝一聲：「撮鳥休走！」兩個莊家把索頭只一拽，拽脫了活結頭，散開索子；魯智深就曹正手裡接過禪杖，雲飛輪動；楊志撇了涼笠兒，提起手中朴刀；曹正又輪起桿棒，眾莊家一齊發作，並力向前。鄧龍急待掙扎時，早被魯智深一禪杖，當頭打著，把腦蓋劈作兩半個，和交椅都打碎了。手下的小嘍羅，早被楊志搠翻了四五個。曹正叫道：「都來投降！若不從者，便行掃除處死！」寺前寺後，五六百小嘍羅並幾個小頭目，驚嚇的呆了，只得都來歸降投伏。隨即叫把鄧龍等屍首，扛抬去後山燒化了；一面去點倉廒，整頓房舍，再去看那寺後有多少物件；且把酒肉安排些來吃。魯智深並楊志做了山寨之主，置酒設宴慶賀。小嘍羅們盡皆投伏了，仍設小頭目管領。曹正別了二位好漢，領了莊家，自回家去了，不在話下。正是：

古剎雄奇隱翠微，翻為賊寨假慈悲。
天生神力花和尚，弄棒磨刀作住持。

又有詩一首並及楊志：

有智能深助智深，綠林豪客主叢林。
降龍伏虎真同志，獸面誰知有佛心。

不說魯智深、楊志自在二龍山落草，卻說那押生辰綱老都管並這幾個廂禁軍，曉行夜住，趕回北京；到的梁中書府，直至廳前，齊齊都拜翻在地下告罪。梁中書道：「你們路上辛苦，多虧了你眾人。」又問：「楊提轄何在？」眾人告道：「不可說！這人是個大膽忘恩的賊！自離了此間五七日後，行到黃泥岡時，天氣大熱，都在林子裡歇涼。不想楊志和七個賊人通同（串通），假裝做販棗子客商。楊志約會與他做一路，先推七輛江州車兒，在這黃泥岡上松林裡等候；卻叫一個漢子，挑一擔酒來岡子上歇下。小的眾人不合買他酒吃，被那廝把蒙汗藥都麻翻了，又將索子捆縛眾人。楊志和那七個賊人，卻把生辰綱財寶並行李，盡裝載車上將了去。見今去本管濟州府呈告了，留兩個虞候在那裡隨衙聽候，捉拿賊人。小人等眾人，星夜趕回來告知恩相。」

梁中書聽了大驚，罵道：「這賊配軍！你是犯罪的囚徒，我一力抬舉你成人，怎敢做這等不仁忘恩的事！我若拿住他時，碎屍萬段！」隨即便喚書吏，寫了文書，當時差人星夜來濟州投下；又寫一封家書，著人也連夜上東京，報與太師知道。

第十七回

花和尚單打二龍山　青面獸雙奪寶珠寺

且不說差人去濟州下公文，只說著人上東京來到太師府報知。見了太師，呈上書札。蔡太師看了，大驚道：「這班賊人，甚是膽大！去年將我女婿送來的禮物，打劫了去，至今未獲；今年又來無禮，如何干罷！」隨即押了一紙公文，著一個府干，親自齎了，星夜望濟州來：著落府尹，立等捉拿這伙賊人，便要回報。

且說濟州府尹自從受了北京大名府留守司梁中書札付，每日理論不下。正憂悶間，只見門吏報道：「東京太師府裡，差府干見到廳前，有緊急公文，要見相公。」府尹聽得，大驚道：「多管是生辰綱的事！」慌忙升廳，來與府干相見了，說道：「這件事，下官已受了梁府虞候的狀子，已經差緝捕的人，跟捉賊人，未見蹤跡。前日留守司又差人行札付到來，又經著仰尉司並緝捕觀察，杖限跟捉，未曾得獲。若有些動靜消息，下官親到相府回話。」府干道：「小人是太師府裡心腹人。今奉太師鈞旨，特差來這裡要這一干人。臨行時，太師親自吩咐：教小人到本府，只就州衙裡宿歇，立等相公，要拿這七個販棗子的，並賣酒一人，在逃軍官楊志，各賊正身。限在十日捉拿完備，差人解赴東京。若十日不獲得這件公事時，怕不先來請相公去沙門島（流放犯人的小島）走一遭。小人也難回太師府裡去，性命亦不知如何。相公不信，請看太師府裡行來的鈞帖。」

府尹看罷大驚，隨即便喚緝捕人等。只見階下一人聲喏，立在簾前，太守道：「你是甚人？」那人稟道：「小人是三都緝捕使臣何濤。」太守道：「前日黃泥岡上打劫了去的生辰綱，是你該管麼？」何濤答道：「稟覆相公：何濤自從領了這件公事，晝夜無眠，差下本管眼明手快的公人，去黃泥岡上往來緝捕；雖是累經杖責，到今未見蹤跡。非是何濤怠慢官府，實出於無奈。」府尹喝道：「胡說！『上不緊，則下慢』。我自進士出身，歷任到這一郡諸侯，非同容易！今日東京太師府，差一干辦，來到這裡，領太師台旨：限十日內，須要捕獲各賊正身，完備解京。若還違了限次，我非止罷官，必陷我投沙門島走一遭。你是個緝捕使臣，倒不用心，以致禍及於我。先把你這廝迭配遠惡軍州，雁飛不到去處！」便喚過文筆匠來，去何濤臉上刺下「迭配……州」字樣，空著甚處州名，發落道：「何濤，你若獲不得賊人，重罪決不饒恕！」正是：

臉皮打稿太乖張，自要平安人受殃。
賤面可無煩作計，本心也合細商量。

卻說何濤領了台旨，下廳前來到使臣房裡，會集許多做公的，都到機密房中，商議公事。眾做公的都面面相覷，如箭穿雁嘴，鉤搭魚腮，盡無言語。何濤道：「你們閒常時，都在這房裡賺錢使用；如今有此一事難捉，都不做聲。你眾人也可憐我臉上刺的字樣。」眾人道：「上覆觀察：小人們人非草木，豈不省的？只是這一伙做客商的，必是他州外府，深山曠野強人遇著，一時劫了他的財寶，自去山寨裡快活，如何拿得著？便是知道，也只看得他一看。」何濤聽了，當初只有五分煩惱，見說了這話，又添了五分煩惱，自離了使臣房裡，上馬回到家中，把馬牽去後槽上拴了；獨自一個，悶悶不已。正是：

眉頭重上三鍠鎖，腹內填平萬斛愁。
網裡漏魚何處覓？甕中捉鱉向誰求？

只見老婆問道：「丈夫，你如何今日這般嘴臉？」何濤道：「你不知，前日太守委我一紙批文，為因黃泥岡上一伙賊人，打劫了梁中書與丈人蔡太師慶生辰的金珠寶貝，計十一擔，正不知是甚麼樣人打劫了去。我自從領了這道鈞批，到今未曾得獲。今日正去轉限，不想太師府又差干辦來，立時要拿這一伙賊人解京。太守問我賊人消息，我回覆道：『未見次第（眉目），不曾獲得。』府尹將我臉上刺下，『迭配……州』字樣，只不曾填甚去處，在後知我性命如何！」老婆道：「似此怎地好？卻是如何得了！」

正說之間，只見兄弟何清來望哥哥，何濤道：「你來做甚麼？不去賭錢，卻來怎地？」何濤的妻子乖覺，連忙招手說道：「阿叔，你且來廚下，和你說話。」何清當時跟了嫂嫂進到廚下坐了。嫂嫂安排些酒肉菜蔬，燙幾杯酒，請何清吃。何清問嫂嫂道：「哥哥忒殺欺負人，我不中，也是你一個親兄弟！你便奢遮殺（出眾），只做得個緝捕觀察，便叫我一處吃盞酒，有甚麼辱沒了你！」阿嫂道：「阿叔，你不知道：你哥哥心裡，自過活不得哩！」何清道：「他每日起了大錢大物，那裡去了？有的是錢和米，有甚麼過活不得處？」阿嫂道：「你不知：為這黃泥岡上，前日一伙販棗子的客人，打劫了北京梁中書慶賀蔡太師的生辰綱去；如今濟州府尹奉著太師鈞旨：限十日內，定要捉拿各賊解京；若還捉不著正身時，便要刺配遠惡軍州去。你不見你哥哥先吃府尹刺了臉上『迭配……州』字樣，只不曾填甚麼去處，早晚捉不著得，實是受苦！他如何有心和你吃酒？我卻才安排些酒食與你吃。他悶了幾時了，你卻怪他不得。」何清道：「我也誹誹（彷彿）地聽得人說道：『有賊打劫了生辰綱去。』正在那裡地面上？」阿嫂道：「只聽得說道黃泥岡上。」何清道：「卻是甚麼樣人劫了？」阿嫂道：「叔叔，你又不醉，我方才說了，是七個販棗子的客人打劫了去。」何清呵呵的大笑道：「原來恁地。知道是販棗子的客人了，卻悶怎地？何不差精細的人去捉。」阿嫂道：「你倒說得好，便是沒捉處。」何清笑道：「嫂嫂，倒要你憂。哥哥放著常來的一班兒好酒肉弟兄，閒常不睬的是親兄弟，今日才有事，便叫沒捉處。若是教兄弟得知，賺得幾貫錢，使量這伙小賊，有甚難處！」阿嫂道：「阿叔，你倒敢知得些風路（線索）？」何清笑道：「直等哥哥臨危之際，兄弟卻來有個道理救他。」說了，便起身要去。阿嫂留住再吃兩杯。

那婦人聽了這話說得蹺蹊，慌忙來對丈夫備細說了。何濤連忙叫請兄弟到面前。何濤陪著笑臉說道：「兄弟，你既知此賊去向，如何不救我？」何清道：「我不知甚麼來歷，我自和嫂子說耍。兄弟如何救得哥哥？」何濤道：「好兄弟，休得要看冷暖。只想我日常的好處，休記我閒時的歹處，救我這條性命！」何清道：「哥哥，你管下許多眼明手快的公人，也有三二百個，何不與哥哥出些大氣？量兄弟一個，怎救得哥哥！」何濤道：「兄弟休說他們，你的話眼裡有些門路，休要把與別人做好漢。你且說與我些去向，我自有補報你處。正教我怎地心寬！」何清道：「有甚麼去向，兄弟不省的！」何濤道：「你不要嘔我，只看同胞共母之面。」何清道：「不要慌。且待到至急處，兄弟自來出些氣力，拿這伙小賊。」

阿嫂便道：「阿叔，胡亂救你哥哥，也是弟兄情分。如今被太師府鈞帖，立等要這一干人，天來大事，你卻說小賊！」何清道：「嫂嫂，你須知我只為賭錢上，吃哥哥多少言語；但是打罵，不曾和他爭涉。閒常有酒有食只和別人快活，今日兄弟也有用處。」

何濤見他話眼有些來歷，慌忙取一個十兩銀子，放在桌上，說道：「兄弟，權將這錠銀收了。日後捕得賊人時，金銀緞匹賞賜，我一力包辦。」何清笑道：「哥哥正是『急來抱佛腳，閒時不燒香』。我若要你銀子，便是兄弟勒掯（勒索掯）你。你且把去收了，不要將來賺我。你若如此，我便不說。既是你兩口兒我行陪話，我說與你，不要把銀子出來驚我。」何濤道：「銀兩都是官司信賞（懸賞）出的，如何沒三五百貫錢？兄弟，你休推卻。我且問你：這伙賊卻在那裡有些來歷？」何清拍著大腿道：「這伙賊，我都捉在便袋裡了。」何濤大驚道：「兄弟，你如何說這伙賊在你便袋裡？」何清道：「哥哥，你莫管我，自都有在這裡便了，你只把銀子收了去，不要將來賺我，只要常情便了，我卻說與你知道。」何清不慌不忙，疊著兩個指頭說出來。有分教，鄆城縣裡，引出個仗義英雄；梁山泊中，聚一伙擎天好漢。

畢竟何清對何濤說出甚人來，且聽下回分解。

第十八回

美髯公智穩插翅虎　宋公明私放晁天王

當時何觀察與兄弟何清道：「這錠銀子，是官司信賞的，非是我把來賺你，後頭再有重賞。兄弟，你且說這伙人如何在你便袋裡？」只見何清去身邊招文袋內摸出一個經摺兒（記事簿）來，指道：「這伙賊人都在上面。」何濤道：「你且說怎地寫在上面？」何清道：「不瞞哥哥說：兄弟前日為賭博輸了，沒一文盤纏，有個一般賭博的，引兄弟去北門外十五里，地名安樂村，有個王家客店內，湊些碎賭。為是官司行下文書來，著落本村，但凡開客店的，須要置立文簿，一面上用勘合印信；每夜有客商來歇宿，須要問他：『那裡來？何處去？姓甚名誰？做甚買賣？』都要抄寫在簿子上。官司查照時，每月一次，去里正處報名。為是小二哥不識字，央我替他抄了半個月。當日是六月初三日，有七個販棗子的客人，推著七輛江州車兒來歇。我卻認得一個為頭的客人，是鄆城縣東溪村晁保正。因何認得他？我此先曾跟一個賭漢去投奔他，因此我認得。我寫著文簿，問他道：『客人高姓？』只見一個三髭白淨面皮的搶將過來，答應道：『我等姓李，從濠州來販棗子，去東京賣。』我雖寫了，有些疑心。第二日，他自去了，店主帶我去村裡相賭，來到一處三叉路口，只見一個漢子挑兩個桶來。我不認得他。店主人自與他廝叫道：『白大郎，那裡去？』那人應道：『有擔醋，將去村裡財主家賣。』店主人和我說道：『這人叫做白日鼠白勝，他是個賭客。』我也只安在心裡。後來聽得沸沸揚揚地說道：『黃泥岡上一伙販棗子的客人，把蒙汗藥麻翻了人，劫了生辰綱去。』我猜不是晁保正，卻是兀誰！如今只捕了白勝，一問便知端的。這個經摺兒，是我抄的副本。」

何濤聽了大喜，隨即引了兄弟何清，徑到州衙裡見了太守。府尹問道：「那公事有些下落麼？」何濤稟道：「略有些消息了。」府尹叫進後堂來說，仔細問了來歷。何清一一稟說了。當下便差八個做公的，一同何濤、何清，連夜來到安樂村，叫了店主人做眼（做眼線），徑奔到白勝家裡，卻是三更時分。叫店主人賺開門來打火，只聽得白勝在床上做聲。問他老婆時，卻說道害熱病，不曾得汗。從床上拖將起來，見白勝面色紅白，就把索子綁了，喝道：「黃泥岡上做得好事！」白勝那裡肯認，把那婦人捆了，也不肯招。眾做公的繞屋尋贓，尋到床底下，見地面不平；眾人掘開，不到三尺深，眾多公人發聲喊，白勝面如土色，就地下取出一包金銀，隨即把白勝頭臉包了，帶他老婆，扛抬贓物，都連夜趕回濟州城裡來。卻好五更天明時分，把白勝押到廳前，便將索子捆了。問他主情造意（主謀），白勝抵賴，死不肯招晁保正等七人。連打三四頓，打得皮開肉綻，鮮血迸流。府尹喝道：「告的正主招了贓物，捕人已知是鄆城縣東溪村晁保正了，你這廝如何賴得過！你快說那六人是誰，便不打你了。」白勝又捱了一歇，打熬不過，只得招道：「為首的是晁保正。他自同六人來糾合白勝，與他挑酒，其實不認得那六人。」知府道：「這個不難。只拿住晁保正，那六人便有下落。」先取一面二十斤死枷，枷了白勝；他的老婆，也鎖了，押去女牢裡監收。

隨即押一紙公文，就差何濤親自帶領二十個眼明手快的公人，徑去鄆城縣投下，著落本縣，立等要捉晁保正並不知姓名六個正賊。就帶原解生辰綱的兩個虞候，作眼拿人。一同何觀察領了一行人，去時不要大驚大怪，只恐怕走透了消息。星夜來到鄆城縣，先把一行公人並兩個虞候，都藏在客店裡，只帶一兩個跟著，來下公文，徑奔鄆城縣衙門前來。當下巳牌時分，卻值知縣退了早衙，縣前靜悄悄地，何濤走去縣對門一個茶坊裡坐下，吃茶相等。吃了一個泡茶，問茶博士（堂倌）道：「今日如何縣前恁地靜？」茶博士說道：「知縣相公早衙方散，一應公人和告狀的，都去吃飯了未來。」何濤又問道：「今日縣裡不知是那個押司直日？」茶博士指著道：「今日直日的押司來也。」何濤看時，只見縣裡走出一個吏員來。看那人時怎生模樣，但見：

眼如丹鳳，眉似臥蠶。滴溜溜兩耳懸珠，明皎皎雙睛點漆。唇方口正，髭鬚地閣輕盈；額闊頂平，皮肉天倉飽滿。坐定時渾如虎相，走動時有若狼形。年及三旬，有養濟萬人之度量；身軀六尺，懷掃除四海之心機。志氣軒昂，胸襟秀麗。刀筆敢欺蕭相國（西漢開國丞相蕭何），聲名不讓孟嘗君（戰國時齊國大臣田文）。

那押司姓宋，名江，表字公明，排行第三，祖居鄆城縣宋家村人氏。為他面黑身矮，人都喚他做黑宋江；又且於家大孝，為人仗義疏財，人皆稱他做孝義黑三郎。上有父親在堂，母親早喪；下有一個兄弟，喚做鐵扇子宋清，自和他父親宋太公在村中務農，守些田園過活。這宋江自在鄆城縣做押司。他刀筆精通，吏道純熟；更兼愛習槍棒，學得武藝多般。平生只好結識江湖上好漢，但有人來投奔他的，若高若低，無有不納，便留在莊上館谷（供食宿），終日追陪（陪伴），並無厭倦；若要起身，盡力資助，端的是揮霍，視金似土。人問他求錢物，亦不推托；且好做方便，每每排難解紛，只是周全人性命。如常散施棺材藥餌，濟人貧苦，周人之急，扶人之困，以此山東、河北聞名，都稱他做及時雨；卻把他比做天上下的及時雨一般，能救萬物。曾有一首臨江仙贊宋江好處：

第十八回

美髯公智穩插翅虎　宋公明私放晁天王

起自花村刀筆吏，英靈上應天星，疏財仗義更多能。事親行孝敬，待士有聲名。濟弱扶
傾心慷慨，高名水月雙清。及時甘雨四方稱，山東呼保義，豪傑宋公明。

當時宋江帶著一個伴當，走將出縣前來。只見這何觀察當街迎住，叫道：「押司，此間請坐拜茶。」宋江見他似個公人打扮，慌忙答禮道：「尊兄何處？」何濤道：「且請押司到茶坊裡面吃茶說話。」宋公明道：「謹領。」兩個入到茶坊裡坐定，伴當都叫去門前等候。宋江道：「不敢拜問尊兄高姓？」何濤答道：「小人是濟州府緝捕使臣何觀察的便是。不敢動問押司高姓大名？」宋江道：「賤眼不識觀察，少罪。小吏姓宋名江的便是。」何濤倒地便拜，說道：「久聞大名，無緣不曾拜識。」宋江道：「惶恐。觀察請上坐。」何濤道：「小人安敢占上？」宋江道：「觀察是上司衙門的人，又是遠來之客。」兩個謙讓了一回，宋江坐了主位，何濤坐了客席。宋江便叫茶博士將兩杯茶來。沒多時，茶到。兩個吃了茶。宋江道：「觀察到敝縣，不知上司有何公務？」何濤道：「實不相瞞，來貴縣有幾個要緊的人。」宋江道：「莫非賊情公事否？」何濤道：「有實封公文在此，敢煩押司作成。」宋江道：「觀察是上司差來捕盜的人，小吏怎敢怠慢？不知為甚麼賊情緊事？」何濤道：「押司是當案（負責辦案）的人，便說也不妨：敝府管下黃泥岡上一伙賊人，共是八個，把蒙汗藥麻翻了北京大名府梁中書差遣送蔡太師的生辰綱軍健一十五人，劫去了十一擔珍珠寶貝，計該十萬貫正贓。今捕得從賊一名白勝，指說七個正賊，都在貴縣。這是太師府特差一個干辦，在本府立等要這件公事，望押司早早維持。」宋江道：「休說太師處著落，便是觀察自齎（攜帶）公文來要，敢不捕送？只不知道白勝供指那七人名字？」何濤道：「不瞞押司說：是貴縣東溪村晁保正為首。更有六名從賊，不識姓名，煩乞用心。」

宋江聽罷，吃了一驚，肚裡尋思道：「晁蓋是我心腹弟兄。他如今犯了迷天大罪，我不救他時，捕獲將去，性命便休了！」心內自慌，卻答應道：「晁蓋這廝，奸頑役戶，本縣內上下人，沒一個不怪他。今番做出來了，好教他受！」何濤道：「相煩押司便行此事。」宋江道：「不妨，這事容易，『甕中捉鱉，手到拿來。』只是一件，這實封公文，須是觀察自己當廳投下，本官看了，便好施行發落，差人去捉，小吏如何敢私下擅開？這件公事，非是小可，不當輕洩於人。」何濤道：「押司高見極明，相煩引進。」宋江道：「本官發放一早晨事務，倦怠了少歇；觀察略待一時，少刻坐廳時，小吏來請。」何濤道：「望押司千萬作成。」宋江道：「理之當然，休這等說話。小吏略到寒舍，分撥了些家務便到，觀察少坐一坐。」何濤道：「押司尊便，小弟只在此專等。」

宋江起身，出得閣兒，吩咐茶博士道：「那官人要再用茶，一發我還茶錢。」離了茶坊，飛也似跑到下處。先吩咐伴當去叫直司在茶坊門前伺候：「若知縣坐衙時，便可去茶坊裡安撫那公人道：『押司穩便』，叫他略待一待。」卻自槽上鞁了馬，牽出後門外去；拿了鞭子，慌忙的跳上馬，慢慢地離了縣治。出得東門，打上兩鞭，那馬撥喇喇的望東溪村攛將去，沒半個時辰，早到晁蓋莊上。莊客見了，入去莊裡報知。正是：

> 義重輕他不義財，奉天法網有時開。
> 剝民官府過於賊，應為知交放賊來。

且說晁蓋正和吳用、公孫勝、劉唐在後園葡萄樹下吃酒。此時三阮已得了錢財，自回石碣村去了。晁蓋見莊客報說宋押司在門前。晁蓋問道：「有多少人隨從著。」莊客道：「只獨自一個飛馬而

第十八回

美髯公智穩插翅虎　宋公明私放晁天王

來，說快要見保正。」晁蓋道：「必然有事。」慌忙出來迎接。宋江道了一個喏，攜了晁蓋手，便投側邊小房裡來。晁蓋問道：「押司如何來的慌速？」宋江道：「哥哥不知，兄弟是心腹弟兄，我捨著一條性命來救你。如今黃泥岡事發了！白勝已自拿在濟州大牢裡了，供出你等七人。濟州府差一個何緝捕，帶著若干人，奉著太師府鈞帖，並本州文書，來捉你等七人，道你為首。天幸撞在我手裡，我只推說知縣睡著，且教何觀察在縣對門茶坊裡等我。以此飛馬而來，報道哥哥。三十六計，走為上計。若不快走時，更待甚麼？我回去引他當廳下了公文，知縣不移時，便差人連夜下來，你們不可耽擱，倘有些疏失，如之奈何！休怨小弟不來救你。」

晁蓋聽罷，吃了一驚道：「賢弟大恩難報！」宋江道：「哥哥，你休要多說，只顧安排走路，不要纏障，我便回去也。」晁蓋道：「七個人：三個是阮小二、阮小五、阮小七，已得了財，自回石碣村去了；後面有三個在這裡，賢弟且見他一面。」宋江來到後園，晁蓋指著道：「這三位：一個吳學究；一個公孫勝，薊州來的；一個劉唐，東潞州人。」宋江略講一禮，回身便走，囑咐道：「哥哥保重，作急快走，兄弟去也。」宋江出到莊前，上了馬，打上兩鞭，飛也似望縣裡來了。當時有個學究，為此事作詩一首，也說得是，詩曰：

保正緣何養賊曹，押司縱賊罪難逃。
須知守法清名重，莫謂通情義氣高。
爵固畏能鸇害爵，貓如伴鼠豈成貓。
空持刀筆稱文吏，羞說當年漢相蕭。

且說晁蓋與吳用、公孫勝、劉唐三人道：「你們認得那來相見的這個人麼？」吳用道：「卻怎地慌慌忙忙便去了？正是誰人？」晁蓋道：「你三位還不知哩！我們不是他來時，性命只在咫尺休了！」三人大驚道：「莫不走了消息，這件事發了？」晁蓋道：「虧殺這個兄弟，擔著血海也似干系，來報與我們。原來白勝已自捉在濟州大牢裡了，供出我等七人。本州差個緝捕何觀察，將帶若干人，奉著太師鈞帖來，著落鄆城縣，立等要拿我們七個。虧了他穩住那公人在茶坊裡俟候，他飛馬先來報知我們，如今回去下了公文，少刻便差人連夜到來，捕獲我們，卻是怎地好！」吳用道：「若非此人來報，都打在網裡。這大恩人姓甚名誰？」晁蓋道：「他便是本縣押司呼保義宋江的便是。」吳用道：「只聞宋押司大名，小生卻不曾得會。雖是住居咫尺，無緣難得見面。」公孫勝、劉唐都道：「莫不是江湖上傳說的及時雨宋公明？」晁蓋點頭道：「正是此人。他和我心腹相交，結義弟兄，吳先生不曾得會，四海之內，名不虛傳，結義得這個兄弟，也不枉了。」

晁蓋問吳用道：「我們事在危急，卻是怎地解救？」吳學究道：「兄長不須商議，三十六計，走為上計。」晁蓋道：「卻才宋押司也教我們走為上計，卻是走那裡去好？」吳用道：「我已尋思在肚裡了。如今我們收拾五七擔挑了，一徑都走奔石碣村三阮家裡去。今急遣一人，先與他弟兄說知。」晁蓋道：「三阮是個打魚人家，如何安得我等許多人？」吳用道：「兄長，你好不精細！石碣村那裡一步步近去，便是梁山泊。如今山寨裡好生興旺，官軍捕盜，不敢正眼兒看他。若是趕得緊，我們一發入了伙。」晁蓋道：「這一論極是上策，只恐怕他們不肯收留我們。」吳用道：「我等有的是金銀，送獻些與他，便入伙了。」正是：

無道之時多有盜，英雄進退兩俱難。

只因秀士居山寨，買盜猶然似買官。

當時晁蓋道：「既然恁地商量定了，事不宜遲。吳先生，你便和劉唐帶了幾個莊客，挑擔先去阮家安頓了，卻來旱路上接我們。我和公孫先生兩個打並（收拾）了便來。」吳用、劉唐把這生辰綱打劫得金珠寶貝，做五六擔裝了，叫五六個莊客，一發吃了酒食。吳用袖了銅鏈，劉唐提了朴刀，監押著五七擔，一行十數人，投石碣村來。晁蓋和公孫勝在莊上收拾，有些不肯去的莊客，齎發他些錢物，從他去投別主；有願去的，都在莊上並迭財物，打拴行李。正是：

須信錢財是毒蛇，錢財聚處即亡家。
人稱義士猶難保，天鑑貪官漫自誇。

再說宋江飛馬去到下處，連忙到茶坊裡來，只見何觀察正在門前望。宋江道：「觀察久等。卻被村裡有個親戚，在下處說些家務，因此耽擱了些。」何濤道：「有煩押司引進。」宋江道：「請觀察到縣裡。」兩個入得衙門來，正值知縣時文彬在廳上發落事務。宋江將著實封公文，引著何觀察直至書案邊，叫左右掛上回避牌，宋江向前稟道：「奉濟州府公文，為賊情緊急公務，特差緝捕使臣何觀察到此下文書。」知縣接來拆開，就當廳看了，大驚，對宋江道：「這是太師府差干辦來立等要回話的勾當。這一干賊，便可差人去捉。」宋江道：「日間去，只怕走了消息，只可差人就夜去捉。拿得晁保正來，那六人便有下落。」時知縣道：「這東溪村晁保正，聞名是個好漢，他如何肯做這等勾當？」隨即叫喚尉司並兩個都頭：一個姓朱，名仝；一個姓雷，名橫。他兩個，非是等閒人也。

當下朱仝、雷橫，兩個來到後堂，領了知縣言語，和縣尉上了馬，徑到尉司，點起馬步弓手並士兵一百餘人，就同何觀察並兩個虞候，作眼拿人。當晚都帶了繩索軍器，縣尉騎著馬，兩個都頭亦各乘馬，各帶了腰刀弓箭，手拿朴刀，前後馬步弓手簇擁著，出得東門，飛奔東溪村晁家來。

到得東溪村裡，已是一更天氣，都到一個觀音庵取齊。朱仝道：「前面便是晁家莊。晁蓋家有前後兩條路。若是一齊去打他前門，他望後門走了；一齊哄去打他後門，他奔前門走了。我須知晁蓋好生了得；又不知那六個是甚麼人，必須也不是善良君子。那廝們都是死命，倘或一齊殺出來，又有莊客協助，卻如何抵敵他？只好聲東擊西，等那廝們亂攛，便好下手。不若我和雷都頭分做兩路：我與你分一半人，都是步行去，先望他後門埋伏了；等候唿哨響為號，你等向前門只顧打入來，見一個捉一個，見兩個捉一雙。」雷橫道：「也說得是。朱都頭，你和縣尉相公，從前門打入來，我去截住後路。」朱仝道：「賢弟，你不省得。晁蓋莊上有三條活路，我閒常時都看在眼裡了；我去那裡，須認得他的路數，不用火把便見。你還不知他出沒的去處，倘若走漏了事情，不是耍處（兒戲）。」縣尉道：「朱都頭說得是，你帶一半人去。」朱仝道：「只消得三十來個勾了。」朱仝領了十個弓手，二十個士兵，先去了。縣尉再上了馬，雷橫把馬步弓手，都擺在前後，幫護著縣尉。士兵等都在馬前，明晃晃照著三二十個火把，拿著欓叉、朴刀、留客住、鉤鐮刀，一齊都奔晁家莊來。

到得莊前，兀自有半里多路，只見晁蓋莊裡一縷火起，從中堂燒將起來，湧得黑煙遍地，紅焰飛空。又走不到十數步，只見前後門四面八方，約有三四十把火發，焰騰騰地一齊都著。前面雷橫挺著朴刀，背後眾士兵發著喊，一齊把莊門打開，都撲入裡面；看時，火光照得如同白日一般明亮，並不曾見有一個人，只聽得後面發著喊，叫將起來，叫前面捉人。原來朱仝有心要放晁蓋，故意賺雷橫去打前門。這雷橫亦有心要救晁蓋，以此爭先要來打後門；卻被朱仝說開了，只得去打他前門。故意這等大驚小怪，聲東擊西，要催逼晁蓋走了。

朱仝那時到莊後時，兀自晁蓋收拾未了。莊客看見，來報與晁蓋說道：「官軍到了！事不宜遲！」晁蓋叫莊客四下裡只顧放火，他和公孫勝引了十數個去的莊客，吶著喊，挺起朴刀，從後門殺將出來，大喝道：「當吾者死！避吾者生！」朱仝在黑影裡叫道：「保正休走！朱仝在這裡等你多時。」晁蓋那裡顧他說，與同公孫勝，拼命只顧殺出來。朱仝虛閃一閃，放開條路，讓晁蓋走了。晁蓋卻叫公孫勝引了莊客先走，他獨自押著後。朱仝使步弓手從後門撲入去，叫道：「前面趕捉賊人！」雷橫聽得，轉身便出莊門外，叫馬步弓手分頭去趕。雷橫自在火光之下，東觀西望做尋人。朱仝撇了士兵，挺著刀，去趕晁蓋。晁蓋一面走，口裡說道：「朱都頭，你只管追我做甚麼？我須沒歹處！」朱仝見後面沒人，方才敢說道：「保正，你兀自不見我好處：我怕雷橫執迷，不會做人情，被我賺他打你前門，我在後面等你出來放你；你見我閃開條路，讓你過去。你不可投別處去，只除梁山泊可以安身。」晁蓋道：「深感救命之恩，異日必報！」有詩為證：

捕盜如何與盜通，官贓應與盜贓同。
莫疑官府能為盜，自有皇天不肯容。

朱仝正趕間，只聽得背後雷橫大叫道：「休教走了人！」朱仝吩咐晁蓋道：「保正，你休慌，只顧一面走，我自使轉他去。」朱仝回頭叫道：「有三個賊望東小路去了，雷都頭，你可急趕。」雷橫領了人，便投東小路上，並士兵眾人趕去。朱仝一面和晁蓋說著話，一面趕他，卻如防送的相似。漸漸黑影裡不見了晁蓋。朱仝只做失腳撲地，倒在地下。眾士兵隨後趕來，向前扶起，急救得。朱仝答道：「黑影裡不見路徑，失腳走下野田裡，滑倒了，閃挫了左腿。」縣尉道：「走了正賊，怎生奈何！」朱仝道：「非是小人不趕，其實月黑了，沒做道理處。這些士兵，全無幾個有用的人，不敢向前。」縣尉再叫士兵去趕，眾士兵心裡道：「兩個都頭，尚兀自不濟事，近他不得，我們有何用？」都去虛趕了一回，轉來道：「黑地里正不知那條路去了。」雷橫也趕了一直回來，心內尋思道：「朱仝和晁蓋最好，多敢是放了他去，我沒來由做甚麼惡人。我也有心亦要放他，今已去了，只是不見了人情。晁蓋那人，也不是好惹的。」回來說道：「那裡趕得上？這伙賊端的了得！」縣尉和兩個都頭回到莊前時，已是四更時分。何觀察見眾人四分五落，趕了一夜，不曾拿得一個賊人，只叫苦道：「如何回得濟州去見府尹！」縣尉只得捉了幾家鄰舍去，解將鄆城縣裡來。

這時知縣一夜不曾得睡，立等回報，聽得道：「賊都走了，只拿得幾個鄰舍。」知縣把一干拿到的鄰舍，當廳勘問。眾鄰舍告道：「小人等雖在晁保正鄰近住居，遠者三二里田地，近者也隔著些村坊；他莊上如常有搠槍使棒的人來，如何知他做這般的事？」知縣逐一問了時，務要問他們一個下落。數內一個貼鄰告道：「若要知他端的，除非問他莊客。」知縣道：「說他家莊客，也都跟著走了。」鄰舍告道：「也有不願去的，還在這裡。」知縣聽了，火速差人，就帶了這個貼鄰做眼，來東溪村捉人。無兩個時辰，早拿到兩個莊客。當廳勘問時，那莊客初時抵賴，吃打不過，只得招道：「先是六個人商議，小人只認得一個，是本鄉中教學的先生，叫做吳學究；一個叫做公孫勝，是全真先生（道士）；又有一個黑大漢，姓劉。更有那三個，小人不認得，卻是吳學究合將來的。聽得說道：『他姓阮，在石碣村住。他是打魚的，弟兄三個。』只此是實。」知縣取了一紙招狀，把兩個莊客交割與何觀察。回了一道備細公文，申呈本府。宋江自周全那一干鄰舍，保放回家聽候。

且說這眾人與何濤押解了兩個莊客，連夜回到濟州，正值府尹升廳。何濤引了眾人到廳前，稟說晁蓋燒莊在逃一事，再把莊客口詞說一遍。府尹道：「既是恁地說時，再拿出白勝來！」問道：「那三個姓阮的，端的住在那裡？」白勝抵賴不過，只得供說：「三個姓阮的：一個叫做立地太歲阮小二，一個叫做短命二郎阮小五，一個是活閻羅阮小七。都在石碣湖村裡住。」知府道：「還有那三個姓甚麼？」白勝告道：「一個是智多星吳用，一個是入雲龍公孫勝，一個叫做赤髮鬼劉唐。」知府聽了，便道：「既有下落，且把白勝依原監了，收在牢裡。」隨即又喚何觀察，差去石碣村，緝捕這幾個賊人。不是何濤去石碣村去，有分教，天罡地煞，來尋際會風雲；水滸山城，去聚縱橫人馬。畢竟何觀察怎生差去石碣村緝捕，且聽下回分解。

第十九回 林沖水寨大併火 晁蓋梁山小奪泊

說話當下何觀察領了知府台旨下廳來，隨即到機密房裡，與眾人商議。眾多做公的道：「若說這個石碣村湖蕩，緊靠著梁山泊，都是茫茫蕩蕩，蘆葦水港。若不得大隊官軍，舟船人馬，誰敢去那裡捕捉賊人？」何濤聽罷，說道：「這一論也是。」再到廳上稟覆府尹道：「原來這石碣村湖泊，正傍著梁山水泊，周圍盡是深港水汊，蘆葦草蕩。閒常時也兀自劫了人，莫說如今又添了那一伙強人在裡面。若不起得大隊人馬，如何敢去那裡捕獲得人？」府尹道：「既是如此說時，再差一員了得事的捕盜巡檢，點與五百官兵人馬，和你一處去緝捕。」何觀察領了台旨，再回機密房來，喚集這眾多做公的，整選了五百餘人，各各自去準備什物器械。次日，那捕盜巡檢領了濟州府帖文，與同何觀察兩個，點起五百軍兵，同眾多做公的，一齊奔石碣村來。

且說晁蓋、公孫勝，自從把火燒了莊院，帶同十數個莊客，來到石碣村，半路上撞見三阮弟兄，各執器械，卻來接應到家，七個人都在阮小五莊上。那時阮小二已把老小搬入湖泊裡，七人商議要去投梁山泊一事。吳用道：「見今李家道口有那旱地忽律朱貴在那裡開酒店，招接四方好漢。但要入伙的，須是先投奔他。我們如今安排了船隻，把一應的物件裝在船裡，將些人情送與他引進。」

第十九回

林沖水寨大併火　晁蓋梁山小奪泊

大家正在那裡商議投奔梁山泊，只見幾個打魚的來報道：「官軍人馬，飛奔村裡來也！」晁蓋便起身叫道：「這廝們趕來，我等休走！」阮小二道：「不妨！我自對付他。叫那廝大半下水裡去死，小半都搠殺他。」公孫勝道：「休慌！且看貧道的本事！」晁蓋道：「劉唐兄弟，你和學究先生，且把財賦老小，裝載船裡，徑撐去李家道口左側相等；我們看些頭勢，隨後便到。」阮小二選兩隻棹船，把娘和老小，家中財賦，都裝下船裡。吳用、劉唐各押著一隻，叫七八個伴當搖了船，先到李家道口去等；又吩咐阮小五、阮小七撐駕小船，如此迎敵。兩個各棹船去了。

且說何濤並捕盜巡檢，帶領官兵，漸近石碣村，但見河埠有船，盡數奪了；便使會水的官兵，且下船裡進發；岸上人馬，船騎相迎，水陸並進。到阮小二家，一齊吶喊，人兵並起，撲將入去，早是一所空房，裡面只有些粗重家火。何濤道：「且去拿幾家附近漁戶。」問時，說道：「他的兩個兄弟：阮小五、阮小七，都在湖泊裡住，非船不能去。」何濤與巡檢商議道：「這湖泊裡港汊又多，路徑甚雜；抑且水蕩坡塘，不知深淺；若是四分五落去捉時，又怕中了這賊人奸計；我們把馬匹都教人看守在這村裡，一發都下船裡去。」當時捕盜巡檢並何觀察，一同做公的人等，都下了船。那時捉的船，非止百十隻，也有撐的，亦有搖的，一齊都望阮小五打魚莊上來。

行不到五六里水面，只聽得蘆葦中間，有人嘲歌。眾人且住了船聽時，那歌道：

打魚一世蓼兒窪，不種青苗不種麻。
酷吏贓官都殺盡，忠心報答趙官家。

何觀察並眾人聽了，盡吃一驚；只見遠遠地一個人，獨棹一隻小船兒唱將來。有認得的指道：

「這個便是阮小五。」何濤把手一招，眾人並力向前，各執器械，挺著迎將去。只見阮小五大笑罵道：「你這等虐害百姓的賊官，直如此大膽！敢來引老爺做甚麼！卻不是來捋虎鬚！」何濤背後有會射弓箭的，搭上箭，拽滿弓，一齊放箭。阮小五見放箭來，拿著樺楸，翻筋斗鑽下水裡去。眾人趕到跟前，拿個空。

又行不到兩條港汊，只聽得蘆花蕩裡打唿哨，眾人把船擺開，見前面兩個人，棹著一隻船來。船頭上立著一個人，頭戴青箬笠，身披綠蓑衣，手裡拈著條筆管槍，口裡也唱著道：

老爺生長石碣村，稟性生來要殺人。
先斬何濤巡檢首，京師獻與趙王君。

何觀察並眾人聽了，又吃一驚。一齊看時，前面那個人拈著槍，唱著歌，背後這個搖著櫓。有認得的說道：「這個正是阮小七。」何濤喝道：「眾人並力向前，先拿住這個賊！休教走了！」阮小七聽得笑道：「潑賊！」便把槍只一點，那船便使轉來，望小港裡串著走。眾人發著喊，趕將去。這阮小七和那搖船的，飛也似搖著櫓，口裡打著　哨，串著小港汊中只顧走。

眾官兵趕來趕去，看見那水港窄狹了，何濤道：「且住！把船且泊了，都傍岸邊。」上岸看時，只見茫茫蕩蕩，都是蘆葦，正不見一些旱路。何濤心內疑惑，卻商議不定，便問那當村住的人，說道：「小人們雖是在此居住，也不知道這裡有許多去處。」何濤便教划著兩隻小船，船上各帶三兩個做公的，去前面探路。去了兩個時辰有餘，不見回報。何濤道：「這廝們好不了事！」再差五個做公的，又划兩隻船去探路。這幾個做公的，划了兩隻船，又去了一個多時辰，並不見些回報。何濤道：

「這幾個都是久慣做公的，四清六活（幹練）的人，卻怎地也不曉事，如何不著一隻船轉來回報？不想這些帶來的官兵，人人亦不知顛倒（糊塗）！」天色又看看晚了，何濤思想：「在此不著邊際，怎生奈何！我須用自去走一遭。」揀一隻疾快小船，選了幾個老郎（老練）做公的，各拿了器械，槳起五六把樺楫，何濤坐在船頭上，望這個蘆葦港裡蕩將去。

那時已是日沒沉西，划得船開，約行了五六里水面，看見側邊岸上一個人，提著把鋤頭走將來，何濤問道：「兀那漢子，你是甚人？這裡是甚麼去處？」那人應道：「我是這村裡莊家。這裡喚做斷頭溝，沒路了。」何濤道：「你曾見兩隻船過來麼？」那人道：「不是來捉阮小五的？」何濤道：「你怎地知得是來捉阮小五的？」那人道：「他們只在前面烏林裡廝打。」何濤道：「離這裡還有多少路？」那人道：「只在前面望得見便是。」何濤聽得，便叫攏船，前去接應；便差兩個做公的，拿了欓叉上岸來。只見那漢提起鋤頭來，手到，把這兩個做公的，一鋤頭一個，翻筋斗都打下水裡去。何濤見了吃一驚，急跳起身來時，卻待奔上岸，只見那隻船忽地搪將開去，水底下鑽起一個人來，把何濤兩腿只一扯，撲通地倒撞下水裡去。那幾個船裡的卻待要走，被這提鋤頭的趕將上船來，一鋤頭一個，排頭（朝著腦袋）打下去，腦漿也打出來。這何濤被水底下這人倒拖上岸來，就解下他的搭膊來捆了。看水底下這人，卻是阮小七；岸上提鋤頭的那漢，便是阮小二。

弟兄兩個，看著何濤罵道：「老爺弟兄三個，從來只愛殺人放火。量你這廝，直得甚麼！你如何大膽，特地引著官兵來捉我們！」何濤道：「好漢！小人奉上命差遣，蓋不由己。小人怎敢大膽，要來捉好漢？望好漢可憐見家中有個八十歲的老娘，無人養贍，望乞饒恕性命則個！」阮家弟兄道：「且把他來捆做個粽子，撇在船艙裡。」把那幾個屍首，都攛去水裡去了。個個胡哨一聲，蘆葦叢中鑽出四五個打魚的人來，都上了船。阮小二、阮小七各駕了一隻船出來。

且說這捕盜巡檢，領著官兵，都在那船裡說道：「何觀察他道做公的不了事，自去探路，也去了許多時，不見回來。」那時正是初更左右，星光滿天。眾人都在船上歇涼。忽然只見起一陣怪風，但見：

飛沙走石，卷水搖天。黑漫漫堆起烏雲，昏鄧鄧催來急雨。傾翻荷葉，滿波心翠蓋交加；擺動蘆花，繞湖面白旗繚亂。吹折昆侖山頂樹，喚醒東海老龍君。

那一陣怪風從背後吹將來，吹得眾人掩面大驚，只叫得苦，把那纜船索都刮斷了。正沒擺布處，只聽得後面胡哨響；迎著風看時，只見蘆花側畔，射出一派火光來。眾人道：「今番卻休了！」那大船小船，約有四五十隻，正被這大風刮得你撞我磕，捉摸不住，那火光卻早來到面前。原來都是一叢小船，兩隻家幫住，上面滿滿堆著蘆葦柴草，刮刮雜雜燒著，乘著順風直衝將來。那四五十隻官船，屯塞做一塊，港汊又狹，又沒回避處。那頭等大船也有十數隻，卻被他火船推來，鑽在大船隊裡一燒。水底下原來又有人扶助著船燒將來，燒得大船上官兵都跳上岸來逃命奔走，不想四邊盡是蘆葦野港，又沒旱路；只見岸上蘆葦又刮刮雜雜，也燒將起來。那捕盜官兵，兩頭沒處走。風又緊，火又猛，眾官兵只得鑽去，都奔爛泥裡立地。

火光叢中，只見一隻小快船，船尾上一個搖著船，船頭上坐著一個先生，手裡明晃晃地拿著一口寶劍，口裡喝道：「休教走了一個！」眾兵都在爛泥裡慌做一堆。說猶未了，只見蘆葦東岸，兩個人引著四五個打魚的，都手裡明晃晃拿著刀槍走來；這邊蘆葦西岸，又是兩個人，也引著四五個打魚的，手裡也明晃晃拿著飛魚鉤走來。東西兩岸，四個好漢並這伙人，一齊動手，排頭兒搠將來。無移時，把許多官兵都搠死在爛泥裡。

東岸兩個：是晁蓋、阮小五；西岸兩個：是阮小二、阮小七；船上那個先生，便是祭風的公孫勝。五位好漢，引著十數個打魚的莊家，把這伙官兵，都搠死在蘆葦蕩裡。單單只剩得一個何觀察，捆做粽子也似，丟在船艙裡。阮小二提將上岸來，指著罵道：「你這廝，是濟州一個詐害百姓的蠢蟲！我本待把你碎屍萬段，卻要你回去對那濟州府管事的賊驢說：俺這石碣村阮氏三雄，東溪村天王晁蓋，都不是好撩撥的！我也不來你城裡借糧，他也休要來我這村中討死！倘或正眼兒覷著，休道你是一個小小州尹，也莫說蔡太師差干人來要拿我們，便是蔡京親自來時，我也搠他三二十個透明的窟窿。俺們放你回去，休得再來！傳與你的那個鳥官人，教他休要討死！這裡沒大路，我著兄弟送你出路口去。」當時阮小七把一隻小快船載了何濤，直送他到大路口，喝道：「這裡一直去，便有尋路處。別的眾人都殺了，難道隻恁地好好放了你去，也吃你那州尹賊驢笑！且請下你兩個耳朵來做表證！」阮小七身邊拔起尖刀，把何觀察兩個耳朵割下來，鮮血淋漓；插了刀，解了搭膊，放上岸去。詩曰：

官兵盡付斷頭溝，要放何濤不便休。
留著耳朵聽說話，旋將驢耳代驢頭。

何濤得了性命，自尋路回濟州去了。

且說晁蓋、公孫勝，和阮家三弟兄，並十數個打魚的，一發都駕了五七隻小船，離了石碣村湖泊，徑投李家道口來。到得那裡，相尋著吳用、劉唐船隻，合做一處。吳用問起拒敵官兵一事，晁蓋備細說了。吳用眾人大喜。整頓船隻齊了，一同來到旱地忽律朱貴酒店裡來相投。朱貴見了許多人來說投托入伙，慌忙迎接。吳用將來歷實說與朱貴聽了，大喜，逐一都相見了，請入廳上坐定，忙叫酒保安排分例酒來，管待眾人；隨即取出一張皮靶弓來，搭上一枝響箭，望著那對港蘆葦中射去。響箭到處，早見有小嘍羅搖出一隻船來。朱貴急寫了一封書呈，備細寫眾豪傑入伙姓名人數，先付與小嘍羅齎了，教去寨裡報知；一面又殺羊管待眾好漢。

過了一夜，次日早起，朱貴喚一隻大船，請眾多好漢下船，就同帶了晁蓋等來的船隻，一齊望山寨裡來。行了多時，早來到一處水口，隻聽得岸上鼓響鑼鳴。晁蓋看時，只見七八個小嘍羅，划出四隻哨船來，見了朱貴，都聲了喏，自依舊先去了。

再說一行人來到金沙灘上岸，便留老小船隻並打魚的人在此等候。又見數十個小嘍羅，下山來接引到關上。王倫領著一班頭領，出關迎接。晁蓋等慌忙施禮，王倫答禮道：「小可王倫，久聞晁天王大名，如雷灌耳。今日且喜光臨草寨。」晁蓋道：「晁某是個不讀書史的人，甚是粗鹵，今日事在藏拙，甘心與頭領帳下做一小卒，不棄幸甚。」王倫道：「休如此說，且請到小寨，再有計議。」一行從人，都跟著兩個頭領上山來。到得大寨聚義廳上，王倫再三謙讓晁蓋一行人上階。晁蓋等七人，在右邊一字兒立下；王倫與眾頭領，在左邊一字兒立下。一個個都講禮罷，分賓主對席坐下。王倫喚階下眾小頭目聲喏已畢，一壁廂動起山寨中鼓樂。先叫小頭目去山下管待來的從人，關下另有客館安歇。詩曰：

人伙分明是一群，相留意氣便須親。
如何待彼為賓客，只恐身難作主人。

第十九回

林沖水寨大併火　晁蓋梁山小奪泊

且說山寨裡宰了兩頭黃牛，十個羊，五個豬，大吹大擂筵席。眾頭領飲酒中間，晁蓋把胸中之事，從頭至尾，都告訴王倫等眾位。王倫聽罷，駭然了半晌，心內躊躇，做聲不得，自己沉吟，虛應答筵宴。至晚席散，眾頭領送晁蓋等眾人關下客館內安歇，自有來的人伏侍。

晁蓋心中歡喜，對吳用等六人說道：「我們造下這等迷天大罪，那裡去安身？不是這王頭領如此錯愛，我等皆已失所，此恩不可忘報！」吳用只是冷笑。晁蓋道：「先生何故只是冷笑？有事可以通知。」吳用道：「兄長性直，你道王倫肯收留我們？兄長不看他的心，只觀他的顏色動靜規模。」晁蓋道：「觀他顏色怎地？」吳用道：「兄長不見他早間席上與兄長說話，倒有交情；次後因兄長說出殺了許多官兵捕盜巡檢，放了何濤，阮氏三雄如此豪傑，他便有些顏色變了。雖是口中應答，動靜規模，心裡好生不然。若是他有心收留我們，只就早上便議定了坐位。杜遷、宋萬，這兩個自是粗鹵的人，待客之事，如何省得？只有林沖那人，原是京師禁軍教頭，大郡的人，諸事曉得；今不得已，坐了第四位。早間見林沖看王倫答應兄長模樣，他自便有些不平之氣，頻頻把眼瞅這王倫，心內自已躊躇。我看這人，倒有顧盼之心，只是不得已。小生略放片言，教他本寨自相火並。」晁蓋道：「全仗先生妙策良謀，可以容身。」

當夜七人安歇了。次早天明，只見人報道：「林教頭相訪。」吳用便對晁蓋道：「這人來相探，中俺計了。」七個人慌忙起來迎接，邀請林沖入到客館裡面。吳用向前稱謝道：「夜來重蒙恩賜，拜擾不當。」林沖道：「小可有失恭敬。雖有奉承之心，奈緣不在其位，望乞恕罪。」吳學究道：「我等雖是不才，非為草木，豈不見頭領錯愛之心，顧盼之意，感恩不淺。」晁蓋再三謙讓林沖上坐，林沖那裡肯，推晁蓋上首坐了，林沖便在下首坐定。吳用等六人一帶坐下。晁蓋道：「久聞教頭大名，不想今日得會。」林沖道：「小人舊在東京時，與朋友有禮節，不曾有誤。雖然今日能勾得見尊顏，不得遂平生之願，特地徑來陪話。」晁蓋稱謝道：「深感厚意。」

吳用便動問道：「小生舊日久聞頭領在東京時，十分豪傑，不知緣何與高俅不睦，致被陷害。後聞在滄州，亦被火燒了大軍草料場，又是他的計策，向後不知誰薦頭領上山？」林沖道：「若說高俅這賊陷害一節，但提起，毛髮直立！又不能報得此仇！來此容身，皆是柴大官人舉薦到此。」吳用道：「柴大官人，莫非是江湖上人稱為小旋風柴進的麼？」林沖道：「正是此人。」晁蓋道：「小可多聞人說柴大官人仗義疏財，接納四方豪傑，說是大周皇帝嫡派子孫，如何能勾會他一面也好。」

吳用又對林沖道：「據這柴大官人，名聞寰海，聲播天下的人，教頭若非武藝超群，他如何肯薦上山？非是吳用過稱，理合王倫讓這第一位頭領坐。此天下之公論，也不負了柴大官人之書信。」林沖道：「承先生高談，只因小可犯下大罪，投奔柴大官人，非他不留林沖，誠恐負累他不便，自願上山。不想今日去住無門！非在位次低微，且王倫只心術不定，語言不準，難以相聚。」吳用道：「王頭領待人接物，一團和氣，如何心地倒恁窄狹？」林沖道：「今日山寨，天幸得眾多豪傑到此，相扶相助，似錦上添花，如旱苗得雨，此人只懷妒賢嫉能之心，但恐眾豪傑勢力相壓。夜來因見兄長所說眾位殺死官兵一節，他便有些不然，就懷不肯相留的模樣，以此請眾豪傑來關下安歇。」吳用便道：「既然王頭領有這般之心，我等休要待他發付，自投別處去便了。」林沖道：「眾豪傑休生見外之心，林沖自有分曉（主張）。小可只恐眾豪傑生退去之意，特來早早說知。今日看他如何相待，若這廝語言有理，不似昨日，萬事罷論；倘若這廝今朝有半句話參差時，盡在林沖身上。」晁蓋道：「頭領如此錯愛，俺兄弟皆感厚恩。」吳用便道：「頭領為我弟兄面上，倒教頭領與舊弟兄分顏（翻臉）。若是可容即容，不可容時，小生等登時告退。」林沖道：「先生差矣！古人有言：『惺惺惜惺惺，好漢惜好漢。』量這一個潑男女，腌臢畜生，終作何用。眾豪傑且請寬心。」林沖起身別了眾人，說道：

「少間相會。」眾人相送出來，林沖自上山去了。正是：

如何此處不留人，休言自有留人處。
應留人者怕人留，身苦難留留客住。

當日沒多時，只見小嘍羅到來相請，說道：「今日山寨裡頭領，相請眾好漢，去山南水寨亭上筵會。」晁蓋道：「上覆頭領，少間便到。」小嘍羅去了，晁蓋問吳用道：「先生，此一會如何？」吳學究笑道：「兄長放心，此一會倒有分做山寨之主。今日林教頭必然有火併（火拼）王倫之意；他若有些心懶，小生憑著三寸不爛之舌，不由他不火並。兄長身邊各藏了暗器，只看小生把手來拈鬚為號，兄長便可協力。」晁蓋等眾人暗喜。

辰牌已後，三四次人來催請。晁蓋和眾頭領身邊各各帶了器械，暗藏在身上；結束（裝束）得端正，卻來赴席。只見宋萬親自騎馬，又來相請，小嘍羅抬過七乘山轎，七個人都上轎子，一徑投南山水寨裡來。到得山南看時，端的景物非常，直到寨後水亭子前下了轎，王倫、杜遷、林沖、朱貴，都出來相接，邀請到那水亭子上，分賓主坐定。看那水亭一遭景致時，但見：

四面水簾高捲，周回花壓朱闌。滿目香風，萬朵芙蓉鋪綠水；迎眸翠色，千枝荷葉繞芳塘。華簷外陰陰柳影，鎖窗前細細松聲。江山秀氣滿亭台，豪傑一群來聚會。

當下王倫與四個頭領——杜遷、宋萬、林沖、朱貴——坐在左邊主位上；晁蓋與六個好漢——吳

第十九回

林沖水寨大併火　晁蓋梁山小奪泊

用、公孫勝、劉唐、三阮——坐在右邊客席。階下小嘍羅輪番把盞。酒至數巡，食供兩次，晁蓋和王倫盤話；但提起聚義一事，王倫便把閒話支吾開去。吳用把眼來看林沖時，只見林沖側坐交椅上，把眼瞅王倫身上。

看看飲酒至午後，王倫回頭叫小嘍羅取來。三四個人去不多時，只見一人捧個大盤子，裡放著五錠大銀。王倫便起身把盞，對晁蓋說道：「感蒙眾豪傑到此聚義，只恨敝山小寨，是一窪之水，如何安得許多真龍？聊備些小薄禮，萬望笑留，煩投大寨歇馬，小可使人親到麾下納降。」晁蓋道：「小子久聞大山招賢納士，一徑地特來投托入伙，若是不能相容，我等眾人自行告退。重蒙所賜白金，決不敢領。非敢自誇豐富，小可聊有些盤纏使用。速請納回厚禮，只此告別。」王倫道：「何故推卻？非是敝山不納眾位豪傑，奈緣只為糧少房稀，恐日後誤了足下，眾位面皮不好，因此不敢相留……」說言未了，只見林沖雙眉剔起，兩眼圓睜，坐在交椅上大喝道：「你前番我上山來時，也推道糧少房稀，今日晁兄與眾豪傑到此山寨，你又發出這等言語來，是何道理！」吳用便說道：「頭領息怒。自是我等來的不是，倒壞了你山寨情分。今日王頭領以禮發付我們下山，送與盤纏，又不曾熱趕（立即驅趕）將去，請頭領息怒，我等自去罷休。」林沖道：「這是笑裡藏刀，言清行濁（好話說盡，壞事做絕）的人！我其實今日放他不過！」王倫喝道：「你看這畜生！又不醉了，倒把言語來傷觸我，卻不是反失上下！」林沖大怒道：「量你是個落第窮儒，胸中又沒文學（道德學識），怎做得山寨之主！」吳用便道：「晁兄，只因我等上山相投，反壞了頭領面皮（情面）。只今辦了船隻，便當告退。」

晁蓋等七人便起身，要下亭子。王倫留道：「且請席終了去。」林沖把桌子只一腳，踢在一邊；搶起身來，衣襟底下掣出一把明晃晃刀來，搦的火雜雜。吳用便把手將髭鬚一摸，晁蓋、劉唐便上亭子來，虛攔住王倫叫道：「不要火併！」吳用一手扯住林沖，便道：「頭領不可造次！」公孫勝假意

第十九回

林沖水寨大併火　晁蓋梁山小奪泊

勸道：「休為我等壞了大義。」阮小二便去幫住杜遷，阮小五便幫住宋萬，阮小七幫住朱貴，嚇得小嘍羅們目瞪口呆。

林沖拿住王倫罵道：「你是一個村野窮儒，虧了杜遷得到這裡。柴大官人這等資助你，賙給盤纏，與你相交，舉薦我來，尚且許多推卻，今日眾豪傑特來相聚，又要發付他下山去。這梁山泊便是你的！你這嫉賢妒能的賊，不殺了，要你何用！你也無大量大才，也做不得山寨之主！」杜遷、宋萬、朱貴本待要向前來勸，被這幾個緊緊幫著，那裡敢動。王倫那時也要尋路走，卻被晁蓋、劉唐兩個攔住。王倫見頭勢不好，口裡叫道：「我的心腹都在那裡？」雖有幾個身邊知心腹的人，本待要來救，見了林沖這般凶猛頭勢，誰敢向前。林沖即時拿住王倫，又罵了一頓，去心窩裡只一刀，肐察地搠倒在亭上。可憐王倫做了多年寨主，今日死在林沖之手，正應古人言：「量大福也大，機深禍亦深。」有詩為證：

獨據梁山志可羞，嫉賢傲士少寬柔。
只將寨主為身有，卻把群英作寇仇。
酒席歡時生殺氣，杯盤響處落人頭。
胸懷褊狹真堪恨，不肯留賢命不留。

晁蓋見殺了王倫，各掣刀在手。林沖早把王倫首級割下來，提在手裡，嚇得那杜遷、宋萬、朱貴都跪下說道：「願隨哥哥執鞭墜鐙（服侍）！」晁蓋等慌忙扶起三人來。吳用就血泊裡拽過頭把交椅來，便納林沖坐地，叫道：「如有不伏者，將王倫為例！今日扶林教頭為山寨之主。」林沖大叫道：

「先生差矣！我今日只為眾豪傑義氣為重上頭，火併了這不仁之賊，實無心要謀此位。今日吳兄卻讓此第一位與林沖坐，豈不惹天下英雄恥笑？若欲相逼，寧死而已！弟有片言，不知眾位肯依我麼？」眾人道：「頭領所言，誰敢不依？願聞其言。」林沖言無數句，話不一席（不同道），有分教，斷金亭上，招多少斷金之人；聚義廳前，開幾番聚義之會。正是替天行道人將至，仗義疏財漢便來。畢竟林沖對吳用說出甚言語來，且聽下回分解。

第二十回

梁山泊義士尊晁蓋　鄆城縣月夜走劉唐

話說林沖殺了王倫，手拿尖刀，指著眾人說道：「據林沖雖係禁軍遭配到此，今日為眾豪傑至此相聚，爭奈王倫心胸狹隘，嫉賢妒能，推故不納，因此火併了這廝，非林沖要圖此位。據著我胸襟膽氣，焉敢拒敵官軍，剪除君側元凶首惡？今有晁兄，仗義疏財，智勇足備，方今天下人聞其名，無有不伏。我今日以義氣為重，立他為山寨之主，好麼？」眾人道：「頭領言之極當。」晁蓋道：「不可。自古『強兵不壓主』。晁蓋強殺，只是個遠來新到的人，安敢便來占上？」林沖把手向前，將晁蓋推在交椅上，叫道：「今日事已到頭，請勿推卻。若有不從者，將王倫為例。」再三再四，扶晁蓋坐了。林沖喝道眾人就於亭前參拜了。一面使小嘍羅去大寨裡擺下筵席，一面叫人抬過了王倫屍首，一面又著人去山前山後喚眾多小頭目，都來大寨裡聚義。

林沖等一行人，請晁蓋上了轎馬，都投大寨裡來。到得聚義廳前，下了馬，都上廳來。眾人扶晁天王去正中第一位交椅上坐定，中間焚起一爐香來。林沖向前道：「小可林沖，只是個粗鹵匹夫，不過只會些槍棒而已；無學無才，無智無術。今日山寨，天幸得眾豪傑相聚，大義既明，非比往日苟且。學究先生在此，便請做軍師，執掌兵權，調用將校，須坐第二位。」吳用答道：「吳某村中學究，胸次又無經綸濟世之才；雖只讀些孫吳兵法，未曾有半粒微功，怎敢占上？」林沖道：「事已到頭，不必謙讓。」吳用只得坐了第二位。林沖道：「公孫先生請坐第三位。」晁蓋道：「卻使不得。若是這等推讓之時，晁蓋必須退位。」林沖道：「晁兄差矣。公孫先生，名聞江湖，善能用兵，有鬼神不測之機，呼風喚雨之法，誰能及得？」公孫勝道：「雖有些小之法，亦無濟世之才，如何便敢占上？還是頭領請坐。」林沖道：「只今番克敵制勝，便見得先生妙法。正是鼎分三足，缺一不可，先生不必推卻。」公孫勝只得坐了第三位。

林沖再要讓時，晁蓋、吳用、公孫勝都不肯。三人俱道：「適蒙頭領所說，鼎分三足，以此不敢違命。我三人占上，頭領再要讓人時，晁蓋等只得告退。」三人扶住林沖，只得坐了第四位。晁蓋道：「今番須請宋、杜二頭領來坐。」那杜遷、宋萬見殺了王倫，尋思道：「自身本事低微，如何近得他們，不若做個人情。」苦苦地請劉唐坐了第五位，阮小二坐了第六位，阮小五坐了第七位，阮小七坐了第八位，杜遷坐了第九位，宋萬坐了第十位，朱貴坐了第十一位。

梁山泊自此是十一位好漢坐定。山前山後，共有七八百人，都來廳前參拜了，分立在兩下。晁蓋道：「你等眾人在此：今日林教頭扶我做山寨之主，吳學究做軍師，公孫先生同掌兵權，林教頭等共管山寨。汝等眾人，各依舊職，管領山前山後事務，守備寨柵灘頭，休教有失。各人務要竭力同心，共聚大義。」再教收拾兩邊房屋，安頓了阮家老小，便教取出打劫得的生辰綱——金珠寶貝——並自家莊上過活的金銀財帛，就當廳賞賜眾小頭目並眾多小嘍羅當下椎牛宰馬，祭祀天地神明，慶賀重新聚義。眾頭領飲酒至半夜方散。次日，又辦筵宴慶會，一連吃了數日筵席。晁蓋與吳用等眾頭領計議：整點倉廒，修理寨柵，打造軍器——槍、刀、弓、箭、衣甲、頭盔——準備迎敵官軍；安排大小船隻，教演人兵水手上船廝殺，好做提備，不在話下。自此梁山泊十一位頭領聚義，真乃是交情渾似股肱（四肢一般協調），義氣如同骨肉。有詩為證：

古人交誼斷黃金，心若同時誼亦深。
水滸請看忠義士，死生能守歲寒心。

因此林沖見晁蓋作事寬弘，疏財仗義，安頓各家老小在山，驀然思念妻子在京師，存亡未保，遂將心腹備細訴與晁蓋道：「小人自從上山之後，欲要搬取妻子上山來，因見王倫心術不定，難以過活，一向蹉跎過了。流落東京，不知死活。」晁蓋道：「賢弟既有寶眷在京，如何不去取來完聚？你快寫書，便教人下山去，星夜取上山來，多少是好。」林沖當下寫了一封書，叫兩個自身邊心腹小嘍羅下山去了。

不過兩個月，小嘍羅還寨說道：「直至東京城內殿帥府前，尋到張教頭家，聞說娘子被高太尉威逼親事，自縊身死，已故半載。張教頭亦為憂疑，半月之前，染患身故。止剩得女使錦兒，已招贅丈夫在家過活。訪問鄰里，亦是如此說。打聽得真實，回來報與頭領。」林沖見說，潸然淚下，自此杜絕了心中掛念。晁蓋等見說了，悵然嗟嘆。山寨中自此無話，每日只是操練人兵，準備抵敵官軍。

忽一日，眾頭領正在聚義廳上商議事務，只見小嘍羅報上山來說道：「濟州府差撥軍官，帶領約有一千人馬，乘駕大小船四五百隻，見在石碣村湖蕩裡屯住，特來報知。」晁蓋大驚，便請軍師吳用商議道：「官軍將至，如何迎敵？」吳用笑道：「不須兄長掛心，吳某自有措置。自古道：『水來土掩，兵到將迎。』」隨即喚阮氏三雄，附耳低言道：「如此如此……」又喚林沖、劉唐受計道：「你兩個便這般這般……」再叫杜遷、宋萬，也吩咐了。正是：西迎項羽三千陣，今日先施第一功。

且說濟州府尹點差團練使黃安並本府捕盜官一員，帶領一千餘人，拘集（征用）本處船隻，就石碣村湖蕩調撥，分開船隻作兩路來取泊子。

且說團練使黃安，帶領人馬上船，搖旗吶喊，殺奔金沙灘來。看看漸近灘頭，只聽得水面上嗚嗚咽咽吹將起來。黃安道：「這不是畫角（喇叭）之聲？且把船來分作兩路，去那蘆花蕩中灣住。」看時，只見水面上遠遠地三隻船來。看那船時，每隻船上只有五個人：四個人搖著雙櫓，船頭上立著一個人，頭帶絳紅巾，都一樣身穿紅羅繡襖，手裡各拿著留客住，三隻船上人，都一般打扮。於內有人認得的，便對黃安說道：「這三隻船上三個人，一個是阮小二，一個是阮小五，一個是阮小七。」黃安道：「你眾人與我一齊並力向前，拿這三個人！」兩邊有四五十隻船，一齊發著喊，殺奔前去。那三隻船 哨了一聲，一齊便回。黃團練把手內槍拈搭動，向前來叫道：「只顧殺這賊，我自有重賞。」那三隻船前面走，背後官軍船上，把箭射將去。那三阮去船艙裡，各拿起一片青狐皮來遮那箭矢。後面船隻只顧趕。

趕不過二三里水港，黃安背後一隻小船，飛也似划來報道：「且不要趕！我們那一條殺入去的船隻，都被他殺下水裡去，把船都奪去了。」黃安問道：「怎的著了那廝的手！」小船上人答道：「我們正行船時，只見遠遠地兩隻船來，每船上各有五個人。我們並力殺去趕他，趕不過三四里水面，四下裡小港鑽出七八隻小船來。船上弩箭似飛蝗一般射將來，我們急把船回時，來到窄狹港口，只見岸上約有二三十人，兩頭牽一條大篾索，橫截在水面上。卻待向前看索時，又被他岸上灰瓶、石子，如雨點一般打將來。眾官軍只得棄了船隻，下水逃命。我眾人逃得出來，到旱路邊看時，那岸上人馬皆不見了，馬也被他牽去了；看馬的軍人，都殺死在水裡。我們蘆花蕩邊，尋得這隻小船兒，逕來報與團練。」

黃安聽得說了，叫苦不迭，便把白旗招動，教眾船不要去趕，且一發回來。那眾船才撥得轉頭，未曾行動，只見背後那三隻船，又引著十數只船，都只是這三五個人，把紅旗搖著，口裡吹著胡哨，飛也似趕來。黃安卻待把船擺開迎敵時，只聽得蘆葦叢中炮響。黃安看時，四下裡都是紅旗擺滿，慌了手腳。後面趕來的船上叫道：「黃安留下了首級回去！」黃安把船盡力搖過蘆葦岸邊，卻被兩邊小港裡鑽出四五十隻小船來，船上弩箭如雨點射將來。黃安就箭林裡奪路時，只剩得三四隻小船了。黃安便跳過快船內，回頭看時，只見後面的人，一個個都撲通的跳下水裡去了。有和船被拖去的，大半都被殺死。黃安駕著小快船，正走之間，只見蘆花蕩邊一隻船上，立著劉唐，一撓鉤搭住黃安的船，托地跳將過來，只一把攔腰提住，喝道：「不要掙扎！」別的軍人能識水者，水裡被箭射死；不敢下水的，就船裡都活捉了。

黃安被劉唐扯到岸邊，上了岸，遠遠地晁蓋、公孫勝山邊騎著馬，挺著刀，引五六十人，三二十匹馬，齊來接應。一行人生擒活捉得一二百人，奪的船隻，盡數都收在山南水寨裡安頓了。大小頭領，一齊都到山寨。晁蓋下了馬，來到聚義廳上坐定。眾頭領各去了戎裝軍器，團團坐下，捉那黃安綁在將軍柱上；取過金銀緞匹，賞了小嘍羅。點檢共奪得六百餘匹好馬，這是林沖的功勞；東港是杜遷、宋萬的功勞；西港是阮氏三雄的功勞；捉得黃安，是劉唐的功勞。

眾頭領大喜，殺牛宰馬，山寨裡筵會。自釀的好酒，水泊裡出的新鮮蓮藕並鮮魚；山南樹上，自有時新的桃、杏、梅、李、枇杷、山棗、柿、栗之類；自養的雞、豬、鵝、鴨等品物；不必細說。眾頭領只顧慶賞。新到山寨，得獲全勝，非同小可。有詩為證：

堪笑王倫妄自矜，庸才大任豈能勝！

一從火並歸新主，會見梁山事業新。

正飲酒間，只見小嘍羅報道：「山下朱頭領使人到寨。」晁蓋喚來問有甚事。小嘍羅道：「朱頭領探聽得一起客商，有數十人結聯一處，今晚必從旱路經過，特來報知。」晁蓋道：「正沒金帛使用，誰領人去走一遭？」三阮道：「我弟兄們去。」晁蓋道：「好兄弟，小心在意，速去早來。」三阮便下廳去，換了衣裳，跨了腰刀，拿了朴刀、欖叉、留客住；點起一百餘人上廳來，別了頭領，便下山，就金沙灘把船載過朱貴酒店裡去了。晁蓋恐三阮擔負不下，又使劉唐點起一百餘人，教領了下山去接應，又吩咐道：「只可善取金帛財物，切不可傷害客商性命。」劉唐去了。晁蓋到三更，不見回報，又使杜遷、宋萬，引五十餘人下山接應。

晁蓋與吳用、公孫勝、林沖飲酒至天明，只見小嘍羅報喜道：「虧得朱頭領，得了二十餘輛車子金銀財物，並四五十匹驢騾頭口。」晁蓋又問道：「不曾殺人麼？」小嘍羅答道：「那許多客人，見我們來得頭勢猛了，都撇下車子、頭口、行李，逃命去了，並不曾傷害他一個。」晁蓋見說大喜：「我等初到山寨，不可傷害於人。」取一錠白銀，賞了小嘍羅，便叫將了酒果下山來，直接到金沙灘上。見眾頭領盡把車輛扛上岸來，再叫撐船去載頭口馬匹，眾頭領大喜。把盞已畢，教人去請朱貴上山來筵宴。

晁蓋等眾頭領，都上到山寨聚義廳上，簸箕掌、栲栳圈（團團圍著）坐定。叫小嘍羅扛抬過許多財物在廳上，一包包打開，將彩帛衣服堆在一邊，行貨等物堆在一邊，金銀寶貝堆在正面。眾頭領看了打劫得許多財物，心中歡喜，便叫掌庫的小頭目，每樣取一半，收貯在庫，聽候支用。這一半分做兩分。廳上十一位頭領，均分一分；山上山下眾人，均分一分。把這新拿到的軍健，臉上刺了字號，選

第二十回

梁山泊義士尊晁蓋　鄆城縣月夜走劉唐

壯浪的分撥去各寨餵馬砍柴；軟弱的，各處看車切草。黃安鎖在後寨監房內。晁蓋道：「我等今日初到山寨，當初只指望逃災避難，投托王倫帳下，為一小頭目，多感林教頭賢弟推讓我為尊，不想連得了兩場喜事：第一贏得官軍，收得許多人馬船隻，捉了黃安；二乃又得了若干財物金銀。此不是皆托眾弟兄的才能？」眾頭領道：「皆托得大哥哥的福蔭，以此得采。」

晁蓋再與吳用道：「俺們弟兄七人的性命，皆出於宋押司、朱都頭兩個。古人道：『知恩不報，非為人也！』今日富貴安樂，從何而來？早晚將些金銀，可使人親到鄆城縣走一遭，此是第一件要緊的事務。再有白勝陷在濟州大牢裡，我們必須要去救他出來。」吳用道：「兄長不必憂心，小生自有刮劃（安排）。宋押司是個仁義之人，緊地不望我們酬謝。然雖如此，禮不可缺，早晚待山寨粗安，必用一個兄弟自去。白勝的事，可教陌生人去那裡使錢，買上囑下（上下疏通），鬆寬他，便好脫身。我等且商量屯糧，造船，製辦軍器，安排寨柵、城垣，添造房屋，整頓衣袍、鎧甲，打造槍、刀、弓、箭，防備迎敵官軍。」晁蓋道：「既然如此，全仗軍師妙策指教。」吳用當下調撥眾頭領，分派去辦，不在話下。

且不說梁山泊自從晁蓋上山，好生興旺。卻說濟州府太守見黃安手下逃回的軍人，備說梁山泊殺死官軍，生擒黃安一事；又說梁山泊好漢，十分英雄了得，無人近傍得他，難以收捕；抑且水路難認，港汊多雜，以此不能取勝。府尹聽了，只叫得苦，向太師府干辦說道：「何濤先折了許多人馬，獨自一個逃得性命回來，已被割了兩個耳朵，自回家將息，至今不能痊；去的五百人，無一個回來；因此又差團練使黃安並本府捕盜官，帶領軍兵前去追捉，亦皆失陷。黃安已被活捉上山，殺死官軍，不知其數，又不能取勝，怎生是好！」太守肚里正懷著鬼胎，沒個道理處，只見承局來報說：「東門接官亭上，有新官到來，飛報到此。」

太守慌忙上馬，來到東門外接官亭上，望見塵土起處，新官已到亭子前下馬。府尹接上亭子相見已了，那新官取出中書省更替文書來，度與府尹。太守看罷，隨即和新官到州衙裡，交割（接交）牌印，一應府庫錢糧等項。當下安排筵席，管待新官。舊太守備說梁山泊賊盜浩大，殺死官軍一節。說罷，新官面如土色，心中思忖道：「蔡太師將這件勾當抬舉我，卻是此等地面，這般府分。又沒強兵猛將，如何收捕得這伙強人？倘或這廝們來城裡借糧時，卻怎生奈何？」舊官太守次日收拾了衣裝行李，自回東京聽罪，不在話下。

且說新官宗府尹到任之後，請將一員新調來鎮守濟州的軍官來，當下商議招軍買馬，集草屯糧，招募悍勇民夫，智謀賢士，準備收捕梁山泊好漢；一面申呈中書省，轉行牌（文書）仰附近州郡，並力剿捕；一面自行下文書所屬州縣，知會收剿，及仰屬縣，著令守禦本境。這個都不在話下。

且說本州孔目，差人齎一紙公文，行下所屬鄆城縣，教守禦本境，防備梁山泊賊人。鄆城縣知縣看了公文，教宋江迭（複制）成文案，行下各鄉村，一體守備。宋江見了公文，心內尋思道：「晁蓋等眾人，不想做下這般大事，犯了大罪，劫了生辰綱，殺了做公的，傷了何觀察，又損害了許多官軍人馬，又把黃安活捉上山。如此之罪，是滅九族的勾當。雖是被人逼迫，事非得已，於法度上卻饒不得。倘有疏失，如之奈何？」自家一個心中納悶。吩咐貼書後司張文遠將此文書立成文案，行下各鄉各保。張文遠自理會文卷，宋江卻信步走出縣來。

走不過三二十步，只聽得背後有人叫聲「押司」。宋江轉回頭來看時，卻是做媒的王婆，引著一個婆子，卻與他說道：「你有緣，做好事的押司來也！」宋江轉身來問道：「有甚麼話說？」王婆攔住，指著閻婆對宋江說道：「押司不知，這一家兒，從東京來，不是這裡人家，嫡親三口兒。夫主閻公，有個女兒婆惜。他那閻公，平昔是個好唱的人，自小教得他那女兒婆惜，也會唱諸般耍令；年方一十八歲，頗有些顏色（姿色）。三口兒因來山東投奔一個官人不著，流落在此鄆城縣。不想這裡的人，不喜風流宴樂，因此不能過活，在這縣後一個僻靜巷內權住。昨日他的家公因害時疫死了，這閻婆無錢津送（出殯），沒做道理處，央及（連累）老身做媒。我道：『這般時節，那裡有這等恰好？』又沒借換處，正在這裡走投沒路的，只見押司打從這裡過，以此老身與這閻婆趕來，望押司可憐見他則個，作成（施舍）一具棺材。」宋江道：「原來恁地。你兩個跟我來，去巷口酒店裡，借筆硯寫個帖子，與你去縣東陳三郎家，取具棺材。」宋江又問道：「你有結果（喪事花費）使用麼？」閻婆答道：「實不瞞押司說，棺材尚無，那討使用？」宋江道：「我再與你銀子十兩，做使用錢。」閻婆道：「便是重生的父母，再長的爺娘，做驢做馬，報答押司。」宋江道：「休要如此說。」隨即取出一錠銀子，遞與閻婆，自回下處去了。且說這婆子將了帖子，徑來縣東街陳三郎家，取了一具棺材，回家發送了當，兀自餘剩下五六兩銀子，娘兒兩個，把來盤纏，不在話下。

忽一朝，那閻婆因來謝宋江，見他下處，沒有一個婦人家面，回來問間壁王婆道：「宋押司下處，不見一個婦人面，他曾有娘子也無？」王婆道：「只聞宋押司家裡在宋家村住，卻不曾見說他有娘子。在這縣裡做押司，只是客居。常常見他散施棺材藥餌，極肯濟人貧苦，敢怕是未有娘子。」閻婆道：「我這女兒長得好模樣，又會唱曲兒，省得諸般耍笑；從小兒在東京時，只去行院（妓院）人家串，那一個行院不愛他！有幾個上行首（上等妓女），要問我過房幾次，我不肯。只因我兩口兒，無人養老，因此不過房與他。不想今來倒苦了他。我前日去謝宋押司，見他下處沒娘子，因此央你與我對宋押司說，他若要討人時，我情願把婆惜與他。我前日得你作成，虧了宋押司救濟，無可報答他，與他做個親眷來往。」

王婆聽了這話，次日來見宋江，備細說了這件事。宋江初時不肯，怎當這婆子撮合山（媒婆）的嘴攛掇，宋江依允了，就在縣西巷內，討了一所樓房，置辦些家火什物，安頓了閻婆惜娘兒兩個，在那裡居住。沒半月之間，打扮得閻婆惜滿頭珠翠，遍體綾羅。正是：

花容裊娜，玉質娉婷。髻橫一片烏雲，眉掃半彎新月。金蓮窄窄，湘裙微露不勝情；玉筍纖纖，翠袖半籠無限意。星眼渾如點漆，酥胸真似截肪。金屋美人離御苑，蕊珠仙子下塵寰。

宋江又過幾日，連那婆子，也有若干頭面衣服，端的養的婆惜豐衣足食。初時宋江夜夜與婆惜一處歇臥，向後漸漸來得慢了。卻是為何？原來宋江是個好漢，只愛學使槍棒，於女色上不十分要緊。這閻婆惜水也似後生，況兼十八九歲，正在妙齡之際，因此宋江不中那婆娘意。一日，宋江不合帶後司貼書張文遠來閻婆惜家吃酒。這張文遠，卻是宋江的同房押司，那廝喚做「小張三」，生得眉清目秀，齒白唇紅；平昔只愛去三瓦兩舍（游樂場所），飄蓬浮蕩，學得一身風流俊俏；更兼品竹調絲，無有不會。這婆惜是個酒色娼妓，一見張三，心裡便喜，倒有意看上他。那張三見這婆惜有意以目送情，等宋江起身淨手，倒把言語來嘲惹張三，常言道：「風不來，樹不動，船不搖，水不渾。」那張三亦是個酒色之徒，這事如何不曉得。因見這婆娘眉來眼去，十分有情，便記在心裡。向後宋江不在時，這張三便去那裡，假意兒只做來尋宋江。那婆娘留住吃茶，言來語去，成了此事。誰想那婆娘自從和那張三兩個搭識上了，打得火塊一般熱。亦且這張三又是個慣弄此事的，豈不聞古人有言，一不將，二不帶，只因宋江千不合，萬不合，帶這張三來他家裡吃酒，以此看上了他。自古道：「風流茶說合，酒是色媒人。」正犯著這條款。閻婆惜自從和那小張三兩個搭上，並無半點兒情分在這宋江身上。宋江但若來時，只把言語傷他，全不兜攬他些個。這宋江是個好漢，不以這女色為念，因此半月十日，去走得一遭。那張三和這婆惜，如膠似漆，夜去明來，街坊上人也都知了。卻有些風聲吹在宋江耳朵裡。宋江半信不信，自肚裡尋思道：「又不是我父母匹配的妻室，他若無心戀我，我沒來由惹氣做甚麼？我只不上門便了。」自此有幾個月不去。閻婆累使人來請，宋江只推事故不上門去。正是：

花娘有意隨流水，義士無心戀落花。
婆愛錢財娘愛俏，一般行貨兩家茶。

話分兩頭。忽一日將晚，宋江從縣裡出來，去對過茶房裡坐定吃茶，只見一個大漢，頭帶白范陽氈笠兒，身穿一領黑綠羅襖，下面腿絣護膝，八搭麻鞋，腰裡挎著一口腰刀，背著一個大包，走得汗雨通流，氣急喘促，把臉別轉著看那縣裡。宋江見了這個大漢走得蹺蹊，慌忙起身趕出茶房來，跟著那漢走。約走了三二十步，那漢回過頭來，看了宋江，卻不認得。宋江見了這人，略有些面熟，「莫不是那裡曾廝會來？……」心中一時思量不起。那漢見宋江看了一回，也有些認得，立住了腳，定睛看那宋江，又不敢問。宋江尋思道：「這個人好作怪！卻怎地只顧看我？」宋江亦不敢問他。只見那漢去路邊一個篦頭鋪裡問道：「大哥，前面那個押司是誰？」篦頭待詔應道：「這位是宋押司。」那漢提著朴刀，走到面前，唱個大喏，說道：「押司認得小弟麼？」宋江道：「足下有些面善。」那漢道：「可借一步說話。」宋江便和那漢入一條僻靜小巷。那漢道：「這個酒店裡好說話。」

兩個上到酒樓，揀個僻靜閣兒裡坐下。那漢倚了朴刀，解下包裹，撇在桌子底下，那漢撲翻身便拜。宋江慌忙答禮道：「不敢拜問足下高姓？」那人道：「大恩人，如何忘了小弟？」宋江道：「兄長是誰？真個有些面熟，小人失忘了。」那漢道：「小弟便是晁保正莊上曾拜識尊顏蒙恩救了性命的赤髮鬼劉唐便是。」宋江聽了大驚，說道：「賢弟，你好大膽！早是沒做公的看見，險些兒惹出事來！」劉唐道：「感承大恩，不懼一死，特地來酬謝。」宋江道：「晁保正弟兄們，近日如何？兄弟，誰教你來？」劉唐道：「晁頭領哥哥，再三拜上大恩人。得蒙救了性命，見今做了梁山泊主都頭領（總頭領）。吳學究做了軍師，公孫勝同掌兵權。林沖一力維持，火並了王倫。山寨裡原有杜遷、宋萬、朱貴，和俺弟兄七個，共是十一個頭領。見今山寨裡聚集得七八百人，糧食不計其數。只想兄長大恩，無可報答，特使劉唐賫一封書，並黃金一百兩，相謝押司，並朱、雷二都頭。」劉唐打開包裹，取出書來，便遞與宋江。宋江看罷，便拽起褶子前襟，摸出招文袋，打開包兒時，劉唐取出金子放在桌上。宋江把那封書——就取了一條金子和這書包了，——插在招文袋內，放下衣襟，便道：「賢弟，將此金子依舊包了。」隨即便喚量酒的打酒來，叫大塊切一盤肉來，鋪下些菜蔬果子之類，叫量酒人篩酒與劉唐吃。

看看天色晚了，劉唐吃了酒，把桌上金子包打開，要取出來。宋江慌忙攔住道：「賢弟，你聽我說，你們七個弟兄初到山寨，正要金銀使用；宋江家中頗有些過活（錢財），且放在你山寨裡，等宋江缺少盤纏時，卻教兄弟宋清來取。今日非是宋江見外，於內已受了一條。朱仝那人，也有些家私，不用與他，我自與他說知人情便了。雷橫這人，又不知我報與保正；況兼這人貪賭，倘或將些出去賭時，便惹出事來，不當穩便，金子切不可與他。賢弟，我不敢留你相請去家中住，倘或有人認得時，不是耍處。今夜月色必然明朗，你便可回山寨去，莫在此停擱。宋江再三申意眾頭領，不能前來慶賀，切乞恕罪。」劉唐道：「哥哥大恩，無可報答，特令小弟送些人情來與押司，微表孝順之心。保

第二十回

梁山泊義士尊晁蓋　鄆城縣月夜走劉唐

正哥哥今做頭領，學究軍師號令非比舊日，小弟怎敢將回去？到山寨中必然受責。」宋江道：「既是號令嚴明，我便寫一封回書，與你將去便了。」劉唐苦苦相央宋江收受，宋江那裡肯接，隨即取一幅紙來，借酒家筆硯，備細寫了一封回書，與劉唐收在包內。劉唐是個直性的人，見宋江如此推卻，想是不肯受了，便將金子依前包了。看看天色晚來，劉唐道：「既然兄長有了回書，小弟連夜便去。」宋江道：「賢弟，不及相留，以心相照。」劉唐又下了四拜。宋江教量酒人來道：「有此位官人留下白銀一兩在此，我明日卻自來算。」劉唐背上包裹，拿了朴刀，跟著宋江下樓來。離了酒樓，出到巷口，天色昏黃，是八月半天氣，月輪上來，宋江攜住劉唐的手，吩咐道：「賢弟保重，再不可來。此間做公的多，不是耍處。我更不遠送，只此相別。」劉唐見月色明朗，拽開腳步，望西路便走，連夜回梁山泊來。

再說宋江與劉唐別了，自慢慢行回下處來，一頭走，一面肚裡尋思道：「早是沒做公的看見，爭些兒惹出一場大事來！」一頭想：「那晁蓋倒去落了草，直如此大弄。」轉不過兩個彎，只聽得背後有人叫一聲：「押司，那裡去來，好兩日不見面。」宋江回頭看時，正是閻婆。不因這番，有分教，宋江小膽翻為大膽，善心變做惡心。畢竟宋江怎地發付閻婆，且聽下回分解。

第二十一回

虔婆醉打唐牛兒　宋江怒殺閻婆惜

話說宋江別了劉唐，乘著月色滿街，信步自回下處來。卻好的遇著閻婆，趕上前來叫道：「押司，多日使人相請，好貴人，難見面！便是小賤人有些言語高低，傷觸了押司，也看得老身薄面，自教訓他與押司陪話。今晚老身有緣，得見押司，同走一遭去。」宋江道：「我今日縣裡事務忙，擺撥不開，改日卻來。」閻婆道：「這個使不得。我女兒在家裡專望，押司胡亂溫顧他便了。直恁地下得！」宋江道：「端的忙些個，明日準來。」閻婆道：「我今晚要和你去。」便把宋江衣袖扯住了，發話道：「是誰挑撥你？我娘兒兩個，下半世過活，都靠著押司。外人說的閒事閒非，都不要聽他，押司自做個主張。我女兒但有差錯，都在老身身上。押司胡亂去走一遭。」宋江道：「你不要纏，我的事務分撥不開在這裡。」閻婆道：「押司便誤了些公事，知縣相公不到得便責罰你。這回錯過，後次難逢。押司只得和老身去走一遭，到家裡自有告訴。」宋江是個快性的人，吃那婆子纏不過，便道：「你放了手，我去便了。」閻婆道：「押司不要跑了去，老人家趕不上。」宋江道：「直恁地這等？」兩個廝跟著來到門前，正是：

第二十一回
虔婆醉打唐牛兒　宋江怒殺閻婆惜

酒不醉人人自醉，花不迷人人自迷。
直饒今日能知悔，何不當初莫去為？

宋江立住了腳，閻婆把手一攔，說道：「押司來到這裡，終不成不入去了。」宋江進到裡面凳子上坐了，那婆子是乖的，自古道：「老虔婆如何出得他手。」只怕宋江走去，便幫在身邊坐了，叫道：「我兒，你心愛的三郎在這裡。」那閻婆惜倒在床上，對著盞孤燈，正在沒可尋思處，只等這小張三來。聽得娘叫道：「你的心愛的三郎在這裡。」那婆娘只道是張三郎，慌忙起來，把手掠一掠雲髻，口裡喃喃的罵道：「這短命，等得我苦也！老娘先打兩個耳刮子著！」飛也似跑下樓來，就槅子眼裡張時，堂前琉璃燈卻明亮，照見是宋江，那婆娘復翻身轉又上樓去，依前倒在床上。

閻婆聽得女兒腳步下樓來了，又聽得再上樓去了，婆子又叫道：「我兒，你的三郎在這裡，怎地倒走了去。」那婆惜在床上應道：「這屋裡多遠，他不會來。他又不瞎，如何自不上來，直等我來迎接他，沒了當絮絮聒聒地。」閻婆道：「這賤人真個望不見押司來，氣苦了。恁地說，也好教押司受他兩句兒。」婆子笑道：「押司，我同你上樓去。」宋江聽了那婆娘說這幾句，心裡自有五分不自在；被這婆子來扯，勉強只得上樓去。

原來是一間六椽樓屋，前半間安一副春台桌凳；後半間鋪著臥房，貼裡安一張三面棱花的床，兩邊都是欄桿，上掛著一頂紅羅幔帳；側首放個衣架，搭著手巾；這邊放著個洗手盆；一張金漆桌子上，放一個錫燈台，邊廂兩個杌子；正面壁上掛一幅仕女；對床排著四把一字交椅。

宋江來到樓上，閻婆便拖入房裡去。宋江便向杌子上朝著床邊坐了。閻婆就床上拖起女兒來，說道：「押司在這裡。我兒，你只是性氣不好，把言語來傷觸他，惱得押司不上門，閒時卻在家裡思量。我如今不容易請得他來，你卻不起來陪句話兒，顛倒使性！」婆惜把手拓開，說那婆子：「你做甚麼這般鳥亂！我又不曾做了歹事！他自不上門，教我怎地陪話！」

宋江聽了，也不做聲。婆子便掇過一把交椅，在宋江肩下，便推他女兒過來，說道：「你且和三郎坐一坐。不陪話便罷，不要焦躁。你兩個多時不見，也說一句有情的話兒。」那婆娘那裡肯過來，便去宋江對面坐了。宋江低了頭不做聲。婆子看女兒時，也別轉了臉。閻婆道：「沒酒沒漿，做甚麼道場？老身有一瓶兒好酒在這裡，買些果品來，與押司陪話。我兒，你相陪押司坐地，不要怕羞，我便來也。」宋江自尋思道：「我吃這婆子釘住了，脫身不得。等他下樓去，我隨後也走了。」那婆子瞧見宋江要走的意思，出得房門去，門上卻有屈戌（鉸鏈），便把房門拽上，將屈戌搭了。宋江暗忖道：「那虔婆倒先算了我。」

且說閻婆下樓來，先去灶前點起個燈，灶裡見成燒著一鍋腳湯（洗腳水），再湊上些柴頭，拿了些碎銀子，出巷口去買得些時新果品、鮮魚、嫩雞、肥鮓之類。歸到家中，都把盤子盛了；取酒傾在盆裡，舀半旋子，在鍋裡燙熱了，傾在酒壺裡。收拾了數盆菜蔬，三隻酒盞，三雙箸，一桶盤托上樓來，放在春台上。開了房門，搬將入來，擺在桌子上。看宋江時，只低著頭；看女兒時，也朝著別處。

閻婆道：「我兒起來把盞酒。」婆惜道：「你們自吃，我不耐煩！」婆子道：「我兒，爺娘手裡從小兒慣了你性兒，別人面上須使不得。」婆惜道：「不把盞便怎地？終不成飛劍來取了我頭！」那婆子倒笑起來，說道：「又是我的不是了。押司是個風流人物，不和你一般見識。你不把酒便罷，且回過臉來吃盞酒兒。」婆惜只不回過頭來。那婆子自把酒來勸宋江，宋江勉意吃了一盞。婆子笑道：「押司莫要見責。閒話都打疊起，明日慢慢告訴。外人見押司在這裡，多少乾熱的不怯氣，胡言亂語，放屁辣臊，押司都不要聽，且只顧吃酒。」篩了三盞在桌子上，說道：「我兒不要使小孩兒的性，胡亂吃一盞酒。」婆惜道：「沒得只顧纏我！我飽了，吃不得。」閻婆道：「我兒，你也陪侍你的三郎吃盞酒使得。」

婆惜一頭聽了，一面肚裡尋思：「我只心在張三身上，兀誰耐煩相伴這廝！若不把他灌得醉了，他必來纏我。」婆惜只得勉意拿起酒來，吃了半盞。婆子笑道：「我兒只是焦躁，且開懷吃兩盞兒睡。押司也滿飲幾杯。」宋江被他勸不過，連飲了三五杯。婆子也連連吃了幾杯，再下樓去盪酒。

那婆子見女兒不吃酒，心中不悅，才見女兒回心吃酒，歡喜道：「若是今夜兜得他住，那人惱恨都忘了。且又和他纏幾時，卻再商量。」婆子一頭尋思，一面自在灶前吃了三大鍾酒，覺得有些癢麻上來，卻又篩了一碗吃，旋了大半旋，傾在注子（酒壺）裡，爬上樓來，見那宋江低著頭不做聲，女兒也別轉著臉弄裙子。這婆子哈哈地笑道：「你兩個又不是泥塑的，做甚麼都不做聲？押司，你不合是個男子漢，只得裝些溫柔，說些風話（戲謔的話）兒耍。」宋江正沒做道理處，口裡只不做聲，肚裡好生進退不得。閻婆惜自想道：「你不來睬我，指望老娘一似閒常時，來陪你話，相伴你耍笑，我如今卻不耍。」那婆子吃了許多酒，口裡只管夾七帶八嘈，正在那裡張家長，李家短，說白道綠。有詩為證：

只要孤老不出門，花言巧語弄精魂。
幾多聰慧遭他陷，死後應須拔舌根。

卻有鄆城縣一個賣糟醃（醃菜）的唐二哥，叫做唐牛兒，如常在街上，只是幫閒，常常得宋江齎助他，但有些公事去告宋江，也落得幾貫錢使。宋江要用他時，死命向前。這一日晚，正賭錢輸了，沒做道理處，卻去縣前尋宋江，奔到下處尋不見。街坊都道：「唐二哥，你尋誰？這般忙？」唐牛兒道：「我喉急（著急）了，我尋孤老（主顧），一地裡不見他。」眾人道：「你的孤老是誰？」唐牛兒道：「便是縣裡宋押司。」眾人道：「我方才見他和閻婆兩個過去，一路走著。」唐牛兒道：「是了。這閻婆惜賊賤蟲，他自和張三兩個打得火塊也似熱，只瞞著宋押司一個，他敢也知些風聲，好幾時不去了。今晚必然吃那老咬蟲（罵女人的話）假意兒纏了去。我正沒錢使，喉急了，胡亂去那裡尋幾貫錢使，就幫兩碗酒吃。」一徑奔到閻婆門前，見裡面燈明，門卻不關。入到胡梯邊，聽得閻婆在樓上呵呵地笑。唐牛兒躡腳躡手，上到樓上，板壁縫裡張時，見宋江和婆惜兩個都低著頭；那婆子坐在橫頭桌子邊，口裡七十三八十四只顧嘈。

唐牛兒閃將入來，看著閻婆和宋江、婆惜，唱了三個喏，立在邊頭。宋江尋思道：「這廝來的最好。」把嘴望下一努。唐牛兒是個乖的（機智）人，便瞧科（四周張望），看著宋江便說道：「小人何處不尋過，原來卻在這裡吃酒耍，好吃得安穩！」宋江道：「莫不是縣裡有甚麼要緊事？」唐牛兒道：「押司，你怎地忘了？便是早間那件公事，知縣相公在廳上發作，著四五替公人來下處尋押司，一地裡又沒尋處，相公焦躁做一片。押司便可動身。」宋江道：「恁地要緊，只得去。」便起身要下樓，吃那婆子攔住道：「押司不要使這科分。這唐牛兒捻泛過來，你這精賊也瞞老娘！正是『魯班手裡調大斧！』這早晚知縣自回衙去，和夫人吃酒取樂，有甚麼事務得發作？你這般道兒，只好瞞魍魎，老娘手裡說不過去。」

唐牛兒便道：「真個是知縣相公緊等的勾當，我卻不會說謊。」閻婆道：「放你娘狗屁！老娘一雙眼，卻是琉璃葫蘆兒一般，卻才見押司努嘴過來，叫你發科（動作），你倒不攛掇押司來我屋裡，顛倒打抹（慫恿）他去，常言道：『殺人可恕，情理難容。』」這婆子跳起身來，便把那唐牛兒劈脖子只一叉，踉踉蹌蹌，直從房裡叉下樓來。唐牛兒道：「你做甚麼便叉我？」婆子喝道：「你不曉得破人買賣衣飯，如殺父母妻子，你高做聲，便打你這賊乞丐！」唐牛兒鑽將過來道：「你打！」這婆子乘著酒興，叉開五指，去那唐牛兒臉上連打兩掌，直攧出簾子外去。婆子便扯簾子，撇放門背後，卻把兩扇門關上，拿栓拴了，口裡只顧罵。

那唐牛兒吃了這兩掌，立在門前大叫道：「賊老咬蟲，不要慌！我不看宋押司面皮，教你這屋裡粉碎！教你雙日不著單日著！我不結果了你，不姓唐！」拍著胸大罵了去。

婆子再到樓上，看著宋江道：「押司沒事睬那乞丐做甚麼？那廝一地裡去搪（騙）酒吃，只是搬是搬非。這等倒街臥巷的橫死賊，也來上門上戶欺負人！」宋江是個真實的人，吃這婆子一篇道著了真病，倒抽身不得。婆子道：「押司不要心裡見責，老身只恁地知重（看重）得了。我兒和押司只吃這杯。我猜著你兩個多時不見，以定要早睡，收拾了罷休。」婆子又勸宋江吃兩杯，收拾杯盤下樓來，自去灶下去。

宋江在樓上，自肚裡尋思說：「這婆子女兒，和張三兩個有事，我心裡半信不信，眼裡不曾見真實。待要去來，只道我村（蠢）。況且夜深了，我只得權睡一睡，且看這婆娘怎地，今夜與我情分如何。」只見那婆子又上樓來說道：「夜深了，我叫押司兩口兒早睡。」那婆娘應道：「不干你事，你自去睡。」婆子笑下樓來，口裡道：「押司安置。今夜多歡，明日慢慢地起。」婆子下樓來，收拾了灶上，洗了腳手，吹滅燈，自去睡了。

卻說宋江坐在杌子上，只指望那婆娘似比先時，先來偎倚陪話，胡亂又將就幾時。誰想婆惜心裡尋思道：「我只思量張三，吃他攪了，卻似眼中釘一般，那廝倒直指望我一似先前時來下氣，老娘如今卻不要耍。只見說撐船就岸，幾曾有撐岸就船。你不來睬我，老娘倒落得！」

看官聽說，原來這色最是怕人。若是他有心戀你時，身上便有刀劍水火，也攔他不住，他也不怕；若是他無心戀你時，你便身坐在金銀堆裡，他也不睬你。常言道：「佳人有意村夫俏，紅粉無心浪子村（蠢）。」宋公明是個勇烈大丈夫，為女色的手段卻不會。這閻婆惜被那張三小意兒百依百隨，輕憐重惜，賣俏迎奸，引亂這婆娘的心，如何肯戀宋江？

當夜兩個在燈下，坐著對面，都不做聲，各自肚裡躊躇，卻似等泥乾掇入廟。看看天色夜深，窗間月上，但見：

銀河耿耿，玉漏迢迢。穿窗斜月映寒光，透戶涼風吹夜氣。譙樓禁鼓，一更未盡一更催；別院寒砧（搗衣石板），千搗將殘千搗起。畫簷間叮當鐵馬，敲碎旅客孤懷；銀台上閃爍清燈，偏照閨人長嘆。貪淫妓女心如火，仗義英雄氣似虹。

當下宋江坐在杌子上　那婆娘時，復地嘆口氣。約莫也是二更天氣，那婆娘不脫衣裳，便上床去，自倚了繡枕，扭過身，朝裡壁自睡了。宋江看了，尋思道：「可奈這賤人全不睬我些個，他自睡了。我今日吃這婆子言來語去，央了幾杯酒，打熬不得，夜深只得睡了罷。」把頭上巾幘除下，放在桌子上，脫下上蓋衣裳，搭在衣架上，腰裡解下鸞帶（衣帶），上有一把解衣刀和招文袋，卻掛在床邊欄桿子上，脫去了絲鞋淨襪，便上床去那婆娘腳後睡了。

半個更次，聽得婆惜在腳後冷笑。宋江心裡氣悶，如何睡得著。自古道：「歡娛嫌夜短，寂寞恨更長。」看看三更交半夜，酒卻醒了。捱到五更，宋江起來，面桶裡冷水洗了臉，便穿了上蓋衣裳，

第二十一回

虔婆醉打唐牛兒　宋江怒殺閻婆惜

帶了巾幘，口裡罵道：「你這賊賤人好生無禮！」婆惜也不曾睡著，聽得宋江罵時，扭過身來回道：「你不羞這臉。」宋江忿（憋著）那口氣，便下樓來。閻婆聽得腳步響，便在床上說道：「押司且睡歇，等天明去。沒來由起五更做甚麼？」宋江也不應，只顧來開門。婆子又道：「押司出去時，與我拽上門。」宋江出得門來，就拽上了。忍那口氣沒出處，一直要奔回下處來。卻從縣前過，見一碗燈明，看時，卻是賣湯藥（藥茶）的王公來到縣前趕早市。

那老兒見是宋江來，慌忙道：「押司如何今日出來得早？」宋江道：「便是夜來酒醉，錯聽更鼓。」王公道：「押司必然傷酒，且請一盞醒酒二陳湯。」宋江道：「最好。」就凳上坐了。那老子濃濃的奉一盞二陳湯，遞與宋江吃。宋江吃了，驀然想起道：「時常吃他的湯藥，不曾要我還錢。我舊時曾許他一具棺材，不曾與得他。想起昨日有那晁蓋送來的金子，受了他一條，在招文袋裡，何不就與那老兒做棺材錢，教他歡喜。」宋江便道：「王公，我日前曾許你一具棺木錢，一向不曾把得與你。今日我有些金子在這裡，把與你，你便可將去陳三郎家，買了一具棺材，放在家裡。你百年歸壽時，我卻再與你些送終之資。」王公道：「恩主時常覷老漢，又蒙與終身壽具，老子今世不能報答，後世做驢做馬，報答押司。」宋江道：「休如此說。」便揭起背子前襟去取那招文袋時，吃了一驚道：「苦也！昨夜正忘在那賤人的床頭欄桿子上，我一時氣起來，只顧走了，不曾繫得在腰裡。這幾兩金子值得甚麼，須有晁蓋寄來的那一封書，包著這金。我本欲在酒樓上劉唐前燒毀了，他回去說時，只道我不把他來為念。正要將到下處來燒，卻被這閻婆纏將我去。昨晚要就燈下燒時，恐怕露在賤人眼裡，因此不曾燒得。今早走得慌，不期忘了。我常時見這婆娘看些曲本（唱本），頗識幾字，若是被他拿了，倒是利害（禍害）！」便起身道：「阿公休怪。不是我說謊，只道金子在招文袋裡，不想出來得忙，忘了在家。我去取來與你。」王公道：「休要去取。明日慢慢的與老漢不遲。」宋江道：

「阿公，你不知道，我還有一件物事，做一處放著，以此要去取。」宋江慌慌急急，奔回閻婆家裡來，正是：

合是英雄有事來，天教遺失篋中財。
已知著愛皆冤對，豈料酬恩是禍胎！

且說這閻婆惜聽得宋江出門去了，爬將起來，口裡自言自語道：「那廝攪了老娘一夜睡不著。那廝含臉（板著臉），只指望老娘陪氣下情。我不信你，老娘自和張三過得好，誰耐煩睬你！你不上門來倒好！」口裡說著，一頭鋪被，脫下上截襖兒，解了下面裙子，袒開胸前，脫下截襯衣。床面前燈卻明亮，照見床頭欄桿子上拖下條紫羅鑾帶。婆惜見了，笑道：「黑三那廝乞嚯（吃喝）不盡，忘了鑾帶在這裡，老娘且捉了，把來與張三繫。」便用手去一提，提起招文袋和刀子來，只覺袋裡有些重，便把手抽開，望桌子上只一抖，正抖出那包金子和書來。這婆娘拿起來看時，燈下照見是黃黃的一條金子。婆惜笑道：「天教我和張三買物事（東西）吃。這幾日我見張三瘦了，我也正要買些東西和他將息。」將金子放下，卻把那紙書展開來燈下看時，上面寫著晁蓋並許多事務。婆惜道：「好呀！我只道『吊桶落在井裡』，原來也有『井落在吊桶裡』。我正要和張三兩個做夫妻。單單只多你這廝，今日也撞在我手裡！原來你和梁山泊強賊通同往來，送一百兩金子與你。且不要慌，老娘慢慢地消遣你。」就把這封書依原包了金子，還插在招文袋裡，「不怕你教五聖（神名）來攝了去。」

正在樓上自言自語，只聽得樓下呀地門響。婆子問道：「是誰？」宋江道：「是我。」婆子道：「我說早哩，押司卻不信要去，原來早了又回來。且再和姐姐睡一睡，到天明去。」宋江也不回話，

第二十一回
虔婆醉打唐牛兒　宋江怒殺閻婆惜

一徑奔上樓來。

那婆娘聽得是宋江回來，慌忙把鸞帶、刀子、招文袋一發捲做一塊，藏在被裡，緊緊地靠了床裡壁，只做齁齁假睡著。宋江撞到房裡，徑去床頭欄桿上取時，卻不見了。宋江心內自慌，只得忍了昨夜的氣，把手去搖那婦人道：「你看我日前的面，還我招文袋。」那婆惜假睡著，只不應。宋江又搖道：「你不要急躁，我自明日與你陪話。」婆惜道：「老娘正睡哩，是誰攪我？」宋江道：「你情知是我，假做甚麼？」婆惜扭轉身道：「黑三，你說甚麼？」宋江道：「你還了我招文袋。」婆惜道：「你在那裡交付與我手裡，卻來問我討？」宋江道：「忘了在你腳後小欄桿上。這裡又沒人來，只是你收得。」婆惜道：「呸！你不見鬼來！」宋江道：「夜來是我不是了，明日與你陪話。你只還了我罷，休要作耍。」婆惜道：「誰和你作耍？我不曾收得？」宋江道：「你先時不曾脫衣裳睡，如今蓋著被子睡，以定是起來鋪被時拿了。」

只見那婆惜柳眉踢豎，星眼圓睜，說道：「老娘拿是拿了，只是不還你！你使官府的人，便拿我去做賊斷。」宋江道：「我須不曾冤你做賊。」婆惜道：「可知老娘不是賊哩！」宋江見這話，心裡越慌，便說道：「我須不曾歹看承你娘兒兩個，還了我罷！我要去幹事。」婆惜道：「閒常也只嗔老娘和張三有事。他有些不如你處，也不該一刀的罪犯，不強似你和打劫賊通同。」宋江道：「好姐姐，不要叫，鄰舍聽得，不是耍處。」婆惜道：「你怕外人聽得，你莫做不得！這封書，老娘牢牢地收著。若要饒你時，只依我三件事便罷！」宋江道：「休說三件事，便是三十件事也依你。」婆惜道：「只怕依不得。」宋江道：「當行即行。敢問那三件事？」

閻婆惜道：「第一件，你可從今日便將原典我的文書來還我；再寫一紙，任從我改嫁張三，並不敢再來爭執的文書。」宋江道：「這個依得。」婆惜道：「第二件，我頭上帶的，我身上穿的，家裡使用的，雖都是你辦的，也委一紙文書，不許你日後來討。」宋江道：「這個也依得。」閻婆惜又道：「只怕你第三件依不得。」宋江道：「我已兩件都依你，緣何這件依不得？」婆惜道：「有那梁山泊晁蓋送與你的一百兩金子，快把來與我，我便饒你這一場天字第一號官司，還你這招文袋裡的款狀。」宋江道：「那兩件倒都依得。這一百兩金子，果然送來與我，我不肯受他的，依前教他把了回去。若端的有時，雙手便送與你。」婆惜道：「可知哩！常言道：『公人見錢，如蠅子見血。』他使人送金子與你，你豈有推了轉去的？這話卻似放屁！做公人的，『那個貓兒不吃腥？』『閻羅王面前，須沒放回的鬼！』你待瞞誰！便把這一百兩金子與我，值得甚麼！你怕是賊贓時，快熔過了與我。」宋江道：「你也須知我是老實的人，不會說謊。你若不信，限我三日，我將家私變賣一百兩金子與你。你還了我招文袋。」婆惜冷笑道：「你這黑三倒乖，把我一似小孩兒般捉弄。我便先還了你招文袋，這封書，歇三日卻問你討金子，正是『棺材出了，討挽歌郎錢』。我這裡一手交錢，一手交貨。你快把來兩相交割。」宋江道：「果然不曾有這金子。」婆惜道：「明朝到公廳上，你也說不曾有這金子？」

宋江聽了「公廳」兩字，怒氣直起，那裡按納得住，睜著眼道：「你還也不還！」那婦人道：「你恁地狠，我便還你不迭！」宋江道：「你真個不還？」婆惜道：「不還！再饒你一百個不還！若要還時，在鄆城縣還你！」

宋江便來扯那婆惜蓋的被。婦人身邊卻有這件物，倒不顧被，兩手只緊緊地抱住胸前。宋江扯開被來，卻見這鸞帶頭正在那婦人胸前拖下來。宋江道：「原來卻在這裡！」一不做，二不休，兩手便來奪。那婆娘那裡肯放，宋江在床邊捨命的奪，婆惜死也不放。宋江恨命只一拽，倒拽出那把壓衣刀子在席上，宋江便搶在手裡。那婆娘見宋江搶刀在手，叫：「黑三郎殺人也！」只這一聲，提起宋江這個念頭來。那一肚皮氣，正沒出處。婆惜卻叫第二聲時，宋江左手早按住那婆娘，右手卻早刀落，去那婆惜顙子（嗓子；喉嚨）上只一勒，鮮血飛出，那婦人兀自吼哩。宋江怕他不死，再復一刀，那顆頭，伶伶仃仃，落在枕頭上。但見：

　　手到處青春喪命，刀落時紅粉亡身。七魄悠悠，已赴森羅殿上；三魂渺渺，應歸枉死城中。緊閉星眸，直挺挺屍橫席上；半開檀口，濕津津頭落枕邊。從來美與一時休，此日嬌容堪戀否。

宋江一時怒起，殺了閻婆惜，取過招文袋，抽出那封書來，便就殘燈下燒了；繫上鸞帶，走下樓來。那婆子在下面睡，聽他兩口兒論口（爭吵），倒也不著在意裡。只聽得女兒叫一聲「黑三郎殺人也！」正不知怎地，慌忙跳起來，穿了衣裳，奔上樓來，卻好和宋江打個胸廝撞。閻婆問道：「你兩口兒做甚麼鬧？」宋江道：「你女兒忒無禮，被我殺了！」婆子笑道：「卻是甚話？便是押司生的眼凶，又酒性不好，專要殺人，押司休取笑老身。」宋江道：「你不信時，去房裡看，我真個殺了。」婆子道：「我不信。」

推開房門看時，只見血泊裡挺著屍首。婆子道：「苦也！卻是怎地好？」宋江道：「我是烈漢！一世也不走，隨你要怎地。」婆子道：「這賤人果是不好，押司不錯殺了，只是老身無人養贍。」宋江道：「這個不妨，既是你如此說時，你卻不用憂心。我頗有家計，只教你豐衣足食便了，快活過半世。」閻婆道：「恁地時卻是好也，深謝押司。我女兒死在床上，怎地斷送？」宋江道：「這個容易。我去陳三郎家，買一具棺材與你。仵作行人入殮時，我自吩咐他來。我再取十兩銀子與你結果。」婆子謝道：「押司只好趁天未明時討具棺材盛了，鄰舍街坊都不要見影。」宋江道：「也好。你取紙筆來，我寫個票子與你去取。」閻婆道：「票子也不濟事，須是押司自去取，便肯早早發來。」宋江道：「也說得是。」

兩個下樓來，婆子去房裡拿了鎖鑰，出到門前，把門鎖了，帶了鑰匙。宋江與閻婆兩個投縣前來。此時天色尚早，未明，縣門卻才開。那婆子約莫到縣前左側，把宋江一把結住，發喊叫道：「有殺人賊在這裡！」嚇得宋江慌做一團，連忙掩住口道：「不要叫。」那裡掩得住。縣前有幾個做公的走將攏來，看時，認得是宋江，便勸道：「婆子閉嘴！押司不是這般的人，有事只消得好說。」閻婆道：「他正是凶首，與我捉住，同到縣裡。」原來宋江為人最好，上下愛敬，滿縣人沒一個不讓他，因此做公的都不肯下手拿他，又不信這婆子說。有詩為證：

好人有難皆憐惜，奸惡無災盡詫憎。
可見生平須自檢，臨時情義始堪憑。

正在那裡沒個解救，恰好唐牛兒托一盤子洗淨的糟薑來縣前趕趁，正見這婆子結扭住宋江在那裡叫冤屈。唐牛兒見是閻婆一把扭結住宋江，想起昨夜的一肚子鳥氣來，便把盤子放在賣藥的老王凳子上，鑽將過來，喝道：「老賊蟲，你做甚麼結扭住押司？」婆子道：「唐二，你不要來打奪人去，要你償命也！」

唐牛兒大怒，那裡聽他說，把婆子手一拆，拆開了，不問事由，叉開五指，去閻婆臉上只一掌，打個滿天星。那婆子昏撒了，只得放手。宋江得脫，往鬧裡一直走了。

第二十一回

虔婆醉打唐牛兒　宋江怒殺閻婆惜

婆子便一把去結扭住唐牛兒叫道：「宋押司殺了我的女兒，你卻打奪去了。」唐牛兒慌道：「我那裡得知！」閻婆叫道：「上下替我捉一捉殺人賊則個！不時，須要帶累你們。」眾做公的，只礙宋江面皮，不肯動手；拿唐牛兒時，須不耽擱。眾人向前，一個帶住婆子，三四個拿住唐牛兒，把他橫拖倒拽，直推進鄆城縣裡來。正是禍福無門，惟人自召；披麻救火，惹焰燒身。畢竟唐牛兒被閻婆結住，怎地脫身，且聽下回分解。

第二十二回

閻婆大鬧鄆城縣　朱仝義釋宋公明

話說當時眾做公的拿住唐牛兒，解進縣裡來。知縣聽得有殺人的事，慌忙出來升廳。眾做公的把這唐牛兒簇擁在廳前。知縣看時，只見一個婆子跪在左邊，一個漢子跪在右邊。知縣問道：「甚麼殺人公事？」婆子告道：「老身姓閻。有個女兒喚做婆惜，典與宋押司做外宅。昨夜晚間，我女兒和宋江一處吃酒，這個唐牛兒一逕來尋鬧，叫罵出門，鄰裡盡知，今早宋江出去走了一遭，回來把我女兒殺了。老身結扭到縣前，這唐二又把宋江打奪了去，告相公做主。」知縣道：「你這廝怎敢打奪了凶身？」唐牛兒告道：「小人不知前後因依（情況）。只因昨夜去尋宋江搪碗酒吃，被這閻婆叉小人出來。今早小人自出來賣糟薑，遇見閻婆結扭宋押司在縣前。小人見了，不合去勸他，他便走了。卻不知他殺死他女兒的緣由。」知縣喝道：「胡說！宋江是個君子誠實的人，如何肯造次殺人？這人命之事，必然在你身上！左右在那裡？」便喚當廳公吏。

當下轉上押司張文遠來。見說閻婆告宋江殺了他女兒，「正是我的表子（姘婦）。」隨即取了各人口詞，就替閻婆寫了狀子，迭了一宗案。便喚當地方仵作、行人，並地廂、里正、鄰佑一干人等，來到閻婆家，開了門，取屍首登場檢驗了。身邊放著行凶刀子一把。當日再三看驗得，係是生前項上被刀勒死。眾人登場了當，屍首把棺木盛了，寄放寺院裡，將一干人帶到縣裡。

知縣卻和宋江最好，有心要出脫他，只把唐牛兒來再三推問。唐牛兒供道：「小人並不知前後。」知縣道：「你這廝如何隔夜去他家尋鬧？一定你有干涉！」唐牛兒告道：「小人一時撞去搪碗酒吃……」知縣道：「胡說！打這廝！」左右兩邊狼虎一般公人，把這唐牛兒一索捆翻了，打到三五十，前後語言一般。知縣明知他不知情，一心要救宋江，只把他來勘問。且叫取一面枷來釘了，禁在牢裡。

那張文遠上廳來稟道：「雖然如此，見有刀子是宋江的壓衣刀，必須去拿宋江來對問，便有下落。」知縣吃他三回五次來稟，遮掩不住，只得差人去宋江下處捉拿。宋江已自在逃去了，只拿得幾家鄰人來回話：「凶身宋江在逃，不知去向。」張文遠又稟道：「犯人宋江逃去，他父親宋太公並兄弟宋清，見在宋家村居住，可以勾追到官，責限比捕（限期抓捕逃犯），跟尋宋江到官理問。」知縣本不肯行移（移送公文），只要朦朧做在唐牛兒身上，日後自慢慢地出（釋放）他。怎當這張文遠立主文案，唆使閻婆上廳，只管來告。知縣情知阻當不住，只得押紙公文，差三兩個做公的，去宋家莊勾追宋太公並兄弟宋清。

公人領了公文，來到宋家村宋太公莊上。太公出來迎接，至草廳上坐定。公人將出文書，遞與太公看了。宋太公道：「上下請坐，容老漢告稟：老漢祖代務農，守此田園過活。不孝之子宋江，自小忤逆，不肯本分生理（過日子），要去做吏，百般說他不從，因此，老漢數年前，本縣官長處告了他忤逆，出了他籍（斷絕關係），不在老漢戶內人數。他自在縣裡住居，老漢自和孩兒宋清，在此荒村，守些田畝過活。他與老漢水米無交（無來往），並無干涉。老漢也怕他做出事來，連累不便，因此在前官手裡告了，執憑文帖，在此存照，老漢取來，教上下看。」眾公人都是和宋江好的，明知道這個是預先開的門路，苦死不肯做冤家。眾人回說道：「太公既有執憑，把將來我們看，抄去縣裡回話。」太公隨即宰殺些雞鵝，置酒管待了眾人，齎發了十數兩銀子，取出執憑公文，教他眾人抄了。眾公人相辭了宋太公，自回縣去回知縣的話，說道：「宋太公三年前出了宋江的籍，告了執憑文帖，見有抄白（文書副本）在此，難以勾捉。」知縣又是要出脫宋江的，便道：「既有執憑公文，他又別無親族，只可出一千貫賞錢，行移諸處，海捕捉拿便了。」

那張三又挑唆閻婆去廳上披頭散髮來告道：「宋江實是宋清隱藏在家，不令出官。相公如何不與老身做主去拿宋江？」知縣喝道：「他父親已自三年前告了他忤逆在官，出了他籍，見有執憑公文存照，如何拿得他父親兄弟來比捕？」閻婆告道：「相公，誰不知道他叫做『孝義黑三郎』？這執憑是個假的，只是相公做主則個！」知縣道：「胡說！前官手裡押的印信公文，如何是假的？」閻婆在廳下叫屈叫苦，哽哽咽咽地價哭告相公道：「人命大如天，若不肯與老身做主時，只得去州裡告狀。只是我女兒死得甚苦！」那張三又上廳來替他稟道：「相公不與他行移拿人時，這閻婆上司去告狀，倒是利害。倘或來提問時，小吏難去回話。」知縣情知有理，只得押了一紙公文，便差朱仝、雷橫二都頭，當廳發落：「你等可帶多人，去宋家村宋大戶莊上，搜捉犯人宋江來。」有詩為證：

不關心事總由他，路上何人怨折花？
為惜如花婆惜死，俏冤家做惡冤家。

朱、雷二都頭領了公文，便來點起士兵四十餘人，徑奔宋家莊上來。宋太公得知，慌忙出來迎接。朱仝、雷橫二人說道：「太公休怪我們。上司差遣，蓋不由己。你的兒子押司見在何處？」宋太公道：「兩位都頭在上：我這逆子宋江，他和老漢並無干涉。前官手裡，已告開了他，見告的執憑在此。已與宋江三年多各戶另籍，不同老漢一家過活，亦不曾回莊上來。」朱仝道：「然雖如此，我們憑書請客，奉帖勾人（奉命捕人），難憑你說不在莊上。你等我們搜一搜看，好去回話。」便叫士兵三四十人，圍了莊院。「我自把定前門，雷都頭，你先入去搜。」雷橫便入進裡面，莊前莊後搜了一遍，出來對朱仝說道：「端的不在莊裡。」朱仝道：「我只是放心不下，雷都頭，你和眾弟兄把了門；我親自細細地搜一遍。」宋太公道：「老漢是識法度的人，如何敢藏在莊裡？」朱仝道：「這個是人命的公事，你卻嗔怪我們不得。」太公道：「都頭尊便，自細細地去搜。」朱仝道：「雷都頭，你監著太公在這裡，休教他走動。」

朱仝自進莊裡，把朴刀倚在壁邊，把門來拴了，走入佛堂內去，把供床拖在一邊，揭起那片地板來。板底下有條索頭，將索子頭只一拽，銅鈴一聲響，宋江從地窨子裡鑽將出來，見了朱仝，吃那一驚。朱仝道：「公明哥哥，休怪小弟今來捉你。閒常時和你最好，有的事都不相瞞。一日酒中，兄長曾說道：『我家佛座底下有個地窨子，上面放著三世佛，佛堂內有片地板蓋著，上面設著供床。你有些緊急之事，可來這裡躲避。』小弟那時聽說，記在心裡。今日本縣知縣，差我和雷橫兩個來時，沒奈何，要瞞生人眼目。相公也有覷兄長之心，只是被張三和這婆子在廳上發言發語，道本縣不做主時，定要在州裡告狀，因此上又差我兩個來搜你莊上。我只怕雷橫執著（固執），不會周全人，倘或見了兄長，沒個做圓活處，因此小弟賺他在莊前，一徑自來和兄長說話。此地雖好，也不是安身之處，倘或有人知得，來這裡搜著，如之奈何？」宋江道：「我也自這般尋思。若不是賢兄如此周全，宋江定遭縲紲（牢獄）之厄。」朱仝道：「休如此說。兄長卻投何處去好？」宋江道：「小可尋思有三個安身之處：一是滄州橫海郡小旋風柴進莊上，二乃是青州清風寨小李廣花榮處，三者是白虎山孔太公莊上。他有兩個孩兒：長男叫做毛頭星孔明，次子叫做獨火星孔亮，多曾來縣裡相會。那三處在這裡躊躇未定，不知投何處去好。」朱仝道：「兄長可以作急尋思，當行即行。今晚便可動身，切勿遲延自誤。」宋江道：「上下官司之事，全望兄長維持，金帛使用，只顧來取。」朱仝道：「這事放心，都在我身上。兄長只顧安排一路。」宋江謝了朱仝，再入地窨子去。

朱仝依舊把地板蓋上，還將供床壓了，開門拿朴刀，出來說道：「真個沒在莊裡。」叫道：「雷都頭，我們只拿了宋太公去如何？」雷橫見說要拿宋太公去，尋思：「朱仝那人，和宋江最好。他怎能顛倒要拿宋太公……這話以定是反說。他若再提起，我落得做人情。」朱仝、雷橫叫攏士兵，都入草堂上來。宋太公慌忙置酒管待眾人。朱仝道：「休要安排酒食。且請太公和四郎同到本縣裡走一遭。」雷橫道：「四郎如何不見？」宋太公道：「老漢使他去近村打些農器，不在莊裡。宋江那廝，自三年已前，把這逆子告出了戶，見有一紙執憑公文在此存照。」朱仝道：「如何說得過！我兩個奉著知縣台旨，叫拿你父子二人，自去縣裡回話。」雷橫道：「朱都頭，你聽我說：宋押司他犯罪過，其中必有緣故，也未便該死罪。既然太公已有執憑公文，係是印信官文書，又不是假的，我們看宋押司日前交往之面，權且擔負他些個，只抄了執憑去回話便了。」朱仝尋思道：「我自反說，要他不疑。」朱仝道：「既然兄弟這般說了，我沒來由做甚麼惡人。」宋太公謝了道：「深感二位都頭相覷。」隨即排下酒食，犒賞眾人。將出二十兩銀子，送與兩位都頭。朱仝、雷橫堅決不受，把來散與眾人——四十個士兵——分了。抄了一張執憑公文，相別了宋太公，離了宋家村。朱、雷二位都頭，自引了一行人回縣去了。

縣裡知縣正值升廳，見朱仝、雷橫回來了，便問緣由。兩個稟道：「莊前莊後，四圍村坊，搜遍了二次，其實沒這個人。宋太公臥病在床，不能動止，早晚臨危；宋清已自前月出外未回；因此只把執憑抄白在此。」知縣道：「既然如此……」一面申呈本府，一面動了一紙海捕文書。不在話下。縣裡有那一等和宋江好的相交之人，都替宋江去張三處說開。那張三也耐不過眾人面皮，況且婆娘已死了，張三又平常亦受宋江好處，因此也只得罷了。朱仝自湊些錢物，把與閻婆，教不要去州裡告狀。這婆子也得了些錢物，沒奈何，只得依允了。朱仝又將若干銀兩，教人上州裡去使用，文書不要駁將下來。又得知縣一力主張，出一千貫賞錢，行移開了一個海捕文書，只把唐牛兒問做成個「故縱凶身在逃」，脊杖二十，刺配五百里外。干連的人，盡數保放寧家（回家）。這是後話。有詩為證：

一身狼狽為煙花，地窨藏身亦可拿。
臨別叮嚀好趨避，髯公端不愧朱家。

且說宋江，他是個莊農之家，如何有這地窨子？原來故宋時，為官容易，做吏最難。為甚的為官容易？皆因那時朝廷奸臣當道，讒佞專權，非親不用，非財不取。為甚做吏最難？那時做押司的，但犯罪責，輕則刺配遠惡軍州，重則抄扎家產，結果了殘生性命，以此預先安排下這般去處躲身。又恐連累父母，教爹娘告了忤逆，出了籍冊，各戶另居，官給執憑公文存照，不相來往，卻做家私在屋裡。宋時多有這般算的。

且說宋江從地窨子出來和父親、兄弟商議：「今番不是朱仝相覷，須吃官司，此恩不可忘報。如今我和兄弟兩個，且去逃難。天可憐見，若遇寬恩大赦，那時回來，父子相見。父親可使人暗暗地送些金銀去與朱仝，央他上下使用，及資助閻婆些少，免得他上司去告擾。」太公道：「這事不用你憂心。你自和兄弟宋清，在路小心。若到了彼處，那裡使個得托的人寄封信來。」

當晚弟兄兩個，拴束包裹。到四更時分起來，洗漱罷，吃了早飯，兩個打扮動身。宋江戴著白范陽氈笠兒，上穿白緞子衫，繫一條梅紅縱線絛，下面纏腳絣襯著多耳麻鞋。宋清做伴當打扮，背了包裹，都出草廳前，拜辭了父親宋太公。三人灑淚不住，太公吩咐道：「你兩個前程萬里，休得煩惱。」宋江、宋清卻吩咐大小莊客，小心看家，早晚殷勤伏侍太公，休教飲食有缺。兄弟兩個，各挎了一口腰刀，都拿了一條朴刀，徑出離了宋家村。兩個取路登程，正遇著秋末冬初天氣。但見：

柄柄芰荷枯，葉葉梧桐墜。
蛩吟腐草中，雁落平沙地。
細雨濕楓林，霜重寒天氣。
不是路行人，怎諳秋滋味。

話說宋江弟兄兩個行了數程，在路上思量道：「我們卻投奔兀誰的是？」宋清答道：「我只聞江湖上人傳說滄州橫海郡柴大官人名字，說他是大周皇帝嫡派子孫，只不曾拜識，何不只去投奔他？人都說仗義疏財，專一結識天下好漢，救助遭配的人，是個見世的孟嘗君。我兩個只投奔他去。」宋江道：「我也心裡是這般思想。他雖和我常常書信來往，無緣分上不曾得會。」兩個商量了，徑望滄州路上來。途中免不得登山涉水，過府衝州。但凡客商在路，早晚安歇，有兩件事免不得：吃癩碗（劣等食），睡死人床。

且把閒話提過，只說正話。宋江弟兄兩個，不則一日，來到滄州界分，問人道：「柴大官人莊在何處？」問了地名，一徑投莊前來，便問莊客：「柴大官人在莊上也不？」莊客答道：「大官人在東莊上收租米，不在莊上。」宋江便問：「此間到東莊有多少路？」莊客道：「有四十餘里。」宋江道：「從何處落路去？」莊客道：「不敢動問二位官人高姓？」宋江道：「我是鄆城縣宋江的便是。」莊客道：「莫不是及時雨宋押司麼？」宋江道：「便是。」莊客道：「大官人時常說大名，只怨悵不能相會。既是宋押司時，小人引去。」莊客慌忙便領了宋江、宋清，徑投東莊來。沒三個時辰，早來到東莊。宋江看時，端的好一所莊院，十分齊整，但見：

前迎闊港，後靠高峰。數千株槐柳成林，三五處廳堂待客。轉屋角牛羊滿地，打麥場鵝鴨成群。飲饌豪華，賽過那孟嘗食客；田園主管，不數他程鄭家僮。正是家有餘糧雞犬飽，戶無差役子孫閒。

當下莊客便道：「二位官人且在此亭上坐一坐，待小人去通報大官人出來相接。」宋江道：「好。」自和宋清在山亭上倚了朴刀，解下腰刀，歇了包裹，坐在亭子上。那莊客入去不多時，只見那座中間莊門大開，柴大官人引著三五個伴當，慌忙跑將出來，亭子上與宋江相見。

柴大官人見了宋江，拜在地下，口稱道：「端的想殺柴進，天幸今日甚風吹得到此，大慰平生渴仰之念，多幸！多幸！」宋江也拜在地下答道：「宋江疏頑（懶散無知）小吏，今日特來相投。」柴進扶起宋江來，口裡說道：「昨夜燈花報，今早喜鵲噪，不想卻是貴兄來。」滿臉堆下笑來。宋江見柴進接得意重，心裡甚喜，便喚兄弟宋清，也來相見了。柴進喝叫伴當收拾了宋押司行李，在後堂西軒下歇處。柴進攜住宋江的手，入到裡面正廳上，分賓主坐定。柴進道：「不敢動問，聞知兄長在鄆城縣勾當，如何得暇來到荒村敝處？」宋江答道：「久聞大官人大名，如雷灌耳。雖然節次（多次）收得華翰（書信），只恨賤役無閒，不能勾相會。今日宋江不才，做出一件沒出豁（出息）的事來，弟兄二人尋思，無處安身，想起大官人仗義疏財，特來投奔。」柴進聽罷，笑道：「兄長放心。遮莫做下十惡大罪，既到敝莊，但不用憂心。不是柴進誇口，任他捕盜官軍，不敢正眼兒覷著小莊。」

宋江便把殺了閻婆惜的事，一一告訴了一遍。柴進笑將起來，說道：「兄長放心。便殺了朝廷的命官，劫了府庫的財物，柴進也敢藏在莊裡。」說罷，便請宋江弟兄兩個洗浴。隨即將出兩套衣服、巾幘、絲鞋、淨襪，教宋江弟兄兩個換了出浴的舊衣裳。兩個洗了浴，都穿了新衣服。莊客自把宋江弟兄的舊衣裳送在歇宿處。柴進邀宋江去後堂深處，已安排下酒食了，便請宋江正面坐地，柴進對席。宋清有宋江在上，側首坐了。

三人坐定，有十數個近上的莊客並幾個主管，輪替著把盞，伏侍勸飲。柴進再三勸宋江弟兄寬懷飲幾杯，宋江稱謝不已。酒至半酣，三人各訴胸中朝夕相愛之念。看看天色晚了，點起燈燭。宋江辭道：「酒止。」柴進那裡肯放，直吃到初更左側。宋江起身去淨手。柴進喚一個莊客，提碗燈籠，引領宋江東廊盡頭處去淨手，便道：「我且躲杯酒。」大寬轉（繞路走）穿出前面廊下來。俄延走著，卻轉到東廊前面。宋江已有八分酒，腳步趄了，只顧踏去。那廊下有一個大漢，因害瘧疾，當不住那寒冷，把一鍁火在那裡向。宋江仰著臉，只顧踏將去，正跐（踩）在火鍁柄上，把那火鍁裡炭火，都掀在那漢臉上。那漢吃了一驚，驚出一身汗來。

那漢氣將起來，把宋江劈胸揪住，大喝道：「你是甚麼鳥人？敢來消遣我！」宋江也吃一驚。正分說不得，那個提燈籠的莊客，慌忙叫道：「不得無禮！這位是大官人最相待的客官。」那漢道：「『客官』，『客官』，我初來時，也是『客官』，也曾相待得厚。如今卻聽莊客攛口（挑撥），便疏

第二十二回

閻婆大鬧鄆城縣　朱仝義釋宋公明

慢了我，正是『人無千日好，花無百日紅。』」卻待要打宋江，那莊客撇了燈籠，便向前來勸。正勸不開，只見兩三碗燈籠飛也似來。柴大官人親趕到說：「我接不著押司，如何卻在這裡鬧？」

那莊客便把跐了火鍁的事說一遍。柴進笑道：「大漢，你不認的這位奢遮（了不起）的押司？」那漢道：「奢遮，奢遮，他敢比不得鄆城宋押司少些兒！」柴進大笑道：「大漢，你認得宋押司不？」那漢道：「我雖不曾認的，江湖上久聞他是個及時雨宋公明；且又仗義疏財，扶危濟困，是個天下聞名的好漢。」柴進問道：「如何見得他是天下聞名的好漢？」那漢道：「卻才說不了，他便是真大丈夫，有頭有尾，有始有終，我如今只等病好時，便去投奔他。」柴進道：「你要見他麼？」那漢道：「我可知要見他哩！」柴進道：「大漢，遠便十萬八千里，近便只在面前。」柴進指著宋江，便道：「此位便是及時雨宋公明。」那漢道：「真個也不是？」宋江道：「小可便是宋江。」那漢定睛看了看，納頭便拜，說道：「我不是夢裡麼？與兄長相見！」宋江道：「何故如此錯愛？」那漢道：「卻才甚是無禮，萬望恕罪。有眼不識泰山！」跪在地下，那裡肯起來。宋江慌忙扶住道：「足下高姓大名？」柴進指著那漢，說出他姓名，叫甚諱字。

有分教，山中猛虎，見時魄散魂離；林下強人，撞著心驚膽裂。正是說開星月無光彩，道破江山水倒流。畢竟柴大官人說出那漢還是何人，且聽下回分解。

第二十三回

橫海郡柴進留賓　景陽岡武松打虎

話說宋江因躲一杯酒，去淨手了；轉出廊下來，跐了火鍁柄，引得那漢焦躁，跳將起來，就欲要打宋江。柴進趕將出來，偶叫起宋押司，因此露出姓名來。那大漢聽得是宋江，跪在地下，那裡肯起，說道：「小人『有眼不識泰山』！一時冒瀆兄長，望乞恕罪。」宋江扶起那漢，問道：「足下是誰？高姓大名？」柴進指著道：「這人是清河縣人氏，姓武，名松，排行第二，今在此間一年矣。」宋江道：「江湖上多聞說武二郎名字，不期今日卻在這裡相會，多幸，多幸！」柴進道：「偶然豪傑相聚，實是難得。就請同做一席說話。」

宋江大喜，攜住武松的手，一同到後堂席上，便喚宋清與武松相見。柴進便邀武松坐地。宋江連忙讓他一同在上面坐。武松那裡肯坐，謙了半晌，武松坐了第三位。柴進教再整杯盤來，勸三人痛飲。宋江在燈下看那武松時，果然是一條好漢，但見：

身軀凜凜，相貌堂堂。一雙眼光射寒星，兩彎眉渾如刷漆。胸脯橫闊，有萬夫難敵之威風；語話軒昂，吐千丈凌雲之志氣。心雄膽大，似撼天獅子下雲端；骨健筋強，如搖地貔貅臨座上。如同天上降魔主，真是人間太歲神。

當下宋江在燈下看了武松這表人物，心中甚喜，便問武松道：「二郎因何在此？」武松答道：「小弟在清河縣，因酒後醉了，與本處機密（官衙裡的人）相爭；一時間怒起，只一拳，打得那廝昏沉。小弟只道他死了，因此一徑地逃來，投奔大官人處，躲災避難，今已一年有餘。後來打聽得那廝卻不曾死，救得活了。今欲正要回鄉去尋哥哥，不想染患瘧疾，不能勾動身回去。卻才正發寒冷，在那廊下向火，被兄長跐了鍬柄，吃了那一驚，驚出一身冷汗，覺得這病好了。」宋江聽了大喜。當夜飲至三更。酒罷，宋江就留武松在西軒下做一處安歇。次日起來，柴進安排席面，殺羊宰豬，管待宋江，不在話下。過了數日，宋江將出些銀兩來與武松做衣裳。柴進知道，那裡肯要他壞錢，自取出一箱緞匹綢絹，門下自有針工，便教做三人的稱體衣裳。

說話的，柴進因何不喜武松？原來武松初來投奔柴進時，也一般接納管待；次後在莊上，但吃醉了酒，性氣剛，莊客有些顧管不到處，他便要下拳打他們；因此滿莊裡莊客，沒一個道他好。眾人只是嫌他，都去柴進面前，告訴他許多不是處。柴進雖然不趕他，只是相待得他慢了。卻得宋江每日帶挈他一處，飲酒相陪，武松的前病都不發了。

相伴宋江住了十數日，武松思鄉，要回清河縣看望哥哥。柴進、宋江兩個都留他再住幾時，武松道：「小弟的哥哥多時不通信息，因此要去望他。」宋江道：「實是二郎要去，不敢苦留。如若得閒時，再來相會幾時。」武松相謝了宋江。柴進取出些金銀，送與武松，武松謝道：「實是多多相擾了大官人。」武松縛了包裹，拴了哨棒，要行。柴進又治酒食送路。武松穿了一領新納紅綢襖，戴著個白范陽氈笠兒，背上包裹，提了桿棒，相辭了便行。宋江道：「賢弟少等一等。」回到自己房內，取了些銀兩，趕出到莊門前來，說道：「我送兄弟一程。」宋江和兄弟宋清兩個送武松，待他辭了柴大官人，宋江也道：「大官人，暫別了便來。」

三個離了柴進東莊，行了五七里路，武松作別道：「尊兄遠了，請回。柴大官人必然專望。」宋江道：「何妨再送幾步。」路上說些閒話，不覺又過了三二里。武松挽住宋江說道：「尊兄不必遠送。常言道：『送君千里，終須一別。』」宋江指著道：「容我再行幾步。兀那官道上有個小酒店，我們吃三鍾了作別。」

三個來到酒店裡，宋江上首坐了，武松倚了哨棒，下席坐了，宋清橫頭坐定。便叫酒保打酒來，且買些盤饌、果品、菜蔬之類，都搬來擺在桌子上。三人飲了幾杯，看看紅日平西，武松便道：「天色將晚，哥哥不棄武二時，就此受武二四拜，拜為義兄。」宋江大喜。武松納頭拜了四拜，宋江叫宋清身邊取出一錠十兩銀子，送與武松。武松那裡肯受，說道：「哥哥，客中自用盤費。」宋江道：「賢弟不必多慮。你若推卻，我便不認你做兄弟。」武松只得拜受了，收放纏袋裡。宋江取些碎銀子，還了酒錢。武松拿了哨棒，三個出酒店前來作別。武松墮淚，拜辭了自去。宋江和宋清立在酒店門前，望武松不見了，方才轉身回來。行不到五里路頭，只見柴大官人騎著馬，背後牽著兩匹空馬來接。宋江望見了大喜，一同上馬回莊上來。下了馬，請入後堂飲酒。宋江弟兄兩個，自此只在柴大官人莊上。

話分兩頭。只說武松自與宋江分別之後，當晚投客店歇了。次日早，起來打火，吃了飯，還了房錢，拴束包裹，提了哨棒，便走上路，尋思道：「江湖上只聞說及時雨宋公明，果然不虛。結識得這般弟兄，也不枉了！」

武松在路上行了幾日，來到陽谷縣地面。此去離縣治還遠。當日晌午時分，走得肚中飢渴，望見前面有一個酒店，挑著一面招旗在門前，上頭寫著五個字道：「三碗不過岡。」

武松入到裡面坐下，把哨棒倚了，叫道：「主人家，快把酒來吃。」只見店主人把三隻碗，一雙箸，一碟熱菜，放在武松面前，滿滿篩一碗酒來。武松拿起碗，一飲而盡，叫道：「這酒好生有氣力！主人家，有飽肚的買些吃酒。」店家道：「只有熟牛肉。」武松道：「好的，切二三斤來吃酒。」店家去裡面切出二斤熟牛肉，做一大盤子，將來放在武松面前；隨即再篩一碗酒。武松吃了道：「好酒！」又篩下一碗。恰好吃了三碗酒，再也不來篩。武松敲著桌子叫道：「主人家，怎的不來篩酒？」店家道：「客官要肉便添來。」武松道：「我也要酒，也再切些肉來。」店家道：「肉便切來添與客官吃，酒卻不添了。」武松道：「卻又作怪！」便問主人家道：「你如何不肯賣酒與我吃？」店家道：「客官，你須見我門前招旗上面明明寫道：『三碗不過岡』」。武松道：「怎地喚做『三碗不過岡』？」

店家道：「俺家的酒，雖是村酒，卻比老酒的滋味。但凡客人來我店中，吃了三碗的，便醉了，過不得前面的山岡去；因此喚做『三碗不過岡』。若是過往客人到此，只吃三碗，更不再問。」武松笑道：「原來恁地。我卻吃了三碗，如何不醉？」店家道：「我這酒叫做『透瓶香』，又喚做『出門倒』。初入口時，醇醲好吃，少刻時便倒。」武松道：「休要胡說！沒地不還你錢，再篩三碗來我吃！」店家見武松全然不動，又篩了三碗。武松吃道：「端的好酒！主人家，我吃一碗，還你一碗錢，只顧篩來。」店家道：「客官休只管要飲，這酒端的要醉倒人，沒藥醫。」武松道：「休得胡鳥說！便是你使蒙汗藥在裡面，我也有鼻子。」

店家被他發話不過，一連又篩了三碗。武松道：「肉便再把二斤來吃。」店家又切了二斤熟牛肉，再篩了三碗酒。武松吃得口滑，只顧要吃；去身邊取出些碎銀子，叫道：「主人家，你且來看我銀子，還你酒肉錢勾麼？」店家看了道：「有餘。還有些貼錢（找回零錢）與你。」武松道：「不要你貼錢。只將酒來篩。」店家道：「客官，你要吃酒時，還有五六碗酒哩！只怕你吃不得了。」武松道：「就有五六碗多時，你盡數篩將來。」店家道：「你這條長漢，倘或醉倒了時，怎扶得你住？」武松答道：「要你扶的，不算好漢。」店家那裡肯將酒來篩。武松焦躁道：「我又不白吃你的！休要引老爺性發，通教你屋裡粉碎！把你這鳥店子倒翻轉來！」店家道：「這廝醉了，休惹他。」再篩了六碗酒，與武松吃了。前後共吃了十五碗。綽了哨棒，立起身來道：「我卻又不曾醉！」走出門前來笑道：「卻不說『三碗不過岡』！」手提哨棒便走。

店家趕出來叫道：「客官那裡去！」武松立住了，問道：「叫我做甚麼？我又不少你酒錢，喚我怎地？」店家叫道：「我是好意。你且回來我家，看抄白官司榜文。」武松道：「甚麼榜文？」店家道：「如今前面景陽岡上有隻吊睛白額大蟲，晚了出來傷人，壞了三二十條大漢性命。官司如今杖限獵戶擒捉發落。岡子路口，多有榜文：可教往來客人，結伙成隊，於巳、午、未三個時辰過岡，其餘寅、卯、申、酉、戌、亥六個時辰，不許過岡。更兼單身客人，務要等伴結伙而過。這早晚正是未末申初時分，我見你走都不問人，枉送了自家性命。不如就我此間歇了，等明日慢慢湊得三二十人，一齊好過岡子。」

武松聽了，笑道：「我是清河縣人氏，這條景陽岡上，少也走過了一二十遭，幾時見說有大蟲？你休說這般鳥話來嚇我。——便有大蟲，我也不怕！」店家道：「我是好意救你；你不信時，進來看官司榜文。」武松道：「你鳥子（罵人話）聲！便真個有虎，老爺也不怕！你留我在家裡歇，莫不半夜三更，要謀我財，害我性命，卻把鳥大蟲唬嚇我。」店家道：「你看麼！我是一片好心，反做惡意，倒落得你恁地！你不信我時，請尊便自行！」正是：

前車倒了千千輛，後車過了亦如然。
分明指與平川路，卻把忠言當惡言。

那酒店裡主人搖著頭，自進店裡去了。這武松提了哨棒，大著步自過景陽岡來。約行了四五里路，來到岡子下，見一大樹，刮去了皮，一片白，上寫兩行字。武松也頗識幾字，抬頭看時，上面寫道：

近因景陽岡大蟲傷人，但有過往客商，可於巳、午、未三個時辰，結伙成隊過岡，勿請自誤。

武松看了，笑道：「這是店家詭詐，驚嚇那等客人，便去那廝家裡宿歇。我卻怕甚麼鳥！」橫拖著哨棒，便上岡子來。

那時已有申牌時分。這輪紅日，厭厭地相傍下山。武松乘著酒興，只管走上岡子來。走不到半里多路，見一個敗落的山神廟。行到廟前，見這廟門上貼著一張印信榜文。武松住了腳讀時，上面寫道：

陽谷縣示：為景陽岡上，新有一隻大蟲，傷害人命；見今杖限各鄉里正並獵戶人等行捕，未獲。如有過往客商人等，可於巳、午、未三個時辰，結伴過岡；其餘時分及單身客人，不許過岡，恐被傷害性命。各宜知悉。

武松讀了印信榜文，方知端的有虎。欲待轉身再回酒店裡來，尋思道：「我回去時，須吃他恥笑，不是好漢，難以轉去。」存想了一回，說道：「怕甚麼鳥！且只顧上去看怎地！」

武松正走，看看酒湧上來，便把氈笠兒背在脊梁上，將哨棒綰在肋下，一步步上那岡子來。回頭看這日色時，漸漸地墜下去了。此時正是十月間天氣，日短夜長，容易得晚。武松自言自說道：「那得甚麼大蟲？人自怕了，不敢上山。」武松走了一直，酒力發作，焦熱起來。一隻手提著哨棒，一隻手把胸膛前袒開，踉踉蹌蹌，直奔過亂樹林來。見一塊光撻撻大青石，把那哨棒倚在一邊，放翻身體，卻待要睡，只見發起一陣狂風來。古人有四句詩單道那風：

無形無影透人懷，四季能吹萬物開。
就樹撮將黃葉去，入山推出白雲來。

原來但凡世上雲生從龍，風生從虎。那一陣風過處，只聽得亂樹背後撲地一聲響，跳出一隻吊睛白額大蟲來。武松見了，叫聲「阿呀！」從青石上翻將下來，便拿那條哨棒在手裡，閃在青石邊。那個大蟲又飢又渴，把兩隻爪在地下略按一按，和身望上一撲，從半空裡攛將下來。武松被那一驚，酒都做冷汗出了。說時遲，那時快，武松見大蟲撲來，只一閃，閃在大蟲背後。那大蟲背後看人最難，便把前爪搭在地下，把腰胯一掀，掀將起來。武松只一躲，躲在一邊。大蟲見掀他不著，吼一聲，卻似半天裡起個霹靂，振得那山岡也動，把這鐵棒也似虎尾，倒豎起來只一剪（掃動）。武松卻又閃在一邊。原來那大蟲拿人，只是一撲，一掀，一剪；三般提不著時，氣性先自沒了一半。那大蟲又剪不著，再吼了一聲，一兜兜將回來。武松見那大蟲復翻身回來，雙手掄起哨棒，盡平生氣力只一棒，從半空劈將下來。只聽得一聲響，簌簌地將那樹連枝帶葉劈臉打將下來。定睛看時，一棒劈不著大蟲；原來打急了，正打在枯樹上，把那條哨棒折做兩截，只拿得一半在手裡。

那大蟲咆哮，性發起來，翻身又只一撲，撲將來。武松又只一跳，卻退了十步遠。那大蟲恰好把兩隻前爪搭在武松面前。武松將半截棒丟在一邊，兩隻手就勢把大蟲頂花皮肐膳地揪住，一按按將下來。那只大蟲急要掙扎，被武松盡氣力納定，那裡肯放半點兒鬆寬。武松把只腳望大蟲面門上，眼睛裡，只顧亂踢。那大蟲咆哮起來，把身底下爬起兩堆黃泥，做了一個土坑。武松把那大蟲嘴直按下黃泥坑裡去，那大蟲吃武松奈何得沒了些氣力。武松把左手緊緊地揪住頂花皮，偷出右手來，提起鐵鎚般大小拳頭，盡平生之力，只顧打。打到五七十拳，那大蟲眼裡，口裡，鼻子裡，耳朵裡，都迸出鮮血來。那武松盡平昔神威，仗胸中武藝，半歇兒把大蟲打做一堆，卻似躺著一個錦皮袋。有一篇古風單道景陽岡武松打虎：

景陽岡頭風正狂，萬里陰雲霾日光。
觸目晚霞掛林藪，侵人冷霧彌穹蒼。
忽聞一聲霹靂響，山腰飛出獸中王。
昂頭踴躍逞牙爪，麋鹿之屬皆奔忙。
清河壯士酒未醒，岡頭獨坐忙相迎。
上下尋人虎飢渴，一掀一撲何猙獰！
虎來撲人似山倒，人往迎虎如岩傾。
臂腕落時墜飛炮，爪牙爬處成泥坑。

拳頭腳尖如雨點，淋漓兩手鮮血染。
腥風血雨滿松林，散亂毛猩墜山奄。
近看千鈞勢未休，遠觀八面威風斂。
身橫野草錦斑銷，緊閉雙睛光不閃。

當下景陽岡上那隻猛虎，被武松沒頓飯之間，一頓拳腳，打得那大蟲動彈不得，使得口裡兀自氣喘。武松放了手，來松樹邊尋那打折的棒橛，拿在手裡，只怕大蟲不死，把棒橛又打了一回。那大蟲氣都沒了，武松再尋思道：「我就地拖得這死大蟲下岡子去……」就血泊裡雙手來提時，那裡提得動，原來使盡了氣力，手腳都酥軟了。武松再來青石坐了半歇，尋思道：「天色看看黑了，倘或又跳出一隻大蟲來時，卻怎地鬥得他過？且掙扎下岡子去，明早卻來理會。」就石頭邊尋了氈笠兒，轉過亂樹林邊，一步步捱下岡子來。

走不到半里多路，只見枯草叢中，鑽出兩隻大蟲來。武松道：「阿呀！我今番死也！」只見那兩個大蟲，於黑影裡直立起來。武松定睛看時，卻是兩個人，把虎皮縫做衣裳，緊緊拼在身上。那兩個人手裡各拿著一條五股叉，見了武松，吃一驚道：「你那人吃了猇猙心，豹子肝，獅子腿，膽倒包著身軀，如何敢獨自一個，昏黑將夜，又沒器械，走過岡子來！不知你是人是鬼？」武松道：「你兩個是甚麼人？」那個人道：「我們是本處獵戶。」武松道：「你們上嶺來做甚麼？」兩個獵戶失驚道：「你兀自不知哩！如今景陽岡上，有一隻極大的大蟲，夜夜出來傷人，只我們獵戶，也折了七八個；過往客人，不記其數，都被這畜生吃了。本縣知縣著落（責令）當鄉里正和我們獵戶人等捕捉。那畜生勢大難近，誰敢向前！我們為他正不知吃了多少限棒，只捉他不得！今夜又該我們兩個捕獵，和十數

第二十三回

橫海郡柴進留賓　景陽岡武松打虎

個鄉夫在此，上上下下，放了窩弓藥箭等他。正在這裡埋伏，卻見你大剌剌地從岡子上走將下來，我兩個吃了一驚。你卻正是甚人？曾見大蟲麼？」武松道：「我是清河縣人氏，姓武，排行第二。卻才岡子上亂樹林邊，正撞見那大蟲，被我一頓拳腳打死了。」兩個獵戶聽得痴呆了，說道：「怕沒這話？」武松道：「你不信時，只看我身上兀自有血跡。」兩個道：「怎地打來？」武松把那打大蟲的本事，再說了一遍。兩個獵戶聽了，又驚又喜，叫攏那十個鄉夫來。

只見這十個鄉夫，都拿著鋼叉、踏弩、刀、槍，隨即攏來。武松問道：「他們眾人，如何不隨著你兩個上山？」獵戶道：「便是那畜生利害，他們如何敢上來？」一伙十數個人，都在面前。兩個獵戶把武松打殺大蟲的事，說向眾人，眾人都不肯信。武松道：「你眾人不信時，我和你去看便了。」眾人身邊都有火刀、火石，隨即發出火來，點起五七個火把。眾人都跟著武松，一同再上岡子來，看見那大蟲做一堆兒死在那裡。眾人見了大喜，先叫一個去報知本縣里正並該管上戶，這裡五七個鄉夫，自把大蟲縛了，抬下岡子來。

到得嶺下，早有七八十人，都哄將來，先把死大蟲抬在前面，將一乘兜轎，抬了武松，徑投本處一個上戶家來。那戶里正，都在莊前迎接，把這大蟲扛到草廳上。卻有本鄉上戶，本鄉獵戶，三二十人，都來相探武松。眾人問道；「壯士高姓大名？貴鄉何處？」武松道：「小人是此間鄰郡清河縣人氏，姓武，名松，排行第二。因從滄州回鄉來，昨晚在岡子那邊酒店吃得大醉了，上岡子來，正撞見這畜生。」把那打虎的身分拳腳，細說了一遍。眾上戶道：「真乃英雄好漢！」眾獵戶先把野味將來與武松把杯。武松因打大蟲困乏了，要睡；大戶便叫莊客打並客房，且教武松歇息。到天明，上戶先使人去縣裡報知，一面合具虎床，安排端正，迎送縣裡去。

天明，武松起來洗漱罷，眾多上戶牽一腔羊，挑一擔酒，都在廳前伺候。武松穿了衣裳，整頓巾幘，出到前面，與眾人相見。眾上戶把盞說道：「被這個畜生，正不知害了多少人性命，連累獵戶，吃了幾頓限棒（超限期受棒刑）。今日幸得壯士來到，除了這個大害。第一，鄉中人民有福；第二，客侶通行：實出壯士之賜！」武松謝道：「非小子之能，托賴眾長上福蔭。」眾人都來作賀。吃了一早晨酒食，抬出大蟲，放在虎床上。眾鄉村上戶，都把緞匹花紅，來掛與武松。武松有些行李包裹，寄在莊上。一齊都出莊門前來。早有陽谷縣知縣相公，使人來接武松。都相見了，叫四個莊客將乘涼轎，來抬了武松。把那大蟲扛在前面掛著花紅緞匹，迎到陽谷縣裡來。

那陽谷縣人民，聽得說一個壯士打死了景陽岡上大蟲，迎喝將來，盡皆出來看，哄動了那個縣治。武松在轎上看時，只見亞肩疊背，鬧鬧穰穰，屯街塞巷，都來看迎大蟲。到縣前衙門口，知縣已在廳上專等。武松下了轎，扛著大蟲，都在廳前，放在甬道上。知縣看了武松這般模樣，又見了這個老大錦毛大蟲，心中自忖道：「不是這個漢，怎地打得這個猛虎！」便喚武松上廳來。武松去廳前聲了喏，知縣問道：「你那打虎的壯士，你卻說怎生打了這個大蟲？」武松就廳前，將打虎的本事說了一遍。廳上廳下眾多人等都驚得呆了，知縣就廳上賜了幾杯酒，將出上戶湊的賞賜錢一千貫，給與武松。武松稟道：「小人托賴相公的福蔭，偶然僥幸，打死了這個大蟲，非小人之能，如何敢受賞賜？小人聞知這眾獵戶，因這個大蟲，受了相公責罰，何不就把這一千貫給散與眾人去用？」知縣道：「既是如此，任從壯士。」

武松就把這賞錢，在廳上散與眾人獵戶。知縣見他忠厚仁德，有心要抬舉他，便道：「雖你原是清河縣人氏，與我這陽谷縣只在咫尺。我今日就參你在本縣做個都頭如何？」武松跪謝道：「若蒙恩相抬舉，小人終身受賜。」知縣隨即喚押司立了文案，當日便參武松做了步兵都頭。眾上戶都來與武松作賀慶喜，連連吃了三五日酒。武松自心中想道：「我本要回清河縣去看望哥哥，誰想倒來做了陽谷縣都頭。」自此主官見愛，鄉裡聞名。

又過了三二日，那一日，武松走出縣前來閒玩，只聽得背後一個人叫聲：「武都頭，你今日發跡了，如何不看覷我則個？」武松回過頭來看了，叫聲：「阿呀！你如何卻在這裡？」不是武松見了這個人，有分教，陽谷縣裡，屍橫血染。直教鋼刀響處人頭滾，寶劍揮時熱血流。畢竟叫喚武都頭的正是甚人，且聽下回分解。

第二十四回

王婆貪賄說風情　鄆哥不忿鬧茶肆

話說當日武都頭回轉身來，看見那人，撲翻身便拜。那人原來不是別人，正是武松的嫡親哥哥武大郎。武松拜罷，說道：「一年有餘不見哥哥，如何卻在這裡？」武大道：「二哥，你去了許多時，如何不寄封書來與我？我又怨你，又想你。」武松道：「哥哥如何是怨我想我？」武大道：「我怨你時，當初你在清河縣裡，要便（經常）吃酒醉了，和人相打，時常吃官司，教我要便隨衙聽候，不曾有一個月淨辦（清淨），常教我受苦：這個便是怨你處。想你時，我近來取得一個老小（妻子），清河縣人不怯氣（不服氣），都來相欺負，沒人做主。你在家時，誰敢來放個屁？我如今在那裡安不得身，只得搬來這裡賃房居住，因此便是想你處。」看官聽說：原來武大與武松，是一母所生兩個。武松身長八尺，一貌堂堂，渾身上下有千百斤氣力，不恁地，如何打得那個猛虎？這武大郎身不滿五尺，面目醜陋，頭腦（智力）可笑。清河縣人見他生得短矮，起他一個諢名，叫做「三寸丁谷樹皮（矮小難看）」。那清河縣裡有一個大戶人家，有個使女，小名喚做潘金蓮；年方二十餘歲，頗有些顏色（姿色），因為那個大戶要纏他，這使女只是去告主人婆，意下不肯依從。那個大戶以此記恨於心，卻倒賠些房奩，不要武大一文錢，白白地嫁與他。自從武大娶得那婦人之後，清河縣裡有幾個奸詐的浮浪子弟們，卻來他家裡薅惱。原來這婦人，見武大身材短矮，人物猥猥（醜陋難看），不會風流。這婆娘倒諸般好，為頭的愛偷漢子。有詩為證：

> 金蓮容貌更堪題，笑蹙春山八字眉。
> 若遇風流清子弟，等閒雲雨便偷期。

卻說那潘金蓮過門之後，武大是個懦弱依本分的人，被這一班人不時間在門前叫道：「好一塊羊肉，倒落在狗口裡！」因此武大在清河縣住不牢，搬來這陽谷縣紫石街賃房居住，每日仍舊挑賣炊餅。

此日正在縣前做買賣，當下見了武松，武大道：「兄弟，我前日在街上聽得人沸沸（嘈雜）地說道：『景陽岡上一個打虎的壯士，姓武，縣裡知縣參他做個都頭。』我也八分猜道是你，原來今日才得撞見。我且不做買賣，一同和你家去。」武松道：「哥哥家在那裡？」武大用手指道：「只在前面紫石街便是。」武松替武大挑了擔兒，武大引著武松轉彎抹角，一徑望紫石街來。轉過兩個彎，來到一個茶坊間壁，武大叫一聲：「大嫂開門。」只見蘆簾起處，一個婦人出到簾子下應道：「大哥，怎地半早便歸？」武大道：「你的叔叔在這裡，且來廝見。」武大郎接了擔兒入去，便出來道：「二哥，入屋裡來，和你嫂嫂相見。」武松揭起簾子，入進裡面，與那婦人相見。武大說道：「大嫂，原來景陽岡上打死大蟲新充做都頭的，正是我這兄弟。」那婦人叉手向前道：「叔叔萬福。」武松道：「嫂嫂請坐。」武松當下推金山，倒玉柱，納頭便拜。那婦人向前扶住武松道：「叔叔，折殺奴家。」武松道：「嫂嫂受禮。」那婦人道：「奴家也聽得說道：『有個打虎的好漢，迎到縣前來。』

第二十四回

王婆貪賄說風情　鄆哥不忿鬧茶肆

奴家也正待要去看一看。不想去得遲了，趕不上，不曾看見，原來卻是叔叔。且請叔叔到樓上去坐。」武松看那婦人時，但見：

眉似初春柳葉，常含著雨恨雲愁；臉如三月桃花，暗藏著風情月意。纖腰裊娜，拘束的燕懶鶯慵；檀口輕盈，勾引得蜂狂蝶亂。玉貌妖嬈花解語，芳容窈窕玉生香。

當下那婦人叫武大請武松上樓，主客席裡坐地。三個人同到樓上坐了，那婦人看著武大道：「我陪侍著叔叔坐地，你去安排些酒食來，管待叔叔。」武大應道：「最好。二哥，你且坐一坐，我便來也。」武大下樓去了。那婦人在樓上，看了武松這表人物，自心裡尋思道：「武松與他是嫡親一母兄弟，他又生的這般長大。我嫁得這等一個，也不枉了為人一世！你看我那『三寸丁谷樹皮』，三分像人，七分似鬼，我直恁地悔氣！據著武松，大蟲也吃他打倒了，他必然好氣力……說他又未曾婚娶，何不叫他搬來我家裡住？……不想這段因緣，卻在這裡！」

那婦人臉上堆下笑來問武松道：「叔叔，來這裡幾日了？」武松答道：「到此間十數日了。」婦人道：「叔叔在那裡安歇？」武松道：「胡亂權在縣衙裡安歇。」那婦人道：「叔叔，恁地時，卻不便當。」武松道：「獨自一身容易料理。早晚自有士兵（宋代地方性兵種，即士兵）伏侍。」婦人道：「那等人伏侍叔叔，怎地顧管得到，何不搬來一家裡住？早晚要些湯水吃時，奴家親自安排與叔叔吃，不強似這伙醃臢人。叔叔便吃口清湯，也放心得下。」武松道：「深謝嫂嫂。」那婦人道：「莫不別處有嬸嬸，可取來廝會也好。」武松道：「武二並不曾婚娶。」婦人又問道：「叔叔青春多少？」武松道：「虛度二十五歲。」那婦人道：「長奴三歲。叔叔今番從那裡來？」武松道：「在滄州住了一年

第二十四回

王婆貪賄說風情　鄆哥不忿鬧茶肆

有餘，只想哥哥在清河縣住，不想卻搬在這裡。」那婦人道：「一言難盡！自從嫁得你哥哥，吃他忒善了被人欺負，清河縣裡住不得，搬來這裡。若得叔叔這般雄壯，誰敢道個不字！」武松道：「家兄從來本分，不似武二撒潑。」那婦人笑道：「怎地這般顛倒說？常言道：『人無剛骨，安身不牢。』奴家平生快性，看不得這般三答不回頭，四答和身轉（反應遲鈍）的人。」武松道：「家兄卻不到得惹事，要嫂嫂憂心。」

正在樓上說話未了，武大買了些酒肉果品歸來，放在廚下，走上樓來叫道：「大嫂，你下來安排。」那婦人應道：「你看那不曉事的，叔叔在這裡坐地，卻教我撇了下來。」武松道：「嫂嫂請自便。」那婦人道：「何不去叫間壁王乾娘安排便了？只是這般不見便！」

武大自去央了間壁王婆，安排端正了，都搬上樓來擺在桌子上，無非是些魚肉果菜之類，隨即燙酒上來。武大叫婦人坐了主位，武松對席，武大打橫（側面坐）。三個人坐下，武大篩酒在各人面前。那婦人拿起酒來道：「叔叔休怪，沒甚管待請酒一杯。」武松道：「感謝嫂嫂，休這般說。」武大只顧上下篩酒燙酒，那裡來管別事。那婦人笑容可掬，滿口兒叫：「叔叔，怎地魚和肉也不吃一塊兒？」揀好的遞將過來。武松是個直性的漢子，只把做親嫂嫂相待。誰知那婦人是個使女出身慣會小意兒（以乖巧手段悅人）。武大又是個善弱的人，那裡會管待人。

那婦人吃了幾杯酒，一雙眼只看著武松的身上，武松吃他看不過，只低了頭，不恁麼理會。當日吃了十數杯酒，武松便起身。武大道：「二哥，再吃幾杯了去。」武松道：「只好恁地，卻又來望哥哥。」一都送下樓來。那婦人道：「叔叔是必搬來家裡住。若是叔叔不搬來時，教我兩口兒也吃別人笑話，親兄弟難比別人。大哥，你便打點一間房，請叔叔來家裡過活，休教鄰舍街坊道個不是。」武大道：「大嫂說得是。二哥，你便搬來也教我爭口氣。」武松道：「既是哥哥、嫂嫂恁地說時，今晚有些行李便取了來。」那婦人道：「叔叔是必記心，奴這裡專望。」那婦人情意十分殷勤，正是：

叔嫂通言禮禁嚴，手援須識是從權。
英雄只念連枝樹，淫婦偏思並蒂蓮。

武松別了哥嫂，離了紫石街徑投縣裡來，正值知縣在廳上坐衙。武松上廳來稟道：「武松有個親兄，搬在紫石街居住；武松欲就家裡宿歇，早晚衙門中聽候使喚。不敢擅去，請恩相鈞旨。」知縣道：「這是孝悌的勾當，我如何阻你？你可每日來縣裡伺候。」武松謝了，收拾行李鋪蓋。有那新製的衣服，並前者賞賜的物件，叫個土兵挑了，武松引到哥哥家裡。那婦人見了，卻比半夜裡拾金寶的一般歡喜，堆下笑來。武大叫個木匠，就樓上整了一間房，鋪下一張床，裡面放一條桌子，安兩個杌子，一個火爐。武松先把行李安頓了，吩咐土兵自回去，當晚就哥嫂家裡歇臥。

次日早起，那婦人慌忙起來，燒洗面湯，舀漱口水。叫武松洗漱了口面，裹了巾幘，出門去縣裡畫卯（報到）。那婦人道：「叔叔畫了卯，早些個歸來吃飯，休去別處吃。」武松道：「便來也。」逕去縣裡畫了卯，伺候了一早晨，回到家裡。那婦人洗手剔甲，齊齊整整安排下飯食，三口兒共桌兒吃。武松吃了飯，那婦人雙手捧一盞茶，遞與武松吃。武松道：「教嫂嫂生受（煩勞），武松寢食不安。縣裡撥一個土兵來使喚。」那婦人連聲叫道：「叔叔卻怎地這般見外？自家的骨肉，又不伏侍了別人。便撥一個土兵來使用，這廝上鍋上灶地不乾淨，奴眼裡也看不得這等人。」武松道：「恁地時，卻生受嫂嫂。」話休絮繁。自從武松搬將家裡來，取些銀子與武大，教買餅饊茶果，請鄰舍吃茶。眾鄰舍斗（湊）分子來與武松人情，武大又安排了回席，都不在話下。

第二十四回

王婆貪賄說風情　鄆哥不忿鬧茶肆

過了數日，武松取出一匹彩色緞子與嫂嫂做衣裳。那婦人笑嘻嘻道：「叔叔，如何使得，既然叔叔把與奴家，不敢推辭，只得接了。」武松自此只在哥哥家裡宿歇。武大依前上街挑賣炊餅。武松每日自去縣裡畫卯，承應差使。不論歸遲歸早，那婦人頓羹頓飯，歡天喜地伏侍武松，武松倒過意不去。那婦人常把些言語來撩撥他，武松是個硬心直漢，卻不見怪。

有話即長，無話即短。不覺過了一月有餘，看看是十一月天氣。連日朔風緊起，四下裡彤雲密布，又早紛紛揚揚，飛下一天大雪來。怎見得好雪，正是：

眼波飄瞥任風吹，柳絮沾泥若有私。
粉態輕狂迷世界，巫山雲雨未為奇。

當日那雪，直下到一更天氣，卻似銀鋪世界，玉碾乾坤。次日，武松清早出去縣裡畫卯，直到日中未歸。武大被這婦人趕出去做買賣，央及間壁王婆，買下些酒肉之類，去武松房裡簇了一盆炭火，心裡自想道：「我今日著實撩斗（挑逗）他一撩斗，不信他不動情……」那婦人獨自一個，冷冷清清立在簾兒下等著，只見武松踏著那亂瓊碎玉（白雪）歸來。那婦人揭起簾子，陪著笑臉迎接道：「叔叔寒冷。」武松道：「感謝嫂嫂憂念。」入得門來，便把氈笠兒除將下來。那婦人雙手去接，武松道：「不勞嫂嫂生受。」自把雪來拂了，掛在壁上；解了腰裡纏袋，脫了身上鸚哥綠紵絲衲襖，入房裡搭了。那婦人便道：「奴等一早起，叔叔怎地不歸來吃早飯？」武松道：「便是縣裡一個相識，請吃早飯，卻才又有一個作杯（請客），我不耐煩，一直走到家來。」那婦人道：「恁地，叔叔向火。」武松道：「好。」便脫了油靴，換了一雙襪子，穿了暖鞋，掇個杌子自近火邊坐地。那婦人把前門上了栓，後門也關了，卻搬些案酒、果品、菜蔬，入武松房裡來擺在桌子上。

武松問道：「哥哥那裡去未歸？」婦人道：「你哥哥每日自出去做買賣，我和叔叔自飲三杯。」武松道：「一發等哥哥家來吃。」婦人道：「那裡等得他來！等他不得！」說猶未了，早暖了一注子酒來。武松道：「嫂嫂坐地，等武二去盪酒正當。」婦人道：「叔叔，你自便。」那婦人也掇個杌子近火邊坐了。火頭邊桌兒上擺著杯盤。那婦人拿盞酒，擎在手裡，看著武松道：「叔叔滿飲此杯。」武松接過手來，一飲而盡。那婦人又篩一杯酒來說道：「天色寒冷，叔叔飲個成雙杯兒。」武松道：「嫂嫂自便。」接來又一飲而盡。武松卻篩一杯酒，遞與那婦人吃。婦人接過酒來吃了，卻拿注子再斟酒來，放在武松面前。

那婦人將酥胸微露，雲鬟半嚲，臉上堆著笑容說道：「我聽得一個閒人說道：叔叔在縣前東街上養著一個唱的，敢端的有這話麼？」武松道：「嫂嫂休聽外人胡說，武二從來不是這等人。」婦人道：「我不信，只怕叔叔口頭不似心頭。」武松道：「嫂嫂不信時，只問哥哥。」那婦人道：「他曉的甚麼！曉的這等事時，不賣炊餅了。叔叔且請一杯。」連篩了三四杯酒飲了。那婦人也有三杯酒落肚，哄動春心，那裡按納得住，只管把閒話來說。武松也知了八九分，自家只把頭來低了，卻不來兜攬他。

那婦人起身去盪酒，武松自在房裡拿起火箸簇火。那婦人暖了一注子酒來到房裡，一隻手拿著注子，一隻手便去武松肩胛上只一捏，說道：「叔叔，只穿這些衣裳不冷？」武松已自有五分不快意，也不應他。那婦人見他不應，劈手便來奪火箸，口裡道：「叔叔，你不會簇火，我與你撥火，只要一似火盆常熱便好。」武松有八分焦躁，只不做聲。那婦人欲心似火，不看武松焦躁，便放了火箸，卻篩一盞酒來，自呷了一口，剩了大半盞，看著武松道：「你若有心，吃我這半盞兒殘酒。」

第二十四回

王婆貪賄說風情　鄆哥不忿鬧茶肆

武松劈手奪來，潑在地下，說道：「嫂嫂休要恁地不識羞恥！」把手只一堆，爭些兒（險些）把那婦人推一交（跤）。武松睜起眼來道：「武二是個頂天立地噙齒戴髮（豪邁氣概）男子漢，不是那等敗壞風俗、沒人倫的豬狗！嫂嫂休要這般不識廉恥，為此等的勾當。倘有些風吹草動，武二眼裡認的是嫂嫂，拳頭卻不認的是嫂嫂！再來休要恁地！」那婦人通紅了臉，便收拾了杯盤盞碟，口裡說道：「我自作樂耍子，不值得便當真起來，好不識人敬重！」搬了家火，自向廚下去了。有詩為證：

酒作媒人色膽張，貪淫不顧壞綱常。
席間便欲求雲雨，激得雷霆怒一場。

卻說潘金蓮勾搭武松不動，反被搶白一場。武松自在房裡氣忿忿地。天色卻早，未牌時分，武大挑了擔兒，歸來推門，那婦人慌忙開門。武大進來，歇了擔兒，隨到廚下。見老婆雙眼哭的紅紅的。武大道：「你和誰鬧來？」那婦人道：「都是你不爭氣，教外人來欺負我。」武大道：「誰人敢來欺負你？」婦人道：「情知是有誰！爭奈武二那廝，我見他大雪裡歸來，連忙安排酒請他吃；他見前後沒人，便把言語來調戲我。」武大道：「我的兄弟不是這等人，從來老實；休要高做聲，吃鄰舍家笑話！」

武大撇了老婆，來到武松房裡叫道：「二哥，你不曾吃點心，我和你吃些個。」武松只不則聲。尋思了半晌，再脫了絲鞋，依舊穿上油膀靴，著了上蓋，戴上氈笠兒，一頭繫纏袋，一面出門。武大叫道：「二哥那裡去？」也不應，一直地只顧去了。

武大回到廚下來問老婆道：「我叫他又不應，只顧望縣前這條路走了去，正是不知怎地了？」那婦人罵道：「糊塗桶（糊塗蟲），有甚麼難見處！那廝羞了，沒臉兒見你，走了出去。我猜他已定叫個人來搬行李，不要在這裡宿歇。」武大道：「他搬了去，須吃別人笑話。」那婦人道：「混沌魍魎，他來調戲我，倒不吃別人笑。你要便自和他道話，我卻做不得這樣的人。你還了我一紙休書來，你自留他便了。」武大那裡敢再開口。

正在家中兩口兒絮聒，只見武松引了一個土兵，拿著條扁擔，徑來房裡收拾了行李，便出門去。武大趕出來叫道：「二哥，做甚麼便搬了去？」武松道：「哥哥不要問，說起來，裝你的幌子（使你出醜）。你只由我自去便了。」武大那裡敢再問備細，由武松搬了去。那婦人在裡面喃喃吶吶的罵道：「卻也好！人只道一個親兄弟做都頭，怎地養活了哥嫂，卻不知反來嚼咬人！正是『花木瓜，空好看。』你搬了去，倒謝天地，且得冤家離眼前。」武大見老婆這等罵，正不知怎地，心中只是咄咄不樂，放他不下。

自從武松搬了去縣衙裡宿歇，武大自依然每日上街挑賣炊餅。本待要去縣裡尋兄弟說話，卻被這婆娘千叮萬囑，吩咐教不要去兜攬（招引）他，因此武大不敢去尋武松。

拈指間，歲月如流，不覺雪晴，過了十數日。卻說本縣知縣自到任已來，卻得二年半多了；賺得好些金銀，欲待要使人送上東京去，與親眷處收貯使用，謀個升轉，卻怕路上被人劫了去，須得一個有本事的心腹人去便好。猛可想起武松來：「須是此人可去。有這等英雄了得！」當日便喚武松到衙內商議道：「我有一個親戚，在東京城裡住，欲要送一擔禮物去，就捎封書問安則個；只恐途中不好行，須是得你這等英雄好漢，方去得。你可休辭辛苦，與我去走一遭，回來我自重重賞你。」武松應道：「小人得蒙恩相抬舉，安敢推故？既蒙差遣，只得便去。小人也自來不曾到東京，就那裡觀看光景一遭。相公明日打點端正了便行。」知縣大喜，賞了三杯，不在話下。

第二十四回

王婆貪賄說風情　鄆哥不忿鬧茶肆

且說武松領下知縣言語，出縣門來，到得下處，取了些銀兩，叫了個士兵，卻上街來買了一瓶酒並魚肉果品之類，一徑投紫石街來，直到武大家裡。武大恰好賣炊餅了回來，見武松在門前坐地，叫士兵去廚下安排。那婦人餘情不斷，見武松把將酒食來，心中自想道：「莫不這廝思量我了，卻又回來。那廝以定強不過我，且慢慢地相問他！」那婦人便上樓去，重勻粉面，再整雲鬟，換些豔色衣服穿了，來到門前迎接武松。那婦人拜道：「叔叔，不知怎地錯見了？好幾日並不上門，教奴心裡沒理會處。每日叫你哥哥來縣裡尋叔叔陪話，歸來只說道：『沒尋處。』今日且喜得叔叔家來，沒事壞錢做甚麼？」武松答道：「武二有句話，特來要和哥哥、嫂嫂說知則個。」那婦人道：「既是如此，樓上去坐地。」

三個人來到樓上客位裡，武松讓哥嫂上首坐了，武松掇個杌子，橫頭坐了。士兵搬將酒肉上樓來，擺在桌子上；武松勸哥哥、嫂嫂吃酒。那婦人只顧把眼來　武松，武松只顧吃酒。酒至五巡，武松討副勸杯，叫士兵篩了一杯酒，拿在手裡，看著武大道：「大哥在上：今日武二蒙知縣相公差往東京幹事，明日便要起程，多是兩個月，少是四五十日便回。有句話，特來和你說知：你從來為人懦弱，我不在家，恐怕被外人來欺負。假如你每日賣十扇籠炊餅，你從明日為始，只做五扇籠出去賣；每日遲出早歸，不要和人吃酒。歸到家裡，便下了簾子，早閉上門，省了多少是非口舌。如若有人欺負你，不要和他爭執，待我回來自和他理論。大哥依我時，滿飲此杯。」武大接了酒道：「我兄弟見得是，我都依你說。」吃過了一杯酒。

武松再篩第二杯酒，對那婦人說道：「嫂嫂是個精細的人，不必用武松多說。我哥哥為人質樸，全靠嫂嫂做主看覷他。常言道：『表壯不如裡壯。』嫂嫂把得家定，我哥哥煩惱做甚麼？豈不聞古人言：『籬牢犬不入。』」那婦人聽了這話，被武松說了這一篇，一點紅從耳朵邊起，紫脹了面皮，指著武大便罵道：「你這個腌臢混沌！有甚麼言語在外人處，說來欺負老娘！我是一個不戴頭巾男子漢，叮叮噹噹響的婆娘！拳頭上立得人，胳膊上走得馬，人面上行的人！不是那等搠不出的鱉老婆。自從嫁了武大，真個螻蟻也不敢入屋裡來，有甚麼籬笆不牢，犬兒鑽得入來？你胡言亂語，一句句都要下落；丟下磚頭瓦兒，一個個也要著地。」武松笑道：「若得嫂嫂這般做主最好；只要心口相應，卻不要心頭不似口頭。既然如此，武二都記得嫂嫂說的話了，請飲過此杯。」那婦人推開酒盞，一直跑下樓來，走到半胡梯上發話道：「你既是聰明伶俐，卻不道『長嫂為母』！我當初嫁武大時，曾不聽得說有甚麼阿叔，那裡走得來！『是親不是親，便要做喬家公（冒充的家長）。』自是老娘晦氣了，鳥撞著許多事！」哭下樓去了。有詩為證：

苦口良言諫勸多，金蓮懷恨起風波。
自家惶愧難存坐，氣殺英雄小二哥。

且說那婦人做出許多奸偽張致，那武大、武松弟兄兩個吃了幾杯。武松拜辭哥哥，武大道：「兄弟去了，早早回來，和你相見。」口裡說，不覺眼中墮淚。武松見武大眼中垂淚，便說道：「哥哥便不做得買賣也罷，只在家裡坐地。盤纏兄弟自送將來。」武大送武松下樓來，臨出門，武松又道：「大哥，我的言語，休要忘了。」

武松帶了士兵，自回縣前來收拾。次日早起來，拴束了包裹，來見知縣。那知縣已自先差下一輛車兒，把箱籠都裝載車子上；點兩個精壯士兵，縣衙裡撥兩個心腹伴當，都吩咐了。那四個跟了武松，就廳前拜辭了知縣，拽扎起，提了朴刀，監押車子，一行五人，離了陽谷縣，取路望東京去了。

第二十四回

王婆貪賄說風情　鄆哥不忿鬧茶肆

話分兩頭。只說武大郎自從武松說了去，整整的吃那婆娘罵了三四日。武大忍氣吞聲，由他自罵，心裡只依著兄弟的言語，真個每日只做一半炊餅出去賣，未晚便歸。一腳歇了擔兒，便去除了簾子，關上大門，卻來家裡坐地。那婦人看了這般，心內焦躁，指著武大臉上罵道：「混沌濁物，我倒不曾見日頭在半天裡，便把著喪門關了，也須吃別人道我家怎地禁鬼！聽你那兄弟鳥嘴，也不怕別人笑恥。」武大道：「由他們笑道說，我家禁鬼。我的兄弟說的是好話，省了多少是非。」那婦人道：「呸！濁物！你是個男子漢，自不做主，卻聽別人調遣。」武大搖手道：「由他。他說的話，是金子言語。」自武松去了十數日，武大每日只是晏出早歸，歸到家裡，便關了門。那婦人也和他鬧了幾場。向後鬧慣了，不以為事。自此這婦人約莫到武大歸時，先自去收了簾子，關上大門。武大見了，自心裡也喜，尋思道：「恁地時卻好！」

又過了三二日，冬已將殘，天色回陽微暖。當日武大將次歸來，那婦人慣了，自先向門前來叉那簾子。也是合當有事，卻好一個人從簾子邊走過。自古道：「沒巧不成話。」這婦人正手裡拿叉竿不牢，失手滑將倒去，不端不正，卻好打在那人頭巾上。那人立住了腳，正待要發作；回過臉來看時，是個生得妖嬈的婦人，先自酥了半邊，那怒氣直鑽過爪窪國去了，變作笑吟吟的臉兒。這婦人情知不是，叉手深深地道個萬福，說道：「奴家一時失手，官人休怪。」那人一頭把手整頭巾，一面把腰曲著地還禮道：「不妨事。娘子請尊便。」卻被這間壁的王婆見了。那婆子正在茶局子裡水簾底下看見了，笑道：「兀誰教大官人打這屋簷邊過？打得正好！」那人笑道：「倒是小人不是。衝撞娘子，休怪。」那婦人答道：「官人不要見責。」那人又笑著，大大地唱個肥喏道：「小人不敢。」那一雙眼卻只在這婦人身上，臨動身也回了七八遍頭，自搖搖擺擺，踏著八字腳去了。這婦人自收了簾子叉竿歸去，掩上大門，等武大歸來。詩曰：

籬不牢時犬會鑽，收簾對面好相看。
王婆莫負能勾引，須信叉竿是釣竿。

再說來人姓甚名誰？那裡居住？原來只是陽谷縣一個破落戶財主，就縣前開著個生藥鋪。從小也是一個奸詐的人，使得些好拳棒；近來暴發跡，專在縣裡管些公事：與人放刁把濫（撒潑敲詐），說事過錢（為人說情辦事都要錢），排陷官吏；因此，滿縣人都饒讓他些個。那人複姓西門，單諱一個慶字，排行第一，人都喚他做西門大郎。——近來發跡有錢，人都稱他做西門大官人。

不多時，只見那西門慶一轉踅入王婆茶坊裡來，便去裡邊水簾下坐了。王婆笑道：「大官人卻才唱得好個大肥喏！」西門慶也笑道：「乾娘，你且來，我問你：間壁這個雌兒，是誰的老小？」王婆道：「他是閻羅大王的妹子，五道將軍（掌管生死的東岳屬神）的女兒，問他怎地？」西門慶道：「我和你說正話，休要取笑。」王婆道：「大官人怎麼不認得？他老公便是每日在縣前賣熟食的……」西門慶道：「莫非是賣棗糕徐三的老婆？」王婆搖手道：「不是。若是他的，正是一對兒。大官人再猜。」西門慶道：「可是銀擔子李二的老婆？」王婆搖頭道：「不是。若是他的時，也倒是一雙。」西門慶道：「倒敢是花胳膊陸小乙的妻子？」王婆大笑道：「不是。若他的時，也又是好一對兒。大官人再猜一猜。」西門慶道：「乾娘，我其實猜不著。」王婆哈哈笑道：「好教大官人得知了笑一聲。他的蓋老（老公），便是街上賣炊餅的武大郎。」西門慶跌腳笑道：「莫不是人叫他三寸丁谷樹皮的武大郎？」王婆道：「正是他。」西門慶聽了，叫起苦來說道：「好塊羊肉，怎地落在狗口裡！」王婆道：「便是這般苦事。自古道：『駿馬卻馱痴漢走，美妻常伴拙夫眠（夫妻不般配）。』月下老（媒人）偏生要是這般配合！」西門慶道：「王乾娘，我少你多少茶錢？」王婆道：「不多，由他歇些時

第二十四回

王婆貪賄說風情　鄆哥不忿鬧茶肆

卻算。」西門慶又道：「你兒子跟誰出去？」王婆道：「說不得。跟一個客人淮上去，至今不歸，又不知死活。」西門慶道：「卻不叫他跟我？」王婆笑道：「若得大官人抬舉他，十分之好。」西門慶道：「等他歸來，卻再計較。」再說了幾句閒話，相謝起身去了。

約莫未及兩個時辰，又踅將來王婆店門口簾邊坐地，朝著武大門前。半歇，王婆出來道：「大官人，吃個梅湯（酸梅湯）？」西門慶道：「最好多加些酸（隱喻情色）。」王婆做了一個梅湯，雙手遞與西門慶。西門慶慢慢地吃了，盞托放在桌子上。西門慶道：「王乾娘，你這梅湯做得好，有多少在屋裡？」王婆笑道：「老身做了一世媒，那討一個在屋裡？」西門慶道：「我問你梅湯，你卻說做媒，差了多少。」王婆道：「老身只聽得大官人問這媒做得好，老身只道說做媒。」西門慶道：「乾娘，你既是撮合山，也與我做頭媒，說頭好親事，我自重重謝你。」王婆道：「大官人，你宅上大娘子得知時，婆子這臉怎吃得耳刮子？」西門慶道：「我家大娘子最好，極是容得人。見今也討幾個身邊人（侍妾）在家裡，只是沒一個中得我意的。你有這般好的，與我主張一個，便來說不妨。就是回頭人（再嫁女人）也好，只要中得我意。」王婆道：「前日有一個倒好，只怕大官人不要。」西門慶道：「若好時，你與我說成了，我自謝你。」王婆道：「生得十二分人物，只是年紀大些。」西門慶道：「便差一兩歲，也不打緊。真個幾歲？」王婆道：「那娘子戊寅生，屬虎的，新年恰好九十三歲。」西門慶笑道：「你看這風婆子，只要扯著風臉取笑。」西門慶笑了起身去。

看看天色晚了，王婆卻才點上燈來，正要關門，只見西門慶又踅將來，徑去簾底下那座頭上坐了，朝著武大門前只顧望。王婆道：「大官人，吃個和合湯如何？」西門慶道：「最好。乾娘放甜些。」王婆點一盞和合湯，遞與西門慶吃。坐個一晚，起身道：「乾娘記了帳目，明日一發還錢。」王婆道：「不妨，伏惟安置（伏身下拜），來日早請過訪。」西門慶又笑了去。

當晚無事。次日清早，王婆卻才開門，把眼看門外時，只見這西門慶又在門前兩頭來往踅。王婆見了道：「這個刷子（傻瓜）踅得緊！你看我著些甜糖抹在這廝鼻子上，只叫他舐不著。那廝會討縣裡人便宜，且教他來老娘手裡納些敗缺（破費）。」原來這個開茶坊的王婆，也是不依本分的。端的這婆子：

開言欺陸賈（漢初有計謀、善詞令的人），出口勝隋何（漢代有智謀、善詞令的人）。只鸞孤鳳，霎時間交仗成雙；寡婦鰥男，一席話搬唆捉對。略施妙計，使阿羅漢抱住比丘尼；稍用機關，教李天王摟定鬼子母。甜言說誘，男如封涉也生心；軟語調和，女似麻姑能動念。教唆得織女害相思，調弄得嫦娥尋配偶。

且說王婆卻才開得門，正在茶局子裡生炭，整理茶鍋。張見西門慶從早晨在門前踅了幾遭，一徑奔入茶房裡來，水簾底下，望著武大門前簾子裡坐了看。王婆只做不看見，只顧在茶局裡煽風爐子，不出來問茶。西門慶叫道：「乾娘，點兩盞茶來。」王婆應道：「大官人來了。連日少見，且請坐。」便濃濃的點兩盞姜茶，將來放在桌子上。西門慶道：「乾娘相陪我吃個茶。」王婆哈哈笑道：「我又不是影射（相好的）的。」西門慶也笑了一回，問道：「乾娘，間壁賣甚麼？」王婆道：「他家賣拖蒸河漏子，熱燙溫和大辣酥（暗喻女人的肉體）。」西門慶笑道：「你看這婆子只是風。」王婆笑道：「我不風，他家自有親老公。」西門慶道：「乾娘，和你說正經話：說他家如法做得好炊餅，我要問他做三五十個，不知出去在家？」王婆道：「若要買炊餅，少間等他街上回了買，何消得上門上戶？」西門慶道：「乾娘說得是。」吃了茶，坐了一回，起身道：「乾娘記了帳目。」王婆道：「不

第二十四回

王婆貪賄說風情　鄆哥不忿鬧茶肆

妨事。老娘牢牢寫在帳上。」西門慶笑了去。

王婆只在茶局子裡張時，冷眼　見西門慶又在門前踅過東去，又看一看；走過西來，又睃一睃；走了七八遍，徑踅入茶坊裡來。王婆道：「大官人稀行，好幾時不見面。」西門慶笑將起來，去身邊摸出一兩來銀子，遞與王婆，說道：「乾娘權收了做茶錢。」婆子笑道：「何消得許多？」西門慶道：「只顧放著。」婆子暗暗地喜歡道：「來了，這刷子（傻瓜）當敗。」且把銀子來藏了，便道：「老身看大官人有些渴，吃個寬煎葉兒茶（暗喻情色）如何？」西門慶道：「乾娘如何便猜得著？」婆子道：「有甚麼難猜。自古道：『入門休問榮枯事，觀著容顏便得知（看臉色知心事）。』老身異樣蹺蹊作怪的事，都猜得著。」西門慶道：「我有一件心上的事，乾娘若猜的著時，輸與你五兩銀子。」王婆笑道：「老娘也不消三智五猜，只一智便猜個十分。大官人，你把耳朵來。你這兩日腳步緊，趕趁得頻，以定是記掛著隔壁那個人。我這猜如何？」西門慶笑起來道：「乾娘，你端的智賽隋何，機強陸賈！不瞞乾娘說：我不知怎地吃他那日叉簾子時，見了這一面，卻似收了我三魂七魄的一般；只是沒做個道理入腳處。不知你會弄手段麼？」王婆哈哈的笑起來道：「老身不瞞大官人說：我家賣茶，叫做『鬼打更（冷清）』。三年前六月初三下雪的那一日，賣了一個泡茶，直到如今不發市，專一靠些『雜趁』養口。」

西門慶問道：「怎地叫做『雜趁』？」王婆笑道：「老身為頭是做媒，又會做牙婆（經紀人），也會抱腰（接生），也會收小的，也會說風情，也會做『馬泊六（不正當男女關係的撮合人）』。」西門慶道：「乾娘端的與我說得這件事成，便送十兩銀子與你做棺材本。」王婆道：「大官人，我知道還有一件事打攪，也多是餌地不得。」西門慶說：「你且道甚麼一件事打攪？」王婆道：「大官人，休怪老身直言：但凡捱光（偷情）最難，十分光時，使錢到九分九釐，也有難成就處。我知你從來慳吝，不肯胡亂便使錢：只這一件打攪。」西門慶道：「這個極容易醫治，我只聽你的言語便了。」

王婆道：「若是大官人肯使錢時，老身有一條計，便教大官人和這雌兒會一面。只不知官人肯依我麼？」西門慶道：「不揀怎地，我都依你。乾娘有甚妙計？」王婆笑道：「今日晚了，且回去。過半年三個月，卻來商量。」西門慶便跪下道：「乾娘休要撒科（取笑），你作成我則個！」

王婆笑道：「大官人卻又慌了。老身那條計，是個上著；雖然入不得武成王（姜子牙）廟，端的強似孫武子（軍事學家孫武）教女兵，十捉九著。大官人，我今日對你說：這個人原是清河縣大戶人家討來的養女，卻做得一手好針線。大官人，你便買一匹白綾，一匹藍綢，一匹白絹，再用十兩好綿，都把來與老身。我卻走將過去，問他討茶吃，卻與這雌兒說道：『有個施主官人，與我一套送終衣料，特來借曆頭（曆書），央及娘子與老身揀個好日，去請個裁縫來做。』他若見我這般說，不睬我時，此事便休了。他若說：『我替你做。』不要我叫裁縫時，這便有一分光了。我便請他家來做。他若說：『將來我家裡做。』不肯過來，此事便休了。他若歡天喜地說：『我來做，就替你裁。』這光便有二分了。若是肯來我這裡做時，卻要安排些酒食點心請他。第一日，你也不要來。第二日，他若說不便，當時定要將家去做，此事便休了。他若依前肯過我家做時，這光便有三分了。這一日，你也不要來。到第三日晌午前後，你整整齊齊打扮了來，咳嗽為號。你便在門前說道：『怎地連日不見王乾娘？』我便出來，請你入房裡來。若是他見你入來，便起身跑了歸去，難道我拖住他？此事便休了。他若見你入來，不動身時，這光便有四分了。坐下時，便對雌兒說道：『這個便是與我衣料的施主官人。虧煞他！』我誇大官人許多好處，你便賣弄他的針線。若是他不來兜攬應答，此事便休了。他若口裡應答說話時，這光便有五分了。我卻說道：『難得這個娘子與我作成出手做。虧煞你兩個施主：一個出錢的，一個出力的。不是老身路歧相央，難得這個娘子在這裡，官人好做個主人，替老身與娘子澆手（酬勞）。』你便取出銀子來央我買。若是他抽身便走時，不成扯住他？此事便休了。他若是不動身時，事務易成，這光便有六分了。我卻拿了銀子，臨出門對他道：『有勞娘子相待大官人坐一坐。』他若也起身走了家去時，我也難道阻當他？此事便休了。若是他不起身走動時，此事又好了，這光便有七分了。等我買得東西來，擺在桌子上，我便道：『娘子且收拾生活，吃一杯兒酒，難得這位官人壞鈔。』他若不肯和你同桌吃時，走了回去，此事便休了。若是他只口裡說要去，卻不動身時，此事又好了，這光便有八分了。待他吃的酒濃時，正說得入港（投合），我便推道沒了酒，再叫你買，你便又央我去買。我只做去買酒，把門拽上，關你和他兩個在裡面。他若焦躁，跑了歸去，此事便休了。他若由我拽上門，不焦躁時，這光便有九分了。只欠一分光了便完就。……這一分倒難。——大官人，你在房裡，著幾句甜淨的話兒，說將入去。你卻不可躁暴，便去動手動腳；打攪了事，那時我不管你。先假做把袖子在桌上拂落一雙箸去，你只做去地下拾箸，將手去他腳上捏一捏，他若鬧將起來，我自來搭救，此事也便休了，再也難得成。若是他不做聲時，此是十分光了。他必然有意，這十分事做得成。這條計策如何？」

西門慶聽罷，大喜道：「雖然上不得凌煙閣，端的好計！」王婆道：「不要忘了許我的十兩銀子！」西門慶道：「『但得一片橘皮吃，莫便忘了洞庭湖（不忘本）！』這條計幾時可行？」王婆道：「只在今晚，便有回報。我如今趁武大未歸，走過去細細地說誘他。你卻便使人將綾紬絹匹並綿子來。」西門慶道：「得乾娘完成得這件事，如何敢失信？」作別了王婆，便去市上綢絹鋪裡買了綾紬絹緞，並十兩清水好綿。家裡叫個伴當，取包袱包了，帶了五兩碎銀，徑送入茶坊裡。王婆接了這物，吩咐伴當回去。詩曰：

豈是風流勝可爭？迷魂陣裡出奇兵。
安排十面捱光計，只取亡身入陷坑。

這王婆開了後門，走過武大家裡來。那婦人接著請去樓上坐地。那王婆道：「娘子怎地不過貧家吃茶？」那婦人道：「便是這幾日身體不快，懶走去的。」王婆道：「娘子家裡有歷日麼？借與老身看一看，要選個裁衣日。」那婦人道：「乾娘裁甚麼衣裳？」王婆道：「便是老身十病九痛，怕有些山高水低，頭先要制辦些送終衣服。難得近處一個財主，見老身這般說，布施與我一套衣料，——綾綢絹緞，——又與若干好綿，放在家裡一年有餘，不能勾做。今年覺道身體好生不濟，又撞著如今閏月，趁這兩日要做；又被那裁縫勒掯，只推生活忙，不肯來做，老身說不得這等苦！」那婦人聽了笑道：「只怕奴家做得不中乾娘意；若不嫌時，奴出手與乾娘做如何？」那婆子聽了這話，堆下笑來說道：「若得娘子貴手做時，老身便死來也得好處去。久聞娘子好手針線，只是不敢來相央。」那婦人道：「這個何妨。既是許了乾娘，務要與乾娘做了。將歷頭去叫人揀個黃道好日，奴便與你動手。」王婆道：「若得娘子肯與老身做時，娘子是一點福星，何用選日？老身也前日央人看來，說道明日是個黃道好日。老身只道裁衣不用黃道日了，不記他。」那婦人道：「歸壽衣正要黃道日好，何用別選日？」王婆道：「既是娘子肯作成（成全）老身時，大膽只是明日起動娘子到寒家則個。」那婦人道：「乾娘，不必。將過來做不得？」王婆道：「便是老身也要看娘子做生活（活計）則個；又怕家裡沒人看門前。」那婦人道：「既是乾娘恁地說時，我明日飯後便來。」那婆子千恩萬謝下樓去了。當晚回覆了西門慶的話，約定後日準來。當夜無語。次日清早，王婆收拾房裡乾淨了，買了些線索，安排了些茶水，在家裡等候。

第二十四回

王婆貪賄說風情　鄆哥不忿鬧茶肆

且說武大吃了早飯，打當了擔兒，自出去做道路。那婦人把簾兒掛了，從後門走過王婆家裡來。那婆子歡喜無限，接入房裡坐下，便濃濃地點道茶，撒上些出白松子、胡桃肉，遞與這婦人吃了。抹得桌子乾淨，便將出那綾綢絹緞來。婦人將尺量了長短，裁得完備，便縫起來。婆子看了，口裡不住聲價喝采道：「好手段！老身也活了六七十歲，眼裡真個不曾見這般好針線。」那婦人縫到日中，王婆便安排些酒食請他，下了一斤麵，與那婦人吃了。再縫了一歇，將次晚來，便收拾起生活（活計用品），自歸去。

恰好武大歸來，挑著空擔兒進門，那婦人拽開門，下了簾子。武大入屋裡來，看見老婆面色微紅，便問道：「你那裡吃酒來？」那婦人應道：「便是間壁王乾娘，央我做送終的衣裳，日中安排些點心請我。」武大道：「阿呀！不要吃他的，我們也有央及他處。他便央你做得件把衣裳，你便自歸來吃些點心，不值得攪惱他。你明日倘或再去做時，帶了些錢在身邊，也買些酒食與他回禮；常言道：『遠親不如近鄰。』休要失了人情。他若是不肯要你還禮時，你便只是拿了家來，做去還他。」那婦人聽了，當晚無話。有詩為證：

可奈虔婆設計深，大郎混沌不知因。
帶錢買酒酬奸詐，卻把婆娘白送人。

且說王婆子設計已定，賺潘金蓮來家。次日飯後，武大自出去了，王婆便踅過來相請。去到他房裡，取出生活，一面縫將起來。王婆自一邊點茶來吃了。不在話下，看看日中，那婦人取出一貫錢付與王婆說道：「乾娘，奴和你買杯酒吃。」王婆道：「阿呀！那裡有這個道理？老身央及娘子在這裡做生活，如何顛倒教娘子壞錢？」那婦人道：「卻是拙夫吩咐奴來。若還乾娘見外時，只是將了家去做還乾娘。」那婆子聽了，連聲道：「大郎直恁地曉事。既然娘子這般說時，老身權且收下。」這婆子生怕打脫了這事，自又添錢去買些好酒好食、希奇果子來，殷勤相待。看官聽說：但凡世上婦人，由你十八分精細，被人小意兒過縱，十個九個著了道兒。再說王婆安排了點心，請那婦人吃了酒食，再縫了一歇，看看晚來，千恩萬謝歸去了。

話休絮繁。第三日早飯後，王婆只張武大出去了，便走過後頭來叫道：「娘子，老身大膽……」那婦人從樓上下來道：「奴卻待來也。」兩個廝見了，來到王婆房裡坐下，取過生活來縫。那婆子隨即點盞茶來，兩個吃了。那婦人看看縫到晌午前後，卻說西門慶巴不到這一日，裹了頂新頭巾，穿了一套整整齊齊衣服，帶了三五兩碎銀子，徑投這紫石街來。到得茶坊門首，便咳嗽道：「王乾娘，連日如何不見？」那婆子瞧科（看清），便應道：「兀誰叫老娘？」西門慶道：「是我。」那婆子趕出來，看了笑道：「我只道是誰，卻原來是施主大官人。你來得正好，且請你入去看一看。」把西門慶袖子一拖，拖進房裡，看著那婦人道：「這個便是那施主——與老身這衣料的官人。」西門慶見了那婦人，便唱個喏。那婦人慌忙放下生活，還了萬福。

王婆卻指著這婦人對西門慶道：「難得官人與老身緞匹，放了一年，不曾做得。如今又虧殺這位娘子出手與老身做成全了。真個是布機也似好針線，又密又好，其實難得！大官人，你且看一看。」西門慶把起來看了喝采，口裡說道：「這位娘子怎地傳得這手好生活，神仙一般的手段！」那婦人笑道：「官人休笑話！」西門慶問王婆道：「乾娘，不敢問，這位是誰家宅上娘子？」王婆道：「大官人，你猜。」西門慶道：「小人如何猜得著？」王婆吟吟的笑道：「便是間壁的武大郎的娘子。前日叉竿打得不疼，大官人便忘了？」那婦人赤著臉便道：「那日奴家偶然失手，官人休要記懷。」西門

第二十四回

王婆貪賄說風情　鄆哥不忿鬧茶肆

慶道：「說那裡話。」王婆便接口道：「這位大官人，一生和氣，從來不會記恨，極是好人。」西門慶道：「前日小人不認得，原來卻是武大郎的娘子。小人只認的大郎一個養家經紀人，且是在街上做些買賣，大大小小，不曾惡了一個人；又會賺錢，又且好性格，真個難得這等人。」王婆道：「可知哩。娘子自從嫁得這個大郎，但是有事，百依百隨。」那婦人應道：「拙夫是無用之人，官人休要笑話。」西門慶道：「娘子差矣。古人道：『柔軟是立身之本，剛強是惹禍之胎。』似娘子的大郎所為良善時，『萬丈水無涓滴漏』。」王婆打著攛鼓兒道：「說的是。」

西門慶獎了一回，便坐在婦人對面。王婆又道：「娘子，你認得這個官人麼？」那婦人道：「奴不認得。」婆子道：「這個大官人，是這本縣一個財主，知縣相公也和他來往，叫做西門大官人。萬萬貫錢財，開著個生藥鋪在縣前。家裡錢過北斗，米爛陳倉；赤的是金，白的是銀，圓的是珠，光的是寶。也有犀牛頭上角，亦有大象口中牙……」那婆子只顧誇獎西門慶，口裡假嘈（瞎說）。那婦人就低了頭縫針線。西門慶得見潘金蓮十分情思，恨不就做一處。王婆便去點兩盞茶來，遞一盞與西門慶，一盞遞與這婦人，說道：「娘子相待大官人則個。」吃罷茶，便覺有些眉目送情。王婆看著西門慶，把一隻手在臉上摸，西門慶心裡瞧科，已知有五分了。

王婆便道：「大官人不來時，老身也不敢來宅上相請；一者緣法，二乃來得恰好。常言道：『一客不煩二主。』大官人便是出錢的，這位娘子便是出力的。不是老身路歧相煩，難得這位娘子在這裡，官人好做個主人，替老身與娘子澆手。」西門慶道：「小人也見不到，這裡有銀子在此。」便取出來，和帕子遞與王婆，備辦些酒食。那婦人便道：「不消生受得。」口裡說，卻不動身。王婆將了銀子便去，那婦人又不起身。婆子便出門，又道：「有勞娘子相陪大官人坐一坐。」那婦人道：「乾娘，免了。」卻亦是不動身。也是因緣，卻都有意了。西門慶這廝一雙眼只看著那婦人；這婆娘一雙眼也把來偷睃西門慶，見了這表人物，心中倒有五七分意了，又低著頭自做生活。

不多時，王婆買了些現成的肥鵝、熟肉、細巧果子歸來，盡把盤子盛了；果子菜蔬，盡都裝了，搬來房裡桌子上，看著那婦人道：「娘子且收拾過生活，吃一杯兒酒。」那婦人道：「乾娘自便，相待大官人，奴卻不當。」依舊原不動身。那婆子道：「正是專與娘子澆手，如何卻說這話？」王婆將盤饌都擺在桌子上，三人坐定，把酒來斟。這西門慶拿起酒盞來說道：「娘子，滿飲此杯。」那婦人謝道：「多感官人厚意。」王婆道：「老身知得娘子洪飲（有酒量），且請開懷吃兩盞兒。」有詩為證：

從來男女不同筵，賣俏迎奸最可憐。
不記都頭昔日語，犬兒今已到籬邊。

又詩曰：

須知酒色本相連，飲食能成男女緣。
不必都頭多囑咐，開籬日待犬來眠。

卻說那婦人接酒在手，那西門慶拿起箸來道：「乾娘，替我勸娘子請些個。」那婆子揀好的遞將過來，與那婦人吃。一連斟了三巡酒，那婆子便去燙酒來。

西門慶道：「不敢動問娘子青春多少？」那婦人應道：「奴家虛度二十三歲。」西門慶道：「小

第二十四回

王婆貪賄說風情　鄆哥不忿鬧茶肆

人痴長五歲。」那婦人道：「官人將天比地。」王婆便插口道：「好個精細的娘子，不惟做得好針線，諸子百家皆通。」西門慶道：「卻是那裡去討？武大郎好生有福！」王婆便道：「不是老身說是非，大官人宅裡枉有許多，那裡討一個趕得上這娘子的！」西門慶道：「便是這等一言難盡！只是小人命薄，不曾招得一個好的。」王婆道：「大官人先頭娘子須好。」西門慶道：「休說！若是我先妻在時，卻不恁地家無主，屋倒豎。如今枉自有三五七口人吃飯，都不管事。」那婦人問道：「官人恁地時，歿了大娘子得幾年了？」西門慶道：「說不得。小人先妻是微末出身，卻倒百伶百俐，是件件都替的小人；如今不幸，他歿了已得三年，家裡的事，都七顛八倒。為何小人只是走了出來？在家裡時，便要嘔氣！」那婆子道：「大官人，休怪老身直言：你先頭娘子，也沒有武大娘子這手針線。」西門慶道：「便是小人先妻，也沒此娘子這表人物。」那婆子笑道：「官人，你養的外宅在東街上，如何不請老身去吃茶？」西門慶道：「便是唱慢曲兒的張惜惜。我見他是路歧人（賣藝人），不喜歡。」婆子又道：「官人，你和李嬌嬌卻長久。」西門慶道：「這個人，現今取在家裡。若得他會當家時，自冊正（將姬妾扶正為妻）了他多時。」王婆道：「若有這般中的官人意的來宅上說，沒妨事麼？」西門慶道：「我的爹娘俱已沒了，我自主張，誰敢道個『不』字！」王婆道：「我自說耍，急切那裡有中得官人意的？」西門慶道：「做甚麼了便沒！只恨我夫妻緣分上薄，自不撞著。」

西門慶和這婆子，一遞一句，說了一回。王婆便道：「正好吃酒，卻又沒了。官人休怪老身差撥，再買一瓶兒酒來吃如何？」西門慶道：「我手帕裡有五兩來碎銀子，一發撒在你處，要吃時只顧取來，多的乾娘便就收了。」那婆子謝了官人，起身睃這粉頭（輕浮少婦）時，一鍾酒落肚，哄動春心；又自兩個言來語去，都有意了，只低了頭，卻不起身。那婆子滿臉堆下笑來說道：「老身去取瓶兒酒來，與娘子再吃一杯兒。有勞娘子相待大官人坐一坐。注子裡有酒沒？便再篩兩盞兒，和大官人吃。老身直去縣前那家有好酒買一瓶來，有好歇兒耽擱。」那婦人口裡說道：「不用了。」坐著卻不動身。婆子出到房門前，便把索兒縛了房門，卻來當路坐了。

且說西門慶自在房裡，便斟酒來勸那婦人，卻把袖子在桌上一拂，把那雙箸拂落地下。也是緣法湊巧，那雙箸正落在婦人腳邊。西門慶連忙蹲身下去拾，只見那婦人尖尖的一雙小腳兒，正蹺在箸邊。西門慶且不拾箸，便去那婦人繡花鞋兒上捏一把。那婦人便笑將起來，說道：「官人休要羅唣（調戲）！你真個要勾搭我？」西門慶便跪下道：「只是娘子作成小生。」那婦人便把西門慶摟將起來。當時兩個就王婆房裡，脫衣解帶，共枕共歡。當下二人雲雨才罷，正欲各整衣襟，只見王婆推開房門入來，怒道：「你兩個做得好事！」西門慶和那婦人都吃了一驚。那婆子便道：「好呀，好呀！我請你來做衣裳，不曾叫你來偷漢子！武大得知，須連累我，不若我先去出首。」回身便走。那婦人扯住裙兒道：「乾娘饒恕則個！」西門慶道：「乾娘低聲！」王婆笑道：「若要我饒恕你們，都要依我一件事。」那婦人便道：「休說一件，便是十件，奴也依乾娘。」王婆道：「你從今日為始，瞞著武大，每日不要失約負了大官人，我便罷休；若是一日不來，我便對你武大說。」那婦人道：「只依著乾娘便了。」王婆又道：「西門大官人，你自不用老身說得。這十分好事，已都完了。所許之物，不可失信。你若負心，我也要對武大說。」西門慶道：「乾娘放心，並不失信。」三人又吃幾杯酒，已是下午的時分，那婦人便起身道：「武大那廝將歸來，奴自回去。」便踅過後門歸家，先去下了簾子，武大恰好進門。

且說王婆看著西門慶道：「好手段麼？」西門慶道：「端的虧了乾娘！到我家裡，便取一錠銀送來與你，所許之物，豈敢昧心。」王婆道：『眼望旌節至，專等好消息。』不要叫老身『棺材出了討挽歌郎錢』。」西門慶笑了去，不在話下。

那婦人自當日為始，每日踅過王婆家裡來，和西門慶做一處，恩情似漆，心意如膠。自古道：「好事不出門，惡事傳千里。」不到半月之間，街坊鄰舍，都知得了，只瞞著武大一個不知。有詩為證：

半晌風流有何益，一般滋味不須誇。
他時禍起蕭牆內，悔殺今朝戀野花。

斷章句，話分兩頭。且說本縣有個小的，年方十五六歲，本身姓喬。因為做軍在鄆州生養的，就取名叫做鄆哥。家中止有一個老爹。那小廝生得乖覺，自來只靠縣前這許多酒店裡賣些時新果品，時常得西門慶齎發他些盤纏。其日，正尋得一籃兒雪梨，提著來繞街尋問西門慶。又有一等的多口人說道：「鄆哥，你若要尋他，我教你一處去尋。」鄆哥道：「聒噪阿叔，叫我去尋得他見，賺得三五十錢養活老爹也好。」那多口的道：「西門慶他如今刮（勾搭）上了賣炊餅的武大老婆，每日只在紫石街上王婆茶房裡坐地，這早晚多定正在那裡。你小孩子家，只顧撞入去不妨。」

那鄆哥得了這話，謝了阿叔指教。這小猴子提了籃兒，一直望紫石街走來，逕奔入茶坊裡去，卻好正見王婆坐在小凳兒上績緒（搓麻線）。鄆哥把籃兒放下，看著王婆道：「乾娘拜揖。」那婆子問道：「鄆哥，你來這裡做甚麼？」鄆哥道：「要尋大官人，賺三五十錢，養活老爹。」婆子道：「甚麼大官人？」鄆哥道：「乾娘情知是那個，便只是他那個。」婆子道：「便是大官人，也有個姓名。」鄆哥道：「便是兩個字的。」婆子道：「甚麼兩個字的？」鄆哥道：「乾娘只是要作耍。我要和西門大官人說句話。」望裡面便走。那婆子一把揪住道：「小猴子，那裡去？人家屋裡，各有內外。」鄆哥道：「我去房裡便尋出來。」王婆道：「含鳥猢猻，我屋裡那得甚麼西門大官人！」鄆哥道：「乾娘，不要獨吃自呵，也把些汁水與我呷一呷！我有甚麼不理會得！」婆子便罵道：「你那小猢猻，理會得甚麼！」鄆哥道：「你正是『馬蹄刀木杓裡切菜』，水洩不漏，半點兒也沒得落地。直要我說出來，只怕賣炊餅的哥哥發作。」那婆子吃他這兩句道著他真病，心中大怒，喝道：「含鳥猢猻，也來老娘屋裡放屁辣臊！」鄆哥道：「我是小猢猻，你是『馬泊六』！」那婆子揪住鄆哥，鑿上兩個栗暴。鄆哥叫道：「做甚麼便打我！」婆子罵道：「賊猢猻，高則聲，大耳刮子打出你去！」鄆哥道：「老咬蟲，沒事得便打我！」這婆子一頭叉，一頭大栗暴鑿，直打出街上去，雪梨籃兒也丟出去。那籃雪梨四分五落，滾了開去。這小猴子打那虔婆不過，一頭罵，一頭哭，一頭走，一頭街上拾梨兒，指著那王婆茶坊裡罵道：「老咬蟲，我教你不要慌！我不去說與他！——不做出來不信！」提了籃兒，徑奔去尋這個人。正是：從前作過事，沒興一齊來（做壞事遭報應）。直教掀翻狐兔窩中草，驚起鴛鴦沙上眠。畢竟這鄆哥尋甚麼人，且聽下回分解。

第二十五回
王婆計啜西門慶　淫婦藥鴆武大郎

話說當下鄆哥被王婆打了這幾下，心中沒出氣處，提了雪梨籃兒，一徑奔來街上，直來尋武大郎。轉了兩條街，只見武大挑著炊餅擔兒，正從那條街上來。鄆哥見了，立住了腳，看著武大道：「這幾時不見你，怎麼吃得肥了？」武大歇下擔兒道：「我只是這般模樣。有甚麼吃得肥處？」鄆哥道：「我前日要糴些麥稃，一地裡沒糴處，人都道你屋裡有。」武大道：「我屋裡又不養鵝鴨，那裡有這麥稃？」鄆哥道：「你說沒麥稃，怎地棧得肥䐯地，便顛倒提起你來，也不妨，煮你在鍋裡也沒氣。」武大道：「含鳥猢猻，倒罵得我好！我的老婆又不偷漢子，我如何是鴨（隱語，指妻子有外遇的人）？」鄆哥道：「你老婆不偷漢子，只偷子漢。」武大扯住鄆哥道：「還我主（那人是誰）來！……」鄆哥道：「我笑你只會扯我，卻不咬下他左邊的（褻語）來。」武大道：「好兄弟，你對我說是兀誰，我把十個炊餅送你。」鄆哥道：「炊餅不濟事。你只做個小主人，請我吃三杯，我便說與你。」武大道：「你會吃酒？跟我來。」

武大挑了擔兒，引著鄆哥，到一個小酒店裡，歇了擔兒，拿了幾個炊餅，買了些肉，討了一旋酒，請鄆哥吃。那小廝又道：「酒便不要添了，肉再切幾塊來。」武大道：「好兄弟，你且說與我則個。」鄆哥道：「且不要慌，等我一發吃了，卻說與你。你卻不要氣苦，我自幫你打捉。」武大看那猴子吃了酒肉，道：「你如今卻說與我。」鄆哥道：「你要得知，把手來摸我頭上肐䏩。」武大道：「卻怎地來有這肐䏩？」鄆哥道：「我對你說：我今日將這一籃雪梨，去尋西門大郎掛一小勾子（揩點油），一地裡沒尋處。街上有人說道：『他在王婆茶房裡，和武大娘子勾搭上了，每日只在那裡行走。』我指望去撰三五十錢使，叵耐那王婆老豬狗，不放我去房裡尋他，大栗暴打我出來。我特地來尋你。我方才把兩句話來激你，我不激你時，你須不來問我。」武大道：「真個有這等事？」鄆哥道：「又來了！我道你是這般的鳥人，那廝兩個落得快活，只等你出來，便在王婆房裡做一處，你兀自問道真個也是假。」武大聽罷道：「兄弟，我實不瞞你說：那婆娘每日去王婆家裡做衣裳，歸來時，便臉紅，我自也有些疑忌。這話正是了！我如今寄了擔兒，便去捉姦，如何？」鄆哥道：「你老大一個人，原來沒些見識。那王婆老狗，恁麼利害怕人，你如何出得他手？他須三人也有個暗號，見你入來拿他，把你老婆藏過了。那西門慶須了得，打你這般二十來個。若捉他不著，乾吃他一頓拳頭。他又有錢有勢，反告了一紙狀子，你便用吃他一場官司，又沒人做主，乾結果了你。」武大道：「兄弟，你都說得是。卻怎地出得這口氣？」鄆哥道：「我吃那老豬狗打了，也沒出氣處。我教你一著：你今日晚些歸去，都不要發作，也不可露一些嘴臉，只做每日一般。明朝便少做些炊餅出來賣，我自在巷口等你。若是見西門慶入去時，我便來叫你。你便挑著擔兒，只在左近等我，我便先去惹那老狗。必然來打我，我先將籃兒丟出街來，你卻搶來。我便一頭頂住那婆子，你便只顧奔入房裡去，叫起屈來。——此計如何？」武大道：「既是如此，卻是虧了兄弟。我有數貫錢，與你把去糴米，明日早早來紫石街巷口等我。」鄆哥得了數貫錢，幾個炊餅，自去了。武大還了酒錢，挑了擔兒，去賣了一遭歸去。

第二十五回

王婆計啜西門慶　淫婦藥鴆武大郎

原來這婦人往常時只是罵武大，百般的欺負他，近日來也自知無禮，只得窩伴（撫慰）他些個。詩曰：

潑性淫心詎肯回，聊將假意強相陪。
只因隔壁偷好漢，遂使身中懷鬼胎。

當晚武大挑了擔兒歸家，也只和每日一般，並不說起。那婦人道：「大哥，買盞酒吃？」武大道：「卻才和一般經紀人買三碗吃了。」那婦人安排晚飯與武大吃了，當夜無話。

次日飯後，武大只做三兩扇炊餅，安在擔兒上，這婦人一心只想著西門慶，那裡來理會武大做多做少。當日武大挑了擔兒，自出去做買賣。這婦人巴不能勾他出去了，便踅過王婆房裡來等西門慶。

且說武大挑著擔兒，出到紫石街巷口，迎見鄆哥提著籃兒在那裡張望，武大道：「如何？」鄆哥道：「早些個。你且去賣一遭了來。他七八分來了，你只在左近處伺候。」武大飛雲也似去賣了一遭回來，鄆哥道：「你只看我籃兒撇出來，你便奔入去。」武大自把擔兒寄下，不在話下。

卻說鄆哥提著籃兒，走入茶坊裡來，罵道：「老豬狗，你昨日做甚麼便打我！」那婆子舊性不改，便跳起身來喝道：「你這小猢猻，老娘與你無干，你做甚麼又來罵我！」鄆哥道：「便罵你這馬泊六，做牽頭的老狗，直甚麼屁！」那婆子大怒，揪住鄆哥便打。鄆哥叫一聲：「你打我！」把籃兒丟出當街上來。那婆子卻待揪他，被這小猴子叫聲「你打」時，就把王婆腰裡帶個住，看著婆子小肚上，只一頭撞將去，爭些兒（差一點）跌倒，卻得壁子礙住不倒。那猴子死頂住在壁上，只見武大裸起（撩起）衣裳，大踏步直搶入茶坊裡來。

那婆子見了是武大來，急待要攔，當時卻被這小猴子死命頂住，那裡肯放，婆子只叫得「武大來也！」那婆娘正在房裡做手腳不迭，先奔來頂住了門，這西門慶便鑽入床底下躲去。武大搶到房門邊，用手推那房門時，那裡推得開，口裡只叫得「做得好事！」那婦人頂住著門，慌做一團，口裡便說道：「閒常時只如鳥嘴，賣弄殺好拳棒。急上場時，便沒些用，見個紙虎，也嚇一跤。」那婦人這幾句話，分明教西門慶來打武大，奪路了走。西門慶在床底下聽了婦人這幾句言語，提醒他這個念頭，便鑽出來說道：「娘子，不是我沒本事，一時間沒這智量（計謀）。」便來拔開門，叫聲「不要打！」武大卻待要揪他，被西門慶早飛起右腳。武大矮短，正踢中心窩裡，撲地望後便倒了。西門慶見踢倒了武大，打鬧裡一直走了。鄆哥見不是話頭，撇了王婆撒開，街坊鄰舍，都知道西門慶了得，誰敢來多管？王婆當時就地下扶起武大來，見他口裡吐血，面皮蠟查也似黃了，便叫那婦人出來，舀碗水來，救得蘇醒，兩個上下肩摻著，便從後門扶歸樓上去，安排他床上睡了。正是：

三寸丁兒沒幹才，西門驢貨甚雄哉！
親夫卻教姦夫害，淫毒皆成一套來。

當夜無話。次日西門慶打聽得沒事，依前自來和這婦人做一處，只指望武大自死。武大一病五日，不能勾起。更兼要湯不見，要水不見，每日叫那婦人不應；又見他濃妝豔抹了出去，歸來時便面顏紅色。武大幾遍氣得發昏，又沒人來睬著。武大叫老婆來吩咐道：「你做的勾當，我親手來捉著你姦；你倒挑撥姦夫，踢了我心，至今求生不生，求死不死，你們卻自去快活，我死自不妨，和你們爭不得了！我的兄弟武二，你須得知他性格。倘或早晚歸來，他肯干休？你若肯可憐我，早早伏侍我好了，他歸來時，我都不提。你若不看覷我時，待他歸來，卻和你們說話。」

這婦人聽了這話，也不回言，卻踅過來，一五一十都對王婆和西門慶說了。那西門慶聽了這話，卻似提在冰窨子裡，說道：「苦也！我須知景陽岡上打虎的武都頭，他是清河縣第一個好漢！我如今卻和你眷戀日久，情孚意合，卻不恁地理會。如今這等說時，正是怎地好？卻是苦也！」王婆冷笑道：「我倒不曾見你是個把舵的，我是乘船的，我倒不慌，你倒慌了手腳。」西門慶道：「我枉自做了男子漢，到這般去處，卻擺布不開。你有甚麼主見，遮藏我們則個。」

王婆道：「你們卻要長做夫妻，短做夫妻？」西門慶道：「乾娘，你且說如何是長做夫妻，短做夫妻？」王婆道：「若是短做夫妻，你們只就今日便分散。等武大將息好了起來，與他陪了話，武二歸來，都沒言語。待他再差使出去，卻再來相約：這是短做夫妻。你們若要長做夫妻，每日同一處，不擔驚受怕，我卻有一條妙計，只是難教你。」西門慶道：「乾娘周全了我們則個，只要長做夫妻。」王婆道：「這條計，用著件東西，別人家裡都沒，天生天化，大官人家裡卻有。」西門慶道：「便是要我的眼睛，也剜來與你。卻是甚麼東西？」

王婆道：「如今這搗子（家伙）病得重，趁他狼狽裡，便好下手。大官人家裡取些砒霜來，卻教大娘子自去贖一帖心疼的藥來，把這砒霜下在裡面，把這矮子結果了。一把火燒得乾乾淨淨的，沒了蹤跡，便是武二回來，待敢怎地？自古道：『嫂叔不通問。』『初嫁從親，再嫁由身。』阿叔如何管得？暗地裡來往半年一載，等待夫孝滿日，大官人娶了家去，這個不是長遠夫妻，偕老同歡？——此計如何。」西門慶道：「乾娘此計甚妙。自古道：『欲求生快活，須下死工夫。』罷，罷，罷！一不做，二不休！」王婆道：「可知好哩！這是斬草除根，萌芽不發；若是斬草不除根，春來萌芽再發。官人便去取些砒霜來，我自教娘子下手。事了時，卻要重重謝我。」西門慶道：「這個自然，不消你說。」有詩為證：

戀色迷花不肯休，機謀只望永綢繆。
虔婆淫婦心頭毒，更比砒霜狠一籌。

且說西門慶去不多時，包了一包砒霜來，把與王婆收了。這婆子卻看著那婦人道：「大娘子，我教你下藥的法度：如今武大不對你說道，教你看活（看護）他？你便把些小意兒貼戀他。他若問你討藥吃時，便把這砒霜調在心疼藥裡。待他一覺身動，你便把藥灌將下去，卻便走了起身。他若毒藥轉時，必然腸胃迸裂，大叫一聲。你卻把被只一蓋，都不要人聽得。預先燒下一鍋湯，煮著一條抹布。他若毒藥發時，必然七竅內流血，口唇上有牙齒咬的痕跡。他若放了命，便揭起被來，卻將煮的抹布一揩，都沒了血跡；便入在棺材裡，扛出去燒了，有甚麼鳥事？」那婦人道：「好卻是好，只是奴手軟了，臨時安排不得屍首。」王婆道：「這個容易。你只敲壁子，我自過來相幫你。」西門慶道：「你們用心整理，明日五更來討回報。」西門慶說罷，自去了。王婆把這砒霜用手捻為細末，把與那婦人將去藏了。

那婦人卻踅將歸來，到樓上看武大時，一絲沒兩氣，看看待死，那婦人坐在床邊假哭。武大道：「你做甚麼來哭？」那婦人拭著眼淚說道：「我的一時間不是了，吃那廝局騙了。誰想卻踢了你這腳！我問得一處好藥，我要去贖來醫你，又怕你疑忌了，不敢去取。」武大道：「你救得我活，無事了，一筆都勾，並不記懷；武二家來，亦不提起。快去贖藥來救我則個！」

那婦人拿了些銅錢，徑來王婆家裡坐地，卻叫王婆去贖了藥來；把到樓上，教武大看了，說道：

「這帖心疼藥，太醫叫你半夜裡吃。吃了倒頭把一兩床被發些汗，明日便起得來。」武大道：「卻是好也。生受大嫂，今夜醒睡些個，半夜裡調來我吃。」那婦人道：「你自放心睡，我自伏侍你。」

看看天色黑了，那婦人在房裡點上碗燈，下面先燒了一大鍋湯，拿了一片抹布，煮在湯裡。聽那更鼓時，卻好正打三更。那婦人先把毒藥傾在盞子裡，卻舀一碗白湯，把到樓上，叫聲：「大哥，藥在那裡？」武大道：「在我席子底下枕頭邊，你快調來與我吃。」那婦人揭起席子，將那藥抖在盞子裡；把那藥貼安了，將白湯衝在盞內；把頭上銀牌兒只一攪，調得勻了，左手扶起武大，右手把藥便灌。武大呷了一口，說道：「大嫂，這藥好難吃！」那婦人道：「只要他醫治得病，管甚麼難吃。」武大再呷第二口時，被這婆娘就勢只一灌，一盞藥都灌下喉嚨去了。那婦人便放倒武大，慌忙跳下床來。武大哎了一聲，說道：「大嫂，吃下這藥去，肚裡倒疼起來。苦呀！苦呀！倒當不得了！」這婦人便去腳後扯過兩床被來，沒頭沒臉只顧蓋，武大叫道：「我也氣悶。」那婦人道：「太醫吩咐：教我與你發些汗，便好得快。」武大再要說時，這婦人怕他掙扎，便跳上床來，騎在武大身上，把手緊緊地按住被角，那裡肯放些鬆寬，正似：

油煎肺腑，火燎肝腸。心窩裡如雪刃相侵，滿腹中似鋼刀亂攪。渾身冰冷，七竅血流。牙關緊咬，三魂赴枉死城中；喉管枯乾，七魄投望鄉台上。地獄新添食毒鬼，陽間沒了捉姦人。

那武大哎了兩聲，喘息了一回，腸胃迸斷，嗚呼哀哉，身體動不得了。那婦人揭起被來，見了武大咬牙切齒，七竅流血，怕將起來，只得跳下床來，敲那壁子。王婆聽得，走過後門頭咳嗽。那婦人便下樓來，開了後門，王婆問道：「了也未？」那婦人道：「了便了了；只是我手腳軟了，安排不得。」王婆道：「有甚麼難處，我幫你便了。」那婆子便把衣袖卷起，舀了一桶湯，把抹布撇在裡面，掇上樓來。卷過了被，先把武大嘴邊唇上都抹了，卻把七竅於血痕跡跡拭淨，便把衣裳蓋在屍上。兩個從樓上一步一掇，扛將下來，就樓下將扇舊門停了；與他梳了頭，戴上巾幘，穿了衣裳，取雙鞋襪與他穿了；將片白絹蓋了臉，揀床乾淨被蓋在死屍身上，卻上樓來，收拾得乾淨了。王婆自轉將歸去了。那婆娘卻號號地假哭起養家人來。看官聽說：原來但凡世上婦人哭有三樣：有淚有聲謂之哭，有淚無聲謂之泣，無淚有聲謂之號。當下那婦人乾號了半夜，卻早五更，天色未曉，西門慶奔來討信，王婆說了備細。西門慶取銀子把與王婆，教買棺材津送，就叫那婦人商議。這婆娘過來和西門慶說道：「我的武大今日已死，我只靠著你做主。」西門慶道：「這個何須得你說。」王婆道：「只有一件事最要緊：地方上團頭（地保）何九叔，他是個精細的人；只怕他看出破綻，不肯殮。」西門慶道：「這個不妨。我自吩咐他便了。他不肯違我的言語。」王婆道：「大官人便用去吩咐他，不可遲誤。」西門慶去了。

到天大明，王婆買了棺材，又買些香燭紙錢之類，歸來與那婦人做羹飯，點起一盞隨身燈。鄰舍坊廂，都來吊問。那婦人虛掩著粉臉假哭。眾街坊問道：「大郎因甚病患便死了？」那婆娘答道：「因害心疼病症，一日日越重了，看看不能勾好，不幸昨夜三更死了。」又哽哽咽咽假哭起來。眾鄰舍明知道此人死得不明，不敢死問他，只自人情勸道：「死自死了，活的自要過，娘子省煩惱。」那婦人只得假意兒謝了，眾人各自散了。

王婆取了棺材，去請團頭何九叔。但是入殮用的，都買了；並家裡一應物件，也都買了。就叫了兩個和尚，晚些伴靈。多樣時，何九叔先撥幾個火家來整頓。

第二十五回

王婆計啜西門慶　淫婦藥鴆武大郎

且說何九叔到巳牌時分，慢慢地走出來，到紫石街巷口，迎見西門慶叫道：「九叔何往？」何九叔答道：「小人只去前面殮這賣炊餅的武大郎屍首。」西門慶道：「借一步說話則個。」何九叔跟著西門慶來到轉角頭一個小酒店裡，坐下在閣兒內。西門慶道：「何九叔，請上坐。」何九叔道：「小人是何等之人，對官人一處坐地？」西門慶道：「九叔何故見外，且請坐。」二人坐定，叫取瓶好酒來。小二一面鋪下菜蔬果品案酒之類，即便篩酒。

何九叔心中疑忌，想道：「這人從來不曾和我吃酒，今日這杯酒必有蹺蹊。」兩個吃了半個時辰，只見西門慶去袖子裡摸出一錠十兩銀子，放在桌上，說道：「九叔休嫌輕微，明日別有酬謝。」何九叔叉手道：「小人無半點效力之處，如何敢受大官人見賜銀兩？若是大官人便有使令小人處，也不敢受。」西門慶道：「九叔休要見外，請收過了卻說。」何九叔道：「大官人但說不妨，小人依聽。」西門慶道：「別無甚事，少刻他家也有些辛苦錢。只是如今殮武大的屍首，凡百事周全，一床錦被遮蓋則個，別無多言。」何九叔道：「是這些小事，有甚利害，如何敢受銀兩？」西門慶道：「九叔不收時，便是推卻。」

那何九叔自來懼怕西門慶是個刁徒，把持官府的人，只得受了。兩個又吃了幾杯，西門慶叫酒保來記了帳，明日來鋪裡支錢。兩個下樓，一同出了店門。西門慶道：「九叔記心，不可洩漏，改日別有報效。」吩咐罷，一直去了。

何九叔心中疑忌，肚裡尋思道：「這件事卻又作怪！我自去殮武大郎屍首，他卻怎地與我許多銀子？……這件事必定有蹺蹊。」來到武大門前，只見那幾個火家在門首伺候，何九叔問道：「這武大是甚病死了？」火家答道：「他家說害心疼病死了。」何九叔揭起簾子入來，王婆接著道：「久等阿叔多時了。」何九叔應道：「便是有些小事絆住了腳，來遲了一步。」只見武大老婆，穿著些素淡衣裳，從裡面假哭出來。何九叔道：「娘子省煩惱。——可傷大郎歸天去了！」那婦人虛掩著淚眼道：「說不可盡！不想拙夫心疼症候，幾日兒便休了，撇得奴好苦。」何九叔上上下下看得那婆娘的模樣，口裡自暗暗地道：「我從來只聽得說武大娘子，不曾認得他，原來武大卻討著這個老婆！西門慶這十兩銀子，有些來歷。」何九叔看著武大屍首，揭起千秋幡，扯開白絹，用五輪八寶犯著兩點神水（用以說眼睛）眼，定睛看時，何九叔大叫一聲，望後便倒，口裡噴出血來。但見指甲青，唇口紫，面皮黃，眼無光，正是身如五鼓銜山月，命似三更油盡燈（生命將盡）。畢竟何九叔性命如何，且聽下回分解。

第二十六回

偷骨殖何九叔送喪　供人頭武二郎設祭

話說當時何九叔跌倒在地下，眾火家扶住，王婆便道：「這是中了惡，快將水來！」噴了兩口，何九叔漸漸地動轉，有些蘇醒。王婆道：「且扶九叔回家去卻理會。」兩個火家，使扇板門，一徑抬何九叔到家裡，大小接著，就在床上睡了。老婆哭道：「笑欣欣出去，卻怎地這般歸來！床時曾不知中惡。」一坐在床邊啼哭。何九叔覷得火家都不在面前，踢那老婆道：「你不要煩惱，我自沒事。卻才去武大家入殮，到得他巷口，迎見縣前開藥鋪的西門慶，請我去吃了一席酒，把十兩銀子與我，說道：『所殮的屍首，凡事遮蓋則個。』我到武大家，見他的老婆是個不良的人，我心裡有八九分疑忌。到那裡揭起千秋幡看時，見武大面皮紫黑，七竅內津津出血，唇口上微露齒痕，定是中毒身死。我本待聲張起來，卻怕他沒人做主，惡了西門慶，卻不是去撩蜂剔蠍（惹禍）？待要葫蘆提（糊裡糊塗）入了棺殮了，武大有個兄弟，便是前日景陽岡上打虎的武都頭。他是個殺人不眨眼的男子，倘或早晚歸來，此事必然要發。」

老婆便道：「我也聽得前日有人說道：『後巷住的喬老兒子鄆哥，去紫石街幫武大捉姦，鬧了茶坊。』正是這件事了。你卻慢慢的訪問他。如今這事有甚難處，只使火家自去殮了，就問他幾時出喪。若是停喪在家，待武松歸來出殯，這個便沒甚麼皂絲麻線；若他便出去埋葬了，也不妨；若是他便要出去燒他時，必有蹺蹊。你到臨時，只做去送喪，張人眼錯，拿了兩塊骨頭，和這十兩銀子收著，便是個老大證見。若他回來，不問時便罷，卻不留了西門慶面皮，做一碗飯（留個退路）卻不好。」

何九叔道：「家有賢妻，見得極明。」隨即叫火家吩咐：「我中了惡，去不得，你們便自去殮了。就問他幾時出喪，快來回報。得的錢帛，你們分了，都要停當。若與我錢帛，不可要。」火家聽了，自來武大家入殮，停喪安靈已罷，回報何九叔道：「他家大娘子說道：『只三日便出殯，去城外燒化。』」火家各自分錢散了。何九叔對老婆道：「你說的話正是了。我至期，只去偷骨殖便了。」

且說王婆一力攛掇，那婆娘當夜伴靈。第二日請四僧念些經文。第三日早，眾火家自來扛抬棺材，也有幾家鄰舍街坊相送。那婦人戴上孝，一路上假哭養家人。來到城外化人場上，便叫舉火燒化。只見何九叔手裡提著一陌紙錢，來到場裡，王婆和那婦人接見道：「九叔，且喜得貴體沒事了。」何九叔道：「小人前日買了大郎一扇籠子母炊餅，不曾還得錢，特地把這陌紙來燒與大郎。」王婆道：「九叔如此志誠。」何九叔把紙錢燒了，就攛掇燒化棺材。王婆和那婦人謝道：「難得何九叔攛掇，回家一發相謝。」何九叔道：「小人到處只是出熱（熱心幫忙）。娘子和乾娘自穩便，齋堂裡去相待眾鄰舍街坊。小人自替你照顧。」使轉了這婦人和那婆子，把火挾去，揀兩塊骨頭，拿去潵骨池內只一浸，看那骨頭酥黑。何九叔收藏了，也來齋堂裡和哄了一回。棺木過了，殺火，收拾骨殖，撒在池子裡，眾鄰舍各自分散。那何九叔將骨頭歸到家中，把幅紙都寫了年月日期，送喪的人名字，和這銀子一處包了，做一個布袋兒盛著，放在房裡。

再說那婦人歸到家中，去槅前面設個靈牌，上寫「亡夫武大郎之位」。靈床子前，點一盞琉璃燈，裡面貼些經幡、錢垛、金銀錠、采繒之屬。每日卻自和西門慶在樓上任意取樂，卻不比先前在王婆房裡，只是偷雞盜狗之歡，如今家中又沒人礙眼，任意停眠整宿。自此西門慶整三五夜不歸去，家中大小亦各不喜歡。原來這女色坑陷得人，有成時必須有敗，有詩為證：

參透風流二字禪，好姻緣是惡姻緣。
山妻小妾家常飯，不害相思不損錢。

且說西門慶和那婆娘終朝取樂，任意歌飲，交得熟了，卻不顧外人知道，這條街上遠近人家，無有一人不知此事。卻都懼怕西門慶那廝是個刁徒潑皮，誰肯來多管？

常言道：「樂極生悲，否極泰來。」光陰迅速，前後又早四十餘日。卻說武松自從領了知縣言語，監送車仗到東京親戚處，投下了來書，交割了箱籠，街上閒行了幾日，討了回書，領一行人取路回陽谷縣來。前後往回，恰好將及兩個月。去時新春天氣，回來三月初頭。於路上只覺得神思不安，身心恍惚，趕回要見哥哥，且先去縣裡交納了回書。知縣見了大喜。看罷回書，已知金銀寶物交得明白，賞了武松一錠大銀，酒食管待，不必用說。

武松回到下處房裡，換了衣服鞋襪，戴上個新頭巾，鎖上了房門，一徑投紫石街來。兩邊眾鄰舍看見武松回了，都吃一驚，大家捏兩把汗，暗暗地說道：「這番蕭牆禍起了！這個太歲歸來，怎肯干休？必然弄出事來！」

且說武松到門前，揭起簾子，探身入來，見了靈床子，寫著「亡夫武大郎之位」七個字，呆了，睜開雙眼道：「莫不是我眼花了？」叫聲：「嫂嫂，武二歸來！」

那西門慶正和這婆娘在樓上取樂，聽得武松叫一聲，驚得屁滾尿流，一直奔後門，從王婆家走了。那婦人應道：「叔叔少坐，奴便來也。」原來這婆娘自從藥死了武大，那裡肯帶孝，每日只是濃妝豔抹，和西門慶做一處取樂。聽得武松叫聲「武二歸來了」，慌忙去面盆裡洗落了脂粉，拔去了首飾釵環，蓬鬆挽了個鬏兒，脫去了紅裙繡襖，旋穿上孝裙孝衫，便從樓上哽哽咽咽假哭下來。

武松道：「嫂嫂且住，休哭！我哥哥幾時死了？得甚麼症候？吃誰的藥？」那婦人一頭哭，一面說道：「你哥哥至從你轉背一二十日，猛可的害急心疼起來；病了八九日，求神問卜，甚麼藥不吃過，醫治不得，死了，撇得我好苦！」隔壁王婆聽得，生怕決撒（露馬腳），即便走過來幫他支吾。武松又道：「我的哥哥，從來不曾有這般病，如何心疼便死了？」王婆道：「都頭卻怎地這般說？『天有不測風雲，人有暫時禍福。』誰保得長沒事？」那婦人道：「虧殺了這個乾娘。我又是個沒腳蟹（無活動能力的人），不是這個乾娘，鄰舍家誰肯來幫我！」武松道：「如今埋在那裡？」婦人道：「我又獨自一個，那裡去尋墳地，沒奈何，留了三日，把出去燒化了。」武松道：「哥哥死得幾日了？」婦人道：「再兩日，便是斷七（喪禮）。」

武松沉吟了半晌，便出門去，徑投縣裡來，開了鎖，去房裡換了一身素淨衣服，便叫士兵打了一條麻絛，繫在腰裡；身邊藏了一把尖長柄短背厚刃薄的解腕刀，取了些銀兩帶在身邊；叫一個士兵鎖上了房門，去縣前買了些米、麵、椒料等物，香、燭、冥紙，就晚到家敲門。

那婦人開了門，武松叫士兵去安排羹飯。武松就靈床子前，點起燈燭，鋪設酒肴。到兩個更次，安排得端正，武松撲翻身便拜道：「哥哥陰魂不遠！你在世時軟弱，今日死後，不見分明。你若是負屈銜冤，被人害了，托夢與我，兄弟替你做主報仇。」把酒澆奠了，燒化冥用紙錢，便放聲大哭，哭得那兩邊鄰舍，無不淒惶。那婦人也在裡面假哭。武松哭罷，將羹飯酒肴和士兵吃了，討兩條席子，叫士兵中門傍邊睡。武松把條席子，就靈床子（停屍床位）前睡。那婦人自上樓去，下了樓門自睡。

約莫將近三更時候，武松翻來覆去睡不著；看那士兵時，齁齁的卻似死人一般挺著。武松爬將起來，看了那靈床子前琉璃燈，半明半滅；側耳聽那更鼓時，正打三更三點。武松嘆了一口氣，坐在席子上，自言自語，口裡說道：「我哥哥生時懦弱，死了卻有甚分明。」說猶未了，只見靈床子下捲起一陣冷氣來，真個是：

盤旋侵骨冷，凜烈透肌寒。昏昏暗暗，靈前燈火失光明；慘慘幽幽，壁上紙錢飛散亂。

那陣冷氣逼得武松毛髮皆豎，定睛看時，只見個人從靈床底下鑽將出來，叫聲：「兄弟，我死得好苦！」武松看不仔細，卻待向前來再問時，只見冷氣散了，不見了人。武松一跤顛翻在席子上坐地，尋思是夢非夢。回頭看那士兵時，正睡著。武松想道：「哥哥這一死，必然不明。卻才正要報我知道，又被我的神氣衝散了他的魂魄……」直在心裡不題，等天明卻又理會。詩曰：

可怪人稱三寸丁，生前混沌死精靈。
不因同氣能相感，冤鬼何從夜現形？

天色漸明了，士兵起來燒湯。武松洗漱了，那婦人也下樓來，看著武松道：「叔叔夜來煩惱？」武松道：「嫂嫂，我哥哥端的甚麼病死了？」那婦人道：「叔叔卻怎地忘了，夜來已對叔叔說了，害心疼病死了。」武松道：「卻贖誰的藥吃？」那婦人道：「見有藥貼在這裡。」武松道：「卻是誰買棺材？」那婦人道：「央及隔壁王乾娘去買。」武松道：「誰來扛抬出去？」那婦人道：「是本處團頭何九叔。盡是他維持出去。」武松道：「原來恁地。且去縣裡畫卯，卻來。」便起身帶了士兵，走到紫石街巷口，問士兵道：「你認得團頭何九叔麼？」士兵道：「都頭恁地忘了？前項（前些天）他也曾來與都頭作慶，他家只在獅子街巷內住。」武松道：「你引我去。」士兵引武松到何九叔門前，武松道：「你自先去。」士兵去了。武松卻揭起簾子，叫聲：「何九叔在家麼？」這何九叔卻才起來，聽得是武松來尋，嚇得手忙腳亂，頭巾也戴不迭，急急取了銀子和骨殖藏在身邊，便出來迎接道：「都頭幾時回來？」武松道：「昨日方回到這裡，有句話閒說則個，請那尊步同往。」何九叔道：「小人便去，都頭且請拜茶。」武松道：「不必，免賜。」

兩個一同出到巷口酒店裡坐下，叫量酒人打兩角酒來。何九叔起身道：「小人不曾與都頭接風，何故反擾？」武松道：「且坐。」何九叔心裡已猜八九分，量酒人一面篩酒，武松更不開口，且只顧吃酒。何九叔見他不做聲，倒捏兩把汗，卻把些話來撩他。武松也不開言，並不把話來提起。酒已數杯，只見武松揭起衣裳，颼地掣出把尖刀來，插在桌子上。量酒的都驚得呆了，那裡肯近前。看何九叔面色青黃，不敢抖氣。武松捋起雙袖，握著尖刀，指何九叔道：「小子粗疏，還曉得『冤各有頭，債各有主』。你休驚怕，只要實說——對我一一說知武大死的緣故，便不干涉你！我若傷了你，不是好漢！倘若有半句兒差，我這口刀立定教你身上添三四百個透明的窟窿！閒言不道，你只直說我哥哥死的屍首，是怎地模樣？」武松道罷，一雙手按住膝，兩隻眼睜得圓彪彪地，看著何九叔。

何九叔便去袖子裡取出一個袋兒，放在桌子上道：「都頭息怒。這個袋兒，便是一個大證見。」武松用手打開，看那袋兒裡時，兩塊酥黑骨頭，一錠十兩銀子，便問道：「怎地見得是老大證見？」何九叔道：「小人並然不知前後因地，忽於正月二十二日在家，只見開茶坊的王婆來呼喚小人殮武大郎屍首。至日，行到紫石街巷口，迎見縣前開生藥鋪的西門慶大郎，攔住邀小人同去酒店裡吃了一瓶酒。西門慶取出這十兩銀子付與小人，吩咐道：『所殮的屍首，凡百事遮蓋。』小人從來得知道那人是個刁徒，不容小人不接。吃了酒食，收了這銀子，小人去到大郎家裡，揭起千秋幡，只見七竅內有瘀血，唇口上有齒痕，係是生前中毒的屍首。小人本待聲張起來，只是又沒苦主；他的娘子，已自道是害心疼病死了。因此小人不敢聲言，自咬破舌尖，只做中了惡，扶歸家來了。只是火家自去殮了屍首，不曾接受一文。第三日，聽得扛出去燒化，小人買了一陌紙，去山頭假做人情；使轉了王婆並令嫂，暗拾了這兩塊骨頭，包在家裡。——這骨殖酥黑，係是毒藥身死的證見。這張紙上寫著年月日時，並送喪人的姓名，便是小人口詞了。都頭詳察。」

武松道：「姦夫還是何人？」何九叔道：「卻不知是誰。小人閒聽得說來，有個賣梨兒的鄆哥，那小廝曾和大郎去茶坊裡捉姦。這條街上，誰人不知。都頭要知備細，可問鄆哥。」武松道：「是。既然有這個人時，一同去走一遭。」武松收了刀，藏了骨頭、銀子，算還酒錢，便同何九叔望鄆哥家裡來。

卻好走到他門前，只見那小猴子挽著個柳籠栲栳在手裡，糴米歸來。何九叔叫道：「鄆哥，你認得這位都頭麼？」鄆哥道：「解大蟲來時，我便認得了。你兩個尋我做甚麼？」鄆哥那小廝，也瞧了八分，便說道：「只是一件：我的老爹六十歲，沒人養贍，我卻難相伴你們吃官司耍。」武松道：「好兄弟。」便去身邊取五兩來銀子道：「鄆哥，你把去與老爹做盤纏，跟我來說話。」鄆哥自心裡想道：「這五兩銀子，如何不盤纏得三五個月？便陪他吃官司也不妨。」將銀子和米把與老兒，便跟了二人出巷口一個飯店樓上來。武松叫過賣（飯館堂倌）造三分飯來，對鄆哥道：「兄弟，你雖年紀幼小，倒有養家孝順之心，卻才與你這些銀子，且做盤纏。我有用著你處。事務了畢時，我再與你十四五兩銀子做本錢。你可備細說與我：你恁地和我哥哥去茶坊裡捉姦？」

鄆哥道：「我說與你，你卻不要氣苦。我從今年正月十三日，提得一籃兒雪梨，我去尋西門慶大郎掛一勾子，一地裡沒尋他處。問人時，說道：『他在紫石街王婆茶坊裡，和賣炊餅的武大老婆做一處；如今刮上了他，每日只在那裡。我聽得了這話，一徑奔去尋他，叵耐王婆老豬狗，攔住不放我入房裡去。吃我把話來侵他底子，那豬狗便打我一頓栗暴，直叉我出來，將我梨兒都傾在街上。我氣苦了，去尋你大郎，說與他備細，他便要去捉姦。我道：『你不濟事。西門慶那廝，手腳了得，你若捉他不著，反吃他告了，倒不好。我明日和你約在巷口取齊（會合），你便少做些炊餅出來。我若張見西門慶入茶坊裡去時，我先入去，你便寄了擔兒等著。只看我丟出籃兒來，你便搶入來捉姦。』我這日又提了一籃梨兒，徑去茶坊裡。被我罵那老豬狗，那婆子便來打我，吃我先把籃兒撇出街上，一頭頂住那老狗在壁上。武大郎卻搶入去時，婆子要去攔截，卻被我頂住了，只叫得『武大來也！』原來倒吃他兩個頂住了門。大郎只在房門外聲張，卻不提防西門慶那廝開了房門，奔出來，把大郎一腳踢倒了。我見那婦人隨後便出來，扶大郎不動，我慌忙也自走了。過得五七日，說大郎死了。我卻不知怎地死了。」武松問道：「你這話是實了？你卻不要說謊。」鄆哥道：「便到官府，我也只是這般說。」武松道：「說得是，兄弟。」便討飯來吃了，還了飯錢，三個人下樓來。何九叔道：「小人告退。」武松道：「且隨我來，正要你們與我證一證。」把兩個一直帶到縣廳上。

知縣見了問道：「都頭告甚麼？」武松告說：「小人親兄武大，被西門慶與嫂通姦，下毒藥謀殺性命。這兩個便是證見，要相公做主則個。」知縣先問了何九叔並鄆哥口詞，當日與縣吏商議。原來縣吏都是與西門慶有首尾（勾結）的，官人自不必說，因此官吏通同計較道：「這件事難以理問。」知縣道：「武松，你也是個本縣都頭，不省得法度。自古道：『捉姦見雙，捉賊見贓，殺人見傷。』你

第二十六回

偷骨殖何九叔送喪　供人頭武二郎設祭

那哥哥的屍首又沒了，你又不曾捉得他姦；如今只憑這兩個言語，便問他殺人公事，莫非忒偏向麼？你不可造次，須要自己尋思，當行即行。」武松懷裡去取出兩塊酥黑骨頭、十兩銀子、一張紙，告道：「復告相公：這個須不是小人捏合出來的。」知縣看了道：「你且起來，待我從長商議。可行時，便與你拿問。」何九叔、鄆哥，都被武松留在房裡。當日西門慶得知，卻使心腹人來縣裡許官吏銀兩。

次日早晨，武松在廳上告稟，催逼知縣拿人。誰想這官人貪圖賄賂，回出骨殖並銀子來，說道：「武松，你休聽外人挑撥你和西門慶做對頭；這件事不明白，難以對理。聖人雲：『經目之事，猶恐未真；背後之言，豈能全信？』不可一時造次。」獄吏便道：「都頭，但凡人命之事，須要屍、傷、病、物、蹤，——五件事全，方可推問得。」武松道：「既然相公不准所告，且卻又理會。」收了銀子和骨殖，再付與何九叔收了；下廳來到自己房內，叫土兵安排飯食與何九叔同鄆哥吃，「留在房裡相等一等，我去便來也。」

又自帶了三兩個土兵，離了縣衙，將了硯瓦、筆、墨，就買了三五張紙，藏在身邊；就叫兩個土兵，買了個豬首，一隻鵝，一隻雞，一擔酒，和些果品之類，安排在家裡。約莫也是巳牌時候，帶了土兵，來到家中。那婦人已知告狀不准，放下心，不怕他，大著膽看他怎的。武松叫道：「嫂嫂下來，有句話說。」那婆娘慢慢地行下樓來，問道：「有甚麼話說？」武松道：「明日是亡兄斷七，你前日惱了眾鄰舍街坊，我今日特地來把杯酒，替嫂嫂相謝眾鄰。」那婦人大剌剌地說道：「謝他們怎地！」武松道：「禮不可缺。」喚土兵先去靈床子前，明晃晃地點起兩枝蠟燭，焚起一爐香，列下一陌紙錢；把祭物去靈前擺了，堆盤滿宴，鋪下酒食果品之類。叫一個土兵，後面燙酒；兩個土兵，門前安排桌凳；又有兩個，前後把門。武松自吩咐定了，便叫：「嫂嫂，來待客，我去請來。」

先請隔壁王婆。那婆子道：「不消生受，教都頭作謝。」武松道：「多多相擾了乾娘，自有個道理。先備一杯菜酒，休得推故。」那婆子取了招兒，收拾了門戶，從後門走過來。武松道：「嫂嫂坐主位，乾娘對席。」婆子已知道西門慶回話了，放著心吃酒。兩個都心裡道：「看他怎地！」武松又請這邊下鄰開銀鋪的姚二郎姚文卿。二郎道：「小人忙些，不勞都頭生受。」武松拖住便道：「一杯淡酒，又不長久，便請到家。」那姚二郎只得隨順到來，便教去王婆肩下坐了。又去對門請兩家，一家是開紙馬鋪的趙四郎趙仲銘。四郎道：「小人買賣撇不得，不及陪奉。」武松道：「如何使得！眾高鄰都在那裡了。」不由他不來，被武松扯到家裡道：「老人家爺父一般，便請在嫂嫂肩下坐了。」又請對門那賣冷酒店的胡正卿。那人原是吏員出身，便瞧道有些尷尬，那裡肯來；被武松不管他，拖了過來，卻請去趙四郎肩下坐了。武松道：「王婆，你隔壁是誰？」王婆道：「他家是賣餶飿（麵製食品）兒的張公。」卻好正在屋裡，見武松入來，吃了一驚道：「都頭，沒甚話說？」武松道：「家間多擾了街坊，相請吃杯淡酒。」那老兒道：「哎呀！老子不曾有些禮數到都頭家，卻如何請老子吃酒？」武松道：「不成微敬，便請到家。」老兒吃武松拖了過來，請去姚二郎肩下坐地。

說話的，為何先坐的不走了？原來都有士兵前後把著門，都似監禁的一般。

且說武松請到四家鄰舍，並王婆和嫂嫂，共是六人。武松掇條凳子，卻坐在橫頭，便叫士兵把前後門關了。那後面士兵，自來篩酒。武松唱個大喏，說道：「眾高鄰：休怪小人粗鹵，胡亂請些個。」眾鄰舍道：「小人們都不曾與都頭洗泥接風，如今倒來反擾。」武松笑道：「不成意思，眾高鄰休得笑話則個。」士兵只顧篩酒。眾人懷著鬼胎，正不知怎地。看看酒至三杯，那胡正卿便要起身，說道：「小人忙些個。」武松叫道：「去不得！既來到此，便忙也坐一坐。」那胡正卿心頭十五個吊桶打水，七上八下，暗暗地尋思道：「既是好意請我們吃酒，如何卻這般相待，不許人動身？」

只得坐下。武松道：「再把酒來篩。」士兵斟到第四杯酒，前後共吃了七杯酒過，眾人卻似吃了呂太后一千個筵宴。

只見武松喝叫士兵，且收拾過了杯盤，少間再吃。武松抹了桌子。眾鄰舍卻待起身，武松把兩隻手只一攔道：「正要說話。一干高鄰在這裡，中間高鄰那位會寫字？」姚二郎便道：「此位胡正卿極寫得好。」武松便唱個喏道：「相煩則個。」便捲起雙袖，去衣裳底下，颼地只一掣，掣出那口尖刀來；右手四指籠著刀靶，大母指按住掩心（護胸金屬物），兩隻圓彪彪怪眼睜起道：「諸位高鄰在此：小人冤各有頭，債各有主，只要眾位做個證見！」

只見武松左手拿住嫂嫂，右手指定王婆，四家鄰舍驚得目瞬口呆，罔知所措，都面面廝覷，不敢做聲。武松道：「高鄰休怪，不必吃驚。武松雖是粗鹵漢子，——便死也不怕，——還省得有冤報冤，有仇報仇，並不傷犯眾位，只煩高鄰做個證見。若有一位先走的，武松翻過臉來休怪。教他先吃我五七刀了去，武二便償他命也不妨。」眾鄰舍俱目瞪口呆，再不敢動。

武松看著王婆喝道：「兀那老豬狗聽著！我的哥哥這個性命，都在你的身上，慢慢地卻問你！」回過臉來，看著婦人罵道：「你那淫婦聽著！你把我的哥哥性命，怎地謀害了，從實招了，我便饒你。」那婦人道：「叔叔，你好沒道理！你哥哥自害心疼病死了，干我甚事！……」說猶未了，武松把刀胳查子插在桌子上，用左手揪住那婦人頭髻，右手劈胸提住；把桌子一腳踢倒了，隔桌子把這婦人輕輕地提將過來，一跤放翻在靈床面前，兩腳踏住；右手拔起刀來，指定王婆道：「老豬狗，你從實說！」那婆子要脫身，脫不得，只得道：「不消都頭發怒，老身自說便了。」武松叫士兵取過紙、墨、筆、硯，排好在桌子上，把刀指著胡正卿道：「相煩你與我聽一句，寫一句。」胡正卿胳嗒嗒抖著道：「小人便寫，」討了些硯水，磨起墨來，胡正卿拿起筆，拂開紙道：「王婆，你實說！」那婆子道：「又不干我事，教說甚麼？」武松道：「老豬狗，我都知了，你賴那個去！你不說時，我先剮了這個淫婦，後殺你這老狗。」提起刀來，望那婦人臉上便攦兩攦。那婦人慌忙叫道：「叔叔，且饒我！你放我起來，我說便了。」武松一提，提起那婆娘，跪在靈床子前。武松喝一聲：「淫婦快說！」

那婦人驚得魂魄都沒了，只得從實招說：將那時放簾子，因打著西門慶起，並做衣裳，入馬（得手）通姦，一一地說。次後來怎生踢了武大，因何設計下藥，王婆怎地教唆撥置，從頭至尾，說了一遍。武松叫他說一句，卻叫胡正卿寫一句。王婆道：「咬蟲，你先招了，我如何賴得過，只苦了老身！」王婆也只得招認了。把這婆子口詞，也叫胡正卿寫了。從頭至尾，都說在上面。叫他兩個都點指畫了字，就叫四家鄰舍書了名，也畫了字。叫土兵解搭膊來，背剪綁了這老狗，捲了口詞，藏在懷裡。叫土兵取碗酒來，供養在靈床子前，拖過這婦人來，跪在靈前，喝那婆子也跪在靈前。武松道：「哥哥靈魂不遠，兄弟武二與你報仇雪恨！」叫土兵把紙錢點著。那婦人見頭勢不好，卻待要叫，被武松腦揪倒來，兩隻腳踏住他兩隻胳膊，扯開胸脯衣裳；說時遲，那時快，把尖刀去胸前只一剜，口裡銜著刀，雙手去斡開胸脯，摳出心肝五臟，供養在靈前；胳查一刀，便割下那婦人頭來，血流滿地。四家鄰舍，吃了一驚，都掩了臉，見他凶了，又不敢動，只得隨順他。武松叫土兵去樓上取下一床被來，把婦人頭包了，揩了刀，插在鞘裡，洗了手，唱個喏說道：「有勞高鄰，甚是休怪。且請眾位樓上少坐，待武二便來。」四家鄰舍，都面面相看，不敢不依他，只得都上樓去坐了。武松吩咐土兵，也教押那婆子上樓去。關了樓門，著兩個土兵在樓下看守。

武松包了婦人那顆頭，一直奔西門慶生藥鋪前來，看著主管，唱個喏，問道：「大官人在麼？」主管道：「卻才出去。」武松道：「借一步閒說一句話。」那主管也有些認得武松，不敢不出來。武松一引引到側首僻靜巷內，武松翻過臉來道：「你要死，卻是要活？」主管慌道：「都頭在上：小人又不曾傷犯了都頭。」武松道：「你要死，休說西門慶去向；你若要活，實對我說西門慶在那裡。」主管道：「卻才和一個相識，去……去……獅子橋下大酒樓上吃……。」武松聽了，轉身便走。那主管驚得半晌，移腳不動，自去了。

且說武松徑奔到獅子橋下酒樓前，便問酒保道：「西門慶大郎和甚人吃酒？」酒保道：「和一個一般的財主，在樓上邊街閣兒裡吃酒。」武松一直撞到樓上，去閣子前張時，窗眼裡見西門慶坐著主位，對面一個坐著客席，兩個唱的粉頭坐在兩邊。武松把那被包打開一抖，那顆人頭，血淥淥的滾出來。武松左手提了人頭，右手拔出尖刀，挑開簾子，鑽將入來，把那婦人頭望西門慶臉上摜將來。西門慶認得是武松，吃了一驚，叫聲：「哎呀！」便跳起在凳子上去，一隻腳跨上窗檻，要尋走路，見下面是街，跳不下去，心里正慌。說時遲，那時快，武松卻用手略按一按，托地已跳在桌子上，把些盞兒、碟兒，都踢下來。兩個唱的行院（妓女），驚得走不動。那個財主官人，慌了腳手，也驚倒了。西門慶見來得凶，便把手虛指一指，早飛起右腳來。武松只顧奔入去，見他腳起，略閃一閃，恰好那一腳正踢中武松右手，那口刀踢將起來，直落下街心裡去了。西門慶見踢去了刀，心裡便不怕他，右手虛照一照，左手一拳，照著武松心窩裡打來。卻被武松略躲個過，就勢裡從肋下鑽入來，左手帶住頭，連肩胛只一提，右手早捽住西門慶左腳，叫聲：「下去！」那西門慶一者冤魂纏定，二乃天理難容，三來怎當武松勇力。只見頭在下，腳在上，倒撞落在當街心裡去了，跌得個發昏章第十一（昏迷）。街上兩邊人，都吃了一驚。

武松伸手去凳子邊提了淫婦的頭，也鑽出窗子外，湧身望下只一跳，跳在當街上；先搶了那口刀在手裡，看這西門慶已自跌得半死，直挺挺在地下，只把眼來動。武松按住，只一刀，割下西門慶的頭來；把兩顆頭相結做一處，提在手裡；把著那口刀，一直奔回紫石街來。叫土兵開了門，將兩顆人頭供養在靈前；把那碗冷酒澆奠了，說道：「哥哥靈魂不遠，早生天界！兄弟與你報仇：殺了姦夫和淫婦，今日就行燒化。」便叫土兵樓上請高鄰下來，把那婆子押在前面。武松拿著刀，提了兩顆人頭，再對四家鄰舍道：「我還有一句話，對你們四位高鄰說則個。」那四家鄰舍叉手拱立，盡道：「都頭但說，我眾人一聽尊命。」武松說出這幾句話來，有分教，景陽岡好漢，屈做囚徒；陽谷縣都頭，變作行者。直教名標千古，聲播萬年。畢竟武松說出甚話來，且聽下回分解。

第二十七回
母夜叉孟州道賣人肉　武都頭十字坡遇張青

話說當下武松對四家鄰舍道：「小人因與哥哥報仇雪恨，犯罪正當其理，雖死而不怨；卻才甚是驚嚇了高鄰。小人此一去，存亡未保，死活不知，我哥哥靈床子，就今燒化了。家中但有些一應物件，望煩四位高鄰與小人變賣些錢來，作隨衙用度之資，聽候使用。今去縣裡首告，休要管小人罪犯輕重，只替小人從實證一證。」隨即取靈牌和紙錢燒化了。樓上有兩個箱籠，取下來，打開看了，付與四鄰收貯變賣；卻押那婆子，提了兩顆人頭，逕投縣裡來。

此時哄動了一個陽谷縣，街上看的人，不計其數。知縣聽得人來報了，先自駭然，隨即升廳。武松押那王婆在廳前跪下；行凶刀子和兩顆人頭，放在階下。武松跪在左邊，婆子跪在中間，四家鄰舍跪在右邊。武松懷中取出胡正卿寫的口詞，從頭至尾，告訴一遍。知縣叫那令史，先問了王婆口詞，一般供說。四家鄰舍，指證明白，又喚過何九叔、鄆哥，都取了明白供狀。喚當該仵作行人，委吏一員，把這一干人押到紫石街，檢驗了婦人身屍；獅子橋下酒樓前，檢驗了西門慶身屍。明白填寫屍單格目，回到縣裡，呈堂立案。知縣叫取長枷，且把武松同這婆子枷了，收在監內；一干平人（證人），寄監在門房裡。

且說縣官念武松是個義氣烈漢，又想他上京去了這一遭，一心要周全他；又尋思他的好處，便喚該吏商議道：「念武松那廝是個有義的漢子，把這人們招狀從新做過，改作：『武松因祭獻亡兄武大，有嫂不容祭祀，因而相爭：婦人將靈床推倒，救護亡兄神主，與嫂鬥毆，一時殺死。次後西門慶因與本婦通姦，前來強護，因而鬥毆；互相不伏，扭打至獅子橋邊，以致鬥殺身死。』」讀款狀與武松聽了，寫一道申解公文，將這一干人犯，解本管東平府申請發落。這陽谷縣雖是個小縣份，倒有仗義的人：有那上戶之家，都資助武松銀兩；也有送酒食錢米與武松的。武松到下處，將行李寄頓土兵收了，將了十二三兩銀子，與了鄆哥的老爹。武松管下的土兵，大半相送酒肉不迭。當下縣吏領了公文，抱著文卷，並何九叔的銀子、骨殖、招詞、刀杖，帶了一干人犯，上路望東平府來。眾人到得府前，看的人哄動了衙門口。且說府尹陳文昭聽得報來，隨即升廳。那官人：

平生正直，稟性賢明。幼曾雪案攻書（晉孫康映雪讀書），長向金鑾對策。戶口增，錢糧辦，黎民稱德滿街衢（通衢大道）；詞訟減，盜賊休，父老贊歌喧市井。慷慨文章欺李杜，賢良德政勝龔黃（龔遂、黃霸為漢代良吏）。

那陳府尹是個聰察的官，已知這件事了，便叫押過這一干人犯，就當廳先把陽谷縣申文看了；又把各人供狀、招款看過，將這一干人，一一審錄一遍；把贓物並行凶刀杖封了，發與庫子收領上庫；將武松的長枷，換了一面輕罪枷枷了，下在牢裡；把這婆子換一面重囚枷釘了，禁在提事司監死囚牢裡收了。喚過縣吏，領了回文，發落何九叔、鄆哥、四家鄰舍：「這六人且帶回縣去，寧家（回家）聽候。本主西門慶妻子，留在本府羈管聽候，等朝廷明降，方始結斷。」那何九叔、鄆哥、四家鄰舍，縣吏領了自回本縣去了。武松下在牢裡，自有幾個土兵送飯。

且說陳府尹哀憐武松是個仗義的烈漢，時常差人看覷他，因此節級、牢子都不要他一文錢，倒把酒食與他吃。陳府尹把這招稿卷宗都改得輕了，申去省院，詳審議罪；卻使個心腹人，齎了一封緊要密書，星夜投京師來替他干辦。那刑部官有和陳文昭好的，把這件事直稟過了省院官，議下罪犯：「據王婆生情造意，哄誘通姦，唆使本婦下藥毒死親夫；又令本婦趕逐武松，不容祭祀親兄，以致殺傷人命，唆令男女故失人倫。擬合凌遲處死。據武松雖係報兄之仇，鬥殺西門慶姦夫人命，亦則自首，難以釋免；脊杖四十，刺配二千里外。姦夫淫婦，雖該重罪，已死勿論。其餘一干人犯，釋放寧家。文書到日，即便施行。」

東平府尹陳文昭看了來文，隨即行移，拘到何九叔、鄆哥，並四家鄰舍，和西門慶妻小，一干人等，都到廳前聽斷。牢中取出武松，讀了朝廷明降，開了長枷，脊杖四十；上下公人都看覷他，止有五七下著肉；取一面七斤半鐵葉團頭護身枷釘了，臉上免不得刺了兩行金印，迭配孟州牢城。其餘一干眾人，省諭發落，各放寧家。大牢裡取出王婆，當廳聽命。讀了朝廷明降，寫了犯由牌，畫了伏狀，便把這婆子推上木驢（刑具），四道長釘，三條綁索，東平府尹判了一個「剮」字，擁出長街。兩聲破鼓響，一棒碎鑼鳴；犯由前引，混棍後催；兩把尖刀舉，一朵紙花搖，帶去東平府市心裡，吃了一剮。

話裡只說武松帶上行枷，看剮了王婆，有那原舊的上鄰姚二郎，將變賣家私什物的銀兩，交付與武松收受，作別自回去了。當廳押了文帖，著兩個防送公人領了，解赴孟州交割。府尹發落已了。只說武松與兩個防送公人上路，有那原跟的士兵付與了行李，亦回本縣去了。武松自和兩個公人離了東平府，迤邐取路投孟州來。那兩個公人，知道武松是個好漢，一路只是小心去伏侍他，不敢輕慢他些個。武松見他兩個小心，也不和他計較；包裹內有的是金銀，但過村坊鋪店，便買酒肉，和他兩個公人吃。

話休絮繁。武松自從三月初頭殺了人，坐了兩個月監房，如今來到孟州路上，正是六月前後，炎炎火日當天，爍石流金之際，只得趕早涼而行。約莫也行了二十餘日，來到一條大路，三個人已到嶺上，卻是巳牌時分。武松道：「你們且休坐了，趕下嶺去，尋買些酒肉吃。」兩個公人道：「也說得是。」三個人奔過嶺來，只一望時，見遠遠地土坡下約有十數間草屋，傍著溪邊柳樹上挑出個酒簾兒。武松見了，把手指道：「兀那裡不有個酒店！」三個人奔下嶺來，山岡邊見個樵夫，挑一擔柴過來。武松叫道：「漢子，借問這裡地名叫做甚麼去處？」樵夫道：「這嶺是孟州道。嶺前面大樹林邊，便是有名的十字坡。」

武松問了，自和兩個公人一直奔到十字坡邊看時，為頭一株大樹，四五個人抱不交（攏），上面都是枯藤纏著。看看抹過大樹邊，早望見一個酒店，門前窗檻邊坐著一個婦人，露出綠紗衫兒來，頭上黃烘烘的插著一頭釵環，鬢邊插著些野花。見武松同兩個公人來到門前，那婦人便走起身來迎接。下面繫一條鮮紅生絹裙，搽一臉胭脂鉛粉，敞開胸脯，露出桃紅紗主腰（束胸的緊身），上面一色金鈕。見那婦人如何？

眉橫殺氣，眼露凶光。轆軸般蠢坌腰肢，棒錘似粗莽手腳。厚鋪著一層膩粉，遮掩頑皮；濃搽就兩暈胭脂，直侵亂髮。金釧牢籠魔女臂，紅衫照映夜叉精。

當時那婦人倚門迎接，說道：「客官歇腳了去。本家有好酒，好肉，要點心時，好大饅頭！」兩個公人和武松入到裡面，一副柏木桌凳座頭上，兩個公人倚了棍棒，解下那纏袋，上下肩坐了。武松先把脊背上包裹解下來，放在桌子上，解了腰間搭膊，脫下布衫。兩個公人道：「這裡又沒人看見，我們擔些利害，且與你除了這枷，快活吃兩碗酒。」便與武松揭開了封皮，除了枷來，放在桌子底下，都脫了上半截衣裳，搭在一邊窗檻上。只見那婦人笑容可掬道：「客官要打多少酒？」武松道：「不要問多少，只顧燙來；肉便切三五斤來，一發算錢還你。」那婦人道：「也有好大饅頭。」武松道：「也把三二十個來做點心。」

那婦人嘻嘻地笑著入裡面，托出一大桶酒來。放下三隻大碗，三雙箸，切出兩盤肉來；一連篩了四五巡酒，去灶上取一籠饅頭來，放在桌子上。兩個公人拿起來便吃。武松取一個拍開看了，叫道：「酒家，這饅頭是人肉的？是狗肉的？」那婦人嘻嘻笑道：「客官休要取笑。清平世界，蕩蕩乾坤，那裡有人肉的饅頭，狗肉的滋味？我家饅頭，積祖（一向）是黃牛的。」武松道：「我從來走江湖上，多聽得人說道：『大樹十字坡，客人誰敢那裡過？肥的切做饅頭餡，瘦的卻把去填河。』」那婦人道：「客官那得這話？這是你自揑出來的。」武松道：「我見這饅頭餡肉有幾根毛，一像人小便處的毛一般，以此疑忌。」武松又問道：「娘子，你家丈夫卻怎地不見？」那婦人道：「我的丈夫出外做客未回。」武松道：「恁地時，你獨自一個須冷落。」那婦人笑著尋思道：「這賊配軍卻不是作死，倒來戲弄老娘！正是『燈蛾撲火，惹焰燒身』。不是我來尋你，我且先對付那廝。」這婦人便道：「客官休要取笑。再吃幾碗了，去後面樹下乘涼。要歇，便在我家安歇不妨。」

武松聽了這話，自家肚裡尋思道：「這婦人不懷好意了。你看我且先耍他。」武松又道：「大娘子，你家這酒，好生淡薄。別有甚好的，請我們吃幾碗。」那婦人道：「有些十分香美的好酒，只是渾些。」武松道：「最好。越渾越好吃。」那婦人心裡暗喜，便去裡面托出一旋渾色酒來。武松看了道：「這個正是好生酒，只宜熱吃最好。」那婦人道：「還是這位客官省得，我燙來你嘗看。」婦人自忖道：「這個賊配軍正是該死，倒要熱吃。這藥卻是發作得快，那廝當是我手裡行貨。」燙得熱了，把將過來篩做三碗，便道：「客官試嘗這酒。」兩個公人那裡忍得飢渴，只顧拿起來吃了。武松便道：「大娘子，我從來吃不得寡酒。你再切些肉來，與我過口。」張得那婦人轉身入去，卻把這酒潑在僻暗處，口中虛把舌頭來咂道：「好酒，還是這酒沖得人動。」

那婦人那曾去切肉，只虛轉一遭，便出來拍手叫道：「倒也！倒也！」那兩個公人，只見天旋地轉，禁了口，望後撲地便倒。武松也把眼來虛閉緊了，撲地仰倒在凳邊。那婦人笑道：「著了！由你奸似鬼，吃了老娘的洗腳水。」便叫：「小二、小三，快出來！」只見裡面跳出兩個蠢漢來，先把兩個公人扛了進去，這婦人後來桌上，提了武松的包裹，並公人的纏袋，捏一捏看，約莫裡面是些金銀。那婦人歡喜道：「今日得這三頭行貨，倒有好兩日饅頭賣，又得這若干東西。」把包裹纏袋提了入去，卻出來，看這兩個漢子扛抬武松。那裡扛得動，直挺挺在地下，卻似有千百斤重的。那婦人看了，見這兩個蠢漢，拖扯不動，喝在一邊說道：「你這鳥男女，只會吃飯吃酒，全沒些用，直要老娘親自動手。這個鳥大漢，卻也會戲弄老娘。這等肥胖，好做黃牛肉賣。那兩個瘦蠻子，只好做水牛肉賣。扛進去，先開剝這廝。」那婦人一頭說，一面先脫去了綠紗衫兒，解下了紅絹裙子，赤膊著，便來把武松輕輕提將起來。武松就勢抱住那婦人，把兩隻手一勾勾將攏來，當胸前摟住；卻把兩隻腿望那婦人下半截只一挾，壓在婦人身上，那婦人殺豬也似叫將起來。那兩個漢子急待向前，被武松大喝一聲，驚得呆了。那婦人被按壓在地上，只叫道：「好漢饒我！」那裡敢掙扎，正是：

麻翻打虎人，饅頭要發酵。

誰知真英雄，卻會惡取笑。
牛肉賣不成，反做殺豬叫！

只見門前一人挑一擔柴，歇在門首，望見武松按倒那婦人在地上，那人大踏步跑將進來叫道：「好漢息怒！且饒恕了，小人自有話說。」武松跳將起來，把左腳踏住婦人，提著雙拳，看那人時，頭帶青紗凹面巾，身穿白布衫，下面腿絣護膝，八搭麻鞋，腰繫著纏袋。生得三拳骨叉臉兒，微有幾根髭髯，年近三十五六。看著武松，叉手不離方寸，說道：「願聞好漢大名。」武松道：「我行不更名，坐不改姓，都頭武松的便是！」那人道：「莫不是景陽岡打虎的武都頭？」武松回道：「然也。」那人納頭便拜道：「聞名久矣，今日幸得拜識。」武松道：「你莫非是這婦人的丈夫？」那人道：「是小人的渾家，『有眼不識泰山』，不知怎地觸犯了都頭。可看小人薄面，望乞恕罪。」正是：

自古嗔拳輸笑面，從來禮數服奸邪。
只因義勇真男子，降伏凶頑母夜叉。

武松見他如此小心，慌忙放起婦人來，便問：「我看你夫妻兩個，也不是等閒的人，願求姓名。」那人便叫婦人穿了衣裳，快近前來，拜了都頭。武松道：「卻才衝撞，阿嫂休怪。」那婦人便道：「有眼不識好人。一時不是，望伯伯恕罪。且請去裡面坐地。」武松又問道：「你夫妻二位，高姓大名，如何知我姓名？」那人道：「小人姓張，名青，原是此間光明寺種菜園子。為因一時間爭些小事，性起，把這光明寺僧行殺了，放把火燒做白地，後來也沒對頭，官司也不來問，小人只在此大樹坡下剪徑。忽一日，有個老兒挑擔子過來，小人欺負他老，搶出來和他廝並，鬥了二十餘合，被那老兒一扁擔打翻。原來那老兒年紀小時，專一剪徑；因見小人手腳活，便帶小人歸去到城裡，教了許多本事，又把這個女兒招贅小人做個女婿。城裡怎地住得，只得依舊來此間蓋些草屋，賣酒為生；實是只等客商過往，有那入眼的，便把些蒙汗藥與他吃了便死。將大塊好肉，切做黃牛肉賣；零碎小肉，做餡子包饅頭。小人每日也挑些去村裡賣，如此度日。小人因好結識江湖上好漢，人都叫小人做菜園子張青。俺這渾家姓孫，全學得他父親本事，人都喚他母夜叉孫二娘。小人卻才回來，聽得渾家叫喚，誰想得遇都頭。小人多曾吩咐渾家道：『三等人不可壞他。第一，是雲遊僧道：他又不曾受用過分了，又是出家的人。』則恁地也爭些兒壞了一個驚天動地的人：原是延安府老種經略相公帳前提轄，姓魯，名達；為因三拳打死了一個鎮關西，逃走上五台山，落髮為僧，因他脊梁上有花繡，江湖上都呼他做花和尚魯智深；使一條渾鐵禪杖，重六十來斤，也從這裡經過。渾家見他生得肥胖，酒裡下了些蒙汗藥，扛入在作坊裡。正要動手開剝，小人恰好歸來；見他那條禪杖非俗，卻慌忙把解藥救起來，結拜為兄。打聽得他近日占了二龍山寶珠寺，和一個甚麼青面獸楊志，霸在那方落草。小人幾番收得他相招的書信，只是不能勾去……」武松道：「這兩個，我也在江湖上多聞他名。」張青道：「只可惜了一個頭陀，長七八尺一條大漢，也把來麻壞了。小人歸得遲了些個，已把他卸下四足。如今只留得一個箍頭的鐵界尺，一領皂直裰，一張度牒在此。別的都不打緊，有兩件物最難得：一件是一百單八顆人頂骨做成的數珠；一件是兩把雪花鑌鐵打成的戒刀。想這個頭陀也自殺人不少。直到如今，那刀要便半夜裡嘯響。小人只恨道不曾救得這個人，心裡常常憶念他。又吩咐渾家道：『第二等是江湖上行院妓女之人：他們是衝州撞府，逢場作戲，陪了多少小心得來的錢物；若還結果了他，那廝們你我相傳，去戲台上說得我等江湖上好漢不英雄。』又吩咐渾家道：『第三等是各處犯罪流配的人，中間多有好漢在裡頭，切不可壞他。』不想渾家不依小人的言語，今日又衝撞了都頭，幸喜小人歸得早些。卻是如何了起這片心？」母夜叉孫二娘道：「本是不肯下手。一者見伯伯包裹沉重，二乃怪伯伯說起風話，因此一時起意。」武松道：「我是斬頭瀝血的人，何肯戲弄良人！我見阿嫂瞧得我包裹緊，先疑忌了，因此特地說些風話，漏你下手。那碗酒我已潑了，假做中毒，你果然來提我。一時拿住，甚是衝撞了嫂子，休怪。」

張青大笑起來，便請武松直到後面客席裡坐定。武松道：「兄長，你且放出那兩個公人則個。」張青便引武松到人肉作坊裡，看時，見壁上繃著幾張人皮，梁上吊著五七條人腿；見那兩個公人，一顛一倒，挺著在剝人凳上。武松道：「大哥，你且救起他兩個來。」張青道：「請問都頭：今得何罪？配到何處去？」武松把殺西門慶並嫂的緣由，一一說了一遍。張青夫妻兩個，稱贊不已，便對武松說道：「小人有句話說，未知都頭如何？」武松道：「大哥但說不妨。」張青不慌不忙，對武松說出那幾句話來，有分教，武松大鬧了孟州城，哄動了安平寨。直教打翻拽象拖牛漢，攧倒擒龍捉虎人。畢竟張青對武松說出甚言語來，且聽下回分解。

第二十八回

武松威鎮安平寨　施恩義奪快活林

話說當下張青對武松說道：「不是小人心歹，比及都頭去牢城營裡受苦，不若就這裡把兩個公人做翻，且只在小人家裡過幾時。若是都頭肯去落草時，小人親自送至二龍山寶珠寺，與魯智深相聚入伙如何？」武松道：「最是兄長好心，顧盼小弟。只是一件：武松平生只要打天下硬漢，這兩個公人，於我分上，只是小心，一路上伏侍我來。我若害了他，天理也不容我。你若敬愛我時，便與我救起他兩個來，不可害他。」張青道：「都頭既然如此仗義，小人便救醒了。」

當下張青叫火家（伙計）便從剝人凳上攙起兩個公人來。孫二娘便調一碗解藥來，張青扯住耳朵，灌將下去。沒半個時辰，兩個公人，如夢中睡覺的一般爬將起來，看了武松說道：「我們卻如何醉在這裡？這家恁麼好酒！我們又吃不多，便恁地醉了！記著他家，回來再問他買吃。」武松笑將起來，張青、孫二娘也笑，兩個公人正不知怎地。那兩個火家，自去宰殺雞鵝，煮得熟了，整頓杯盤端正。張青教擺在後面葡萄架下，放了桌凳坐頭，張青便邀武松並兩個公人到後園內。

武松便讓兩個公人上面坐了，張青、武松在下面朝上坐了。孫二娘坐在橫頭。兩個漢子輪番斟酒，來往搬擺盤饌。張青勸武松飲酒。至晚，取出那兩口戒刀來，叫武松看了。果是鑌鐵打的，非一日之功。兩個又說些江湖上好漢的勾當，卻是殺人放火的事。武松又說：「山東及時雨宋公明仗義疏財，如此豪傑，如今也為事逃在柴大官人莊上。」兩個公人聽得，驚得呆了，只是下拜。武松道：「難得你兩個送我到這裡了，終不成有害你之心？我等江湖上好漢們說話，你休要吃驚，我們並不肯害為善的人。你只顧吃酒，明日到孟州時，自有相謝。」當晚就張青家裡歇了。

次日，武松要行，張青那裡肯放，一連留住，管待了三日。武松因此感激張青夫妻兩個厚意。論年齒張青卻長武松五年，因此武松結拜張青為兄。武松再辭了要行，張青又置酒送路；取出行李、包裹、纏袋，交還了；又送十來兩銀子與武松，把二三兩零碎銀子，齎發兩個公人。武松就把這十兩銀子一發與了兩個公人。再帶上行枷，依舊貼了封皮。張青和孫二娘送出門前，武松作別了，自和公人投孟州來。詩曰：

結義情如兄弟親，勸言落草尚逡巡。
須知憤殺姦淫者，不作違條犯法人。

第二十八回
武松威鎮安平寨　施恩義奪快活林

未及晌午，早來到城裡。直至州衙，當廳投下了東平府文牒。州尹看了，收了武松，自押了回文，與兩個公人回去，不在話下。隨即卻把武松帖發本處牢城營來。當日武松來到牢城營前，看見一座牌額，上書三個大字，寫著道：「安平寨」。公人帶武松到單身房裡，公人自去下文書，討了收管，不必得說。

武松自到單身房裡，早有十數個一般的囚徒來看武松，說道：「好漢，你新到這裡，包裹裡若有人情的書信，並使用的銀兩，取在手頭，少刻差撥到來，便可送與他。若吃殺威棒時，也打得輕。若沒人情送與他時，端的狼狽！我和你是一般犯罪的人，特地報你知道。豈不聞『兔死狐悲，物傷其類』？我們只怕你初來不省得，通你得知。」武松道：「感謝你們眾位指教我。小人身邊略有些東西。若是他好問我討時，便送些與他；若是硬問我要時，一文也沒。」眾囚徒道：「好漢，休說這話，古人道：『不怕官，只怕管。』『在人矮簷下，怎敢不低頭。』只是小心便好。」說猶未了，只見一個道：「差撥官人來了。」眾人都自散了。

武松解了包裹，坐在單身房裡，只見那個人走將入來，問道：「那個是新到囚徒？」武松道：「小人便是。」差撥道：「你也是安眉帶眼（像個人樣）的人，直須要我開口說。你是景陽岡打虎的好漢，陽谷縣做都頭，只道你曉事，如何這等不達時務！你敢來我這裡，貓兒也不吃你打了！」武松道：「你到來發話，指望老爺送人情與你，半文也沒。我精拳頭有一雙相送，金銀有些，留了自買酒吃，看你怎地奈何我？沒地裡倒把我發回陽谷縣去不成！」那差撥大怒去了。又有眾囚徒走攏來說道：「好漢，你和他強了，少間苦也！他如今去和管營相公說了，必然害你性命！」武松道：「不怕！隨他怎麼奈何我，文來文對，武來武對！」

正在那裡說言未了，只見三四個人來單身房裡，叫喚新到囚人武松。武松應道：「老爺在這裡，又不走了，大呼小喝做甚麼！」那來的人把武松一帶，帶到點視廳前，那管營相公正在廳上坐。五六個軍漢，押武松在當面，管營喝叫除了行枷，說道：「你那囚徒，省得太祖武德皇帝舊制：但凡初到配軍，須打一百殺威棒。那兜拕的，背將起來。」武松道：「都不要你眾人鬧動，要打便打，也不要兜拕。我若是躲閃一棒的，不是好漢，從先打過的都不算，從新再打起。我若叫一聲，也不是好男子！」兩邊看的人都笑道：「這痴漢弄死，且看他如何熬！」武松又道：「要打便打毒些，不要人情棒兒，打我不快活。」兩下眾人都笑起來。

第二十八回

武松威鎮安平寨　施恩義奪快活林

那軍漢拿起棍來，卻待下手，只見管營相公身邊立著一個人：六尺以上身材，二十四五年紀；白淨面皮，三綹髭鬚；額頭上縛著白手帕，身上穿著一領青紗上蓋，把一條白絹搭膊絡著手。那人便去管營相公耳朵邊，略說了幾句話。只見管營道：「新到囚徒武松，你路上途中曾害甚病來？」武松道：「我於路不曾害，酒也吃得，肉也吃得，飯也吃得，路也走得。」管營道：「這廝是途中得病到這裡，我看他面皮才好，且寄下他這頓殺威棒。」兩邊行杖的軍漢低低對武松道：「你快說病。這是相公將就你，你快只推曾害便了。」武松道：「不曾害，不曾害，打了倒乾淨！我不要留這一頓寄庫棒（待打的棒刑），寄下倒是鉤腸債（牽掛的欠債），幾時得了！」兩邊看的人都笑。管營也笑道：「想是這漢子多管害熱病了，不曾得汗，故出狂言。不要聽他，且把去禁在單身房裡。」

三四個軍人引武松依前送在單身房裡。眾囚徒都來問道：「你莫不有甚好相識書信與管營麼？」武松道：「並不曾有。」眾囚徒道：「若沒時，寄下這頓棒，不是好意，晚間必然來結果你！」武松道：「他還是怎地來結果我？」眾囚徒道：「他到晚把兩碗乾黃倉米飯，和些臭鯗魚（乾魚）來，與你吃了，趁飽帶你去土牢裡去，把索子捆翻著，一床乾藁薦（草席）把你捲了，塞住了你七竅，顛倒豎在壁邊；不消半個更次，便結果了你性命。——這個喚做『盆吊』。」武松道：「再有怎地安排我？」眾人道：「再有一樣，也是把你來捆了，卻把一個布袋，盛一袋黃沙，將來壓在你身上；也不消一個更次，便是死的。——這個喚『土布袋』。」武松又問道：「還有甚麼法度害我？」眾人道：「只是這兩件怕人些，其餘的也不打緊。」

眾人說猶未了，只見一個軍人托著一個盒子入來。問道：「那個是新配來的武都頭？」武松答道：「我便是。甚麼話說？」那人答道：「管營叫送點心在這裡。」武松來看時，一大旋酒，一盤肉，一盤子麵，又是一大碗汁。武松尋思道：「敢是把這些點心與我吃了，卻來對付我？……我且落得吃了，卻又理會。」武松把那旋酒來一飲而盡，把肉和麵都吃盡了。那人收拾家火回去了。

武松坐在房裡尋思，自己冷笑道：「看他怎地來對付我！」看看天色晚來，只見頭先那個人，又頂一個盒子入來，武松問道：「你又來怎地？」那人道：「叫送晚飯在這裡。」擺下幾盤菜蔬，又是一大旋酒，一大盤煎肉，一碗魚羹，一大碗飯。武松見了，暗暗自忖道：「吃了這頓飯食，必然來結果我……且由他，便死也做個飽鬼。落得吃了，卻再計較。」那人等武松吃了，收拾碗碟回去了。

不多時，那個人又和一個漢子兩個來：一個提著浴桶，一個提一個大桶湯來，看著武松道：「請都頭洗浴。」武松想道：「不要等我洗浴了來下手？……我也不怕他，且落得洗一洗。」那兩個漢子安排傾下湯，武松跳在浴桶裡面，洗了一回，隨即送過浴裙手巾，教武松拭了，穿了衣裳。一個自把殘湯傾了，提了浴桶去。一個便把藤簟、紗帳將來掛起，鋪了藤簟，放個涼枕，叫了安置，也回去了。武松把門關上，拴了，自在裡面思想道：「這個是甚麼意思？隨他便了，且看如何。」放倒頭，便自睡了，一夜無事。

天明起來，才開得房門，只見夜來那個人，提著桶洗面湯進來，教武松洗了面；又取漱口水漱了口；又帶個篦頭待詔（理髮匠）來，替武松篦了頭，綰個髻子，裹了巾幘。又是一個人，將個盒子入來，取出菜蔬下飯，一大碗肉湯，一大碗飯。武松想道：「由你走道兒（耍花招），我且落得吃了。」武松吃罷飯，便是一盞茶。卻才茶罷，只見送飯的那個人來請道：「這裡不好安歇，請都頭去那壁房裡安歇，搬茶搬飯卻便當。」武松道：「這番來了！……我且跟他去看如何。……」一個便來收拾行李被臥，一個引著武松，離了單身房裡，來到前面一個去處。推開房門來，裡面乾乾淨淨的床帳，兩邊都是新安排的桌凳什物。武松來到房裡看了，存想道：「我只道送我入土牢裡去，卻如何來到這般去處？比單身房好生齊整！」

第二十八回
武松威鎮安平寨　施恩義奪快活林

定擬將身入土牢，誰知此處更清標。
施恩暗地行仁惠，遂使生平夙恨消。

武松坐到日中，那個人又將一個提盒子入來，手裡提著一注子酒。將到房中，打開看時，擺下四般果子，一隻熟雞，又有許多蒸卷兒。那人便把熟雞來撕了，將注子裡好酒篩下，請都頭吃。武松心裡忖道：「畢竟是何如？……」到晚又是許多下飯；又請武松洗浴了，乘涼歇息。武松自思道：「眾囚徒也是這般說，我也這般想，卻是怎地這般請我？……」

到第三日，依前又是如此送飯送酒。武松那日早飯罷，行出寨裡來床走，只見一般的囚徒，都在那裡擔水的，劈柴的，做雜工的，卻在晴日頭裡曬著。正是五六月炎天，那裡去躲這熱。武松卻背叉著手，問道：「你們卻如何在這日頭裡做工？」眾囚徒都笑起來，回說道：「好漢，你自不知，我們撥在這裡做生活時，便是人間天上了！如何敢指望嫌熱坐地？還別有那沒人情的，將去鎖在大牢裡，求生不得生，求死不得死，大鐵鏈鎖著，也要過哩！」

武松聽罷，去天王堂前後轉了一遭，見紙爐邊一個青石墩，有個關眼，是插那天王紙旗的，約有四五百斤。武松看在眼裡，便回房裡來坐地了，自存想，只見那個人又搬酒和肉來。

話休絮煩。武松自到那房裡，住了數日，每日好酒好食，搬來請武松吃，並不見害他的意，武松心里正委決不下。當日晌午，那人又搬將酒食來，武松忍耐不住，按定盒子問那人道：「你是誰家伴當？怎地只顧將酒食來請我？」那人答道：「小人前日已稟都頭說了，小人是管營相公家裡體已人。」武松道：「我且問你：每日送的酒食，正是誰教你將來請我？吃了怎地？」那人道：「是管營相公家裡的小管營教送與都頭吃。」武松道：「我是個囚徒犯罪的人，又不曾有半點好處到管營相公處，他如何送東西與我吃？」那人道：「小人如何省得？小管營吩咐道，教小人且送半年三個月卻說話。」武松道：「卻又作怪！終不成將息得我肥胖了，卻來結果我。——這個鳥悶葫蘆，教我如何猜得破？這酒食不明，我如何吃得安穩？你只說與我：你那小管營是甚麼樣人？在那裡曾和我相會？我便吃他的酒食。」那個人道：「便是前日都頭初來時，廳上立的那個白手帕包頭，絡著右手那人，便是小管營。」武松道：「莫不是穿青紗上蓋立在管營相公身邊的那個人？」那人道：「正是老管營相公兒子。」武松道：「我待吃殺威棒時，敢是他說救了我，是麼？」那人道：「正是。小管營對他父親說了，因此不打都頭。」武松道：「卻又蹺蹊！我自是清河縣人氏，他自是孟州人，自來素不相識，如何這般看覷我，必有個緣故。我且問你：那小管營姓甚名誰？」那人道：「姓施，名恩，使得好拳棒，人都叫他做金眼彪施恩。」武松聽了，道：「想他必是個好男子，你且去請他出來和我相見了，這酒食便可吃你的；你若不請他出來和我廝見時，我半點兒也不吃。」那人道：「小管營吩咐小人道：休要說知備細，教小人待半年三個月方才說知相見。」武松道：「休要胡說！你只去請小管營出來，和我相會了便罷。」那人害怕，那裡肯去。武松焦躁起來，那人只得去裡面說知。

多時，只見施恩從裡面跑將出來，看著武松便拜。武松慌忙答禮，說道：「小人是個治下的囚徒，自來未曾拜識尊顏；前日又蒙救了一頓大棒，今又蒙每日好酒好食相待，甚是不當；又沒半點兒差遣，正是無功受祿，寢食不安。」施恩答道：「小人久聞兄長大名，如雷灌耳；只恨雲程阻隔，不能勾相見。今日幸得兄長到此，正要拜識威顏；只恨無物款待，因此懷羞，不敢相見。」武松問道：「卻才聽得伴當所說，且教武松過半年三個月，卻有話說。正是小管營要與小人說甚麼？」施恩道：「村僕不省得事，脫口便對兄長說知道，卻如何造次說得？」武松道：「管營恁地時，卻是秀才耍！倒教武松憋破肚皮，悶了，怎地過得？你且說正是要我怎地？」施恩道：「既是村僕說出了，小弟只得告訴：因為兄長是個大丈夫，真男子，有件事欲要相央，除是兄長便行得；只是兄長遠路到此，氣力有虧，未經完足；且請將息半年三五個月，待兄長氣力完足，那時卻對兄長說知備細。」武松聽了，呵呵大笑道：「管營聽稟：我去年害了三個月瘧疾，景陽岡上，酒醉裡打翻了一隻大蟲，也只三拳兩腳，便自打死了，何況今日！」施恩道：「而今且未可說。且等兄長再將養幾時，待貴體完完備備，那時方敢告訴。」武松道：「只是道我沒氣力了。既是如此說時，我昨日看見天王堂前那個石墩，約有多少斤重？」施恩道：「敢怕有四五百斤重。」武松道：「我且和你去看一看，武松不知拔得動也不。」施恩道：「請吃罷酒了同去。」武松道：「且去了回來吃未遲。」

兩個來到天王堂前，眾囚徒見武松和小管營同來，都躬身唱喏。武松把石墩略搖一搖，大笑道：「小人真個嬌惰了，那裡拔得動。」施恩道：「三五百斤石頭，如何輕視得他！」武松笑道：「小管營，也信真個拿不起？你眾人且躲開，看武松拿一拿。」武松便把上半截衣裳脫下來，拴在腰裡；把那個石墩只一抱，輕輕地抱將起來；雙手把石墩只一撇，撲地打下地裡一尺來深。眾囚徒見了，盡皆駭然。武松再把右手去地裡一提，提將起來，望空只一擲，擲起去離地一丈來高；武松雙手只一接，接來輕輕地放在原舊安處，回過身來，看著施恩並眾囚徒，武松面上不紅，心頭不跳，口裡不喘。施恩近前抱住武松便拜道：「兄長非凡人也！真天神！」眾囚徒一齊都拜道：「真神人也！」詩曰：

神力驚人心膽寒，皆因義勇氣彌漫。
掀天揭地英雄手，拔石應宜似弄丸。

施恩便請武松到私宅堂上坐了。武松道：「小管營今番須用說知，有甚事使令我去？」施恩道：

「且請少坐，待家尊出來相見了時，卻得相煩告訴。」武松道：「你要教人幹事，不要這等兒女像，顛倒恁地，不是幹事的人了。便是一刀一割的勾當，武松也替你去幹！若是有些諂佞的，非為人也！」那施恩叉手不離方寸，才說出這件事來。有分教，武松顯出那殺人的手段，重施這打虎的威風。正是雙拳起處雲雷吼，飛腳來時風雨驚。畢竟施恩對武松說出甚事來，且聽下回分解。

第二十九回

施恩重霸孟州道　武松醉打蔣門神

話說當時施恩向前說道：「兄長請坐，待小弟備細告訴衷曲之事。」武松道：「小管營不要文文謅謅，只揀緊要的話直說來。」施恩道：「小弟自幼從江湖上師父學得些小槍棒在身，孟州一境，起小弟一個諢名，叫做金眼彪。小弟此間東門外，有一座市井，地名喚做快活林；但是山東、河北客商們，都來那裡做買賣；有百十處大客店，三二十處賭坊兌坊（當鋪）。往常時，小弟一者倚仗隨身本事，二者捉著營裡有八九十個拚命囚徒，去那裡開著一個酒肉店，都分與眾店家和賭錢兌坊裡。但有過路妓女之人，到那裡來時，先要來參見小弟，然後許他去趁食。那許多去處，每朝每日，都有閒錢；月終也有三二百兩銀子尋覓，如此賺錢。近來被這本營內張團練新從東路州來，帶一個人到此。那廝姓蔣名忠，有九尺來長身材，因此江湖上起他一個諢名，叫做『蔣門神』。那廝不特長大，原來有一身好本事，使得好槍棒，拽拳飛腳，相撲為最。自誇大言道：『三年上泰岳爭跤，不曾有對；普天之下，沒我一般的了！』因此來奪小弟的道路。小弟不肯讓他，吃那廝一頓拳腳打了，兩個月起不得床。前日兄長來時，兀自包著頭，兜著手，直到如今，瘡痕未消。本待要起人去和他廝打，他卻有張團練那一班兒正軍（在役軍士），若是鬧將起來，和營中先自折理（理虧），有這一點無窮之恨，不能報得。久聞兄長是個大丈夫，怎地得兄長與小弟出得這口無窮之怨氣，死而瞑目！只恐兄長遠路辛苦，氣未完，力未足；因此且教將息半年三月，等貴體氣完力足，方請商議。不期村僕脫口，失言說了，小弟當以實告。」

武松聽罷，呵呵大笑，便問道：「那蔣門神還是幾顆頭，幾條臂膊？」施恩道：「也只是一顆頭，兩條臂膊，如何有多？」武松笑道：「我只道他三頭六臂，有那吒的本事，我便怕他；原來只是一顆頭，兩條臂膊！既然沒那吒的模樣，卻如何怕他？」施恩道：「只是小弟力薄藝疏，便敵他不過。」武松道：「我卻不是說嘴，憑著我胸中本事，平生只是打天下硬漢，不明道德的人。既是恁地說了，如今卻在這裡做甚麼？有酒時，拿了去路上吃。我如今便和你去，看我把這廝和大蟲一般結果他，拳頭重時打死了，我自償命。」施恩道：「兄長少坐。待家尊出來相見了，當行即行，未敢造次。等明日先使人去那裡探聽一遭，若是本人在家時，後日便去；若是那廝不在家時，卻再理會。空自去『打草驚蛇』，倒吃他做了手腳，卻是不好。」武松焦躁道：「小管營，你可知著他打了！原來不是男子漢做事！去便去，等甚麼今日明日！要去便走，怕他準備！」

正在那裡勸不住，只見屏風背後轉出老管營來，叫道：「義士，老漢聽你多時也。今日幸得相見義士一面，愚男如撥雲見日一般。且請到後堂少敘片時。」武松跟了到裡面，老管營道：「義士且請坐。」武松道：「小人是個囚徒，如何敢對相公坐地？」老管營道：「義士休如此說。愚男萬幸，得遇足下，何故謙讓？」武松聽罷，唱個無禮喏，相對便坐了。施恩卻立在面前。武松道：「小管營如何卻立地？」施恩道：「家尊在上相陪，兄長請自尊便。」武松道：「恁地時，小人卻不自在。」老管營道：「既是義士如此，這裡又無外人。」便叫施恩也坐了。僕從搬出酒肴、果品、盤饌之類，老管營親自與武松把盞，說道：「義士如此英雄，誰不欽敬。愚男原在快活林中做些買賣，非為貪財好

第二十九回

施恩重霸孟州道　武松醉打蔣門神

利，實是壯觀孟州，增添豪俠氣象；不期今被蔣門神倚勢豪強，公然奪了這個去處，非義士英雄，不能報仇雪恨。義士不棄愚男，滿飲此杯，受愚男四拜，拜為長兄，以表恭敬之心。」武松答道：「小人有何才學，如何敢受小管營之禮？枉自折了武松的草料（壽數）！」當下飲過酒，施恩納頭便拜了四拜。武松連忙答禮，結為兄弟。當日武松歡喜飲酒，吃得大醉了。便叫人扶去房中安歇，不在話下。

次日，施恩父子商議道：「武松昨夜痛醉，必然中酒，今日如何敢叫他去？且推道使人探聽來，其人不在家裡，延挨一日，卻再理會。」當日施恩來見武松，說道：「今日且未可去：小弟已使人探知這廝不在家裡。明日飯後，卻請兄長去。」武松道：「明日去時不打緊，今日又氣我一日。」早飯罷，吃了茶，施恩與武松去營前閒走了一遭。回來到客房裡，說些槍法，較量些拳棒。看看晌午，邀武松到家裡，只具數杯酒相待，下飯案酒（下酒物），不記其數。武松正要吃酒，見他只把案酒添來相勸，心中不在意。吃了晌午飯，起身別了，回到客房裡坐地。只見那兩個僕人，又來伏侍武松洗浴。武松問道：「你家小管營，今日如何只將肉食出來請我，卻不多將些酒出來與我吃，是甚意故？」僕人答道：「不敢瞞都頭說：今早老管營和小管營議論，今日本是要央都頭去，怕都頭夜來酒多，恐今日中酒，怕誤了正事，因此不敢將酒出來。明日正要央都頭去幹正事。」武松道：「恁地時，道我醉了，誤了你大事？」僕人道：「正是這般計較。」

當夜武松巴不得天明，早起來洗漱罷，頭上裹了一頂萬字頭巾，身上穿了一領土色布衫，腰裡繫條紅絹搭膊，下面腿絣護膝，八搭麻鞋。討了一個小膏藥，貼了臉上金印。施恩早來請去家裡吃早飯。武松吃了茶飯罷，施恩便道：「後槽有馬，備來騎去。」武松道：「我又不腳小，騎那馬怎地？只要依我一件事。」施恩道：「哥哥但說不妨，小弟如何敢道不依？」武松道：「我和你出得城去，只要還我『無三不過望』。」施恩道：「兄長，如何是『無三不過望』？小弟不省其意。」武松笑道：「我說與你：你要打蔣門神時，出得城去，但遇著一個酒店，便請我吃三碗酒，若無三碗時，便不過望子去。這個喚做『無三不過望』。」施恩聽了，想道：「這快活林離東門去，有十四五里田地，算來賣酒的人家，也有十二三家；若要每戶吃三碗時，恰好有三十五六碗酒，才到得那裡。恐哥哥醉了，如何使得？」武松大笑道：「你怕我醉了沒本事，我卻是沒酒沒本事。帶一分酒，便有一分本事；五分酒，五分本事。我若吃了十分酒，這氣力不知從何而來。若不是酒醉後了膽大，景陽岡上如何打得這隻大蟲？那時節我須爛醉了，好下手，又有力，又有勢。」施恩道：「卻不知哥哥是恁地。家下有的是好酒，只恐哥哥醉了失事，因此夜來不敢將酒出來，請哥哥深飲。既是哥哥酒後愈有本事時，恁地先教兩個僕人，自將了家裡的好酒、果品、肴饌，去前路等候，卻和哥哥慢慢地飲將去。」武松道：「恁麼卻才中我意！去打蔣門神，教我也有些膽量。沒酒時，如何使得手段出來？還你今朝打倒那廝，教眾人大笑一場！」施恩當時打點了，叫兩個僕人，先挑食籮酒擔，拿了些銅錢去了。老管營又暗暗地選揀了一二十條壯健大漢，慢慢的隨後來接應，都吩咐下了。

且說施恩和武松兩個，離了安平寨，出得孟州東門外來。行過得三五百步，只見官道旁邊，早望見一座酒肆，望子挑出在簷前；那兩個挑食擔的僕人，已先在那裡等候。施恩邀武松到裡面坐下，僕人已先安下肴饌，將酒來篩。武松道：「不要小盞兒吃。大碗篩來，只斟三碗。」僕人排下大碗，將酒便斟。武松也不謙讓，連吃了三碗便起身。僕人慌忙收拾了器皿，奔前去了。武松笑道：「卻才去肚裡發一發，我們去休。」兩個便離了這坐酒肆，出得店來。此時正是七月間天氣，炎暑未消，金風乍起。兩個解開衣襟，又行不得一里多路，來到一處，不村不郭，卻早又望見一個酒旗兒，高挑出在樹林裡。來到林木叢中看時，卻是一座賣村醪小酒店，但見：

第二十九回

施恩重霸孟州道　武松醉打蔣門神

古道村坊，傍溪酒店。楊柳陰森門外，荷華旖旎池中。飄飄酒旆舞金風，短短蘆簾遮酷日。瓷盆架上，白冷冷滿貯村醪；瓦甕灶前，香噴噴初蒸社醞。未必開樽香十里，也應隔壁醉三家。

當時施恩、武松來到村坊酒肆門前，施恩立住了腳問道：「此間是個村醪酒店，哥哥飲麼？」武松道：「遮莫酸鹹苦澀，是酒還須飲三碗。若是無三，不過簾便了。」兩個入來坐下，僕人排了果品案酒。武松連吃了三碗，便起身走。僕人急急收了家火什物，趕前去了。兩個出得店門來，又行不到一二里，路上又見個酒店。武松入來，又吃了三碗便走。

話休絮繁。武松、施恩，兩個一處走著，但遇酒店，便入去吃三碗。約莫也吃過十來處好酒肆，施恩看武松時，不十分醉。武松問施恩道：「此去快活林，還有多少路？」施恩道：「沒多了。你在前面遠遠地望見那個林子便是。」武松道：「既是到了，你且在別處等我，我自去尋他。」施恩道：「這話最好。小弟自有安身去處。望兄長在意，切不可輕敵。」武松道：「這個卻不妨，你只要叫僕人送我。前面再有酒店時，我還要吃。」施恩叫僕人仍舊送武松。施恩自去了。

武松又行不到三四里路，再吃過十來碗酒。此時已有午牌時分，天色正熱，卻有些微風。武松酒卻湧上來，把布衫攤開。雖然帶著五七分酒，卻裝做十分醉的，前顛後偃，東倒西歪。來到林子前，那僕人用手指道：「只前頭丁字路口，便是蔣門神酒店。」武松道：「既是到了，你自去躲得遠著。等我打倒了，你們卻來。」

武松搶過林子背後，見一個金剛來大漢，披著一領白布衫，撒開一把交椅，拿著蠅拂子，坐在綠槐樹下乘涼。武松看那人時，生得如何，但見：

形容醜惡，相貌粗疏。一身紫肉橫生，幾道青筋暴起。黃髯斜捲，唇邊幾陣風生，怪眼圓睜，眉下一雙星閃。真是神荼郁壘像，卻非立地頂天人。

這武松假醉佯顛，斜著眼看了一看，心中自忖道：「這個大漢以定是蔣門神了。」直搶過去。又行不到三五十步，早見丁字路口一個大酒店，簷前立著望竿，上面掛著一個酒望子，寫著四個大字道：「河陽風月。」轉過來看時，門前一帶綠油欄桿，插著兩把銷金旗，每把上五個金字，寫道：「醉裡乾坤大，壺中日月長。」一邊廂肉案、砧頭、操刀的家生（工具），一邊廂蒸作饅頭，燒柴的廚灶。去裡面一字兒擺著三隻大酒缸，半截埋在地裡，缸裡面各有大半缸酒。正中間裝列著櫃身子，裡面坐著一個年紀小的婦人，正是蔣門神初來孟州新娶的妾，原是西瓦子（西邊的瓦舍）裡唱說諸般宮調的頂老（歌妓）。那婦人生得如何：

眉橫翠岫，眼露秋波。櫻桃口淺暈微紅，春筍手輕舒嫩玉。冠兒小，明鋪魚魫，掩映烏雲；衫袖窄，巧染榴花，薄籠瑞雪。金釵插鳳，寶釧圍龍。盡教崔護（唐朝詩人崔護因求水而找到愛人）去尋漿，疑是文君（漢代卓文君）重賣酒。

武松看了，瞅著醉眼，徑奔入酒店裡來，便去櫃身相對一副座頭上坐了；把雙手按著桌子上，不轉眼看那婦人。那婦人瞧見，回轉頭看了別處。

武松看那店裡時，也有五七個當撐的酒保。武松卻敲著桌子叫道：「賣酒的主人家在那裡？」一個當頭的酒保過來，看著武松道：「客人要打多少酒？」武松道：「打兩角酒。先把些來嘗看。」那

第二十九回

施恩重霸孟州道　武松醉打蔣門神

酒保去櫃上叫那婦人舀兩角酒下來，傾放桶裡，燙一碗過來道：「客人嘗酒。」武松拿起來聞一聞，搖著頭道：「不好，不好，換將來！」酒保見他醉了，將來櫃上道：「娘子，胡亂換些與他。」那婦人接來，傾了那酒，又舀些上等酒下來。酒保將去，又燙一碗過來。武松提起來呷了一口，叫道：「這酒也不好，快換來，便饒你！」

酒保忍氣吞聲，拿了酒去櫃邊道：「娘子，胡亂再換些好的與他，休和他一般見識。這客人醉了，只要尋鬧相似，便換些上好的與他罷。」那婦人又舀了一等上色的好酒來與酒保，酒保把桶兒放在面前，又燙一碗過來。武松吃了道：「這酒略有些意思。」問道：「過賣（伙計），你那主人家姓甚麼？」酒保答道：「姓蔣。」武松道：「卻如何不姓李？」那婦人聽了道：「這廝那裡吃醉了，來這裡討野火（找麻煩）麼！」酒保道：「眼見得是個外鄉蠻子，不省得了，休聽他放屁！」武松問道：「你說甚麼？」酒保道：「我們自說話，客人，你休管，自吃酒。」

武松道：「過賣，叫你櫃上那婦人下來，相伴我吃酒。」酒保喝道：「休胡說！這是主人家娘子。」武松道：「便是主人家娘子，待怎地？相伴我吃酒也不打緊！」那婦人大怒，便罵道：「殺才！該死的賊！」推開櫃身子，卻待奔出來。

武松早把土色布衫脫下，上半截揣在懷裡；便把那桶酒只一潑，潑在地上，搶入櫃身子裡，卻好接著那婦人。武松手硬，那裡掙扎得；被武松一手接住腰胯，一手把冠兒捏做粉碎，揪住雲髻，隔櫃身子提將出來，望渾酒缸裡只一丟。聽得撲通的一聲響，可憐這婦人，正被直丟在大酒缸裡。武松托地從櫃身前踏將出來。有幾個當撐的酒保，手腳活些個的，都搶來奔武松。武松手到，輕輕地只一提，提一個過來，兩手揪住，也望大酒缸裡只一丟，樁在裡面；又一個酒保奔來，提著頭只一掠，也丟在酒缸裡；再有兩個來的酒保，一拳一腳，卻被武松打倒了。先頭三個人，在三隻酒缸裡，那裡掙扎得起。後面兩個人，在地下爬不動。這幾個火家搗子，打得屁滾尿流，乖的走了一個。武松道：「那廝必然去報蔣門神來，我就接將去，大路上打倒他好看，教眾人笑一笑。」武松大踏步趕將出來。

那個搗子徑奔去報了蔣門神。蔣門神見說，吃了一驚，踢翻了交椅，丟去蠅拂子，便鑽將來。武松卻好迎著，正在大闊路上撞見。蔣門神雖然長大，近因酒色所迷，淘虛了身子，先自吃了那一驚；奔將來，那步不曾停住，怎地及得武松虎一般似健的人，又有心來算他。蔣門神見了武松，心裡先欺他醉，只顧趕將入來。說時遲，那時快，武松先把兩個拳頭去蔣門神臉上虛影一影，忽地轉身便走。蔣門神大怒，搶將來；被武松一飛腳踢起，踢中蔣門神小腹上，雙手按了，便蹲下去。武松一踅，踅將過來，那隻右腳早踢起，直飛在蔣門神額角上，踢著正中，望後便倒。武松追入一步，踏住胸脯，提起這醋缽兒大小拳頭，望蔣門神臉上便打。原來說過的打蔣門神撲手：先把拳頭虛影一影，便轉身，卻先飛起左腳，踢中了，便轉過身來，再飛起右腳。這一撲，有名喚做「玉環步，鴛鴦腳」。——這是武松平生的真才實學，非同小可。打得蔣門神在地下叫饒。武松喝道：「若要我饒你性命，只要依我三件事。」蔣門神在地下叫道：「好漢饒我！休說三件，便是三百件，我也依得！」武松指定蔣門神，說出那三件事來。有分教，改頭換面來尋主，剪髮齊眉去殺人。畢竟武松說出那三件事來，且聽下回分解。

第三十回

施恩三入死囚牢　武松大鬧飛雲浦

話說當時武松踏住蔣門神在地下道：「若要我饒你性命，只依我三件事便罷！」蔣門神便道：「好漢但說，蔣忠都依。」武松道：「第一件，要你便離了快活林，將一應家火什物，隨即交還原主金眼彪施恩。誰教你強奪他的？」蔣門神慌忙應道：「依得，依得。」武松道：「第二件，我如今饒了你起來，你便去央請快活林為頭為腦的英雄豪傑，都來與施恩陪話。」蔣門神道：「小人也依得。」武松道：「第三件，你從今日交割還了，便要你離了這快活林，連夜回鄉去，不許你在孟州住！在這裡不回去時，我見一遍，打你一遍，我見十遍，打十遍；輕則打你半死，重則結果了你命。你依得麼？」蔣門神聽了，要掙扎性命，連聲應道：「依得，依得，蔣忠都依。」武松就地下提起蔣門神來，看時，打得臉青嘴腫，脖子歪在半邊，額角頭流出鮮血來。武松指著蔣門神說道：「休言你這廝鳥蠢漢！景陽岡上那隻大蟲，也只三拳兩腳，我兀自打死了！量你這個，值得甚的！快交割還他！但遲了些個，再是一頓，便一發結果了你這廝！」蔣門神此時方才知是武松，只得喏喏連聲告饒。正說之間，只見施恩早到，帶領著三二十個悍勇軍健，都來相幫；卻見武松贏了蔣門神，不勝之喜，團團擁定武松。武松指著蔣門神道：「本主已自在這裡了。你一面便搬，一面快去請人來陪話。」蔣門神答道：「好漢，且請去店裡坐地。」

武松帶一行人都到店裡看時，滿地都是酒漿，這兩個鳥男女，正在缸裡扶牆摸壁掙扎。那婦人才方從缸裡爬得出來，頭臉都吃磕破了，下半截淋淋漓漓都拖著酒漿；那幾個火家酒保，走得不見影了。

武松與眾人入到店裡坐下，喝道：「你等快收拾起身！」一面安排車子，收拾行李，先送那婦人去了；一面叫不著傷的酒保，去鎮上請十數個為頭的豪傑，都來店裡，替蔣門神與施恩陪話。盡把好酒開了，有的是案酒，都擺列了桌面，請眾人坐地。武松叫施恩在蔣門神上首坐定。各人面前放隻大碗，叫把酒只顧篩來。

酒至數碗，武松開話道：「眾位高鄰，都在這裡：小人武松自從陽谷縣殺了人，配在這裡，便聽得人說道：『快活林這座酒店，原是小施管營造的屋宇等項買賣；被這蔣門神倚勢豪強，公然奪了，白白地占了他的衣飯。』你眾人休猜道是我的主人，他和我並無干涉。我從來只要打天下這等不明道德的人。我若路見不平，真乃拔刀相助，我便死也不怕。今日我本待把蔣家這廝，一頓拳腳打死，就除了一害，我看你眾高鄰面上，權寄下這廝一條性命。只今晚便叫他投外府去。若不離了此間，再撞見我時，景陽岡上大蟲，便是模樣。」眾人才知道他是景陽岡上打虎的武都頭，都起身替蔣門神陪話道：「好漢息怒。教他便搬了去，奉還本主。」那蔣門神吃他一嚇，那裡敢再做聲。施恩便點了家火什物，交割了店肆。蔣門神羞慚滿面，相謝了眾人，自喚了一輛車兒，就裝了行李，起身去了，不在話下。

且說武松邀眾高鄰，直吃得盡醉方休。至晚，眾人散了，武松一覺，直睡到次日辰牌方醒。卻說施老管營聽得兒子施恩重霸得快活林酒店，自騎了馬，直來店裡，相謝武松，連日在店內飲酒作賀。

快活林一境之人，都知武松了得，那一個不來拜見武松。自此重整店面，開張酒肆，老管營自回安平寨理事。施恩使人打聽蔣門神帶了老小，不知去向。這裡只顧自做買賣，且不去理他，就留武松在店裡居住。自此施恩的買賣，比往常加增三五分利息，各店裡並各賭坊兌坊，加利倍送閒錢來與施恩。施恩得武松爭了這口氣，把武松似爺娘一般敬重。施恩似此重霸得孟州道快活林，不在話下。正是：

奪人道路人還奪，義氣多時利亦多。
快活林中重快活，惡人自有惡人磨。

第三十回
施恩三入死囚牢　武松大鬧飛雲浦

荏苒光陰，早過了一月之上。炎威漸退，玉露生涼；金風去暑，已及深秋。有話即長，無話即短。當日施恩正和武松在店裡閒坐說話，論些拳棒槍法，只見店門前兩三個軍漢，牽著一匹馬，來店裡尋問主人道：「那個是打虎的武都頭？」施恩卻認得是孟州守御兵馬都監張蒙方衙內親隨人。施恩便向前問道：「你等尋武都頭則甚？」那軍漢說道：「奉都監相公鈞旨：聞知武都頭是個好男子，特地差我們將馬來取他，相公有鈞帖在此。」施恩看了，尋思道：「這張都監是我父親的上司官，屬他調遣；今者武松又是配來的囚徒，亦屬他管下，只得教他去。」施恩便對武松道：「兄長，這幾位郎中（辦事人），是張都監相公處差來取你。他既著人牽馬來，哥哥心下如何？」武松是個剛直的人，不知委曲，便道：「他既是取我，只得走一遭，看他有甚話說。」隨即換了衣裳巾幘，帶了個小伴當，上了馬，一同眾人，投孟州城裡來。

到得張都監宅前下了馬，跟著那軍漢，直到廳前參見那張都監。那張蒙方在廳上，見了武松來，大喜道：「教進前來相見。」武松到廳下，拜了張都監，叉手立在側邊。張都監便對武松道：「我聞知你是個大丈夫，男子漢，英雄無敵，敢與人同死同生。我帳前見缺恁地一個人，不知你肯與我做親隨梯己人麼？」武松跪下稱謝道：「小人是個牢城營內囚徒。若蒙恩相抬舉，小人當以執鞭隨鐙，伏侍恩相。」張都監大喜，便叫取果盒酒出來。張都監親自賜了酒，叫武松吃得大醉。就前廳廊下，收拾一間耳房，與武松安歇。次日，又差人去施恩處，取了行李來，只在張都監家宿歇。早晚都監相公，不住地喚武松進後堂與酒與食；放他穿房入戶，把做親人一般看待；又叫裁縫與武松徹裡徹外做秋衣。武松見了，也自歡喜，心內尋思道：「難得這個都監相公，一力要抬舉我。自從到這裡住了，寸步不離，又沒工夫去快活林與施恩說話。雖是他頻頻使人來相看我，多管是不能勾（夠）入宅裡來……」

武松自從在張都監宅裡，相公見愛；但是人有些公事來央浼他的，武松對都監相公說了，無有不依。外人俱送些金銀、財帛、緞匹等件。武松買個柳藤箱子，把這送的東西，都鎖在裡面，不在話下。

時光迅速，卻早又是八月中秋。怎見得中秋好景，但見：

玉露冷冷，金風淅淅。井畔梧桐落葉，池中菡萏成房。新雁聲悲，寒蛩韻急。舞風楊柳半摧殘，帶雨芙蓉逞嬌豔。秋色平分催節序，月輪端正照山河。

當時張都監向後堂深處鴛鴦樓下，安排筵宴，慶賞中秋，叫喚武松到裡面飲酒。武松見夫人宅眷，都在席上，吃了一杯，便待轉身出來。張都監喚住武松問道：「你那裡去？」武松答道：「恩相在上：夫人宅眷在此飲宴，小人理合回避。」張都監大笑道：「差了，我敬你是個義士，特地請將你來一處飲酒，如自家一般，何故卻要回避？」便教坐了。武松道：「小人是個囚徒，如何敢與恩相坐地？」張都監道：「義士，你如何見外？此間又無外人，便坐不妨。」武松三回五次，謙讓告辭，張都監那裡肯放，定要武松一處坐地。武松只得唱個無禮喏，遠遠地斜著身坐下。張都監著丫鬟、養娘(女僕)相勸，一杯兩盞。看看飲過五七杯酒，張都監叫抬上果桌飲酒，又進了一兩套食；次說些閒話，問了些槍法。張都監道：「大丈夫飲酒，何用小杯！」叫取大銀賞鍾斟酒與義士吃。連珠箭勸了武松幾鍾。看看月明光彩，照入東窗。武松吃得半醉，卻都忘了禮數，只顧痛飲。張都監叫喚一個心愛的養娘，叫做玉蘭，出來唱曲。那玉蘭生得如何，但見：

臉如蓮萼，唇似櫻桃。兩彎眉畫遠山青，一對眼明秋水潤。纖腰裊娜，綠羅裙掩映金蓮；素體馨香，絳紗袖輕籠玉筍。鳳釵斜插籠雲髻，象板高擎立玳筵(華麗裝飾品)。

那張都監指著玉蘭道：「這裡別無外人，只有我心腹之人武都頭在此。你可唱個中秋對月時景的曲兒，教我們聽則個。」玉蘭執著象板，向前各道個萬福，頓開喉嚨，唱一隻東坡學士中秋水調歌，唱道是：

明月幾時有，把酒問青天：不知天上宮闕，今夕是何年？我欲乘風歸去，只恐瓊樓玉宇，高處不勝寒。起舞弄清影，何似在人間。高捲珠簾，低綺戶，照無眠。不應有恨，何事常向別人圓？人有悲歡離合，月有陰晴圓缺，此事古難全。但願人長久，萬里共嬋娟。

這玉蘭唱罷，放下象板，又各道了一個萬福，立在一邊。張都監又道：「玉蘭，你可把一巡酒。」這玉蘭應了，便拿了一副勸盤，丫鬟斟酒，先遞了相公，次勸了夫人，第三便勸武松飲酒。張都監叫斟滿著。武松那裡敢抬頭，起身遠遠地接過酒來，唱了相公、夫人兩個大喏，拿起酒來，一飲而盡，便還了盞子。張都監指著玉蘭對武松道：「此女頗有些聰明伶俐，善知音律，極能針指。如你不嫌低微，數日之間，擇了良時，將來與你做個妻室。」武松起身再拜道：「量小人何者之人，怎敢望恩相宅眷為妻？枉自折武松的草料（壽數）。」張都監笑道：「我既出了此言，必要與你。你休推故阻，我必不負約。」

當時一連又飲了十數杯酒。約莫酒湧上來，恐怕失了禮節，便起身拜謝了相公、夫人，出到前廳廊下房門前。開了門，覺道酒食在腹，未能便睡，去房裡脫了衣裳，除了巾幘，拿條哨棒來廳心裡，月明下，使幾回棒，打了幾個輪頭；仰面看天時，約莫三更時分。武松進到房裡，卻待脫衣去睡，只聽得後堂裡一片聲叫起有賊來。武松聽得道：「都監相公如此愛我，他後堂內裡有賊，我如何不去救護。」武松獻勤，提了一條哨棒，徑搶入後堂裡來。只見那個唱的玉蘭，慌慌張張走出來指道：「一個賊奔入後花園裡去了！」武松聽得這話，提著哨棒，大踏步直趕入花園裡去尋時，一周遭不見。復翻身卻奔出來，不提防黑影裡撇出一條板凳，把武松一跤絆翻，走出七八個軍漢，叫一聲「捉賊」，就地下把武松一條麻索綁了。

武松急叫道：「是我！」那眾軍漢那裡容他分說。只見堂裡燈燭熒煌，張都監坐在廳上，一片聲叫道：「拿將來！」眾軍漢把武松一步一棍，打到廳前。武松叫道：「我不是賊，是武松。」張都監看了大怒，變了面皮，喝罵道：「你這個賊配軍，本是個強盜，賊心賊肝的人，我倒要抬舉你一力成人，不曾虧負了你半點兒，卻才教你一處吃酒，同席坐地，我指望要抬舉，與你個官，你如何卻做這等的勾當？」武松大叫道：「相公，非干我事！我來捉賊，如何倒把我捉了做賊？武松是個頂天立地的好漢，不做這般的事。」張都監喝道：「你這廝休賴！且把他押去他房裡，搜看有無贓物。」眾軍漢把武松押著，徑到他房裡，打開他那柳藤箱子看時，上面都是些衣服，下面卻是些銀酒器皿，約有一二百兩贓物。武松見了，也自目睜口呆，只叫得屈。眾軍漢把箱子抬出廳前，張都監看了大罵道：「賊配軍，如此無禮，贓物正在你箱子裡搜出來，如何賴得過！常言道：『眾生好度人難度！』原來你這廝外貌像人，倒有這等賊心賊肝！既然贓證明白，沒話說了。」連夜便把贓物封了，且叫送去機密房裡監收，天明卻和這廝說話。武松大叫冤屈，那裡肯容他分說，眾軍漢扛了贓物，將武松送到機密房裡收管了。張都監連夜使人去對知府說了，押司孔目（高級吏人）上下都使用了錢。

次日天明，知府方才坐廳，左右緝捕觀察，把武松押至當廳，贓物都扛在廳上。張都監家心腹人，齎著張都監被盜的文書，呈上知府看了。那知府喝令左右把武松一索捆翻。牢子節級將一束問事獄具放在面前。武松卻待開口分說，知府喝道：「這廝原是遠流配軍，如何不做賊，以定是一時見財起意。既是贓證明白，休聽這廝胡說，只顧與我加力打！」那牢子獄卒，拿起批頭（刑具）竹片，雨點地打下來。武松情知不是話頭，只得屈招做：「本月十五日，一時見本官衙內許多銀酒器皿，因而起意，至夜乘勢竊取入己。」與了招狀。知府道：「這廝正是見財起意，不必說了，且取枷來釘了監下。」牢子將過長枷，把武松枷了，押下死囚牢裡監禁了。詩曰：

都監貪污實可嗟，出妻獻婢售奸邪。
如何太守心堪買，也把平人當賊拿。

且說武松下到大牢裡，尋思道：「叵耐張都監那廝，安排這般圈套坑陷我。我若能勾挣得性命出去時，卻又理會。」牢子獄卒，把武松押在大牢裡，將他一雙腳晝夜匣著；又把木杻釘住雙手，那裡容他些鬆寬。

話裡卻說施恩，已有人報知此事，慌忙入城來和父親商議。老管營道：「眼見得是張團練替蔣門神報仇，買囑張都監，卻設出這條計策陷害武松。必然是他著人去上下都使了錢，受了人情賄賂，眾人以此不由他分說，必然要害他性命。我如今尋思起來，他須不該死罪。只是買求兩院押牢節級，便好可以存他性命。在外卻又別作商議。」施恩道：「現今當牢節級姓康的，和孩兒最過得好。只得去求浼他如何？」老管營道：「他是為你吃官司，你不去救他，更待何時？」

施恩將了一二百兩銀子，逕投康節級，卻在牢未回。施恩教他家著人去牢裡說知。不多時，康節級歸來與施恩相見。施恩把上件事一一告訴了一遍。康節級答道：「不瞞兄長說：此一件事，皆是張都監和張團練兩個，同姓結義做兄弟。現今蔣門神躲在張團練家裡，卻央張團練買囑這張都監，商量設出這條計來，一應上下之人，都是蔣門神用賄賂，我們都接了他錢。廳上知府，一力與他作主，定要結果武松性命，只有當案一個葉孔目不肯，因此不敢害他。這人忠直仗義，不肯要害平人，以此武松還不吃虧。今聽施兄所說了，牢中之事，盡是我自維持；如今便去寬他，今後不教他吃半點兒苦。你卻快央人去，只囑葉孔目，要求他早斷出去，便可救得他性命。」施恩取一百兩銀子與康節級。康節級那裡肯受，再三推辭，方才收了。

施恩相別出門來，逕回營裡，又尋一個和葉孔目知契的人，送一百兩銀子與他，只求早早緊急決斷。那葉孔目已知武松是個好漢，亦自有心周全他，已把那文案做得活著；只被這知府受了張都監賄賂囑托，不肯從輕。勘來武松竊取人財，又不得死罪，因此互相延挨，只要牢裡謀他性命。今來又得了這一百兩銀子，亦知是屈陷武松，卻把這文案都改得輕了，盡出豁（開脫）了武松，只待限滿決斷。有詩為證：

贓吏紛紛據要津，公然白日受黃金。
西廳孔目心如水，不把真心作賊心。

且說施恩於次日安排了許多酒饌，甚是齊備，來央康節級引領，直進大牢裡看視武松，見面送飯。此時武松已自得康節級看覷，將這刑禁都放寬了。施恩又取三二十兩銀子，分俵與眾小牢子。取酒食叫武松吃了，施恩附耳低言道：「這場官司，明明是都監替蔣門神報仇，陷害哥哥。你且寬心，不要憂念。我已央人和葉孔目說通了，甚有周全你的好意。且待限滿斷決你出去，卻再理會。」此時武松得鬆寬了，已有越獄之心；聽得施恩說罷，卻放了那片心。施恩在牢裡安慰了武松，歸到營中。

過了兩日，施恩再備些酒食錢財，又央康節級引領入牢裡，與武松說話；相見了，將酒食管待；又分俵了些零碎銀子與眾人做酒錢。回歸家來，又央浼人上下去使用，催趲打點文書。過得數日，施恩再備了酒肉，做了幾件衣裳，再央康節級維持，相引將來牢裡，請眾人吃酒，買求看覷武松，叫他更換了些衣服，吃了酒食。出入情熟，一連數日，施恩來了大牢裡三次。卻不提防被張團練家心腹人見了，回去報知。那張團練便去對張都監說了其事。張都監卻再使人送金帛來與知府，就說與此事。那知府是個贓官，接受了賄賂，便差人常常下牢裡來閘（查）看；但見閒人，便要拿問。施恩得知了，那裡敢再去看覷，武松卻自得康節級和眾牢子自照管他。施恩自此早晚只去得康節級家裡討信，得知長短，都不在話下。

看看前後將及兩月。有這當案葉孔目一力主張，知府處早晚說開就裡；那知府方才知道張都監接受了蔣門神若干銀子，通同張團練，設計排陷武松，自心裡想道：「你倒賺了銀兩，教我與你害人！」因此心都懶了，不來管看。

捱到六十日限滿，牢中取出武松，當廳開了枷。當案葉孔目讀了招狀，就擬了罪名，脊杖二十，刺配恩州牢城；原盜贓物，給還本主。張都監只得著家人當官領了贓物。當廳把武松斷了二十脊杖，刺了金印，取一面七斤半鐵葉盤頭枷釘了，押一紙公文，差兩個壯健公人，防送武松，限了時日要起身。那兩個公人，領了牒文，押解了武松出孟州衙門便行。原來武松吃斷棒之時，卻得老管營使錢通了，葉孔目又看覷他，知府亦知他被陷害，不十分來打重，因此斷得棒輕。

武松忍著那口氣，帶上行枷，出得城來，兩個公人監在後面。約行得一里多路，只見官道旁邊酒店裡鑽出施恩來，看著武松道：「小弟在此專等。」武松看施恩時，又包著頭，絡著手臂。武松問道：「我好幾時不見你，如何又做恁地模樣？」施恩答道：「實不相瞞哥哥說：小弟自從牢裡三番相見之後，知府得知了，不時差人下來牢裡點閘（查點），那張都監又差人在牢門口左右兩邊巡看著，因此小弟不能勾再進大牢裡看望兄長，只到得康節級家裡討信。半月之前，小弟正在快活林中店裡，只見蔣門神那廝，又領著一伙軍漢到來廝打。小弟被他又痛打一頓，也要小弟央浼人陪話，卻被他仍復奪了店面，依舊交還了許多家火什物。小弟在家將息未起，今日聽得哥哥斷配恩州，特有兩件綿衣，送與哥哥路上穿著。煮得兩隻熟鵝在此，請哥哥吃了兩塊去。」

施恩便邀兩個公人，請他入酒肆，那兩個公人那裡肯進酒店裡去，便發言發語道：「武松這廝，他是個賊漢，不爭我們吃你的酒食，明日官府上須惹口舌。你若怕打，快走開去。」施恩見不是話頭，便取十來兩銀子，送與他兩個公人。那廝兩個，那裡肯接，惱忿忿地，只要催促武松上路。施恩

第三十回

施恩三入死囚牢　武松大鬧飛雲浦

討兩碗酒，叫武松吃了，把一個包裹拴在武松腰裡，把這兩隻熟鵝掛在武松行枷上。施恩附耳低言道：「包裹裡有兩件綿衣，一帕子散碎銀子，路上好做盤纏；也有兩隻八搭麻鞋在裡面——只是要路上仔細提防：這兩個賊男女，不懷好意。」武松點頭道：「不須吩咐，我已省得了。再著兩個來，也不懼他。你自回去將息。且請放心，我自有措置。」施恩拜辭了武松，哭著去了，不在話下。

武松和兩個公人上路，行不到數裡之上，兩個公人悄悄地商議道：「不見那兩個來。」武松聽了，自暗暗地尋思，冷笑道：「沒你娘鳥興，那廝倒來撲覆老爺！」武松右手卻吃釘住在行枷上，左手卻散著。武松就枷上取下那熟鵝來，只顧自吃，也不睬那兩個公人。又行了四五里路，再把這隻熟鵝除來，右手扯著，把左手撕來，只顧自吃。行不過五里路，把這兩隻熟鵝都吃盡了。約莫離城也有八九裡多路，只見前面路邊，先有兩個人，提著朴刀，各挎口腰刀，先在那裡等候。見了公人監押武松到來，便幫著一路走。武松又見這兩個公人，與那兩個提朴刀的擠眉弄眼，打些暗號。武松早睃見，自瞧了八分尷尬，只安在肚裡，卻且只做不見。

又走不數裡多路，只見前面來到一處濟濟蕩蕩魚浦，四面都是野港闊河。五個人行至浦邊一條闊板橋，一座牌樓上有牌額寫著道「飛雲浦」三字。武松見了，假意問道：「這裡地名，喚做甚麼去處？」兩個公人應道：「你又不眼瞎，須見橋邊牌額上寫道飛雲浦。」武松站住道：「我要淨手則個。」那兩個提朴刀的走近一步，卻被武松叫聲「下去」，一飛腳早踢中，翻筋斗踢下水去了。這一個急待轉身，武松右腳早起，撲通地也踢下水裡去。那兩個公人慌了，望橋下便走。武松喝一聲：「那裡去！」把枷只一扭，折做兩半個，趕將下橋來。那兩個先自驚倒了一個。武松奔上前去，望那一個走的後心上，只一拳打翻，就水邊拿起朴刀來，趕上去，搠上幾朴刀，死在地下，卻轉身回來，把那個驚倒的，也搠幾刀。

這兩個踢下水去的，才掙得起，正待要走，武松追著，又砍倒一個，趕入一步，劈頭揪住一個喝道：「你這廝實說，我便饒你性命！」那人道：「小人兩個是蔣門神徒弟。今被師父和張團練定計，使小人兩個來相幫防送公人，一處來害好漢。」武松道：「你師父蔣門神今在何處？」那人道：「小人臨來時，和張團練都在張都監家裡後堂鴛鴦樓上吃酒，專等小人回報。」武松道：「原來恁地，卻饒你不得。」手起刀落，也把這人殺了，解下他腰刀來，揀好的帶了一把；將兩個屍首，都攛在浦裡。又怕那兩個不死，提起朴刀，每人身上又搠了幾刀；立在橋上看了一會，思量道：「雖然殺了四個賊男女，不殺得張都監、張團練、蔣門神，如何出得這口恨氣！」提著朴刀，躊躇了半晌，一個念頭，竟奔回孟州城裡來。

不因這番，有分教，武松殺幾個貪夫，出一口怨氣。定教畫堂深處屍橫地，紅燭光中血滿樓。畢竟武松再回孟州城來，怎地結果，且聽下回分解。

第三十一回

張都監血濺鴛鴦樓　武行者夜走蜈蚣嶺

話說張都監聽信這張團練說誘囑托，替蔣門神報仇，要害武松性命，誰想四個人，倒都被武松搠殺在飛雲浦了。當時武松立於橋上，尋思了半晌，躊躇起來，怨恨衝天：「不殺得張都監，如何出得這口恨氣！」便去死屍身邊，解下腰刀，選好的取把，將來挎了，揀條好朴刀提著，再徑回孟州城裡來。進得城中，早是黃昏時候，只見家家閉戶，處處關門，但見：

十字街熒煌燈火，九曜寺香靄鐘聲。一輪明月掛青天，幾點疏星明碧漢。六軍營內，嗚嗚畫角頻吹；五鼓樓頭，點點銅壺正滴。四邊宿霧，昏昏罩舞榭歌台；三市寒煙，隱隱蔽綠窗朱戶。兩兩佳人歸繡幕，雙雙士子掩書幃。

當下武松入得城來，徑踅去張都監後花園牆外，卻是一個馬院。武松就在馬院邊伏著，聽得那後槽（養馬人）卻在衙裡，未曾出來。正看之間，只見呀地角門開，後槽提著個燈籠出來，裡面便關了角門。武松卻躲在黑影裡，聽那更鼓時，早打一更四點。那後槽上了草料，掛起燈籠，鋪開被臥，脫了衣裳，上床便睡。武松卻來門邊挨那門響，後槽喝道：「老爺方才睡，你要偷我衣裳，也早些哩！」武松把朴刀倚在門邊，卻掣出腰刀在手裡，又呀呀地推門。那後槽那裡忍得住，便從床上赤條條地跳將起來，拿了攪草棍，拔了栓；卻待開門，被武松就勢推開去，搶入來，把這後槽劈頭揪住，卻待要叫，燈影下見明晃晃地一把刀在手裡，先自驚得八分軟了，口裡只叫得一聲：「饒命！」武松道：「你認得我麼？」後槽聽得聲音，方才知是武松，便叫道：「哥哥，不干我事，你饒了我罷！」武松道：「你只實說，張都監如今在那裡？」後槽道：「今日和張團練、蔣門神，他三個吃了一日酒。如今兀自在鴛鴦樓上吃哩。」武松道：「這話是實麼？」後槽道：「小人說謊，就害疔瘡。」武松道：「恁地卻饒你不得！」手起一刀，把這後槽殺了。一腳踢過屍首，把刀插入鞘裡，就燭影下，去腰裡解下施恩送來的綿衣，將出來，脫了身上舊衣裳，把那兩件新衣穿了；拴縛得緊湊，把腰刀和鞘挎在腰裡，卻把後槽一床單被，包了散碎銀兩，入在纏袋裡，卻把來掛在門邊。又將兩扇門立在牆邊，先去吹滅了燈火；卻閃將出來，拿了朴刀，從門上一步步爬上牆來。

此時卻有些月光明亮。武松從牆頭上一跳，卻跳在牆裡，便先來開了角門；掇過了門扇，復翻身入來，虛掩上角門。栓都提過了，武松卻望燈明處來，看時，正是廚房裡。只見兩個丫鬟，正在那湯罐邊埋冤說道：「伏侍了一日，兀自不肯去睡，只是要茶吃。那兩個客人也不識羞恥，噇得這等醉了，也兀自不肯下樓去歇息，只說個不了。」那兩個女使，正口裡喃喃訥訥地怨悵，武松卻倚了朴刀，掣出腰裡那口帶血刀來；把門一推，呀地推開門，搶入來，先把一個女使髽角兒揪住，一刀殺了。那一個卻待要走，兩隻腳一似釘住了的，再要叫時，口裡又似啞了的，端的是驚得呆了。——休道是兩個丫鬟，便是說話的見了，也驚得口裡半舌不展。——武松手起一刀，也殺了。卻把這兩個屍首，拖放灶前，去了廚下燈火，趁著那窗外月光，一步步挨入堂裡來。

第三十一回

張都監血濺鴛鴦樓　武行者夜走蜈蚣嶺

武松原在衙裡出入的人，已都認得路數。徑踅到鴛鴦樓胡梯邊來，捏腳捏手，摸上樓來。此時親隨的人，都伏事得厭煩，遠遠地躲去了。只聽得那張都監、張團練、蔣門神三個說話。武松在胡梯口聽，只聽得蔣門神口裡稱贊不了，只說：「虧了相公與小人報了冤仇，再當重重的報答恩相。」這張都監道：「不是看我兄弟張團練面上，誰肯幹這等的事！你雖費用了些錢財，卻也安排得那廝好。這早晚多是在那裡下手，那廝敢是死了，只教在飛雲浦結果他。待那四人明早回來，便見分曉。」張團練道：「這四個對付他一個，有甚麼不了？再有幾個性命，也沒了。」蔣門神道：「小人也吩咐徒弟來：只教就那裡下手，結果了，快來回報。」正是：

暗室從來不可欺，古今奸惡盡誅夷。
金風未動蟬先噪，暗送無常死不知。

武松聽了，心頭那把無明業火高三千丈，衝破了青天；右手持刀，左手叉開五指，搶入樓中，只見三五枝畫燭熒煌，一兩處月光射入，樓上甚是明朗；面前酒器，皆不曾收。蔣門神坐在交椅上，見是武松，吃了一驚，把這心肝五臟，都提在九霄雲外。說時遲，那時快，蔣門神急要掙扎時，武松早落一刀，劈臉剁著，和那交椅都砍翻了。武松便轉身回過刀來，那張都監方才伸得腳動，被武松當時一刀，齊耳根連脖子砍著，撲地倒在樓板上。兩個都在掙命。這張團練終是個武官出身，雖然酒醉，還有些氣力；見剁翻了兩個，料道走不迭，便提起一把交椅掄將來。武松早接個住，就勢只一推；休說張團練酒後，便清醒白醒時，也近不得武松神力，撲地望後便倒了。武松趕入去，一刀先剁下頭來。蔣門神有力，掙得起來。武松左腳早起，翻筋斗踢一腳，按住也割了頭。轉身來，把張都監也割了頭。見桌子上有酒有肉，武松拿起酒盅子，一飲而盡；連吃了三四盅，便去死屍身上割下一片衣襟來，蘸著血，去白粉壁上，大寫下八字道：「殺人者打虎武松也。」把桌子上器皿踏扁了，揣幾件在懷裡。卻待下樓，只聽得樓下夫人聲音叫道：「樓上官人們都醉了，快著兩個上去攙扶！……」說猶未了，早有兩個人上樓來。

武松卻閃在胡梯邊，看時，卻是兩個自家親隨人，便是前日拿捉武松的。武松在黑處讓他過去，卻攔住去路。兩個入進樓中，見三個屍首，橫在血泊裡，驚得面面廝覷，做聲不得，正如「分開八片頂陽骨（頭蓋），傾下半桶冰雪水」。急待回身，武松隨在背後，手起刀落，早剁翻了一個。那一個便跪下討饒，武松道：「卻饒你不得！」揪住也砍了頭。殺得血濺畫樓，屍橫燈影。武松道：「一不做，二不休，殺了一百個，也只是這一死。」提了刀，下樓來。

夫人問道：「樓上怎地大驚小怪？」武松搶在房前，夫人見條大漢入來，兀自問道：「是誰？」武松的刀早飛起，劈面門剁著，倒在房前聲喚。武松按住，將去割時，刀切頭不入。武松心疑，就月光下看那刀時，已自都砍缺了。武松道：「可知割不下頭來！」便抽身去後門外去拿取朴刀，丟了缺刀，復翻身再入樓下來。只見燈明，前番那個唱曲兒的養娘玉蘭，引著兩個小的，把燈照見夫人被殺死在地下，方才叫得一聲「苦也！」武松握著朴刀，向玉蘭心窩裡搠著。兩個小的，亦被武松搠死，一朴刀一個結果了。走出中堂，把栓拴了前門，又入來，尋著兩三個婦女，也都搠死了在房裡。

武松道：「我方才心滿意足，走了罷休。」撇了刀鞘，提了朴刀，出到角門外來，馬院裡除下纏袋來，把懷裡踏扁的銀酒器，都裝在裡面，拴在腰裡；拽開腳步，倒提朴刀便走。到城邊，尋思道：「若等開門，須吃拿了，不如連夜越城走。」便從城邊踏上城來。這孟州城是個小去處，那土城苦不甚高，就女牆邊望下，先把朴刀虛按一按，刀尖在上，棒梢向下，托地只一跳，把棒一拄，立在濠塹邊。月明之下，看水時，只有一二尺深。此時正是十月半天氣，各處水泉皆涸。武松就濠塹邊脫了鞋襪，解下腿絣護膝，抓扎起衣服，從這城濠裡走過對岸。卻想起施恩送來的包裹裡有雙八搭麻鞋，取出來穿在腳上。聽城裡更點時，已打四更三點。武松道：「這口鳥氣，今日方才出得松臊。『梁園雖好，不是久戀之家』，只可撒開。」提了朴刀，投東小路便走。詩曰：

只圖路上開刀，還喜樓中飲酒。
一人害卻多人，殺心慘於殺手。
不然冤鬼相纏，安得抽身便走。

走了一五更，天色朦朦朧朧，尚未明亮。武松一夜辛苦，身體困倦；棒瘡發了又疼，那裡熬得過。望見一座樹林裡，一個小小古廟，武松奔入裡面，把朴刀倚了，解下包裹來做了枕頭，撲翻身便睡。卻待合眼，只見廟外邊探入兩把撓鉤，把武松搭住。兩個人便搶入來，將武松按定，一條繩索綁了，那四個男女道：「這鳥漢子卻肥，好送與大哥去。」武松那裡掙扎得脫，被這四個人奪了包裹朴刀，卻似牽羊的一般，腳不點地，拖到村裡來。這四個男女，於路上自言自說道：「看這漢子一身血跡，卻是那裡來？莫不做賊著了手來？」武松只不做聲，由他們自說。行不到三五里路，早到一所草屋內，把武松推將進去。側首一個小門裡面，尚點著碗燈，四個男女，將武松剝了衣裳，綁在亭柱上。武松看時，見灶邊梁上，掛著兩條人腿。武松自肚裡尋思道：「卻撞在橫死神手裡，死得沒了分曉。早知如此時，不若去孟州府裡首告了，便吃一刀一剮，卻也留得一個清名於世。」正是：

殺盡奸邪恨始平，英雄逃難不逃名。
千秋意氣生無愧，七尺身軀死不輕。

那四個男女，提著那包裹，口裡叫道：「大哥，大嫂，快起來！我們張得一頭好行貨（東西）在這裡了。」只聽得前面應道：「我來也！你們不要動手，我自來開剝。」沒一盞茶時，只見兩個人入屋後來。武松看時，前面一個婦人，背後一個大漢。兩個定睛看了武松，那婦人便道：「這個不是叔叔武都頭！」那大漢道：「快解了我兄弟！」武松看時，那大漢不是別人，卻正是菜園子張青，這婦人便是母夜叉孫二娘。這四個男女吃了一驚，便把索子解了，將衣服與武松穿了。頭巾已自扯碎，且拿個氈笠子與他戴上。原來這張青十字坡店面作坊，卻有幾處，所以武松不認得。張青即便請出前面客席裡，敘禮罷，張青大驚，連忙問道：「賢弟如何恁地模樣？」

武松答道：「一言難盡！自從與你相別之後，到得牢城營裡，得蒙施管營兒子，喚做金眼彪施恩，一見如故，每日好酒好肉管顧我。為是他有一座酒肉店，在城東快活林內，甚是趁（賺）錢；卻被一個張團練帶來的蔣門神那廝，倚勢豪強，公然白白地奪了。施恩如此告訴，我卻路見不平，醉打了蔣門神，復奪了快活林，施恩以此敬重我。後被張團練買囑張都監，定了計謀，取我做親隨，設智陷害，替蔣門神報仇：八月十五日夜，只推有賊，賺我到裡面；卻把銀酒器皿，預先放在我箱籠內，拿我解送孟州府裡，強扭做賊，打招了，監在牢裡；卻得施恩上下使錢透了，不曾受害。又得當案葉孔目仗義疏財，不肯陷害平人。又得當牢一個康節級，與施恩最好——兩個一力維持，待限滿脊杖，轉配恩州。昨夜出得城來，叵耐張都監設計，教蔣門神使兩個徒弟和防送公人相幫，就路上要結果我。到得飛雲浦僻靜去處，正欲要動手，先被我兩腳，把兩個徒弟踢下水裡去。趕上這兩個鳥公人，也是一朴刀一個搠死了，都撇在水裡。思量這口氣怎地出得，因此再回孟州城裡去。一更四點，進去馬院裡，先殺了一個養馬的後槽；爬入牆內，去就廚房裡殺了兩個丫鬟；直上鴛鴦樓上，把張都監、張團練、蔣門神三個都殺了，又砍了兩個親隨。下樓來，又把他老婆、兒女、養娘，都戳死了。連夜逃走，跳城出來。走了一五更路，一時困倦，棒瘡發了又疼，因行不得，投一小廟裡權歇一歇，卻被這四個綁縛將來。」

那四個搗子，便拜在地下道：「我們四個，都是張大哥的火家。因為連日賭錢輸了，去林子裡尋些買賣。卻見哥哥從小路來，身上淋淋漓漓，都是血跡，卻在土地廟裡歇，我四個不知是甚人。早是張大哥這幾時吩咐道：『只要捉活的。』因此我們只拿撓鉤套索出去，不吩咐時，也壞了大哥性命。正是『有眼不識泰山』，一時誤犯著哥哥，恕罪則個！」張青夫妻兩個笑道：「我們因有掛心，這幾時只要他們拿活的行貨。他這四個，如何省的我心裡事。若是我這兄弟不困乏時，不說你這四個男女，更有四十個，也近他不得。」那四個搗子只顧磕頭。武松喚起他來道：「既然他們沒錢去賭，我賞你些。」便把包裹打開，取十兩銀子，把與四人將去分。那四個搗子拜謝武松。張青看了，也取三二兩銀子，賞與他們四個，自去分了。

張青道：「賢弟不知我心！從你去後，我只怕你有些失支脫節（閃失），或早或晚回來，因此上吩咐這幾個男女：但凡拿得行貨，只要活的，那廝們慢仗些的趁活捉了，敵他不過的，必致殺害；以此不教他們將刀仗出去，只與他撓鉤套索。方才聽得說，我便心疑，連忙吩咐，等我自來看，誰想果是賢弟！」孫二娘道：「只聽得叔叔打了蔣門神，又是醉了贏他，那一個來往人不吃驚！有在快活林做買賣的客商，常說到這裡，卻不知向後的事。叔叔困倦，且請去客房裡將息，卻再理會。」張青引武松去客房裡睡了。兩口兒自去廚下安排些佳肴美饌酒食，管待武松。不移時，整治齊備，專等武松起來相敘。有詩為證：

金寶昏迷刀劍醒，天高帝遠總無靈。
如何廊廟多凶曜，偏是江湖有救星。

卻說孟州城裡張都監衙內，也有躲得過的，直到五更才敢出來。眾人叫起裡面親隨，外面當直的軍牢，都來看視，聲張起來，街坊鄰舍，誰敢出來？捱到天明時分，卻來孟州府裡告狀。知府聽說罷，大驚，火速差人下來，簡點了殺死人數，行凶人出沒去處，填畫了圖樣格目，回府裡稟覆知府道：「先從馬院裡入來，就殺了養馬的後槽一人，有脫下舊衣二件。次到廚房裡灶下，殺死兩個丫鬟，後門邊遺下行凶缺刀一把。樓上殺死張都監一員並親隨二人。外有請到客官張團練與蔣門神二人。白粉壁上，衣襟蘸血，大寫八字道：『殺人者打虎武松也』。樓下搠死夫人一口，在外搠死玉蘭並奶娘二口，兒女三口。共計殺死男女一十五名，擄掠去金銀酒器六件。」知府看罷，便差人把住孟州四門；點起軍兵並緝捕人員，城中坊廂里正，逐一排門搜捉凶人武松。

次日，飛雲浦地裡保正人等告稱：「殺死四人在浦內，見有殺人血痕在飛雲浦橋下，屍首俱在水中。」知府接了狀子，當差本縣縣尉下來；一面著人打撈起四個屍首，都檢驗了。兩個是本府公人，兩個自有苦主，各備棺木盛殮了屍首，盡來告狀，催促捉拿凶首償命。城裡閉門三日，家至戶到，逐一挨查，五家一連，十家一保，那裡不去搜尋。知府押了文書，委官下該管地面——各鄉，各保，各都，各村，——盡要排家搜捉，緝捕凶首。寫了武松鄉貫、年甲、貌相、模樣，畫影圖形，出三千貫信賞錢。如有人知得武松下落，赴州告報，隨文給賞；如有人藏匿犯人在家宿食者，事發到官，與犯

第三十一回

張都監血濺鴛鴦樓　武行者夜走蜈蚣嶺

人同罪。遍行鄰近州府，一同緝捕。

且說武松在張青家裡，將息了三五日，打聽得事務篾刺一般緊急，紛紛攘攘有做公人出城來各鄉村緝捕。張青知得，只得對武松說道：「二哥，不是我怕事，不留你久住，如今官司搜捕得緊急，排門挨戶，只恐明日有些疏失，必須怨恨我夫妻兩個。我卻尋個好安身去處與你，——在先也曾對你說來，——只不知你終心肯去也不？」武松道：「我這幾日也曾尋思：想這事必然要發，如何在此安得身牢？止有一個哥哥，又被嫂嫂不仁害了；甫能來到這裡，又被人如此陷害；祖家親戚都沒了。今日若得哥哥有這好去處，叫武松去，我如何不肯去？只不知是那裡地面？」張青道：「是青州管下一座二龍山寶珠寺。花和尚魯智深和一個青面獸好漢楊志，在那裡打家劫舍，霸著一方落草。青州官軍捕盜，不敢正眼覷他。賢弟只除那裡去安身，方才免得；若投別處去，終久要吃拿了。他那裡常常有書來取我入伙，我只為戀土難移，不曾去的。我寫一封書，備細說二哥的本事，於我面上，如何不著你入伙。」武松道：「大哥也說的是。我也有心，恨時辰未到，緣法不能湊巧。今日既是殺了人，事發了，沒潛身處，此為最妙。大哥，你便寫書與我去，只今日便行。」

張青隨即取幅紙來，備細寫了一封書，把與武松，安排酒食送路。只見母夜叉孫二娘指著張青說道：「你如何便只這等叫叔叔去，前面定吃人捉了。」武松道：「阿嫂，你且說我怎地去不得？如何便吃人捉了？」孫二娘道：「阿叔，如今官司遍處都有了文書，出三千貫信賞錢，畫影圖形，明寫鄉貫年甲，到處張掛。阿叔臉上，見今明明地兩行金印，走到前路，須賴不過。」張青道：「臉上貼了兩個膏藥便了。」孫二娘笑道：「天下只有你乖，你說這痴話，這個如何瞞得過做公的？我卻有個道理，只怕叔叔依不得。」武松道：「我既要逃災避難，如何依不得？」孫二娘大笑道：「我說出來，阿叔卻不要嗔怪。」武松道：「阿嫂但說的便依。」孫二娘道：「二年前，有個頭陀打從這裡過，吃我放翻了，把來做了幾日饅頭餡。卻留得他一個鐵界箍，一身衣服，一領皂布直裰，一條雜色短穗絛，一本度牒，一串一百單八顆人頂骨數珠，一個沙皇皮鞘子，插著兩把雪花鑌鐵打成的戒刀。這刀如常半夜裡鳴嘯的響，叔叔前番也曾看見。今既要逃難，只除非把頭髮剪了，做個行者，須遮得額上金印。又且得這本度牒做護身符，年甲貌相，又和叔叔相等，卻不是前緣前世？阿叔便應了他的名字，前路去，誰敢來盤問？這件事好麼？」張青拍手道：「二娘說得是，我倒忘了這一著。」正是：

緝捕急如星火，顛危好似風波。
若要免除災禍，且須做個頭陀。

張青道：「二哥，你心裡如何？」武松道：「這個也使得，只恐我不像出家人模樣。」張青道：「我且與你扮一扮看。」孫二娘去房中取出包裹來，打開，將出許多衣裳，教武松裡外穿了。武松自看道：「卻一似與我身上做的。」著了皂直裰，繫了絛，把氈笠兒除下來，解開頭髮，折疊起來，將界箍兒箍起，掛著數珠。張青、孫二娘看了，兩個喝采道：「卻不是前生注定！」武松討面鏡子照了，也自哈哈大笑起來。張青道：「二哥為何大笑？」武松道：「我照了自也好笑，我也做得個行者。大哥，便與我剪了頭髮。」張青拿起剪刀，替武松把前後頭髮都剪了。詩曰：

打虎從來有李忠，武松綽號尚懸空。
幸有夜叉能說法，頓教行者顯神通。

第三十一回
張都監血濺鴛鴦樓　武行者夜走蜈蚣嶺

武松見事務看看緊急，便收拾包裹要行。張青又道：「二哥，你聽我說，不是我要便宜，你把那張都監家裡的酒器，留下在這裡，我換些零碎銀兩，與你路上去做盤纏，萬無一失。」武松道：「大哥見的分明。」盡把出來與了張青，換了一包散碎金銀，都拴在纏袋內，繫在腰裡。武松飽吃了一頓酒飯，拜辭了張青夫妻二人，腰裡挎了這兩口戒刀，當晚都收拾了。孫二娘取出這本度牒，就與他縫個錦袋盛了，教武松掛在貼肉胸前。武松拜謝了他夫妻兩個。臨行，張青又吩咐道：「二哥於路小心在意，凡事不可托大。酒要少吃，休要與人爭鬧，也做些出家人行徑。諸事不可躁性，省得被人看破了。如到了二龍山，便可寫封回信寄來。我夫妻兩個在這裡，也不是長久之計；敢怕隨後收拾家私，也來山上入伙。二哥保重保重，千萬拜上魯、楊二頭領。」

武松辭了出門，插起雙袖，搖擺著便行。張青夫妻看了，喝采道：「果然好個行者！」但見：

前面髮掩映齊眉，後面髮參差際頸。皂直裰好似烏雲遮體，雜色絛如同花蟒纏身。額上界箍兒燦爛，依稀火眼金睛；身間布衲襖斑斕，彷彿銅筋鐵骨。戒刀兩口，擎來殺氣橫秋；頂骨百顆，念處悲風滿路。啖人羅剎須拱手，護法金剛也皺眉。

當晚武行者辭了張青夫妻二人，離了大樹十字坡，便落路走。此時是十月間天氣，日正短，轉眼便晚了。約行不到五十里，早望見一座高嶺。武行者趁著月明，一步步上嶺來，料道只是初更天色。武行者立在嶺頭上看時，見月從東邊上來，照得嶺上草木光輝。正看之間，只聽得前面林子裡，有人笑聲，武行者道：「又來作怪！這般一條淨蕩蕩高嶺，有甚麼人笑語？」走過林子那邊去打一看，只見松樹林中，傍山一座墳庵，約有十數間草屋，推開著兩扇小窗，一個先生，摟著一個婦人，在那窗前看月戲笑。武行者看了，怒從心上起，惡向膽邊生，便想道：「這是山間林下出家人，卻做這等勾當！」便去腰裡掣出那兩口爛銀也似戒刀來，在月光下看了道：「刀卻是好，到我手裡，不曾發市，且把這個鳥先生試刀。」手腕上懸了一把，再將這把插放鞘內，把兩隻直裰袖，結起在背上，竟來到庵前敲門。那先生聽得，便把後窗關上。

武行者拿起塊石頭，便去打門。只見呀地側首門開，走出一個道童來，喝道：「你是甚人，如何敢半夜三更，大驚小怪，敲門打戶做甚麼？」武行者睜圓怪眼，大喝一聲：「先把這鳥童祭刀！」說猶未了，手起處，錚地一聲響，道童的頭落在一邊，倒在地下。只見庵裡那個先生大叫道：「誰敢殺我道童！」托地跳將出來。那先生手輪著兩口寶劍，竟奔武行者。武松大笑道：「我的本事，不要箱兒裡去取（在身上），正是撓著我的癢處。」便去鞘裡，再拔了那口戒刀，輪起雙戒刀來，迎那先生。兩個就月明之下，一來一往，一去一回，兩口劍寒光閃閃，雙戒刀冷氣森森。鬥了良久，渾如飛鳳迎鸞；戰不多時，好似角鷹拿兔。兩個鬥了十數合，只聽得山嶺旁邊一聲響亮，兩個裡倒了一個。但見寒光影裡人頭落，殺氣叢中血雨噴。畢竟兩個裡廝殺，倒了一個的是誰，且聽下回分解。

第三十二回

武行者醉打孔亮　錦毛虎義釋宋江

當時兩個鬥了十數合，那先生被武行者賣個破綻，讓那先生兩口劍斫將入來，被武行者轉過身來，看得親切，只一戒刀，那先生的頭，滾落在一邊，屍首倒在石上。武行者大叫：「庵裡婆娘出來，我不殺你，只問你個緣故。」只見庵裡走出那個婦人來，倒地便拜。武行者道：「你休拜我。你且說，這裡是甚麼去處？那先生卻是你的甚麼人？」那婦人哭著道：「奴是這嶺下張太公家女兒。這庵是奴家祖上墳庵。這先生不知是那裡人，來我家裡投宿，言說善習陰陽，能識風水。我家爹娘，不合留他在莊上，因請他來這裡墳上觀看地理，被他說誘，又留他住了幾日。那廝一日見了奴家，便不肯去了。住了三兩個月，把奴家爹娘哥嫂都害了性命，卻把奴家強騙在此墳庵裡住。這個道童，也是別處擄掠來的。這嶺喚做蜈蚣嶺。這先生見這條嶺好風水，以此他便自號飛天蜈蚣王道人。」武行者道：「你還有親眷麼？」那婦人道：「親戚自有幾家，都是莊農之人，誰敢和他爭論？」武行者道：「這廝有些財帛麼？」婦人道：「他也積蓄得一二百兩金銀。」武行者道：「有時，你快去收拾。我便要放火燒庵也。」那婦人問道：「師父，你要酒肉吃麼？」武行者道：「有時，將來請我。」那婦人道：「請師父進庵裡去吃。」武行者道：「怕別有人暗算我麼？」那婦人道：「奴有幾顆頭，敢賺得師父？」武行者隨那婦人入到庵裡，見小窗邊桌子上，擺著酒肉。武行者討大碗，吃了一回。那婦人收拾得金銀財帛已了，武行者便就裡面放起火來。那婦人捧著一包金銀，獻與武行者，乞性命。武行者道：「我不要你的，你自將去養身。快走！快走！」那婦人拜謝了，自下嶺去。武行者把那兩個屍首，都攛在火裡燒了；插了戒刀，連夜自過嶺來，迤邐取路，望著青州地面來。

又行了十數日，但遇村坊道店，市鎮鄉城，果然都有榜文張掛在彼處，捕獲武松。到處雖有榜文，武松已自做了行者，於路卻沒人盤詰他。時遇十一月間，天色好生嚴寒。當日武行者一路上買酒買肉吃，只是敵不過寒威。上得一條土岡，早望見前面有一座高山，生得十分險峻。武行者下土岡子來，走得三五里路，早見一個酒店。門前一道清溪，屋後都是顛石亂山。看那酒店時，卻是個村落小酒肆，但見：

門迎溪澗，山映茅茨。疏籬畔梅開玉蕊，小窗前松偃蒼龍。烏皮桌椅，盡列著瓦缽瓷甌；黃土牆垣，都畫著酒仙詩客。一條青旆舞寒風，兩句詩詞招過客。端的是走驃騎聞香須住馬，使風帆知味也停舟。

武行者過得那土岡子來，徑奔入那村酒店裡坐下，便叫道：「店主人家，先打兩角酒來。肉便買些來吃。」店主人應道：「實不瞞師父說：酒卻有些茅柴白酒，肉卻都賣沒了。」武行者道：「且把酒來湯寒。」店主人便去打兩角酒，大碗價篩來，教武行者吃，將一碟熟菜，與他過口。片時間，吃盡了兩角酒，又叫再打兩角酒來，店主人又打了兩角酒，大碗篩來。武行者只顧吃。比及過岡子時，先有三五分酒了；一發吃過這四角酒，又被朔風一吹，酒卻湧上。武松卻大呼小叫道：「主人家，你真個沒東西賣？你便自家吃的肉食，也回些與我吃了，一發還你銀子。」店主人笑道：「也不曾見這個出家人，酒和肉只顧要吃，卻那裡去取？師父，你也只好罷休。」武行者道：「我又不白吃你的，如何不賣與我？」店主人道：「我和你說過，只有這些白酒，那得別的東西賣？」正在店裡論口（爭吵），只見外面走入一條大漢，引著三四個人入店裡來。武行者看那大漢時，但見：

頂上頭巾魚尾赤，身上戰袍鴨頭綠。腳穿一對踢土靴，腰繫數尺紅搭膊。面圓耳大，脣闊口方。長七尺以上身材，有二十四五年紀。相貌堂堂強壯士，未侵女色少年郎。

那條大漢引著眾人入進店裡，主人笑容可掬迎接道：「大郎請坐。」那漢道：「我吩咐你的，安排也未？」店主人答道：「雞與肉，都已煮熟了，只等大郎來。」那漢道：「我那青花甕酒在那裡？」店主人道：「有在這裡。」那漢引了眾人，便向武行者對席上頭坐了；那同來的三四人，卻坐在肩下。店主人卻捧出一樽青花甕酒來，開了泥頭，傾在一個大白盆裡。武行者偷眼看時，卻是一甕窨下的好酒，被風吹過酒的香味來。武行者聞了那酒香味，喉嚨癢將起來，恨不得鑽過來搶吃；只見店主人又去廚下，把盤子托出一對熟雞，一大盤精肉來，放在那漢面前，便擺了菜蔬，用勺子舀酒去燙。武行者看了自己面前，只是一碟兒熟菜，不由得不氣。正是眼飽肚中飢，武行者酒又發作，恨不得一拳打碎了那桌子，大叫道：「主人家，你來！你這廝好欺負客人！」店主人連忙來問道：「師父，休要焦躁。要酒便好說。」武行者睜著雙眼喝道：「你這廝好不曉道理！這青花甕酒和雞肉之類，如何不賣與我？我也一般還你銀子。」店主人道：「青花甕酒和雞肉，都是那大郎家裡自將來的，只借我店裡坐地吃酒。」武行者心中要吃，那裡聽他分說，一片聲喝道：「放屁！放屁！」店主人道：「也不曾見你這個出家人，恁地蠻法！」武行者喝道：「怎地是老爺蠻法？我白吃你的？」那店主人道：「我倒不曾見出家人自稱『老爺』。」武行者聽了，跳起身來，叉開五指，望店主人臉上只一掌，把那店主人打個踉蹌，直撞過那邊去。

那對席的大漢，見了大怒。看那店主人時，打得半邊臉都腫了，半日掙扎不起。那大漢跳起身來，指定武松道：「你這個鳥頭陀，好不依本分！卻怎地便動手動腳！卻不道是：『出家人勿起嗔心』！」武行者道：「我自打他，干你甚事！」那大漢怒道：「我好意勸你，你這鳥頭陀，敢把言語傷我！」武行者聽得大怒，便把桌子推開，走出來喝道：「你那廝說誰！」那大漢笑道：「你這鳥頭陀，要和我廝打，正是來太歲頭上動土！」那大漢便點手叫道：「你這賊行者，出來和你說話！」武行者喝道：「你道我怕你，不敢打你！」一搶搶到門邊，那大漢便閃出門外去。武行者趕到門外，那大漢見武松長壯，那裡敢輕敵，便做個門戶（架勢）等著他。武行者搶入去，接住那漢手。那大漢卻待用力跌（踩）武松，怎禁得他千百斤神力，就手一扯，扯入懷來，只一撥，撥將去，恰似放翻小孩子的一般，那裡做得半分手腳。那三四個村漢看了，手顫腳麻，那裡敢上前來。武行者踏住那大漢，提起拳頭來，只打實落處（要害處）；打了二三十拳，就地下提起來，望門外溪裡只一丟。那三四個村漢叫聲苦，不知高低（不假思索），都下溪裡來救起那大漢，自攙扶著投南去了。這店主人吃了這一掌，打得麻了，動彈不得，自入屋後去躲避了。

武行者道：「好呀，你們都去了，老爺卻吃酒肉！」把個碗去白盆內舀那酒來，只顧吃。桌子上那對雞，一盤子肉，都未曾吃動。武行者且不用箸，雙手扯來任意吃。沒半個時辰，把這酒肉和雞都吃個八分。武行者醉飽了，把直裰袖結在背上，便出店門，沿溪而走。卻被那北風捲將起來，武行者捉腳不住，一路上搶將來。離那酒店，走不得四五里路，旁邊土牆裡，走出一隻黃狗，看著武松叫。

武行者看時，一隻大黃狗趕著吠。武行者大醉，正要尋事，恨那隻狗趕著他只管吠，便將左手鞘裡，掣出一口戒刀來，大踏步趕。那隻黃狗繞著溪岸叫。武行者一刀斫將去，卻斫個空，使得力猛，頭重腳輕，翻筋斗倒撞下溪裡去，卻起不來。冬月天道，溪水正涸，雖是只有一二尺深淺的水，卻寒冷的當不得。爬起來，淋淋的一身水，卻見那口戒刀，浸在溪裡。武行者便低頭去撈那刀時，撲地又落下去了，只在那溪水裡滾。

岸上側首牆邊，轉出一伙人來，當先一個大漢，頭戴氈笠子，身穿鵝黃紵絲衲襖，手裡拿著一條哨棒，背後十數個人跟著，都拿木杷白棍。數內一個指道：「這溪裡的賊行者，便是打了小哥哥的。如今小哥哥尋不見大哥哥，自引了二三十個莊客，逕奔酒店裡捉他去了。他卻來到這裡。」說猶未了，只見遠遠地那個吃打的漢子，換了一身衣服，手裡提著一條朴刀，背後引著三二十個莊客，都是有名的漢子。怎見的，正是叫做：

長王三，矮李四。急三千，慢八百。笆上糞，屎裡蛆。米中蟲，飯內屁。鳥上刺，沙小生。木伴哥，牛筋等。

這一二十個盡是為頭的莊客，餘者皆是村中搗子，都拖槍拽棒，跟著那個大漢，吹風胡哨來尋武松。趕到牆邊，見了，指著武松，對那穿鵝黃襖子的大漢道：「這個賊頭陀，正是打兄弟的。」那個大漢道：「且捉這廝，去莊裡細細拷打。」那漢喝聲「下手！」三四十人一發上。可憐武松醉了，掙扎不得，急要爬起來，被眾人一齊下手，橫拖倒拽，捉上溪水。轉過側首牆邊一所大莊院，兩下都是高牆粉壁，垂柳喬松，圍繞著牆院。眾人把武松推搶入去。剝了衣裳，奪了戒刀、包裹，揪過來綁在大柳樹上，教取一束藤條來，細細的打那廝。

卻才打得三五下，只見莊裡走出一個人來問道：「你兄弟兩個，又打甚麼人？」只見這兩個大漢叉手道：「師父聽稟：兄弟今日和鄰莊三四個相識，去前面小路店裡吃三杯酒，叵耐這個賊行者到來尋鬧，把兄弟痛打了一頓，又將來攛在水裡，頭臉都磕破了，險些凍死，卻得相識救了回來。歸家換了衣服，帶了人，再去尋他。那廝把我酒肉都吃了，卻大醉倒在門前溪裡；因此捉拿在這裡，細細的拷打。看起這賊頭陀來，也不是出家人，臉上見刺著兩個金印，這賊卻把頭髮披下來遮了，必是個避罪在逃的囚徒。問出那廝根原，解送官司理論。」這個吃打傷的大漢道：「問他做甚麼！這禿賊打得我一身傷損，不著一兩個月，將息不起。不如把這禿賊一頓打死了，一把火燒了罷，才與我消得這口恨氣。」說罷，拿起藤條，恰待又打，只見出來的那人說道：「賢弟，且休打，待我看他一看，這人也像是一個好漢。」

此時武行者心中已自酒醒了，理會得，只把眼來閉了，由他打，只不做聲。那個人先去背上看了杖瘡，便道：「作怪，這模樣想是決斷不多時的疤痕。」轉過面前看了，便將手把武松頭髮揪起來，定睛看了，叫道：「這個不是我兄弟武二郎！」武行者方才閃開雙眼，看了那人道：「你不是我哥哥！」那人喝叫：「快與我解下來，這是我的兄弟。」那穿鵝黃襖子的並吃打的盡皆吃驚，連忙問道：「這個行者，如何卻是師父的兄弟？」那人便道：「他便是我時常和你們說的那景陽岡上打虎的武松。我也不知他如今怎地做了行者。」那弟兄兩個聽了，慌忙解下武松來，便討幾件乾衣服，與他穿了，便扶入草堂裡來。武松便要下拜，那個人驚喜相半，扶住武松道：「兄弟酒還未醒，且坐一坐說話。」武松見了那人，歡喜上來，酒早醒了五分。討些湯水洗漱了，吃些醒酒之物，便來拜了那人，相敘舊話。

第三十二回

武行者醉打孔亮　錦毛虎義釋宋江

那人不是別人，正是鄆城縣人氏，姓宋，名江，表字公明。武行者道：「只想哥哥在柴大官人莊上，卻如何來在這裡？兄弟莫不是和哥哥夢中相會麼？」宋江道：「我自從和你在柴大官人莊上分別之後，我卻在那裡住得半年。不知家中如何，恐父親煩惱，先發付兄弟宋清歸去。後卻收拾得家中書信說道：『官司一事，全得朱、雷二都頭氣力，已自家中無事，只要緝捕正身；因此已動了個海捕文書，各處追獲。』這事已自慢了。卻有這裡孔太公，屢次使人去莊上問信。後見宋清回家，說道宋江在柴大官人莊上。因此，特地使人直來柴大官人莊上，取我在這裡。此間便是白虎山。這莊便是孔太公莊上。恰才和兄弟相打的，便是孔太公小兒子；因他性急，好與人廝鬧，到處叫他做獨火星孔亮。這個穿鵝黃襖子的，便是孔太公大兒子，人都叫他做毛頭星孔明。因他兩個好習槍棒，卻是我點撥他些個，以此叫我做師父。我在此間住半年了。我如今正欲要上清風寨走一遭，這兩日方欲起身。我在柴大官人莊上時，只聽得人傳說道兄弟在景陽岡上打了大蟲；又聽知你在陽谷縣做了都頭；又聞鬥殺了西門慶。向後不知你配到何處去。兄弟如何做了行者？」

武松答道：「小弟自從柴大官人莊上別了哥哥，去到得景陽岡上打了大蟲，送去陽谷縣，知縣就抬舉我做了都頭。後因嫂嫂不仁，與西門慶通姦，藥死了我先兄武大；被武松把兩個都殺了，自首告到本縣，轉發東平府。後得陳府尹一力救濟，斷配孟州……」至十字坡，怎生遇見張青、孫二娘；到孟州，怎地會施恩，怎地打了蔣門神，如何殺了張都監一十五口，又逃在張青家；「母夜叉孫二娘教我做了頭陀行者的緣故；過蜈蚣嶺試刀，殺了王道人；至村店吃酒，醉打了孔兄。」把自家的事，從頭備細告訴了宋江一遍。孔明、孔亮兩個聽了大驚，撲翻身便拜。武松慌忙答禮道：「卻才甚是衝撞，休怪，休怪。」孔明、孔亮道：「我弟兄兩個，『有眼不識泰山』，萬望恕罪！」武行者道：「既然二位相覷武松時，卻是與我烘焙度牒、書信，並行李衣服，不可失落了那兩口戒刀，這串數珠。」孔明道：「這個不須足下掛心，小弟已自著人收拾去了，整頓端正拜還。」武行者拜謝了。宋江請出孔太公，都相見了。孔太公置酒設席管待，不在話下。

當晚宋江邀武松同榻，敘說一年有餘的事，宋江心內喜悅。武松次日天明起來，都洗漱罷，出到中堂相會，吃早飯。孔明自在那裡相陪。孔亮捱著痛疼，也來管待。孔太公便叫殺羊宰豬，安排筵宴。是日，村中有幾家街坊親戚，都來相探。又有幾個門下人，亦來謁見。宋江心中大喜。當日筵宴散了，宋江問武松道：「二哥，今欲往何處安身？」武松道：「昨夜已對哥哥說了：菜園子張青寫書與我，著兄弟投二龍山寶珠寺花和尚魯智深那裡入伙。他也隨後便上山來。」宋江道：「也好。我不瞞你說：我家近日有書來，說道清風寨知寨小李廣花榮，他知道我殺了閻婆惜，每每寄書來與我，千萬教我去寨裡住幾時。此間又離清風寨不遠，我這兩日正待要起身去；因見天氣陰晴不定，未曾起程。早晚要去那裡走一遭，不若和你同往如何？」武松道：「哥哥，怕不是好情分，帶攜兄弟投那裡去住幾時！只是武松做下的罪犯至重，遇赦不宥，因此發心，只是投二龍山落草避難。亦且我又做了頭陀，難以和哥哥同往。路上被人設疑，倘或有些決撒（敗露）了，須連累了哥哥。便是哥哥與兄弟同死同生，也須累及了花榮山寨不好。只是由兄弟投二龍山去了罷。天可憐見，異日不死，受了招安，那時卻來尋訪哥哥未遲。」宋江道：「兄弟既有此心歸順朝廷，皇天必佑。若如此行，不敢苦勸，你只相陪我住幾日了去。」

自此兩個在孔太公莊上，一住過了十日之上，宋江與武松要行，孔太公父子那裡肯放。又留住了三五日，宋江堅執要行，孔太公只得安排筵席送行。管待一日了，次日，將出新做的一套行者衣服，皂布直裰，並帶來的度牒、書信、戒箍、數珠、戒刀、金銀之類，交還武松；又各送銀五十兩，權為路費。宋江推卻不受，孔太公父子那裡肯，只顧將來拴縛在包裹裡。宋江整頓了衣服器械；武松依前

第三十二回
武行者醉打孔亮　錦毛虎義釋宋江

穿了行者的衣裳，帶上鐵界箍，掛了人頂骨數珠，挎了兩口戒刀，收拾了包裹，拴在腰裡。宋江提了朴刀，懸口腰刀，戴上氈笠子，辭別了孔太公。孔明、孔亮叫莊客背了行李，弟兄二人直送了二十餘里路，拜辭了宋江、武行者兩個。宋江自把包裹背了，說道：「不須莊客遠送，我自和武兄弟去。」孔明、孔亮相別，自和莊客歸家，不在話下。

只說宋江和武松兩個，在路上行著，於路說些閒話，走到晚，歇了一宵。次日早起，打伙又行。兩個吃罷飯，又走了四五十里，卻來到一市鎮上，地名喚做瑞龍鎮，卻是個三岔路口。宋江借問那裡人道：「小人們欲投二龍山、清風鎮上，不知從那條路去？」那鎮上人答道：「這兩處不是一條路去了：這裡要投二龍山去，只是投西落路；若要投清風鎮去，須用投東落路，過了清風山便是。」宋江聽了備細，便道：「兄弟，我和你今日分手，就這裡吃三杯相別。」詞寄浣溪沙，單題別意：

握手臨期話別難，山林景物正闌珊，壯懷寂寞客囊殫（口袋空空）。旅次（旅途暫居地）愁來魂欲斷，郵亭宿處鋏空彈（壯志難酬），獨憐長夜苦漫漫。

武行者道：「我送哥哥一程，方卻回來。」宋江道：「不須如此。自古道：『送君千里，終有一別。』兄弟，你只顧自己前程萬里，早早的到了彼處。入伙之後，少戒酒性。如得朝廷招安，你便可攛掇魯智深、楊志投降了。日後但是去邊上，一刀一槍，博得個封妻蔭子，久後青史上留一個好名，也不枉了為人一世。我自百無一能，雖有忠心，不能得進步。兄弟，你如此英雄，決定做得大事業，可以記心。聽愚兄之言，圖個日後相見。」武行者聽了，酒店上飲了數杯，還了酒錢。二人出得店來，行到市鎮梢頭，三岔路口，武行者下了四拜。宋江灑淚，不忍分別，又吩咐武松道：「兄弟，休忘了我的言語，少戒酒性。保重，保重！」武行者自投西去了。看官牢記話頭，武行者自來二龍山投魯智深、楊志入伙了，不在話下。

且說宋江自別了武松，轉身望東，投清風山路上來，於路只憶武行者。又自行了幾日，卻早遠遠的望見清風山。看那山時，但見：

> 八面嵯峨，四圍險峻。古怪喬松盤翠蓋，杈椏老樹掛藤蘿。瀑布飛流，寒氣逼人毛髮冷；巔崖直下，清光射目夢魂驚。澗水時聽，樵人斧響；峰巒倒卓，山鳥聲哀。麋鹿成群，穿荊棘往來跳躍；狐狸結隊，尋野食前後呼號。若非佛祖修行處，定是強人打劫場。

宋江看見前面那座高山，生得古怪，樹木稠密，心中歡喜，觀之不足，貪走了幾程，不曾問的宿頭。看看天色晚了，宋江心內驚慌，肚裡尋思道：「若是夏月天道，胡亂在林子裡歇一夜；卻恨又是仲冬天氣，風霜正冽，夜間寒冷，難以打熬。倘或走出一個毒蟲虎豹來時，如何抵當？卻不害了性命！」只顧望東小路裡撞將去。約莫走了也是一更時分，心裡越慌，看不見地下，踹了一條絆腳索。樹林裡銅鈴響，走出十四五個伏路小嘍羅來，發聲喊，把宋江捉翻，一條麻索縛了，奪了朴刀、包裹，吹起火把，將宋江解上山來。宋江只得叫苦。卻早押到山寨裡。

宋江在火光下看時，四下裡都是木柵，當中一座草廳，廳上放著三把虎皮交椅，後面有百十間草房。小嘍羅把宋江捆做粽子相似，將來綁在將軍柱上，有幾個在廳上的小嘍羅說道：「大王方才睡，且不要去報。等大王酒醒時，卻請起來，剖這牛子（畜生）心肝，做醒酒湯，我們大家吃塊新鮮肉。」宋江被綁在將軍柱（大柱子）上，心裡尋思道：「我的造物（命運），只如此偃蹇（艱難），只為殺了一個煙花婦人，變出得如此之苦。誰想這把骨頭，卻斷送在這裡！」只見小嘍羅點起燈燭熒煌。宋江已自凍得身體麻木了，動彈不得，只把眼來四下裡張望，低了頭嘆氣。

約有二三更天氣，只見廳背後走出三五個小嘍羅來叫道：「大王起來了。」便去把廳上燈燭剔得明亮。宋江偷眼看時，只見那個出來的大王，頭上綰著鵝梨角兒，一條紅絹帕裹著，身上披著一領棗紅紵絲衲襖，便來坐在當中虎皮交椅上。看那大王時，生得如何，但見：

赤髮黃鬚雙眼圓，臂長腰闊氣衝天。
江湖稱作錦毛虎，好漢原來卻姓燕。

那個好漢，祖貫山東萊州人氏，姓燕，名順，綽號錦毛虎。原是販羊馬客人出身，因為消折了本錢，流落在綠林叢內打劫。那燕順酒醒起來，坐在中間交椅上，問道：「孩兒們那裡拿得這個牛子？」小嘍羅答道：「孩兒們正在後山伏路，只聽得樹林裡銅鈴響。原來這個牛子，獨自個背些包裹，撞了繩索，一交絆翻，因此拿得來，獻與大王做醒酒湯。」燕順道：「正好！快去與我請得二位大王來同吃。」小嘍羅去不多時，只見廳側兩邊走上兩個好漢來：左邊一個，五短身材，一雙光眼。怎生打扮，但見：

駝褐衲襖錦繡補，形貌崢嶸性粗鹵。
貪財好色最強梁，放火殺人王矮虎。

這個好漢，祖貫兩淮人氏，姓王，名英，為他五短身材，江湖上叫他做矮腳虎。原是車家（趕大車的）出身，為因半路裡見財起意，就勢劫了客人，事發到官，越獄走了，上清風山，和燕占住此山，打家劫舍。右邊這個，生的白淨面皮，三牙掩口髭鬚；瘦長膀闊，清秀模樣，也裹著頂絳紅頭巾。怎地結束，但見：

衲襖銷金油綠，狼腰緊繫征裙。
山寨紅巾好漢，江湖白面郎君。

這個好漢，祖貫浙西蘇州人氏，姓鄭，雙名天壽；為他生得白淨俊俏，人都號他做白面郎君。原是打銀為生，因他自小好習槍棒，流落在江湖上，因來清風山過，撞著王矮虎，和他鬥了五六十合，不分勝敗；因此燕順見他好手段，留在山上，坐了第三把交椅。

當下三個頭領坐下，王矮虎便道：「孩兒們，正好做醒酒湯。快動手，取下這牛子心肝來，造三分醒酒酸辣湯來。」只見一個小嘍羅掇一大銅盆水來，放在宋江面前，又一個小嘍羅，捲起袖子，手中明晃晃拿著一把剜心尖刀。那個掇水的小嘍羅，便把雙手潑起水來，澆那宋江心窩裡。——原來但凡人心，都是熱血裹著，把這冷水潑散了熱血，取出心肝來時，便脆了好吃。那小嘍羅把水直潑到宋江臉上，宋江嘆口氣道：「可惜宋江死在這裡！」

燕順親耳聽得「宋江」兩字，便喝住小嘍羅道：「且不要潑水。」燕順問道：「他那廝說甚麼『宋江』？」小嘍羅答道：「這廝口裡說道：『可惜宋江死在這裡。』」燕順便起身來問道：「兀那漢子，你認得宋江？」宋江道：「只我便是宋江。」燕順走近跟前，又問道：「你是那裡的宋江？」

第三十二回

武行者醉打孔亮　錦毛虎義釋宋江

宋江答道：「我是濟州鄆城縣做押司的宋江。」燕順道：「你莫不是山東及時雨宋公明，殺了閻婆惜，逃出在江湖上的宋江麼？」宋江道：「你怎得知？我正是宋三郎。」

燕順聽罷，吃了一驚，便奪過小嘍羅手內尖刀，把麻索都割斷了；便把自身上披的棗紅　絲衲襖脫下來，裹在宋江身上，抱在中間虎皮交椅上，喚起王矮虎、鄭天壽，快下來，三人納頭便拜。宋江滾下來答禮，問道：「三位壯士，何故不殺小人，反行重禮？此意如何？」亦拜在地。那三個好漢一齊跪下。燕順道：「小弟只要把尖刀剜了自己的眼睛，原來不識好人。一時間見不到處，少問個緣由，爭些兒壞了義士。若非天幸，使令仁兄自說出大名來，我等如何得知仔細！小弟在江湖上綠林叢中，走了十數年，聞得賢兄仗義疏財，濟困扶危的大名；只恨緣分淺薄，不能拜識尊顏。今日天使相會，真乃稱心滿意。」宋江答道：「量宋江有何德能，教足下如此掛心錯愛。」燕順道：「仁兄禮賢下士，結納豪傑，名聞寰海，誰不欽敬！梁山泊近來如何興旺，四海皆聞。曾有人說道，盡出仁兄之賜。不知仁兄獨自何來，今卻到此！」宋江把救晁蓋一節，殺閻婆惜一節，卻投柴進同孔太公許多時，並今次要往清風寨尋小李廣花榮，——這幾件事，一一備細說了。三個頭領大喜，隨即取套衣服，與宋江穿了；一面叫殺羊宰馬，連夜筵席，當夜直吃到五更，叫小嘍羅伏侍宋江歇了。次日辰牌起來，訴說路上許多事務，又說武松如此英雄了得。三個頭領跌腳懊恨道：「我們無緣，若得他來這裡，十分是好，卻恨他投那裡去了。」

話休絮繁。宋江自到清風山，住了五七日，每日好酒好食管待，不在話下。

時當臘月初旬，山東人年例，臘日上墳。只見小嘍羅山下報上來說道：「大路上有一乘轎子，七八個人跟著，挑著兩個盒子，去墳頭化紙。」王矮虎是個好色之徒，見報了，想此轎子，必是個婦人，點起三五十小嘍羅，便要下山。宋江、燕順那裡攔當得住。綽了槍刀，敲一棒銅鑼，下山去了。

宋江、燕順、鄭天壽三人，自在寨中飲酒。

那王矮虎去了約有三兩個時辰，遠探小嘍羅報將來，說道：「王頭領直趕到半路裡，七八個軍漢都走了，拿得轎子裡抬著的一個婦人。只有一個銀香盒，別無物件財物。」燕順問道：「那婦人如今抬到那裡？」小嘍羅道：「王頭領已自抬在山後房中去了。」燕順大笑。宋江道：「原來王英兄弟，要貪女色，不是好漢的勾當。」燕順道：「這個兄弟，諸般都肯向前，只是有這些毛病。」宋江道：「二位和我同去勸他。」

燕順、鄭天壽便引了宋江，直來到後山王矮虎房中，推開房門，只見王矮虎正摟住那婦人求歡。見了三位入來，慌忙推開那婦人，請三位坐。宋江看那婦人時，但見：

身穿縞素，腰繫孝裙。不施脂粉，自然體態妖嬈；懶染鉛華，生定天姿秀麗。雲含春黛，恰如西子顰眉；雨滴秋波，渾似驪姬垂涕。

宋江看見那婦人，便問道：「娘子，你是誰家宅眷？這般時節，出來閒走，有甚麼要緊？」那婦人含羞向前，深深地道了三個萬福，便答道：「侍兒是清風寨知寨的渾家。為因母親棄世，今得小祥（死人周年祭），特來墳前化紙。那裡敢無事出來閒走？告大王垂救性命！」宋江聽罷，吃了一驚，肚裡尋思道：「我正來投奔花知寨，莫不是花榮之妻？我如何不救？」宋江問道：「你丈夫花知寨，如何不同你出來上墳？」那婦人道：「告大王：侍兒不是花知寨的渾家。」宋江道：「你恰才說是清風寨知寨的恭人（官員的妻子）。」那婦人道：「大王不知：這清風寨如今有兩個知寨：一文一武，武官便是知寨花榮；文官便是侍兒的丈夫，知寨劉高。」

宋江尋思道：「他丈夫既是和花榮同僚，我不救時，明日到那裡，須不好看。」宋江便對王矮虎說道：「小人有句話說，不知你肯依麼？」王英道：「哥哥有話，但說不妨。」宋江道：「但凡好漢犯了『溜骨髓（好色）』三個字的，好生惹人恥笑，我看這娘子說來，是個朝廷命官的恭人。怎生看在下薄面，並江湖上『大義』兩字，放他下山回去，教他夫妻完聚如何？」王英道：「哥哥聽稟：王英自來沒個押寨夫人做伴；況兼如今世上，都是那大頭巾（做官的）弄得歹了，哥哥管他則甚？胡亂容小弟這些個。」宋江便跪一跪道：「賢弟若要押寨夫人時，日後宋江揀一個停當好的，在下納財進禮，娶一個伏侍賢弟。只是這個娘子，是小人友人同僚正官之妻，怎地做個人情，放了他則個。」燕順、鄭天壽一齊扶住宋江道：「哥哥且請起來，這個容易。」宋江又謝道：「恁的時，重承不阻（決不失信）。」

燕順見宋江堅意要救這婦人，因此不顧王矮虎肯與不肯，喝令轎夫抬了去。那婦人聽了這話，插燭也似拜謝宋江，一口一聲叫道：「謝大王！」宋江道：「恭人你休謝我：我不是山寨裡大王，我自是鄆城縣客人。」那婦人拜謝了下山，兩個轎夫也得了性命，抬著那婦人下山來，飛也似走，只恨爺娘少生了兩隻腳。這王矮虎又羞又悶，只不做聲，被宋江拖出前廳勸道：「兄弟，你不要焦躁。宋江日後好歹要與兄弟完娶一個，教你歡喜便了。小人並不失信。」燕順、鄭天壽都笑起來。王矮虎一時被宋江以禮義縛了，雖不滿意，敢怒而不敢言，只得陪笑。自同宋江在山寨中吃筵席，不在話下。

且說清風寨軍人，一時間被擄了恭人去，只得回來，到寨裡報與劉知寨，說道：「恭人被清風山強人擄去了。」劉高聽了大怒，喝罵去的軍人不了事，如何撇了恭人，大棍打那去的軍漢。眾人分說道：「我們只有五七個，他那裡三四十人，如何與他敵得！」劉高喝道：「胡說！你們若不去奪得恭人回來時，我都把你們下在牢裡問罪。」那幾個軍人吃逼不過，沒奈何，只得央浼本寨內軍健七八十人，各執槍棒，用意來奪；不想來到半路，正撞見兩個轎夫，抬得恭人飛也似來了。

眾軍漢接見恭人問道：「怎地能勾下山？」那婦人道：「那廝捉我到山寨裡，見我說道是劉知寨的夫人，唬得那廝慌忙拜我，便叫轎夫送我下山來。」眾軍漢道：「恭人可憐見我們，只對相公說：我們打奪得恭人回來，權救我眾人這頓打。」那婦人道：「我自有道理說便了。」眾軍漢拜謝了，簇擁著轎子便行。眾人見轎夫走得快，便說道：「你兩個閒常在鎮上抬轎時，只是鵝行鴨步，如今卻怎地這等走的快？」那兩個轎夫應道：「本是走不動，卻被背後老大栗暴打將來。」眾人笑道：「你莫不見鬼，背後那得人？」轎夫方才敢回頭，看了道：「哎也！是我走的慌了，腳後跟直打著腦杓子。」眾人都笑。簇著轎子，回到寨中。劉知寨見了大喜，便問恭人道：「你是誰人救了你回來？」那婦人道：「便是那廝們擄我去，不從奸騙，正要殺我；見我說是知寨的恭人，不敢下手，慌忙拜我，卻得這許多人來搶奪得我回來。」劉高聽了這話，便叫取十瓶酒，一口豬，賞了眾人，不在話下。

且說宋江自救了那婦人下山，又在山寨中住了五七日，思量要來投奔花知寨，當時作別要下山。三個頭領，苦留不住，做了送路筵席餞行，各送些金寶與宋江，打縛在包裹裡。當日宋江早起來，洗漱罷，吃了早飯，拴束了行李，作別了三位頭領下山。那三個好漢，將了酒果肴饌，直送到山下二十餘里官道旁邊，把酒分別。三人不捨，叮囑道：「哥哥去清風寨回來，是必再到山寨相會幾時。」宋江背上包裹，提了朴刀，說道：「再得相見。」唱個大喏，分手去了。若是說話的同時生，並肩長，攔腰抱住，把臂拖回。宋公明只因要來投奔花知寨，險些兒死無葬身之地。正是遭逢坎坷皆天數，際會風雲豈偶然。畢竟宋江來尋花知寨，撞著甚人，且聽下回分解。

第三十三回
宋江夜看小鰲山　花榮大鬧清風寨

話說這清風山離青州不遠，只隔得百里來路。這清風寨卻在青州三岔路口，地名清風鎮。因為這三岔路上，通三處惡山，因此特設這清風寨在這清風鎮上。那裡也有三五千人家，卻離這清風山只有一站多路，當日三位頭領自上山去了。

只說宋公明獨自一個，背著些包裹，迤邐來到清風鎮上，便借問花知寨住處。那鎮上人答道：「這清風寨衙門，在鎮市中間。南邊有個小寨，是文官劉知寨住宅；北邊那個小寨，正是武官花知寨住宅。」宋江聽罷，謝了那人，便投北寨來。到得門首，見有幾個把門軍漢，問了姓名，入去通報。只見寨裡走出那個少年的軍官來，拖住宋江便拜。那人生得如何，但見：

齒白唇紅雙眼俊，兩眉入鬢常清，細腰寬膀似猿形。能騎乖劣馬，愛放海東青。百步穿楊神臂健，弓開秋月分明，雕翎箭發迸寒星。人稱小李廣，將種是花榮。

出來的年少將軍不是別人，正是清風寨武知寨小李廣花榮。那花榮怎生打扮，但見：

身上戰袍金翠繡，腰間玉帶嵌山犀。
滲青巾幘雙環小，文武花靴抹綠低。

花榮見宋江拜罷，喝叫軍漢接了包裹、朴刀、腰刀，扶住宋江，直到正廳上，便請宋江當中涼床上坐了。花榮又納頭拜了四拜，起身道：「自從別了兄長之後，屈指又早五六年矣，常常念想。聽得兄長殺了一個潑煙花（妓女），官司行文書各處追捕。小弟聞得，如坐針氈，連連寫了十數封書，去貴莊問信，不知曾到也不？今日天賜，幸得哥哥到此，相見一面，大慰平生。」說罷又拜。宋江扶住道：「賢弟休只顧講禮。請坐了，聽在下告訴。」花榮斜坐著。宋江把殺閻婆惜一事，和投奔柴大官人，並孔太公莊上遇見武松，清風山上被捉，遇燕順……等事，細細地都說了一遍。花榮聽罷，答道：「兄長如此多磨難，今日幸得仁兄到此，且住數年，卻又理會。」宋江道：「若非兄弟宋清寄書來孔太公莊上時，在下也特地要來賢弟這裡走一遭。」花榮便請宋江去後堂裡坐，喚出渾家崔氏，來拜伯伯。拜罷，花榮又叫妹子出來拜了哥哥。便請宋江更換衣裳鞋襪，香湯沐浴，在後堂安排筵席洗塵。

當日筵宴上，宋江把救了劉知寨恭人的事，備細對花榮說了一遍。花榮聽罷，皺了雙眉說道：「兄長沒來由，救那婦人做甚麼？正好教滅這廝的口！」宋江道：「卻又作怪！我聽得說是清風寨知寨的恭人，因此把做賢弟同僚面上，特地不顧王矮虎相怪，一力要救他下山。你卻如何恁的說？」花榮道：「兄長不知：不是小弟說口，這清風寨是青州緊要去處，若還是小弟獨自在這裡守把時，遠近強人，怎敢把青州攪得粉碎！近日除（任命）將這個窮酸餓醋（貧寒愚腐的書生）來做個正知寨，這廝又是文官，又沒本事，自從到任，把此鄉間些少上戶詐騙，亂行法度，無所不為。小弟是個武官副知寨，

第三十三回

宋江夜看小鰲山　花榮大鬧清風寨

每每被這廝嘔氣，恨不得殺了這濫污賊禽獸。兄長卻如何救了這廝的婦人？打緊這婆娘極不賢，只是調撥他丈夫行不仁的事，殘害良民，貪圖賄賂，正好叫那賤人受些玷辱。兄長錯救了這等不才的人。」宋江聽了，便勸道：「賢弟差矣！自古道：『冤仇可解不可結。』他和你是同僚官，雖有些過失，你可隱惡而揚善。賢弟休如此淺見。」花榮道：「兄長見得極明。來日公廨內見劉知寨時，與他說過救了他老小之事。」宋江道：「賢弟若如此，也顯你的好處。」花榮夫妻幾口兒，朝暮臻臻至至，獻酒供食，伏侍宋江。當晚安排床帳，在後堂軒下請宋江安歇。次日，又備酒食筵宴管待。

話休絮繁。宋江自到花榮寨裡，吃了四五日酒。花榮手下有幾個梯己人，一日換一個，撥些碎銀子在他身邊，每日教相陪宋江去清風鎮街上，觀看市井喧嘩，村落宮觀寺院，閒走樂情。自那日為始，這梯己人相陪著閒走，邀宋江去市井上閒玩。那清風鎮上也有幾座小勾欄，並茶坊酒肆，自不必說得。當日宋江與這梯己人，在小勾欄裡閒看了一回，又去近村寺院道家宮觀游賞一回，請去市鎮上酒肆中飲酒。臨起身時，那梯己人取銀兩還酒錢。宋江那裡肯要他還錢，卻自取碎銀還了。宋江歸來，又不對花榮說。那個同飲的人歡喜，又落得銀子，又得身閒，自此每日撥一個相陪，和宋江去閒走。每日又只是宋江使錢（花錢）。自從到寨裡，無一個不敬愛他的。宋江在花榮寨裡，住了將及一月有餘，看看臘盡春回，又早元宵節近。

且說這清風寨鎮上居民，商量放燈一事，準備慶賞元宵。科斂錢物，去土地大王廟前紮縛起一座小鰲山，上面結彩懸花，張掛五六百碗花燈；土地大王廟內，逞賽諸般社火。家家門前，紮起燈棚，賽懸燈火。市鎮上，諸行百藝都有。雖然比不得京師，只此也是人間天上。當下宋江在寨裡和花榮飲酒，正值元宵。是日晴明得好，花榮到巳牌前後，上馬去公廨內點起數百個軍士，教晚間去市鎮上彈壓；又點差許多軍漢，分頭去四下裡守把柵門。未牌時分回寨來，邀宋江吃點心。宋江對花榮說道：

「聽聞此間市鎮上今晚點放花燈，我欲去看看。」花榮答道：「小弟本欲陪侍兄長，奈緣我職役在身，不能勾閒步同往。今夜兄長自與家間二三人去看燈，早早的便回。小弟在家專待家宴三杯，以慶佳節。」宋江道：「最好。」卻早天色向晚，東邊推出那輪明月上來，正是：

玉漏銅壺且莫催，星橋火樹徹明開。
鰲山高聳青雲上，何處游人不看來！

當晚宋江和花榮家親隨梯己人兩三個，跟隨著緩步徐行。到這清風鎮上看燈時，只見家家門前，搭起燈棚，懸掛花燈，燈上畫著許多故事，也有剪彩飛白牡丹花燈，並芙蓉荷花異樣燈火。四五個人，手廝（相互）挽著，來到大王廟前，看那小鰲山時，但見：

山石穿雙龍戲水，雲霞映獨鶴朝天。金蓮燈，玉梅燈，晃一片琉璃；荷花燈，芙蓉燈，散千團錦繡。銀蛾鬥彩，雙雙隨繡帶香球；雪柳爭輝，縷縷拂華幡翠幕。村歌社鼓，花燈影裡競喧闐；織婦蠶奴，畫燭光中同賞玩。雖無佳麗風流曲，盡賀豐登大有年。

當下宋江等四人在鰲山前看了一回，迤邐投南走。不過五七百步，只見前面燈燭熒煌，一伙人圍住在一個大牆院門首熱鬧。鑼聲響處，眾人喝采。宋江看時，卻是一伙舞鮑老（戴面具的滑稽舞）的。宋江矮矬（小個子），人背後看不見。那相陪的梯己人，卻認得社火隊裡，便教分開眾人，讓宋江看。那跳鮑老的身軀扭得村村勢勢（蠢笨滑稽）的，宋江看了，呵呵大笑。

第三十三回
宋江夜看小鰲山　花榮大鬧清風寨

只見這牆院裡面，卻是劉知寨夫妻兩口兒，和幾個婆娘在裡面看。聽得宋江笑聲，那劉知寨的老婆，於燈下卻認得宋江，便指與丈夫道：「兀那個黑矮漢子，便是前日清風山搶擄下我的賊頭。」劉知寨聽了，吃一驚，便喚親隨六七人，叫捉那個笑的黑漢子。宋江聽得，回身便走。走不過十餘家，眾軍漢趕上，把宋江捉住，拿了來，恰似皂雕追紫燕，正如猛虎啖羊羔。拿到寨裡，用四條麻索綁了，押至廳前。那三個梯己人，見捉了宋江去，自跑回來報與花榮知道。

且說劉知寨坐在廳上，叫解過那廝來，眾人把宋江簇擁在廳前跪下。劉知寨喝道：「你這廝是清風山打劫強賊，如何敢擅自來看燈！今被擒獲，有何理說？」宋江告道：「小人自是鄆城縣客人張三，與花知寨是故友。來此間多日了，從不曾在清風山打劫。」劉知寨老婆，卻從屏風背後轉將出來，喝道：「你這廝兀自賴哩！你記得教我叫你做大王時？」宋江告道：「恭人差矣。那時小人不對恭人說來：『小人自是鄆城縣客人，亦被擄掠在此間，不能勾下山去。』」劉知寨道：「你既是客人，被擄劫在那裡，今日如何能勾下山來，卻倒我這裡看燈？」那婦人便說道：「你這廝在山上時，大剌剌的坐在中間交椅上，由我叫大王，那裡睬人！」宋江道：「恭人，全不記我一力救你下山，如何今日倒把我強扭做賊！」那婦人聽了大怒，指著宋江罵道：「這等賴皮賴骨，不打如何肯招！」劉知寨道：「說得是。」喝叫取過批頭來打那廝。一連打了兩料（兩遍），打得宋江皮開肉綻，鮮血迸流。便叫把鐵鎖鎖了，明日合個囚車，把「鄆城虎張三」解上州裡去。

卻說相陪宋江的梯己人，慌忙奔回來報知花榮。花榮聽罷大驚，連忙寫一封書，差兩個能幹親隨人，去劉知寨處取。親隨人齎了書，急忙到劉知寨門前。把門軍士入去報復道：「花知寨差人在門前下書。」劉高叫喚至當廳。那親隨人將書呈上。劉高拆開封皮讀道：

花榮拜上僚兄相公座前：所有薄親劉丈，近日從濟州來，因看燈火，誤犯尊威，萬乞情恕放免，自當造謝。草字不恭，煩乞照察不宣。

劉高看了大怒，把書扯的粉碎，大罵道：「花榮這廝無禮！你是朝廷命官，如何卻與強賊通同，也來瞞我。這賊已招是鄆城縣張三，你卻如何寫道是劉丈？俺須不是你侮弄的。你寫他姓劉，是和我同姓，恁的我便放了他！」喝令左右把下書人推將出去。那親隨人被趕出寨門，急急歸來，稟復花榮知道。花榮聽了，只叫得：「苦了哥哥！快備我的馬來！」

花榮披掛，拴束了弓箭，綽槍上馬，帶了三五十名軍漢，都拖槍拽棒，直奔到劉高寨裡來。把門軍人見了，那裡敢攔當；見花榮頭勢不好，盡皆吃驚，都四散走了。花榮搶到廳前，下了馬，手中拿著槍，那三五十人，都擺在廳前。花榮口裡叫道：「請劉知寨說話。」劉高聽得，驚得魂飛魄散；懼怕花榮是個武官，那裡敢出來相見。花榮見劉高不出來，立了一回，喝叫左右去兩邊耳房裡搜人。那三五十軍漢一齊去搜時，早從廊下耳房裡尋見宋江，被麻索高吊起在梁上，又使鐵索鎖著，兩腿打得肉綻。幾個軍漢便把繩索割斷，鐵鎖打開，救出宋江。花榮便叫軍士先送回家裡去。花榮上了馬，綽槍在手，口裡發話道：「劉知寨，你便是個正知寨，待怎的奈何了花榮！誰家沒個親眷！你卻甚麼意思？我的一個表兄，直拿在家裡，強扭做賊。好欺負人，明日和你說話。」花榮帶了眾人，自回到寨裡來看視宋江。

卻說劉知寨見花榮救了人去，急忙點起一二百人，也叫來花榮寨奪人。那二百人內，新有兩個教頭。為首的教頭，雖然了得些槍刀，終不及花榮武藝，不敢不從劉高，只得引了眾人，奔花榮寨裡來。把門軍士入去報知花榮。此時天色未甚明亮，那二百來人擁在門首，誰敢先入去，都懼怕花榮了得。看看天大明了，卻見兩扇大門不關，只見花知寨在正廳上坐著，左手拿著弓，右手挽著箭。眾人都擁在門前，花榮豎起弓，大喝道：「你這軍士們，不知冤各有頭，債各有主。劉高差你來，休要替他出色（賣力）。你那兩個新參教頭，還未見花知寨的武藝，今日先教你眾人看花知寨弓箭，然後你那廝們要替劉高出色，不怕的入來。看我先射大門上左邊門神的骨朵頭！」搭上箭，拽滿弓，只一箭，喝聲「著！」正射中門神骨朵頭。眾人看了，都吃一驚。花榮又取第二枝箭，大叫道：「你們眾人，再看我這第二枝箭，要射右邊門神的頭盔上朱纓。」颼的又一箭，不偏不斜，正中纓頭上。——那兩枝箭卻射定在兩扇門上。花榮再取第三枝箭，喝道：「你眾人看我第三枝箭，要射你那隊裡穿白的教頭心窩。」那人叫聲「哎呀」，便轉身先走。眾人發聲喊，一齊都走了。

花榮且叫閉上寨門，卻來後堂看覷宋江。花榮說道：「小弟誤了哥哥，受此之苦。」宋江答道：「我卻不妨，只恐劉高那廝，不肯和你干休。我們也要計較個長便（長遠妥當的辦法）。」花榮道：「小弟捨著棄了這道官誥，和那廝理會。」宋江道：「不想那婦人將恩作怨，教丈夫打我這一頓。我本待自說出真名姓來，卻又怕閻婆惜事發，因此只說鄆城客人張三。叵耐劉高無禮，要把我做『鄆城虎張三』，解上州去，合個囚車盛我。要做清風山賊首時，頃刻便是一刀一剮。不得賢弟自來力救，便有銅唇鐵舌，也和他分辯不得。」花榮道：「小弟尋思，只想他是讀書人，須念同姓之親，因此寫了『劉丈』，不想他直恁沒些人情。如今既已救了來家，且卻又理會。」宋江道：「賢弟差矣。既然仗你豪勢，救了人來，凡事要三思。自古道：『吃飯防噎，行路防跌。』他被你公然奪了人來，急使人來搶，又被你一嚇，盡都散了，我想他如何肯干罷，必然要和你動文書。今晚我先走上清風山去躲避，你明日卻好和他白賴，終久只是文武不和相毆的官司。我若再被他拿出去時，你便和他分說不過。」花榮道：「小弟只是一勇之夫，卻無兄長的高明遠見。只恐兄長傷重了，走不動。」宋江道：

「不妨。事急難以耽擱，我自捱到山下便了。」當日敷貼了膏藥，吃了些酒肉，把包裹都寄在花榮處。黃昏時分，便使兩個軍漢，送出柵外去了。宋江自連夜捱去，不在話下。

再說劉知寨見軍士一個個都散回寨裡來，說道：「花知寨十分英勇了得，誰敢去近前當他弓箭！」兩個教頭道：「著他一箭時，射個透明窟窿，卻是都去不得。」劉高那廝，終是個文官，意思深狠，有些算計，當下劉高尋思起來：「想他這一奪去，必然連夜放他上清風山去了，明日卻來和我白賴（不認帳）。便爭競到上司，也只是文武不和鬥毆之事，我卻如何奈何的他？我今夜差二三十軍漢，去五里路頭等候。倘若天幸捉著時，將來悄悄的關在家裡，卻暗地使人連夜去州裡，報知軍官下來取，就和花榮一發拿了，都害了他性命。那時我獨自霸著這清風寨，省得受那廝們的氣。」當晚點了二十餘人，各執槍棒，連夜去了。約莫有二更時候，去的軍漢，背剪綁得宋江到來。劉知寨見了，大喜道：「不出吾之所料。且與我囚在後院裡，休教一個人得知。」連夜便寫了實封申狀，差兩個心腹之人，星夜來青州府飛報。次日，花榮只道宋江上清風山去了，坐視在家，心裡自道：「我且看他怎的！」竟不來睬著。劉高也只做不知，兩下都不說著。

且說這青州府知府，正值升廳公座。那知府復姓慕容，雙名彥達，是今上徽宗天子慕容貴妃之兄。倚托妹子的勢，要在青州橫行，殘害良民，欺罔僚友，無所不為。正欲回衙早飯，只見左右公人，接上劉知寨申狀，飛報賊情公事。知府接來，看了劉高的文書，吃了一驚，便道：「花榮是個功臣之子，如何結連清風山強賊？這罪犯非小，未委虛的（不知虛實）。」便教喚那本州兵馬都監，來到廳上，吩咐他去。

原來那個都監姓黃，名信。為他本身武藝高強，威鎮青州，因此稱他為「鎮三山」。那青州地面，所管下有三座惡山：第一便是清風山，第二便是二龍山，第三便是桃花山。這三處都是強人草寇

第三十三回
宋江夜看小鰲山　花榮大鬧清風寨

出沒的去處。黃信卻自誇要捉盡托三山人馬，因此喚做「鎮三山」。這兵馬都監黃信上廳來，領了知府的言語，出來點起五十個壯健軍漢，披掛了衣甲，馬上擎著那口喪門劍，連夜便下清風寨來，徑到劉高寨前下馬。劉知寨出來接著，請到後堂，敘禮罷，一面安排酒食管待，一面犒賞軍士。後面取出宋江來，教黃信看了。黃信道：「這個不必問了。連夜合個囚車，把這廝盛在裡面。」頭上抹了紅絹，插一個紙旗，上寫著「清風山賊首鄆城虎張三」。宋江那裡敢分辯，只得由他們安排。黃信再問劉高道：「你拿得張三時，花榮知也不知？」劉高道：「小官夜來二更拿了他，悄悄的藏在家裡，花榮只道去了，安坐在家。」黃信道：「既是恁的，卻容易。明早安排一副羊酒，去大寨裡公廳上擺著；卻教四下裡埋伏下三五十人，預備著。我卻自去花榮家請得他來，只推道：『慕容知府聽得你文武不和，因此特差我來置酒勸諭。』賺到公廳，只看我擲盞為號，就下手拿住了，一同解上州裡去。此計如何？」劉高喝采道：「還是相公高見，此計大妙。卻似『甕中捉鱉，手到拿來』。」

當夜定了計策，次日天曉，先去大寨左右兩邊帳幕裡，預先埋伏了軍士，廳上虛設著酒食筵宴。早飯前後，黃信上了馬，只帶三兩個從人，來到花榮寨前。軍人入去傳報，花榮問道：「來做甚麼？」軍漢答道：「只聽得教報道黃都監特來相探。」花榮聽罷，便出來迎接。黃信下馬，花榮請至廳上，敘禮罷，便問道：「都監相公，有何公幹到此？」黃信道：「下官蒙知府呼喚，發落道：為是你清風寨內，文武官僚不和，未知為甚緣由，知府誠恐二位因私仇而誤公事，特差黃某齎到羊酒前來，與你二位講和。已安排在大寨公廳上，便請足下上馬同往。」花榮笑道：「花榮如何敢欺罔劉高，他又是個正知寨。只是本人累累要尋花榮的過失，不想驚動知府，有勞都監下臨草寨，花榮將何以報？」黃信附耳低言道：「知府只為足下一人。倘有些刀兵動時，他是文官，做得何用？你只依著我行。」花榮道：「深謝都監過愛。」黃信便邀花榮同出門首上馬。花榮道：「且請都監少敘三杯了去。」黃信道：「待說開了，暢飲何妨。」花榮只得叫備馬。

當時兩個並馬而行，直來到大寨，下了馬，黃信攜著花榮的手，同上公廳來，只見劉高已自先在公廳上。三個人都相見了。黃信叫取酒來，從人已自先把花榮的馬牽將出去，閉了寨門。花榮不知是計，只想黃信是一般武官，必無歹意。黃信擎一盞酒來，先勸劉高道：「知府為因聽得你文武二官同僚不和，好生掛心。今日特委黃信到來，與你二公陪話。煩望只以報答朝廷為重，再後有事，和同商議。」劉高答道：「量劉高不才，頗識些理法，直教知府恩相，如此掛心。我二人也無甚言語爭執，此是外人妄傳。」黃信大笑道：「妙哉！」

劉高飲過酒，黃信又斟第二杯酒，來勸花榮道：「雖然是劉知寨如此說了，想必是閒人妄傳，故是如此，且請飲一杯。」花榮接過酒吃了，劉高拿副台盞，斟一盞酒，回勸黃信道：「動勞都監相公降臨敝地，滿飲此杯。」黃信接過酒來，拿在手裡，把眼四下一看，有十數個軍漢，簇上廳來。黃信把酒盞望地下一擲，只聽得後堂一聲喊起，兩邊帳幕裡，走出三五十個壯健軍漢，一發上，把花榮拿倒在廳前。黃信喝道：「綁了！」

花榮一片聲叫道：「我得何罪？」黃信大笑，喝道：「你兀自敢叫哩！你結連清風山強賊，一同背反朝廷，當得何罪！我念你往日面皮，不去驚動拿你家老小。」花榮叫道：「也須有個證見。」黃信道：「還你一個證見，教你看真贓真賊，我不屈你。左右，與我推將來。」無移時，一輛囚車，一個紙旗兒，一條紅抹額，從外面推將入來。花榮看時，卻是宋江。目睜口呆，面面廝覷，做聲不得。黃信喝道：「這須不干我事，見有告人劉高在此。」花榮道：「不妨，不妨，這是我的親眷。他自是鄆城縣人，你要強扭他做賊，到上司自有分辯處。」黃信道：「你既然如此說時，我只解你上州裡，你自去分辯。」便叫劉知寨點起一百寨兵防送。花榮便對黃信說道：「都監賺我來，雖然捉了我，便到朝廷，和他還有分辯。可看我和都監一般武職官面，休去我衣服，容我坐在囚車裡。」黃信道：「這一件容易，便依著你。就叫劉知寨一同去州裡折辯明白，休要枉害人性命。」

當時黃信與劉高都上了馬，監押著兩輛囚車，並帶三五十軍士，一百寨兵，簇擁著車子，取路奔青州府來。有分教，火焰堆裡，送數百間屋宇人家；刀斧叢中，殺一二千殘生性命。正是生事事生君莫怨，害人人害汝休嗔。畢竟解宋江投青州來，怎地脫身，且聽下回分解。

第三十四回

鎮三山大鬧青州道　霹靂火夜走瓦礫場

話說那黃信上馬，手中橫著這口喪門劍；劉知寨也騎著馬，身上披掛些戎衣，手中拿一把叉。那一百四五十軍漢寨兵，各執著纓槍棍棒，腰下都帶短刀利劍，兩下鼓，一聲鑼，解宋江和花榮望青州來。

眾人都離了清風寨，行不過三四十里路頭，前面見一座大林子。正來到那山嘴邊，前頭寨兵指道：「林子裡有人窺望。」都立住了腳。黃信在馬上問道：「為甚不行？」軍漢答道：「前面林子裡有人窺看。」黃信喝道：「休睬他，只顧走！」

看看漸近林子前，只聽得當當的二三十面大鑼，一齊響起來。那寨兵人等，都慌了手腳，只待要走。黃信喝道：「且住，都與我擺開。」叫道：「劉知寨，你壓著囚車。」劉高在馬上，死應不得，只口裡念道：「救苦救難天尊。」便許下十萬卷經，三百座寺，救一救。驚得臉如成精的東瓜，青一回，黃一回。這黃信是個武官，終有些膽量，便拍馬向前看時，只見林子四邊齊齊的分過三五百個小嘍羅來，一個個身長力壯，都是面惡眼凶，頭裹紅巾，身穿衲襖，腰懸利劍，手執長槍，早把一行人圍住。林子中跳出三個好漢來：一個穿青，一個穿綠，一個穿紅。都戴著一頂銷金萬字頭巾，各跨一口腰刀，又使一把朴刀，當住去路。中間是錦毛虎燕順，上首是矮腳虎王英，下首是白面郎君鄭天壽。三個好漢大喝道：「來往的到此當住腳，留下三千兩買路黃金，任從過去。」黃信在馬上大喝道：「你那廝們，不得無禮，鎮三山在此！」三個好漢睜著眼，大喝道：「你便是鎮萬山，也要三千兩買路黃金；沒時，不放你過去。」黃信說道：「我是上司取公事的都監，有甚麼買路錢與你？」那三個好漢笑道：「莫說你是上司一個都監，便是趙官家駕過，也要三千貫買路錢；若是沒有，且把公事人（犯人）當（抵押）在這裡，待你取錢來贖。」黃信大怒，罵道：「強賊，怎敢如此無禮！」喝叫左右擂鼓鳴鑼。黃信拍馬舞劍，直奔燕順。三個好漢一齊挺起朴刀，來戰黃信。

黃信見三個好漢都來並他，奮力在馬上鬥了十合，怎地當得他三個住；亦且劉高是個文官，又向前不得，見了這般勢頭，只待要走。黃信怕吃他三個拿了，壞了名聲，只得一騎馬，撲喇喇跑回舊路，三個頭領，挺著朴刀趕將來。黃信那裡顧得眾人，獨自飛馬奔回清風鎮去了。眾軍見黃信回馬時，已自發聲喊，撇了囚車，都四散走了。只剩得劉高，見勢頭不好，慌忙勒轉馬頭，連打三鞭；那馬正待跑時，被那小嘍羅拽起絆馬索，早把劉高的馬掀翻，倒撞下來。眾小嘍羅一發向前，拿了劉高，搶了囚車，打開車輛，花榮已把自己的囚車掀開了，便跳出來，將這縛索都掙斷了，卻打碎那個囚車，救出宋江來。自有那幾個小嘍羅，已自反剪（捆綁）了劉高，又向前去搶得他騎的馬，亦有三匹駕車的馬，卻剝了劉高的衣服，與宋江穿了，把馬先送上山去。這三個好漢，一同花榮並小嘍羅，把劉高赤條條的綁了，押回山寨來。

原來這三位好漢，為因不知宋江消息，差幾個能幹的小嘍羅下山，直來清風鎮上探聽，聞人說道：「都監黃信擲盞為號，拿了花知寨並宋江，陷車囚了，解投青州來。」因此報與三個好漢得知，帶了人馬，大寬轉兜出大路來，預先截住去路，小路裡亦差人伺候。因此救了兩個，拿得劉高，都回山寨裡來。

當晚上的山時，已是二更時分，都到聚義廳上相會，請宋江、花榮當中坐定，三個好漢對席相陪，一面且備酒食管待。燕順吩咐，叫孩兒們各自都去吃酒。花榮在廳上稱謝三個好漢，說道：「花榮與哥哥皆得三位壯士救了性命，報了冤仇，此恩難報。只是花榮還有妻小妹子在清風寨中，必然被黃信擒捉，卻是怎生救得？」燕順道：「知寨放心：料應黃信不敢便拿恭人；若拿時，也須從這條路裡經過。我明日弟兄三個下山，去取恭人和令妹還知寨。」便差小嘍羅下山，先去探聽。花榮謝道：「深感壯士大恩。」宋江便道：「且與我拿過劉高那廝來。」燕順便道：「把他綁在將軍柱上，割腹取心，與哥哥慶喜。」花榮道：「我親自下手割這廝。」

宋江罵道：「你這廝，我與你往日無冤，近日無仇，你如何聽信那不賢的婦人害我！今日擒來，有何理說？」花榮道：「哥哥問他則甚？」把刀去劉高心窩裡只一剜，那顆心獻在宋江面前；小嘍羅自把屍首拖在一邊。宋江道：「今日雖殺了這廝濫污匹夫，只有那個淫婦，不曾殺得，出那口大氣。」王矮虎便道：「哥哥放心，我明日自下山去，拿那婦人，今番還我受用。」眾皆大笑。當夜飲酒罷，各自歇息。次日起來，商議打清風寨一事。燕順道：「昨日孩兒們走得辛苦了，今日歇他一日，明日早下山去也未遲。」宋江道：「也見得是，正要將息人強馬壯，不在促忙。」

不說山寨整點軍馬起程，且說都監黃信一騎馬奔回清風鎮上大寨內，便點寨兵人馬，緊守四邊柵門。黃信寫了申狀，叫兩個教軍頭目，飛馬報與慕容知府。知府聽得飛報軍情緊急公務，連夜升廳，看了黃信申狀：反了花榮，結連清風山強盜，時刻清風寨不保，事在告急，早遣良將保守地方。知府看了大驚，便差人去請青州指揮司總管本州兵馬秦統制，急來商議軍情重事。那人原是山後開州人氏，姓秦，諱個明字，因他性格急躁，聲若雷霆，以此人都呼他做霹靂火秦明。祖是軍官出身，使一條狼牙棒，有萬夫不當之勇。

那人聽得知府請喚，徑到府裡來見知府，各施禮罷。那慕容知府將出那黃信的飛報申狀來，教秦統制看了，秦明大怒道：「紅頭子敢如此無禮！不須公祖憂心，不才便起軍馬，不拿了這賊，誓不再見公祖！」慕容知府道：「將軍若是遲慢，恐這廝們去打清風寨。」秦明答道：「此事如何敢遲誤？只今連夜便去點起人馬，來日早行。」知府大喜，忙叫安排酒肉乾糧，先去城外等候賞軍。秦明見說反了花榮，怒忿忿地上馬，奔到指揮司裡，便點起一百馬軍、四百步軍，先叫出城去取齊，擺布了起身。

卻說慕容知府先在城外寺院裡蒸下饅頭，擺了大碗，燙下酒，每一個人三碗酒，兩個饅頭，一斤熟肉。方才備辦得了，卻望見軍馬出城，看那軍馬時，擺得整齊，但見：

烈烈旌旗似火，森森戈戟如麻，陣分八卦擺長蛇，委實神驚鬼怕。槍見綠沉紫焰，旗飄繡帶紅霞，馬蹄來往亂交加。乾坤生殺氣，成敗屬誰家。

當日清早，秦明擺布軍馬，出城取齊，引軍紅旗上大書「兵馬總管秦統制」，領兵起行。慕容知府看見秦明全副披掛了出城來，果是英雄無比，但見：

盔上紅纓飄烈焰，錦袍血染猩猩，連環鎖甲砌金星。雲根靴抹綠，龜背鎧堆銀。坐下馬如同獬豸，狼牙棒密嵌銅釘。怒時兩目便圓睜，性如霹靂火，虎將是秦明。

當下霹靂火秦明在馬上出城來，見慕容知府在城外賞軍，慌忙叫軍漢接了軍器，下馬來和知府相見，施禮罷，知府把了盞，將些言語囑咐總管道：「善覷方便，早奏凱歌。」賞軍已罷，放起信炮，秦明辭了知府，飛身上馬，擺開隊伍，催趲軍兵，大刀闊斧，徑奔清風寨來。原來這清風鎮卻在青州東南上，從正南取清風山較近，可早到山北小路。

卻說清風山寨裡這小嘍羅們探知備細，報上山來。山寨裡眾好漢正待要打清風寨去，只聽得報道：「秦明引兵馬到來。」都面面廝覷，俱各駭然。花榮便道：「你眾位俱不要慌。自古兵臨告急，必須死敵，教小嘍羅飽吃了酒飯，只依著我行。先須力敵，後用智取，如此如此，好麼？」宋江道：「好計！正是如此行。」當日宋江、花榮先定了計策，便叫小嘍羅各自去準備。花榮自選了一騎好馬，一副衣甲，弓箭鐵槍，都收拾了等候。

再說秦明領兵來到清風山下，離山十里，下了寨柵。次日五更造飯，軍士吃罷，放起一個信炮，直奔清風山來，揀空闊去處，擺開人馬，發起擂鼓，只聽見山上鑼聲震天響，飛下一彪人馬出來。秦明勒住馬，橫著狼牙棒，睜著眼看時，卻見眾小嘍羅簇擁著小李廣花榮下山來。到得山坡前，一聲鑼響，列成陣勢，花榮在馬上擎著鐵槍，朝秦明聲個喏。秦明大喝道：「花榮，你祖代是將門之子，朝廷命官，教你做個知寨，掌握一境地方，食祿於國，有何虧你處？卻去結連賊寇，反背朝廷。我今特來捉你，會事的下馬受縛，免得腥手污腳。」花榮陪著笑道：「總管容覆聽稟：量花榮如何肯反背朝廷？實被劉高這廝，無中生有，官報私仇，逼迫得花榮有家難奔，有國難投，權且躲避在此，望總管詳察救解。」秦明道：「你兀自不下馬受縛，更待何時？剗地花言巧語，扇惑軍心。」喝叫左右兩邊擂鼓。秦明掄動狼牙棒，直奔花榮。花榮大笑道：「秦明，你這廝原來不識好人饒讓。我念你是個上司官，你道俺真個怕你！」便縱馬挺槍，來戰秦明。兩個就清風山下廝殺，真乃是棋逢敵手難藏幸，將遇良材好用功。這兩個將軍比試，但見：

一對南山猛虎，兩條北海蒼龍。龍怒時頭角崢嶸，虎鬥處爪牙獰惡。爪牙獰惡，似銀鉤不離錦毛團；頭角崢嶸，如銅葉振搖金色樹。翻翻復復，點鋼槍沒半米放閒；往往來來，狼牙棒有千般解數。狼牙棒當頭劈下，離頂門只隔分毫；點鋼槍用力刺來，望心坎微爭半指。使點鋼槍的壯士，威風上逼斗牛寒；舞狼牙棒的將軍，怒氣起如雲電發。一個是扶持社稷天蓬將，一個是整頓江山黑煞神。

當下秦明和花榮兩個交手，鬥到四五十合，不分勝敗。花榮連鬥了許多合，賣個破綻，撥回馬望山下小路便走。秦明大怒，趕將來。花榮把槍去了事環上帶住，把馬勒個定，左手拈起弓，右手拔箭，拽滿弓，扭過身軀，望秦明盔頂上只一箭，正中盔上，射落斗來大那顆紅纓，卻似報個信與他。秦明吃了一驚，不敢向前追趕，霍地撥回馬，恰待趕殺，眾小嘍羅一哄地都上山去了。花榮自從別路，也轉上山寨去了。

秦明見他都走散了，心中越怒道：「叵耐這草寇無禮！」喝叫鳴鑼擂鼓，取路上山。眾軍齊聲吶喊，步軍先上山來。轉過三兩個山頭，只見上面擂木、炮石、灰瓶、金汁，從險峻處打將下來。向前的退步不迭，早打倒三五十個，只得再退下山來。

秦明是個性急的人，心頭火起，那裡按納得住，帶領軍馬，繞山下來，尋路上山。尋到午牌時分，只見西山邊鑼響，樹林叢中閃出一對紅旗軍來。秦明引了人馬，趕將去時，鑼也不響，紅旗都不見了。秦明看那路時，又沒正路，都只是幾條砍柴的小路，卻把亂樹折木，交叉當了路口，又不能上去得。

正待差軍漢開路，只見軍漢來報道：「東山邊鑼響，一陣紅旗軍出來。」秦明引了人馬，飛也似奔過東山邊來，看時，鑼也不鳴，紅旗也不見了。秦明縱馬去四下裡尋路時，都是亂樹折木，斷塞了砍柴的路徑。

只見探事的又來報道：「西邊山上鑼又響，紅旗軍又出來了。」秦明拍馬再奔來西山邊，看時，又不見一個人，紅旗也沒了。秦明是個急性的人，恨不得把牙齒都咬碎了。

正在西山邊氣忿忿的，又聽得東山邊鑼聲震地價響，急帶了人馬，又趕過來東山邊，看時，又不見有一個賊漢，紅旗都不見了。

秦明氣滿胸脯，又要趕軍漢上山尋路，只聽得西山邊又發起喊來。秦明怒氣衝天，大驅兵馬，投西山邊來，山上山下看時，並不見一個人。秦明喝叫軍漢，兩邊尋路上山，數內有一個軍人稟說道：「這裡都不是正路，只除非東南上有一條大路，可以上去。若是只在這裡尋路上去時，惟恐有失。」秦明聽了，便道：「既有那條大路時，連夜趕將去。」便驅一行軍馬奔東南角上來。

看看天色晚了，又走得人困軍乏；巴得到那山下時，正欲下寨造飯，只見山上火把亂起，鑼鼓亂鳴。秦明轉怒，引領四五十馬軍跑上山來。只見山上樹林內亂箭射將下來，又射傷了些軍士，秦明只得回馬下山，且教軍士只顧造飯。恰才舉得火著，只見山上有八九十把火光，呼風唿哨下來。秦明急待引軍趕時，火把一齊都滅了。當夜雖有月光，亦被陰雲籠罩，不甚明朗。秦明怒不可當，便叫軍士點起火把，燒那樹木，只聽得山嘴上鼓笛之聲。秦明縱馬上來看時，見山頂上點著十餘個火把，照見花榮陪侍著宋江在上面飲酒。秦明看了，心中沒出氣處，勒著馬，在山下大罵。花榮回言道：「秦統制，你不必焦躁，且回去將息著，我明日和你並個你死我活的輸贏便罷。」秦明大叫道：「反賊，你

第三十四回

鎮三山大鬧青州道　霹靂火夜走瓦礫場

便下來，我如今和你並個三百合，卻再做理會。」花榮笑道：「秦總管，你今日勞困了，我便贏得你，也不為強。你且回去，明日卻來。」秦明越怒，只管在山下罵，本待尋路上山，卻又怕花榮的弓箭，因此只在山坡下罵。

正叫罵之間，只聽得本部下軍馬發起喊來。秦明急回到山下看時，只見這邊山上，火炮火箭，一齊燒將下來；背後二三十個小嘍羅做一群，把弓弩在黑影裡射人。眾軍馬發喊，一齊都擁過那邊山側深坑裡去躲。此時已有三更時分，眾軍馬正躲得弩箭時，只叫得苦，上溜頭滾下水來，一行人馬卻都在溪裡，各自掙扎性命。爬得上岸的，盡被小嘍羅撓鉤搭住，活捉上山去了；爬不上岸的，盡淹死在溪裡。

且說秦明此時怒氣衝天，腦門粉碎，卻見一條小路在側邊，秦明把馬一撥，搶上山來。走不到三五十步，和人連馬攧下陷坑裡去。兩邊埋伏下五十個撓鉤手，把秦明搭將起來，剝了渾身戰襖、衣甲、頭盔、軍器，拿條繩索綁了，把馬也救起來，都解上清風山來。

原來這般圈套，都是花榮和宋江的計策。先使小嘍羅或在東，或在西，引誘的秦明人困馬乏，策立不定；預先又把這土布袋填住兩溪的水，等候夜深，卻把人馬逼趕溪裡去，上面卻放下水來。那急流的水都結果了軍馬。你道秦明帶出的五百人馬，一大半淹死在水中，都送了性命；生擒活捉得一百五七十人，奪了七八十匹好馬，不曾逃得一個回去。次後陷馬坑裡活捉了秦明。

當下一行小嘍羅捉秦明到山寨裡，早是天明時候。五位好漢坐在聚義廳上，小嘍羅縛綁秦明解在廳前。花榮見了，連忙跳離交椅，接下廳來，親自解了繩索，扶上廳來，納頭拜在地下。秦明慌忙答禮，便道：「我是被擒之人，由你們碎屍而死，何故卻來拜我？」花榮跪下道：「小嘍羅不識尊卑，誤有冒瀆，切乞恕罪。」隨即便取衣服與秦明穿了。秦明問花榮道：「這位為頭的好漢，卻是甚人？」花榮道：「這位是花榮的哥哥，鄆城縣宋押司宋江的便是。這三位是山寨之主：燕順、王英、鄭天壽。」秦明道：「這三位我自曉得，這宋押司莫不是喚做山東及時雨宋公明麼？」宋江答道：「小人便是。」秦明連忙下拜道：「聞名久矣，不想今日得會義士！」宋江慌忙答禮不迭。秦明見宋江腿腳不便，問道：「兄長如何貴足不便？」宋江卻把自離鄆城縣起頭，直至劉知寨拷打的事故，從頭對秦明說了一遍。秦明只把頭來搖道：「若聽一面之詞，誤了多少緣故。容秦明回州去對慕容知府說知此事。」燕順相留且住數日，隨即便叫殺牛宰馬，安排筵席飲宴。拿上山的軍漢，都藏在山後房裡，也與他酒食管待。

秦明吃了數杯，起身道：「眾位壯士，既是你們的好情分，不殺秦明，還了我盔甲、馬匹、軍器，回州去。」燕順道：「總管差矣。你既是引了青州五百兵馬，都沒了，如何回得州去？慕容知府如何不見你罪責？不如權在荒山草寨住幾時。本不堪歇馬，權就此間落草，論秤分金銀，整套穿衣服，不強似受那大頭巾的氣？」秦明聽罷，便下廳道：「秦明生是大宋人，死是大宋鬼。朝廷教我做到兵馬總管，兼受統制使官職，又不曾虧了秦明，我如何肯做強人，背反朝廷？你們眾位要殺時，便殺了我，休想我隨順你們。」花榮趕下廳來拖住道：「秦兄長息怒，聽小弟一言：我也是朝廷命官之子，無可奈何，被逼迫的如此。總管既是不肯落草，如何相逼得你隨順？只且請少坐，席終了時，小弟討衣甲、頭盔、鞍馬、軍器還兄長去。」秦明那裡肯坐。花榮又勸道：「總管夜來勞神費力了一日一夜，人也尚自當不得，那匹馬如何不餵得他飽了去？」秦明聽了，肚內尋思，也說得是。再上廳來，坐了飲酒。那五位好漢輪番把盞，陪話勸酒。秦明一則軟困，二乃吃眾好漢勸不過，開懷吃得醉了，扶入帳房睡了。這裡眾人自去行事，不在話下。

且說秦明一覺直睡到次日辰牌方醒，跳將起來，洗漱罷，便要下山。眾好漢都來相留道：「總

第三十四回

鎮三山大鬧青州道　霹靂火夜走瓦礫場

管，且吃早飯動身，送下山去。」秦明性急的人，便要下山。眾人慌忙安排些酒食管待了；取出頭盔、衣甲，與秦明披掛了，牽過那匹馬來，並狼牙棒，先叫人在山下伺候，五位好漢都送秦明下山來，相別了，交還馬匹軍器。

秦明上了馬，拿著狼牙棒，趁天色大明，離了清風山，取路飛奔青州來。到得十里路頭，恰好巳牌前後，遠遠地望見煙塵亂起，並無一個人來往。秦明見了，心中自有八分疑忌，到得城外看時，原來舊有數百人家，卻都被火燒做白地，一片瓦礫場上，橫七豎八，殺死的男子婦人，不計其數。秦明看了大驚，打那匹馬在瓦礫場上，跑到城邊，大叫開門時，只見門邊吊橋高拽起了，都擺列著軍士旌旗，擂木炮石。秦明勒著馬大叫：「城上放下吊橋，度我入城。」城上早有人看見是秦明，便擂起鼓來，吶著喊。秦明叫道：「我是秦總管，如何不放我入城？」只見慕容知府立在城上女牆邊大喝道：「反賊，你如何不識羞恥！昨夜引人馬來打城子，把許多好百姓殺了，又把許多房屋燒了；今日兀自又來賺哄城門。朝廷須不曾虧負了你，你這廝倒如何行此不仁！已自差人奏聞朝廷去了，早晚拿住你時，把你這廝碎屍萬段。」秦明大叫道：「公祖差矣。秦明因折了人馬，又被這廝們捉了上山去，方才得脫，昨夜何曾來打城子？」知府喝道：「我如何不認的你這廝的馬匹、衣甲、軍器、頭盔，城上眾人明明地見你指撥紅頭子殺人放火，你如何賴得過？便做你輸了被擒，如何五百軍人沒一個逃得回來報信？你如今指望賺開城門取老小，你的妻子，今早已都殺了。你若不信，與你頭看。」軍士把槍將秦明妻子首級挑起在槍上，教秦明看。秦明是個性急的人，看了渾家首級，氣破胸脯，分說不得，只叫得苦屈。城上弩箭如雨點般射將下來，秦明只得回避，看見遍野處火焰，尚兀自未滅。

秦明回馬在瓦礫場上，恨不得尋個死處，肚裡尋思了半晌，縱馬再回舊路。行不得十來裡，只見林子裡轉出一伙人馬來，當先五匹馬上五個好漢，不是別人，宋江、花榮、燕順、王英、鄭天壽，隨從一二百小嘍羅。宋江在馬上欠身道：「總管何不回青州？獨自一騎投何處去？」秦明見問，怒氣道：「不知是那個天不蓋，地不載（天地不容），該剮的賊，裝做我去打了城子，壞了百姓人家房屋，殺害良民，到結果了我一家老小；閃得我如今上天無路，入地無門，我若尋見那人時，直打碎這條狼牙棒便罷！」宋江便道：「總管息怒，既然沒了夫人，不妨，小人自當與總管做媒。我有個好見識，請總管回去，這裡難說。且請到山寨裡告稟，一同便往。」秦明只得隨順，再回清風山來。於路無話，早到山亭前下馬，眾人一齊都進山寨內，小嘍羅已安排酒果肴饌在聚義廳上，五個好漢，邀請秦明上廳，都讓他中間坐定。五個好漢齊齊跪下，秦明連忙答禮，也跪在地。

宋江開話道：「總管休怪，昨日因留總管在山，堅意不肯，卻是宋江定出這條計來，叫小卒似總管模樣的，卻穿了足下的衣甲、頭盔，騎著那馬，橫著狼牙棒，直奔青州城下，點撥紅頭子殺人；燕順、王矮虎帶領五十餘人助戰，只做總管去家中取老小；因此殺人放火，先絕了總管歸路的念頭。今日眾人特地請罪。」秦明見說了，怒氣於心，欲待要和宋江等廝並，卻又自肚裡尋思：一則是上界星辰契合，二乃被他們軟困，以禮待之，三則又怕鬥他們不過，因此只得納了這口氣，便說道：「你們弟兄雖是好意，要留秦明，只是害得我忒毒些個，斷送了我妻小一家人口。」宋江答道：「不恁地時，兄長如何肯死心塌地？若是沒了嫂嫂夫人，宋江恰知得花知寨有一妹，甚是賢慧，宋江情原主婚，陪備財禮，與總管為室如何？」秦明見眾人如此相敬相愛，方才放心歸順。

眾人都讓宋江在居中坐了，秦明上首，花榮肩下，三位好漢依次而坐，大吹大擂飲酒，商議打清風寨一事。秦明道：「這事容易，不須眾弟兄費心。黃信那人，亦是治下；二者是秦明教他的武藝；三乃和我過的最好。明日我便先去叫開柵門，一席話，說他入伙投降，就取了花知寨寶眷。拿了劉高的潑婦，與仁兄報仇雪恨，作進見之禮如何？」宋江大喜道：「若是總管如此慨然相許，卻是多幸多

第三十四回
鎮三山大鬧青州道　霹靂火夜走瓦礫場

幸！」當日筵席散了，各自歇息。次日早起來，吃了早飯，都各各披掛了。秦明上馬，先下山來，拿了狼牙棒，飛奔清風鎮來。

　　卻說黃信自到清風鎮上，發放鎮上軍民，點起寨兵，曉夜提防，牢守柵門，又不敢出戰，累累使人探聽，不見青州調兵策應。當日只聽得報道：「柵外有秦統制獨自一騎馬到來，叫開柵門。」黃信聽了，便上馬飛奔門邊看時，果是一人一騎，又無伴當。黃信便叫開柵門，放下吊橋，迎接秦總管入來，直到大寨公廳前下馬，請上廳來，敘禮罷，黃信便問道：「總管緣何單騎到此？」秦明當下先說了損折軍馬等情，後說：「山東及時雨宋公明疏財仗義，結識天下好漢，誰不欽敬他？如今見在清風山上，我今次也在山寨入了伙。你又無老小，何不聽我言語，也去山寨入伙，免受那文官的氣。」黃信答道：「既然恩官在彼，黃信安敢不從？只是不曾聽得說有宋公明在山上，今次卻說及時雨宋公明，自何而來？」秦明笑道：「便是你前日解去的鄆城虎張三便是，他怕說出真名姓，惹起自己的官司，以此只認說是張三。」黃信聽了，跌腳道：「若是小弟得知是宋公明時，路上也自放了他；一時見不到處，只聽了劉高一面之詞，險不壞了他性命。」秦明、黃信兩個正在公廨內商量起身，只見寨兵報道：「有兩路軍馬，鳴鑼擂鼓，殺奔鎮上來。」秦明、黃信聽得，都上了馬，前來迎敵。軍馬到得柵門邊望時，只見塵土蔽日，殺氣遮天，兩路軍兵投鎮上，四條好漢下山來。畢竟秦明、黃信怎地迎敵，且聽下回分解。

第三十五回

石將軍村店寄書　小李廣梁山射雁

當下秦明和黃信兩個到柵門外看時，望見兩路來的軍馬，卻好都到。一路是宋江、花榮，一路是燕順、王矮虎，各帶一百五十餘人。黃信便叫寨兵放下吊橋，大開寨門，迎接兩路人馬都到鎮上。宋江早傳下號令：休要害一個百姓，休傷一個寨兵；叫先打入南寨，把劉高一家老小盡都殺了。王矮虎自先奪了那個婦人。小嘍羅盡把應有家私、金銀、財物、寶貨之資，都裝上車子；再有馬匹牛羊，盡數牽了。花榮自到家中，將應有的財物等項，裝載上車，搬取妻小妹子；內有清風鎮上人數，都發還了。眾多好漢收拾已了，一行人馬離了清風鎮，都回到山寨裡來。

車輛人馬都到山寨，鄭天壽迎接向聚義廳上相會。黃信與眾好漢講禮罷，坐於花榮肩下。宋江叫把花榮老小安頓一所歇處；將劉高財物分賞與眾小嘍羅。王矮虎拿得那婦人，將去藏在自己房內。燕順便問道：「劉高的妻，今在何處？」王矮虎答道：「今番須與小弟做個押寨夫人。」燕順道：「與卻與你；且喚他出來，我有一句話說。」宋江便道：「我正要問他。」王矮虎便喚到廳前，那婆娘哭著告饒。宋江喝道：「你這潑婦，我好意救你下山，念你是個命官的恭人，你如何反將冤報？今日擒來，有何理說？」燕順跳起身來便道：「這等淫婦，問他則甚？」拔出腰刀，一刀揮為兩段。王矮虎

第三十五回

石將軍村店寄書　小李廣梁山射雁

見砍了這婦人，心中大怒，奪過一把朴刀，便要和燕順交並，宋江等起身來勸住。宋江便道：「燕順殺了這婦人也是。兄弟，你看我這等一力救了他下山，教他夫妻團圓完聚，尚兀自轉過臉來，叫丈夫害我。賢弟，你留在身邊，久後有損無益。宋江日後別娶一個好的，教賢弟滿意。」燕順道：「兄弟便是這等尋思，不殺了，要他無用，久後必被他害了。」王矮虎被眾人勸了，默默無言。燕順喝叫小嘍羅打掃過屍首血跡，且排筵席慶賀。

次日，宋江和黃信主婚，燕順、王矮虎、鄭天壽做媒說合，要花榮把妹子嫁與秦明，一應禮物，都是宋江和燕順出備。吃了三五日筵席。自成親之後，又過了五七日，小嘍羅探得事情，上山來報道：「打聽得青州慕容知府申將文書，去中書省奏說，反了花榮、秦明、黃信，要起大軍來征剿，掃蕩清風山。」眾好漢聽罷，商量道：「此間小寨，不是久戀之地。倘或大軍到來，四面圍住，如何迎敵？」宋江道：「小可有一計，不知中得諸位心否？」當下眾好漢都道：「願聞良策。」宋江道：「自這南方有個去處，地名喚做梁山泊，方圓八百餘里，中間宛子城、蓼兒窪，晁天王聚集著三五千軍馬，把住著水泊，官兵捕盜，不敢正眼覷他。我等何不收拾起人馬，去那裡入伙？」秦明道：「既然有這個去處，卻是十分好。只是沒人引進，他如何肯便納我們？」宋江大笑，卻把這打劫生辰綱金銀一事，直說到：「劉唐寄書，將金子謝我，因此上殺了閻婆惜，逃去在江湖上。」秦明聽了大喜道：「恁地，兄長正是他那裡大恩人。事不宜遲，可以收拾起快去。」

只就當日商量定了。便打並起十數輛車子，把老小並金銀財物、衣服、行李等件，都裝載車子上，共有三二百匹好馬。小嘍羅們有不願去的，齎發他些銀兩，任從他下山去投別主；有願去的，編入隊裡，就和秦明帶來的軍漢，通有三五百人。宋江教分作三起下山，只做去收捕梁山泊的官軍。山上都收拾的停當，裝上車子，放起火來，把山寨燒做光地，分為三隊下山。宋江便與花榮引著四五十人，三五十騎馬，簇擁著五七輛車子，老小隊仗先行；秦明、黃信引領八九十匹馬，和這應用車子，作第二起；後面便是燕順、王矮虎、鄭天壽三個，引著四五十匹馬。一二百人離了清風山，取路投梁山泊來。於路中見了這許多軍馬，旗號上又明明寫著收捕草寇官軍，因此無人敢來阻當。在路行五七日，離得青州遠了。

且說宋江、花榮兩個騎馬在前頭，背後車輛載著老小，與後面人馬只隔著二十來裡遠近。前面到一個去處，地名喚對影山，兩邊兩座高山，一般形勢，中間卻是一條大闊驛路。兩個在馬上正行之間，只聽得前山裡鑼鳴鼓響。花榮便道：「前面必有強人。」把槍帶住，取弓箭來整頓得端正，再插放飛魚袋內，一面叫騎馬的軍士，催趲後面兩起軍馬上來，且把車輛人馬扎住了。宋江和花榮兩個引了二十餘騎軍馬，向前探路。

至前面半里多路，早見一簇人馬，約有一百餘人，前面簇擁著一個年少的壯士，怎生打扮，但見：

頭上三叉冠，金圈玉鈿；身上百花袍，織錦團花。甲披千道火龍鱗，帶束一條紅瑪瑙。騎一匹胭脂抹就如龍馬，使一條朱紅畫桿方天戟。背後小校，盡是紅衣紅甲。

那個壯士，橫戟立馬，在山坡前大叫道：「今日我和你比試，分個勝敗，見個輸贏。」只見對過山岡子背後早擁出一隊人馬來，也有百十餘人，前面也擁著一個穿白年少的壯士，怎生模樣，但見：

頭上三叉冠，頂一團瑞雪；身上鑌鐵甲，披千點寒霜。素羅袍光射太陽，銀花帶色欺明

第三十五回

石將軍村店寄書　小李廣梁山射雁

月。坐下騎一匹征宛玉獸，手中輪一枝寒戟銀蛟。背後小校，都是白衣白甲。

這個壯士，手中也使一枝方天畫戟。這邊都是素白旗號，那壁都是絳紅旗號。只見兩邊紅白旗搖，震地花腔鼓擂。那兩個壯士更不打話，各挺手中畫戟，縱坐下馬，兩個就中間大闊路上交鋒，比試勝敗。花榮和宋江見了，勒住馬看時，果然是一對好廝殺。但見：

旗仗盤旋，戰衣飄颻。絳霞影裡，捲幾片拂地飛雲；白雪光中，滾數團燎原烈火。故園冬暮，山茶和梅蕊爭輝；上苑春濃，李粉共桃脂斗彩。這個按南方丙丁火，似焰摩天上走丹爐；那個按西方庚辛金，如泰華峰頭翻玉井。宋無忌（傳說中大仙）忿怒，騎火騾子奔走霜林；馮夷（水神）神生嗔，跨玉狻猊（獅子）縱橫花界。

兩個壯士各使方天畫戟，鬥到三十餘合，不分勝敗。花榮和宋江兩個在馬上看了喝采。花榮一步趲馬向前看時，只見那兩個壯士鬥到深澗裡。這兩枝戟上，一枝是金錢豹子尾，一枝是金錢五色幡，卻攪做一團，上面絨條結住了，那裡分拆得開。花榮在馬上看見了，便把馬帶住，左手去飛魚袋內取弓，右手向走獸壺中拔箭，搭上箭，拽滿弓，覷著豹尾絨條較親處，颼的一箭，恰好正把絨條射斷。只見兩枝畫戟分開做兩下，那二百餘人一齊喝聲采。

那兩個壯士便不鬥，都縱馬跑來，直到宋江、花榮馬前，就馬上欠身聲喏，都道：「願求神箭將軍大名。」花榮在馬上答道：「我這個義兄，乃是鄆城縣押司，山東及時雨宋公明；我便是清風鎮知寨小李廣花榮。」那兩個壯士聽罷，扎（挽）住了戟，便下馬推金山，倒玉柱（跪拜），都拜道：「聞名久矣。」宋江、花榮慌忙下馬，扶起那兩位壯士道：「且請問二位壯士高姓大名？」那個穿紅的說道：「小人姓呂，名方，祖貫潭州人氏，平昔愛學呂布為人，因此習學這枝方天畫戟，人都喚小人做小溫侯呂方。因販生藥到山東，消折了本錢，不能勾還鄉，權且占住這對影山打家劫舍。近日走這個壯士來，要奪呂方的山寨，和他各分一山，他又不肯，因此每日下山廝殺。不想原來緣法注定，今日得遇尊顏。」宋江又問這穿白的壯士高姓，那人答道：「小人姓郭，名盛，祖貫西川嘉陵人氏，因販水銀貨賣，黃河裡遭風翻了船，回鄉不得。原在嘉陵學得本處兵馬張提轄的方天戟，向後使得精熟，人都稱小人做賽仁貴郭盛。江湖上聽得說對影山有個使戟的占住了山頭，打家劫舍，因此一徑來比並戟法。連連戰了十數日，不分勝敗。不期今日得遇二公，天與之幸。」

宋江把上件事都告訴了，便道：「既幸相遇，就與二位勸和如何？」兩個壯士大喜，都依允了。

詩曰：

銅鏈勸刀猶易事，箭鋒勸戟更希奇。
須知豪傑同心處，利斷堅金不用疑。

後隊人馬已都到了，一個個都引著相見了。呂方先請上山，殺牛宰馬筵會。次日，卻是郭盛置酒設席筵宴。宋江就說他兩個撞籌入伙，湊隊上梁山泊去，投奔晁蓋聚義。那兩個歡天喜地，都依允了。便將兩山人馬點起，收拾了財物，待要起身，宋江便道：「且住，非是如此去。假如我這裡有三五百人馬投梁山泊去，他那裡亦有探細的人，在四下裡探聽，倘或只道我們真是來收捕他，不是要處。等我和燕順先去報知了，你們隨後卻來，還作三起而行。」花榮、秦明道：「兄長高見，正是如

第三十五回
石將軍村店寄書　小李廣梁山射雁

此計較，陸續進程。兄長先行半日，我等催督人馬，隨後起身來。」

且不說對影山人馬陸續登程，只說宋江和燕順各騎了馬，帶領隨行十數人，先投梁山泊來。在路上行了兩日，當日行到晌午時分，正走之間，只見官道旁邊一個大酒店。宋江看了道：「孩兒們走得困乏，都叫買些酒吃了過去。」當時宋江和燕順下了馬，入酒店裡來；叫孩兒們鬆了馬肚帶，都入酒店裡坐。

宋江和燕順先入店裡來看時，只有三副大座頭，小座頭不多幾副。只見一副大座頭上，先有一個在那裡占了。宋江看那人時，怎生打扮，但見：

裹一頂豬嘴頭巾，腦後兩個太原府金不換紐絲銅環，上穿一領皂袖衫，腰繫一條白搭膊，下面腿絣護膝，八答麻鞋。桌子邊倚著短棒，橫頭上放著個衣包。

那人生得八尺來長，淡黃骨查臉，一雙鮮眼，沒根髭鬚。宋江便叫酒保過來說道：「我的伴當（隨從）人多，我兩個借你裡面坐一坐，你叫那個客人移換那副大座頭與我伴當們坐地吃些酒。」酒保應道：「小人理會得。」宋江與燕順裡面坐了，先叫酒保打酒來：大碗先與伴當，一人三碗，有肉便買些來，與他眾人吃，卻來我這裡斟酒。酒保又見伴當們都立滿在壚邊，酒保卻去看著那個公人模樣的客人道：「有勞上下，那借這副大座頭與裡面兩個官人的伴當坐一坐。」那漢嗔怪呼他做上下，便焦躁道：「也有個先來後到。甚麼官人的伴當，要換座頭！老爺不換！」燕順聽了，對宋江道：「你看他無禮麼！」宋江道：「由他便了，你也和他一般見識。」卻把燕順按住了。

只見那漢轉頭看了宋江、燕順冷笑。酒保又陪小心道：「上下，周全小人的買賣，換一換有何妨。」那漢大怒，拍著桌子道：「你這鳥男女，好不識人，欺負老爺獨自一個，要換座頭。便是趙官家，老爺也別鳥不換。高則聲，大脖子拳不認得你。」酒保道：「小人又不曾說甚麼！」那漢喝道：「量你這廝敢說甚麼！」燕順聽了，那裡忍耐得住，便說道：「兀那漢子，你也鳥強，不換便罷，沒可得鳥嚇他。」那漢便跳起來，綽了短棒在手裡，便應道：「我自罵他，要你多管！老爺天下只讓得兩個人，其餘的都把來做腳底下的泥。」燕順焦躁，便提起板凳，卻待要打將去。

宋江因見那人出語不俗，橫身在裡面勸解：「且都不要鬧。我且請問你：你天下只讓的那兩個人？」那漢道：「我說與你，驚得你呆了。」宋江道：「願聞那兩個好漢大名。」那漢道：「一個是滄州橫海郡柴世宗的孫子，喚做小旋風柴進柴大官人。」宋江暗暗地點頭，又問道：「那一個是誰？」那漢道：「這一個又奢遮（了不起），是鄆城縣押司山東及時雨呼保義宋公明。」宋江看了燕順暗笑，燕順早把板凳放下了。那漢又道：「老爺只除了這兩個，便是大宋皇帝，也不怕他。」宋江道：「你且住，我問你：你既說起這兩個人，我卻都認得。你在那裡與他兩個廝會？」那漢道：「你既認得，我不說謊，三年前在柴大官人莊上住了四個月有餘，只不曾見得宋公明。」宋江道：「你便要認黑三郎麼？」那漢道：「我如今正要去尋他。」宋江問道：「誰教你尋他？」那漢道：「他的親兄弟鐵扇子宋清教我寄家書去尋他。」

宋江聽了大喜，向前拖住道：「『有緣千里來相會，無緣對面不相逢』，只我便是黑三郎宋江。」那漢相了一面，便拜道：「天幸使令小弟得遇哥哥，爭些兒錯過，空去孔太公那裡走一遭。」宋江便把那漢拖入裡面問道：「家中近日沒甚事？」那漢道：「哥哥聽稟：小人姓石，名勇，原是大名府人氏，日常只靠放賭為生。本鄉起小人一個異名，喚做石將軍。為因賭博上一拳打死了個人，逃走在柴大官人莊上。多聽得往來江湖上人說哥哥大名，因此特去鄆城縣投奔哥哥，卻又聽得說道為事

第三十五回

石將軍村店寄書　小李廣梁山射雁

（有事）出外，因見四郎，聽得小人說起柴大官人來，卻說哥哥在白虎山孔太公莊上。因小弟要拜識哥哥，四郎特寫這封家書，與小人寄來孔太公莊上。如尋見哥哥時，可叫兄長作急回來。」宋江見說，心中疑惑，便問道：「你到我莊上住了幾日？曾見我父親麼？」石勇道：「小人在彼只住的一夜，便來了，不曾得見太公。」宋江把上梁山泊一節都對石勇說了。石勇道：「小人自離了柴大官人莊上，江湖中只聞得哥哥大名，疏財仗義，濟困扶危。如今哥哥既去那裡入伙，是必攜帶。」宋江道：「這不必你說，何爭你一個人！且來和燕順廝見。」叫酒保且來這裡斟酒三杯。酒罷，石勇便去包裹內取出家書，慌忙遞與宋江。

宋江接來看時，封皮逆封著，又沒「平安」二字。宋江心內越是疑惑，連忙扯開封皮，從頭讀至一半，後面寫道：

父親於今年正月初頭因病身故，見今停喪在家，專等哥哥來家遷葬。千萬，千萬，切不可誤！宋清泣血奉書。

宋江讀罷，叫聲苦，不知高低，自把胸脯捶將起來，自罵道：「不孝逆子，做下非為，老父身亡，不能盡人子之道，畜生何異！」自把頭去壁上磕撞，大哭起來。燕順、石勇拘住。宋江哭得昏迷，半晌方才蘇醒。燕順、石勇兩個勸道：「哥哥且省煩惱。」宋江便吩咐燕順道：「不是我寡情薄意，其實只有這個老父記掛，今已歿了，只得星夜趕歸去，教兄弟們自上山則個。」燕順勸道：「哥哥，太公既已沒了，便到家時，也不得見了。世上人無有不死的父母，且請寬心，引我們弟兄去了。那時小弟卻陪侍哥哥歸去奔喪，未為晚矣。自古道：『蛇無頭而不行。』若無仁兄去時，他那裡如何肯收留我們？」宋江道：「若等我送你們上山去時，誤了我多少日期，卻是使不得。我只寫一封備細書札，都說在內，就帶了石勇一發入伙，等他們一處上山。我如今不知便罷；既是天教我知了，正是度日如年，燒眉之急。我馬也不要，從人也不帶一個，連夜自趕回家。」燕順、石勇那裡留得住。

宋江問酒保借筆硯，討了一幅紙，一頭哭著，一面寫書，再三叮嚀在上面。寫了，封皮不粘，交與燕順收了。討石勇的八答麻鞋穿上，取了些銀兩，藏放在身邊，挎了一口腰刀，就拿了石勇的短棒，酒食都不肯沾唇，便出門要走。燕順道：「哥哥也等秦總管、花知寨都來，相見一面了，去也未遲。」宋江道：「我不等了，我的書去，並無阻滯。石家賢弟，自說備細。可為我上復眾兄弟們，可憐見宋江奔喪之急，休怪則個。」宋江恨不得一步跨到家中，飛也似獨自一個去了。

且說燕順同石勇只就那店裡吃了些酒食、點心，還了酒錢，卻教石勇騎了宋江的馬，帶了從人，只離酒店三五里路，尋個大客店歇了等候。次日辰牌時分，全伙都到。燕順、石勇接著，備細說宋江哥哥奔喪去了。眾人都埋怨燕順道：「你如何不留他一留？」石勇分說道：「他聞得父親歿了，恨不得自也尋死，如何肯停腳，巴不得飛到家裡。寫了一封備細書札在此，教我們只顧去，他那裡看了書，並無阻滯。」花榮與秦明看了書，與眾人商議道：「事在途中，進退兩難：回又不得，散了又不成。只顧且去，還把書來封了，都到山上看，那裡不容，卻別作道理。」

九個好漢並作一伙，帶了三五百人馬，漸近梁山泊，來尋大路上山。一行人馬正在蘆葦中過，只見水面上鑼鼓振響。眾人看時，漫山遍野，都是雜彩旗旛，水泊中棹出兩隻快船來。當先一隻船上，擺著三五十個小嘍羅，船頭上中間坐著一個頭領，乃是豹子頭林沖。背後那隻哨船上，也是三五十個小嘍羅，船頭上也坐著一個頭領，乃是赤髮鬼劉唐。前面林沖在船上喝問道：「汝等是甚麼人？那裡的官軍？敢來收捕我們？教你人人皆死，個個不留，你也須知俺梁山泊的大名！」花榮、秦明等都下

第三十五回

石將軍村店寄書　小李廣梁山射雁

馬，立在岸邊答應道：「我等眾人非是官軍，有山東及時雨宋公明哥哥書札在此，特來相投大寨入伙。」林沖聽了道：「既有宋公明兄長的書札，且請過前面，到朱貴酒店裡，先請書來看了，卻來相請廝會。」船上把青旗只一招，蘆葦裡棹出一隻小船，內有三個漁人，一個看船，兩個上岸來說道：「你們眾位將軍都跟我來。」水面上見兩隻哨船，一隻船上把白旗招動，銅鑼響處，兩隻哨船，一齊去了。

一行眾人看了，都驚呆了，說道：「端的此處，官軍誰敢侵傍？我等山寨如何及得？」眾人跟著兩個漁人，從大寬轉直到旱地忽律朱貴酒店裡。朱貴見說了，迎接眾人，都相見了。便叫放翻兩頭黃牛，散了分例酒食，討書札看了。先向水亭上放一枝響箭，射過對岸蘆葦中，早搖過一隻快船來。朱貴便喚小嘍羅吩咐罷，叫把書先賫上山去報知，一面店裡殺宰豬羊，管待九個好漢，把軍馬屯住在四散歇了。

第二日辰牌時分，只見軍師吳學究自來朱貴酒店裡迎接眾人，一個個都相見了。敘禮罷，動問備細，早有二三十隻大白棹船來接。吳用、朱貴邀請九位好漢下船，老小車輛，人馬行李，亦各自都搬在各船上，前望金沙灘來。上得岸，松樹徑裡，眾多好漢隨著晁頭領，全副鼓樂來接。晁蓋為頭，與九個好漢相見了，迎上關來，各自乘馬坐轎，直到聚義廳上，一對對講禮罷。左邊一帶交椅上，卻是晁蓋、吳用、公孫勝、林沖、劉唐、阮小二、阮小五、阮小七、杜遷、宋萬、朱貴、白勝；那時白日鼠白勝，數月之前，已從濟州大牢裡越獄逃走，到梁山上入伙，皆是吳學究使人去用度（花錢），救得白勝脫身。右邊一帶交椅上，卻是花榮、秦明、黃信、燕順、王英、鄭天壽、呂方，郭盛、石勇。列兩行坐下，中間焚起一爐香來，各設了誓。當日大吹大擂，殺牛宰馬筵宴；一面叫新到伙伴廳下參拜了，自和小頭目管待筵席。收拾了後山房舍，教搬老小家眷都安頓了。秦明、花榮在席上稱贊宋公明許多好處，清風山報冤相殺一事，眾頭領聽了大喜。後說呂方、郭盛兩個比試戟法，花榮一箭射斷絨條，分開畫戟。晁蓋聽罷，意思不信，口裡含糊應道：「直如此射得親切（准確），改日卻看比箭。」

當日酒至半酣，食供數品，眾頭領都道：「且去山前閒玩一回，再來赴席。」當下眾頭領相謙相讓，下階閒步樂情，觀看山景。行至寨前第三關上，只聽得空中數行賓鴻嘹亮。花榮尋思道：「晁蓋卻才意思不信我射斷絨條，何不今日就此施逞些手段，教他們眾人看，日後敬伏我。」把眼一觀，隨行人伴數內卻有帶弓箭的，花榮便問他討過一張弓來，在手看時，卻是一張泥金鵲畫細弓，正中花榮意，急取過一枝好箭，便對晁蓋道：「恰才兄長見說花榮射斷絨條，眾頭領似有不信之意，遠遠的有一行雁來，花榮未敢誇口，這枝箭要射雁行內第三隻雁的頭上。射不中時，眾頭領休笑。」花榮搭上箭，拽滿弓，覷得親切，望空中只一箭射去，但見。

鵲畫弓彎滿月，雕翎箭迸飛星。挽手既強，離弦甚疾。雁排空如張皮鵠（箭靶），人發矢似展膠竿。影落雲中，聲在草內。天漢雁行驚折斷，英雄雁序喜相聯。

當下花榮一箭，果然正中雁行內第三隻，直墜落山坡下。急叫軍士取來看時，那枝箭正穿在雁頭上。晁蓋和眾頭領看了，盡皆駭然，都稱花榮做神臂將軍。吳學究稱贊道：「休言將軍比小李廣，便是養由基（春秋時的神射手）也不及神手，真乃是山寨有幸！」自此梁山泊無一個不欽敬花榮。

眾頭領再回廳上筵會，到晚各自歇息。次日，山寨中再備筵席，議定坐次。本是秦明才及花榮，因為花榮是秦明大舅，眾人推讓花榮在林沖肩下，坐了第五位，秦明坐第六位，劉唐坐第七位，黃信坐第八位，三阮之下，便是燕順、王矮虎、呂方、郭盛、鄭天壽、石勇、杜遷、宋萬、朱貴、白勝，

第三十五回

石將軍村店寄書　小李廣梁山射雁

一行共是二十一個頭領。坐定，慶賀筵宴已畢，山寨中添造大船、屋宇、車輛、什物，打造槍刀、軍器、鎧甲、頭盔，整頓旌旗、袍襖、弓弩、箭矢，準備抵敵官軍，不在話下。

卻說宋江自離了村店，連夜趕歸。當日申牌時候，奔到本鄉村口張社長酒店裡暫歇一歇。那張社長卻和宋江家來往得好。張社長見了宋江容顏不樂，眼淚暗流，張社長動問道：「押司有年半來不到家中，今日且喜歸來，如何尊顏有些煩惱，心中為甚不樂？且喜官事已遇赦了，必是減罪了。」宋江答道：「老叔自說得是。家中官事且靠後，只有一個生身老父歿了，如何不煩惱？」張社長大笑道：「押司真個，也是作耍（開玩笑）？令尊太公卻才在我這裡吃酒了回去，只有半個時辰來去，如何卻說這話？」宋江道：「老叔休要取笑小侄。」便取出家書，教張社長看了。「兄弟宋清明明寫道父親於今年正月初頭歿了，專等我歸來奔喪。」張社長看罷，說道：「呸，那裡這般事！只午時前後和東村王太公在我這裡吃酒了去，我如何肯說謊？」宋江聽了，心中疑影，沒做道理處。尋思了半晌，只等天晚，別了社長，便奔歸家。

入得莊門看時，沒些動靜。莊客見了宋江，都來參拜，宋江便問道：「我父親和四郎有麼？」莊客道：「太公每日望得押司眼穿，今得歸來，卻是歡喜。方才和東村裡王社長在村口張社長店裡吃酒了回來，睡在裡面房內。」宋江聽了大驚，撇了短棒，徑入草堂上來，只見宋清迎著哥哥便拜。宋江見了兄弟不戴孝，心中十分大怒，便指著宋清罵道：「你這忤逆畜生，是何道理！父親見今在堂，如何卻寫書來戲弄我？教我兩三遍自尋死處，一哭一個昏迷。你做這等不孝之子！」

宋清卻待分說，只見屏風背後轉出宋太公來叫道：「我兒不要焦躁，這個不干你兄弟之事。是我每日思量，要見你一面，因此教四郎只寫道我歿了，你便歸得快。我又聽得人說，白虎山地面多有強人，又怕你一時被人攛掇，落草去了，做個不忠不孝的人，為此急急寄書去，喚你歸家；又得柴大官人那裡來的石勇，寄書去與他。這件事盡都是我主意，不干四郎之事，你休理怨他。我恰才在張社長店裡回來，聽得是你歸來了。」

宋江聽罷，納頭便拜太公，憂喜相伴。宋江又問父親道：「不知近日官司如何？已經赦宥，必然減罪。適間張社長也這般說了。」宋太公道：「你兄弟宋清未回之先，多有朱仝、雷橫的氣力，向後只動了一個海捕文書，再也不曾來勾擾。我如今為何喚你歸來，近聞朝廷冊立皇太子，已降下一道赦書，應有民間犯了大罪，盡減一等科斷，俱已行開各處施行。便是發露到官，也只該個徒流之罪，不到得害了性命。且由他，卻又別作道理。」宋江又問道：「朱、雷二都頭曾來莊上麼？」宋清說道：「我前日聽得說來，這兩個都差出去了。朱仝差往東京去，雷橫不知差到那裡去了。如今縣裡卻是新添兩個姓趙的勾攝公事。」宋太公道：「我兒遠路風塵，且去房裡將息幾時。」合家歡喜，不在話下。

天色看看將晚，玉兔東生，約有一更時分，莊上人都睡了，只聽得前後門發喊起來，看時，四下裡都是火把，團團圍住宋家莊，一片聲叫道：「不要走了宋江！」太公聽了，連聲叫苦。不因此起，有分教，大江岸上，聚集好漢英雄；鬧市叢中，來顯忠肝義膽。畢竟宋公明在莊上怎地脫身，且聽下回分解。

第三十六回

梁山泊吳用舉戴宗　揭陽嶺宋江逢李俊

話說當時宋太公掇個梯子上牆來看時，只見火把叢中約有一百餘人，當頭兩個，便是鄆城縣新參的都頭，卻是弟兄兩個：一個叫做趙能，一個叫做趙得。兩個便叫道：「宋太公，你若是曉事的，便把兒子宋江獻將出來，我們自將就他；若是不教他出官時，和你這老子一發捉了去。」宋太公道：「宋江幾時回來？」趙能道：「你便休胡說！有人在村口見他從張社長家店裡吃了酒歸來，亦有人跟到這裡。你如何賴得過？」宋江在梯子邊說道：「父親，你和他論甚口！孩兒便挺身出官也不妨。縣裡府上都有相識，況已經赦宥的事了，必當減罪。求告這廝們做甚麼？趙家那廝是個刁徒，如今暴（突然）得做個都頭，知道甚麼義理！他又和孩兒沒人情，空自求他。」宋太公哭道：「是我苦了孩兒。」宋江道：「父親休煩惱，官司見了，到是有幸；明日孩兒躲在江湖上，撞了一班兒殺人放火的弟兄們，打在網裡，如何能勾見父親面？便斷配在他州外府，也須有程限（日程限制），日後歸來，也得早晚伏侍父親終身。」宋太公道：「既是孩兒恁的說時，我自來上下使用，買個好去處。」

宋江便上梯來叫道：「你們且不要鬧。我的罪犯，今已赦宥，定是不死。且請二位都頭進敝莊少敘三杯，明日一同見官。」趙能道：「你休使見識（手段），賺我入來。」宋江道：「我如何連累父親、兄弟？你們只顧進家裡來。」

宋江便下梯子來，開了莊門，請兩個都頭到莊裡堂上坐下，連夜殺雞宰鵝，置酒相待。那一百士兵人等，都與酒食管待，送些錢物之類；取二十兩花銀，把來送與兩位都頭做好看錢（為求照顧而行賄的錢）。正是：

都頭見錢便好，無錢惡眼相看。
因此錢名好看，只錢無法無官。

當夜兩個都頭在宋江莊上歇了。次早五更，同到縣前等待。天明解到縣裡來時，知縣才出升堂。見都頭趙能、趙得押解宋江出官，知縣時文彬見了大喜，責令宋江供狀。當下宋江一筆供招：

不合於前年秋間典贍到閻婆惜為妾，為因不良，一時恃酒爭論斗毆，致被誤殺身死，一向避罪在逃。今蒙緝捕到官，取勘前情，所供甘服罪無詞。

知縣看罷，且叫收禁牢裡監候。滿縣人見說拿得宋江，誰不愛惜他，都替他去知縣處告說討饒，備說宋江平日的好處。知縣自心裡也有八分開豁他，當時依准了供狀，免上長枷手杻，只散禁在牢裡。宋太公自來買上告下，使用錢帛。那時閻婆已自身故了半年，沒了苦主；這張三又沒了粉頭，不來做甚冤家。縣裡迭成文案，待六十日限滿，結解上濟州聽斷。本州府尹看了申解情由，赦前恩宥之事，已成減罪，把宋江脊杖二十，刺配江州牢城。本州官吏亦有認得宋江的，更兼他又有錢帛使用，名喚做斷杖刺配，又無苦主執證，眾人維持下來，都不甚深重。當廳帶上行枷，押了一道牒文，差兩個防送公人，無非是張千、李萬。

當下兩個公人領了公文，監押宋江到州衙前，宋江的父親宋太公同兄弟宋清，都在那裡等候，置酒管待兩個公人，齎發了些銀兩，教宋江換了衣服，打拴了包裹，穿上麻鞋，宋太公喚宋江到僻靜處叮囑道：「我知江州是個好地面，魚米之鄉，特地使錢買將那裡去。你可寬心守耐，我自使四郎來望你，盤纏有便人常常寄來。你如今此去，正從梁山泊過，倘或他們下山來劫奪你入伙，切不可依隨他，教人罵做不忠不孝。此一節，牢記於心。孩兒路上慢慢地去，天可憐見，早得回來，父子團圓，兄弟完聚。」

宋江灑淚拜辭了父親，兄弟宋清送一程路。宋江臨別時囑咐兄弟道：「我此去不要你們憂心。只有父親年紀高大，我又累被官司纏擾，背井離鄉而去。兄弟，你早晚只在家侍奉，休要為我到江州來，棄撇（丟下）父親，無人看顧。我自江湖上相識多，見的那一個不相助，盤纏自有對付處。天若見憐，有一日歸來也！」宋清灑淚拜辭了，自回家中去侍奉父親宋太公，不在話下。

只說宋江和兩個公人上路，那張千、李萬已得了宋江銀兩，又因他是個好漢，因此於路上只是伏侍宋江。三個人上路行了一日，到晚投客店安歇了，打火做些飯吃，又買些酒肉請兩個公人。宋江對他說道：「實不瞞你兩個說，我們今日此去，正從梁山泊邊過。山寨上有幾個好漢，聞我的名字，怕他下山來奪我，枉驚了你們。我和你兩個明日早起些，只揀小路裡過去，寧可多走幾里不妨。」兩個公人道：「押司，你不說，俺們如何得知？我們自認得小路過去，定不得撞著他們。」

當夜計議定了，次日起個五更來打火。兩個公人和宋江離了客店，只從小路裡走。約莫也走了三十里路，只見前面山坡背後轉出一伙人來。宋江看了，只叫得苦。來的不是別人，為頭的好漢，正是赤髮鬼劉唐，將領著三五十人，便來殺那兩個公人。這張千、李萬唬做一堆兒，跪在地下。宋江叫道：「兄弟，你要殺誰？」劉唐道：「哥哥，不殺了這兩個男女，等甚麼？」宋江道：「不要你污了手，把刀來我殺便了。」兩個人只叫得苦：「今番倒不好了。」劉唐把刀遞與宋江，詩曰：

有罪當官不肯逃，逢人救解愈堅牢。
存心厚處生機巧，不殺公人卻借刀。

宋江接過，問劉唐道：「你殺公人何意？」劉唐說道：「奉山上哥哥將令，特使人打聽得哥哥吃官司，直要來鄆城縣劫牢，卻知道哥哥不曾在牢裡，不曾受苦。今番打聽得斷配江州，只怕路上錯了路道，教大小頭領吩咐去四路等候，迎接哥哥，便請上山。這兩個公人不殺了如何？」宋江道：「這個不是你們弟兄抬舉宋江，倒要陷我於不忠不孝之地。若是如此來挾我，只是逼宋江性命，我自不如死了。」把刀望喉下自刎。劉唐慌忙攀住胳膊道：「哥哥，且慢慢地商量。」就手裡奪了刀。宋江道：「你弟兄們若是可憐見宋江時，容我去江州牢城聽候限滿回來，那時卻待與你們相會。」劉唐道：「哥哥這話，小弟不敢主張。前面大路上有軍師吳學究同花知寨在那裡專等，迎迓哥哥。容小弟著小校請來商議。」宋江道：「我只是這句話，由你們怎地商量。」

小嘍羅去報不多時，只見吳用、花榮兩騎馬在前，後面數十騎馬跟著，飛到面前。下馬敘禮罷，花榮便道：「如何不與兄長開了枷？」宋江道：「賢弟，是甚麼話！此是國家法度，如何敢擅動！」吳學究笑道：「我知兄長的意了。這個容易，只不留兄長在山寨便了。晁頭領多時不曾得與仁兄相會，今次也正要和兄長說幾句心腹的話，略請到山寨少敘片時，便送登程。」宋江聽了道：「只有先生便知道宋江的意。」扶起兩個公人來，宋江道：「要他兩個放心，寧可我死，不可害他。」兩個公人道：「全靠押司救命。」

一行人都離了大路，來到蘆葦岸邊，已有船隻在彼。當時載過山前大路，卻把山轎教人抬了，直到斷金亭上歇了。叫小嘍羅四下裡去請眾頭領，都來聚會，迎接上山，到聚義廳上相見。晁蓋說道：「自從鄆城救了性命，兄弟們到此，無日不想大恩。前者又蒙引薦諸位豪傑上山，光輝草寨，恩報無門。」宋江答道：「小可自從別後，殺死淫婦，逃在江湖上，去了年半。本欲上山相探兄長一面，偶然村店裡遇得石勇，捎寄家書，只說父親棄世。不想卻是父親恐怕宋江隨眾好漢入伙去了，因此詐寫書來喚我回家。雖然明吃官司，多得上下之人看覷，不曾重傷。今配江州，亦是好處。適蒙呼喚，不敢不至。今來既見了尊顏，奈我限期相逼，不敢久住，只此告辭。」晁蓋道：「直如此忙！且請少坐。」兩個中間坐了，宋江便叫兩個公人只在交椅後坐，與他寸步不離。

晁蓋叫許多頭領都來參拜了宋江，分兩行坐下，小頭目一面斟酒。先是晁蓋把盞了，向後軍師吳學究、公孫勝起，至白勝，把盞下來。酒至數巡，宋江起身相謝道：「足見弟兄們相愛之情。宋江是個得罪囚人，不敢久停，只此告辭。」晁蓋道：「仁兄直如此見怪！雖然賢兄不肯要壞兩個公人，多與他些金銀，發付他回去，只說我梁山泊搶擄了去，不道得治罪於他。」宋江道：「兄這話休題。這等不是抬舉宋江，明明的是苦我。家中上有老父在堂，宋江不曾孝敬得一日，如何敢違了他的教訓，負累了他？前者一時乘興，與眾位來相投，天幸使令石勇在村店裡撞見在下，指引回家。父親說出這個緣故，情願教小可明吃了官司，急斷配出來，又頻頻囑咐。臨行之時，又千叮萬囑，教我休為快樂，苦害家中，免累老父愴惶驚恐。因此父親明明訓教宋江，小可不爭隨順了哥哥，便是上逆天理，下違父教，做了不忠不孝的人，在世雖生何益？如不肯放宋江下山，情願只就眾位手裡乞死。」說罷，淚如雨下，便拜倒在地。晁蓋、吳用、公孫勝一齊扶起。眾人道：「既是哥哥堅意欲往江州，今日且請寬心住一日，明日早送下山。」三回五次留得宋江就山寨裡吃了一日酒；教去了枷，也不肯除，只和兩個公人同起同坐。

當晚住了一夜，次日早起來，堅心要行。吳學究道：「兄長聽稟：吳用有個至愛相識，見在江州充做兩院押牢節級（獄吏），姓戴，名宗，本處人稱為戴院長。為他有道術，一日能行八百里，人都喚他做神行太保。此人十分仗義疏財。夜來小生修下一封書在此，與兄長去，到彼時可和本人做個相識。但有甚事，可教眾兄弟知道。」眾頭領挽留不住，安排筵宴送行，取出一盤金銀，送與宋江；又將二十兩銀子送與兩個公人。就與宋江挑了包裹，都送下山來，一個個都作別了。吳學究和花榮直送過渡，到大路二十里外。眾頭領回上山去。

只說宋江自和兩個防送公人取路投江州來，那個公人見了山寨裡許多人馬，眾頭領一個個都拜宋江，又得他那裡若干銀兩，一路上只是小心伏侍宋江。三個人在路約行了半月之上，早來到一個去處，望見前面一座高嶺。兩個公人說道：「好了！過得這條揭陽嶺，便是潯陽江，到江州卻是水路，相去不遠。」宋江道：「天色暄暖，趁早走過嶺去，尋個宿頭。」公人道：「押司說得是。」三個人廝趕著奔過嶺來。

行了半日，巴過嶺頭，早看見嶺腳邊一個酒店，背靠顛崖，門臨怪樹，前後都是草房；去那樹蔭之下，挑出一個酒旆兒來。宋江見了，心中歡喜，便與公人道：「我們肚里正飢渴哩！原來這嶺上有個酒店，我們且買碗酒吃再走。」三個人入酒店來，兩個公人把行李歇了，將水火棍靠在壁上。宋江讓他兩個公人上首坐定，宋江下首坐了。半個時辰，不見一個人出來，宋江叫道：「怎地不見有主人家？」只聽得裡面應道：「來也！來也！」側首屋下，走出一個大漢來，怎生模樣：

第三十六回

梁山泊吳用舉戴宗　揭陽嶺宋江逢李俊

赤色虬鬚亂撒，紅絲虎眼睜圓。
揭嶺殺人魔祟，酆都催命判官。

那人出來，頭上一頂破頭巾，身穿一領布背心，露著兩臂，下面圍一條布手巾，看著宋江三個人唱個喏道：「客人，打多少酒？」宋江道：「我們走得肚飢，你這裡有甚麼肉賣？」那人道：「只有熟牛肉和渾白酒。」宋江道：「最好。你先切二斤熟牛肉來，打一角酒來。」那人道：「客人休怪說，我這裡嶺上賣酒，只是先交了錢，方才吃酒。」宋江道：「倒是先還了錢吃酒，我也喜歡。等我先取銀子與你。」宋江便去打開包裹，取出些碎銀子。那人立在側邊偷眼睃著，見他包裹沉重，有些油水，心內自有八分歡喜。接了宋江的銀子，便去裡面舀一桶酒，切一盤牛肉出來，放下三隻大碗，三雙箸，一面篩酒。

三個人一頭吃，一面口裡說道：「如今江湖上歹人，多有萬千好漢著了道兒的。酒肉裡下了蒙汗藥，麻翻了，劫了財物，人肉把來做饅頭餡子。我只是不信，那裡有這話！」那賣酒的人笑道：「你三個說了，不要吃；我這酒和肉裡面都有了麻藥。」宋江笑道：「這個大哥瞧見我們說著麻藥，便來取笑。」兩個公人道：「大哥，熱吃一碗也好。」那人道：「你們要熱吃，我便將去燙來。」那人燙熱了，將來篩做三碗。正是飢渴之中，酒肉到口，如何不吃？三個各吃了一碗下去，只見兩個公人瞪了雙眼，口角邊流下涎水來，你揪我扯，望後便倒。宋江跳起來道：「你兩個怎地吃的一碗，便恁醉了？」向前來扶他，不覺自家也頭暈眼花，撲地倒了，光著眼，都面面廝覷，麻木了，動彈不得。酒店裡那人道：「慚愧！好幾日沒買賣，今日天送這三頭行貨來與我。」先把宋江倒拖了，入去山岩邊人肉作房裡，放在剝人凳上；又來把這兩個公人也拖了入去。那人再來，卻把包裹行李都提在後屋內。解開看時，都是金銀，那人自道：「我開了許多年酒店，不曾遇著這等一個囚徒。量這等一個罪人，怎地有許多財物？卻不是從天降下，賜與我的！」那人看罷包裹，卻再包了，且去門前，望幾個火家（伙計）歸來開剝。

立在門前看了一回，不見一個男女歸來，只見嶺下這邊三個人奔上嶺來。那人卻認得，慌忙迎接道：「大哥，那裡去來！」那三個內一個大漢應道：「我們特地上嶺來接一個人，料道是來的程途日期了。我每日出來，只在嶺下等候，不見到，正不知在那裡耽擱了。」那人道：「大哥卻是等誰？」那大漢道：「等個奢遮的好男子。」那人問道：「甚麼奢遮的好男子？」好大漢答道：「你敢也聞他的大名，便是濟州鄆城縣宋押司宋江。」那人道：「莫不是江湖上說的山東及時雨宋公明？」那大漢道：「正是此人。」那人又問道：「他卻因甚打這裡過？」那大漢道：「我本不知。近日有個相識從濟州來，說道：『鄆城縣宋押司宋江，不知為甚麼事發在濟州府，斷配江州牢城。』我料想他必從這裡過來，別處又無路。他在鄆城縣時，我尚且要去和他廝會，今次正從這裡經過，如何不結識他？因此在嶺下連日等候，接了他四五日，並不見有一個囚徒過來。我今日同這兩個兄弟信步踱上山嶺，來你這裡買碗酒吃，就望你一望。近日你店裡買賣如何？」那人道：「不瞞大哥說，這幾個月裡好生沒買賣，今日謝天地，捉得三個行貨，又有些東西。」那大漢慌忙問道：「三個甚樣人？」那人道：「兩個公人，和一個罪人。」那漢失驚道：「這囚徒莫不是黑矮肥胖的人？」那人應道：「真個不十分長大，面貌紫棠色。」那大漢連忙問道：「不曾動手麼？」那人答道：「方才拖進作房去，等火家未回，不曾開剝。」那大漢道：「等我認他一認。」

當下四個人進山岩邊人肉作房裡，只見剝人凳上挺著宋江和兩個公人，顛倒頭放在地下。那大漢看見宋江，卻又不認得；相他臉上金印，又不分曉。沒可尋思處，猛想起道：「且取公人的包裹來，我看他公文便知。」那人道：「說得是。」便去房裡取過公人的包裹打開，見了一錠大銀，上有若干散碎銀兩，解開文書袋來，看了差批，眾人只叫得「慚愧！」那大漢便道：「天使令我今日上嶺來，早是不曾動手，爭些兒誤了我哥哥性命。」正是：

冤仇還報難回避，機會遭逢莫遠圖。
踏破鐵鞋無覓處，得來全不費工夫。

那大漢便叫那人：「快討解藥來，先救起我哥哥。」那人也慌了，連忙調了解藥，便和那大漢去作房裡，先開了枷，扶將起來，把這解藥灌將下去。四個人將宋江扛出前面客位裡，那大漢扶住著，漸漸醒來，光著眼，看了眾人立在面前，又不認得，只見那大漢教兩個兄弟扶住了宋江，納頭便拜。宋江問道：「是誰？我不是夢中麼？」只見賣酒的那人也拜。宋江答禮道：「兩位大哥請起。這里正是那裡？不敢動問二位高姓？」那大漢道：「小弟姓李，名俊，祖貫廬州人氏，專在揚子江中撐船艄公為生，能識水性，人都呼小弟做混江龍李俊便是。這個賣酒的，是此間揭陽嶺上，只靠做私商道路，人盡呼他做催命判官李立。這兩個兄弟，是此間潯陽江邊人，專販私鹽來這裡貨賣，卻是投奔李俊家安身。大江中伏得水（水性好），駕得船。是弟兄兩個，一個喚做出洞蛟童威，一個叫做翻江蜃童猛。」兩個也拜了宋江四拜。宋江問道：「卻才麻翻了宋江，如何卻知我姓名？」李俊道：「小弟有個相識，近日做買賣從濟州回來，說起哥哥大名，為事發在江州牢城。李俊往常思念，只要去貴縣拜識哥哥，只為緣分淺薄，不能勾去。今聞仁兄來江州，必從這裡經過，小弟連連在嶺下等接仁兄五七日了，不見來。今日無心，天幸使令李俊同兩個弟兄上嶺來，就買杯酒吃，遇見李立，說將起來。因此小弟大驚，慌忙去作房裡看了，卻又不認得哥哥。猛可思量起來，取討公文看了，才知道是哥哥。不敢拜問仁兄，聞知在鄆城縣做押司，不知為何事配來江州？」宋江把這殺了閻婆惜，直至石勇村店寄書，回家事發，今次配來江州，備細說了一遍，四人稱嘆不已。

李立道：「哥哥何不只在此間住了，休上江州牢城去受苦。」宋江答道：「梁山泊苦死相留，我尚兀自不肯住，恐怕連累家中老父。此間如何住得？」李俊道：「哥哥義士，必不肯胡行，你快救起那兩個公人來。」李立連忙叫了火家，已都歸來了，便把公人扛出前面客位裡來，把解藥灌將下去，救得兩個公人起來，面面廝覷道：「我們想是行路辛苦，恁地容易得醉！」眾人聽了都笑。

當晚李立置酒管待眾人，在家裡過了一夜。次日，又安排酒食管待，送出包裹，還了宋江並兩個公人。當時相別了，宋江自和李俊、童威、童猛、兩個公人下嶺來，徑到李俊家歇下。置備酒食，殷勤相待，結拜宋江為兄，留住家裡過了數日。宋江要行，李俊留不住，取些銀兩齎發兩個公人。宋江再帶上行枷，收拾了包裹行李，辭別李俊、童猛、童威，離了揭陽嶺下，取路望江州來。

三個人行了半日，早是未牌時分，行到一個去處，只見人煙輳集，井市喧嘩。正來到市鎮上，只見那裡一伙人圍住著看。宋江分開人叢，挨入去看時，卻原來是一個使槍棒賣膏藥的。宋江和兩個公人立住了腳，看他使了一回槍棒。那教頭放下了手中槍棒，又使了一回拳，宋江喝采道：「好槍棒拳腳！」那人卻拿起一個盤子來，口裡開呵道：「小人遠方來的人，投貴地特來就事，雖無驚人的本事，全靠恩官作成，遠處誇稱，近方賣弄，如要筋重膏藥，當下取贖；如不用膏藥，可煩賜些銀兩銅錢齎發，休教空過了。」那教頭把盤子掠了一遭，沒一個出錢與他。那漢又道：「看官高抬貴手。」又掠了一遭，眾人都白著眼看，又沒一個出錢賞他。宋江見他惶恐，掠了兩遭，沒人出錢，便叫公人取出五兩銀子來。宋江叫道：「教頭，我是個犯罪的人，沒甚與你。這五兩白銀，權表薄意，休嫌輕微！」那漢子得了這五兩白銀，托在手裡，便收呵道：「恁地一個有名的揭陽鎮上，沒一個曉事的好漢，抬舉咱家！難得這位恩官，本身見自為事在官，又是過往此間，顛倒齎發五兩白銀，正是：

當年卻笑鄭元和，只向青樓買笑歌。
慣使不論家豪富，風流不在著衣多。

這五兩銀子強似別的五十兩。自家拜揖，願求恩官高姓大名，使小人天下傳揚。」宋江答道：「教師，量這些東西，直得幾多，不須致謝。」正說之間，只見人叢裡一條大漢，分開人眾，搶近前來，大喝道：「兀那廝是甚麼鳥漢？那裡來的囚徒？敢來滅俺揭陽鎮上威風！」搦著雙拳來打宋江。不因此起相爭，有分教，潯陽江上，聚數籌攬海蒼龍的好漢；梁山泊中，添一伙爬山猛虎的英雄。畢竟那漢為甚麼要打宋江，且聽下回分解。

國家圖書館出版品預行編目資料

水滸傳／施耐庵，徐凡注釋，初版
-- 新北市：新潮社，2019.03
面；　公分
ISBN 978-986-316-734-1（上冊：平裝）
ISBN 978-986-316-735-8（中冊：平裝）
ISBN 978-986-316-736-5（下冊：平裝）

857.46　　107023275

水滸傳 ㊤

施耐庵／著

【策　劃】張明
【出版人】翁天培
【出　版】新潮社文化事業有限公司
電話：(02) 8666-5711
傳真：(02) 8666-5833
E-mail：service@xcsbook.com.tw

【總經銷】創智文化有限公司
新北市土城區忠承路 89 號 6F（永寧科技園區）
電話：2268-3489
傳真：2269-6560

印前作業　菩薩蠻數位文化有限公司

初版一刷　2019 年 07 月